HYBRID VERLAG
Vollständige Taschenbuchausgabe
11/2019

© by Hybrid Verlag, Homburg

Umschlaggestaltung: © 2019 by Creativ Work Design, Homburg
Lektorat: Paul Lung, Sylvia Kaml
Korrektorat: Petra Schütze, Mika Jänisen, Antonia Grafweg,
Haike Hausdorf, Eva Töpelt, Nola Reiber, Birgit van Troyen,
Johanna Günter, Monika Ruf, Tina Winderlich, Rudolf Strohmeyer
Buchsatz: Sylvia Kaml

Illustrationen:
»Herr Katsu besucht ...« by Veith Kanoder-Brunnel
»Der Gargoyle von Greenlake Hill« by Liliana Wildling
»Brennende Augen« by Kornelia Schmid
»Ein Einhorn auf der Couch« by Rafaela Bureta
»Von tief unten« by Agnes Sint
»Der gestohlene Blick« by David Patrizi und Ronja Scherz
»Thaumas' Töchter« by Denise Fiedler
»Den Perchten auf der Spur« by Florian Krenn; NickyPE/Pixabay
»Älter als der Wald« by Dominika Hladik
»Armer schwarzer Kater« by Manuel Otto Bendrin

Coverbild ›Endlich(er) Urlaub‹
© 2017 by Creativ Work Design, Homburg
Coverbild ›Vollkommenheit‹
© 2018 by Creativ Work Design, Homburg

ISBN 978-3-96741-004-4

www.hybridverlag.de
www.hybridverlagshop.de

༂Fantastische Mythologie༃

Der Pakt der Seherin
&
24 weitere Kurzgeschichten

Anthologie

Vorwort

Mythologische Erzählungen beschäftigen die Menschheit seit Jahrtausenden. Mächtige Wesen, mal schicksalshafte Todbringer, mal Retter; Götter und Monster, Wächter der Totenwelt und Schöpfer des Lebens. Die Geschichten und Mythen sind so vielfältig wie die Menschen und ihre Kulturen.

Die 25 Geschichten dieser Anthologie zeigen sowohl die weite Spanne der Mythologie, wie auch der sprachlichen Interpretation. Von nordischen und griechischen Göttern über verschiedene Fabelwesen bis hin zu fernöstlichen Sagengestalten, von blutigen Kämpfen über Gänsehautmomente bis zu Humoristik ist alles vertreten.

Wir wünschen großes Lesevergnügen. Taucht ein in die gigantische, bunte und vielfältige Welt der Mythologie und lasst euch mitnehmen in fremde Welten, andere Zeitalter und fantastische Geschichten.

Euer Team des Hybrid Verlags

❧ Inhaltsverzeichnis ☙

Der Pakt der Seherin – Ute Zembsch	7
Herr Katsu besucht eine Stadt ohne Hunde – Veith Kanoder-Brunnel	29
Der Gargoyle von Greenlake Hill – Liliana Wildling	54
Brennende Augen – Kornelia Schmid	77
Zwei Seiten der Wahrheit – Nadine Neu	96
Station Misahöhe – Tobias Jakubetz	113
Ein Einhorn auf der Couch – Karsten Beuchert	136
Von tief unten – Agnes Sint	151
Fenris' Erben – Ilka Sommer	168
Der gestohlene Blick – Ronja Scherz	186
Thaumas' Töchter – Denise Fiedler	202
Drachenbegegnung – Stefan Junghanns	224
Lisandes Gunst – Tea Loewe	240
Der Schrat – Günter Gerstbrein	264
Den Perchten auf der Spur – Florian Krenn	286
Wer eine Jungfrau schändet – Angela Hoptich	302
Gaias Rache – Jeannine Molitor	322
Älter als der Wald – Ronja Hollstein	335

Die Wüste, das Tier, die Nacht und die Stimme –
Andreas Müller 360

Hades AG – Michael Knabe 382

Die Rückkehr der Walküre – Diana Spitzer 403

Armer schwarzer Kater – Manuel Otto Bendrin 416

Lost Soul – Eska Anders 438

Die Perle des Long – Manuela Wunderlich 461

Ein ganz normaler Tag – Christina Willemse 481

ᔢ 1. Siegergeschichte ᔣ

Der Pakt der Seherin
ᔢ Ute Zembsch ᔣ

Wala runzelte die Stirn und strich ihre dunkelblonden Haare zurück. Was die Runen vor ihr raunten, gefiel ihr gar nicht. Kampf und Untergang sagten sie aus, und das schon bald. Drohte Gefahr durch einen anderen Stamm? Oder die Römer? Wala erhob sich von dem Altarplatz unter der Eiche und folgte dem Weg zum Dorf, in dem rund hundert Menschen lebten.

Sie betrat das große Langhaus des Oberhauptes. Es war ihr Heim seit der Vermählung mit Birger.

Sie berührte eine der prächtigen Bronzefibeln an ihrem Gewand, die er ihr geschenkt hatte. In der Halle sprach ihr Liebster gerade mit dem Schmied.

»Gut, dass du hier bist«, grüßte Wala den Gast. »Schleife die Waffen unserer Kämpfer und stelle alle anderen fertig, die du begonnen hast.«

Birger sah auf und hob die Brauen. »Du wirkst äußerst beunruhigt.«

»Ich weiß nicht, wie viel Zeit uns noch bleibt, doch wir müssen uns auf einen großen Angriff vorbereiten.« Ihre Hände krampften sich in ihr rotes Wollkleid.

»Aus welcher Richtung?«

»Das behielten die Nornen noch für sich, doch ich finde es heraus.« Sie nickte dem Schmied zu, der sich verbeugte und eilig das Haus verließ.

Birger stieg die Stufe seines erhöhten Sitzes herab und nahm sie in seine kampferprobten Arme. Grüne Augen, umrahmt von dunklen Haaren, ruhten vertrauensvoll auf ihr. »Die Götter schenkten uns in dir eine fähige Seherin.« Nicht nur Liebe spürte sie in seinen Worten. Ihre Ahninnen waren bereits geachtete Ratgeberinnen ihres Dorfes gewesen, sie führte diese Linie fort.

»Ich werde die Nornen um eine Vision oder ein Zeichen bitten, dann können wir uns besser vorbereiten.« Sie löste sich von ihm, ging hinüber zur schweren Holztruhe und suchte daraus Beutel mit getrocknetem Beifuß und Nieswurz. Die Leinensäckchen in der einen Hand, streichelte sie mit der anderen über Birgers Brust. »Bereite ein Opfer für Odin vor, wir werden es brauchen.«

Ihre Lippen vereinten sich zu einem langen Kuss, dann war es Zeit für Wala, zum Waldrand zurückzukehren.

Sie kniete sich vor ihren Altar unter der Eiche, entzündete das Holz in der Feuerschale und warf eine Hand voll Kräuter hinein.

Sie zeichnete die Rune Laguz und erhob ihre Arme gen Himmel. »Werdandi, ich bitte dich: Zeige mir, was ist. Skuld, ich bitte dich: Zeige mir die Zukunft. Helft mir, mein Volk vor Unheil zu bewahren.«

Drei tiefe Atemzüge, und Wala schloss die Lider.

Zunächst schemenhaft, dann immer klarer zeichnete sich ein Bild. Ein roter Lindwurm wälzte sich ihrem Dorf entgegen, verschlang und zerstörte alles, was auf seinem Weg lag. Römer!

Wala riss die Augen auf. Weitere Kräuter warf sie ins Feuer. »Ihr Nornen, ich bitte euch, helft meinem Volk gegen unsere Feinde.«

»Menschen kämpfen stets gegeneinander«, erklang eine weiche, weibliche Stimme hinter der Eiche. »Warum sollten die Nornen euer Schicksal begünstigen?«

Wala sah überrascht auf. »Wer bist du?« Langsam trat die Gestalt hervor. Ein Gewand aus leichtem grünen Stoff umhüllte ihren schlanken Leib. Schuhe trug dieses wunderschöne Wesen nicht. »Bist du eine Dise?« Wala erhob sich.

»Ja. Ich schütze diesen Wald bis hinunter zum großen Strom, zudem dein Dorf.«

»Dann sind die Römer auch deine Feinde, denn sie schlagen breite Schneisen durch den Wald, fällen Unmengen an Holz und gleichfalls auch an Menschen.«

Die Dise fuhr mit der Hand an ihr Herz und verzog entsetzt das Gesicht. »Das darf nicht passieren. Dieser Ort ist meine Heimat, mein Leben. Ich bin Albruna.«

Wala riss die Augen auf und fasste an die Bronzekette mit Anhängern, die eine Seherin der nächsten weitergab. »So hieß meine Großmutter.«

»Nun weißt du, was nach meinem Tod aus mir wurde. Wir Seherinnen haben eine besondere Pflicht. Und für diese wirst auch du Opfer bringen müssen.«

Wala nickte ergeben. »Was soll ich tun?«

»Zuerst so viel wie möglich über unseren Feind erfahren. Doch da wir nicht wissen, wo dieser ist, brauchen wir Zuträger.«

»Kundschafter?« Wala schüttelte betrübt den Kopf. »Das haben die Römer auch. Zu groß ist die Gefahr, dass unsere erwischt werden. Und ob sie dann noch herausfinden, was für uns nützlich ist?«

Albruna lächelte. »Ich vermag mit den Tieren zu sprechen, doch ich bin nicht ständig bei dir. Es gibt jemanden, der dir diese Kunst ermöglichen kann: Fafnir.«

Abrupt stand Birger auf. »Du gehst nicht allein zu einem Lindwurm!«

»Dieser Schutzgeist ist meine Großmutter. Sie würde mich niemals in den Tod schicken. Zudem kann sie mich durch unser gemeinsames Blut begleiten.«

Entschlossen baute sich Birger vor ihr auf. »Ich komme mit! Zu deinem Schutz.«

Wala seufzte. Sie hatte nicht die Zeit, zu streiten, also gab sie nach.

Kurz darauf ritten sie und Birger mit der leichtfüßig neben ihnen eilenden Dise in die Gnitaheide. Sie erreichten einen ausgetretenen Pfad, der vom Rhein hinauf zu einer Höhle führte.

Albruna nickte. »Hier sind wir richtig. Lasst mich vorgehen.«

Bereits im Eingang der Höhle vernahmen sie ein Schnauben. Walas Hand fuhr in die Birgers.

»Fafnir!«, lockte Albruna. »Wir erbitten eine kleine Gunst von dir.«

Schwere tapsende Schritte näherten sich, ein Grollen ertönte. »Kleine Gunst? Wieviel Gold versucht ihr mir zu stehlen?«

Langsam schob Fafnir auf vier mächtigen Pranken seinen goldglänzenden Leib um die letzte Biegung. Sein geöffnetes Maul entblößte Zähne, die Knochen zermalmen konnten. Wala hielt die Luft an und trat einen Schritt zurück. Sofort hob Birger seinen Schild vor sie beide. Nur der Schutzgeist zeigte keinerlei Angst.

»Gib uns nur einen Tropfen deines Blutes.«

Der Lindwurm schnupperte an Albruna. »Schön und magisch. Doch selbst eine Dise kann mich nicht zu so etwas überreden.«

Lächelnd neigte sie das Haupt zur Seite und berührte seine Nase. »Es ist auch zu deinem Vorteil. Vertreiben wir die Römer nicht, greifen sie eines Tages dich an.«

»Das würde ihnen schlecht bekommen.« Er grollte.

Albrunas Hand glitt an seinem schuppigen Hals hinunter. Etwas Goldstaub löste sich. »Du kannst viele töten, doch sie sind schier zahllos, gleich einem Schwarm Ameisen. Es braucht nur einer die richtige Stelle deiner Brust zu treffen.«

Fafnirs bernsteinfarbene Augen wurden zu schmalen Schlitzen. »Sie bekommen mein Gold niemals. Also gut, wenn ein wenig Blut alles ist, was du willst, dann halte deine Hand unter meine Brust.« Er richtete sich halb auf, stets bedacht, den Eingang zu versperren.

»Wir danken dir.« Albrunas linke Hand strich an seinem Leib entlang, mit der rechten formte sie eine Schale auf Höhe seines Herzens.

Fafnir ritzte sich mit einer Kralle, jedoch nur so leicht, dass lediglich ein Tropfen des kostbaren Saftes heraustrat. Argwöhnisch ließ er seine Augen auf Albruna.

Die Dise trat an Birger vorbei zu Wala und hob ihre Hand in die Höhe. »Trink.«

Gehorsam legte Wala mit geöffnetem Mund ihr Haupt in den Nacken.

Albruna drehte sorgsam die Handfläche und der Tropfen rann auf Walas Zunge. Er schmeckte metallisch und salzig zugleich.

»Geht jetzt«, forderte Fafnir sie auf.

Die drei verbeugten sich, dankten ihm und verließen eilig den Zugang der Höhle. Birger drehte erst draußen dem Lindwurm den Rücken zu, atmete hörbar aus und senkte sein Schild.

»Was ist, wenn es nicht wirkt?« Noch immer hielt Wala sich an ihrem Gemahl fest.

Albruna streckte die Hand zu einer Gruppe Spatzen aus. Die Vögel folgten ihrem stummen Ruf, flogen auf und setzten sich in die Zweige der Birke neben ihnen.

»Habt ihr eine große Menge rot gekleideter Menschen gesehen?«, wandte sich die Dise an sie.

»Haben wir, haben wir«, zwitscherte die Schar.

Wala näherte sich ihnen. Die Geschichte über Fafnirs Blut war keine Mär. Birger starrte sie verwirrt an.

»Es ist wahr, ich verstehe die Tiere.« Sie sah zu den Spatzen hoch. »Wo sind die in rotem Gewand und was wollen sie?«

Aufgeregt schwatzten die Vögel weiter. »Westlich des großen Flusses, bei der langen Insel. Fangen uns, essen uns. Haben Boote auf dem Land. Wollen beim ersten Sonnenschein ins Wasser. Können dann Fische essen.«

Wala schloss die Augen und spürte, wie Birger von hinten die Arme um sie schlang.

»Was hast du erfahren?«

»Die Römer lagern noch auf ihrer Seite des Rheins. So, wie die Vögel es beschrieben, auf Höhe der Insel und somit direkt gegenüber unserem Dorf. Der Feind plant seinen Angriff bei Tagesanbruch.«

»Bis wir zurück sind, bleibt uns keine Zeit, die anderen Stämme um Hilfe zu bitten. Die Römer werden uns nach und nach auslöschen.«

Wala stiegen Tränen in die Augen.

»Albruna, was können wir noch tun? Fafnir wird niemals seine Höhle verlassen, um sich unserem Kampf anzuschließen.«

»Nein. Doch er hat etwas, das uns dennoch einen Vorteil verschaffen sollte.« Entschlossen stieg die Dise den Hügel hinauf. Wala und Birger tauschten einen Blick und hasteten ihr nach. Was hatte ihre Ahnin vor?

»Fafnir!«, erklang verführerisch ihre Stimme.

Grollend erschien der Lindwurm im Eingang. »Was wollt ihr noch? Mehr Blut?«

Albruna schüttelte den Kopf. »Leihe uns Andvarinaut.«

Ohrenbetäubendes Gebrüll antwortete ihr. »Niemals!«

»Leihen, bis morgen. Nur diesen einen Ring.«

»Bitte.« Wala trat vor ihn und blickte ihm direkt in die Augen. Zitternd vor Angst wusste sie, dass ihr keine Wahl blieb, als darauf zu vertrauen, was Albruna plante. »Ich schwöre bei allen Göttern: Möge Hel mich in ihrer Halle des Schmerzes und der Pein strafen, wenn ich dir den Ring bis morgen Abend nicht zurückgegeben habe, mit allen Schätzen, die unser Feind bei sich trägt.«

Bei ihren letzten Worten hob Fafnir die Stirn. »Schwöre zudem, dass weder du noch jemand anderer den Ring dazu nutzt, um euer eigenes Gold zu mehren.«

»Das schwöre ich.« Wala legte die rechte Hand auf ihr Herz. Ihr Brustkorb hob und senkte sich rasch.

»Das muss euer verdammter Schutzgeist sein«, grummelte Fafnir, »dass ich heute so freigiebig bin.«

Albruna zwinkerte Wala zu.

Disen ihrer Art betörten jeden Mann, und Fafnir war früher einer gewesen. Er hatte erst diese Gestalt angenommen, als er durch den Fluch verdorben wurde, der auf dem Schatz lag.

Der Lindwurm hieß sie, vor der Höhle zu warten, und stapfte hinein. Tatsächlich kehrte er mit einem Goldring in seiner Pranke zurück.

Wala hatte sich ein prächtig gemustertes Geschmeide, vielleicht mit edlen Steinen verziert, vorgestellt. Was sie nun erblickte, kam ihr recht unscheinbar vor. Doch Dinge mit magischen Fertigkeiten sahen selten so aus, wie man sie sich ausmalte.

»Bis morgen mit dem Gold der Römer.« Fafnir fletschte die Zähne dicht vor Wala und reichte ihr den Ring.

Mit vielen Verbeugungen dankten die drei ihm.

Auf dem Weg zurück ins Dorf erläuterte Albruna den beiden ihren Plan.

Wala krampfte eine Hand um den Rand des Bootes und legte die andere auf den Beutel an ihrem Gürtel. Möglichst leise ruderte Birger sie am Nachmittag über den Rhein, auch ihm war spürbar unwohl dabei. Wenigstens zogen dunkle Wolken über den Himmel, passend zu ihren Umhängen. Von weitem erkannten sie einzelne Feuer und Männer, doch der Großteil war ihren Blicken durch die Gewächse noch verborgen. Einen Wall um ihr Lager ersparten sich die Römer wohl, da sie sich auf dem bereits eroberten Land und mit dem Strom als natürliche Grenze sicher genug fühlten. Nur Wachen spazierten herum. Albruna wies auf eine Stelle unterhalb des feindlichen Lagers, an der die Büsche dicht wuchsen. An Land streckte die Dise ihre Arme nach oben und beschwor leise die Kraft der Rune Algiz. Wala folgte an Birgers Seite ihrer Ahnin. Überrascht und erfreut stellte sie fest, dass der Zauber ihre Schritte an den Bäumen und Sträuchern vorbei dämpfte. Beim Anblick der Lichtung stieß Birger einen Fluch aus.

»Das sind dreimal so viele, wie die Menschen in unserer Siedlung zählen.«

In exakten Reihen stand ein Zelt neben und hinter dem nächsten.

Etliche Boote lagerten am Rand der Wiese, an den letzten Rudern schnitzten die Männer noch. Andere reinigten die Kettenhemden und Schuppenpanzer. Das rege Treiben erinnerte an einen Schwarm Bienen.

Walas Hände schwitzten. Stumm flehte sie die Dise an. Nur mit Hilfe der Götter und wohlgesonnener Wesen würde ihr Volk dem Untergang entgehen. Sie und Birger kletterten auf einen Ahorn, um besser sehen zu können. Von einem nahen Ast aus schimpfte ein Rabe.

»Ich weiß«, meinte Wala zu ihm. »Du willst auch, dass sie verschwinden. Wer ist ihr Anführer?«

»Ich zeig ihn dir.« Der Rabe flog los, setzte sich auf den Pfosten eines Zeltes im Zentrum und rief: »Hier, hier!«

»Verdammtes Federvieh!« Einer, dessen Rüstung sich in seiner Pracht von denen der anderen unterschied, trat heraus. Zumindest der Kerl entstammte seiner Sprache nach diesem Landstrich. Vielleicht auch einige andere. Den südlich geborenen Römern war es hier wohl zu kalt.

»Centurio prior?«, wurde er von einem seinen Mannen angesprochen. »Meinst du, das ist ein Geist der Alamannen? Einer ihrer Götter spricht doch mit Raben.«

»Lass dich von so einem Unsinn nicht einschüchtern.« Er trat an den Tisch, griff nach seinem Becher und schenkte sich aus einem Krug ein.

Albruna gab Wala ein Zeichen, mit ihr zu kommen. »Du bleibst hier, Birger. Hab keine Angst. Waffenlosen Schönheiten werden sie nichts tun.«

»Außer, sie zu ihren Sklavinnen machen«, knurrte er.

»Du unterschätzt meine Macht, Sterblicher.« Die Dise lächelte.

Gemeinsam näherten sie sich den Zelten. Die Römer weiteten die Augen und flüsterten miteinander. Eine Gefahr von zwei Weibern schienen sie nicht zu fürchten.

»Wo wollt ihr hin?«, sprach eine der Wachen sie an.

Wala überließ die Antwort ihrer Ahnin. »Wir kennen nur die Männer unseres Volkes. Lasst uns unsere Neugier stillen, wie andere sind.«

Widerlich, der Blick, mit dem der Römer und sein Kamerad Albruna anglotzten. Die Dise richtete ihr Augenmerk auf den Centurio.

»Sieh mich«, wisperte sie.

Tatsächlich erspähte der römische Hauptmann sie und kam mit dem Becher in der Hand auf sie zu.

»Verzeih diesen Tölpeln.« Er deutete eine Verbeugung an. »Bitte, folge mir.« Nicht nur er, sondern auch die anderen waren derart von der Dise in den Bann gezogen, dass niemand Wala daran hinderte, sich anzuschließen.

Albruna legte eine Hand auf seinen Arm. »Lass uns in dein Zelt gehen.«

Er schlug den Weg dorthin ein.

»Nie sah ich ein schöneres Weib. Willst du nach unserem Sieg mit nach Rom kommen? Ich bereite dir ein Leben, wie du es verdienst.«

Lachend schob Albruna den Stoff des Eingangs zur Seite und ging vor ihm hinein.

»He, du bleibst draußen.« Ein Legionär packte Wala am Arm.

Gegen einen Kräftigeren kam sie nicht an. Stolz hob sie ihr Haupt. »Lass mich los. Oder glaubst du, meine Herrin würde deinem Centurio Freude schenken, wenn mir ein Leid zugefügt wird?«

»Leid? Nein, wir werden genauso viel Spaß haben.«

Wie er wollte. Wala neigte lächelnd ihren Kopf zur Seite und strich über seine Hand, die ihren Arm fast zerquetschte. »Einverstanden. Ich muss zuerst meiner Herrin behilflich sein, dann kommst du an die Reihe.«

Sie hörte Albrunas Stimme, sogleich brüllte der Anführer, man solle die Dienerin gehen lassen.

»Ich warte auf dich.« Endlich löste der Kerl seinen Griff und entließ sie mit einem Klaps auf den Hintern.

Wala bezwang ihren Wunsch, ihn kräftig zu ohrfeigen, und ging ins Zelt.

Gerade zog Albruna ihr Kleid bis über die Knie hoch. Der grinsende Römer glaubte offensichtlich, dass diese Schönheit mit ihm anbandeln wollte. Welche Arroganz!

»Bleib dort stehen und ergötze dich an mir.«

»Ich will dich nehmen.« Keuchend stellte er den Becher auf einer Truhe ab.

»Nicht so ungeduldig.« Sie glitt mit ihren Fingern über seine Wangen und den Hals hinunter.

Vollkommen eingefangen waren seine Sinne. Der richtige Moment, um das Pulver für süße Träume in den Wein zu geben. Hinter seinem Rücken nickte Wala der Dise zu.

»Trink auf mich«, raunte Albruna und leckte sich über die Lippen.

Er griff gehorsam den Becher, nahm einen kräftigen Schluck und noch einen, während die Dise ihn weiter mit ihren süßen Worten einhüllte. Gefühlt dauerte es viel zu lange, bis er schwankte und die Augen kaum offenhalten konnte. Wala führte ihn sachte zu seinem Bett.

»Leg dich hin«, flüsterte Albruna.

Der Centurio sank in seliger Erwartung nieder und schlief gleich darauf ein.

Der Becher rollte auf den mit Teppich ausgelegten Boden. Darauf hatte Wala gewartet. Sie holte den Ring hervor und steckte ihn dem Römer an. Durch Albrunas Zauber würde das Schmuckstück sich erst lösen, sobald sein Träger seinem Schicksal erlegen wäre.

Leise erzählte Wala ihrer Ahnin von dem Legionär, der vor dem Zelt auf sie lauerte. »Soll ich ihn in den Wald zu Birger locken?«

»Nein. Wenn dein Gemahl ihn erschlägt, sind die Feinde gewarnt.« Leise schmiedeten sie einen anderen Plan.

»He«, rief Wala ihren Verehrer an und winkte ihn hinein.

Er erblickte den Heerführer und riss die Augen auf. »Centurio?« Er kniete sogleich am Lager nieder. »Ich hole Hilfe. Ihr rührt euch nicht.« Abrupt sprang er auf.

Wala stellte sich ihm in den Weg. »Deinem Anführer geht es gut. Er schnurrt sogar im Traum. Lass mich dir hier Vergnügen bereiten. Dann streitet sich auch kein Kamerad mit dir, der mich gleichfalls will.«

Entspannt sanken seine Schultern hinab.

Wala war kein Wesen wie ihre Ahnin, obgleich sie einige Gaben besaß. Dennoch musste sie den Kerl verführen. Treu schlug sie die Augen nieder und hielt ihm den gefüllten Becher hin.

»Bitte trink etwas. Das macht die Männer zahmer.«

Er lachte. »Wenn du dann williger wirst …« In wenigen Zügen leerte er den Becher. Wala lenkte ihn mit Schmeicheleien ab, bis er kurz darauf zu Boden sackte.

»Du bist gelehrig, meine Kleine«, raunte Albruna. »Durch den zusätzlichen Zauber wirkt der Trank schneller und kürzer. Der Legionär wird von dir träumen und glauben, es sei wahr gewesen. Er hält nur ein kleines Schläfchen. So ist er hier weg, ehe sein Anführer erwacht.«

»Das sollten wir auch sein.« Wala sah hinaus, niemand schien etwas bemerkt zu haben.

Gemächlich, als sei nichts geschehen, verließen sie das feindliche Lager und kehrten über einen Umweg zum Ahorn am Rand der Lichtung zurück.

Wala winkte ihren Gemahl vom Baum hinunter. »Der Hauptmann schläft und trägt Fafnirs Ring.«

»Und der Kerl, der was von dir wollte?«

»Den schickten wir auch ins Reich der Träume, ehe er Zeit für Dummheiten hatte.« Wala küsste ihren Liebsten innig.

»Gut.« Birger nickte. »Lasst uns heimkehren. Wir haben noch viel vorzubereiten.«

Wala stand vor ihrem Altar unter der Eiche und hob die Arme empor. Für das Ritual trug sie die von ihrer Mutter geerbten Armreifen mit den alten Symbolen. Neben ihr wartete Birger und hinter ihnen die Menschen, für die sie verantwortlich waren. Eine Trommel erklang. Kurz schielte Wala zu ihrer Großmutter. Die Dise harrte hinter der Eiche aus.

»Ihr Götter, steht uns bei!«, flehte Wala. Sie beugte sich über eine Schale mit klarem Wasser. Die Oberfläche, ein natürlicher Spiegel, kräuselte sich, warf Wellen. Stetig höher wuchsen die Wasserberge und eine Göttin erschien, um ihr Opfer anzunehmen. Wala tauchte mit einem tiefen Atemzug aus der Vision auf. Zufrieden löste sie ihren Halsreif aus Bronze und hielt ihn den Göttern entgegen. Der Anhänger daran trug die Form des Weltenbaums, an dessen einer Seite das Rad und an der anderen die Triskele geschmiedet waren. »Thor und Odin, Freyja und ihre Walküren. Schenkt uns den Sieg gegen die Römer. Lasst uns mit Zaubermacht ihre Streitmacht brechen. Rettet die Menschen, die euch ehren, vor denen, die euch verspotten. Ich, Wala, erflehe eure Hilfe.« Sie verbeugte sich und lächelte ihrem Gemahl zu. »Die Asen nehmen unser Geschenk an, Birger.«

Sachte fuhr sie mit den Fingern über die einzelnen Symbole des Anhängers. Der Weltenbaum vereint Himmel und Erde, Götter und Menschen. Das Rad steht für den Jahreslauf und das Schicksal, dem niemand entkommen kann. Die Triskele symbolisiert die Nornen und mit ihnen Vergangenheit, Gegenwart und Zukunft.

Wala ergriff Birgers Hand und schlenderte mit ihm um die Eiche herum. Faustgroße Steine bildeten ein Pentagramm in einem Kreis. Dort, wo die Spitzen des inneren Symbols das Rund berührten, waren sie mit Runen verziert. Wala schritt den fünfzackigen Stern ab, um die Kräfte der Elemente zu rufen. Zusammen mit ihrem Liebsten betete sie im Kern des Pentagramms erneut zu den Göttern. »Ihr Asen, mit unserer Vereinigung legen wir unser Schicksal zum Schutz unseres Dorfes in eure Hände. Gebt uns die Macht, unsere Aufgabe Seite an Seite zu erfüllen.«

Obgleich sie in dieser Nacht kaum Schlaf gefunden hatte, erschienen Wala ihre Sinne wacher als je zuvor. Hinter den Gebüschen des Rheinufers verborgen, beobachtete ein Teil ihres Stammes die Vorbereitungen gegenüber. Albruna zeigte sich lediglich Wala neben einem Holunderstrauch. Auf der Insel inmitten des Stroms lauerte Birger mit den besten Kämpfern, darunter auch der Schmied. Sie hatte ihrem Gemahl Runen auf Wangen, Brust und Hände gezeichnet. Was auch immer geschehen würde, nichts konnte sie trennen.

Der Centurio rief zum Aufbruch. Zugleich tauchten die Ruder ins Wasser, strebten die Boote wie ein Schwarm Ameisen zügig ihrem Ziel entgegen. Albruna nickte Wala zu. Jetzt war der richtige Zeitpunkt, mit der Anrufung zu beginnen. Sie trat an den Übergang von Land und Wasser, holte tief Luft und streckte die Arme gen Himmel. Sie stimmte den Gesang an, den Albruna sie gelehrt hatte. Sogleich fiel Birger mit ein. Die Weiber um sie ließen eine sich wiederholende Klangfolge erschallen, um ihr Stärke für das Ritual zu geben. In Walas Ohren klang der Gesang kraftvoll und sinnlich. Hörte sie ihre Stimme wie ein Echo? Oder war es die der Dise? Sie schloss die Augen. Immer weiter steigerte sie sich in die Anrufung, spürte, wie die Macht der Götter sie durchströmte. Sie fühlte sich gleich dem Wasser, das sich kräuselte. Wellen schlugen hoch wie Hütten, hoch wie Tannen, peitschten hinab. Schreie und ängstliche Rufe einer unbekannten Sprache nahm sie dumpf wahr. Wala öffnete die Lider. Die Römer paddelten hastig, in der Hoffnung zu entkommen. Vergeblich. Hinter ihnen erhoben sich gleichfalls Wassermassen und stürzten auf sie hernieder. Das kalte Nass langte mit gierigen Fingern nach seinen ersten Opfern. Lediglich dem größten Boot gelang es, die Insel zu erreichen.

Walas Geist tanzte auf den Wellen, ihr Leib verharrte mit emporgestreckten Armen und noch immer verließ kraftvoller Gesang ihre Lippen. So mussten sich die Götter fühlen, wenn sie die Menschen von Asgard aus beobachteten. Die Insel säumte ein breiter Streifen Bäume und Büsche. Sie gaukelte den Römern Sicherheit vor, denn sie sprangen vom Boot und folgten ihrem Hauptmann zur Mitte hin. Wala lächelte. Birger begrüßte mit stechendem Blick die Feinde. Rhythmisch schlugen alamannische Krieger gegen ihre Schilde. Zur Antwort nahmen die Römer hastig eine dreieckige Aufstellung ein.

»Odin, schenke uns den Sieg!« Birger ritzte sich die entblößte Haut über dem Herzen und beugte sich vor, sodass ein paar Tropfen auf die Erde unter ihm fielen. »Andvaris Fluch treffe das Haupt der roten Schlange!« Er wies mit dem Schwert auf den Anführer der Feinde und stimmte erneut in Walas Gesang ein. Birger marschierte auf die Feinde zu, als habe er in Fafnirs Blut gebadet und sei nun unverwundbar.

»Männer!«, rief nun der Centurio. »Lasst euch nicht beirren. Uns kann nichts aufhalten!«

Wala bemerkte Albruna neben sich. »Römischer Angstschweiß tränkt die Erde. Sie hören die Furcht- und Todesschreie ihrer Kameraden.« Die Dise wies auf Birger und flüsterte den Namen der Schutzrune.

Unbeirrt beschleunigte Walas Gemahl seine Schritte. Donner erschall, als er mit seinem Rundschild gegen die eckigen der Feinde prallte. Wie ein zorniger Eber trieb er einen Keil in ihre Reihen. Die Römer keuchten mit aufgerissenen Augen, doch ließen Birgers Krieger ihnen keine Zeit, sich hinter ihm neu zu sammeln. Sie stießen ihre Gere mit wildem Gebrüll in jede Lücke, die sich ihnen bot.

Wala erkannte, dass die Götter auch aus ihren Reihen Blut forderten, ihren Gemahl und den Centurio bislang jedoch verschonten. Die Formation der Römer löste sich weiter auf, ihr so oft genutzter Vorteil schwand, je mehr von ihnen durch die Gere, Schwerter oder Äxte der Alamannen gefällt wurden.

Birger drehte sich dem Centurio zu. »Lass es uns hier und jetzt entscheiden.«

»Noch nie hat ein Barbar mich besiegt.« Der andere spuckte aus.

Entschlossen nahm Birger seine Angriffshaltung ein und bleckte die Zähne. Das Schwert des Centurio wehrte er mit dem Schild ab, stieß seines nach vorne. Der Römer wich um Haaresbreite aus. Birger setzte ihm nach, rempelte ihn mit aller Wucht, das Schild voraus, an. Stolpernd suchte der andere sein Gleichgewicht, fiel auf ein Knie und stach zu. Birger brüllte auf, sein Oberschenkel blutete. Wollte Odin einen höheren Preis für seine Gunst? Walas Blick hetzte zu der hoffnungsfrohen Dise und zurück zu ihrem Gemahl. Verbissen drehte er sich, schleuderte seinen Schild waagerecht gegen die Kante des römischen, sowie den linken Oberarm des Trägers. Durch die Wucht des Aufpralls polterte der Schutz beider Kämpfer zu Boden. Der Centurio rief den Namen des Kriegsgottes Mars und stürmte vor. In schnellem Wechsel von Angriff und Verteidigung schlug Eisen unbarmherzig gegeneinander. Birger traf die Seite des Feindes. Der krümmte sich. Im gleichen Moment schrie ihr Gemahl auf. In seinem oberen Rücken steckte die Spitze eines Schwerts, das gerade herausgezogen wurde. Den Legionär hinter Birger erkannte Wala. Ehe ihr römischer Verehrer noch einmal zuschlagen konnte, trieb ihm der Dorfschmied seine Axt in den Schädel.

»Birger«, flüsterte Wala zu ihrer Ahnin. »Wir müssen ihm helfen.«

Albruna nickte ihr zu und schwebte auf der Welle zur Insel. Dort legte sie ihre Hände auf die Erde. Wala verstand die Worte des Schutzgeists nicht, doch sie sah die Auswirkungen.

Aus Birgers Rücken wuchsen Haare und auf seinem Haupt das Geweih eines jungen Hirsches. Seine Arme und seine Brust überzogen sich mit Schuppen. Er hob sein Haupt und stierte den Centurio aus wilden grünen Augen an. Die blutende Seite haltend, richtete der Römer seine Waffe auf Birger. Der sprang auf, wehrte mühelos das Schwert ab und schloss seine krallenartigen Finger um den Hals des Widersachers. Wild zappelte der Römer, schlug auf Birgers Arme und versuchte, sich aus dem Griff zu befreien. Sein Antlitz erbleichte, seine Arme und Beine verdorrten.

»Der Ring«, knurrte Birger und wies mit dem Kinn darauf, »verflucht jeden Träger zu einem gewaltsamen Tod.«

»Er gehört mir nicht«, japste der Centurio.

»Genauso wenig unser Dorf.« Birger drückte noch fester zu. Jegliches Leben wich aus dem Hauptmann der Römer.

Wala schloss die Augen. Etwas in ihr sagte, dass Birgers Verwandlung nicht umkehrbar war. Was hatten die Asen aus ihrem Geliebten gemacht? Nie wieder würde er unter den Menschen leben können. Daran war nur diese rote Schlange schuld, die sich vernichtend durch ihr Land, ihre Wälder wälzte! Wala spürte tiefe Trauer und Zorn in sich, rief beide auf, zu wachsen.

»Ran, ich habe ein Geschenk für dich!« Parallel zu den noch an der Oberfläche schwimmenden Booten erhob sich das Wasser entlang ihres Ufers. Walas Geist tauchte darin ein, formte das Element zu einem riesigen Drachen mit ausgespreizten Flügeln. Ohrenbetäubend tosend, rollte er auf die Römer zu und stürzte mit aller Gewalt auf sie hernieder. Wala sank in sich zusammen.

»Meine Kleine«, raunte die Stimme der Dise in Walas Ohr.

Ihre Sinne erwachten. Nach dem Sonnenstand war es früher Vormittag. Sie stützte sich auf und sah über den Rhein. Der Strom floss ruhig vor sich hin, nur treibende Leiber und Holz erinnerten an die Geschehnisse des Morgens.

Kunna, das Weib des Schmieds kniete sich neben sie. »Die Römer sind alle in Rans Reich oder liegen tot auf der Insel. Dein Mann ist auch noch dort.«

»Lebt er?« Walas Herz klopfte wild.

Ihre Freundin nickte, wich ihrem Blick jedoch aus. Mit zitternden Knien stand Wala auf. Die Anrufung hatte sie geschwächt und ausgelaugt, wie nach einer langen Krankheit. Sie musste zu Birger.

»Sammelt die Schätze der Römer für Fafnir. Kunna, du und dein Gemahl, ihr rudert mich zur Insel.«

Kurz darauf legte das Boot an dem Eiland an. Wala kletterte an Land und hastete zielstrebig auf die Stelle zu, wo Birger gegen den Centurio gekämpft hatte. Dort lag ihr Gemahl auf dem Rücken, die Haut halb Hirsch, halb Fisch mit Krallen statt Fingern. Er rührte sich nicht.

»Mein Geliebter.« Wala legte ihre Hände um sein entstelltes Antlitz.

Ein tiefer Atemzug hob und senkte seine Brust. Er öffnete die Augen und lächelte sie mit gelben Reißzähnen an. Obgleich Birger lebte, liefen Wala Tränen über die Wangen.

»Odin hat mir seine Kraft geliehen.« Er streichelte über ihr Gesicht. »Gegen uns kommt kein Heer der Welt an, liebste Wala. Wir beschützen unser Volk.«

»Ja, für alle Zeit.« Sie vereinte ihre Lippen mit seinen. »Ich erfülle noch unser Versprechen Fafnir gegenüber und bin bald wieder bei dir.«

Birger erhob sich und ging zu der verdorrten Leiche des Centurio. Der Ring Andvarinaut ließ sich leicht vom Finger des Toten ziehen. Zärtlich ergriff Birger Walas Hand und legte die Leihgabe des Lindwurms hinein. »Eine schwere Zeit verlangt einen hohen Preis. Erst mit dem Frieden ist unsere Aufgabe erfüllt.«

Wala senkte ihr Haupt. Wie viel Stärke ihr Gemahl zeigte. Sie bat ihn, sie fest in seine Arme zu schließen. Nur kurz, ehe sie in die Gnitaheide aufbrechen musste. Diesmal kam Birger nicht mit, er war nun an diese Insel gebunden.

In Begleitung der Dise legte sie am frühen Nachmittag das letzte Stück Weg zwischen Fluss und Fafnirs Höhle zurück. Drei Krieger ihres Dorfes luden derweil den Schatz der Römer am Ufer ab. Den verfluchten Ring wollte Wala selbst übergeben.

Albruna trat in den Höhleneingang. »Fafnir! Wir bringen dir deine Leihgabe und das Gold unserer Feinde.«

Schwere tapsende Schritte kündigten das Nahen des Lindwurms an. Sogleich fiel sein Blick auf den glänzenden Haufen. »Ihr habt die Wahrheit gesagt.« Er streckte Wala eine Klaue entgegen.

»Wir sind ein ehrbarer Stamm.« Wala nahm den Ring aus ihrer Gürteltasche und gab ihn dem Lindwurm. »Dank sei dir und Andvarinaut für den heutigen Sieg gegen die Römer. Birger und ich wachen weiterhin, damit kein Feind unser Land verschlingt.«

Fafnir schloss die Krallen um das Schmuckstück, nickte und wandte sich dem neuen Gold zu. Unsicher zogen sich die Männer zurück, doch der Lindwurm schenkte ihnen keine Beachtung.

Zurück im Dorf rief Wala ihren Stamm zusammen. »Mit Hilfe der Götter, Fafnirs Leihgabe und der Dise Albruna, die unser Gebiet schützt, konnten wir eine große Gefahr abwenden. Birger, unser Anführer, nahm seinen Platz als Wächter gegen künftige Angreifer ein. Meiner ist an seiner Seite. Erwählt euch ein würdiges Oberhaupt und schließt dauerhaften Frieden mit unseren Nachbarn, denn nur vereint sind wir stark.«

Sie verabschiedete sich von den Menschen, die sie seit klein auf kannte, holte ihren Runenbeutel aus dem Langhaus und stieg den Berg zum Rheinufer hinunter. Nur Albruna geleitete sie.

»Meine Kleine, du wirst deine Aufgabe meistern. Du wurdest dazu erwählt.«

»Es lastet dennoch schwer auf mir.« Wala seufzte. »Birgers und meine Liebe wird uns die Kraft dafür geben.«

Innig umarmten sie sich. Ob sich ihre Wege eines Tages erneut kreuzen würden?

Walas Füße berührten das Wasser. Als sei es das Natürlichste auf der Welt, lief sie auf den sanften Wellen zu einer Untiefe am südlichen Ende der Insel. Sie öffnete den Verschluss ihrer geerbten Kette und legte sie in eine Hand, geformt aus Wasser.

Tränen benetzten Walas Wangen, während das geweihte Schmuckstück tiefer sank.

Ihre nächsten Schritte lenkten sie zur Insel. Birger erwartete sie bereits und es war Zeit, den letzten Teil ihres Pakts zu erfüllen.

Gemeinsam formten sie in der Abenddämmerung mit Steinen vom Ufer ein Pentagramm, eingerahmt von einem Kreis. Wala legte ausgewählte Runen auf die Kreuzungspunkte, stellte sich mit erhobenen Händen in die Mitte und tönte die Silben der Zeichen, um ihre Magie zu beschwören. Ein kühler Luftwirbel hüllte sie ein.

»Ich bin die Beschützerin dieses Eilands und des Stroms, so weit mein Auge reicht. Ich bleibe an diesen Ort, an der Seite des Wächters Birger, gebunden, bis mit dem Frieden unsere Aufgabe erfüllt ist.«

Der Luftwirbel durchdrang sie, bis sie ihren Leib nicht mehr spürte. Irgendwann legte sich der Wirbelwind.

»Du bist wunderschön, meine Geliebte.« Birger ergriff ihre Hand und führte sie an seine Lippen.

Neugierig sah Wala an sich hinunter. Statt der Gewänder aus Leinen und Wolle trug sie nun eines aus dünnem, fließendem Stoff – wie ihre Ahnin. Auch ihr Antlitz, wie sie es in Birgers Augen erblickte, erschien alterslos.

»Nun sind wir beide keine Menschen mehr, doch für alle Zeit vereint als Wächter und Dise.«

ଓ୶ଓ

Ute Zembsch, geb. 1969 in Marburg, lebt mit ihrem Mann in Frankenberg/Eder. Die Bürokauffrau mit Faible für den Orientalischen Tanz gründete Anno 2000 einen Verein für erlebbares Mittelalter mit und schlüpft auch als Pen-and-Paper-Rollenspielerin in verschiedene Charaktere.

2013 kreierte sie für ihre Lieblingsfigur einen Werdegang in Romanlänge und entdeckte so das kreative Schreiben endgültig für sich. Seither lässt sie das Schreibfieber nicht mehr los, bevorzugt in den Genres Fantasy und historische Romane.

2. Siegergeschichte

Herr Katsu besucht eine Stadt ohne Hunde
Veith Kanoder-Brunnel

Mühsam kämpfte Shiori sich durch die metaphorisch tosenden Wassermassen eines emotionalen Ausnahmezustands, ihren Unterströmungen körperlicher Schmerzen und einer alles verändernden, aber nicht mehr greifbaren Enttäuschung, die ihr Bewusstsein in die unendlichen Tiefen eines schwarzen Ozeans gezogen hatten. Vielleicht war es aber auch einfach nur ein Schlag auf den Hinterkopf gewesen.

Langsam kehrte sie an die Oberfläche der wachen Welt zurück, aber es wurde nicht heller.

War das ein Stuhl, auf dem sie saß?

Sie versuchte, sich zu bewegen, doch stramme Ledergurte hielten ihre Arme auf die Lehnen gepresst. Auch ihre Beine waren fest an den massiven Holzstuhl geschnallt, wie sie schnell feststellen musste. Und damit nicht genug, irgendwas klebte noch unter dem T-Shirt an ihrer Haut. Sie schüttelte sich leicht und spürte mehrere an ihrem Körper befestigte Kabel.

Elektroden!

Verdammt, wo war sie denn hier gelandet?

Die Stoffkapuze wurde ihr vom Kopf gezogen und das Licht blendete sie. Vor ihr ein Tisch, ein alter Röhrenbildschirm zeigte statisches Rauschen, auf der anderen Seite leuchtete ihr ein angebissener Apfel von einem Laptopdeckel entgegen. Gut, doch nicht Nordkorea. Sie atmete auf.

»Sind Sie wieder wach?«

Deutsch, so gut wie akzentfrei. Shiori drehte den Kopf zur Seite und blickte in ein vielleicht fünfzigjähriges Gesicht mit einem buschigen, grauen Schnauzbart. Kurze Haare, Militärfrisur. Der Mann ging um den Tisch herum und setzte sich auf einen Klappstuhl vor den Laptop. Blaue Uniformjacke mit Bundesadler. Sie war also immer noch in Deutschland.

»Schmidt, BND, guten Tag«, stellte sich ihr Gegenüber schroff vor. »Ich hätte da ein paar Fragen.«

»Ich hab den LKW nur gefahren, ich weiß von nichts.«

Schmidt zündete sich eine Zigarette an, inhalierte tief und blies ihr den Rauch entgegen. Ein klares Statement, erkannte Shiori, ebenso albern wie deutlich. In allen Räumen deutscher Behörden herrschte striktes Rauchverbot, er wollte also zeigen, dass er nicht nach den gängigen Regeln spielte. »Passivrauchen kann tödlich sein«, protestierte sie süffisant.

»In Ihrem Fall wage ich das zu bezweifeln. Ich weiß, was Sie sind.«

Bloß nicht einschüchtern lassen. Shiori grinste. »Und dann schließen Sie mich trotzdem an einen Lügendetektor an?«

»Das Gerät hat eine andere Funktion. Ich kann damit einen kleinen Reizstrom durch Ihren Körper schicken, um Ihre Kooperationsbereitschaft zu erhöhen. Natürlich nur, wenn das nötig sein sollte.«

Oh Mann, diese Geheimdiensttrottel. Shiori lachte.

»Demonstrieren Sie mal.«

Der BND-Mann drückte eine Taste auf seinem Laptop. Shiori blieb schlagartig die Luft weg, schwarze Risse zogen sich durch ihr Sichtfeld, die Welt schien in Scherben zu zerspringen, von überall rissen unsichtbare Krallen an ihrem Körper, an ihrer Existenz selbst. Das Gefühl verschwand so schnell, wie es gekommen war.

Sie atmete tief durch und rang die panische Angst nieder.

»Okay, beeindruckend. Das war doch kein Strom?«

»Oh doch. Ein Datenstrom. Seit all diese Zeichen im Unicode sind, muss man Shinto-Exorzismen nicht mehr auf Papiere schreiben. Ich habe natürlich keinen kompletten gesendet, wir wollen uns ja noch unterhalten.«

Verdammt, sie hatte den Kerl unterschätzt, der wusste, was er tat.

»Wer sind Sie?«

»Schmidt, sagte ich doch schon. Abteilung MA. Mythologische Aufklärung.«

»Und was wollen Sie von mir?«

»Ich möchte verstehen. Ihr untergetauchter Kollege telefoniert bestimmt bereits mit dem Innenminister, und sobald er das magische Wort ›Migrationseindämmung‹ in den Mund genommen hat, dürfen Sie hier unbehelligt hinausspazieren. Hat bei dem Djinn vor zwei Wochen jedenfalls so funktioniert. Aber diesmal bin ich vorbereitet, ich habe die Tür fest verschlossen und mein Handy ausgeschaltet. Diesmal lass ich niemanden gehen, bis ich meine Antworten habe. Was hatten Herr Katsu und Sie in der ›Stadt ohne Hunde‹ zu suchen?«

»Man spricht es ›Katz‹ aus«, korrigierte sie, »nicht Kaht-suh.«

»Sehr witzig. Denken hier eigentlich alle, sie können sich über die Behörden lustig machen? Erst diese Spinner, die ein Kaff wie Böltropp in ›Stadt ohne Hunde‹ umbenennen, und dann operieren da untote Agenten vom anderen Ende der Welt mit so einem Codenamen?«

»Herr Katsu heißt wirklich so, und wir sind nicht untot.«

»Von mir aus auch divers lebendig.« Schmidt inhalierte und legte die Zigarette im Aschenbecher ab. »Was wollten Sie dort? Der Ort war abgeriegelt. Wie sind Sie da mit dem LKW überhaupt reingekommen?«

»Über die Straße vielleicht?« Shiori lächelte spielerisch. »Warum haben Sie den Ort eigentlich nur abgesperrt und keine anderen Maßnahmen unternommen?«

»Was hätten wir Ihrer Meinung nach denn tun sollen?« Schmidt schnaubte. »Da mit Panzern rein und die Leute überfahren? Wir sind hier in Deutschland, nicht bei Ihnen zu Hause.«

»Das war China«, korrigierte sie entrüstet.

Schmidt hob seine Zigarette auf, rauchte einen Zug und lächelte. »Sie sind also wirklich aus Japan, danke für die Klarstellung. Darf ich jetzt endlich erfahren, was Sie in dem Ort gemacht haben?«

»Ein Problem für Sie gelöst. Die Stadt ohne Hunde wird schon bald wieder Böltropp heißen und die Einwohner keinen Ärger mehr machen. Seien Sie froh darüber und vergessen Sie die Geschichte. Bezüglich weiterer Details bin ich an eine Geheimhaltungspflicht gebunden.«

Der Verhörexperte donnerte seine Faust auf den Tisch. »Das Einzige, woran Sie im Moment gebunden sind, ist dieser Stuhl hier. Ich werde mich bezüglich dieses Falles nicht länger verarschen lassen, es reicht!« Drohend schwebte ein Finger über einer Taste.

»Sie können mich zu foltern versuchen, so viel Sie möchten, ich kann mich an nichts–«

Wieder dieses Zerreißen der Welt, diesmal wesentlich länger. Zusammenhanglose Bilder, ihre Hände an einer gelben Lieferkiste, mit Fisch gefüllt. Herr Katsu trug ebenfalls eine solche und stellte sie auf einem Tisch ab. In einem hellen Blitz kehrte der Verhörraum zurück.

»Und?« Schmidt lächelte zynisch. »Hilft es Ihrer Erinnerung auf die Sprünge?«

»Ja, tatsächlich. Danke.«

Sein Gesichtsausdruck war unbezahlbar. Auf dem Monitor vor ihr flackerten noch einmal jene Erinnerungsbilder auf, die sie gerade gesehen hatte. Sie legte den Kopf in den Nacken und warf einen Blick nach oben. Über dem Stuhl breitete sich ein metallischer Trichter mit einer Unzahl von Kupferspulen darin aus. »Beeindruckende Technologie.«

»Leider nur ein Accessoire.« Schmidt seufzte. »Den Stuhl hab ich bei E-Bay erstanden, ein jahrzehntealter Prototyp zur Visualisierung der Gedanken von Fernwahrnehmern aus dem amerikanischen MK-Ultra-Projekt. Hat nie funktioniert, aber wirkt einschüchternd bei Verhören.«

Hatte er die Bilder nicht gesehen? Nein, er saß ja auf der anderen Seite, und hatte die Ausgabe wohl nicht auf seinen Laptop gelegt. Oder bluffte er? »Verliert aber seine Wirkung, wenn Sie Gefangenen das erzählen.«

»Stimmt.« Er stutzte. »Wie konnte ich nur?«

»Vielleicht, weil wir sowas wie Kollegen sind, nur jeder für seine Spezies zuständig. Da finden Sie mich einfach vertrauenswürdig.« Oder er sollte bei diesem Verhör besser eine Gasmaske tragen, wegen ihrer Pheromone. Aber da musste er schon selbst drauf kommen.

»Ich weiß nicht. Sie stehlen Menschen ihre Leben.«

»Nur den Toten«, korrigierte sie. Shit, das klang absurd. »Und die bringen wir nicht selbst um«, fügte sie schnell hinzu, »wer gegen diese Regeln verstößt, ist auch bei uns Verbrecher und wird verfolgt.«

Er räusperte sich. »Gut, Frau ›Kollegin‹. Dann briefen Sie mich doch mal bezüglich Ihrer Ermittlung.«

Vielleicht wäre eine teilweise Kooperation gar nicht die schlechteste Idee. »Sie sollten die Stromstärke an ihrem Gerät etwa auf das Doppelte erhöhen und dafür die Übertragungsgeschwindigkeit des Datenstroms auf ein Zehntel drosseln. Dann können Sie den Knopf wesentlich länger drücken und das wäre viel effektiver. Probieren Sie mal.«

Der arme Kerl, jetzt hatte sein Gesichtsausdruck das mit diesem Medium maximal darstellbare Maß an Verwirrung erreicht. »Sind Sie Masochistin, oder was?«

»Nein, einer Schweigepflicht und einem Ehrencodex unterworfen. Sie müssen sich Ihre Antworten schon verdienen. Zehn Sekunden sollten ausreichend sein.« Verdammt, worauf ließ sie sich da ein? Sie hatte die Bilder auf dem Monitor gesehen, ihr Plan könnte funktionieren, wenn sie ein bisschen mehr Zeit hätte. Aber das würde alles andere als angenehm werden.

Er strich sich mit der Hand am Kinn entlang. »Jemandem einen kurzen Stromschlag zu verpassen ist eine Sache, aber ...«

Von wegen ›vee heff vays off making juh tork‹. Was war nur aus diesen Deutschen geworden? »Machen Sie schon. Ich kann das ab. Und hätte später eine glaubhafte Entschuldigung für eine Kooperation.«

»Also gut. Sie haben es so gewollt.« Er tippte auf seinem Rechner herum. »Bereit?«

Sie nickte. »Zehn Sekunden, nicht weniger.«

Shiori schloss die Augen. Hölle, tat diese doppelte Stromstärke weh, ihr ganzer Körper verkrampfte sich. Aber das war bei einer solchen Dauer notwendig, würde ihre Seele an das Gefährt binden. Das Zerreißen kam dieses Mal langsam, sie biss die Zähne zusammen und konzentrierte sich auf die Erinnerungen ihrer rein geistigen Form. Irgendwas saugte, entriss ihr alles, was sie greifen konnte. Endlich ließ das Gefühl nach. Sie atmete schnell und heftig.

»Alles in Ordnung?« Schmidts Stimme hörte sich tatsächlich besorgt an. »Geht es Ihnen gut?«

»Ja, aber ... es hat nicht–« Ihr Blick fiel auf den Monitor. Das weiße Rauschen war verschwunden, stattdessen das Wort ›Buffering ...‹ und ein sich schnell füllender Balken zu sehen. Dann eine Landstraße in der Morgendämmerung, ein Polizist schwenkte eine rote Kelle. »Überlass das Reden mir, ja?«, schlug die Stimme von Herrn Katsu vor. Das Ding hatte sogar Audio, gut.

Schmidt sprang von seinem Sitz auf und schoss durch den Raum, fast wie ein Freerunner. Der konnte ja richtig schnell sein. Neben ihr angekommen starrte er auf den Monitor. »Das Teil geht ja doch!«

»Tun Sie nicht so überrascht. Bei den Amis hat es nicht funktioniert, weil die Testpersonen Scharlatane waren. Dass es bei mythologischen Wesen geht, wissen Sie ganz genau. Sonst hätten Sie es nicht wirklich alles angeschlossen.«

»Touché.« Schmidt grinste verlegen. »Wir–«

»Ruhe, verdammt. Wenn Sie schon meine Erinnerungen hacken, hören Sie auch genau zu.« Hoffentlich hielt er sich daran und stellte keine Zwischenfragen.

🐾

Drei Polizisten umstellten das Fahrzeug, einer schritt direkt zur Fahrertür. Shiori kurbelte das Fenster hinunter. Ein grüner Golf schoss aus der Gegenrichtung heran und kam mit quietschenden Reifen vor zwei anderen Polizisten zum Stehen.

»Kleinen Moment bitte«, rief der Ordnungshüter, der den LKW fast erreicht hatte, drehte um und rannte auf das andere Fahrzeug zu. Shiori streckte ihren Kopf aus dem Fenster. Die Konversation mit dem Golffahrer war zuerst unhörbar leise, bis einer der Polizisten lauter wurde. »Ich sag Ihnen jetzt mal was: Dann beginnt hier eben das Werksgelände der Bundesrepublik Deutschland GmbH, wir sind der Werkschutz und Leute ohne Personalausweis haben auf unserem Firmengrundstück nichts verloren!« Er deutete energisch in die Richtung, aus der das Fahrzeug gekommen war. »Ziehen Sie Leine, oder Sie sind wegen Industriespionage dran!«

Tatsächlich befolgte der Fahrer die Anweisung und drehte um. Der Wachmann kam zum LKW zurück und blickte zu Shiori auf. »Entschuldigen Sie, das hatte Vorrang.« Auf der anderen Seite war die Beifahrertür zu hören und wenig später trat Herr Katsu dem Polizisten gegenüber. »Was war das denn eben?«, fragte er mit seiner tief krächzenden, aber angenehmen Stimme.

Der Polizist schnaubte. »Wieder einer dieser bekloppten Reichsschildbürger aus der Stadt ohne Hunde.«

»Reichsschildbürger?«

»Die nennen wir so. Keine Ahnung, womit das Trinkwasser da kontaminiert ist. Die Straße ist jedenfalls gesperrt.«

»Gibt es einen anderen Weg?«, fragte Herr Katsu.

»Nein.«

»Aber ich wollte meinen Urlaub da verbringen.« Er trat aus dem Schatten des LKWs, sodass sein Narbengesicht deutlich sichtbar war. »Die letzten zehn Jahre habe ich immer in Ostdeutschland Urlaub gemacht. Vorletztes Jahr bin ich bei einem Waldspaziergang von einer Meute wilder Hunde angefallen worden. Etliche Operationen, ich hatte verdammtes Glück, dass ich überhaupt noch am Leben bin.«

»Das tut mir leid«, sagte der Polizist, seine Stimme klang aufrichtig.

»Dann verstehen Sie sicherlich, dass ich, wenn es hier eine ›Stadt ohne Hunde‹ gibt, genau dort meinen nächsten Urlaub verbringen will. Und nirgendwo anders.«

»Da würde ich mir nicht zu viel Hoffnung machen. Nur weil ein paar Spinner das Ortsschild ausgetauscht haben, bedeutete das noch lange nicht, dass es da wirklich keine Hunde gibt.«

»Wir möchten da trotzdem hin. Und wir haben gültige Papiere, außerdem gute Verbindungen zur Presse. Sie möchten doch bestimmt nicht publik gemacht haben, dass Sie hier einen Ort abriegeln, weil Sie den nicht anders in den Griff kriegen, oder?«

Der Polizist seufzte. »Okay, fahren Sie. Aber sagen Sie nicht, ich hätte Sie nicht gewarnt.«

»Moment«, unterbrach einer seiner Kollegen. »Bitte zeigen Sie uns Ihren Anhänger. Nicht, dass Sie diese Spinner noch mit Waffen beliefern.«

»Das erledigen doch bestimmt unsere SEK-Leute schon«, kommentierte der dritte. »Hey, kuckt mich nicht so an, wird man doch wohl noch sagen dürfen ...«

»Folgen Sie mir einfach«, bat Herr Katsu, ohne darauf einzugehen.

Wenig später war die verdutzte Stimme eines Straßenwächters aus dem hinteren Teil zu hören. »Sie transportieren ... schlafende Katzen? Und die haben ja zwei Schwänze!«

»Eine exotische Rasse aus Japan, mit besonders hohem Schlafbedürfnis«, erklärte Herr Katsu. »Die wachen fast nie auf. Das perfekt angepasste Haustier für Menschen mit wenig Zeit, die–«

»So viele?«

»Ich bin Züchter und verkaufe die. Ich kann Ihnen Papiere für jedes einzelne Tier vorlegen, wenn Sie–«

»Nicht nötig«, winkte er ab. »Was ist in dem Kühlraum dort?«

»Fangfrischer Fisch von der Küste. Für die Katzen, wenn sie doch mal–«

Der Bildschirm wurde erst dunkel und zeigte dann wieder elektronisches Schneegestöber.

»Okay«, begann Schmidt. »Ein bisschen was habe ich sogar verstanden. Natürlich habe ich nach dem anonymen Anruf erst einmal ein paar Bücher über japanische Mythologie gewälzt. Zweischwänzige Katzen sind–«

»Was für ein Anruf?« Shiori zuckte zusammen und riss die Augen auf.

»Dass da eine verletzte Nekomata in menschlicher Gestalt auf einem Autobahnrastplatz liegt und wir die doch bestimmt beseitigen möchten.«

Das war wie ein Schlag in die Magengrube. Jemand hatte sie verraten? »Ich war nicht nur Fahrerin von Herrn Katsu, sondern auch seine Leibwächterin. Er ist der erste Vorsitzende des Zentralrats der Bakeneko und Nekomata. Was ist mit ihm passiert, wurde er entführt?«

»Wissen wir nicht.«

Shiori versuchte, sich zu beruhigen. »Ich brauch jetzt auch eine Zigarette. Bitte.«

Schmidt schnipste hinten gegen die Packung und ließ seine Gefangene mit dem Mund einen der vorstehenden Glimmstängel hinausziehen, dann kramte er in seiner Jackentasche nach einem Feuerzeug.

Shiori modifizierte mit einem knirschenden Geräusch die Stellung der Knochen in ihrer rechten Hand, zog diese aus der Fixiervorrichtung und erzeugte einen auf ihrer Handfläche schwebenden Feuerball.

Schmidt sprang erschrocken einige Meter rückwärts. Shiori zündete sich die Zigarette an, ließ das Feuer wieder verschwinden und schob die Hand unter den Fixiergurt zurück, wo sie wieder ihre ursprüngliche Form annahm.

Der Beamte hyperventilierte.

»Keine Sorge, ich bin ganz kooperativ.« Sie zerrte mit der Hand am Gurt. »Völlig hilf– und harmlos, sehen Sie? Beruhigen Sie sich. Wir wollten doch zusammenarbeiten.«

»Eins stand nicht in den Mythologiebüchern«, seufzte er. »Wenn Katzen den plötzlichen Evolutionssprung zur Nekomata vollziehen, verlieren sie offenbar nicht das Vergnügen daran, Menschen nach Strich und Faden zu verarschen. Die Katze meiner Tochter maunzt immer vorm Dachfenster, und sobald man sie reingelassen hat, will sie durch die Haustür wieder raus. Das erklärt diese ganzen Reichsschildbürgerstreiche.« Er lachte, dann aber wurde sein Gesichtsausdruck ernster. »Ich verstehe nur nicht, warum diese Leute schon gesponnen haben, bevor Sie die

Bevölkerung durch die Nekomatas in ihrem LKW ausgetauscht haben.«

Verdammt, was hatte der sich jetzt wieder zusammengereimt? Shiori stöhnte genervt auf. »Das haben Sie völlig falsch verstanden. Die Katzen im Wagen *waren* die Bevölkerung von Böltropp. Wir haben sie vor einer Woche in einer stillgelegten Bunkeranlage ein paar Kilometer nordöstlich des Ortes gefunden. Wenn Nekomatas die Regeln brechen und nicht das Leben eines Toten weiterführen, sondern mit lebenden Menschen tauschen, kann die Menschenseele den Katzenkörper nicht steuern und dieser fällt in eine Art Winterschlaf. Wir sind damit in das Dorf gefahren, um zurückzutauschen und die Nekomatas unauffällig nach Japan zurückzubringen.«

Schmidt zündete sich eine neue Zigarette an, tiefe Falten zeichneten sich auf seiner Stirn ab. »Ich versteh das mit dem Tauschen nicht.«

»Das ist ganz einfach. Eine Nekomata kann ihren Katzenkörper verlassen und den Körper eines Toten wiederbeleben und übernehmen, um sein Leben weiterzuführen. Aus Diskretionsgründen ist das nur bei Toten erlaubt, die noch niemand für tot erklärt hat. Sind dann eben Wunder, wenn jemand einen schweren Unfall ›überlebt‹ oder sich entgegen aller Ärzteprognosen von einer unheilbaren Krankheit erholt. Lebende zu übernehmen, und gleich ein ganzes Dorf davon, ist viel zu auffällig, da mussten wir eingreifen.«

»Aber in allen Mythologiebüchern steht, Nekomatas fressen Menschen, um dann ihre Gestalt anzunehmen«, protestierte er.

Ein langes Stück Asche klebte mittlerweile an Shioris Zigarette im Mundwinkel und sie hatte Mühe, es da zu halten, besonders beim Sprechen. »Afrikaner fressen auch Menschen, wenn Sie jahrzehntealter ›Fachliteratur‹ von Rassisten glauben.«

Schmidt öffnete die Schnallen der Gurte und stellte ihr einen Aschenbecher hin. »Wie ist das in dem Dorf dann abgelaufen?«

Shiori aschte ab und deutete auf den Laptop am anderen Ende des Tischs. »Die Antwort müssen Sie schon aus mir herauskitzeln. Ich darf es Ihnen ja nicht zu einfach machen.«

»Katzen!«, seufzte er kopfschüttelnd, kehrte an seinen Platz zurück und drückte den Knopf.

Der LKW parkte vor der Grundschule des Ortes, Herr Katsu stand an der Hecke und sah auf dem Schulhof spielenden Kindern zu. Eine Schülerin hockte auf dem Boden, während etwa fünfzehn andere in einem Kreis um sie herumtanzten und sangen. »Bake-bake-neko, saß und schlief. Bake-bake-neko, kuckte schief.« Das Mädchen hob den Kopf leicht an und schien zu wittern. »Bake-bake-neko, wacht jetzt auf.« Das Mädchen schüttelte sich und brüllte wie ein Löwe. »Die Katze will dich fressen, lauf! Lauf! Lauf!« Alle stoben auseinander und das Mädchen jagte ihnen hinterher.

»Hey, ihr kleinen Monsterkatzen«, rief Herr Katsu über die Hecke, »möchtet ihr einen Fisch?«

Mit klar als affirmativ zu deutendem Gejauchze stürmte die Horde auf ihn zu. Er bückte sich, hob eine der gelben Plastikkisten vom Boden auf, und die Kinder machten sich gierig fauchend über den rohen Inhalt her. Es dauerte nicht lange, bis sich auch die ganz kleinen aus dem Hort dazugesellten.

Wieder flackerte der Bildschirm. Schmidt riss die Augen auf und öffnete den Mund, doch Shiori unterbrach ihn mit einer Handbewegung. »Warten Sie, da kommt noch mehr.«

Ein Teil des rustikalen Holzschilds ›Dorfgemeinschaftshaus Böltropp‹ war mit schwarzer Farbe übergesprüht, aufgrund der Vertiefungen aber immer noch lesbar. Riesengroß prangte in kunterbunten Farben ein neuer Schriftzug an der Wand, vermutlich ein Grundschulprojekt: ›Dorff-Miezhaus vonne Statd one Hunde‹. Den Lichtverhältnissen nach musste später Nachmittag sein und die Straße war mit Autos, Treckern und sogar Aufsitzrasenmähern vollgeparkt. Herr Katsu und Shiori trugen jeder zwei der gelben Fischkisten ins Gebäude und stellten sie im Vorraum ab. »Hoffentlich sind wirklich alle da«, bemerkte Shiori.

»Ich denke schon«, erwiderte Herr Katsu. »Auf den Plakaten stand ›monatliche Vollversammlung‹.«

»Mit Disziplin scheinen die es ja zu haben.« Shiori lachte. »Vielleicht hat es aber geholfen, dass wir heute morgen ›Herr Katsu kommt auch und bringt Fisch mit‹ hinzugeschrieben haben.«

»Bestimmt. Niemand von uns kann frischem Fisch widerstehen. Mach dir keine Sorgen.«

Sie warf einen Blick in die Garderobenecke des Vorraums, an deren Wand eine Unzahl von Heugabeln lehnte, neben Fackeln und ein paar Schrotflinten. Ein handgeschriebenes Pappschild darüber wies diese Utensilien als ›Für den Mob‹ aus. »Ich hab kein gutes Gefühl dabei.«

»Überlass mir das Reden, und bleib bloß von dem Fisch weg, auch wenn ich selbst kräftig zulange. Du musst auf jeden Fall nüchtern bleiben, verstanden?«

Sie nickte. »Okay, ich krieg das hin.«

Durch eine mit Katzenbildern aus dem Internet tapezierte Tür betraten sie den Versammlungsraum. Die Tische waren in einer doppelten Hufeisenform um ein Rednerpult angeordnet und mit Dorfbewohnern aller Altersgruppen besetzt. Die Kinder tobten hinter dem Gebäude auf einem Spielplatz, der durch zwei Fenster teilweise einsehbar war. Am Rednerpult stand ein Mann mittleren Alters in einem schillernd bunten Anzug, wild gestikulierend in eine Ansprache vertieft. Auf seinem Zylinder prangte neonblau der Schriftzug ›Meisterbürger!‹. Die Neuankömmlinge schien er noch nicht entdeckt zu haben, jedenfalls las er unbekümmert weiter von seinen auf die Pappe eines Pizzakartons gekritzelten Notizen ab. » ... trotz der vielen Spenden nur schleppend, da es durch die Blockade im Moment schwierig ist, mehr Schießbaumwolle zu erwerben. Somit müssen wir das ›Schickt den Kirchturm zu Gott zurück‹-Projekt auf die nähere Zukunft ...« Er sah von seiner Pappe auf und entdeckte die Gäste. »Herr Katsu, schön, Sie hier zu sehen. Wir freuen uns, dass Sie den weiten Weg von Japan auf sich genommen haben, um uns zur Gründung der ersten Nekomata-Kolonie im Ausland zu gratulieren.«

Alle drehten sich zu ihm um; ehrfurchtsvolles Gemurmel und Applaus füllten den Raum.

Shiori blieb als stumme Beobachterin neben der Tür stehen, während Herr Katsu nach vorne zum Rednerpult trat. »Sehr geehrte Reichsschildbürger der Stadt ohne Hunde, es ist mir eine Ehre, Sie heute hier vollzählig begrüßen zu dürfen. Oder hat es jemand nicht zu meinem Besuch geschafft?«

»Nein, alle sind gekommen«, bestätigte der Bürgermeister, oder was auch immer seine Funktion in der Gemeinde war. »Herr Katsu, wir haben die Kolonie Ihnen zu Ehren ›Stadt ohne Hunde‹ getauft, damit sie Ihnen als sicherer Rückzugsort bei Ihren Deutschlandreisen zur Verfügung steht. Wir alle sind sehr froh, dass Sie nach dieser schrecklichen Tragödie wieder genesen sind.«

»Vielen Dank. Als Gastgeschenk habe ich frischen Fisch von der Küste mitgebracht, vielleicht könnten ein paar kräftige Leute meiner Fahrerin behilflich sein und die Kisten aus dem Vorraum hineintragen?«

Sofort sprangen mehr als genug Dorfbewohner auf und wenig später waren die Kisten auf den Tischen verteilt. Herr Katsu nahm einen Fisch heraus, biss ihm den Kopf ab, kaute genüsslich darauf herum und verschlang dann den Rest. »Das Buffet ist eröffnet. Langt kräftig zu!«

Die nächsten Minuten war an weitere Ansprachen nicht zu denken. Shiori umklammerte hinter dem Rücken die Türklinke mit beiden Händen, als versuche sie sich einzureden, dort angekettet zu sein. Sie hielt die Augen fest geschlossen und kämpfte hartnäckig mit der Gier, sich ebenfalls auf die Leckerbissen zu stürzen. Endlich war es vorbei. Die Dorfbewohner kehrten an ihre Plätze zurück und Shiori öffnete die Augen. Die Kisten waren bis auf die letzte Fischschuppe geleert. Herr Katsu stand wieder am Rednerpult.

»Leider muss ich Sie alle erstmal fragen, was Sie sich dabei denken«, begann er mit strenger Stimme. »Sicherlich hat eine Nekomata-Aussteigerkolonie ihren Reiz, aber was ist aus der Geheimhaltung geworden?«

»›Hiding in plain sight‹ ist unsere Strategie«, erklärte der Bürgermeister. »Wir sind hier in Deutschland, niemand kennt den Mythos.«

»Genau«, erwiderte Herr Katsu. »Wir sind hier Gäste, da sollte man sich doch ein bisschen benehmen und an Regeln halten. Wie zu Hause auch.« Diesmal wurde seine Aussage von Pfiffen und Buh-Rufen begleitet.

Der Bürgermeister bat mit einer Handgeste um Ruhe. »Die japanische Gesellschaft ist so restriktiv, hier ist das viel besser. Wir haben uns auch schon integriert, unter all den anderen Reichsbürgern fallen wir gar nicht mehr auf. In Ostdeutschland macht doch eh jeder, was er will, und die Behörden kriegen nichts auf die Reihe.«

»Ihr müsst nicht alles glauben, was in irgendwelchen postfaktischen Boulevardblättern steht. Ostdeutschland ist weit davon entfernt, ein Failed State zu sein. Die haben euch schon lange auf dem Schirm, und es ist nur noch–«

»Spießer! Spießer! Spießer!«, skandierte der Saal.

»Es reicht jetzt!« Herr Katsu versuchte ein letztes Mal, seine Autorität auszuspielen. »Ihr werdet euch alle vor dem Rat verantworten!«

Wütende Stimmen überlappten sich zu einer geschlossenen Oppositionsfront. Shiori lief zu ihrem Kollegen und stellte sich schützend vor ihn.

»Der Rat hat uns nichts mehr zu sagen!«

»Hier sind wir endlich frei!«

»Hängt die beiden an den nächsten Baum!«

»Nein, wir schießen sie mit dem Kirchturm zum Mond.«

»Dafür haben wir doch noch nicht genug Schießbaumwolle zusammen«, warf der Bürgermeister ein. »Hat vorhin keiner zugehört? Nach Jules Vernes Anleitung braucht man vierhunderttausend Pfund.«

»Nehmen wir einfach, was wir haben«, kreischte eine ältere Frau.

»Genau, für ein schönes Feuerwerk reicht es allemal.«

»Und wir sind den Ratsherren endgültig los.«

»Es lebe die Revolution!«

Die Menge stürmte auf sie zu. »Nicht wehren«, ordnete Herr Katsu an.

Der Bildschirm kehrte zu seinem Schneebild zurück.

»Warum wollte er nicht kämpfen?«, fragte Schmidt.

»Ich nehme an, um die Körper der Dorfbewohner nicht zu verletzen.«

»Und wie sind Sie da rausgekommen?«

Shioris Finger trommelten nervös auf den Armlehnen. »Das will ich jetzt auch unbedingt wissen.« Sie erstarrte. »Also, an Ihrer Stelle«, setzte sie hinzu.

Schmidt legte den Kopf schief. »Sie haben selbst nicht die geringste Ahnung, wie das ausgegangen ist, richtig?«

»Korrekt.« Sie seufzte. »Nach diesem Schlag auf den Kopf fehlt mir die Erinnerung an die letzten Tage.«

»Gott, warum haben Sie das nicht gleich gesagt?«

Shiori lachte. »Und das hätten Sie mir abgenommen? Teilamnesie, dieses komplett überbenutzte Klischee jedes schlechten Thrillers?«

Schmidt zupfte sich am Schnäuzer, schien zu überlegen. »Nein«, sagte er dann, »bei allen Pheromonen nicht.«

Hölle, er wusste davon? Warum trug er dann keinen Atemschutz? Halt, vielleicht war das eine Falle, bloß nichts bestätigen.

Sie überging die Bemerkung mit einer kurzen Erklärung: Der Datenstrom werfe sie teilweise aus ihrem Körper, und damit sei sie für kurze Zeit nicht mehr dessen Limits unterworfen, wie einer kopfverletzungsbedingten Erinnerungsblockade.

»Und wenn man Sie ganz exorziert?«

»Dann sterbe ich. Shiori Watanabe erhängte sich vor acht Jahren in Aokigahara, seitdem lebe ich in ihrem Körper. Japans Selbstmörderwald ist seit jeher unser Bodyshop. Aber auch Nekomatas leben nicht ewig, und wenn der Katzenkörper stirbt, kann man nicht mehr zurück und steckt im Wirtskörper fest.«

»Wie lange, bis das passiert?«

»Etwa drei bis fünf Jahre, Katzen werden ja erst nahe ihres Lebensabends zu Nekomatas. Dann sollte man sich schnell für einen Menschen entscheiden, als der man weiterleben will.« Sie deutete auf den Monitor. »Können wir uns endlich den Rest ansehen?«

»Sicher.« Schmidt ging abermals zum Laptop und drückte die Taste.

Ein schwindelerregender Blick vom Turmfenster nach unten. Bauern luden weißes Wattezeug von einem Traktoranhänger auf Schubkarren und brachten es unten ins Gebäude.

Ein zweiter Trecker mit ebenfalls gefülltem Anhänger bog hinten in die Straße ein. Shiori zog sich vom Fenster zurück und sah den auf dem Boden sitzenden Herrn Katsu an, der wie sie selbst mit etlichen Metern Feuerwehrseil umwickelt war. »Die meinen das tatsächlich ernst.«

»Überrascht mich nicht. Wir sollten uns beeilen. Kommst du da raus?«

»Bin ich Ninja oder was?« Sie spannte ein paar Mal die Muskeln an, schüttelte sich, drehte die Handgelenke hin und her, um die Seile zu lockern. »Diese Stümper. Da haben wir in Japan eine jahrhundertealte Tradition der Fesselkunst, und dann sowas.« Binnen weniger Sekunden war sie frei. »Das Fluchtwerkzeug haben die uns auch gleich mitgeliefert.« Sie befreite ihren Kollegen, band die Seile zusammen und befestigte sie an einem Balken.

»Du musst zum Truck zurück. In einer Kiste im Kühlraum liegen noch all die Shinto-Papiere, womit der Fisch eingewickelt war. Verbrenn sie, das aktiviert den Exorzismus. Aber fass sie bloß nicht an.«

»Du hast auch einen der Fische gegessen.«

»Keine Sorge, mir wird nichts passieren. Beeil dich.«

Keine Zeit zum Nachfragen.

Sie maß das Seil ungefähr bis drei Meter über dem Boden ab und schwang sich aus dem Turmfenster. Herr Katsu blickte ihr hinterher, wie sie in die Tiefe glitt. Niemand schaute nach oben. Die letzten Meter sprang sie und verschwand sofort hinter dem angrenzenden Pfarrhaus.

Immer mehr Dorfbewohner sammelten sich auf der Straße, um dem erhofften ›Raketenstart‹ beizuwohnen. Die Arbeiter begannen gerade mit dem Entladen des dritten und letzten Anhängers, als es passierte.

Jeder Einwohner der Stadt wurde in ein helles Licht gehüllt, begleitet von einem lauten Zischen. Kurz taumelten die Leute umher, blickten sich desorientiert um, als seien sie gerade aus einem langen Schlaf erwacht. Ein Mann mit Bart und Brille, der auf dem Anhänger stand, griff in seine Jackentasche, schien sich kurz über die Zigarettenmarke zu wundern, zog dann aber trotzdem eine heraus und kramte nach seinem Feuerzeug.

»Sprengstoff!«, brüllte Herr Katsu aus dem Fenster. »Nicht rauchen!«

Gerade noch rechtzeitig. Der Mann ließ die Zigaretten fallen und flüchtete in Panik.

Wieder flackerte der Bildschirm. »So einfach?«, fragte Schmidt.

Berechtigter Einwand, das war geradezu antiklimaktisch. Shiori nickte. »Ein guter Plan ist alles. Aber das böse Ende kommt noch. Ich wollte wissen, wieso ihm der Fisch nichts ausgemacht hat. Also ...«

Der Bildschirm zeigte das letzte Erinnerungsfragment.

Shiori blickte aus dem Truckfenster zu Herrn Katsu, der auf einem nächtlichen Rastplatz mit seinem Handy beschäftigt war. Sie zögerte einen Moment, dann verließ sie das Fahrzeug auf der anderen Seite und schlich sich an ihren Kollegen heran, bis sie die WhatsApp-Nachricht sehen konnte, die er gerade las. Ihr stockte der Atem.

›Morgen is Vollmond. Wir fahren nach Chemnitz, bisschen jagen. Kommste mit?‹

»Du ... du bist keiner mehr von uns?«, stammelte sie entsetzt.

Er zuckte zusammen, lächelte dann aber. »Nein. Das waren keine Hunde, die mich angefallen haben. Andere Mythen sind hier stärker als unsere.«

»Aber du hast trotzdem noch–«

»Unsere Ziele waren teilidentisch. Deutschland den Werwölfen, Nekomatas raus. Da macht sich jetzt keiner mehr über Reichsbürger lustig.«

»Ich muss das dem Rat melden.« Sie rannte los, zurück zum Truck, wo ihr Handy in der Mittelkonsole lag. Dann traf sie der Stein.

Wieder weißes Rauschen. Shiori brüllte, trommelte mit den Fäusten auf dem Tisch herum. »Er muss Sie angerufen haben! Er hat mich verraten.«

Schmidt legte ihr eine Hand auf die Schulter.

»Das tut weh. Ich kenn sowas, ich werd ja auch dauernd verarscht.«

Er reichte ihr eine Zigarette, die sie wieder mit einem Nekomata-typischen Feuerball anzündete.

»Wenigstens hat er mich nicht gebissen.« Sie rauchte ein paar Züge, kniff die Augen zusammen. »Und jetzt? Sperren Sie mich weg?«

»Eigentlich müsste ich Sie in den Osnabrücker Zoo bringen, in die für die Öffentlichkeit nicht zugängliche unterirdische Sektion für mythologische Wesen. Aber für mich sind Sie kein übernatürliches Monster, sondern eine Heldin. Sie haben eine ganze Ortschaft gerettet, und bezüglich Ihrer Art sollten wir ein paar rassistische Vorurteile überdenken. Ich lasse Sie laufen. Irgendwer muss ja Ihren Kollegen aufhalten.«

»Können Sie das rechtfertigen? Ich will nicht, dass Sie Ärger kriegen.«

»Klar.« Er lächelte. »Die Pheromone. Ist ja nicht meine Schuld, dass wir gerade keine funktionierenden Atemschutzgeräte im Budget haben.«

Nur ein paar Stunden später saß sie in einem Straßencafé und rief Herrn Katsu an. »Hey, du alter Werwolf. Holst du mich ab?« Nicht mal ihr Handy hatte Schmidt konfisziert, und auch den Patzer nicht bemerkt. Eigentlich müsste es ja noch im LKW liegen.

Zwanzig Minuten später war ihr Kollege zur Stelle. Er sah richtig gut aus, ohne die aufgeklebten Narben. »War's schwer?«

»Geht. Sein Verhörstuhl funktionierte ein bisschen anders als der, mit dem wir geübt haben, unsere Geheimdienstinformationen waren nicht ganz akkurat. Ich musste etwas tricksen, um Tagträume statt Erinnerungen visualisieren zu können. Und am Schluss hab ich mich mit der Perspektive verhauen und ihm die Wirkung des Zaubers aus deiner Sicht gezeigt. Hat er aber zum Glück nicht bemerkt.«

»Hat er dir die ganze Geschichte abgekauft?«

»Ja. Er denkt jetzt, wir fräßen keine Menschen, seien mit rohem Fisch einfach zu enttarnen und nur mit ein paar Schriftzeichen zu besiegen. Am Anfang war er auf dem richtigen Dampfer, dass wir die Nekomatas in die Stadt gebracht hätten, aber jetzt ist er sicher, wir hätten zurückgetauscht. Und ich hab die Bullshit-Messlatte so hoch gelegt, so daneben können sich unsere Kolonisten gar nicht benehmen. Der ist froh, dass die Reichsschildbürger weg sind und wird uns nie verdächtigen.«

»Dann hatte es vielleicht doch was Gutes, dass dieser Streifenpolizist die zwei Schwänze bei den Katzen entdeckt hat.«

»Wenigstens hat er nicht auch noch gemerkt, dass die nicht wirklich schlafen. Aber du hattest Recht, irgendwann hätte Schmidt den Polizeibericht gelesen und auch so die richtigen Schlüsse gezogen. Mir tut der arme Kerl jetzt fast leid.«

»Hast du eigentlich rausfinden können, warum diese Reichsbürger Böltropp in ›Stadt ohne Hunde‹ umbenannt hatten?«

»Nein. Vielleicht haben sie damit Staatsdiener gemeint oder sowas?«

»Bestimmt ein Wink des Schicksals«, mutmaßte Herr Katsu. »Das war ja geradezu die Einladung für uns, diesen Ort zu nehmen.« Er lehnte sich in seinem Caféstuhl zurück und verschränkte grinsend die Arme. »Gibt ja wirklich ein paar nette Gegenden in Ostdeutschland, hier sollte man länger Urlaub machen!«

© Veith Kanoder-Brunnel

༒

Veith Kanoder-Brunnel begann seine Existenz im Jahre 1973 in Norddeutschland und hatte schon immer einen Hang zum Unkonventionellen und eine Menge verrückter Ideen. Er kritzelte schon in der Grundschule etliche Hefte mit Geschichten voll, die niemand verstehen konnte oder lesen wollte. Da sich das nach einigen Jahrzehnten und zwei neben dem Studium ausschließlich für den Freundeskreis verfassten Romanen wenigstens marginal geändert hat, begann er kurz nach der Geburt seiner ersten Tochter mit dem Schreiben einer Romanreihe, deren erster Band kurz vor dem Abschluss steht. Mit seinem Schreibstil versucht er, das Ernsthaft-Anspruchsvolle mit dem Spannend-Unterhaltsamen zu mischen, und hat eine Vorliebe für Metaebenen, skurrilen Humor und die Alltäglichkeit des Absurden.

೫ 3. Siegergeschichte ಅ

Der Gargoyle von Greenlake Hill
୨ Liliana Wildling ଏ

Nelly stürmte mit einer Mischung aus Hilflosigkeit und Zorn die Treppe zum Dachboden hoch. Oben angekommen schlüpfte sie schnell in den düsteren Raum, warf die massive Tür aus Eichenholz zu und schloss ab. Das leichte Tappen einer schlanken Person mit kleinen Füßen kam näher, die Treppe herauf. Dazu gesellte sich das Poltern schwerer Schritte.

Nelly ließ sich heftig atmend mit dem Rücken zur Wand zu Boden sinken. Sie strich das kinnlange braune Haar zurück, fuhr sich über das tränennasse Gesicht und schlang die Arme um ihre Knie. Die Geräusche aus dem Treppenhaus verstummten. Das trübe Zwielicht der Abenddämmerung erzeugte in den Winkeln ihres Zufluchtsortes tiefe Schatten.

»Mensch Cornelia, du kannst dich nicht immer im Dachboden einschließen«, schallte es vom Treppenaufgang her durch die Tür. Der anklagende Tonfall ihrer Mutter schürte ihren Zorn. Zudem hasste sie es, wenn man sie Cornelia nannte.

»Ihr habt doch keine Ahnung!«, schrie die 16-Jährige trotzig. Sie hörte selbst, wie dünn und zerbrechlich ihre

Stimme klang. »Ihr wollt mich von hier wegzerren. Von meinen Freunden, von ... Mich braucht man ja nicht zu fragen.« Nur mühsam unterdrückte sie ein Schniefen.

»Nelly, bitte ... «, setzte ihr Vater an. Bestimmt schloss er dabei wie üblich die Augen, um dem gebieterischen Ausdruck im Gesicht seiner perfekt gestylten Frau zu entgehen. Nelly konnte förmlich sehen, wie die ehemalige Schönheitskönigin ihre aufwendig lackierten Fingernägel betrachtete, ehe sie sich mit den Fingern durch die blonde Wallemähne fuhr und ihren Mann missmutig anguckte. Er ergänzte: »Das haben wir doch schon besprochen.« In seinem tiefen Bass schwang kein Tadel mit, nur Resignation.

Nelly schnaubte und verschränkte die Arme. »In der Stadt ist es hektisch und laut und es stinkt. Man kann nicht auf einen Baum klettern und in Ruhe lesen. Dort gibt es noch nicht mal ansatzweise sowas wie eine Wiese! Da wohnen Millionen Menschen und die meisten davon sind bis an die Zähne bewaffnet.« Sie fixierte das Fenster am anderen Ende des Raumes mit fest zusammengekniffenen Augen. »Laut Statistik ist die Wahrscheinlichkeit, dort erschossen zu werden, zehn Mal höher als hier.«

»Kann sie statt Statistiken nicht einfach mal Schminktipps googlen, wie alle anderen Mädchen in ihrem Alter?«, ertönte die gereizte Stimme von Nellys Mutter.

Ihr Mann antwortete nicht. Er wollte wohl keinen Streit vom Zaun brechen, der mit Gekreische und den Worten »Musst du mir in den Rücken fallen?« und knallenden Türen endete. Nelly ärgerte sich darüber, dass er nie seine Meinung sagte und immer nachgab. Nie ergriff er Partei für sie.

»Komm jetzt sofort raus!«, forderte ihre Mutter.

»Geht weg!«

»Lass sie«, beschwichtigte ihr Vater. »Sie wird schon kommen.« Seine Schritte entfernten sich langsam.

»Cornelia! Argh!« Der schrille Ton ließ Nelly zusammenzucken. Endlich gab auch ihre Mutter nach und schlurfte die Treppe hinab.

Nelly kannte das alles zur Genüge. Ihre Mutter wollte einfach nicht begreifen, dass sie Bücher nun mal liebte und ihre Schätze am liebsten unter freiem Himmel las. Und immer dieses abfällige Gerede von wegen vermasselter Zukunft – als wäre es eine Schande, wenn man Bibliothekarin in einem kleinen Ort wie Greenlake Hill werden wollte. Nicht jeder war zu *Größerem* geboren. In der Stadt wäre alles anders. Tränen bahnten sich ihren Weg und verschleierten ihren Blick.

Um sich abzulenken, stand sie auf und krabbelte im schwindenden Licht in den dick gepolsterten Ohrensessel, der früher ihrer Oma gehört hatte. Über der Lehne hing eine alte rosafarbene Decke. Sie verströmte immer noch einen Hauch von Maiglöckchen. Omas Lieblingsduft.

Auf dem kleinen Abstelltischchen daneben lag ein dickes Buch. *Übernatürliche Wesen von A-Z.*

Sie nahm den abgegriffenen Wälzer in die Hand. Den Streit in den Hintergrund rückend, wickelte sie sich in die flauschige Decke, die ihr schon häufig Aufmunterung und Wärme gespendet hatte. Der weiche Stoff eignete sich auch prima, um Tränen damit zu trocknen. Da es zu dunkel zum Lesen war, holte Nelly die Taschenlampe hervor, die in der Spalte zwischen Sitzfläche und Lehne klemmte.

Wie so oft versank sie völlig in den magischen Welten, die ihr Ablenkung von ihrer trostlosen Zukunft boten. Sie las eben die Beschreibung von Nixen, als das widerliche Kratzen von etwas Hartem auf Glas ihre Konzentration störte. Ein schnell vorbeihuschender Schatten vor dem Fenster riss sie vollends zurück in die Realität. Das Flattern von Schwingen ertönte, gleich darauf ein merkwürdiges Schaben. Sie schälte sich hastig aus der Decke, legte das Buch ab und huschte im hellen Kegel der Taschenlampe zum Fenster. Plötzlich prallte ein dunkler Schemen an die Scheibe. Nelly zuckte zurück und starrte für einen kurzen Augenblick in ein hellgrünes Auge, umrandet von einem schwarzen, schuppigen Gesicht. Die große, gedrungene Pupille verengte sich im hellen Schein zu einer schmalen aufrechtstehenden Sichel. Der drachenähnliche Kopf wich ruckartig zurück. Sie erhaschte einen flüchtigen Blick auf spitze Zähne und scharfe Krallen. Die Taschenlampe entglitt ihren zittrigen Fingern und fiel zu Boden.

Das Licht erlosch.

Nelly stand wie angewurzelt zwei Schritte vor dem Fenster, unfähig sich zu rühren. Heftig atmend starrte sie weiter hinaus, während ihre Augen sich an das schummrige Dämmerlicht im Raum gewöhnten. Ihr Herz hämmerte so wild gegen ihre Rippen, als wollte es demnächst herausspringen. Das Tier schüttelte sich, drehte sich zur Seite und flog weg. Ein stachelbewehrter, langer Schwanz zog vor der Scheibe vorbei, dann verschwand das Ding im Baum gegenüber.

Ihr Blick glitt durch die ausladende Krone der großen Linde vor dem Haus. Schwaches Mondlicht leuchtete herab, doch der silberne Schein vermochte das dichte Blattwerk nicht zu durchdringen.

Nelly ließ die Taschenlampe einfach liegen und ging langsam rückwärts. Sie kannte den Dachboden wie ihre Westentasche und musste nicht fürchten, über irgendetwas zu stolpern. Das Wummern ihres Herzschlages dröhnte in der Stille. Sicheren Schrittes erreichte sie die Tür. Sie schloss schnell auf und schlich im Dunkeln die Treppe hinunter.

In ihrem Zimmer angekommen kroch sie mit zittrigen Gliedern ins Bett. Sie zog sich die Decke bis zum Kinn und versuchte, ihre aufgewühlten Gedanken zu sortieren. Hatte sie eben tatsächlich gesehen, wie ein schwarzer Gargoyle am Fenstersims gelandet war? Oder hatte sie nur zu lange gelesen und ihre Sinne spielten ihr einen Streich?

Sie wusste es nicht.

✧

Nelly machte in dieser Nacht kein Auge zu. Das Bild des Gargoyles vor dem Fenster blitzte immer wieder in ihren Gedanken auf und brachte ihr Herz vor Aufregung zum Stolpern. Sie wälzte sich stundenlang herum, fand jedoch keine Ruhe. Bestimmt musste sie nur einen Blick in den Baum und auf das leere Fenster werfen, um die Erinnerung abzuschütteln.

Völlig gerädert und hundemüde schlüpfte sie in Jeans, streifte ein lila T-Shirt über und schleppte sich nach oben. Dem heller werdenden Zwielicht nach zu urteilen, war es kurz vor Einbruch der Dämmerung. Die Tür zum Dachboden stand immer noch offen. Sie tapste schwerfällig hinein. Der rechteckige Raum, der in der Länge kaum zehn Schritte maß, lag still und verlassen da. Nelly schlurfte zum Fenster und hob die Taschenlampe auf.

Auf einem dicken Ast der Linde, der bis zur Hauswand reichte, regte sich etwas. Wie schon am Abend sah sie gebannt hinaus in das dichte Blattwerk. Die feinen Härchen an den Armen und im Nacken stellten sich furchtsam auf.

Im Schatten unter den üppig belaubten Zweigen glaubte sie, eine schuppige Kreatur zu sehen. Das Herz schlug ihr bis zum Hals. Sie trat näher ans Fenster und sah konzentriert auf den dunklen Fleck. Ihr Atem beschlug an der Scheibe.

Da! Eine krallenbewährte Tatze bewegte sich in ihre Richtung. Ein schwarzer Kopf mit gewundenen Hörnern fuhr wie in Zeitlupe zwischen den Blättern hervor. Angst und Neugier brandeten abwechselnd durch Nellys Inneres. Hin- und hergerissen, ob sie schnell weglaufen oder abwarten sollte, blieb sie letzten Endes an Ort und Stelle. Das drachenähnliche Wesen, kaum größer als ein durchschnittlicher Retriever, trat langsam aus seinem Versteck. Eindeutig ein Gargoyle. Sie hatte sich nicht getäuscht.

Sein schwarzer Kopf mit den großen hellgrünen Kulleraugen schwenkte nach rechts und fixierte etwas, das sie von ihrer Warte aus nicht sehen konnte. Dann guckte er direkt zum Dachfenster und ließ ein tiefes Wimmern hören. Noch ein Schwenk nach rechts. Und wieder zurück. Sein Blick glitt mehrmals hin und her. Als wüsste er nicht, was er jetzt tun sollte. Nelly hatte gelesen, dass seine Art sich nur in der Nacht herumtreiben konnte und sich in Stein verwandelte, sobald die Sonne sie berührte. Sie blickte Richtung Hügel, hinter dem der helle Himmelskörper in Kürze aufgehen würde. Der Gargoyle tat es ihr nach und gab erneut ein kehliges Wimmern von sich. Sie hob ihre rechte Hand an und drückte sie auf die Fensterscheibe. Ihr Besucher schlich tief geduckt zu ihr hin. Flügel und Schwanz eng an den schuppigen Körper gepresst, um sie nicht zu verschrecken. Er balancierte auf einem dicken Ast bis ans Fenster, hob dort seinen Kopf und den linken Vorderlauf zugleich an. Langsam, zaghaft.

Nellys Herz geriet für einen Moment aus dem Takt. Weniger aus Angst, denn aus Aufregung. Er guckte sie direkt an und legte eine schwarze Tatze von außen genau an die menschliche Handfläche. Das entlockte ihr ein Lächeln. Der Gargoyle wollte diese Mimik offenbar nachmachen, aber das Ergebnis sah durch die spitzen Zähne eher furchteinflößend als freundlich aus.

»Was machst du da?«, schallte die genervte Stimme ihrer Mutter von der Treppe her. Nelly zog hastig ihre Hand weg und drehte sich zur Tür. »Nichts.«

»Nichts, so so.« Ihre Mutter stakste eilig durch den kleinen Raum und linste zum Fenster hinaus. Nelly erwartete einen Schrei, doch sie vernahm nur ein gereiztes Seufzen. War der Gargoyle weg? Sie drehte sich zum Fenster und sah wie zuvor sein schuppiges, schwarzes Gesicht. Natürlich. Abgestumpfte Erwachsene konnten übernatürliche Wesen nicht sehen. Erleichtert und auch belustigt grinste sie zum Fenster. Das Wesen legte den Kopf schief. Nelly interpretierte es als Geste für Ratlosigkeit.

Sie wandte sich wieder zu ihrer Mutter, die sich etwas pikiert in dem Raum umsah. Offensichtlich gefiel der modernen Karrierefrau das altbackene Interieur nicht.

Nelly setzte eine unschuldige Miene auf und rieb sich die Unterarme. »Ich kann nicht schlafen.«

Der fleischgewordene Wasserspeier vor dem Fenster richtete sich auf und beäugte das verquollene Gesicht ihrer Mutter. Die dunklen und vor allem tiefen Augenringe vermochte der beste Abdeckstift der Welt nicht zu kaschieren.

»Ich kann auch nicht schlafen, deinetwegen«, antwortete sie mit eisigem Tonfall. Der Gargoyle brachte sein Gesicht draußen vor der Glasscheibe ganz nah an ihres. Er hockte sich auf die Hinterbeine und verschränkte die Vorderläufe vor der Brust. Er guckte grimmig und bleckte die Zähne. Nelly sah ihm fasziniert zu.

Ihre Mutter fuhr fort: »Ist dir eigentlich klar, was du uns mit deinem Starrsinn antust?« Sie rollte genervt mit den Augen und seufzte tief.

Der Gargoyle äffte sie nach. Er plapperte erst lautlos vor sich hin, verdrehte dann die Augen nach oben und seufzte zum Schluss theatralisch. Naja, es klang eher wie Grunzen als Seufzen. Nelly unterdrückte ein Grinsen.

»Wir werden so oder so umziehen, ob du nun willst oder nicht.« Sie reckte das Kinn kampflustig vor und strich eine blonde Haarsträhne zurück. Der Gargoyle ahmte wieder Mimik und Gestik nach. Nelly spürte, wie ein Glucksen ihre Kehle hochstieg. Sie drehte sich weg, um nicht loszuprusten.

Ihre Mutter sah wohl trotzdem die zuckenden Mundwinkel. Ihre perfekt manikürten Fingernägel bohrten sich vor unterdrückter Wut tief in ihre Unterarme. »Ich fasse es einfach nicht!«, fauchte sie und bedachte Nelly mit einem vernichtenden Blick. »Wir müssen jetzt los, den Kaufvertrag für das neue Haus unterzeichnen. Anschließend fahren wir in den Baumarkt und suchen die Bodenbeläge für Wohnzimmer und Küche aus. Danach ...«, sie stockte und tippte ungehalten mit der Schuhspitze auf den Boden. »Hörst du mir überhaupt zu?« Ein wenig damenhaftes Grollen kam über ihre Lippen. »Es wird spät, dein Bruder passt auf dich auf«, zischte ihre Mutter und rauschte wutentbrannt aus dem Raum. Der Gargoyle streckte ihr die Zunge heraus. Dann ließ er bellendes Lachen hören, das wie das Husten eines Hundes klang. Nelly schlug die Hände vor den Mund, um ein Kichern zu dämpfen.

Plötzlich verrutschte sein Lachen und wich großem Kummer. Er blickte sorgenvoll zum Hügel, wo die Sonne demnächst aufgehen würde. Einen Moment später schlug er seine Flügel auf, stieß sich vom Ast ab und flog davon. Sie sah ihm hinterher. Er flatterte genau in die Richtung, in die er zuvor mehrmals gesehen hatte.

Was lag an diesem Ort?

Nelly lief zu den Sprossen am Kamin, die dem Schornsteinfeger als Aufstiegshilfe dienten. Sie hangelte sich hoch. Dort war sie schon mal raufgeklettert, daher wusste sie, wie man die Abdeckung am Dach entriegelte. Das runde Stück Blech ließ sich problemlos aufklappen. Es gab lediglich ein Quietschen von sich. Sie steckte den Kopf aus der Luke und schaute in die Richtung, in die ihr neuer Freund sich verdrückt hatte. Er flog zielgerichtet auf die alte Klosterruine zu, die auf einem Hügel mitten im Wald thronte. Das rußschwarze Gemäuer mit den leeren Fensterrahmen, die wie offene Mäuler klafften, schien sein Zuhause zu sein. Der Gargoyle steuerte die größte der Öffnungen an und verschwand darin.

Nelly überlegte, was sie jetzt tun sollte. Sie brauchte Informationen. Die kleine Bibliothek in Greenlake Hill gab diesbezüglich sicher nichts her, deshalb holte sie fürs Erste den Laptop aus ihrem Zimmer und ging wieder nach oben. In den Ohrensessel geschmiegt, begann sie mit der Recherche. Sie suchte zuerst alles über Gargoyles heraus und danach über das halb verfallene Kloster, hinter dem sich ein moosgrüner See bogenförmig an den Hügel schmiegte. Wenigstens waren ihre Eltern aus dem Haus. Ihr älterer Bruder Cameron würde sich wie üblich in seinem Zimmer verschanzen und für die Aufnahmeprüfung an der Uni lernen. Umso besser.

Über den schuppigen Besucher gab es eine Reihe an widersprüchlichen Informationen – in einem Artikel konnten sie fliegen, im nächsten nicht. Mal verwandelten sich ihre steinernen Leiber nachts in Fleisch und Blut, mal blieben sie aus Stein und knirschten bei jeder Bewegung. Einer Legende nach beschützten sie ein Gebäude und dessen Bewohner – eine andere Geschichte erzählte von einem Schatz. Es ergab überhaupt keinen Sinn. Nelly gab trotzdem nicht auf und sammelte im Laufe des Tages Links zum Thema Gargoyles. Mittags machte sie sich ein paar Brote zurecht und suchte weiter, während sie aß.

Über das Kloster fand sie nur wenig. Es gab weder Aufzeichnungen das genaue Baujahr betreffend, noch Details zu den einstigen Besitzern. In einem Zeitungsartikel war von einer Reihe an Katastrophen die Rede. Beginnend im frühen 17. Jahrhundert bis zu einem verheerenden Brand 1892 hatte das aus Stein errichtete Bauwerk allen Bewohnern den Tod gebracht. Pest, Pocken und andere Seuchen hatten die Leute im Lauf der Zeit dahingerafft. Es hieß, das alte Gemäuer sei verflucht.

Als die Sonne unterging, fand sie endlich etwas Interessantes. In einem kurzen Artikel auf der Klatschseite des örtlichen Tagesblattes berichtete ein Mann von einem seltsamen gelben Licht in der Ruine des Klosters. Im letzten Satz stand, dass der Zeuge an schwerer Verwirrtheit leide, aber es hätte zuvor schon Berichte über das Licht gegeben. Von Kindern.

Das Zuknallen von Autotüren kündigte die Rückkehr ihrer Eltern an. Um nicht wieder mit ihnen streiten zu müssen, suchte Nelly in Windeseile die Toilette auf und begab sich danach mit einer Flasche Wasser und einer Packung Kekse sofort zurück auf den Dachboden.

Sie machte es sich im Ohrensessel bequem, platzierte den Laptop auf ihrem Schoß und durchforstete das Internet weiter nach Informationen. Die bisher entdeckten Texte ließen kaum weiterführende Schlüsse zu. Zudem blieb die Frage offen, wieso der Gargoyle nicht schon früher aufgetaucht war. Sie wohnte ihr ganzes Leben lang hier, hatte ihn aber nie zuvor gesehen.

Warum tauchte er ausgerechnet jetzt auf?

Sie überflog ihr liebstes eBook-Portal zu dem Thema und fand ein vielversprechend klingendes Buch: Die Gargoyles von Darkwood Castle. Eine Neuerscheinung, die es im Moment noch als Gratis-Download gab. Nelly lud es sogleich auf den Laptop und begann ohne Umschweife mit dem Lesen. Entgegen ihrer Erwartung wurde sie nicht von ihren Eltern gestört; jenseits der dicken Holztür blieb alles ruhig. Leider handelte die Geschichte mehr von einem herrschsüchtigen Hexenmeister, der seinen schuppigen Begleiter zu einer Waffe formte, als von dem Gargoyle selbst. Es gab nichts Neues über die Wesen zu erfahren. Eine Enttäuschung auf der ganzen Linie. Nelly las dennoch weiter. Hauptsächlich, um das Warten bis zum Mondaufgang zu überbrücken. Sie ließ sich hinabziehen in epische Kämpfe um Land und Herrschaft in einer fremden Welt. Seite um Seite verschlang sie das Buch und merkte gar nicht, wie die Zeit verging.

Das Kratzen von spitzen Krallen auf Glas riss sie aus dem Lesefluss.

※

Silbern schimmerndes Mondlicht schien durchs Fenster. Der schwarze Gargoyle saß davor. Sie legte den Laptop beiseite und ging zu ihm hin. Ihr Herz schlug nicht ganz so wild wie bei ihrer ersten Begegnung. Schließlich schien er recht freundlich zu sein.

Sie drückte das Schiebefenster hoch und sah ihn erwartungsvoll an. Sein Blick schweifte hin und her. Von ihrem Gesicht zur Ruine am Hügel und wieder zurück. Genau wie am Vortag. Er deutete ihr mit einem Nicken, ihm zu folgen und segelte ins hohe Gras unter der Linde. Nelly verharrte unentschlossen auf der Stelle. Ihre Neugier siegte letzten Endes. Wann bekam man schon die Möglichkeit, einen Ausflug mit einem echten Gargoyle zu machen? Angespannt lauschte sie ins Treppenhaus. Alles ruhig. Mit klopfendem Herzen streckte sie ihren Kopf aus dem Fenster und sah nach unten.

»Und wie soll ich da runterkommen?«, flüsterte sie. Mehr zu sich selbst als zu ihrem Besucher. Dieser schien sie jedoch zu verstehen, denn er ging schnurstracks auf die Regenrinne zu und tippte mit seinen Krallen an das Blech. Nelly riss die Augen auf.

Das schuppige Vieh grinste – zumindest interpretierte sie es als solches – und setzte sich unweit der Hausmauer ins Gras. Prüfend betrachtete Nelly die Regenrinne, die sich vom Fenster aus in Reichweite befand. Beim Blick nach unten rebellierte ihr Magen. Der Gargoyle nickte ihr aufmunternd zu. Aus seiner Kehle ertönte ein Laut, der entfernt wie das Gurren einer Taube klang. Sie fasste sich ein Herz und kletterte hinaus auf den Fenstersims. Ein leichter Wind zerrte an ihr und Übelkeit stieg ihr hoch. Der Boden tief unter ihr schien zu verschwimmen. Sie krallte sich an den Fensterrahmen, schloss die Augen und atmete tief durch.

Der Abstieg über die Rinne war viel leichter als gedacht. Es bereitete ihr nicht mehr Mühe, als von einem Baum hinunter zu klettern. Unten angekommen, erhob sich der Gargoyle in die Luft und flog Richtung Ruine.

Es war unmöglich, ihm zu Fuß zu folgen, deshalb schnappte sich Nelly ihr Fahrrad, das neben der Wassertonne lehnte. Sie trat fest in die Pedale und holte ihn schon bald ein. Statt eine gerade Linie zu fliegen, lotste er sie einen schmalen Kiesweg entlang, der sich zwischen Wiesen und Pinienansammlungen durchschlängelte. Sie passierten den Waldrand. Zwischen den Bäumen war es stockdunkel und irgendwie unheimlich. Kein Mondlicht durchdrang das Geflecht aus dichten Baumkronen über dem schmalen Weg. Nelly konnte den pechschwarzen Gargoyle kaum ausmachen und orientierte sich am Hall seiner Flügelschläge. Mit dem Fahrrad konnte sie den gruseligen Bereich allerdings schnell durchqueren.

Hinter dem breiten Band aus hohen Nadelbäumen tat sich eine weite, kreisrunde Fläche auf. Kahl und tot. Blanker Stein lugte hier und dort aus der staubtrockenen Erde. In der Mitte ragte ein Hügel auf, zu dem eine gewundene Straße mit steil abfallenden Rändern führte. Auf dessen Spitze thronte ein verfallenes Kloster. Es strahlte Kälte und Boshaftigkeit aus. Als lauerte etwas darin, das sie beobachtete. Der einzige Baum am Fuß des Hügels sah tot aus. Abgestorben.

Der Weg wand sich leicht ansteigend und endete dicht vor dem Gemäuer an einer kurzen steinernen Treppe. An deren Fuß landete der Gargoyle und ging auf allen Vieren weiter. Nelly hielt keuchend an. Sie legte das Rad neben der untersten Stufe auf die Erde, beugte sich vor und stützte ihre Hände an den Knien ab.

»Ich krieg ...«, presste sie mühsam hervor, »... keine Luft.«

Während Nelly um Atem rang, setzte sich ihr schuppiger Begleiter auf einen bemoosten Baumstumpf und beäugte sie neugierig.

Sie richtete sich nach einer Weile auf und musterte das vom Brand geschwärzte Bauwerk. Tiefe Risse durchzogen die uralten Steine. Trockener Efeu wucherte vom Boden bis knapp unter die Fenster. Das Dach fehlte und von der Existenz des Dachstuhls zeugten nur noch verkohlte Reste von Balken, die wie schwarze Rippen in den Himmel ragten. Seltsam. Man sollte denken, Wind und Wetter hätten die Überreste längst verfaulen lassen.

Der rechteckige Bau verfügte über zwei Etagen.

Am linken Ende schraubte sich ein gewundener Turm in die Höhe. Ganz oben brannte Licht. Der gelbe Schein sah unnatürlich aus. Er waberte wie eine Wolke aus dem schmalen Fenster und änderte ständig seine unregelmäßige Form, statt konstant zu bleiben.

Als besäße er ein Eigenleben.

Der Gargoyle gab ein maunzendes Geräusch von sich und deutete ihr mit dem Kopf, hinein zu gehen. Er sprang leichtfüßig die wenigen Stufen hoch und machte vor dem Eingang des Gemäuers halt. Nelly folgte ihm langsam und sah sich aufmerksam um. Der gigantische Torbogen wies unzählige tiefe Kerben und abgeplatzte Steine auf. Stumme Zeugen eines lang zurückliegenden Kampfes. Verunsicherung machte sich in ihr breit und sie unterdrückte den Instinkt, vom Gebäude wegzulaufen. Der modrige Geruch eines selten gelüfteten Kellers sickerte aus dem düsteren Inneren der Ruine. Im schwachen Mondlicht, das durch die leeren Fensteröffnungen drang, entdeckte sie nichts als verbrannte Wände, rissigen Untergrund und herabgefallene Steine und Balkenreste. Am hinteren Ende befanden sich die kläglichen Überreste einer Treppe. Der größte Teil davon war eingestürzt und lag als loser Haufen schwarzer Steinbrocken am Boden.

»Ich gehe da auf keinen Fall rein«, flüsterte Nelly und warf ihrem Begleiter einen mahnenden Blick zu. Er machte einen Schritt zurück und grunzte. Ehe sie bemerkte, was er da tat, platzierte er sich hinter ihrem Rücken und schubste sie hinein.

Ein Schrei bahnte sich seinen Weg, doch was sie im Inneren des verfallenen Gemäuers erblickte, raubte ihr den Atem. Nur ein leiser Hauch entwich ihrer Kehle. Der gelbe Schein, der sich auch oben aus dem Turm wölbte, stieg zu ihren Füßen hoch und breitete sich ringförmig nach vorne aus. Er glitt wie eine Welle über den Grund und verhalf allem, was er berührte, zu neuem Glanz. Nelly wagte nicht, sich zu rühren und starrte nur staunend um sich. Die rissigen schwarzen Steinplatten am Boden verwandelten sich in eine ebene Fläche hellgrauen, glänzenden Marmors, wie frisch poliert. In der Mitte erschien ein langer Läufer aus dickem, bordeauxfarbenem Samt. Der schmale Teppich führte zu der halb eingestürzten Treppe.

Als der Ring aus Licht sie erreichte, schwebten die Bruchstücke entgegen der Schwerkraft zurück an ihren ursprünglichen Platz und fügten sich wieder zu einem Ganzen zusammen. Binnen weniger Augenblicke erstrahlten die weißen Stufen wie neu. Die gelbe Welle brandete die Wände hoch und brachte prunkvolle Malereien auf grauem Granit hervor. Unzählige Wandfackeln erschienen in ihren Halterungen, als wäre es nie anders gewesen. Das Licht schwappte weiter nach oben und offenbarte eine

Kuppel, welche an die filigranen Gewölbe von gotischen Kirchen erinnerte. Am höchsten Punkt zog sich der Ring zusammen und verschlang sich selbst. Der unverkennbare Duft von frisch gepflücktem Lavendel und Salbei erfüllte plötzlich den Raum.

»Wie um alles in der Welt ...?«

Der Gargoyle ließ sein bellendes Lachen hören und huschte zur Treppe. Das Klackern von Krallen auf Marmor hallte von den hohen Wänden, bis er den Teppich erreichte. Der dicke Stoff schluckte sämtliche Geräusche.

»Du hast mich geschubst«, stellte sie fest und guckte ihn tadelnd an. Er zuckte die Schultern und trippelte die Stufen hoch. Nelly lief hinterher. Er bog an einem Absatz der Treppe ab, der im rechten Winkel in einen langgezogenen Gang führte. An dessen Ende tat sich ein kreisrunder Platz auf. Nelly lugte zaghaft hinein.

In der Mitte lag ein alter Mann mit langem, weißem Haar und wettergegerbtem Gesicht auf den blanken Fliesen. Der buschige Bart reichte dem faltigen Greis bis an den Bauchnabel. Er trug eine bodenlange graue Robe aus rauen Fasern, die ziemlich kratzig aussah und an Kutten von Mönchen erinnerte. Die Handgelenke des Alten lagen in dicken Eisenschellen, die ihn mit Ketten am Boden fixierten. Der Gargoyle stieß ein markerschütterndes Wimmern aus.

»Dragana?« Die krächzende Stimme des Alten klang erschöpft. »Hast du jemanden gefunden, der den Schlüssel sehen kann?«

»Dragana«, hauchte Nelly. Offensichtlich also ein Weibchen.

Das Schuppenvieh tapste langsam zu dem Alten und setzte sich neben seine Mitte. Es folgte eine ganze Reihe kehliger Laute. Der Greis drehte den Kopf ein wenig zur Seite und sog bei Nellys Anblick erschrocken die Luft ein.

»Bist du verrückt geworden?«

Die Antwort war ein Grunzen und ein paar Geräusche, die an einen kotzenden Hund erinnerten.

»Was soll ich mit einem Mädchen? Ich brauche einen erfahrenen Magier.«

Die schwarze Gargoyle rollte mit den hellgrünen Augen und würgte eine Abfolge an Maunzen und Prusten hervor.

»Ja, ja. Ich habe dich schon beim ersten Mal verstanden.«

Dragana klopfte mit den Krallen auf die grauen Fliesen, schlug unwirsch mit den Flügeln und legte den Kopf schief.

»Und wie willst du das machen?«

Nelly spürte Wut in sich hochsteigen. Wie immer, wenn andere in ihrer Anwesenheit über sie redeten als wäre sie gar nicht da. Wie ihre Eltern. Die Gargoyle antwortete dem am Boden liegenden Greis mit einer Mischung aus Kotzgeräuschen und Schmatzen.

Nelly ballte die Fäuste und ging zu den beiden hin. Der alte Mann mit dem langen weißen Bart drehte den Kopf ächzend zu ihr. Neben seiner Schulter lag eine zerknüllte Augenbinde.

Sie guckte den Mann mit dem ausgezehrten blassen Gesicht und Dragana abwechselnd an und zog fragend die Brauen hoch. »Kann mir mal jemand sagen, was hier los ist?«

Dragana hockte sich auf die Hinterbeine, gestikulierte wild mit den Vorderläufen und plapperte mittels kehliger Laute drauf los. Sie spuckte und sabberte bei ihrem Versuch, die Lage zu schildern. Das Mädchen hob abwehrend ihre Hände, um den Redefluss der Gargoyle zu stoppen.

»Halt. Ich verstehe kein Wort.« Sie beugte sich über den weißhaarigen Mann. »Warum sprechen *Sie* nicht mit mir, das wäre wesentlich einfacher.«

Dragana hielt sich mit den Vordertatzen die Ohren zu und schüttelte den Kopf.

»Er kann mich nicht hören«, mutmaßte Nelly. »Aber dich. Du kannst meine Fragen für mich stellen.«

Die Gargoyle nickte.

»Also gut. Warum liegt der Mann angekettet am Boden und wie kann ich ihm helfen?«

Dragana übersetzte mit ihrem ganzen Repertoire an Lauten und der Alte antwortete: »Ich wurde überfallen ... die Chroniken des Ordens wurden gestohlen. Diese unschätzbar wertvollen Aufzeichnungen dürfen nicht in die falschen Hände geraten.« Er musste husten. »Jemand hat mir die Augen verbunden und mich in Ketten gelegt.«

»Warum sieht das Kloster von außen wie eine Ruine aus?«

»Weil zu meinem Schutz ein Zauber auf dem Gemäuer liegt. Er soll Eindringlinge abwehren. Das gelingt meistens, aber es gibt Wesen, die Magie durchschauen können.«

»Wo ist der Schlüssel zu den Eisenfesseln?«

Dragana übersetzte nicht, sondern stand auf und zockelte Richtung Treppe. Nelly ging hinterher. Ratlos, aber sehr neugierig.

Im Erdgeschoss gab es noch eine andere Treppe. Die hellgrauen Stufen aus Stein führten spindelförmig nach unten, tief in die Erde hinein. Sie spürte beim Abstieg Nervosität in sich aufsteigen. Vermischt mit dem mulmigen Gefühl, geradewegs in eine Falle zu tappen. Das Bedürfnis, sofort umzukehren, nahm mit jedem weiteren Schritt zu. Was wusste sie schon groß über den Alten, der oben in Eisenketten lag? Über die Gargoyle an ihrer Seite? Über das verwitterte Kloster, auf dem ein Zauber lag?

Als sie dachte, es keine einzige Minute länger auszuhalten, erreichten die beiden den Fuß der Treppe in einem kleinen, runden Raum. In der Mitte stand eine hüfthohe rechteckige Kiste aus Metall. In der matt silbernen Truhe lagen Schlüssel in sämtlichen Größen, Formen und Materialien. Von modernen Hausschlüsseln, über kunstvoll geschnitzte Exemplare aus Holz bis hin zu einfachen Bartschlüsseln. Es mussten tausende sein. Ach was, zehntausende! Sie sog vor Entsetzen scharf die Luft ein.

»Wie soll ich denn da jemals den richtigen finden?«, murmelte sie verdattert. Selbst wenn sie alle mit nach oben nehmen könnte, was alleine schon wegen des enormen Gewichts unmöglich war, müsste sie jeden einzelnen ausprobieren. Das würde Wochen dauern. Sie setzte sich auf die unterste Stufe der Treppe und legte den Kopf in ihre Hände. »Was soll ich nur tun?«

Die Gargoyle schlenderte zur Truhe und richtete sich auf. Sie bedeckte mit einer Tatze ihre Augen und fuhr mit der anderen suchend durch die Schlüssel.

Dann nickte sie Nelly auffordernd zu.

»Und jetzt?«

Dragana ging zu ihr, schnappte mit den Zähnen vorsichtig den Ärmel ihres Shirts und zog daran.

Nelly ließ sich widerstandslos zur Truhe zerren. »Was willst du?«

Die Gargoyle hielt sich erneut die Augen mit einer Tatze zu und tappte mit der anderen über die Schlüssel. Danach stupste sie Nelly mit der Nase an. Als wollte sie sagen: Jetzt du. Nelly kam sich blöd vor, doch tat wie geheißen. Sie bedeckte ihre Augen und steckte die freie Hand in die

Truhe. Statt nur die verschiedenen Materialien der Schlüssel unter ihren Fingerspitzen zu spüren, sah sie bei jedem einzelnen das dazugehörige Schloss vor ihrem inneren Auge. Sie wich rasch zurück und guckte ihre schuppige Begleiterin fassungslos an. Diese nickte freudig, was mit seitlich heraushängender Zunge ziemlich albern aussah.

»Das ist ... irre.«

Nelly versuchte es gleich nochmal. Sie fasste anscheinend mehrere Schlüssel gleichzeitig an, denn sie sah verschiedene Schlösser, aber keines davon zur Gänze. Sie nahm bewusst einen der Schlüssel in die Hand und hob ihn hoch. Jetzt war es besser. Nelly probierte einen nach dem anderen aus. Sie sah Schlösser von silbernen Kisten, filigranen Bronzeschatullen, hölzernen Türen und eisenbeschlagenen Toren. Ihre tastenden Finger wanderten dabei unbewusst nach rechts. Im zweiten Drittel der oberen Schicht angelangt, verspürte sie plötzlich ein seltsames Kribbeln wie von Elektrizität an den Fingerspitzen. Sie tauchte ihre Hand einem Bauchgefühl nachgebend tief in die Masse an Schlüsseln. Das Gefühl verstärkte sich. Sie bohrte ihre Finger noch weiter hinein, obwohl ihr die teils scharfkantigen Metallschlüssel die Haut aufritzten. Mit einem Mal sah sie ein Detail. Die Rundung der Eisenschellen, mit denen der alte Mann im Obergeschoss gefesselt war. Sie umklammerte den dazu passenden Schlüssel und zog ihn mit zusammengebissenen Zähnen heraus. Rote Schrammen verunzierten ihre Hand, doch sie spürte die Schmerzen nicht und stieß einen Freudenschrei aus. Dragana ließ ein schmatzendes Glucksen hören.

»Ich hab ihn«, trällerte Nelly überschwänglich und lief sofort die Treppe hoch. Sie flog die letzten Stufen zum Obergeschoss von Euphorie durchflutet förmlich hinauf.

Die beiden rannten durch den schmalen Flur. Dragana blieb ihr dabei dicht auf den Fersen. Nelly rief schon von Weitem: »Ich hab ihn!«

Erst als sie die reglose stille Gestalt des weißhaarigen Mannes in der seltsamen Robe sah, fiel ihr wieder ein, dass er taub war. Die Gargoyle gab eine Reihe merkwürdiger Laute von sich. Der an den Boden gekettete Greis regte sich. »Wie?«

Dragana erläuterte, ihrem langen Monolog nach zu schließen, die genaue Vorgehensweise recht detailreich. Nelly erlöste in der Zwischenzeit den Alten von seinen Fesseln.

Er richtete sich stöhnend in eine sitzende Position auf. »Vielen, vielen Dank.« Seine Stimme klang trotz der freundlichen Worte irgendwie verbittert. In seinen trüben Augen konnte sie eine uralte Traurigkeit ablesen. Sie half ihm hoch und dachte, dass er bestimmt wegen der gestohlenen Chroniken so niedergeschlagen war. Warum sonst sollte er dermaßen unglücklich sein, statt sich über die wiedergewonnene Freiheit zu freuen?

Der hagere Greis, dessen eckige steife Bewegungen von der Zeit der Reglosigkeit in Fesseln zeugte, führte Nelly unter gelegentlichem Stöhnen hinunter zum Torbogen und sagte dort feierlich: »Hab Dank für deine Hilfe, das werde ich dir nie vergessen.«

Er wollte sie offenbar nach Hause schicken.

Dragana war anderer Ansicht. Die schwarze Gargoyle baute sich vor den beiden auf und versperrte den Durchgang. Sie faltete ihre Flügel zu voller Größe auseinander und verschränkte die Vorderläufe mit einem dumpfen Knurren vor ihrer Brust. Die nachfolgende Schimpftirade, die aus Grunzen, Grollen und Knacklauten bestand, galt dem weißhaarigen Mann. Sie fixierte ihn aus zusammen gekniffenen Augen. Ihre Ohren lagen eng am Kopf an.

Er ließ sie wettern. Als sie fertig war, wedelte er beruhigend mit den Händen.

»Schon gut, du hast ja Recht.« Seine tiefe Stimme klang jetzt angenehm und freundlich. Er wendete sich Nelly zu und erklärte: »Wenn du das Tor durchschreitest, wirst du alles vergessen. Dieses Gemäuer«, er vollführte eine ausladende Handbewegung, »Dragana ... und natürlich unsere Begegnung.«

Nelly wich einen Schritt zurück in die Eingangshalle. Sie wollte die seltsamen und wunderbaren Dinge, die sie eben erst entdeckt hatte, nicht vergessen. Sie wollte mehr erfahren und am liebsten nie wieder nach Hause gehen.

Dragana gab ihre Haltung auf, durchschritt die kurze Distanz zu dem alten Mann und öffnete ihr Maul.

Sie deutete an, ihn in die Wade zu beißen. Ehe ihre kräftigen Kiefer sich um sein Bein schließen konnten, fuhr er fort: »Wenn du hier bleibst, kann ich dir den Umgang mit der Magie beibringen. Dass du Zugang zu ihr hast, steht außer Frage. Ein normaler Mensch hätte den richtigen Schlüssel in tausend Jahren nicht gefunden.« Er stockte und fixierte den Sabber am Saum seiner bodenlangen grauen Robe. Dragana ließ ein gedämpftes Grummeln hören und stupste ihn sachte mit der Schwanzspitze an. »Aber falls du dich für diesen Weg entscheidest, kannst du nie mehr zurück.«

Nelly spürte, wie Adrenalin durch ihre Adern rauschte. Und zum wiederholten Mal in dieser Nacht fragte sie sich, ob sie träumte.

Doch die Berührung von Draganas Flügeln, als sie sich umdrehte und zu ihren Füßen legte, fühlte sich real an.

Realer als der Umzug, als die Schule, als der Umgang mit ihrer Familie. Sie fühlte sich hier, in diesem merkwürdigen Gemäuer mehr zuhause als irgendwo sonst. Es erfüllte sie mit Euphorie und spülte die Frage, wofür sie sich entscheiden sollte, fort.

Sie nickte leicht und Dragana gurrte zufrieden.

© Liliana Wildling

Liliana Wildling öffnete ihre Augen zum ersten Mal an einem Sonntagmorgen 1979 in Steyr/Oberösterreich. Sie schreibt leidenschaftlich gerne in den Genres Fantasy, Mystery und Sci-Fi (solange sich die Geschichte auf der Erde zuträgt und ohne Aliens auskommt). Die Autorin ist mit einer Kurzgeschichte in der Anthologie »Vollkommenheit« und im Sammelband »Märchenhafte Momente« vertreten.

Brennende Augen
❧ Kornelia Schmid ☙

Kalif Faisal ibn Abdul hatte keine Kinder, nur Feinde. Und während er in seinen Gemächern Granatapfelwein aus einem goldenen Becher trank, trug sein Wesir Yusuf ibn Yusuf eine Schale in die eigenen Räumlichkeiten und entzündete in ihr ein Feuer.

Die Hitze trieb ihm Schweiß auf die Stirn. Mit einem feuchten Tuch tupfte sich Yusuf die Haut ab. Dann schickte er Diener und Wachen davon und verriegelte sorgfältig seine Tür. Die Flammen in der Schale knisterten und zuckten. Die Luft schmeckte nach Rauch. Yusuf hustete und wandte sich ab.

Die kleine Schatulle stand auf seinem Tisch bereit, gut verschlossen. Unscheinbar war sie, aus Akazienholz gefertigt und zur Verzierung lediglich mit einem umlaufenden Band aus stilisierten Flammen in roter Farbe versehen. Die Zeit hatte einen Teil der Malerei verbleichen lassen. Yusuf schob einen kleinen goldenen Schlüssel ins Schloss und hob den Deckel an. Der Geruch von Papyrus schlug ihm entgegen. Vorsichtig nahm Yusuf die alte Schriftrolle heraus. Erneut tupfte er sich die Stirn ab, atmete tief durch und blickte auf die Schriftzeichen. Es war verboten, sagten die Priester, gefährlich. Doch gestern hatte der Kalif ihn angesprochen und Yusuf war, als hätte ihn eine nachtkalte Hand an der Kehle gepackt.

»Yusuf«, hatte Faisal ibn Abdul gesagt, »mir wurde etwas zugetragen, das Euch betrifft. Ihr lasst meine Wachen Eide auf Euch selbst schwören, als wärt Ihr der Kalif und nicht ich. Ist das wahr?«

Yusuf hatte verneint, aber doch nicht den Zweifel aus den Augen Faisals vertreiben können.

Seitdem rieselten die Körner schneller durch die Sanduhr. Und Yusuf hatte erkannt, dass er Hilfe bei der Durchführung seines Plans brauchte.

Also nahm er einen Silberdolch, schloss die Augen und rezitierte mit fester Stimme die Formel. Seine Worte umschwirrten ihn wie Musik.

Und verstummten jäh.

Ein schriller Ton surrte durch das Zimmer. Eine Stichflamme loderte aus der Schale und schoss hoch bis an die Decke. Der Geruch von Weihrauch stach in Yusufs Nase.

Als eine Gestalt aus dem Feuer stieg, verglühte die alte Schriftrolle zwischen Yusufs Fingern. Schnell zog er die Hand weg, bevor die Hitze seine Haut erfasste.

Der Ifrit hatte die Gestalt eines jungen Mannes, einen Kopf größer als Yusuf und breitschultrig. Seine Augen glühten in der Farbe des Sonnenuntergangs und unter der gebräunten Haut lag ein Schimmer, als würde durch seine Adern flüssiges Feuer fließen. Das Gewand bestand aus Rauch und floss rußschwarz über seinen Körper, in ständiger Bewegung. Dabei gab es im Zimmer keinen Luftstrom.

Yusuf umklammerte sein Silbermesser fester, doch das Heft war glitschig in seinem Griff.

»Dschinn«, sagte er und seine Stimme klang dabei seltsam brüchig. »Ich habe dich beschworen und bin deshalb dein Meister. Meine Befehle sollst du ausführen.«

Der Ifrit sagte nichts. Er verschränkte nur langsam die Arme und taxierte Yusuf mit seinen schrecklich brennenden Augen. Der Blick flammte auf Yusufs Haut, doch seine tastenden Finger fanden keine Wunden.

»Und jetzt befehle ich dir«, presste Yusuf mühsam hervor, »dem Leben des Kalifen Faisal ibn Abdul ein Ende zu setzen. Sei unauffällig, sodass niemand Verdacht gegen mich schöpft. Dann kehre zu mir zurück.«

Der Ifrit schnaubte. »Ihr Menschen«, das Wort klang aus seinem Mund wie eine Beleidigung, »seid alle gleich.« Er stieg aus der Schale. Seine Schritte hinterließen Ruß auf dem Boden. »Was reizt Euch daran, zu herrschen?«

Yusuf schluckte. »Das geht dich nichts an, Dämon.«

Der Ifrit zuckte mit den Schultern. »Vielleicht werde ich es irgendwann herausfinden.«

Er wirbelte davon und alle Feuer erloschen. Ascheflocken tanzten im Zimmer. Yusuf ließ das Messer fallen und riss die Vorhänge vor seinem Balkon zurück. Doch die Luft draußen war heiß und kühlte seine glühende Haut nicht ab.

Am nächsten Tag hörte er vom tragischen Tod des Kalifen. Als Wesir und Vetter Faisals war Yusuf der einzige, der auf seinem Thron Platz nehmen konnte.

Nach einigen Jahren reiste Kalif Yusuf ibn Yusuf durch sein Reich. Die Stadt *Samiras Juwel* lag am Rand der Wüste und Sand wirbelte unablässig durch die Straßen, hing in den Gewändern und knirschte zwischen den Zähnen. Die Sonne war heller als anderswo und glühte auf den weißen Hauswänden, sodass ihr Anblick schmerzte. Die heiße Luft trocknete Augen und Lippen und der Schweiß tropfte von Yusufs Nasenspitze auf seine kostbaren Gewänder.

Der einzige in seiner Karawane, dem die Hitze nichts ausmachte, war der Dämon. Während er neben den Kamelen ging, hielt der Ifrit den Kopf hoch ins Licht gereckt, in den Augen ein verschlagenes Blitzen, wie Yusuf fand. Diener und Wachen mieden seine Nähe. Niemand kannte seinen Namen. Keiner hatte je mit ihm gesprochen. Yusuf hörte noch nicht einmal Geflüster über ihn.

»Du, besorge mir sauberes Trinkwasser«, sagte Yusuf laut und erwartete fast, dass der Dämon in seiner Bosheit eine Sintflut auf ihn niedergehen ließ. Doch der Ifrit wandte sich ohne ein Wort ab und verschwand im Gewirr der Gassen.

Zwischen weißen Häusern und Wüstenlicht saß der Straßenjunge Chalid am Brunnen und zog den Eimer hoch. Dreck klebte zwischen seinen Fingernägeln. Trotzdem trank er aus der hohlen Handfläche und genoss das Gefühl von Kühle auf den Lippen.

Dann legte sich ein Schatten über ihn. Chalid hob den Kopf und blickte auf einen großgewachsenen jungen Mann mit hellen Augen, der ihn musterte. In der Hand hielt er einen goldenen, mit Rubinen und Saphiren besetzten Becher, auf dem das Sonnenlicht funkelte.

Chalid leckte sich über die Lippen. Sollte er es wagen? Seine Finger waren schnell, ebenso seine Beine.

Der Becher würde ihn durch das ganze Jahr bringen. Wahrscheinlich sogar durch mehrere.

Aber unter dem Gewand des Fremden zeichneten sich Muskeln ab und in seinen Augen blitzte etwas, das Chalid den Gedanken vergessen ließ. Also verharrte er weiter am Brunnenrand, mit leicht geöffnetem Mund im schwarzen Schatten des Mannes.

»Edler Chalid«, begann der Fremde.

Vor Schrecken hätte Chalid beinahe den Eimer fallen lassen. Wasser schwappte auf seine Hose und Hitze schoss in seine Wangen. »Woher wisst Ihr meinen Namen?«

Der Fremde legte den Kopf schief. »Edler Chalid ibn Faisal ibn Abdul«, sagte er und hielt ihm den kostbaren Becher hin. »Mein Herr wünscht Trinkwasser, wenn Ihr nur bereit wärt, mir ein wenig aus diesem Brunnen zu verkaufen.«

Zu einer anderen Zeit hätte ihm Chalid schon allein beim Klang des Wortes *verkaufen* die Füße geküsst, doch jetzt hielt er nur den Eimer umklammert und starrte in die ebenmäßigen Züge seines Gegenübers.

»Aber ich kenne meinen Vater nicht und auch nicht meinen Großvater«, murmelte er. *Chalid ibn Faisal ibn Abdul.* Das klang ja gerade so, als wäre er der Sohn des unglückselig verstorbenen Kalifen. »Ihr müsst mich verwechseln.«

Doch der Fremde hielt ihm beharrlich den Becher entgegen und sagte nur: »Wie lautet Eure Antwort, edler Chalid ibn Faisal ibn Abdul?«

Chalid biss sich auf die Zunge, füllte das Gefäß und erhielt von dem Fremden eine Goldmünze im Gegenzug. Eine verdammte echte Goldmünze! Er ließ sie eilig in seiner Tasche verschwinden und beobachtete, wie der Fremde in Richtung der Hauptstraße davonging.

Dieser Mann hatte seinen Namen gekannt, obwohl er ihn nicht hätte wissen dürfen. War es da nicht möglich, dass er seinen *vollen* Namen kannte? War es da nicht möglich, dass er mehr wusste als Chalid selbst? Der junge Herr hatte feine Kleidung getragen. Sicherlich verkehrte er mit den Mächtigen. Womöglich lebte er gar unter den Adeligen.

Und je öfter Chalid darüber nachdachte, umso nagender wurde das Gefühl, dass vielleicht auch er am Hof des Kalifen leben sollte. Oder sogar noch mehr.

Die Palmen im Hof wisperten, als Kalif Yusuf ibn Yusuf die Nachricht seines bevorstehenden Todes erreichte. Mit zitternden Fingern las er die Worte eines seiner Spione. Chalid ibn Faisal beanspruchte das Erbe seines Vaters, des Kalifen Faisal ibn Abdul. Yusuf zerknüllte den Zettel und trat von dem Balkon zurück.

Der Ifrit lag auf dem Diwan, fast entspannt. Mit seinem Schattengewand und der braunen Haut verschmolz er nahezu mit der Dunkelheit im Zimmer. Nur seine unnatürlichen Augen leuchteten hell und folgten jeder Bewegung Yusufs.

»Ich weiß, dass er kommt, um meinen Thron zu rauben«, sagte Yusuf und nahm einen Schluck Dattelwein aus seinem Becher.

Die Karaffe erhob sich von unsichtbarer Hand getragen in die Luft und glitt zu dem Dschinn hinüber. Er schloss die Finger um den Griff, zog die Brauen zusammen und schnüffelte an der Flüssigkeit. »Ihr definiert Besitz durch Macht, er durch Blut.« Seine Stimme war wie ein Wispern und hallte dennoch viel zu laut in Yusufs Ohren.

»Schweig still, Dämon«, schnappte er und nahm das Silbermesser von seinem Tisch. »Blut bedeutet gar nichts. Sein Vater war der Kalif, aber er war schwach. Genau wie sein Abkömmling.«

Der Ifrit beobachtete ihn. »Wenn Blut nichts bedeutet, wie kann er dann sein wie sein Vater?«

Yusuf stieß mit dem Messer in seine Richtung. »Hab ich dir nicht gesagt, du sollst schweigen?«

Langsam stellte der Ifrit die Karaffe auf den Boden und setzte sich auf. »Ja, Meister. Ihr sagtet es und ich schwieg, bis Ihr mir Eure These unterbreitet hattet. Dann hielt ich es für meine Pflicht als Euer ehrwürdiger Diener, Euch auf die Inkonsistenz Eures Gedankengangs hinzuweisen.«

Yusuf runzelte die Stirn. »Inkonsistenz?«

Die Augen des Ifrit wurden schmal. »Das bedeutet *Widersprüchlichkeit*, Meister.«

Yusufs Gesicht wurde heiß. »Du wagst es!«, schrie er. Das Wissen, dass der Dschinn ihn nur provozieren wollte, dämpfte seinen Zorn kaum. Yusuf wischte sich den Schweiß von der Stirn und atmete tief durch. »Dämon, du bringst mich noch um den Verstand.«

»*Verstand* aus Eurem Munde erscheint meiner Wenigkeit wie eine weitere Inkonsistenz, Meister.«

Yusufs Beherrschung brach. Mit einem Schrei stürzte er vor, stieß mit dem Silbermesser nach dem Ifrit, wieder und wieder. Der Dämon wand sich. Seine Augen brannten heller, doch kein Laut verließ seinen Mund. Schweratmend wich Yusuf zurück. Die Schnitte in der Haut des Ifrit bluteten feurig, verheilten jedoch schnell.

»Das soll dir eine Lehre sein, Dämon«, keuchte Yusuf.

Der Ifrit richtete sich zu seiner vollen Größe auf. »Verzeiht, Meister, aber diesem Wunsch kann ich nicht entsprechen. Es ist Euch nicht möglich, mich zu belehren.«

»Ifrit!«, donnerte Yusuf. Wahrscheinlich wollte der verdammte Dämon, dass er ihn umbrachte. Die Kreatur lechzte nach Freiheit. Aber diesen Gefallen würde er ihr nicht tun. Er nahm einen großen Zug aus dem Becher.

»Meister, ich weiß, zu welchem Volk ich gehöre.«

Yusuf verschluckte sich. Zumindest half das Husten, seine Wut in Zaum zu halten. »Sag nicht *Volk*. Deinesgleichen wurde nur geschaffen, um Menschen zu dienen. Nein, sag jetzt nichts!« Yusuf schwang das Messer und knallte es zurück auf den Tisch. Heute würde er nicht mehr streiten. Es gab Wichtigeres. »Der Junge wird in meinen Palast einbrechen, um mich zu töten. Und wenn er das tut, hältst du ihn auf.«

»Wenn der Junge in Euren Palast einbricht, um Euch zu töten, dann halte ich ihn auf«, wiederholte der Ifrit.

Yusuf nickte und beobachtete, wie die Kreatur zu Rauch zerfloss, bis nur noch der verbrannte Geruch von ihrer Anwesenheit kündete.

Im Licht der Abendsonne schwang sich Chalid ibn Faisal durch das Fenster in den Palast. Er kam am Boden auf und fing seinen Sturz mit einer Rolle ab. Dann kämpfte er sich auf die Beine und zog seinen Säbel.

Nichts. Der Raum war verlassen bis auf die Körbe voller Weizenkörner und versiegelte Krüge in der Ecke. Chalid seufzte erleichtert und schloss die Fensterläden wieder. Nachdem nirgendwo ein Alarmruf erklang, hatte ihn wohl niemand gesehen. Er tauschte seine Kleidung, sodass er wie eine der Wachen des Kalifen aussah, zog den Stoff des Turbans vors Gesicht und verließ den Raum. Sein Herz pochte so laut, dass er glaubte, es würde durch die Flure hallen.

Chalid straffte die Schultern und machte sich auf die Suche nach dem hinterhältigen Wesir, der seinen Vater getötet hatte. Wegen ihm war er auf der Straße aufgewachsen. Seit er in der Hauptstadt angekommen war, spürte er Zorn, jedes Mal, wenn sein Blick auf den mächtigen Palast aus Sandstein fiel, mit all seinen Mosaiken, grünen Palmen und Brunnen. Er durchquerte einen bepflanzten Innenhof und verharrte einen Augenblick im Schatten der Bäume. Blumenduft hing in der Luft, Bienen summten durch die Sträucher. Fontänen sprangen in einem Becken neben ihm.

»Hallo«, sagte eine seltsam eindringliche Stimme hinter ihm.

Vor Schreck hätte Chalid fast seinen Säbel fallen gelassen. Er wirbelte herum und entdeckte einen Mann, etwa in seinem Alter, der zwischen den Oleanderstauden stand und ihn beobachtete. Seine Augen waren hell, als wäre die Sonne in sie getropft.

Irgendwie kam er ihm bekannt vor.

Chalid schluckte hart. »Hallo«, murmelte er, weil er nicht wusste, was er sonst sagen sollte. Der Fremde griff ihn immerhin nicht an, also hatte er vielleicht keinen Verdacht geschöpft.

»Seid Ihr ein Junge?«

»Was?« Chalid schüttelte ärgerlich den Kopf. »Ich bin ein Mann!«

Der Fremde hob eine Braue. »Das trifft sich gut. Ich soll einen Jungen aufspüren, der in den Palast meines Meisters einbricht, um ihn zu töten.«

Mühsam unterdrückte Chalid den Impuls, seinen Säbel hochzureißen. Der andere schien unbewaffnet, aber er war größer und stärker. Außerdem waren da immer noch die unheimlichen Flammenaugen.

Jetzt, da Chalid ihn noch einmal musterte, fiel ihm das seltsame Gewand auf. Er hatte es für schwarzen Stoff gehalten und es im Schatten nicht näher beachtet. Doch jetzt sah er, dass es wirbelte, obwohl kein Wind ging. Der Geruch von Weihrauch hing in der Luft. Eine eisige Hand schloss sich um Chalids Kehle. Das Blut in seinen Adern stockte. Sein Herz überschlug sich. »Bist du ein Dschinn?«

»Ich bin ein Ifrit«, sagte der Fremde, ohne mit der Wimper zu zucken.

»Ich ...« Chalid wich zurück und hob den Säbel. Das Zittern seines Arms erschütterte die Klinge. Sie war nicht mit Silber überzogen. Wer hätte auch ahnen können, was ihn hier erwartete.

»Wenn Ihr also einen Jungen seht, der diese Kriterien erfüllt, so gebt mir doch bitte Bescheid«, sagte der Ifrit. Seine Haut glühte und im nächsten Moment war der Platz zwischen den Oleanderstauden leer. Chalid unterdrückte einen Schrei.

Ifrit! Ein verdammter echter Ifrit! Diese Sorte Dschinn war den Menschen nie wohlgesonnen, so viel war sicher. Wenn dieses Wesen auch noch unter der Kontrolle des Wesirs stand, dann sah Chalids Zukunft dunkel aus. Die brennenden Augen verfolgten ihn in seinen Gedanken. Seine Haut fühlte sich heiß an. Ein roter Lichtschimmer im Flur verriet ihm den Weg nach draußen. Chalid erreichte einen Torbogen, der den Blick auf die Stadt und den späten Dämmerhimmel darüber freigab. Zwei Wachen standen davor und unterhielten sich leise. Nur keine Aufmerksamkeit erregen. Mit festen Schritten näherte sich Chalid dem rettenden Fluchtweg. Doch bevor die Wachen auch nur die Köpfe wandten, ging ein Ruck durch den Boden und die Steine aus dem Tor lösten sich. Schutt und Staub prasselten in den Durchgang und einige größere Trümmer versperrten ihn, sodass nur schmale Ritzen von der Welt hinter dem Palast kündeten. Nachdem Chalid seinen Schock überwunden hatte, fluchte er und wirbelte herum, um einen anderen Ausgang zu suchen. Diesmal ging er nicht mehr langsam, sondern rannte.

Der Boden unter ihm ruckelte, sodass Karaffe und Becher auf dem Tisch vibrierten und das Silbermesser näher an die Kante rutschte. Yusuf fuhr von seinem Diwan auf. »Was war das?«

Der Ifrit erschien in einer Flamme und trat vor ihn. »Alle Eingänge des Palastes sind versiegelt. So kann kein Junge einbrechen.«

Yusuf schlug die Hände vors Gesicht und rieb sich die Schläfen. »Und wie sollen meine Wachen und meine Dienerschaft wieder herauskommen? Dämlicher Ifrit! Bring das in Ordnung.«

Er sah nicht, wie der Dschinn verschwand, aber er spürte seine Abwesenheit, als der glühende Druck der Hitze von seiner Haut wich.

»Sag mir deinen Namen!« Der Mann presste den Unterarm gegen Chalids Hals und drückte seine Brust gegen die Wand. Sein Begleiter riss ihm den Stoff vor seinem Gesicht herunter, schnaubte und richtete den Säbel auf ihn, die Spitze nur drei Finger von seiner Kehle entfernt.

»Den habe ich noch nie hier gesehen. Außerdem ist er zu schmächtig.«

Chalid keuchte und schnappte nach Luft, bis der Mann vor ihm seinen Griff ein wenig lockerte. Mühsam schluckte er. »Ich ... ich bin ...«

Die schwarzen Augen der Wache funkelten ihn an. Die Klinge des Säbels verharrte ganz still vor ihm. Der Arm ihres Besitzers zitterte kein bisschen. Er würde zustoßen, ohne zu zögern.

»Mein Name ist -«

Ein heißer Windstoß fegte durch den Gang. Die beiden Wachen wandten die Köpfe, keuchten und dann waren sie weg. Als der plötzliche Druck verschwand, rutschte Chalid an der Wand hinab und landete auf dem Boden. Verwirrt blinzelnd sah er sich um. Der Flur war verlassen.

Die Wächter schienen sich in Luft aufgelöst zu haben. Zurück blieb nur der Geruch von Rauch.

Die Sonne war am Horizont verschwunden. Graublaue Dunkelheit zog über die Stadt und hüllte die Gebäude ein. Nur in wenigen Häusern flammten noch Lichter. Yusuf trat von seinem Balkon zurück. Die Vorhänge raschelten.

»Ifrit!« Er musste nicht brüllen, damit der Dämon ihn hörte. Ein Flüstern reichte schon aus. Der Dschinn erschien mit einem feurigen Zischen im Raum.

Yusuf packte den leeren Wasserkrug. »Es ist dunkel und niemand hat mir zu essen gebracht, meine Lampen entzündet und mein Bett bereitet.«

Der Ifrit verschränkte die Arme. »Diese Beobachtung ist korrekt, Meister.«

»Wo sind meine Diener?«

»Eurem Befehl entsprechend habe ich dafür gesorgt, dass die Dienerschaft den Palast verlassen kann.«

Die Kreatur hatte also beschlossen, ihn heute besonders zu quälen. Womit hatte er das verdient?

»Schaff sie wieder her!«, rief Yusuf und stürmte zurück in die Nacht, um nicht den scheußlichen Rauch riechen zu müssen.

Chalid schlich die Treppe in den dritten Stock hinauf. Zu den Gemächern des Wesirs konnte es nicht mehr weit sein. Seine Füße schleiften über den Boden und sein Gewand raschelte. Er gab sich Mühe, leise zu sein, aber seine Atemzüge blieben laut.

Eine unsichtbare Hitzewolke umfing ihn. Der Blick des Ifrit brannte, auch wenn Chalid den Dschinn nicht sehen konnte. Der allgegenwärtige Geruch von Rauch stach ihm in der Nase. In der Luft hing auf einmal ein zappelnder Mann. Schreiend stürzte er auf den Boden.

Chalid zog noch rechtzeitig seinen Säbel davon und der andere landete kaum eine Handbreit vor ihm.

»Hast du dich verletzt?«, fragte Chalid vorsichtig.

»Ich ... ich weiß nicht«, murmelte der Mann und rappelte sich stöhnend in die Höhe.

Also nickte Chalid und schob sich an ihm vorbei, als ob er jede Berechtigung hätte, hier zu sein.

Nach ein paar Stufen erreichte er das nächste Podest und warf sich erschrocken zur Seite, als eine kreischende Frau über ihm erschien. Sie krachte mit einem dumpfen Laut wie ein stürzender Mehlsack hinunter und rollte sich ächzend herum.

Chalid drückte sich gegen die Wand und suchte die Luft ab. Nach wenigen Augenblicken brüllte erneut jemand in den Fluren und als er im dritten Stockwerk angekommen war, hatte er schon so viele Schreie gehört, dass ihm die Ohren dröhnten.

»Ifrit!«, donnerte Yusuf, während das Kreischen seiner Diener durch die Gänge scholl. »Du dreckige Feuergeburt. Es macht dir Spaß, dich mir zu widersetzen, nicht wahr?«

Der Dämon hob die Brauen. »Wenn es mir möglich wäre, empfände ich zumindest einen Funken Genugtuung, Meister.«

»Möglich! Pah!« Yusuf schnaubte. Noch immer knurrte sein Magen und jetzt kostete ihn der Lärm auch noch den Schlaf. »Diese Schreie! Was ist mit ihnen?«

»Ich bringe die Dienerschaft in den Palast zurück, wie Ihr befohlen habt, Meister.«

Yusuf knallte die Faust auf den Tisch. »Mach, dass dieser Lärm verschwindet. Ich will Stille im Palast!«

Einen Moment lang sah ihn der Ifrit stumm an, Feuer in den Augen und Rauch um ihn herum. Dann verzogen sich seine Lippen. Es war das erste Mal, dass Yusuf ihn lächeln sah. Sein Herz erstarrte bei der Erkenntnis.

»Wie Ihr befehlt, Meister.«

»Aber, Moment, ich bef-.« Weiter kam Yusuf nicht. Seine Kehle schnürte sich zusammen, seine Zunge war schwer wie ein Fels und lag versteinert in seinem Mund. Egal, wie sehr er sich bemühte, kein Laut drang durch seine Lippen.

Leere umgab ihn. Er hörte nicht die Schreie der Diener, ihre Schritte. Er hörte nicht seine Wachen, das Klirren ihrer Waffen. Er hörte nicht den Luftzug auf dem Balkon, das Rascheln der Vorhänge. Er hörte nicht die eigenen Atemzüge oder den Schlag seines Herzens. Es war so still um ihn herum, als wäre er tot und erstarrt in endloser Ödnis. Yusuf taxierte den Ifrit und deutete mit beiden Händen energisch auf seine Kehle, öffnete den Mund, legte die Finger auf seine Zunge, tippte auf seine Ohren.

Der Dämon regte sich nicht. Seine Stimme klang in Yusufs Kopf. Ein Wispern, das seine Gedanken durchschnitt und glühende Spitzen in seine Stirn bohrte. »Verzeiht mir, Meister, dass ich nicht verstehe, was Ihr mit diesen Gesten ausdrücken wollt. Es muss wohl daran liegen, dass ich nur eine dreckige Feuergeburt bin. Aber sprecht nur, wenn Ihr mögt. Ich werde Euren Befehl vernehmen und ausführen.«

Yusuf drohte ihm mit der Faust, klatschte und zeigte auf seine Zunge, wieder und wieder. Doch der Dschinn stand einfach nur da und musterte ihn, noch immer dieses schreckliche Lächeln im Gesicht. Yusuf wollte es ihm herausschneiden. Er packte das Silbermesser. Geräuschlos zerfetzte es die Luft. Yusuf sprang vor, um den Zauber des Ifrit zu beenden.

Die Diener griffen sich an die Kehlen, würgten und spuckten. Doch kein Laut durchzog mehr die Flure. Chalids Kleidung raschelte nicht mehr. Seine Tritte schienen nicht zu existieren. Der Palast verharrte in Ruhe wie ein Grab. Als Chalid seinen Atem zwischen den Zähnen ausstieß, spürte er zwar die Bewegung der Luft, hörte jedoch nichts.

Die plötzliche Taubheit ließ ihn frösteln. Mit wild klopfendem Herzen ging er weiter. Die Gemächer des Wesirs lagen direkt vor ihm. Chalid verharrte vor der Tür. Früher hatte sein Vater hier gelebt. Die Erinnerung an diese Zeit war aus Chalids Gedächtnis verschwunden. Er erinnerte sich noch nicht einmal an das Gesicht Faisal ibn Abduls oder auch nur den Klang seiner Stimme.

Chalid umschloss den Griff seines Säbels so fest, dass seine Knöchel weiß hervortraten. Es gab kein Zurück mehr. Heute würde er sein Geburtsrecht beanspruchen oder sterben. Chalid ibn Faisal ibn Abdul. Er formte seinen Namen immer wieder, sprach ihn lautlos vor sich her, bis er es wagte, die Hand nach der Klinke auszustrecken. Dann nahm er einen tiefen Atemzug und trat ein. Ein dunkler Raum empfing ihn und der Schreck, dass der Wesir nicht hier war, lähmte ihn einen Moment. Chalid betrachtete die Pflanzen in den Töpfen, die Stühle und ging weiter. Ein Durchgang ihm gegenüber. Das Schlafgemach des falschen Kalifen. Dort fand er ihn. Vom Balkon her sickerte Mondlicht durch den Spalt zwischen den Vorhängen ins Zimmer.

Alle Lampen waren kalt. Nur die Haut des Ifrit spendete geisterhaften gelborangen Schein, der sich über die Möbel zog, die Kleidung des Wesirs bedeckte, in seinem schwarzen Haar hing.

Chalid erstarrte. Der Thronräuber hielt ein Silbermesser in der Hand und wandte ihm den Rücken zu. Er brauchte jetzt nur einen Befehl geben und sein Ifrit würde Chalid vernichten.

Doch der Wesir bemerkte ihn nicht. Wild stach er auf den Dschinn ein. Das Messer fuhr über seine Brust, sodass glühende Schnitte unter dem schwarzen Rauchgewand aufrissen. Feuriges Blut sickerte heraus und tropfte auf den Boden. Wo es die Fliesen berührte, kringelte sich Rauch in die Höhe.

Die Hitze im Raum ließ Chalid schwindeln. Mit zusammengebissenen Zähnen schlich er weiter, die zitternde Spitze seines Säbels auf den Rücken des Wesirs gerichtet.

Dieser hielt einen Moment lang inne und gestikulierte zornig in Richtung des Ifrit. Die Hände des Dschinn betasteten seine Wunden. Ein tiefer Schnitt zerteilte sein Gesicht. Chalid sah, wie sich seine Brust hob und senkte. Dabei hatte er immer gedacht, Dschinn müssten nicht atmen.

Chalid hatte den Wesir fast erreicht. Jetzt sah der Ifrit direkt in seine Richtung. Sein Feuerblick drohte, Chalids Augen aus seinem Kopf zu schmelzen. Heiße Tränenströme liefen über seine Wangen.

Doch dann wandte der Ifrit das Gesicht ab. Der Wesir stürzte ein zweites Mal vor und stieß das Messer in die Schulter des Dschinn. Dieser wand sich vor Schmerzen, wich jedoch nicht zurück.

Chalid zielte auf die Stelle, hinter der er das Herz des Verräters vermutete, und stieß ihm seinen Säbel tief ins

Fleisch. Der ehemalige Wesir erstarrte. Das Silbermesser glitt aus seiner Hand und fiel geräuschlos vor die Füße des Ifrit.

Mit einem Ruck riss Chalid seinen Säbel aus dem Körper des falschen Kalifen und machte einen Satz zurück, bevor er umfiel. Als Yusuf ibn Yusuf am Boden aufprallte, tat er das mit einem dumpfen Schlag. Seine Augen blickten vor Schrecken geweitet an die Decke und aus seinen Lippen rann ein dünner roter Faden.

Ächzend schleuderte Chalid den Säbel von sich. Die Waffe klirrte auf den Fliesen. Er sank auf die Knie und schlug die Hände vors Gesicht. Seine Finger zitterten wie Palmen im Sturm.

Auch der Ifrit keuchte. Noch immer blutete sein Körper aus unzähligen Wunden. Sorgsam tupfte er sich das Gesicht ab. Sein brennender Blick fand Chalid. »Wie gut, dass kein Junge in den Palast einbrach, um meinen ehemaligen Meister zu töten. Ich hätte ihn aufhalten müssen.«

Chalid merkte, dass er nicht nur seine Waffe weggeschmissen, sondern auch seine Kampfposition aufgegeben hatte. »B-bleib mir fern, D-dämon«, presste er hervor.

Der Dschinn lächelte dünn. »Oh, es wird nicht lange dauern, Chalid ibn Niemand«, sagte er leise.

Seine Haut fing Feuer, Rauchschwaden zogen durch die Luft. Chalid wurde von einer glühenden Woge erfasst und zu Boden geschleudert. Der Leichnam Yusufs ging in Flammen auf. Doch Chalid sah nicht weiter hin. Die brennenden Augen des Ifrit ruhten auf ihm und schmolzen sein Bewusstsein davon.

Als der seltsame Zauber ein Ende nahm und die beiden Wachen auf einmal wieder im Flur standen, spürten sie

Schwindel und erbrachen sich nacheinander auf den Boden.

»Was ist ...?«, murmelte der eine und stützte sich an der Wand ab. Der andere hob die Schultern und zog zitternd seinen Säbel. »Der Eindringling«, erinnerte er sich.

Also wankten sie beide die Treppe hinauf, bis sie die Gemächer des Kalifen erreichten. Die Tür stand offen. Der kleine Vorraum war dunkel, aber im Schlafgemach Yusufs brannten so viele Lampen wie noch nie.

Im Feuerschein war der Junge nicht zu übersehen. Er lag am Boden, überströmt mit Blut. Sein befleckter Säbel lag unter einem Tisch. Den Kalifen schien das nicht zu kümmern. Er hielt ein in Stoff eingeschlagenes Silbermesser in der Hand und schleuderte es mit einer kräftigen Bewegung durch die Vorhänge hinaus in die Nacht.

»Kalif!«, rief die eine Wache erschrocken.

Yusuf ibn Yusuf wandte sich zu ihm um und verschränkte die Arme. Eine blutige Furche durchzog sein Gesicht, ansonsten schien er zum Glück unverletzt. »Ein Wahnsinniger. Er kam, um mich zu töten.« Seine Stimme war leise, aber seine Augen glühten hell. »Doch ich konnte ihn überwältigen.«

»Gepriesen sei der Kalif«, sagten die beiden Wachen gleichzeitig und zerrten den bewusstlosen Attentäter in die Höhe.

Der Kalif blickte ihnen brennend hinterher, als sie Chalid aus dem Raum zogen. Dann lächelte er und schüttelte den Kopf. Heute würde er zum ersten Mal Dattelwein kosten.

© Kornelia Schmid

Kornelia Schmid wurde 1993 in Regensburg geboren und studiert dort inzwischen Germanistik, Kunstgeschichte und Philosophie. Ihren ersten Roman begann sie im Alter von zwölf Jahren. Seitdem schreibt sie hauptsächlich im Bereich Fantastik und hat Kurzgeschichten in verschiedenen Anthologien veröffentlicht.

Zwei Seiten der Wahrheit
୨൦ Nadine Neu ൶

So fühlte sich also ein Blinder. Sein gesamtes Dasein in solch allumfassender Schwärze verbringen zu müssen, jeglichen Augenlichts beraubt, musste schrecklich sein. Obwohl er nicht das Geringste von seiner Umgebung sehen konnte, empfand Filib keine Angst. Mit weit aufgerissenen Augen gegen das undurchdringliche Dunkel ankämpfend, tappte er tapfer voran, vorsichtig einen Fuß vor den anderen setzend. Weder wusste er, wohin ihn sein Weg führte, noch konnte er sich daran erinnern, wie er hierher gelangt war, an diesen seltsamen Ort.

Es schien sich um einen Tunnel oder eine schmale Höhle zu handeln. Filib spürte Enge um sich herum und immer wieder tropfte Wasser auf sein Wams. Für einen Moment huschte der Gedanke an seine Tante und ihre zu erwartende Schimpftirade durch seinen Kopf, wenn er seine neuen Kleider gleich am ersten Tag ruinieren würde. Doch dann konzentrierte er sich wieder ganz auf seine Umgebung. Tastend streckte er die Hand aus. Er war nicht überrascht, schon wenige Zentimeter neben sich auf Widerstand zu treffen und doch zog er erschrocken die Hand zurück. Irgendetwas stimmte hier nicht!

Er hatte mit rauem, hartem Fels unter seinen Fingerspitzen gerechnet, vielleicht auch mit feuchtem, modrigem Gestein, aber das hier war – anders.

Er atmete ein paarmal tief durch. Mit klopfendem Herzen zwang er sich, die Hand erneut auszustrecken und was auch immer sich da neben ihm befand zu berühren. Im ersten Moment dachte er an Moos, aber dann begann sich das weiche Etwas zu bewegen. So, wie das Fell einer Katze auf eine Berührung reagieren mochte ...

Filib zuckte zusammen und schlug die Augen auf. Das helle Licht blendete ihn und er blinzelte in die glitzernden Sonnenstrahlen, die auf den sanft schwappenden Wellen des vor ihm liegenden Sees tanzten. Beinahe kam es ihm vor wie eine neue, hellere Blindheit.

Seine Augen gewöhnten sich jedoch schnell an das Licht und erleichtert stellte er fest, dass er sich noch immer am Ufer des Loch Murdochs befand. Er lag im weichen Gras und musste eingenickt sein. Schon begann die Erinnerung an seinen unheimlichen Traum zu verblassen. Träge drehte er den Kopf zur Seite und erstarrte. Direkt neben ihm stand ein schwarzes Pferd. Es beugte den Kopf zu ihm herab, seine Nüstern verharrten nur eine Handspanne von seiner Stirn entfernt. Aus Filibs liegender Position kam es ihm riesig vor, viel größer als ein Pferd sein sollte. Sein schwarzes Fell überzog sich im Licht der Sonne mit einem schimmernden Blau und aus seiner Mähne troff Wasser. Es bewegte leicht den Kopf und ein paar Tropfen spritzten auf Filib. Aus sanften, aber durchdringenden Augen blickte der Rappe ihn unverwandt an. Schnell schloss Philip die seinen wieder. Das musste ein Traum sein!

»Filib MacMòrdha, was bist du nur für ein fauler Nichtsnutz!« Bhreacs Stimme riss ihn vollends aus dem Schlaf. »Liegst hier am helllichten Tag herum und schläfst, während deine Tante zuhause darauf wartet, dass du ihr bei der Arbeit zur Hand gehst.« Sein Onkel klang vorwurfsvoll, nicht wütend. Bhreac war ein sanfter Mann, streng, doch stets gerecht. Ohne zu zögern hatte er Filib vor 15 Jahren bei sich aufgenommen, nachdem seine Mutter im Kindbett und kurz darauf auch sein Vater an einer Lungenentzündung gestorben waren.

Mit einem Schlag war Filib hellwach. Das Pferd! Hastig setzte er sich auf und blickte suchend umher, was seinem Onkel nicht entging.

»Wonach hältst du Ausschau, du alter Träumer?« Ein breites Grinsen zog sich über Bhreacs bärtiges Gesicht und seine hellen Augen blitzten belustigt.

Die Verärgerung seines Onkels war nur aufgesetzt, erkannte Filib erleichtert. Aufgeregt plapperte er drauf los. »Onkel, hast du das Pferd gesehen, einen mächtigen Rappen? Es stand direkt neben mir und ...«

»Du hast geträumt, mein Junge. Das kommt davon, wenn man tagsüber schläft, statt zu arbeiten. Es gibt hier im Umkreis von fünf Meilen nur ein einziges Pferd, und das ist der klapprige Braune vom alten Rob.« Bhreac lachte ein wenig gezwungen, wie Filib fand, streckte ihm die Hand entgegen und zog ihn hoch. »Und jetzt komm, lass uns gehen. Mairi wartet schon. Sie hat sich Sorgen gemacht und mich losgeschickt, dich zu suchen.«

Widerwillig setzte sich Filib in Bewegung und trottete hinter seinem Onkel her. »Sein Fell schimmerte beinahe blau und seine Mähne war nass«, fing er noch einmal an.

Tatsächlich drehte sich Bhreac zu ihm herum. »Was redest du da? Schluss jetzt mit dem Unsinn!« Seine Stimme klang ungewohnt scharf. Ohne ein weiteres Wort eilte er auf den schmalen Pfad zu, der zu ihrem bescheidenen Gehöft unten im Tal führte.

Filib kam es vor, als hätte er für einen kurzen Moment so etwas wie Erschrecken im Blick seines Onkels gesehen. Verstohlen blickte er auf die Ärmel seines Wamses, als erwarte er, dort nasse Flecken zu sehen. Seufzend folgte er Bhreac den Steig hinunter.

Sobald es seine Pflichten auf dem Hof seines Onkels am nächsten Tag zuließen, schlich sich Filib wieder hinauf zum See. Die Gedanken an den seltsamen Traum ließen ihn nicht los. Er war in den Highlands und daher mit allerlei Erzählungen über Feen, Kobolde und Geister aufgewachsen. Natürlich waren ihm auch Geschichten über Kelpies zu Ohren gekommen, jene monströsen Wasserpferde, die arglose Menschen ins Wasser trugen, sie ertränkten und anschließend verspeisten.

Filib gab nicht viel auf dieses Gerede. Kelpies gehörten genauso ins Reich der Sagen und Legenden wie all die anderen Gestalten des in Schottland weitverbreiteten Aberglaubens. Und doch lief ihm häufig eine Gänsehaut über den gesamten Körper, wenn er im Wirtshaus zufällig Gesprächen über solche Wesen lauschte.

Sobald es sein Onkel bemerkte, brachen sie auf und Bhreac versicherte ihm den ganzen Nachhauseweg, dass all diese Legenden nichts weiter waren als Hirngespinste der abergläubischen Highlander.

Während Filib sich am steinigen Ufer des träge dahinfließenden Acharain einen Weg bahnte, hielt er nach dem schwarzglänzenden Pferd Ausschau. War es tatsächlich nur ein Traum gewesen? Beinahe glaubte Filib, das weiche Fell noch unter seinen Fingerspitzen und den tiefgründigen Blick des Pferdes in seinen Gedanken zu spüren. Er kam gut voran und schon bald kam der See in Sicht. Verschwitzt von dem flotten Marsch in der wärmenden Nachmittagssonne setzte er sich an der gleichen Stelle nieder wie am Tag zuvor und ließ seinen Blick über Loch Murdoch gleiten. Bis auf ein paar lästige Mücken, die seinen Kopf umschwirrten, war weit und breit kein anderes Lebewesen zu entdecken.

Kopfschüttelnd stand Filib auf und schalt sich selbst einen Narren. Er hatte bloß geträumt. Nichts weiter.

Gerade wollte er sich in Bewegung setzen, als etwas auf dem weichen Boden am Ufer seine Aufmerksamkeit erregte. Das Blut in seinen Adern gefror zu Eis. Hufabdrücke. Doch irgendetwas stimmte nicht damit.

Er ließ sich auf die Knie fallen und betrachtete sie genauer. Sie gehörten gewiss nicht zu dem klapprigen Pony vom alten Rob, dazu waren sie viel zu groß. Und aus der Nähe sah er auch, was damit nicht stimmte: Die Abdrücke der Vorderhufe waren völlig normal, die hinteren jedoch falsch herum! Wie konnte das sein?

In diesem Augenblick blitzte in Filibs Kopf eine Erinnerung auf. So etwas hatte er schon einmal gesehen!

Er fuhr auf dem Absatz herum und rannte zurück zum Hof. Dort angekommen, stieg er die wackelige Holzleiter zum Heuschober hinauf. Geräuschvoll kramte er im Halbdunkel zwischen dem alten Gerümpel herum, bis er das kleine Kästchen seines Urgroßvaters fand. Er öffnete den Deckel und zog das vergilbte, ordentlich zusammengerollte Papier hervor. Ungeduldig rollte er es im Licht eines durch das marode Dach fallenden Sonnenstrahls aus.

Filibs Herzschlag beschleunigte sich beim Anblick des mit einfachen Kohlestrichen gezeichneten Bildes. Es zeigte ein Pferd, dessen Vorderhufe wie bei jedem anderen Pferd nach vorne gerichtet waren.

Die Hufe an den Hinterbeinen wiesen jedoch in die entgegengesetzte Richtung, als könne das Tier ebenso gut vorwärts wie rückwärts davongaloppieren. In dem Kästchen fanden sich noch weitere Zeichnungen von Pferden, deren wilde Züge mit weit aufgerissenen Augen und gebleckten Zähnen jedoch mehr an Monster aus einem Albtraum denken ließen.

Aufgeregt verstaute Filib die Bilder wieder, klemmte sich das Holzkästchen unter den Arm und wandte sich zur Leiter um. Gerade wollte er nach der obersten Sprosse greifen, da erschien ein Kopf über der Kante des Dachbodens und Filib stürzte vor Schreck rücklings ins Heu. »Onkel Bhreac! Mir ist fast das Herz stehen geblieben.« Fluchend wühlte er sich aus den piksenden Halmen.

»Warum polterst du auch auf dem Heuboden herum? Was hast du hier eigentlich zu suchen?«

Filib hielt ihm die kleine Kiste unter die Nase. Am Gesichtsausdruck seines Onkels konnte er zweifelsfrei ablesen, dass auch er wusste, was sie enthielt. Und dass sich seine Begeisterung darüber in Grenzen hielt. »Bhreac, genau so ein Pferd habe ich gestern gesehen. Oben am Loch Murdoch.« Sein Onkel gab ein undefinierbares Geräusch von sich, halb Brummen, halb Seufzen, und ließ sich schwer auf einen Balken sinken. Er sah den Jungen nicht an, sondern starrte ins Leere.

»Du wusstest es!« Filib sprang mit einem Satz direkt vor Bhreacs Nase und zwang ihn so, ihm direkt ins Gesicht zu blicken. »Als ich es dir erzählt habe, wusstest du, dass ich nicht der Einzige bin, dem so ein ... so ein Pferd begegnet ist. Warum hast du nichts gesagt?« Zu seinem Erstaunen blieb sein sonst so redseliger Onkel stumm. »Bhreac! Warum?«

Nach einigen weiteren, endlos scheinenden Momenten des Schweigens holte Bhreac tief Luft. »Ich hatte so sehr gehofft, diese alte Geschichte ruhen lassen zu können.« Er stützte sich mit den Armen auf den Oberschenkeln ab und ließ den Kopf hängen.

In diesem Augenblick wirkte er alt.

»Welche Geschichte?« Obwohl Filib durch das ungewöhnliche Verhalten seines Onkels verunsichert war, gab er nicht auf. »Was war das für ein ... Wesen? Wo kommt es her? Und was hat mein Urgroßvater damit zu tun?«

Bhreac saß weiterhin völlig reglos da und als Filib schon dachte, er würde nicht antworten, begann er mit leiser, kaum hörbarer Stimme zu sprechen. »Deine Mutter hat mir kurz vor ihrem Tod das Versprechen abgenommen, dir nur im äußersten Notfall von dieser unheilvollen Geschichte zu erzählen.«

»Mutter? Aber warum ... ich verstehe nicht ...«

»Wie solltest du auch? Den Wenigen, die noch davon wissen, habe ich schlimme Dinge angedroht, wenn sie je in deiner Gegenwart davon sprechen sollten. Deine Mutter wollte verhindern, dass auch du unter deinem verrückten Urgroßvater zu leiden hast, so wie es uns als Kindern erging. Doch jetzt, wo dich das Scheusal ausfindig gemacht hat, bleibt mir wohl nichts anderes übrig, als dir davon zu erzählen, um größeren Schaden abzuwenden.« Bhreac seufzte.

»Welches Scheusal? Meinst du das Pferd? Wie ein Scheusal kam mir der Schwarze nun wirklich nicht vor.«

»Es ist aber kein Pferd, mein Junge. Wenn man Großvaters verwirrtem Geist Glauben schenken mag, gibt es nirgendwo auf der Welt ein grauenhafteres Monster als diesen Kelpie.«

»Ein Kelpie?« Filibs Stimme überschlug sich. »Die gibt es doch gar nicht.« Erklang nicht halb so überzeugt, wie beabsichtigt.

»Dein Urgroßvater war da völlig anderer Meinung. Die Leute hier in der Gegend nannten ihn nur den *verrückten Callum*. Er behauptete steif und fest, im Loch Murdoch hause schon seit Jahrhunderten ein gefährliches Monster, das sich in einen wunderschönen Rappen verwandeln könne und immer wieder Menschen aus purer Boshaftigkeit das Leben nehme. Callum war regelrecht besessen von diesem Gedanken. Er redete von nichts anderem. Wenn er im Wirtshaus auftauchte, suchten alle anderen das Weite. Bald verhöhnten die Leute den Alten wegen seiner absonderlichen Geschichten und natürlich ging der Spott auch an deiner Mutter und mir nicht vorbei, waren wir doch mit dem *Verrückten* verwandt. Callum verlor Hab und Gut, weil er seine gesamte Zeit damit verbrachte, diesem Wassergeist nachzustellen. Letztlich ist er bei einem dieser Versuche ums Leben gekommen, ertrunken auf der Jagd nach einem Monster, das keiner außer ihm je zu Gesicht bekommen hat. Bis jetzt.«

»Willst du damit sagen, dass ich einen ... einen Kelpie gesehen habe?« Eine Gänsehaut überzog Filibs Arme, aber es gelang ihm, eine Spur Entrüstung in seine Stimme zu legen. »Das glaubst du doch selbst nicht!« Nach einem Blick in das Gesicht seines Onkels, fügte er zaghaft hinzu: »Oder?«

Bhreac schüttelte unwillig den Kopf und brummte: »Nach gestern bin ich mir da nicht mehr so sicher! Du solltest auf jeden Fall vorsichtig sein. Deine Mutter hat Callums Geschichten wohl im Grunde ihres Herzens mehr Glauben geschenkt, als sie zugeben wollte. Nicht umsonst hat sie dich Filib genannt. Sie hat wohl gehofft, der Name würde dich schützen.«

Erwartungsvoll blickte Filib seinen Onkel an. »Was bedeutet er?«

»Filib bedeutet *Pferdefreund*.«

Nach einer unruhigen Nacht voll wirrer Träume von alten Männern, riesigen schwarzen Ungeheuern und seiner Mutter, die immer wieder seinen Namen rief, machte sich Filib auf den Weg zum Loch Murdoch. Auch wenn nun Furcht neben die Neugier getreten war, nahm er sich fest vor, das Geheimnis des schwarzen Pferdes zu lösen.

Nachdenklich blickte er über das glitzernde, unergründliche Wasser. Loch Murdoch gehörte zu den tiefsten Seen Schottlands, doch Filib, der sein ganzes Leben an seinen Ufern verbracht hatte, war es nie bedrohlich vorgekommen. Schwer vorstellbar, dass in diesem Gewässer Ungeheuer ihr Unwesen treiben sollten.

Lange konnte er seinen Gedanken nicht nachhängen, denn ein Geräusch in einem nahen Gebüsch schreckte ihn auf. Er bemühte sich, das dichte Geäst mit dem Blick zu durchdringen. Das laute Rascheln in den Zweigen wiederholte sich und ein schwarzer Pferdekopf schob sich aus der Hecke hervor.

Filib sprang auf die Füße. Das Pferd – oder was auch immer es sein mochte – verließ seine Deckung nun vollends. Mit hoch erhobenem Kopf kam es ganz langsam, mit majestätischen Schritten, auf ihn zu. Filib erholte sich von seinem ersten Schrecken und betrachtete das Wesen genauer.

Sein Fell schimmerte eher dunkelblau denn schwarz. Das helle Sonnenlicht ließ die feinen Wassertröpfchen, die aus seiner Mähne fielen, in Regenbogenfarben leuchten und seine Schritte verursachten auf dem losen Geröll keinerlei Geräusche. Mit einem raschen Blick überzeugte sich Filib, dass die hinteren Hufe tatsächlich nach hinten zeigten, was dem eleganten Schritt jedoch keinen Abbruch tat. Etwa einen Meter vor ihm blieb der Kelpie stehen. Es handelte sich bei dem Wesen tatsächlich um einen solchen, das stand für Filib nun außer Frage. Trotzdem verspürte er keinerlei Angst in seiner Gegenwart. Im Gegenteil, er fühlte sich ihm auf seltsame Weise verbunden.

Der Kelpie nickte sacht. »Filib – du bist gekommen. Dafür spreche ich dir meinen Dank aus.«

Filib machte einen Satz nach hinten und wäre beinahe auf dem Hosenboden gelandet.

»Wundere dich nicht«, sprach das Wesen laut und deutlich weiter. »Nicht jeder ist in der Lage, uns zu hören.«

Mit weit aufgerissenen Augen starrte er den Kelpie an, dessen Lippen sich nicht bewegten. Und doch konnte er seine Worte ganz klar vernehmen.

»Was willst du von mir?«, brachte er schließlich mühsam hervor. »Und woher weißt du, wer ich bin?«

»Wir wissen weit mehr, als ihr Menschen euch vorzustellen vermögt.«

Nun verdrängte Filibs Neugier auch das letzte bisschen Unsicherheit.

»Wer ist *wir*?«

»Ich – und die anderen meiner Art: Kelpies, Wassergeister, Bachpferde – um nur einige Bezeichnungen zu nennen, die die Unwissenden uns gaben. Die Welt betrachtet uns als bösartige Dämonen ... dabei ist das Gegenteil zutreffend. Und um das zu verkünden, haben wir dich gewählt, Filib MacMòrdha, Nachfahre des unseligen Callum

MacMòrdha, der nichts unversucht ließ, Unseresgleichen zu verunglimpfen. Dieses Unrecht wiedergutzumachen, dazu haben wir dich auserkoren. Wirst du einwilligen?«

Filib war viel zu verwirrt, um einen klaren Gedanken fassen zu können. Die tiefe Stimme des Kelpies klang so vertrauenerweckend, dass er nickte. »Was soll ich tun?«

»Zuallererst musst du verstehen. Ich beabsichtige, dir etwas zu zeigen, das noch kein Lebender je zu sehen vermochte.«

»Weil keiner, der mit euch geht, je wieder zurückkehrt? Weil ihr eure Opfer ertränkt und auffresst?« Trotzig wiederholte Filib die Worte, die er so oft gehört hatte. Doch noch während er sprach, bröckelte sein Glaube an deren Wahrheitsgehalt.

»Das ist es, was ihr über uns denkt.« Der Kelpie klang nun müde und unendlich traurig. Für einen kurzen Moment schweifte der Blick des Wesens über das Wasser und kehrte dann zu Filib zurück. Eine Träne rann über seinen tiefschwarzen Kopf, doch es konnte auch nur ein verirrter Wassertropfen aus seinem Stirnschopf sein.

»Steig auf.« Der Kelpie beugte die Vorderbeine und ließ sich vor dem Jungen nieder. »Steig auf und du wirst die andere Seite der Wahrheit erkennen.«

Ohne weiteres Zögern schwang sich Filib auf den Rücken des Schwarzen, der sich sogleich wieder zu voller Größe aufrichtete. Mit einem gewaltigen Satz setzte er sich ohne Vorwarnung in Bewegung und galoppierte schneller und schneller dahin. Filib krallte sich in der nassen Mähne fest, doch bald merkte er, wie unnötig das war. Seine Beine klebten am Leib des Wesens fest.

Das weiche Fell verwandelte sich innerhalb eines Augenblicks in ein Schuppenkleid, glatt und silbrig schimmernd.

Der Kelpie hielt schnurstracks auf den See zu und gewann immer mehr an Tempo, je näher sie dem Ufer kamen. Er warf sich in die schwappenden Wellen, Gischt stob unter seinen Hufen auf und das kalte Wasser traf Filib mit voller Wucht. Angsterfüllt zappelte er herum, doch seine Beine ließen sich nicht bewegen.

»Halt an!«, schrie er aus Leibeskräften, bevor das Wasser seine Worte verschluckte.

Der Kelpie tauchte unter und zog ihn mit sich. Panik schlug gleichzeitig mit den Wellen über Filib zusammen. Schwärze zog vor seinen Augen auf und seine Lungen brannten schmerzhaft. Doch schon wenige Augenblicke später kehrte zu seinem maßlosen Erstaunen das Licht zurück und das schreckliche Gefühl, keine Luft mehr zu bekommen, verschwand. Tiefe Ruhe erfüllte ihn. Staunend blickte er sich um.

Er glitt auf dem Rücken des Kelpies durch eine so wundersame Unterwasserwelt, wie er sie sich selbst in seinen kühnsten Träumen nicht hätte ausmalen können. Die Ausmaße von Loch Murdoch waren gewaltig, aber was er hier sah, grenzte an Unmöglichkeit. Unter der Wasseroberfläche erstreckte sich die Landschaft in alle Richtungen, so weit sein Auge reichte. Erstaunlicherweise war es taghell. Die Gegend ähnelte der an Land aufs Haar, sah man davon ab, dass sich hier und da große, grüne Algenteppiche in der sanften Wasserströmung bewegten. Am erstaunlichsten waren die Farben. Alles leuchtete viel intensiver als in der realen Welt. Aber was bedeutete real? War das hier weniger wirklich, nur weil es sich unter der Wasseroberfläche befand?

Sie näherten sich einer Ansammlung von Behausungen. Es handelte sich um kleine, ovale Hütten mit runden Türen und Fenstern und gewölbten Dächern. Überhaupt schien es hier unten keine Ecken und Kanten zu geben. Zwischen den Häusern konnte Filib jetzt auch Bewegungen ausmachen, die ihm in dieser Umgebung seltsam deplatziert vorkamen. Schon von Weitem ahnte er, dass es weder Fische waren noch anderes Getier, das sich normalerweise in einem See tummelte. Aus der Nähe verwandelte sich das Unvorstellbare in Gewissheit: Menschen! Es waren tatsächlich Menschen!

Vor Erstaunen stand Filib der Mund offen. Er wunderte sich nicht einmal mehr, dass ihm das einströmende Wasser nicht in die Lungen drang und ihn erstickte.

Langsam schwamm der Kelpie um das Dorf herum. Bei seinem Anblick winkten die Menschen freundlich, sie lachten und scherzten miteinander. Filib brauchte ihre Gespräche nicht zu verstehen, um in ihrem Verhalten eine eigentümliche Lebensfreude zu bemerken. Er brauchte einen Moment, bis ihm der richtige Ausdruck einfiel: Diese Menschen wirkten ganz eindeutig glücklich.

Gerade wollte er den Kelpie fragen, was es mit all dem auf sich hatte, da stieß sich das Wesen am Grund des Sees ab und sie schossen so schnell senkrecht nach oben, dass Filib nun doch die Luft wegblieb. Aber schon bald durchbrachen sie die Wasseroberfläche und der Kelpie ging an Land. Sobald er festen Boden unter den Füßen hatte, verwandelten sich seine Schuppen wieder in weiches Fell und Filib sprang mit zittrigen Beinen ab.

Er schüttelte sich einen Rest Nässe aus den Haaren. Sein übriger Körper wie auch seine Kleidung waren auf wundersame Weise ebenso trocken wie das Fell des Kelpies. Vollkommen erschöpft ließ er sich auf einen Felsen sinken. Die Farben der ihn umgebenden Landschaft kamen ihm mit einem Mal blass und trist vor. Der Kelpie beobachtete ihn aus unergründlichen Augen.

»Was war das?«, brachte Filib schließlich mühsam hervor.

»Das war die Wahrheit, die zu begreifen du auserwählt wurdest. Dieses Wissen versetzt dich in die Lage, das Unrecht, das dein Vorfahr über uns gebracht hat, wiedergutzumachen.«

»Ich ... ich verstehe nicht.« In Filibs Kopf drehte sich alles, ob von dem wilden Ritt oder dem, was er im Loch Murdoch gesehen hatte, vermochte er nicht zu sagen. »Was waren das für Menschen?«

»Diejenigen, die ihr für tot haltet. Geraubt und verschlungen von Kreaturen wie uns.«

Filib runzelte verwundert die Stirn, doch der Kelpie sprach bereits weiter. »Dein Urgroßvater beobachtete einige Male, wie wir Menschen aufsitzen ließen und sie mit uns ins Wasser nahmen. Da sie nicht wieder auftauchten, schloss er daraus, dass wir unsere Opfer mit Haut und Haaren verschlangen. Diese Vermutung machte er zu seiner Wahrheit und verbreitete sie fortan überall, bis uns die Menschen fürchteten wie den Tod persönlich.«

Verstehen sickerte in Filibs umnebelten Verstand und begann sich unaufhörlich auszubreiten. »Aber so ist es nicht?« Selbst in seinen eigenen Ohren klang es wie eine Feststellung, nicht wie eine Frage.

»Die, die wir zu uns nehmen, wären in eurer Welt dem Tod geweiht. Dahingerafft von einer plötzlichen Krankheit, überrascht von einem tödlichen Unfall, einem hinterhältigen Mord anheimfallend. Sobald wir solch drohende Schicksale spüren, nehmen wir diese Menschen zu uns. Dabei greifen wir nicht in den natürlichen Lauf des Lebens ein. Wenn Jemandes Zeit gekommen ist, verhindern wir dies nicht. Nur Menschen, deren Zeit zu früh abläuft, laden wir ein, den Rest ihres Lebens in unserer Welt zu verbringen. Wir wenden keinerlei Zwang an, sie alle bleiben aus freien Stücken. Sie führen ein glückliches Dasein. Du hast sie gesehen.«

Nach und nach rückten die Puzzleteilchen in Filibs Kopf zu einem Ganzen zusammen. Ehrfürchtig schaute er zu dem Kelpie auf. Es gab nicht den leisesten Grund, an dessen Worten zu zweifeln. Beinahe schämte er sich für das, was sein Großvater getan hatte. »Warum hast du Callum damals nicht gezeigt, was du mir gezeigt hast? Sicher hätte er dann ...«

»Das war nicht möglich«, unterbrach ihn der Schwarze und warf unwillig seinen Kopf hin und her, sodass ein Nebel aus Wassertropfen aufwirbelte und wie ein Regenbogen in der Sonne schillerte. »Freiwillig wäre Callum mir nie gefolgt. Er sah nichts als ein Monster in mir. Wenn ich versuchte, mich ihm zu nähern, setzte er alles daran, mich zu töten oder zumindest zu verletzen. Doch ich zürne ihm nicht deswegen. Er handelte in dem festen Glauben, das Richtige zu tun. Das ist das größte Problem der Menschen: Sie glauben nur das, was sie glauben wollen.«

Filib schwieg lange. Nachdenklich blickte er einem gelben Schmetterling hinterher, dessen leuchtende Farbe ihn an die Unterwasserwelt erinnerte.

»Warum ich?«, wandte er sich schließlich mit belegter Stimme an das Wesen. »Ich kann nicht ungeschehen machen, was mein Urgroßvater getan hat. Was könnte ich schon ausrichten?«

»Du bist jung, darin liegt dein Vorteil. Wenn du es wirklich willst, kannst du die Welt verändern – zum Guten, aber auch zum Schlechten. Denk darüber nach, mehr verlange ich nicht von dir, Filib MacMòrdha.«

Der Schwarze drehte sich um und ging langsam davon. Filib wollte ihn zurückrufen, verzichtete dann aber darauf. Der Kelpie hatte alles gesagt, was es zu sagen gab. Jetzt lag es an ihm.

Die Nacht brach bereits herein, als sich Filib endlich auf den Rückweg zum Hof seines Onkels machte. Er kehrte zurück in dem Wissen, dass man ihn zukünftig möglicherweise als den *verrückten Filib* bezeichnen würde, doch das würde ihn nicht aufhalten. Die Menschen mussten auch die zweite Seite der Wahrheit kennen.

༄

Nadine Neu wurde am 11. Mai 1976 im saarländischen Homburg geboren und lebt seit ihrem zweiten Lebensjahr in Rheinland-Pfalz, seit 2009 in der Nähe des Donnersberges. Die Diplom-Betriebswirtin arbeitet bei der Stadtverwaltung Kaiserslautern. Ihre Freizeit verbringt sie am liebsten draußen und kümmert sich um ihren Sohn und ihr Pferd, wenn sie nicht gerade liest oder schreibt. Ihre erste Teilnahme bei einem Schreibwettbewerb führte 2018 zur Veröffentlichung ihres Kurzkrimis in einer Anthologie. Derzeit arbeitet sie an ihrem Debütroman.

Station Misahöhe
⁊ Tobias Jakubetz ⁊

Urwälder haben etwas
höchst Unnatürliches und Entartetes.
Die Unnatur, die der Natur zur zweiten Natur
geworden ist, fällt in ihnen in Natur zurück.
Ein deutscher Wald macht so etwas nicht.

Robert Musil

Keiner der Soldaten der Expeditionskompanie der kaiserlichen Polizeitruppe für das Schutzgebiet Togo wusste, was ihn erwartete, als die 13-köpfige Gruppe am 11. August 1914 um 9 Uhr Ortszeit von Lome aus zur Station Misahöhe aufbrach. Der Trupp bestand aus einem deutschen Offizier, zwei deutschen Unteroffizieren und zehn einfachen Polizeisoldaten, bei denen es sich um Yoruba- und Haussasöldner handelte. Keiner dieser Männer stammte aus dem Schutzgebiet Togo, die drei Weißen waren noch nicht einmal von diesem Kontinent.

Der deutsche Offizier, Hauptmann Anselm von Büna, war erst vor wenigen Wochen in Lome angekommen, ebenso Sergeant Heinrich Voigt. Allein Fahnenjunker Hermann Levershagen war bereits im Jahre 1913 im Zuge des Ausbaus der kolonialen Polizeitruppe in das Schutzgebiet gelangt. Dennoch machte ihm, genauso wie den beiden anderen, das tropisch-feuchte Klima des Landes sehr zu schaffen, obwohl der August als der kühlste Monat in diesem Land galt. Die khakifarbenen Uniformen der drei Europäer waren durchnässt, was nicht an dem westafrikanischen Monsun, sondern an einer Luftfeuchtigkeit von annähernd 80 Prozent und einer Temperatur zur Morgenzeit von fast 30 Grad Celsius lag.

Während der Regen unablässig auf die Überdachung des Unterstandes trommelte, unter dem die Polizeitruppe Schutz gesucht hatte, zog von Büna ein Taschentuch aus der Hosentasche und tupfte sich die Schweißperlen von der Stirn. Dann holte er aus der anderen Hosentasche eine Taschenuhr und blickte prüfend auf deren Ziffernblatt. Die drückende Schwüle machte ihn leicht benommen, sodass er ein wenig mehr Zeit als gewohnt benötigte, um die Uhrzeit abzulesen. Sodann straffte er seinen Körper und schaute mürrisch zu einem der Polizeisoldaten hinüber, den er mit einer energischen Handbewegung zu sich herüberwinkte.

»Wo bleibt der Führer, Boubacar? Hast Du ihm gesagt, dass wir um 9 Uhr aufbrechen?«

Boubacar antwortete mit hartem Akzent: »Ja, Herr Hauptmann, aber Zeit ist für Delali ohne Bedeutung. Wenn Delali kommt, es ist 9 Uhr.« Die Miene des jungen Mannes blieb ernst und unbeweglich.

Missmutig hieß von Büna den Polizeisoldaten wieder zurück ins Glied treten. Über die Verspätung Delalis ärgerte er sich mindestens ebenso wie über den generell nachlässigen Umgang mit Pünktlichkeit in diesem Land und die schwammige Antwort Boubacars. »Fahnenjunker«, sprach er Levershagen streng an. »Beschaffen Sie einen ortskundigen Führer, egal wie. Wir haben keine Zeit zu verlieren. Die Engländer sind unterwegs, und wir werden vier oder fünf Tagesmärsche benötigen, um zur Station zu gelangen.«

Levershagen schlug die Hacken zusammen, wobei etwas Dreck an seiner Hose hochspritzte, und trat ab, indem er den Schutz der unter dem ständigen Regen ächzenden Überdachung verließ. Heftig prasselten schwere Regentropfen auf ihn und seine sich rasch dunkler färbende Uniform. Er zog gerade seinen Kragen hoch, da stieß er mit einem Mann zusammen, der im Begriff war, unter die Überdachung zu treten. Erzürnt wollte Levershagen ihn anherrschen, als er von hinten so etwas wie eine Begrüßung wahrnahm. Er drehte sich um und sah, wie Boubacar und einige andere Polizeisoldaten auf den Mann zugingen, ihn mit *Delali* ansprachen und willkommen hießen. Levershagen machte kehrt und wollte Nachricht geben, doch von Büna hatte die Situation schon erfasst und ließ den Führer zu sich rufen. Mithilfe Boubacars erklärte der Hauptmann dem Einheimischen unter Hinweis auf deren Dringlichkeit, wohin die Expedition führen sollte.

Delali äußerte sich wort- und gestenreich, worauf Boubacar etwas entgegnete. Da der Togolese erneut ansetzte zu sprechen, unterbrach ihn der Hauptmann barsch.

»Sag ihm, dass es nicht mehr Geld gibt.«

»Herr Hauptmann, Delali will nicht Geld. Er sagt, Weg dahin ist unwegsam und gefährlich, gerade wenn es Regen gibt.«

»Ist bekannt. Dafür wird er bezahlt«, entgegnete von Büna gereizt.

Nur wenig später verließ der Trupp mitsamt drei mitgeführten Pferden über die morastige Hauptverkehrsstraße Lome nach Nordwesten in Richtung Togogebirgskette. Als die Männer die letzten Ausläufer der grau-wuchernden

Stadt hinter sich gelassen hatten, brach der Dschungel über sie herein.

Weder von Büna noch Voigt hatten jemals den Regenwald betreten. Nur Levershagen war vor einiger Zeit mit einem kleinen Trupp von Polizeisoldaten hineingegangen. Dort hatten sie zwei Mörder und drei Aufständische auf Befehl erschossen und deren Leichen sodann an einem Baum aufgeknüpft. Levershagen wusste noch, dass die toten Leiber schon nach zwei Tagen nicht mehr da waren, und hatte deren Verschwinden dem Hunger der wilden Tiere zugeschrieben.

Prasselnd fiel der Regen aus dem grauen Himmel auf ein grünes Dach aus Blättern, das dem Niederschlag seine Heftigkeit nahm und denen, die sich unter ihm bewegten, Schutz bot – zu dem Preis, dass die Luft hier noch drückender und stickiger war als in der Stadt.

Der Trupp bewegte sich auf einem schmalen, zunächst sachte ansteigenden Pfad durch den Dschungel. Von Büna und die anderen beiden Deutschen saßen anfangs auf den Pferden und versuchten, Haltung zu wahren. Bald schon wurde der Regenwald jedoch so dicht, dass das Reiten nicht mehr möglich war. Die Deutschen stiegen ab und gaben die Pferde zum Tragen der Lasten frei, während sie selbst zu Fuß weitergingen. Das fiel ihnen bereits nach kurzer Zeit schwer, zumal der dampfende Pfad immer weiter anstieg.

Zur Mittagsstunde machte der Trupp auf einer Anhöhe Rast. Während die Polizeisoldaten den Proviant auspackten, ein kleines provisorisches Lager errichteten und die Pferde versorgten, blickte von Büna von der Erhebung auf den Dschungel darunter. Schaute er den Weg zurück, ließ sich in der Ferne, in graue Schwaden gehüllt, Lome erkennen. Der Hauptmann zog aus der Tasche seines Überrocks ein Stück Papier hervor und breitete es aus. Er setzte den Zwicker auf die Nase und studierte die Landkarte vor sich mit zusammengezogenen Brauen. Voigt trat an seine Seite und machte dem Hauptmann Meldung von dem Stand der Arbeiten.

»Gut«, entgegnete von Büna abwesend, und der Sergeant begriff sogleich, dass der Hauptmann nicht seine Meldung meinte. »Rühren Sie sich«, befahl dieser sodann und bedeutete Voigt, näher zu treten. »Schauen Sie her.« Von Büna gewährte Voigt Einblick in eine unübersichtlich wirkende Karte mit vielen schmalen und breiten Linien, an denen Namen verzeichnet waren. »Es ist mir ein Gräuel, mich auf andere verlassen zu müssen, wenn ich sie nicht kenne. Deshalb diese Karte. Versetzt mich in die Lage der Überprüfung, ob der Einheimische tatsächlich den kürzesten Weg wählt.«

Von Büna blickte zu der Feuerstelle hinüber, um die sich einige Polizeisoldaten scharten.

Sie schnitten grünes Gemüse, Früchte und Ähnliches und schmissen das geschnittene Grünzeug in den braunen irdenen Topf, der auf der Feuerstelle stand. Delali stand abseits und schaute in die Ferne, hinüber zu einem im Dunst erkennbaren dunklen Berg.

»Das ist der Mount Baumann, der höchste Berg in diesem Land«, erklärte von Büna. »In diese Richtung müssen wir vorstoßen. Bisher hat uns der Bursche richtig geführt.«

Am Feuer zerstampften die Soldaten die gekochte Fruchtmasse und formten sie mit ihren Händen zu Klößen. Als das Essen zubereitet war, riefen sie die Deutschen herbei.

Von Büna verzog bereits nach dem ersten Bissen das Gesicht. »Was ist das? Schmeckt furchtbar.« Angewidert stellte er den Blechteller mit dem breiigen Kloß und der bräunlichen Soße vor sich auf den Boden und nahm einen Schluck Wasser.

Boubacar erklärte: »Das ist Fufu, Gericht des Landes, Maniok und Mehlbananen sind darin. Sprichwort sagt: *Wenn Gott Dir gibt Reis in Korb, Du willst keine Suppe essen.*«

Von Büna entgegnete nichts und zündete sich eine Zigarette an. Er nahm einen tiefen Zug und blies den Qualm nach oben.

»Genau deshalb esse ich Dein Fufu nicht, Boubacar. Du hast es erkannt.« Er klopfte dem Polizeisoldaten auf die Schulter.

Voigt hingegen schmeckte, was er aß. Vor allem die dazu gereichte Soße mundete ihm. Levershagen hingegen zog eine Stracke aus seinem Tornister und biss, ohne jemand anderem davon anzubieten, grimmig davon ab. »Hab mich mit diesem Fraß nicht anfreunden können, seit ich hier bin.«

Kurz darauf setzte der Trupp seinen Marsch Richtung Nordwesten fort. Die Beengtheit des Pfades machte es notwendig, einzeln und hintereinander zu gehen. Die Spitze bildete Delali, dahinter Boubacar, dann der Hauptmann, Voigt, Levershagen und schließlich die übrigen Polizeisoldaten.

Der Regen hatte nachgelassen. Es war inzwischen weniger drückend und das Klima insgesamt besser zu verkraften, was an Gewöhnung liegen mochte, aber auch darauf zurückzuführen sein konnte, dass der Trupp sich allmählich in höher gelegene Bereiche des Regenwaldes bewegte und dieser sich zugleich ein wenig zu lichten begann.

»Herr Hauptmann, gestatten Sie eine Frage?«, meldete sich Voigt von hinten.

»Ist gestattet, Voigt.«

»Herr Hauptmann, ich danke. Was ist das genaue Ziel der Mission?«

»Wie Sie wissen, liegt die Station Misahöhe im Grenzgebiet zu dem von den Engländern beanspruchten Territorium. Der Stützpunkt ist von enormer strategischer Bedeutung, eine Art Vorposten unseres Schutzgebietes. Die Engländer werden danach trachten, unser Vaterland nicht nur in Europa, sondern auch hier zu schädigen. Das darf unter keinen Umständen zugelassen werden.«

Ohne Pause setzte der Trupp bis zum Beginn der früh einsetzenden Dämmerung seinen Marsch fort. An einer geeignet erscheinenden Stelle wurde das Nachtlager errichtet. Bis auf einen Wachtposten legte sich der Rest der Truppe zum Schlafen in vier Zelte.

Während die meisten Männer schnell einschliefen, tat sich von Büna damit schwer. Unruhig wälzte er sich in der schwülen Luft des Zeltes hin und her und konnte kein Auge zumachen. Gelang es ihm doch einmal, verfiel er in einen von skurrilen Bildern durchzogenen ungesunden Halbschlaf. Es schienen Stunden vergangen, bis der Hauptmann tatsächlich einschlummerte. Doch der Schlaf war nicht von langer Dauer, mitten in der Nacht erwachte er. Er meinte, etwas gehört zu haben, etwas wie das Wiehern eines Pferdes. Dazu gesellte sich ein Kribbeln auf seiner Haut. Von Büna richtete sich auf und zündete die Kerze neben sich an. Sein Blick fiel auf einen grau-braun behaarten dicken Leib, etwa so groß wie eine menschliche Hand, der lauernd auf dem Boden neben seiner Schlafstätte verharrte. Acht borstige Beine stützten den schweren Körper. Ebenso viele Augen starrten ihn, direkt neben seiner Hand, feindselig-abwartend an.

Unwillkürlich entfuhr dem Hauptmann ein Aufschrei, woraufhin sich das Wesen hektisch in ein Loch im Boden, das teilweise durch eine Art Deckel aus faserigem Material geschützt war, zurückzog. Von Büna musterte den Boden des Zeltes. Dann entschied er sich, den Deckel der Wohnröhre mit einer metallenen Feldflasche zu beschweren. Unter den auf das Zelt hämmernden Tropfen des wieder einsetzenden Regens, aufgewühlt von der Begegnung mit der ungewöhnlich großen Spinne und beschwert von der Sorge um den Erfolg der Expedition, verging wiederum einige Zeit, bevor von Büna erschöpft einschlief.

Der Schrei eines unbekannten Vogels weckte den Offizier am nächsten Morgen. Der Hauptmann schreckte hoch. Es war bereits hell, kurz nach der Dämmerung. Menschliche Laute waren zu hören, ein Murmeln, aus dem immer wieder einzelne Stimmen deutlicher vernehmbar waren. Von Büna beschloss, sich anzukleiden und nach dem Rechten zu sehen.

Unweit seines Zeltes fand er, vom morgendlichen Nebel umgeben, eine Gruppe von angespannt gestikulierenden und redenden Polizeisoldaten, unter ihnen Boubacar und Levershagen. Als der Fahnenjunker den Hauptmann bemerkte, ging er eilig auf diesen zu.

»Herr Hauptmann, mache Meldung: Die Nachtwache war nicht mehr an ihrem Posten und ist nicht auffindbar, ebenso eines der Pferde.«

»Irgendwelche Spuren?«

»Herr Hauptmann, nein, nichts.«

»Rühren Sie sich.« Von Büna legte seine Stirn in Falten. »Ein Angriff der Tommies war das nicht. Aber sie werden den Polizeisoldaten gekauft haben, damit er die Expedition sabotiert.« Er wandte seinen Kopf zur Seite, weil das Gespräch der Polizeisoldaten zunehmend lauter geführt wurde. »Was denken Sie?«, fragte er sodann, wieder an Levershagen gewandt.

Der Fahnenjunker zögerte ein wenig und wollte nicht mit der Sprache herausrücken. Auf den strengen Blick von Bünas hin entschloss er sich schließlich zu einer Antwort: »Herr Hauptmann, Boubacar sagt, einige der Polizeisoldaten meinen, das Pferd sei ... von den in Erdhöhlen hausenden Vogelspinnen ... nächtens gefressen worden ...«

Der Hauptmann verzog sein Gesicht zu einer bösen Fratze. »Das ist der Gipfel des Unsinns, Fahnenjunker«, polterte er. »So etwas Blödes habe ich meinen Lebtag noch nicht gehört. Wie sollen Spinnen ein Pferd auffressen?«

Der Fahnenjunker nickte eifrig. »Herr Hauptmann, es ist richtig, die Männer sind dumm, und es ist Aberglaube, der sie prägt. Ich habe nur deren Meinung wiedergegeben, wie ich sie von Boubacar erfahren habe.«

»Dummes Geschwätz von Naturkindern. Wahrscheinlich wird der Mohr die Anstrengung gescheut haben und ist deswegen verschwunden. Mit dem Pferd, um es zu verkaufen.«

Kurz darauf setzte der Expeditionstrupp seinen Marsch fort. Es war seit Wochen der erste Tag, an dem der Regen tagsüber aussetzte. Die glühenden Strahlen der Sonne fraßen sich schon am Morgen selbst durch das dichte Blattwerk des Dschungels. Hitze staute sich unter ihm und verband sich mit hoher Luftfeuchtigkeit zu einer kaum zu ertragenden Schwüle.

Von Büna versuchte sich abzulenken: »Sergeant Voigt, wissen Sie, woher der Name *Misahöhe* stammt?«

Voigt verneinte.

»Nun gut, ich will es Ihnen erklären. Der vormalige Kaiserliche Kommissar für Togoland, Jesko von Puttkammer, hat ehedem dafür gesorgt, dass eine Kolonialstation im Grenzgebiet zum englischen Herrschaftsgebiet errichtet wurde. Dieser Mann hatte eine Geliebte, sie hieß Mária Esterházy de Galántha, genannt wurde sie – Misa. Ein bisschen viel der Ehre für das Frauenzimmer, nicht wahr?«

Der Marsch Richtung Nordwesten verlief ohne weitere Vorfälle. Die drückende Hitze, die stets die Männer umkreisenden Insekten, die Sorge vor allem der drei Europäer, von einem dieser überproportionierten Tiere gebissen oder gestochen zu werden und dadurch zu erkranken, und die Mühsal des zunehmend schwerer zu bewältigenden Anstiegs machten das Unternehmen zu einer großen Herausforderung. Von Büna gab während des Tages immer wieder Befehl zum Anhalten und prüfte dann unverhohlen auf seiner Karte, ob sich die Expedition noch auf dem seiner Meinung nach kürzesten Weg befand.

Er hatte keinerlei Beanstandungen anzubringen, bis sie abends, bevor das Nachtlager errichtet werden sollte, eine Weggabelung erreichten. Während der eine der zwei Wege, in die sich der Pfad aufteilte, nahezu Richtung Nordwesten führte, schlängelte sich die andere, schmalere Schneise umständlich nach Nordosten.

Delali blieb an der Weggabelung stehen. Er hob seine Nase prüfend in die Luft.

»Frag ihn, was er überlegt, es gibt doch nur einen Weg, der ans Ziel führt«, forderte von Büna Boubacar auf und wies auf den Pfad in nordwestliche Richtung.

Boubacar trat an Delali heran. Ein kurzer Wortwechsel folgte, dann ging Boubacar wieder zu dem Hauptmann.

»Er sagt, wir sollen gehen nach dort.« Boubacar zeigte auf die nordöstliche Schneise.

»Unsinn! Damit entfernen wir uns von der Station. Wir müssen auf die Moltke-Spalte, alles andere ist Humbug.«

»Er sagt, dort ist sicher.«

»Sicher? Wovor? Vor den Engländern? Die können noch nicht so weit vorgedrungen sein.«

Boubacar zögerte mit der Antwort. »Delali sagt, Weg nach Nordwesten durch verfluchtes Gebiet führt. Nicht sicher dort für uns.«

»Diese Eingeborenen mit ihren Flüchen«, echauffierte sich der Hauptmann. »Das ist doch lächerlich.«

»Delali meint, in Dach von Dschungel Böses leben.«

Von Büna lachte gequält auf. Dann schrie er: »Genug! Wir gehen den direkten Weg zur Moltke-Spalte, eine weitere Verzögerung ist nicht hinnehmbar.« Als er Gemurmel unter den Polizeisoldaten wahrnahm, wies er Boubacar schroff an, laut zu übersetzen: »Wer sich weigert, diesen Weg zu gehen, oder die Gruppe selbsttätig verlässt, wird als Deserteur standrechtlich exekutiert.«

Es trat unverzüglich Ruhe ein. Delali schaute besorgt zu von Büna und Boubacar herüber. Nach einer Pause fügte der Hauptmann hinzu: »Es werden heute Nacht zwei Wachen aufgestellt, das Lagerfeuer wird nicht gelöscht.«

Die Gruppe beschritt den Weg Richtung Moltke-Spalte und errichtete nach etwa drei weiteren Kilometern das Nachtlager an einer kleinen Lichtung.

Diese Nacht war schwüler, die Luft drückender und die unruhig umher schwirrenden Moskitos und Stechfliegen noch aggressiver und lärmender als in der Nacht zuvor. Der wieder einsetzende Regen verschaffte keine Linderung von der Hitze.

Von Büna fand einfach keinen Schlaf, obwohl er nach der vorangegangenen Nacht und den Strapazen des Tages müde und erschöpft war. Die Schatten der züngelnden Flammen des Lagerfeuers tänzelten wie Vorboten der düsteren Warnungen Delalis über das Zelt des Hauptmanns. Dieser döste stundenlang vor sich hin, ohne wirklich einzuschlafen.

Als der Morgen anbrach, rissen aufgeregte Rufe von Büna aus seinem Dämmerzustand. Er wuchtete sich von seiner Liege hoch und lief aus dem Zelt.

Draußen fand er einige Polizeisoldaten sowie Voigt, Levershagen und Boubacar vor, Delali kam hinzu.

»Was bedeutet dieser Tumult? Was ist hier los?«, wollte der Hauptmann wissen.

Voigt stellte sich stramm vor den Offizier. »Herr Hauptmann, melde das Folgende: Die beiden Nachtwachen sind nicht mehr hier und auch nicht aufzufinden. Wie vom Erdboden verschluckt.«

»Und die Pferde?«

»Noch hier, Herr Hauptmann.«

Von Büna zog die Stirn kraus. »Klarer Fall von Desertion. Die beiden wollten's dem Halunken von gestern gleichtun.« Er wandte sich zu Boubacar. »Sag ihnen, dass die beiden exekutiert werden, wenn sie gefunden werden. Sag ihm,« – von Büna deutete auf Delali – »dass ich ihn ebenfalls hinrichten lasse, wenn er noch einmal diesen Unsinn auftischt. Er macht die Männer ganz verrückt. Das ist seine Schuld.«

Boubacar hatte kaum zu übersetzen begonnen, als zwei junge Polizeisoldaten, dem Äußeren nach Brüder, sich plötzlich aus der Gruppe lösten und zu laufen begannen.

»Halt«, rief von Büna, »oder es wird geschossen!« Doch die Männer reagierten nicht, sondern liefen weiter. »Fahnenjunker, schießen Sie! Wir geben kein Pardon.«

Ohne zu zögern, riss Levershagen eine Mauser 1914 aus dem Holster und setzte insgesamt fünf Schüsse auf die Flüchtenden ab.

Die ersten beiden trafen mitten in den Rücken des ersten Mannes und streckten diesen nieder. Der dritte Schuss verfehlte, während die letzten zwei Schüsse den zweiten Flüchtenden im unteren und oberen Rücken trafen und ihn leblos zu Boden stürzen ließen.

»Seht Ihr, was mit Euch geschieht, wenn Ihr nicht gehorcht?«, rief der Hauptmann. »Wer nicht pariert, ist Verräter und muss sterben!«

Immerhin hatte er insoweit ein Einsehen, als er es anschließend gestattete, den beiden toten Männern eine Art letzte Ruhe zuteilwerden zu lassen, indem sie unter mächtigen Brettwurzeln, halb im feuchten Boden des Regenwaldes, ganz nah bei den Käfern, Ameisen und Spinnen, verscharrt und mit Blättern und Zweigen bedeckt wurden. Kurz darauf gab von Büna das Kommando zum Aufbruch.

Obwohl die Polizeisoldaten schwiegen, herrschte keine Ruhe in der Gruppe. Voigt und Levershagen beobachteten mit ebenso strenger wie besorgter Miene den inzwischen um fünf Mann reduzierten Söldnertrupp, der stumm durch das grüne Dickicht schlich. Mittlerweile ein Haufen verunsicherter Zivilisten, die in Uniformen stecken, keine schlagkräftige Formation kampfbereiter Söldner, wie von Büna bitter feststellte.

Delali war unterdessen dazu übergegangen, unentwegt seine Blicke nach oben in das dichte Blätterdach des Dschungels zu richten, sodass er hin und wieder strauchelte, weil er die mächtigen Wurzeln eines riesigen Kapokbaumes übersah.

So bewegte sich die Gruppe genauso holprig und ziellos vorwärts, wie der Pfad es war, den sie beschritten. Irgendetwas lag in der Luft, stand zwischen den Männern, trennte und vereinzelte sie.

Plötzlich gab es einen dumpfen Knall, gefolgt von einem markerschütternden Aufschrei, der sie kollektiv aufschrecken ließ. Die Geräusche waren vom anderen Ende der Kohorte gekommen. Dort lag ein Polizeisoldat, der letzte in der Reihe, auf den Boden gedrückt von einer schweren dunklen Masse, hart und fest, zugleich aber auch glitschig und faulig, die ihn fast vollständig bedeckte. Der davon ausgehende Geruch war unerträglich. Währenddessen wand sich der Söldner und versuchte vergeblich, mit matten, ziellosen Bewegungen die gewichtige, ihn am Boden haltende Last loszuwerden. Je länger er sich mühte, umso panischer und lauter wurde er.

Mit einem Taschentuch vor der Nase trat von Büna heran und gab Befehl, den Menschen zu befreien. Die Polizeisoldaten machten sich angewidert an die Arbeit, fanden jedoch kaum Halt an dem glitschig-klebrigen Brocken. Der Begrabene schrie wie am Spieß. Zuletzt gelang es den Männern doch, den stinkenden Klumpen von dem brüllenden Mann zu zerren, der es nicht schaffte, sich aufzurappeln. Mit ungläubigen Blicken starrten sie auf das schwarz-rote Etwas. Bei eingehender Betrachtung stellte es sich als der mit einigen Verletzungen in der Art von ungewöhnlich großen Stichwunden versehene Leichnam eines

Mannes heraus. Der tote Körper war merkwürdig eingefallen, es sah aus, als wäre er mehr oder weniger blutentleert.

»Elom«, schrie einer der Polizeisoldaten entsetzt, der als Erster die Leiche als den in der ersten Nacht vermeintlich desertierten Kameraden erkannte.

»Asanbosam«, presste Delali, wie ein Echo des vorangegangenen Aufschreis, leise hervor. Doch zuckte er sogleich zusammen und schlug sich sodann mit den Händen anklagend auf den Kopf.

Boubacar trat an Delali heran und wechselte einige Worte mit ihm, wobei dieser flüsternd und mit zitternder Stimme sprach.

Ein ohrenbetäubender Knall ließ die Polizeisoldaten abrupt zusammenschrecken.

»Ruhe! Verdammt, was ist das für eine Disziplin!«, brüllte von Büna, der seine aus der Mündung qualmende Mauser 1914 noch immer in die Luft reckte. Dann etwas ruhiger und leiser zu Boubacar gewandt: »Was hat er gesagt? Es klang wie ein Name.«

»Delali will nicht, dass Name wiederholt wird. Bringt Unglück, er meint.«

Der Hauptmann stöhnte. »Dieser Aberglaube ist unerträglich. Hat er sonst noch was gesagt?«

Boubacar hielt kurz inne, er überlegte, was er antworten sollte. »Delali sagt, Wesen aus Baum war das. Mit Zähnen hart wie Stein, mit Krallen, Beine mit spitzen Haken, Schwanz. Ziehen Menschen in Baum, um Blut zu trinken.«

Von Büna trat einen Schritt zurück und lachte laut auf. »Das ist ja noch absurder, als ich es mir vorgestellt habe. Das ist Weibergeschwätz, damit kann er seine Kinder erschrecken, mich nicht. Ich sage Dir, Boubacar, und das wirst Du auch gleich Deinen Kameraden übersetzen, dass das keine Wesen aus den Bäumen waren. Das waren die Tommies! Und weißt Du, wie man das nennt? Das nennt man psychologische Kriegsführung. Man will die Moral des Gegners untergraben, indem man ihm auf besonders widerwärtige Art und Weise schadet. Die Tommies wollen uns fertig machen, wollen uns zum Aufgeben zwingen, ohne selbst ein Opfer im offenen Kampf bringen zu müssen, wie es die soldatische Ehre gebietet. Sag es ihnen, danach ziehen wir weiter.« Er drehte sich zu Voigt und Levershagen: »Sergeant, Sie sichern in der Mitte gegen Desertion, Fahnenjunker, Sie am Ende.«

»Zu Befehl, Herr Hauptmann«, bestätigte Voigt. »Gibt es Anweisungen, wie mit dem Kadaver verfahren werden soll?«

»Liegenlassen. Weiterer Verzug ist nicht tragbar.«

Die Unruhe unter den Polizeisoldaten war, nachdem sie von dem Marschbefehl erfahren hatten, wieder gestiegen. Nur mit einiger Anstrengung und grobschlächtigen Drohgebärden durch Voigt und Levershagen ließen sie sich zum Aufbruch nötigen. Unter angespanntem Gemurmel und gelegentlichem lautstarken Zurechtweisen zog der Trupp weiter gen Nordwesten.

Als es abends zu dämmern begann und die Zeit kam, ein Lager zu errichten, offenbarte der Hauptmann seine Absicht, die Männer auch nachts und ohne Rast weitermarschieren zu lassen. Sofort kam deswegen Unmut auf. Voigt riet dazu nachzugeben, um eine drohende Revolte abzuwenden.

Widerwillig gestattete der Hauptmann eine Pause, ohne aber zugleich den Befehl zum Aufbau der Zelte zu geben. Nur das Lagerfeuer ließ er entzünden.

Auf Voigts vorsichtig formulierten Hinweis, dass die Männer nach den Strapazen des Tages zumindest ein wenig Schlaf bräuchten, entgegnete er, dafür fehle die Zeit, vor allem aber sei zu besorgen, dass die Tommies erneut einen ihrer heimtückischen nächtlichen Angriffe begönnen. Man könne allenfalls kurz rasten und werde dann mit Fackeln durch den nächtlichen Regenwald weiterziehen. Währenddessen trat Boubacar mit Delali näher. Er sprach zunächst Voigt an, der die Direktiven des Hauptmanns erläuterte. Dann übersetzte Boubacar für Delali. Der entgegnete erregt etwas schnell dahin Gesprochenes, woraufhin Boubacar Voigt um ein Gespräch mit dem Hauptmann bat.

Der Polizeisoldat trat vor den Offizier. Tiefe Besorgnis lag in seinem Blick. »Delali sagt, es gibt altes Sprichwort: *Wer im Licht wandert, der nicht stürzt.* Er sagt, Dschungel ist nachts schwärzer als schwarz. Wesen mit Steinzähnen Herren des Dschungels, sie uns holen, wenn wir dunkles Reich erleuchten. Besser Feuer ausmachen und still bleiben, bis Tag kommt.«

Von Büna tippte nervös mit seinen Fingerkuppen auf das Holster seiner Mauser 1914. »Im Dunkeln würden uns seine Blutsauger erst recht den Garaus machen, wenn es sie denn gäbe. Aber der Tommy wird auch nicht lange fackeln, so viel ist gewiss. An meinem Plan ändert sich nichts. Die Männer können noch kurz verschnaufen. Dann geht es weiter.«

Noch vor dem anstehenden Aufbruch trat Levershagen verbotener Weise allein aus. Er brauchte etwas Ruhe von dem Getümmel; zudem sah er seine soldatische wie auch persönliche Ehre in Gefahr, wenn er mehr oder weniger öffentlich exkrementiert hätte. Also schlich er sich auf leisen Sohlen so weit von dem von Feuerschein erleuchteten Lager weg, dass er eben noch genug sehen konnte, um das Notwendige zu erledigen.

An dem gefundenen Platz, zu Füßen eines riesigen Kapokbaumes, ließ er gerade seine Hose herunter, als er ein Geräusch im undurchdringlichen Dickicht wahrnahm. Schnell zog er sich die Hose wieder hoch und fragte mit gedämpfter Stimme: »Wer da?«

Er erhielt keine Antwort, sodass er nach einigen Augenblicken wieder sein Beinwerk herabließ und in die Hocke ging. Da kam das Geräusch wieder, jetzt näher als noch zuvor. Levershagen wollte erneut etwas sagen, derweil ein Blätterrascheln und sodann das eindeutig erkennbare Flügelschlagen eines Vogels zu vernehmen waren. Er grummelte etwas vor sich hin und widmete sodann seine volle Aufmerksamkeit dem Bemühen, seine Kleidung beim Stuhlgang nicht zu beschmutzen.

Auf diese Weise entging dem Fahnenjunker, dass direkt über ihm, nur noch eine Handbreit entfernt, kopfüber, sich mit ihren hakenartigen Beinfortsätzen an einem kräftigen Ast festhaltend, eine Gestalt baumelte und den Deutschen gierig beobachtete. Als sie genug gesehen hatte, ließ sie sich lautlos und geschickt fallen. Blitzschnell rammte die Kreatur ihre eisenharten Zähne in das weiche, fetthaltige Schulterfleisch des Fahnenjunkers. Der schrie vor höllischen Schmerzen auf. Von der Last des Wesens zu Boden gerissen, warf er im Fallen einen Blick auf den Angreifer und sah eine abstoßende Mischung aus Menschen- und Affenkopf.

Der Blick der Kreatur ihrerseits war ganz auf die zugefügte Wunde konzentriert. Zugleich hielt sie Levershagen mit ihren kräftigen Armen und den scharfen Krallen an ihren Pranken unentrinnbar gefangen.

Das Beißen ging nahtlos in ein begieriges Saugen über. Levershagen, von den unerträglichen Schmerzen des Bisses fast bewusstlos geworden, spürte auf furchtbare Weise, wie das Blut in ihm schwand, ohne dass er etwas dagegen tun konnte. Ein letztes Mal ächzte er auf, bevor Bewusstlosigkeit ihn übermannte.

Voigt wurde als Erster auf Levershagens Schrei aufmerksam. Zusammen mit von Büna, Boubacar, Delali und dem verbliebenen Rest der Polizeisoldaten im Gefolge, stürmte er an die Stelle, von der Levershagens Ausruf herzukommen schien. Jedoch kamen sie zu spät: Es blieb nur der schreckliche Anblick, wie der Leib des bewusstlosen Fahnenjunkers blitzschnell von zwei spitz zulaufenden, in seinen Schultern steckenden Beinen nach oben in das dunkle Geäst eines riesigen Baumes gezerrt wurde. Von Büna und Voigt zogen sofort ihre Pistolen und schossen blind in die schwarz-grüne Baumkrone. Im aufblitzenden Mündungsfeuer ihrer Waffen ließen sich noch die furchterregenden Umrisse der todbringenden Gestalt erahnen, doch wurden sie so schnell eins mit dem Dschungel wie der hoffnungslose Levershagen. Das Einzige, was blieb, war aus dem Baum tropfendes Blut.

Wie versteinert standen die Polizeisoldaten im Lager, noch die grauenhaften Schreie im Ohr, während der Urwald sich im Schein des zuckenden Feuers ihrer Fackeln zugleich dehnte und wieder zusammenzog. Abermals setzte Regen ein, dunkles Donnergrollen regte sich in der Ferne.

Dann, ohne irgendeine Ankündigung, stob der Großteil der Polizeisoldaten panisch auseinander, fast ein jeder in eine andere Richtung des Dschungels. Einer wollte sich eins der beiden angebundenen Pferde nehmen. Es scheute angesichts des aufkommenden Gewitters und der allgemeinen Unruhe, stellte sich wild auf seine Hinterbeine und riss den unglückseligen Polizeisoldaten zu Boden, auf dem es ihm mit seinen Hufen den Schädel zertrümmerte.

Auch Delali wollte kopflos davonlaufen, bis von Büna ihn zu greifen bekam und zu Boden riss. »Sag mir, was das ist! Was greift uns da an? Sprich! Und lass nichts aus!«, schrie der Hauptmann und drückte seine Mauser 1914 an die Schläfe des vor Angst zitternden Mannes.

Intuitiv verstand der, obwohl der Sprache des Hauptmanns nicht mächtig, was dieser von ihm wollte, und begann schnell und tonlos zu reden.

»Er sagt das, was schon erzählt. Wesen aus Baum waren das. Mit Zähnen hart wie Stein, mit Krallen, Beine mit spitzen Haken, Schwanz. Greifen Menschen an, um Blut zu trinken. Verflucht ist, wer davon spricht«, übersetzte der hinzugeeilte Boubacar.

»Was noch?«, wollte von Büna ungeduldig wissen.

»Er sagt, Wesen nicht von Hexen oder Schamanen erschaffen und beherrscht, sondern selbstständig. Brauchen Blut. Solange wir sind in ihrem Gebiet, sie uns jagen.«

»Wie viele gibt es davon?«

»Er nicht weiß. Zu viele.«

»Dann marschieren wir sofort weiter. Er soll uns führen.«

»Delali meint, das zu gefährlich. Asanbosam« – Boubacar nahm erstmals das Wort in den Mund – »werden von Licht und Geräusch angelockt. Außerdem er sagt, es nicht klug, blindem Mann Fackel zu geben, der in Dunkelheit geht. Besser, sich zu verstecken unter Wurzeln des Kapokbaums und warten, bis Dunkelheit vorüber.«

Das Donnergrollen kam näher und wurde lauter, es regnete mittlerweile in Strömen.

»Los, marsch!« Sie löschten ihre Fackeln und folgten Delali im grell aufflammenden Licht der zuckenden Blitze. Um sie herum erhoben sich aus dem Nichts Schatten und verschwanden ebenso so schnell wieder dorthin. Überall knackte, krachte und knirschte es. Nur die Blitze gaben ihnen bizarres Licht auf ihrem Weg. Delali reichte das, er schien zu wissen, wohin er musste, und drängte darauf, eng beieinander zu bleiben.

So erreichten sie, soweit sich das im Dunkeln erkennen ließ, einen Hang, der zu der ihnen abgewandten Seite schroff abfiel und an dem ein mächtiger Kapokbaum stand. Unter dessen riesenhaften Brettwurzeln zwängten sich die vier Männer in der Hoffnung, dort vor den Asanbosam sicher zu sein. Sie kauerten beengt zwischen Wurzelwerk und schlammartiger Erde, das baldige Ende der Dunkelheit herbeisehnend. Der stärker werdende Wind rüttelte unheilvoll an dem großen Baum auf dem morastigen Untergrund und ließ ihn bedrohlich wanken. Blitze erhellten den Bereich zwischen den Wurzeln und dem Erdboden und gaben Einblick in das wimmelnde Reich riesiger, gespensterhafter Insekten, Spinnen und Reptilien. Dann gab es in nächster Nähe einen dumpfen Aufprall am Boden, als wäre etwas aus großer Höhe auf den Boden gefallen oder gesprungen. Der Boden schmatzte unter den Schritten des näher kommenden Etwas. Es verharrte ganz nah bei den Männern, fast genau über ihnen. Das spürten sie, ohne aufzublicken. Zugleich schwoll ein Rauschen unter ihnen zu immer größerer Lautstärke an. Im aufleuchtenden Blitzlicht entfernte sich das Wesen langsam wieder.

Wie viel Zeit inzwischen vergangen war, ließ sich nicht ermessen. Die Männer sprachen kein Wort. Nur Delali wurde unruhig und betastete behutsam Wurzelwerk und Boden. Dann flüsterte er Boubacar etwas zu.

»Was ist?«, raunte von Büna.

»Delali glaubt, Boden zu nass, um Baum im Wind noch lange zu halten. Er meint, besser aus Versteck gehen«, entgegnete Boubacar leise.

Als Delali sich sachte aus den Brettwurzeln herauswand, begann das Erdreich unter ihm sofort zu bröckeln. Der dauerhafte Regen in den vergangenen Wochen und Monaten hatte die Erde weich und locker werden lassen, der einsetzende Starkregen sie abgetragen und in einen ansonsten friedlichen und ruhig dahinfließenden Nebenarm des Flusses Todzie gespült, der sich durch den Monsun in einen reißenden Strom verwandelt hatte.

Delali hatte keine Chance und stürzte sofort mehrere Meter tief in die braunen Wassermassen, die ihn verschluckten und in die Dunkelheit fortrissen.

»Delali«, schrie Boubacar. Nun fing auch der Boden unter ihm und den anderen zu bröckeln an, wie auch der Kapokbaum mittlerweile geradezu schwankte. Ohne sich zu versehen, fielen die drei Männer in die Tiefe und wurden von den braunen Schlammfluten des Todzies aufgenommen und mitgerissen.

Als von Büna wieder zu Bewusstsein kam, dämmerte es bereits. Er lag an einer Art Ufer. Nur wenige Schritte entfernt befanden sich die reglosen Leiber Boubacars und Voigts. Mühsam richtete er sich auf und schleppte sich zu den beiden anderen. Jeder Knochen tat ihm weh.

»Voigt, Boubacar, sagen Sie etwas!«

Die Männer begannen zu husten und langsam ihre Augen zu öffnen. Gott sei Dank, sie sind nicht tot, dachte sich von Büna. Dann blickte er sich um, hielt Ausschau nach Delali, von dem weit und breit nichts zu sehen war. Vor ihm lag Regenwald, dahinter ließ sich eine Anhöhe erahnen. Aus dem Dschungel tönte ein Knacken. Der Hauptmann zuckte zusammen und zog seine Pistole aus dem Holster, aus der jedoch nur Wasser troff.

Unwillkürlich wollte er in Deckung gehen, da erscholl eine laute durchdringende Stimme.

Schon standen vier Soldaten in khaki-grau-farbenen Uniformen mit erhobenen Gewehren vor ihm. »Throw away your weapon and put your hands up!«, befahl eine der Stimmen unmissverständlich. Der Hauptmann kam dem Befehl sofort nach. Als er auf Geheiß etwas näher trat, erkannte er auch die Anhöhe: Es war die Station Misahöhe. Die Briten hatten sie bereits besetzt, die deutsche Mission war also fehlgeschlagen.

Doch das interessierte von Büna jetzt nicht mehr.

Tobias Jakubetz ist 1972 auf der Schwäbischen Alb geboren, in Ostwestfalen groß geworden und lebt mit Frau und Sohn in Göttingen. Seit jetzt 20 Jahren ist er im Richterdienst in Niedersachsen tätig, seit Juli 2013 als Vorsitzender Richter am Landgericht Göttingen. Der Autor sitzt verschiedenen Strafkammern vor. Bisher hat er zwei Aufsätze in juristischen Fachzeitschriften veröffentlicht und an dem juristischen Fachkommentar »Rechtshilferecht in Strafsachen« von Ambos/König/Rackow als Autor mitgewirkt. Sein Horror-Roman »Homo nivis« wurde im Juni 2019 veröffentlicht.

Ein Einhorn auf der Couch
∾ Karsten Beuchert ∾

Ich blicke auf den Klienten, der ohne Ankündigung zufällig eine unbelegte Therapieeinheit in meiner Praxis erwischt hat, und streiche mir gedankenverloren durch den weißen Sigmund-Freud-Bart, der auch meinem großen Vorbild gut zu Gesicht gestanden hätte. Normalerweise nehme ich, wie die meisten meiner Kollegen, neue Patienten nur nach vorheriger Anmeldung an – aber dieser hat spontan eine solche Neugier in mir ausgelöst, dass ich ihm den Eintritt einfach nicht verwehren konnte.

Ich bemerke selbst, dass es eigentlich unprofessionell ist, aber meine Gedanken wandern dennoch einige Jahre zurück. Mit der Freiheit des seiner Selbst bewussten Menschen gestatte ich mir die Abschweifung.

Wen habe ich nicht alles auf meiner Couch gesehen!

Immer seltsamer waren die Patienten geworden, nachdem ich begonnen hatte, über den Freud'schen Tellerrand hinauszublicken und mich ketzerisch mit den mythischen und mystischen Dimensionen des Unterbewussten zu beschäftigen.

Waren es zunächst noch Pseudo-Gurus aus der New-Age-Szene und ihre manchmal viel realitätsnäheren Anhänger gewesen, so war mein Ruf als Heiler auch der verirrtesten Seelen schnell so gewachsen, dass sich alsbald Magier mit narzisstischen Allmachtsfantasien und Messiasse mit dem tief empfundenen Glauben an die Notwendigkeit der Selbstopferung auf dem Weg zu meiner Couch die Klinke in die Hand gaben.

Und dann, vor nicht ganz einem Jahr, sollte es noch seltsamer kommen ...

Schon wollte ich dem merkwürdigen Mann, der an einem vollbelegten Praxistag einfach auftauchte, die Tür weisen. Hager war er, mit kahlem Schädel und einem fast magusartigen Bart – und ohne Zögern hätte ich ihm die Rolle des verrückten Forschers in einem drittklassigen Science-Fiction-Film angeboten. Fahrig wirkte er, ein bisschen linkisch in seiner Gestik, und mit unsicher stotternder Aussprache – offensichtlich brauchte er eine Therapie und möglicherweise wollte er sich aufdrängen, um eine zu erhalten. Für mich ein klares No-Go.

Eigentlich hatte ich überhaupt keine Zeit, und fast hätte ich ihn sofort wieder hinausgeworfen – doch etwas hielt mich zurück. War es der Ausdruck in seinen Augen, der anderes als eine Therapie zu erbitten schien? Oder das vage Gefühl, diesem Mann schon einmal begegnet zu sein ...

»Kennen wir uns?«

Der Moment, die Tür zu schließen, war verpasst, und ich ärgerte mich über die Unsicherheit in meiner eigenen Stimme. Die sich bei der Antwort meines Gegenübers schnell relativierte ... Als seine gestotterten Einlassungen endlich Sinn ergaben, spürte ich in mir das verstörende Gefühl, gleichzeitig ihn hineinbitten und ihm die Tür doch noch vor der Nase zuschlagen zu wollen.

Der Mann, der vor mir stand, entpuppte sich als alter Kommilitone aus meinen Studienzeiten.

Theoretische Physik, Mathematik und Psychologie hatte er gleichzeitig belegt – ein hochbegabtes Genie und gleichzeitig einer der irritierendsten Menschen, die ich kannte. Innerhalb kürzester Zeit konnte er im Gespräch von bedrohlichen Verschwörungstheorien zu Weltrettungsphantasien wechseln, die mal ganz ohne Struktur auskommen sollten und mal nur unter seiner Weltherrschaft zu erreichen waren.

Vor mir stand Boris von Schneeweiß, letzter Abkömmling eines verarmten österreichischen Grafengeschlechts, den wir in der Uni wegen seines kantigen Schädels (und trotz der fehlenden Narben und Schrauben) abfällig *Frankenstein* genannt hatten. Stockend und gleichzeitig in absoluter Selbstverständlichkeit erzählte er mir, dass sich wie üblich alles und alle gegen ihn verschworen hatten.

»Ich muss untertauchen«, bekundete er schließlich, was aus der verqueren Logik seiner Innenwelt nur folgerichtig schien. Allein, es wurde mir nicht klar, was ich damit zu tun haben sollte, sodass ich ihn nur verständnislos anschaute.

Boris wartete einen Moment, um schließlich seinen Wunsch unvermittelt zu konkretisieren.

»Ich brauche deinen Keller«, platzte es heiser aus ihm heraus. »Als Labor. Für den entscheidenden Durchbruch. Ich habe alles beisammen, ich muss die Apparatur nur noch irgendwo aufbauen.«

Der Kellerraum gehörte formal zu meinen Praxisräumlichkeiten und stand tatsächlich unbenutzt leer. Ich war so überrumpelt, dass ich *Ja* sagte, bevor mein Verstand das eigentlich notwendige Veto formulieren konnte.

Aber einem alten Kumpel aus Uni-Tagen kann man doch keinen Wunsch abschlagen!

Wobei ich mir sofort den verstörenden Gedanken verbat, dass es sich bei dieser Begründung wohl um eine Rechtfertigung a posteriori handelte. Und zwar, um mir selbst nicht eingestehen zu müssen, dass meine moralische Konditionierung anscheinend nicht zuließ, eine einmal gegebene Zusage zurückzunehmen – selbst wenn sie sich genauer betrachtet ziemlich unwohl anfühlte.

Aber so, wie Boris beisammen war, würde er ja vielleicht irgendwann auf meiner Couch landen und die Kellermiete in Form von Therapiegebühren ableisten ...

Mehrere Wochen lang verfolgte ich mit flüchtigen Blicken in die Räumlichkeiten, die doch eigentlich mein Keller waren, wie sich dort immer merkwürdigere metallische Strukturen aufbauten, während ich mit immer fadenscheinigeren Argumenten gegenüber den Nachbarn die Licht- und Geräuscheffekte zu begründen suchte, die daraus hervordrangen.

Eines Tages war ich des ganzen Zirkus leid und stellte Boris an der Kellertür zur Rede. Misstrauisch schielte ich in den eigentlich vertrauten Raum, der von einem seltsamen und unheimlichen Summen und Glühen erfüllt war.

Boris wirkte völlig abwesend – fast schien es, als wäre er wieder einmal in eine seiner unergründlichen Innenwelten abgetaucht und bekäme gar nicht mit, was ich ihm mitteilte.

»Ich bin dann mal weg«, verkündete er unvermittelt, während er mit einem Tuch eine ölige Flüssigkeit von seinen Fingern wischte, um dann zu ergänzen: »Hasta la vista – und danke für den Fisch!«

Mit diesen ominösen Worten, die mir vage wie schon einmal gehört vorkamen, schlug er mir meine eigene Kellertür vor der Nase zu, und nur einen Augenblick später erfolgte dahinter ein Blitz, dessen Schein sogar durch die Ritzen der geschlossenen Tür drang.

Als ich mich wieder gefasst hatte und den Keller betrat, befand sich dort augenscheinlich niemand mehr, nur die merkwürdige Metallapparatur, die Boris hinterlassen hatte und in deren Struktur die Luft seltsam zu wabern schien. Wie auch immer er dies bewerkstelligt hatte – ganz offensichtlich war Boris tatsächlich *dann mal weg*. Und mit ihm leider auch der Schlüssel zum Kellerabteil, das ich nach dem Verlassen wirklich gerne hinter mir abgesperrt hätte.

Die Stunden wurden zu Tagen und schließlich zu Wochen, in denen ich meinen eigenen Keller und das fortgesetzte Summen hinter der Tür zu ignorieren versuchte – wohin auch immer Boris verschwunden war, ich verspürte wenig Lust, ihm durch eine unbedachte Handlung dorthin zu folgen.

Und die Stimme meiner geübten Intuition sagte mir sehr deutlich, dass der hypothetisch denkbare Abbau der Apparatur in meinem Keller eine sehr unbedachte Handlung sein mochte.

Die Wochen gingen ins Land, und mit ihnen kam die gewohnte Abfolge von Gurus, Schamanen, Magiern und Messiassen, die mir meinen Lebensunterhalt finanzierten.

Langsam begann ich, mich wieder zu entspannen.

Bis zu dem Tag, als meine Praxistür roh aufgerissen wurde – und sich das No-Go des unangemeldeten Hereinplatzens angesichts des schweren Vorschlaghammers in den schwieligen Händen des gedrungenen Zwerges ziemlich instantan relativierte.

Mit schweren Schritten stapfte er in meine Praxis, und es bedurfte nur eines strengen Blickes aus seinen stechenden Augen, um den gerade anwesenden hochberührten

New-Age-Guru davon zu überzeugen, dass er sich in diesem Moment anderswo besser verstanden fühlen würde.

Ich versuchte, meine schweißfeuchten Handflächen zu ignorieren, und akzeptierte den Neuankömmling mit deutlich erhöhter Herzfrequenz als neuen Patienten. Dieser stellte sich als Lofar aus Jöruwellir vor, seines Zeichens Anführer seiner heldenhaften 7-Zwerge-Schar – und natürlich der größte unter den Helden, sowohl vor wie auch nach der Ragnarök. Mehrere Therapieeinheiten lang beschwerte er sich nur darüber, wie sehr ihn das Portal in meinem Keller in der Annahme irregeführt hatte, dass er das Tor zurück in ihre langersehnte Heimat gefunden hätte – um sich in der Folgezeit ganz überraschend als sehr dankbarer Patient herauszustellen: wie sein barscher Tonfall unter meiner therapeutischen Führung ganz leise werden konnte, wenn er seinen Vorschlaghammer zärtlich wie ein Baby im Arm hielt; wie er sich nach einiger Zeit sogar ein Zittern in der Stimme erlauben konnte, wenn er mir von klaustrophobischen Panikattacken in den engen, dunklen Minen erzählte – und von der Einsamkeit bei der Erkenntnis, diese Empfindungen mit keinem anderen Zwerg teilen zu können; wie er schließlich tatsächlich sogar zugeben konnte, so etwas wie familiäre Zuneigung für Nori zu empfinden, seinen Neffen und den häufig nervigen Jüngsten der Zwergenschar.

Ob auf Lofars Empfehlung hin, oder auch nicht, eines Tages erschien auch Nori in meiner Praxis, um sich hinsichtlich seiner lykanthropischen Anwandlungen – oder wie auch immer das Äquivalent für Zwerge heißen mochte – behandeln zu lassen. Selbst ich brauchte einige Sitzungen, um ein posttraumatisches Belastungssyndrom zu diagnostizieren, das vermutlich aus seiner frühen Kindheit herrührte, in der er zusammen mit den Wolfsjungen Skalli und Hati im Nest des Fenris und der Silberwölfin aufgezogen worden war.

Und natürlich hinsichtlich seiner Albträume, in denen er wieder und wieder die Ragnarök und mögliche eigene düstere Schicksale darin durchlebte.

Und mit Nori kam auch sein Freundeskreis, in dem mir die feinflügeligen Elfen die liebsten waren, die vor Höhen- und Flugangst kaum aus meinem Praxisfenster im dritten Stock schauen konnten ...

Apropos dritter Stock. Apropos Praxis.

Mein Pflichtbewusstsein meldet sich mit mahnend erhobenem Zeigefinger – und abrupt kehren meine Gedanken in die Gegenwart und zum neuen Analysanden auf meiner Therapiecouch zurück, dessen polternde Ankunft in meiner Praxis im gesamten Haus zu vernehmen gewesen ist. Zwerge hin und Elfen her, einen wie ihn habe ich noch nie behandeln dürfen. Ich hoffe inständig, dass sich die Nachbarn nicht beschweren werden. Er scheint mein Abschweifen jedoch nicht bemerkt zu haben, und ich atme auf.

»Wo drückt Ihnen denn der Schuh?«, beginne ich leutselig die Therapiestunde, um weiter von meiner vorherigen Unaufmerksamkeit abzulenken und mir einen ersten Eindruck zu verschaffen.

»Äh, der Huf«, korrigiere ich mich rasch, als das Einhorn den Vorderkörper ein wenig aufrichtet, um mir seinen Kopf zuzuwenden und mich irritiert anzublicken – und ich bei der Bewegung seines Horns um den teuren Bezug meiner Therapiecouch bange.

Richtig glücklich, oder wenigstens entspannt, hat es schon die ganze Zeit nicht ausgesehen, so auf dem Rücken liegend, den Kopf leicht verdreht am Couchrand, damit das Horn daneben zu Boden zeigen konnte.

»Möchten Sie vielleicht lieber auf der Seite liegen?«, bemühe ich meine Empathie, die im Umgang mit Einhörnern noch wenig geschult ist.

Das Exemplar auf meiner Couch folgt meiner Einladung und wendet seinen gleichzeitig massigen und feingliedrigen Körper vollständig mir zu, um mich einen Moment lang zu fixieren. Auch diese Haltung scheint noch unbequem, sodass es ein Bein anwinkelt und den Kopf auf den Huf stützt, eine Haltung, in der es auf mich wirkt wie eine spätrömisch-dekadente Kaisergeliebte beim ungeduldigen Warten auf das Anreichen süßester Weintrauben.

»Wie Sie vielleicht wissen ...«, setzt es zu einer Antwort an, zögert dann kurz, um anschließend fortzufahren: »... oder wahrscheinlich auch nicht, ruhen wir Einhörner am liebsten mit dem Kopf im Schoße der Prinzessinnen, die wir beschützen. Nun gibt es hier keine Prinzessin ...«

Das Einhorn schweigt einen weiteren Moment, und ich verharre gespannt, da mir meine innere Therapeutenstimme sagt, dass sich hier möglicherweise eine wichtige Information anbahnt.

»Und das ist auch gut so!«, bricht es schließlich mit der Macht unterdrückter Emotion aus dem Einhorn hervor, was ich höchst interessiert zur Kenntnis nehme und notiere, haben wir hier doch offenbar schon einen Knackpunkt ausgemacht.

»Ja, das vereinfacht unsere Arbeit sehr, dass wir nicht erst eine Prinzessin suchen müssen«, nehme ich den Faden auf, um sofort nachzuschieben: »Was haben Sie denn für ein Verhältnis zu Prinzessinnen – beziehungsweise, warum ist es anscheinend so belastet?«

Das Einhorn schweigt, sodass ich nachhake, um einer vagen Ahnung nachzugehen und den Themenraum weiter zu erkunden: »Oder vielleicht auch zu Prinzen?«

Nun schnaubt das Einhorn heftig, und etwas wie weißer Blütenstaub weht gegen meinen wertvollen Gobelin mit dem Bild von Narziss, der sich selbstverliebt im Wasser bewundert.

»Prinzen! Wie kommen Sie denn jetzt darauf? Das ist noch ein ganz eigenes Thema – diese Nichtsnutze! Zumindest heutzutage ... Und im Übrigen bauen wir Einhörner nur Beziehungen zu Prinzessinnen auf, niemals zu Prinzen. So ein unnatürlicher Gedanke!«

Schwer schnaufend beendet das Einhorn seinen emotionalen Ausbruch. Ich mache eine Notiz zur paradigmatischen Enge meines Klienten hinsichtlich Gender-Fragen, ehe ich einlenke.

»Bitte entschuldigen Sie mein Unwissen. Kommen wir also zum Ursprungsthema zurück – was haben Sie noch gleich gegen Prinzessinnen?«

»Eigentlich nichts«, bekundet das Einhorn. »Irgendwie mochte ich sie sogar – selbst ihre üblichen Launen und Zicken. Bis vor Kurzem – die letzte hat echt den Vogel abgeschossen.«

Das Einhorn nagt an seiner Unterlippe. »Ok, es war ein ziemliches Untier, ein Vogel Rock, aber seitdem die Zoos die Elefanten – ihre Nahrungsgrundlage – besser beschützen, sind auch die Rocks vom Verhungern und Aussterben bedroht und stehen unter Fabeltierschutz. Und hätte die Prinzessin in Übermut und Überheblichkeit nicht Jagdgöttin spielen müssen, hätte sie ihn auch gar nicht aufgescheucht! Der Ärmste – so geschwächt hatte er keine Chance, als die Prinzessin anfing, vom gepanzerten Jeep aus mit ihrer Pumpgun herumzuballern. Und als er jämmerlich zu Boden stürzte, höhnte sie noch, Gangsta-Rap sei der Tod des Rock.«

Ich befürchte ein Abschweifen in Äußerlichkeit und versuche, den Fokus des Einhorns auf seine Innenwelt zurückzulenken: »Und das Schicksal des Vogels Rock hat Sie berührt?«

Das Einhorn schnaubt erneut, und Narziss' Spiegelbild verschwindet unter weißem Staub.

»Ach, der Rock hatte selbst genug auf dem Kerbholz. Aber er war einer von uns mythischen Wesen! Wer so gnadenlos einen Vogel Rock angreift ...«

›... hat auch keinen Respekt vor Einhörnern‹, ergänze ich in Gedanken.

»Wie hat sich die Prinzessin denn Ihnen gegenüber verhalten?«, versuche ich nach einer kurzen Pause meinen Verdacht zu erhärten.

Das Einhorn sackt zusammen und sieht nun überhaupt nicht mehr wie eine römische Kaisergeliebte aus. Ich meine sogar, ein wenig Feuchtigkeit in den großen Pferdeaugen zu erkennen.

»Ach, irgendwie habe ich sie schon geliebt, die Prinzessinnen, die Jungfrauen – trotz ihrer üblichen Launen und Zicken, Sie wissen schon. Wenn wir uns in geteilter Reinheit von Wesen zu Wesen begegnet sind, im Schatten eines Hains, umschmeichelt von sanften Brisen und lieblichen Lautenklängen ...«

Nun scheinen die Augen des Einhorns verklärt, und ich befürchte Abschweifung in die andere Richtung.

»Und was war dann mit der letzten anders?«

Sofort wirkt der Blick des Einhorns wieder schmerzlich berührt. »Eigentlich war es mein Fehler«, bekundet es.

»Ich hätte nicht vertraglich zusichern dürfen, mich nur auf Güte, Liebe und Reinheit zu fokussieren und den anderen Teil meiner Natur, die Wildheit, außen vor zu lassen. Zumindest nicht, ohne vorher die Persönlichkeit meines Schützlings zu kennen. So war ich völlig ungeschützt – aber wer ahnt auch so etwas? Vom ersten Moment an war die Beziehung verkorkst – gleich beim Kennenlerntreffen schaut mich die Prinzessin abfällig über die Ränder ihrer Sonnenbrille hinweg an und meint, dass ihr herrschaftlicher Vater nun wohl endlich kapiert habe, dass ihr kein Lehrer oder Bodyguard gewachsen sei. Von Prinzenbubis gar nicht zu reden. Dass sie aber größte Zweifel habe, ob ein Einhorn das besser draufhätte ...«

Das Einhorn schweigt mit leicht geöffnetem Maul, und ich ahne, dass an dieser Stelle meine therapeutische Einfühlsamkeit gefordert ist.

»Und wie hat sich die Beziehung zu ihrem Schützling dann weiter entwickelt?«

»Es war die Hölle! Na gut, nicht ganz, gemessen an dem, was Kerberos nach einem Gläschen zu viel so erzählt! Aber Sie wissen, was ich meine. Ein paar Beispiele: Immer wieder musste ich abends mehrere Matratzen auf einer Erbse stapeln, nur damit sie sich morgens beschweren konnte, dass sie meinetwegen wieder einmal miserabel geschlafen hätte, sodass mir auch nichts Weiteres als die plattgelegene Erbse zum Frühstück zustünde. Und dann ihr Umgang mit den Prinzen, die sie verehren, einige vielleicht sogar tatsächlich lieben. Was kann die Prinzessin süß und hilflos aussehen, mit Kulleraugen und Schmollmund – auf Facebook, Instagram oder auch im direkten Kontakt, wo auch immer sie geeignete Opfer wittert. Mit schmachtendem Lächeln winkt sie dann den angelockten Adelssöhnen vom Turmfenster aus zu, wenn diese wie Motten um das herrschaftliche Anwesen ihrer Familie kreisen, um sie aus den Klauen ihres vorgeblich so tyrannischen Vaters zu retten – der währenddessen weltvergessen golft und von den Machenschaften seines Töchterchens gar nichts mitbekommt. Vielleicht auch nichts mitbekommen will ... Wie häufig musste der Rettungsdienst notfallmäßig anrücken, um die Schussverletzungen und sonstigen Wunden zu behandeln, die sich die Prinzen bei ihren vergeblichen Versuchen zugezogen hatten, die kamerabewachte Sperrzone aus Mauer, Stacheldraht und Selbstschussanlagen um das herrschaftliche Anwesen zu überwinden. Bis die Prinzessin auf einem ihrer Retro-Trips auf die Idee kam, diesen Todesstreifen ganz klassisch durch eine meterbreite torlose Dornenhecke zu ersetzen, durch die sich ab diesem Zeitpunkt nicht nur ihre prinzlichen Verehrer bei jedem Rettungsversuch kämpfen mussten – sondern, Sie ahnen es schon, auch ich. Während die herrschaftliche Familie mit ihren Bentleys und Ferraris ganz einfach die codegesicherte Tiefgarageneinfahrt nimmt!«

Heftig schnaufend macht das Einhorn eine Monologpause. Ich nutze die Gelegenheit und hake vorsichtig nach. »Das klingt wirklich alles sehr schmerzlich. Aber bitte entschuldigen Sie, mir wird noch nicht ganz klar, wie ich Ihnen helfen kann – geht es darum, wie Sie die Resilienz aufbauen können, einen einmal geschlossenen Vertrag unter unerträglichen Rahmenbedingungen zu erfüllen?«

»Nein, der Vertrag ist nicht das Thema, der besteht nicht mehr. Ich bin rausgeflogen ...«

»Dann verstehe ich es tatsächlich noch weniger ... Auch wenn die modernen Zeiten für mythische Wesen härter werden – würde ich doch vermuten, dass gerade Sie als

Einhorn jederzeit eine andere und auch bessere Anstellung finden können?«

»Aber das ist doch gar nicht das Thema! Ich habe einfach ein so schlechtes Gewissen, dass ich seit Wochen nicht mehr schlafen kann. Ich zermartere mich mit Selbstvorwürfen ...«

»Was denn für Selbstvorwürfe?«

»Ich habe meinen Schützling verraten. Und damit die Grundfeste meines Seins, meine Unschuld ... Es war unerträglich, irgendwann konnte ich einfach nicht mehr – und da habe ich einen befreundeten Drachen gebeten, die Prinzessin zu entführen ...«

Ein paar weitere Monate sind in die Lande gezogen, und mit ein wenig ungeleugneter Selbstgefälligkeit rechne ich es meiner therapeutischen Kunst hoch an, dass das Einhorn allmählich lernt, konstruktiv mit seinen Schuldgefühlen umzugehen, und in seine Kraft und in ein tiefempfundenes Gefühl von Reinheit zurückfindet.

Auf meiner Couch liegt schwer atmend ein neuer Klient, der mit scharrenden Kratzgeräuschen im Treppenhaus ebenfalls die gesamte Nachbarschaft aufgescheucht hat. So langsam nehmen die unangemeldeten Praxisbesuche doch überhand! Kurz überlege ich, ob ich nicht bei Gelegenheit doch einen Schlüssel für die Tür zum Kellerabteil mit dem Portal nachmachen lassen sollte, dann siegt meine Professionalität und ich wende mich bewusst dem Neuankömmling zu. Auch ihm scheint die therapeutische Rückenlage nicht zu behagen, aber ich nehme Abstand davon, ihm ebenfalls eine Positionsveränderung anzubieten. Denn wenn dieser Drache meinen wertvollen Gobelin anhaucht, hat Narziss keinen See mehr, in dem er sich spiegeln kann.

»Wo drückt Ihnen denn ... äh, die Kralle?«, beginne ich leutselig die Therapiestunde, um mir einen ersten Eindruck zu verschaffen.

Der Drache scheint sich an etwas zu erinnern und dabei furchtsam zu erzittern. »Ach, wissen Sie, es ist mir fürchterlich peinlich ... gerade als Drache ... aber seitdem ich kürzlich auf flehentliches Bitten eines alten Freundes hin eine Prinzessin entführt habe ... also, seitdem werde ich diese Angstzustände einfach nicht mehr los ...«

Die Erzählung des Drachen stockt. Meine therapeutische Intuition verrät mir, dass noch etwas nachkommen wird, und ich gebe ihm die Zeit, sich zu sammeln.

»Sind wir denn heute nur noch von Weichlingen umgeben?«, bricht es unvermittelt mit Urgewalt aus dem Drachen hervor. »Wann kommt endlich ein waschechter, beinharter und vor allem heldenhafter Prinz zu meiner Höhle und rettet die Prinzessin aus meinen Klauen? Und befreit mich von dieser unerträglichen Bürde ...«

Er sinkt wieder zusammen, und sein unsteter Blick trifft meine Augen. Einen Moment schweigen wir beide, und in mir verfestigt sich eine Ahnung, um welche Prinzessin es sich handelt.

© Rafaela Bureta

Dr. Karsten Beuchert, 1965 in Bad Schwalbach geboren, in Werther bei Bielefeld aufgewachsen, humanistisches Gymnasium in Wiesbaden, Studium der (Teilchen-)Physik in Mainz und Bochum, wohnt aktuell in München. Das Schreiben ergab sich bereits im Alter von 18 Jahren als innere systemische Notwendigkeit, die bis heute fortbesteht. Bei deutlicher Vorliebe für Fantastik (Science-Fiction, Horror, Fantasy, Surrealismus, Grotesken) lässt er sich gerne auch zu anderen Genres verführen. In den 90ern aktiv bei der Gruppe »Schreibhaus« in Bochum, seit 2008 beim Münchner »REALTRAUM«. Veröffentlichungen von Kurzgeschichten in diversen Anthologien zu finden. Beschäftigt sich aktuell neben dem Brötchenerwerb in der IT mit spiraldynamischer Bewusstseinsevolution und verwandten Themen.

Von tief unten
୨୧ Agnes Sint ୨୧

»Ein legendäres Abenteuerwochenende hätte ich mir keinesfalls so vorgestellt.« Kai seufzte schicksalsergeben. Mit dem Knöchel trommelte er gegen die Fensterscheibe, die bereits seit einigen Stunden einem unaufhörlichen Geschwader aus harten Tropfen standhalten musste. Ein wütendes Unwetter schleuderte hemmungslos Wasser und Schmutz gegen die alte Fischerhütte.

Sein Freund Tim hockte im Schneidersitz auf dem vergilbten Plastikboden und zuckte mit den Schultern.

Ben, der Dritte im Bunde, lag ausgestreckt auf einem abgewetzten Sofa. Er war in einen Wälzer über gefährliche Seuchen vertieft, das Gewitter schien er nicht einmal zu bemerken.

Eine gefühlte Ewigkeit saßen sie schon in der muffigen Einöde fest, während allerhand entfesselte Naturgewalten um das klapprige Hüttchen tobten.

»Ihr hättet euch eben auch ausreichend Lernstoff einpacken sollen«, belehrte Ben die beiden anderen. »Dank weiser Voraussicht ist es mir nun möglich, die herrschende Not in eine nützliche Tugend zu verwandeln.«

Tim überging den vorwurfsvollen Kommentar und nutzte die widrigen Umstände seinerseits, um seinen gestählten Körper mithilfe von Liegestützen und gezieltem Bauchmuskeltraining in Form zu halten.

»Dieses Sauwetter konnte ja niemand vorhersehen«, kommentierte Kai und schenkte Ben einen vorwurfsvollen Blick. »Nicht einmal der Wetterbericht. Den Zustand der Hütte aber schon.« Kai deutete um sich, auf den abgeblätterten Lack des spärlichen Interieurs und das abgewetzte Laminat. Er verzog spöttisch die Mundwinkel. »Dem Wetter sei Dank haben wir ja jetzt genug Zeit, um erst einmal Staub zu wischen und aufzuräumen. So können wir unseren letzten gemeinsamen Ausflug vor dem Abschlussexamen noch einmal richtig genießen.«

Ben blickte ihn über den Rand seines Buches hinweg an. »Großvater hat nichts dergleichen erwähnt, deswegen ging ich davon aus, die Hütte müsse in Ordnung sein.« Sein Blick ging zur Decke. »Ist sie ja auch. Regen kommt keiner rein. Als Kind habe ich hier unzählige wunderbare Tage verbracht, die mir fabelhafte Erinnerungen beschert haben. Ich hoffte, ich könnte noch ein paar weitere hinzufügen ... an ein schönes Wochenende mit meinen zwei besten Freunden.«

»Wozu brauchst du noch mehr schöne Erinnerungen an uns?« Tim grinste schadenfroh. »Reicht dir die an den ersten gemeinsamen Sezierkurs, bei dem Kai deine Tasche vollgekotzt hat, etwa nicht?«

Kai verdrehte die Augen, winkte genervt ab und blickte aus dem Fenster.

Der breite Fluss vor der Hütte glich nun einem tosenden Strom, der alles mit sich riss, was sich ihm in den Weg stellte. Die Gewalt und Stärke, mit der er sich durch die Landschaft wälzte, das melodiöse Rauschen, das seinen Lauf begleitete, und der anmutige Tanz der Wirbel und der Wellen an seiner Oberfläche, faszinierten Kai. Lange Zeit folgten seine Augen den Mustern und Windungen, die die

Strömung ins Wasser zeichnete. Ohne zu wissen, woher sie kam, ergriff eine nie gekannte Sehnsucht von ihm Besitz. Könnte er doch nur genauso unaufhaltsam wie der Fluss davonziehen, sich im kraftvollen Ungestüm des Stromes auflösen, Teil einer mächtigen Urgewalt sein. Wie hypnotisiert starrte er aus dem Fenster, bis endlich die Dämmerung ihre dunkle Decke über das Land breitete.

»Nur weil wir mit dem Wetter Pech haben, heißt das noch lange nicht, dass wir es uns nicht gutgehen lassen können.« Tim hatte zwei prächtige Tiefkühlpizzen in den Ofen geschoben und drehte nun geschäftig an den veralteten Temperaturreglern. »Jetzt geht die Party los, Jungs.«

Es zischte und krachte, dann war es mit einem Mal stockdunkel. »Bei Dunkelheit sollte man eigentlich nicht lesen, das ruiniert die Augen«, bemerkte Ben und fuhr aus seinen Studien hoch. Er knipste eine winzige Taschenlampe an, die seit seiner Zeit bei den Pfadfindern stets an seinem Schlüsselbund hing. Im Schein der Lampe tastete er sich an den Lichtschalter heran und legte ihn um. Doch es blieb weiterhin finster. »Hast mit dem urtümlichen Ofen die Sicherungen ins Jenseits befördert, was?« Er schenkte Tim ein schiefes Grinsen und öffnete den Sicherungskasten, in dem tatsächlich noch Reserveeinsätze lagen.

Ben wechselte sie aus, doch die Beleuchtung zeigte weiterhin kein Lebenszeichen. »Der Strom ist ausgefallen«, stellte er nüchtern fest. »So wie ich meinen Opa kenne, sind hier bestimmt irgendwo Kerzen für den Notfall eingelagert.« Ben zeigte unerschütterliche Einsatzfreude und machte sich daran, die alten Schränke und Regale zu durchstöbern. Sobald er eine Schranktüre öffnete, blies der Luftzug kleine Staubwolken in den Raum, die im fahlen

Licht der Taschenlampe verpufften. Als er endlich einen Karton voller Kerzen entdeckte, jubilierte Ben. »Dieser Vorrat reicht sicherlich für die nächsten drei Nächte aus.«

»Also ich habe keinesfalls vor, noch so lange zu bleiben«, ätzte Tim. »Sobald es aufhört zu regnen, bin ich raus hier.«

Aber Ben ließ sich von Tims Klagen nicht beirren. Emsig verteilte er die Kerzen im Raum und arrangierte sie dabei in einem perfekt symmetrischen Muster. Es stellte ein Apfelmännchen dar, sein liebstes fraktales Bild. »Sieht doch schon ganz hübsch aus. Man muss einfach nur wissen, wie man das Beste aus jeder Situation herausholen kann.« Er wies in die enge Stube, die im sanften Kerzenschein tatsächlich heimelig und gemütlich wirkte.

Tim grunzte verächtlich. »Wenn ich vorher gewusst hätte, in welche Bruchbude du uns schleppen würdest, die sich noch dazu am Ende der Welt befindet, dann wäre ich niemals in die Verlegenheit gekommen, von irgendwo irgendetwas Gutes herausholen zu müssen.«

»Du hättest doch genauso gut eine würdigere Bleibe organisieren können.« Im Licht der Kerzen funkelten Bens Augen mit den Staubkörnchen auf seiner Brille um die Wette.

Tim erhob sich, reckte sein Kinn und marschierte streitlustig auf Ben zu. »Ich habe mich blöderweise darauf verlassen, dass diese Hütte tatsächlich so großartig sein würde, wie du sie beschrieben hattest. Aber in Wahrheit ist sie ...«

»Still! Seid bitte einmal leise.« Kai unterbrach die beiden Streithähne mit einer aufgeregten Handbewegung. »Hört ihr das denn nicht?«

Ben und Tim blickten sich überrascht an.

»Da klopft doch jemand an die Tür«, flüsterte Kai.

Die drei Freunde lauschten angestrengt, und tatsächlich: Abgesehen vom Getrommel der Regentropfen war noch etwas anderes an der Türe zu hören – ein Klopfen. Erst vernahmen sie bloß ein zaghaftes Pochen, doch je länger die Burschen regungslos verharrten, umso eindringlicher wurde das Geräusch.

Endlich sprang Kai auf, hastete zur Tür und riss sie sperrangelweit auf. Zu ihrer Überraschung stand eine zierliche Frau davor. Von ihren langen Haaren und ihrem löchrigen Kleid, einem um den Körper geschlungenen Fischernetz nicht unähnlich, tropfte das Wasser. Ihre nächtliche Besucherin schien sehr jung zu sein – ihrer zarten Statur nach zu urteilen, beinahe noch ein Mädchen. Sie war von so blendender Schönheit, dass es beinahe schmerzte, sie anzusehen. Sprachlos starrten die drei Männer die liebreizende Gestalt an, unfähig, einen Ton hervorzubringen.

Tim war der Erste, der seine Sprache wiederfand. »Bitte, so komm doch herein.«

Die Unbekannte folgte seiner einladenden Geste mit geschmeidigen Schritten, trat unerschrocken ein und sah sich neugierig in der Hütte um. Kleine, weiße Perlen waren in ihr hüftlanges Haar eingeflochten, und im schwachen Licht der Kerzen wirkte es beinahe so, als würde ihre Haut grünlich schimmern. Sie musterte ihre drei Gastgeber ausgiebig von Kopf bis Fuß, dann lächelte sie zufrieden.

»Suche Zuflucht vor Gewitter«, sagte sie stockend. Ihre Art zu sprechen klang ungewohnt und fremd. Es hatte den Anschein, als würde es sie große Mühe kosten, die Worte mit ihrem Mund zu formen. Wahrscheinlich war sie fremd hier, stammte gewiss aus einem anderen Land, mutmaßte Kai.

»Bei einem derartigen Unwetter sollte doch niemand so ganz allein im Freien unterwegs sein.« Tim zeigte sein charmantestes Lächeln. »Das kann schon mal in die Hose gehen.«

Peinlich berührt runzelte Kai die Stirn. Selbst in einer derart merkwürdigen Situation wie dieser konnte Tim das Balzen nicht lassen. Sobald sich ein weibliches Wesen in seiner Nähe befand, verwandelte er sich in einen aufgeblasenen Gockel.

Ben blieb hingegen sachlich, wie sonst auch immer. »Was willst du eigentlich hier, in dieser Einöde, bei diesem Sturm?«

Ihre großen Augen verdunkelten sich. »Auf dem Weg nach Hause«, antwortete sie Ben in ihrem sonderbaren Singsang.

»Und wo genau ist das, wenn es uns gestattet ist, danach zu fragen?« Ben schien ihre atemberaubende Erscheinung nicht im Geringsten einzuschüchtern.

Lange und durchdringend starrte das Mädchen die drei Freunde an, bevor sie ihnen feierlich Antwort gab. »Von tief unten.« Dabei deutete sie geradewegs aus dem Fenster, genau dorthin, wo der mächtige Fluss rauschte.

Die Burschen sahen sich verwirrt an.

»Wir verstehen.« Ben sprach langsam und deutlich zu der Fremden. »Wir möchten dir helfen. Mach es dir bequem – wir reden.«

Die Fremde nickte eifrig.

Sie setzte sich jedoch nicht, sondern machte sich voller Begeisterung daran, die ungewohnte Umgebung zu erforschen.

Tim lehnte sich zu Kai und senkte die Stimme. »Die Kleine ist zwar richtig süß, aber ich befürchte, sie hat nicht mehr alle Tassen im Schrank. Wollte sie uns eben weismachen, sie würde im Fluss wohnen?« Er tippte sich mit dem Zeigefinger gegen die Stirn und pfiff leise.

»Ich denke, sie ist fremd hier und kann sich aus diesem Grund auch nicht korrekt in unserer Sprache ausdrücken.« Kai zuckte mit den Schultern. »Das war doch sicherlich bloß ein Missverständnis.«

»Nur mit der Ruhe, meine Herren«, warf Ben ein. »Zufällig weiß ich, dass ein paar Dörfer weiter, in einem alten Steinbruch, bei Vollmond illegale Partys gefeiert werden. Angeblich sollen sich dabei Horden von feierwütigen Kids eimerweise Drogen und Alkohol einverleiben. Derart gestärkt tanzen sie nächtelang und ohne Pause durch, solange, bis sie allesamt vor Erschöpfung umfallen. Ich vermute, unsere mysteriöse Besucherin ist von einer solchen Fete entwischt und hat sich wohl oder übel hierher, in unsere bescheidene Hütte, verirrt.« Er deutete unauffällig in die Richtung des Mädchens, das interessiert einen Löffel aus der Schublade unter dem Einbauherd holte und ihn gegen das Kerzenlicht hielt. Mit offenem Mund bestaunte sie ihr Spiegelbild darin.

Ben zog die Augenbrauen hoch. »Seht sie euch doch einmal an. Man kann von Glück sprechen, dass sie in ihrem Zustand nicht schon längst in den Fluss geplumpst ist.«

Die Fremde warf den Löffel achtlos beiseite, nur um sich ein Buttermesser zu schnappen und damit auf dieselbe unorthodoxe Weise zu verfahren.

»Ich schlage vor, wir behalten das lustige Fräulein über Nacht in unserer Obhut«, sagte Ben, »und passen solange auf sie auf, bis sie wieder klar im Kopf ist. Dann eskortieren wir sie nach Hause und reden dem übermütigen Mädel mal ordentlich ins Gewissen. Als angehende Ärzte ist es unsere Pflicht, sie darüber aufzuklären, welch gewaltigen Schaden unachtsam eingeworfene Drogen im Leben eines aufblühenden Menschen anrichten können.«

Kai nickte eifrig.

Tim hingegen verdrehte die Augen, zuckte dann aber beiläufig mit den Schultern. »Wie heißt du eigentlich?«, wollte er von ihr wissen.

Sie untersuchte gerade konzentriert Bens Seuchenbuch von allen Seiten. Auf Tims Frage hin zog sie eine hinreißende Schnute. »Nicht von Bedeutung.«

Die drei Freunde beobachteten das rätselhafte Mädchen geraume Zeit über, wie sie alle auffindbaren Gebrauchsgegenstände abgriff, abklopfte und begutachtete. Dabei gebärdete sie sich wie ein junges Kind in einem Zimmer voller unbekannter, aufregender Spielsachen. Besonders große Freude schien es ihr zu bereiten, sich mit maulwurfartigen Wühlbewegungen durch ihre Reisetaschen zu arbeiten, sich Kochtöpfe als Hüte auf den Kopf zu setzen und an abgewetzten Putzlappen zu schnüffeln.

Tim zeigte sich von ihrem Verhalten belustigt, Ben war überaus besorgt und Kai konnte seine Augen nicht mehr von ihr abwenden.

Wenn sie das Ergebnis ihrer Untersuchungen überraschte, stieß sie allerliebste Quietschlaute aus. Fast zärtlich strich sie mit ihren eleganten Fingern über so furchtbar gewöhnliche Dinge wie eine verdreckte Plastikdose oder Bens ungewaschene Socken.

Die Freunde boten ihr zu essen und zu trinken an, aber allein beim bloßen Anblick von Lebensmitteln verzog sie angewidert ihr feines Gesicht. Einen Becher mit Wasser nahm sie jedoch dankbar an sich und trank ihn mit gierigen Schlucken leer.

Als sie schlussendlich all das, was es in der Hütte zu finden gab, genauestens erkundet hatte, blickte sie die drei jungen Männer erwartungsvoll an.

»Tanzen will ich«, forderte sie und klatschte munter in die Hände.

»Auch das noch.« Ben ächzte gequält. »Wir haben hier leider keinen Strom.« Er bewegte seine dünnen Arme wellenartig auf und nieder, dann schüttelte er den Kopf.

Das Mädchen schien seine Zeichensprache nicht verstehen zu wollen. »Tanzen will ich.« Wie ein verzogenes Gör, mitten in der schlimmsten Trotzphase, stampfte sie mit dem Fuß auf.

Plötzlich fiel Tim etwas ein. »In meinem Auto liegt doch noch das alte, batteriebetriebene Miniradio meiner Eltern herum. Ich hole es besser herein, bevor sie noch zornig wird und uns die ganze Bude zerlegt.« Dann lief er in den Regen hinaus.

Tatsächlich kehrte er wenig später mit einem roten Taschenradio zurück. Er platzierte es auf dem Esstisch und drehte es an. Sofort dröhnte fetzige Rockmusik durch die Nacht. Die Fremde hielt sich entsetzt die Ohren zu und stieß einen spitzen Schrei aus.

Ben beeilte sich, einen neuen Sender zu suchen. Als laute Popmusik aus den winzigen Boxen drang, ließ das Mädchen eine unwahrscheinlich lange Zunge sehen und schüttelte empört den hübschen Kopf.

Geduldig fummelte Ben weiter am Regler herum, solange, bis er letztendlich bei einem Sender für klassische Musik landete.

Ein flotter Walzer stand dort auf dem Programm. Das Mädchen quietschte erfreut und sprang voller Elan auf.

Tim erhob sich ebenfalls. Er verbeugte sich galant vor der geheimnisvollen Schönen. »Darf ich um diesen Tanz bitten, werte Dame?«

Doch sie würdigte ihn nicht einmal eines verächtlichen Blickes. Mit entschlossener Miene trat sie geradewegs auf Kai zu, ergriff seine Hände und zog den verdutzten Burschen zu sich hoch. Tim machte ein Gesicht, als wäre eben eine grüne Maus an ihm vorüber geflogen. Nie zuvor hatte ein Mädchen dem unscheinbaren Kai vor seiner stattlichen Person den Vorzug gegeben. Ben schmunzelte amüsiert über die interessante Wendung, die die Geschichte nahm.

Bevor Kai wusste, wie ihm geschah, hatte sich die schöne Fremde eng an ihn geschmiegt und wirbelte mit ihm zum Takt der Musik durch die alte, vergammelte Hütte. An keinem anderen Ort der Welt hätte Kai in diesem Moment jedoch lieber sein mögen.

Ihre Haut fühlte sich glatt und kühl unter seinen brennenden Händen an, wie polierter Stein. Ihr Haar war noch immer pitschnass, obwohl sie sich schon seit einiger Zeit im Trockenen aufhielt. Kleine Tropfen lösten sich daraus und sausten durch die Luft, wann immer sie sich ausgelassen im Kreis drehte.

Ein unwiderstehlich frischer Duft umwehte sie. Sie roch nach blühenden Seerosen und salzigem Treibholz. Ihre Augen strahlten im flackernden Schein der Kerzen. Je nachdem, wie das Licht auf ihr Gesicht fiel, waren sie einmal tiefblau, ein anders Mal blitzten sie hellgrün oder gar türkis. Wenn sie ihn damit anblickte, wollte Kai nichts weiter, als sich darin verlieren. Den farblosen Rest der Welt wollte er vergessen und für immer in der Nähe der betörenden Fremden bleiben, die ihm seltsam vertraut schien.

Nach Stunden des ausgelassenen Tanzens ging ihm jedoch allmählich die Puste aus. So schwer es ihm auch fiel, die Hände von der Schönheit zu nehmen, er musste sich keuchend setzen. Ben war zwischenzeitlich auf dem rotkarierten Sofa eingenickt, während sich Tim in eine Ecke verkrochen hatte und dort vor sich hin schmollte. Auch er gähnte mittlerweile heftig.

Das Mädchen ließ sich, leicht wie eine Feder, in der Mitte des Raumes nieder und lächelte Kai verschwörerisch zu.

»Möchtest du uns etwas von deiner Heimat erzählen?«, fragte er sie mit seligem Lächeln. Er war erschöpft und wie berauscht von ihrer Nähe. Obwohl er sich an ihrer Anmut nicht sattsehen konnte, musste er hart mit sich kämpfen, um seine bleischweren Lider offen zu behalten. Als hätte er seit Ewigkeiten nicht mehr geschlafen.

Sie schüttelte den Kopf. »Will singen.«

Ohne eine Antwort abzuwarten hob sie an und ihre Stimme, heller noch als jeder Glockenklang, schwebte durch das Halbdunkel des engen Raumes. Kai schloss verzückt die Augen. Die Sprache, in der sie ihr Lied vortrug, hatte er noch nie gehört. Er war sich nicht einmal sicher, ob es sich überhaupt um richtige Worte handelte und nicht bloß um wahllos aneinandergereihte Laute. Trotzdem gelang es dem ungewöhnlichen Mädchen, ihn in eine unbekannte Welt aus Klängen und Atmosphären zu entführen, voll von eigenartigen Bildern. Ihr Gesang erfüllte die Fischerhütte, schmückte sie mit den süßesten Tönen und Melodien aus. Die Stimme der zauberhaften Fremden war so allumfassend, dass Kai in ihren Gesang förmlich eintauchen konnte und darin verging.

»Sie ist weg!« Panisch lief Kai von einer Ecke der Hütte zur anderen und rang die Hände. »Ich wollte doch auf sie aufpassen und sie beschützen. Aber jetzt ist sie verschwunden und ihr könnte weiß Gott was alles zustoßen. Ich hätte nicht einschlafen dürfen.«

»Wir sind doch alle drei eingepennt. Was für eine merkwürdige Nacht.« Ben rieb sich die Augen und blickte sich verwundert in dem engen Häuschen um, so als sehe er es zum ersten Mal.

Auch Tim war eben erst erwacht und machte einen gehörig schlappen Eindruck. Er gähnte herzhaft, dann kratzte er sich am Kopf. Die Ereignisse der letzten Nacht schienen ihm langsam zu dämmern. »Tatsächlich eine abgefahrene Geschichte. Diese bizarre Lady hat uns wohl etwas von ihren Drogen in die Getränke gemixt. Ihr Gesinge hatte doch etwas schrecklich Eigentümliches, nicht wahr? Hat mich im Handumdrehen eingeschläfert. Ich war wie in Trance, konnte mich gar nicht dagegen wehren.«

»Mir ging es ebenso«, murmelte Kai den Tränen nahe.

»Jetzt mach dir mal keine Sorgen«, rief ihm Tim aufmunternd zu. »Deine Liebste kommst bestimmt gleich wieder, ist wahrscheinlich bloß ein paar Blümchen pflücken oder umarmt gerade einen Baum.«

Doch sie kam nicht wieder, mit dem Regen war auch das Mädchen spurlos verschwunden. Die drei Freunde verbrachten den darauffolgenden Tag damit, das Gelände nach ihrer geheimnisvollen Bekanntschaft abzusuchen. Sie klapperten die umliegenden Dörfer ab und erkundigten sich dort nach ihrem Verbleib. Doch niemand wollte ein Mädchen gesehen haben, auf das die Beschreibung passte.

Der sonst so zurückhaltende Kai drohte den erstaunten Beamten der örtlichen Polizeiwache sogar einen Sitzstreik an, solange sie ihm nicht hoch und heilig versprechen wollten, ihn umgehend zu kontaktieren, sobald sie etwas über seine Schöne in Erfahrung gebracht hätten.

Die folgenden zwei Tage verflogen rasend schnell, und so sehr Kai auch betteln mochte, letztendlich mussten die Studenten doch in ihre Heimatstadt zurückkehren. Die mysteriöse Fremde blieb weiterhin unauffindbar.

Nur wenige Tage waren verstrichen, da zog es Kai mit unerbittlicher Macht in die verstaubte Fischerhütte zurück.

»Du weißt hoffentlich, dass ich mir diesen Wahnsinn nur deshalb antue, weil du mein bester Freund und ein hervorragender Kommilitone bist.« Ben ließ seinen Blick missmutig über den Fluss gleiten, der an diesem Abend ruhig und träge zu ihren Füßen dahinfloss. »Und das nur fünf Tage vor unserem großen Abschlussexamen. Ich bin mir übrigens sicher, deine rätselhafte Angebetete ist mittlerweile längst wieder zuhause bei Mutti und hat keinen blassen Schimmer davon, was letztes Wochenende hier abgegangen ist. Wahrscheinlich kann sie sich an uns und die Hütte gar nicht mal erinnern.«

Kai fuhr sich mit beiden Händen über das Gesicht. »Ich weiß mir nicht zu helfen, es lässt mir keine Ruhe. Was, wenn sie noch immer verloren durch die Wälder irrt? Was, wenn sie immer wieder zu diesem Häuschen zurückkehrt, in der Hoffnung, dort Hilfe zu finden. Doch niemand ist da, an den sie sich wenden kann.«

Ben sah seinen Kumpanen besorgt von der Seite an. Seit der unwirklichen Begegnung in der Fischerhütte war Kai nicht mehr derselbe Mensch. Er hatte einiges an Gewicht verloren, und unter seinen Augen zeichneten sich dunkle Ringe ab.

Immerzu wirkte er nervös und abgeschlagen, beinahe schon geistig verwirrt.

Ben klopfte ihm aufmunternd auf die Schultern. »Vertraue mir, deiner Liebsten geht es gut. Aber selbstverständlich werde ich dir heute Nacht Gesellschaft leisten, für den Fall, dass deine Tanzmaus tatsächlich wieder hier auftaucht.« Mit einem Mal verzog Ben das Gesicht, dann lachte er kurz auf.

»Was ist denn so lustig?«

»Ach, als ich ein kleiner Junge war, erzählte uns unser Großvater oft Geschichten von durchtriebenen Wassergeistern, die in diesem Fluss ihr Unwesen treiben sollen.«

Fragend zog Kai die Augenbrauen zusammen.

Ben legte den Kopf zur Seite und kramte in seinen Erinnerungen. »Er wiederum hatte diese Legenden von seinem Großvater gehört. Sie handelten von menschenähnlichen Wasserwesen. Sirenen, Nixen, oder wie auch immer man sie nennen mag. Am Grunde des Flusses hausten sie und hielten dort die Seelen von hübschen, unschuldigen Jünglingen gefangen. Diese hatten sie mithilfe ihres überirdischen Gesanges ins Wasser gelockt und dort ertränkt. Ein einziges Mal im Jahr soll es ihnen erlaubt gewesen sein, in der Gestalt von wunderschönen Frauen, das Festland zu besuchen. Wenn in den Fischerdörfern Feste gefeiert wurden, mischten sich die betörenden Nixen unerkannt unter die Menschen und tanzten mit ihnen, solange die Nächte andauerten. Sobald der Morgen graute, waren die Wasserfrauen gezwungen, die irdische Welt wieder zu verlassen und in die Fluten des Flusses hinabzusteigen. So manch schneidiger Mann wurde von ihrem Zauber in den Bann gezogen und verspürte den unwiderstehlichen Drang, seine verlorene Liebe wiederzufinden. Doch diese armen Kerle sollen niemals zurückgekehrt sein. Man erzählte sich, ihre unsterblichen Seelen wären in gläsernen Behältnissen bis zum Ende aller Zeiten dort unten, in der Tiefe des Flusses, gefangen.«

Nachdem sein Freund geendet hatte, sah Kai ihn fassungslos an.

»Du glaubst doch nicht etwa an so einen hanebüchenen Quatsch?«

»Natürlich glaube ich nicht daran.« Ben hob abwehrend die Hände. »Natürlich nicht.«

Wie aus dem Nichts war in der Nacht ein mächtiger Sturm aufgezogen und rüttelte nun mit aller Gewalt an den Wänden der altersschwachen Fischerhütte. Als Ben vom Lärm der klappernden Fensterläden erwachte, mussten sich seine Augen erst einmal an die Dunkelheit gewöhnen. Er blickte sich um und konnte bald darauf Kai ausmachen, der sich kerzengerade in seinem Schlafsack aufgerichtet hatte. Sein Körper wirkte zum Zerreißen angespannt, erlaubte es ihm nicht einmal zu atmen.

»Hörst du das nicht?«, wisperte Kai verloren in der Finsternis. »Das ist *ihre* Stimme dort draußen. Ich kann sie ganz deutlich hören.«

Ben lauschte angestrengt, doch er vernahm nur das schrille Pfeifen des Windes, der um die Hütte sauste. »Da ist nichts, nur das Heulen des Sturmes.«

»Nein! Nein, *sie* ist es. Sie singt zu mir ... sie ruft nach mir.«

Sein Freund begann, am gesamten Leib heftig zu zittern.

»Kai, du machst mir Angst. Falls du dir einen dummen Scherz mit mir erlaubst, dann bitte ich dich inständig darum, sofort damit aufzuhören.«

Doch Kai streifte seinen Schlafsack hastig ab und sprang erregt auf. Wild gestikulierend rief er aus: »*Sie* ist es, die mich ruft. Ich soll zu ihr kommen. Ich *muss* zu ihr gehen!«

© Agnes Sint

Vier Tage später hatte sich der Sturm endlich gelegt. Die Sonne schien mit aller Kraft und eine milde Brise erwärmte die Luft.

Ein alter Mann schlenderte gemütlich den Weg am Fluss entlang, als Bewegungen am gegenüberliegenden Ufer seine Aufmerksamkeit erregten. Drei Rettungskräfte hievten einen bläulich verfärbten Körper auf eine Plastikplane. Das tagelange Treiben im Wasser hatte ihn aufgeschwemmt, so manche Stelle war von den Fischen bereits angefressen worden. Für eine kurze Weile betrachtete der alte Mann das traurige Spektakel. Schwerfällig schüttelte er den Kopf und murmelte zu sich selbst: »Nu hat sie sich wohl wieder einen geholt.«

Dann wanderte er bedächtig weiter am glänzenden Fluss entlang, der sich an diesem klaren Sommertag gemächlich durch das breite Tal schlängelte.

1980 in einem ruhigen Vorort von Wien geboren, habe ich mich immer schon für das Fantastische, Mystische und Dunkle interessiert. Sobald ich lesen konnte, verschlang ich heimlich die Fantasy – Romane meines großen Bruders und verfasste daraufhin mit sieben Jahren meine ersten Gruselgeschichten. Später bin ich in die Großstadt geflüchtet, habe Philosophie und Bildungswissenschaften studiert und mich nebenher in allerlei Berufssparten probiert – von der Telefonistin bis hin zur Kinderliederkomponistin. Mittlerweile arbeite ich im pädagogischen Bereich und lebe mit meiner kleinen Großfamilie in Wien.

Agnes Sint

Fenris' Erben
୨୧ Ilka Sommer ୧୨

»Aaaaahhuuu!« Ein markerschütternder Schrei drang aus der Kehle der grauen Wölfin. Grollend schallte dessen Echo von den steilen Berghängen wider. Ein Schwarm Krähen stob auf und flatterte laut krächzend davon.

Auf den Ruf eilten Risas Zwillingssöhne herbei.

»Was ist passiert?«, fragte der mutigere Skalli, während Hati die Mutter furchtsam anblickte. Ihre Augen waren vor Wut zusammengekniffen.

Risa rang nach Atem und stieß keuchend hervor: »Tot. Er ist tot.«

»Wen meinst du?«, stieß der pechschwarze Skalli entsetzt hervor. Die grausame Vorahnung, welche eisig seine Beine emporkroch, durfte nicht wahr werden.

»Fenris.«

»Nein, Mutter, du irrst! Vater ist der stärkste Wolf seit Anbeginn der Zeit. Wer sollte ihm etwas antun?«

»Die Götter!« Risa spie die Antwort förmlich aus.

Der schneeweiße Hati zuckte zusammen, als hätte ihn eine Peitsche getroffen. Mit leiser Stimme wagte er zu widersprechen: »Aber ... aber ... die Götter zogen ihn auf.« Beschwichtigend leckte er der Mutter die Pfote.

»Sie liebten ihn, solange er klein war. Doch er wuchs immer weiter und überragte bald selbst Odin um ein Vielfaches«, stieß sie unwillig hervor. Zu heiß brodelte die Wut in ihrem Inneren.»Der Göttervater fürchtete, nicht länger das mächtigste Wesen im Universum zu sein. Fenris wurde von seinem besten Freund, Tyr, verraten.«

Trauer ließ die Körper der jungen Wölfe erbeben. Heulend stimmten sie in die Klagerufe der Mutter ein: »Aaaaahhuuu!«

Drei Nächte lang jaulte die Familie ihre Wut über den Verlust des Anführers hinaus in die Dunkelheit. Mehrere Wolfsrudel aus benachbarten Bergregionen stimmten ein und transportierten das Klagegeheul von Berg zu Berg.

Am vierten Morgen war die Trauer vergangen, zurück blieb einzig eiskalter Zorn, der in Risas Augen loderte. »Es wurde prophezeit, dass Fenris Ragnarök herbeiführen würde, den Untergang der Götter. Deshalb ...«

Doch Skalli unterbrach sie: »Das hätte er niemals getan! Er strebte stets nach Frieden mit allen Wesen, gleichgültig ob Götter, Zwerge, Riesen, Wölfe oder Menschen.«

Mit strafendem Blick brachte die graue Wölfin den vorlauten Sohn zum Schweigen. Ihre Stimme senkte sich zu einem heiseren Flüstern. »Ich will Rache. Rache für den feigen Mord an eurem Vater. Ihr seid Fenris' Erben, sein Blut fließt in euch. Erfüllt die Weissagung an seiner statt!«

Eingeschüchtert von der brodelnden Wut der Mutter duckte sich Hati und wagte nicht zu widersprechen.

Doch die Brust seines Bruders weitete sich vor Stolz über diesen Vertrauensbeweis. Aufgeregt peitschte seine Rute hin und her. »Was müssen wir dafür tun, Mutter?«

»Überquert die Weltenbrücke unten im Tal und treibt auf ihrer anderen Seite den Mond vor die Sonne. Die ungewohnte Dunkelheit wird die heimtückischen Götter zu wehrlosen Statuen erstarren lassen. Zerfetzt sie! Alle! Für immer!« Speichel flog aus ihrem Maul, während sie die

Worte immer lauter herausschrie. Nun verschlug es auch Skalli die Sprache.

»Versprecht es bei meinem Leben!«, forderte Risa mit vor Wut blitzenden Augen.

»Wir versprechen es bei deinem und unserem eigenen Leben.« Der Zorn sprang auf die jungen Wölfe über und sie grollten entschlossen: »Wir werden nicht eher ruhen, bis der feige Mord an unserem Vater gerächt wurde.«

Risa atmete tief durch und langsam beruhigte sich ihre Raserei. Mit Tränen in den Augen verabschiedete sie ihre beiden Söhne. »Mein Herz bebt voller Stolz und Liebe zu euch. Nun geht! Auf nach Norden!«

In leichtem Dauerlauf verließen die beiden Wölfe zum ersten Mal in ihrem Leben die schneebedeckten Berge. Sie überquerten reißende Wildbäche und scheuchten eine Herde grasender Bergziegen auf. Obwohl ihnen vor Hunger Sabber aus den Mäulern tropfte, gönnten sie sich keine Pause. Der Gedanke an Rache trieb Skalli und Hati unaufhaltsam voran. Nach drei Tagen erreichten sie das Tal und rissen staunend die Augen auf. Soweit sie schauen konnten, breiteten sich mit Blumen besprenkelte Wiesen vor ihnen aus, nur von gelben Flächen durchbrochen, auf denen reifer Weizen im lauen Wind knisterte. Als plötzlich eine braun-weiß gescheckte Kuh vor ihnen stand, trieb der Hunger die Wölfe zu einer kurzen und erfolgreichen Jagd.

»Ich habe noch nie zuvor so ein Tier gefressen, aber es schmeckt hervorragend«, schmatzte Skalli laut, während ihm warmes Blut das Maul verschmierte.

Hati besaß den Anstand aufzufressen, bevor er dem Bruder zustimmte. »Köstlich! Hätte aber auch widerlich schmecken können.«

Fassungslos schüttelte Skalli den schwarzen Wolfskopf. »Du immer mit deiner Vorsicht. Du musst auch mal was wagen.« Gestärkt nahmen sie ihren Weg wieder auf und gelangten schließlich mit eleganten Sprüngen an ihr Ziel. Verblüfft ließen sie den Blick über die regenbogenfarbige Weltenbrücke gleiten.

Skallis Augen funkelten vor Begeisterung, als er die erste Pfote auf den Bogen setzte. »Er ist so breit, dass wir bequem zu sechst nebeneinander hinübergehen könnten.«

Besorgt blickte Hati die Brücke hoch, deren Bogen hoch über ihnen in den Wolken verschwand. »Aber die Seiten besitzen keine Geländer. Was ist, wenn wir runterfallen?«

»Wenn wir in der Mitte bleiben, wird uns nichts geschehen. – Schau dir bloß die Farben an.« Übermütig sprang Skalli vom Blau zum Orange und danach zum Gelb. »Wunderschön.«

Hati ließ sich von Skallis guter Laune anstecken und folgte dem Bruder. Obwohl sie das Klettern in den Steilhängen ihrer Heimat gewohnt waren, strengte sie das Hochlaufen des Bogens so an, dass sie bald ihre Gespräche einstellten, sich aufs Atmen konzentrierten und unermüdlich eine Pfote vor die andere setzten. Sie hatten schließlich eine wichtige Aufgabe zu erfüllen. Als sie die Wolkenschicht durchquert und endlich den Gipfel des gewaltigen Bogens erreicht hatten, versperrte ihnen ein riesiger Wasserfall den Weg. Die Wölfe starrten nach Luft ringend gen Himmel, konnten jedoch keinen Gipfel erkennen, von dem aus das Wasser in ohrenbetäubendem Rauschen herabstürzte.

Während Skalli mit offenem Maul gierig die Gischt auffing, fragte Hati stockend: »Weißt ... du noch ... was Mutter uns ... über ... Wasserfälle erzählt hat?« Als der schwarze Wolf den Kopf schüttelte und weiter das kühlende Wasser soff, erinnerte ihn Hati an die Mahnung. »Unter den Wasserfällen verbirgt sich die Zukunft. Doch sie ist wandelbar und trügerisch. Wir sollen beim Durchgehen auf jeden Fall die Augen schließen.«

»Wie gut, dass du für uns beide aufgepasst hast! Ich zähl bis drei, dann gehen wir gleichzeitig, okay?«

Nickend hielt Hati die Augen fest geschlossen, während der Bruder laut zählte. »Eins. Zwei.« Bei »Drei« sprang er hektisch durch das kalte Wasser und atmete erst wieder aus, als keines mehr von oben auf seinen Pelz regnete. Erleichtert seufzte er, als er den Bruder an seiner Seite sah. »Hast du dich gefürchtet?«

»Nein, kein bisschen«, antwortete der schwarze Wolf. »Wovor auch? Ist nur Wasser.« Er schüttelte sich, dass die nassen Perlen zu allen Seiten davonstoben.

Hati bewunderte den Mut des Bruders sowie die glitzernden Wassertropfen. Das Sonnenlicht verwandelte sie in tausende Regenbogen. »Ab jetzt geht es nur noch bergab«, jubelte er.

Bei Ankunft am anderen Ende des Weltenbogens stellte Hati jedoch voller Sorge fest: »Hier müssen wir uns trennen.«

»Es ist nur für einen halben Tag und eine halbe Nacht. Ich treibe den Mond vor mir her, du die Sonne. Am Ende der ersten Jagd treffen wir uns am Fuße des Weltenbogens wieder und beginnen von Neuem.«

Im Morgengrauen erreichte der schwarze Skalli die Weltenbrücke als Erster und wartete unruhig auf das Eintreffen des Bruders. Als Hati endlich auftauchte, lahmte er auf dem rechten Vorderbein.

»Hast du dir die Pfote vertreten?«, fragte Skalli besorgt.

Doch Hati schüttelte den weißen Kopf. »Nein. Ich habe eine Ente gejagt und bin dabei in eine Siedlung der Menschen geraten. Sie schrien lauthals, nannten mich Monster und warfen Steine nach mir. Einer traf mein Bein.« Der weiße Wolf legte sich nieder und leckte die blutende Wunde. Nach einem Moment der Stille fuhr er traurig flüsternd fort: »Es lag so viel Hass in ihren Stimmen. Woher kommt das?«

»In den Geschichten, welche die Menschen sich erzählen, sind wir das Fremdartige, Unbekannte. Sie beschreiben uns als schwarze Ungeheuer mit riesigen Zähnen und einem unstillbaren Blutdurst, mit dem wir durch ihre Dörfer ziehen und kleine Kinder fressen.«

Verständnislos schüttelte Hati den Kopf. »Unsere Geschichten gehen ganz anders. Die Menschen machten Jagd auf die Wölfe und vertrieben uns aus den Tälern in die Berge. Sie sind die Ungeheuer. Welche Geschichte ist nun wahr?« Als sein Bruder darauf auch keine Antwort wusste, fragte der weiße Wolf nach: »Wie ist es dir ergangen?«

»Ich gelangte ins Zwergenland und begegnete endlich den kampferprobten kleinwüchsigen Kriegern«, berichtete Skalli aufgeregt, senkte dann aber die Stimme. »Schon immer galt ihnen meine Bewunderung, aber auch ich wurde enttäuscht.«

Neugierig hob Hati den Kopf und schaute den Bruder aus dunklen Augen an. »Haben sie dich ebenfalls vertrieben?«

»Nein, im Gegenteil«, widersprach der schwarze Wolf heftig. »Sie sahen mich gar nicht. Vollkommen blind für ihre Umgebung hämmerten sie auf Felsen herum und bohrten sich immer tiefer in die Erde hinein.«

»Vielleicht haben sie etwas verloren?«, mutmaßte Hati.

»Nein, sie sind süchtig. Nach großen bunten Dingern. Ich dachte, es wäre etwas Besonderes zu fressen, aber das Zeug war steinhart. Mein Zahn ist abgebrochen. Sieh!« Skalli öffnete weit das Maul und präsentierte dem Bruder einen abgebrochenen Reißzahn.

»Was tun die Zwerge damit?«

»Nichts. Sie nennen es Edelsteine, sammeln gierig immer mehr und horten sie in unterirdischen Höhlen.«

Ratlos schüttelte Hati den Kopf. »Komisch. Die einen fürchten uns, den anderen sind wir egal.«

»Das war eine anstrengende Nacht, lass uns ausruhen«, schlug Skalli mit einem tiefen Seufzer vor und kuschelte sich eng an den Bruder.

Jeder lauschte dem Herzschlag des anderen und gemeinsam schauten sie hoch in den Himmel. Der untergehende Mond war der aufgehenden Sonne ein gutes Stück nähergekommen.

Zur Mittagszeit brachen sie ausgeruht zur zweiten Treibjagd der Gestirne auf. Oben auf der Weltenbrücke angekommen, blieben sie luftschnappend vor dem Wasserfall stehen.

»Komm, wir wagen es!«, schlug Skalli mutig vor.

»Du willst doch nicht ...«

»Nur kurz gucken. Willst du etwa nicht wissen, ob unser Plan gelingt?«

Hin- und hergerissen stotterte Hati: »Na... natürlich. Aber Mu... Mutter hat es ver... verboten.«

»Verboten nicht, nur gewarnt. Komm schon, mach mit!«, bettelte der schwarze Wolf.

Schließlich gab Hati dem Drängen des Bruders nach und auf »Drei« traten die Wölfe gleichzeitig durch den Wasserfall. Auf der anderen Seite angekommen, hämmerte das Herz des weißen Wolfes ängstlich in der Brust. Der Schreck ließ seine Stimme brüchig klingen. »Was hast du gesehen?«

»Es war ... furchtbar«, stammelte sein Bruder. Entgegen seiner sonst so draufgängerischen Art zitterte auch seine Stimme. »Der Mond verdunkelte die Sonn – wie vorhergesagt. Wir vernichteten den großen Odin und sämtliche Götter – wie von Mutter gewünscht. Doch dann geriet die Welt aus den Fugen. Weil niemand mehr die Götter fürchten musste, erschlugen die Riesen sämtliche Zwerge und die Menschen schlachteten uns Wölfe ab. Es blieb keiner übrig. Ein unfassbares Blutbad. Das soll unsere Zukunft sein?« Heftig schüttelte er sich, um die düsteren Gedanken aus dem Kopf zu vertreiben.

»Nein, das kann nicht stimmen. Ich habe etwas vollkommen anderes gesehen«, widersprach Hati und konnte Erleichterung in den dunklen Augen des Bruders sehen. Doch die nahm er ihm mit den folgenden Worten. »Es war jedoch ähnlich grausam. Unser Plan funktionierte, doch die Zwerge gruben in ihrem Wahn so tief nach Edelsteinen, dass die Erde barst und ein riesiger Krater entstand, der alle Menschen, Riesen und Wölfe verschlang. Es blieb keiner übrig. Wenn Ragnarök auch das Ende unserer Rasse bedeutet, dürfen wir das nicht zulassen.«

Vor Sorge verschlug es den jungen Wölfen die Sprache und eine Zeit lang geisterten die grauenhaften Zukunftsbilder durch ihre Köpfe.

Verzweifelt suchte Hati nach einem positiven Gedanken. »Auf jeden Fall glückt unser Plan und die Götter verschwinden.«

»Doch um welchen Preis?«

Entmutigt blieb ihnen nichts anderes übrig, als die Weltenbrücke herunterzulaufen und zur nächsten Jagd aufzubrechen.

In der nächsten Morgendämmerung wartete Hati mit sorgenvollem Blick auf den Bruder, dessen Seite eine tiefe Schnittwunde aufwies. Blut tropfte zu Boden.

»Was ist passiert?«

»Ich bin an einen trostlosen Fleck Erde gelangt.« Laut hechelnd sank Skalli zu Boden. »Haufenweise umgeknickte Bäume, zerquetschte Sträucher und ein zerstörtes Flussbett ließen die Gegend wirken, als wäre ein Orkan hindurchgefegt. Halb verweste Kadaver, an denen hungrige Krähen herumpickten, stanken bestialisch. Und mittendrin in dieser grausigen Szenerie: riesige Findlinge. Als ich an einen dieser Steine pinkelte, kam der in Bewegung und bohrte mir einen Stock zwischen die Rippen. Riesen. Sie hatten die Natur zerstört und dösten nach ihrer Völlerei träge herum. Mich wollten sie als Nachtisch über dem Feuer rösten.«

Während Hati der Erzählung des Bruders lauschte, leckte er ihm mitfühlend die Wunde. Danach berichtete er von seinen Erlebnissen. »Ich wurde dieses Mal zum Glück nicht verletzt. Meine Füße trugen mich in einen abgedunkelten Saal mit rötlichem Licht und aphrodisierenden Rauchschwaden. Auf Schlafstätten räkelten sich leicht bekleidete Menschen. Sie stöhnten abartig und rieben sich an den nackten Körpern der anderen. Jeder mit jedem. Alle durcheinander. Eine richtige Orgie.«

»Ehrlich? Also da wäre ich gern dabei gewesen«, beneidete ihn Skalli und ließ die Bilder vor seinem inneren Auge abspielen. »Arterhaltung. Das ist doch das Natürlichste der Welt.«

Angewidert schüttelte sein Zwilling den zotteligen Kopf. »Also, natürlich kam mir das nicht vor. Die Worte, die dazu passen sind: Übermaß und Wollust.«

»Immerhin besser, als von Riesen aufgespießt zu werden«, beharrte Skalli und drehte sich zum Schlafen zu einer kleinen Kugel zusammen.

Erneut standen die beiden Wölfe vor dem Wasserfall und ohne sich abzusprechen, gingen sie mit weit geöffneten Augen hindurch.

Voller Angst stierte Hati seinen Bruder an. »Oh nein, Skalli. Ich habe deinen Tod gesehen. Du hast Odin erschlagen. Aber danach warfen die anderen Götter vor Wut die Starre ab und schlugen dich in zwei Teile.« Der Gedanke an den Verlust des Bruders verwandelte sein Herz in einen eisigen Klumpen.

»In meiner Vision ... warst du es ... der zu Tode kam.« Dem tapferen Skalli versagte beinahe die Stimme. »Also, wenn einer von uns den Tod findet, dann ist es den Kampf nicht wert.« Bestürzt wartete er auf die Erwiderung seines Bruders, der schon immer der Bedachtere von ihnen beiden war.

Zerrissen zwischen dem Erlebten und seinem Versprechen erwiderte Hati leise: »Aber wir haben es Mutter versprochen. Bei ihrem und unserem eigenen Leben.«

»Sollen wir blind einem Schwur folgen, dessen Tragweite wir damals nicht erkennen konnten?«, eiferte sich sein Bruder. »Sollen wegen uns andere Völker zu Schaden kommen? Vater hätte uns geraten, alles infrage zu stellen.«

»Wenn wir ihn nur fragen könnten.« Sein schlechtes Gewissen raubte Hati beinah die Luft zum Atmen.

Mit wenig Begeisterung setzten die beiden Wölfe ihren Weg fort und machten sich zum letzten Mal auf die Jagd nach Sonne und Mond, die nur noch eine Pfote weit auseinander standen.

Vollkommen erschöpft und zerschunden trafen die Zwillinge zur letzten Morgendämmerung am Fuße der Weltenbrücke ein. »Und?«, wagte Skalli kaum zu fragen.

»Schlimm. Viel schlimmer kann Ragnarök gar nicht werden.«

Der schwarze Wolf nickte zustimmend. »Überall Tod und Verderben. Wahrscheinlich ist das bereits Ragnarök.«

»Anders kann ich mir all diese niederträchtigen Gefühle wie Hass, Neid sowie Gier nicht erklären«, flüsterte Hati und ein ängstliches Zittern überlief seinen Körper. »Gibt es irgendwo etwas Liebenswertes? Wofür treiben wir die Gestirne zueinander? Wir leben in grausamen Zeiten und die Zukunft sieht in allen Varianten furchterregend aus.«

»Du weißt, dass ich ein Kämpfer bin, aber hier sehe ich keine Hoffnung mehr, Bruder!« Aller Kraft beraubt, sank Skalli zu Boden und legte den struppigen Kopf auf den Pfoten ab.

Im Traum erschien ihm Fenris.

Skalli, mein Sohn! Was quält ihr euch? Das Zusammentreiben von Mond und Sonne war meine Aufgabe.

Das weiß ich, Vater. Aber Mutter will es so.

Risa wurde von Hass getrieben. Er gehört zwar zum Leben dazu, so wie Licht und Schatten eine Einheit bilden. Aber weder die eine noch die andere Seite darf die Oberhand gewinnen. Sonst gerät das Gefüge aus dem Gleichgewicht.

Warum wolltest du Ragnarök?

Das war niemals mein Wille, es wurde prophezeit. Die Götter fürchteten die überlieferten Worte mehr als mein Versprechen, ihnen nicht zu schaden. Doch mein Tod schwächt sie.

Wie soll das gehen?

Die Götter sind uneins über die schändliche Tat. Außerdem fürchten sie die Rache eurer Mutter – eure Rache. Ein wahrhaft überlegenes Wesen braucht nichts zu fürchten. Diese Erkenntnis verunsichert die Götter. Sie sind fehlbar.

Erstaunt über den neuen Blickwinkel schüttelte sich der junge Wolf. *Diese Zusammenhänge verstehe ich nicht, Vater. Was sollen Hati und ich jetzt machen?*

Gütig blickte der Wolfsvater auf seinen Sprössling hinab und leckte ihm zärtlich übers Ohr. *Das große Ganze braucht ihr weder zu verstehen, noch könnt ihr es beeinflussen. Sonne und Mond werden sich kreuzen, auch ohne eure Jagd. Lasst es einfach geschehen! Konzentriert euch auf das, was euer Gefühl euch rät.*

Nach diesen Worten gab Fenris seinem Sohn einen letzten liebevollen Stupser und verschwand.

Auch wenn das Verlassen des Vaters einen ziehenden Schmerz in Skalli hinterließ, keimte ein Fünkchen Hoffnung in ihm auf. Aufgeregt berichtete er am nächsten Morgen dem weißen Bruder von dem Traum.

Zuerst fuhr ein neidischer Stich durch Hatis Herz, dass der Vater nicht ihm erschienen war. Als er jedoch die Freude über die Vision in den dunklen Augen des Bruders sah, konnte Hati nicht anders, als sich mit ihm zu freuen. Ein sonderbares Kribbeln ging durch seinen Körper, verjagte die grausamen Erlebnisse und flutete den Wolf mit Lebensfreude. Übermütig sprang er auf den bunten Farben des Weltenbogens herum und lachte aus vollem Maul.

»Was ist in dich gefahren?«, wollte Skalli wissen, konnte jedoch nicht verhindern, dass auch seine Pfoten zuckten und in das fröhliche Gehopse des Bruders einstimmen wollten.

»Ich kann es nicht erklären. Es fühlt sich großartig an, als wäre ich ein Adler. Vollkommen ungebunden und frei, dahin zu fliegen, wohin ich will.«

Auch der schwarze Wolf wurde von dem berauschenden Gefühl überschüttet: Liebe!

Liebe zu seinem Bruder, der trotz einer unüberwindlich scheinenden Aufgabe voller Freude über den bunten Bogen sprang. Gemeinsam stürmten sie den Weltenbogen hinauf und blieben erst stehen, als sie atemlos vor dem Wasserfall der Zukunft standen.

»Augen auf oder zu?«, fragte Hati.

»Auf jeden Fall zu«, bestimmte Skalli. »Wir brauchen nicht in die Zukunft zu sehen, wir gestalten sie selbst.«

So stürmten die Brüder voller Tatendrang hindurch und genossen den leichten Rest des Weges, immer bergab. Am Fuße angekommen, jagte ihnen der Anblick einen Schauer über den Rücken. Stück für Stück schob sich der Mond vor die Sonne, überdeckte deren Strahlen, bis mitten am Tag eine düstere Finsternis die Welt verdunkelte. Nach wenigen Augenblicken tauchte ein winziger Lichtpunkt direkt vor den Wölfen auf, der anwuchs, bis er die Form eines silbrig leuchtenden Tores annahm. Filigran geschnitzte Efeuranken verzierten zwei mächtige Flügeltüren, welche sich leise quietschend öffneten.

Harfenklänge perlten durch die Luft. Samtiger Rosenduft wehte ihnen entgegen. Die Götter ruhten reglos und erstarrt auf Récamieren, verharrten in Tanzposen und Odin schaute mit staunendem Blick zu den Gestirnen. Die beiden Brüder konnten sich an dem goldenen Funkeln, fließendem Honig und prächtigen Gewändern in sämtlichen Pastelltönen nicht sattsehen.

Genau in diesem Moment ertönte ein »Aaaaahhuuu!«, das den jungen Wölfen die Nackenhaare aufrichtete. Wie fernes Donnergrollen erklang Risas Stimme. »Das ist Ragnarök. Beendet eure Aufgabe und vernichtet die Götter!«

Eingeschüchtert schauten die beiden Brüder sich an.

Da erklang eine zweite, männliche Stimme: »Meine Söhne. Hört auf eure Herzen! Nur ihr seid für eure Taten verantwortlich. Tut, was ihr für richtig haltet. Nicht Worte sollten die Zukunft bestimmen, sondern Taten!«

Trotz der unterschiedlichen Wünsche der Eltern fiel Skalli und Hati die Entscheidung nicht schwer.

Dicht beieinander rollten sie sich zu Odins Füßen zusammen und bewunderten den ungewöhnlichen Lichtkranz, der die Sonne umspielte. Nach wenigen Minuten endete das Schauspiel und die Götter erwachten aus ihrer Starre.

Überrascht blickte Odin auf die beiden Jungwölfe zu seinen Füßen. »Wie seid ihr hierhergekommen?«

Mutig übernahm Skalli das Reden und blickte den Gottvater freundlich an. »Wir sind Skalli und Hati, die Söhne von Fenris.«

Bei der Erwähnung des Namens zuckten Odins Augenbrauen.

»Mutter schickt uns, die Prophezeiung zu erfüllen.«

Voller Sorge schwenkte Odins Blick herum und sah erleichtert alle anderen Götter unversehrt. »Ihr habt es nicht getan. Warum?«

Nun war es Hati, der bedachtsam antwortete: »Wir haben furchtbare Schicksale erlebt, als wir den Mond vor die Sonne trieben. Überall herrschte Rache, Gier und Missgunst. Wir wollten keine feigen Mörder sein, sondern beweisen, dass Prophezeiungen nicht eintreffen müssen, dass Zerstörung nur weitere Zerstörung bringt.«

Ergriffen senkte Odin den Blick und ließ eine Hand auf den schwarzen Kopf und eine auf den weißen sinken. »Ihr seht selbst aus wie Sonne und Mond«, murmelte er. »Wahrlich, ihr Wölfe seid klüger als ich. Ich bin euch zu Dank verpflichtet. Ich konnte Risas von Rache getränkte Gedanken bis in die Götterwelt spüren.«

Bei der Erwähnung von Risa trat eine dunkel gekleidete Gestalt hinter Odin hervor. Die Luft um sie herum flimmerte vor Hitze.

»Großer Odin, du hast mich gerufen?«

»Keinesfalls«, stieß Odin überrascht über das Erscheinen des Totengottes hervor. »Deine Dienste werden nicht benötigt. Wie kommst du darauf?«

Mit einem dürren krummen Finger zeigte Hel anklagend auf die beiden Jungwölfe, die sich verängstigt unter dem feurigen Blick duckten. »Diese beiden hier haben einen Eid geleistet. Beim Leben ihrer Mutter und ihres eigenen. Da sie den Schwur gebrochen haben, gehören mir nun drei Seelen.«

Er holte bereits mit einem scharfen Schwert zum Hieb aus, als Odin ihn mit einem Ruf stoppte. »Halt! Diese beiden kannst du nicht bekommen. Es sind die reinsten Seelen unserer Welten. Ich stehe in ihrer Schuld.«

»Wie du befiehlst, großer Gottvater. Dann reise ich zur Seele der Mutter.«

»Nein!«, jaulten die Zwillingswölfe. »Bitte verschont Risa. Ihre Gedanken waren vernebelt von Rache. Sie wird verstehen, warum wir den Schwur brechen mussten.«

»So leicht geht das nicht«, widersprach Hel und die Hitze um ihn herum nahm spürbar zu. »Man kann die Seele nur durch einen Tauschhandel gewinnen. Gibt es einen Freiwilligen, der bereit ist, an Risas Stelle die Reise in die Unterwelt anzutreten?« Entgeistert riss er die Augen auf, als Tyr vortrat.

»Was tust du?«, forderte Odin eine Erklärung.

»Verzeiht mir, Vater. Aber ich fühle mich für das Leid, das über die Wolfsfamilie gekommen ist, verantwortlich. Fenris war mein bester Freund. Sein enttäuschter Blick über meinen Verrat verfolgt mich in meinen Träumen. Jetzt ist es an der Zeit, meinen Fehler wiedergutzumachen.« An Hel gewandt fuhr Tyr fort: »Diener der Unterwelt. Ich biete meine Seele zum Austausch für Risas.«

Odin widersprach energisch: »Mein Sohn. Nein!«

Tyr schüttelte traurig den Kopf. »Skalli und Hati wollten das auch nicht. Und doch ist es geschehen.«

Nickend akzeptierte Hel den Handel und wand dunkle Fesseln um Tyrs Handgelenke. Mit einer kreisenden Handbewegung ließ der Totengott ein feuerrotes Tor entstehen, durch welches er zusammen mit Tyr verschwand.

»Ihr beide vermögt wahrlich, die Welten zu verändern.« Schreck und Kummer spiegelten sich in Odins Blick, als er sich an die Wolfszwillinge wandte. »Nun habe ich einen Sohn verloren, dafür zwei weise Wölfe gewonnen. Wollt ihr mir folgen und helfen, das Gute zurück in die Herzen aller Wesen zu bringen?«

Ergriffen schauten die beiden Wölfe sich an. Ihre Herzen schlugen im Einklang. Stolz und Liebe erfüllten sie und wie aus einem Maul erscholl die Antwort: »Ja, das wollen wir.«

»Damit jedes Wesen eure Besonderheit erkennt, werde ich sie sichtbar machen.« Mit einer leichten Wischbewegung ließ Odin eine Hand zunächst über Skalli, dann über Hati schweben.

Die Jungwölfe staunten. Skallis schwarzes Fell hatte sich zur Hälfte auf Hatis weißes übertragen – und umgekehrt.

Odin reckte sich und verkündete: »Im Inneren eines jeden Wesens kämpfen Gut und Böse um die Vorherrschaft. Es gewinnt die Seite, welche von dem Wesen gefüttert wird. Ihr beiden seid dafür das beste Beispiel, und jeder soll es sehen.«

❦

Ilka Sommer wurde 1971 in Orsoy geboren. Sie lebt mit ihrem Mann, zwei Töchtern und einem schokobraunen Labrador im ländlichen Grefrath.
In der Mitte ihres Lebens verlor sie den Job als Bankerin, nutzte jedoch diese Wendung als Chance und erfüllte sich einen Traum mit der Eröffnung der privaten Hundepension Dogilli. Dieses einschneidende Erlebnis brachte sie zum Schreiben, zunächst über die Hunde, dann immer mehr über den Mut, das Leben selbst in die Hand zu nehmen.
Im Juni 2019 veröffentlichte Ilka Sommer ihren dritten Roman, der sich gesellschaftskritisch mit dem Thema Selbstfindung auseinandersetzt. Wölfe, Mystik und das spirituelle Erwachen spielen darin eine große Rolle.
Die Autorin ist auf Facebook zu finden oder unter:

https://autorin-ilka-sommer.de
https://www.dogilli.de/

Der gestohlene Blick
୨ Ronja Scherz ୧

Samuels Fingerkuppen glitten langsam über die Furchen in der Baumrinde. Die ausgefransten Ränder der Striemen stachen in seine verhornte Haut. Vor seinem geistigen Auge sah er, wie der Schweif des Basilisken gegen den Stamm schleuderte, kurz und heftig. Er musste in Eile gewesen sein, unvorsichtig.

Samuel hielt inne und ließ den Blick über den Boden wandern. Die Pupille seines trüben Auges beschwerte sich schmerzhaft. Er presste die Lippen fester aufeinander und betrachtete die Blätter, die vom Sonnenlicht vertrockneten Grashalme und die sandige Erde. Dann fand er ihn. Ein kleiner, tiefroter Fleck glänzte ihm von einem Stein entgegen.

Samuel schlich hinüber und bückte sich, wobei sein Rücken ein unangenehmes Knacken von sich gab. Mit zusammengebissenen Zähnen ging er in die Knie und legte einen Finger auf die Substanz. Sie war kalt und trocken. Er kratzte mit seinem Messer ein paar rote Flocken in die Hand, hob sie an die Nase und schnüffelte.

Metallisch und schwach mentholhaltig. Eindeutig Blut, aber sicher nicht das eines Menschen oder eines Hoftieres. Der Basilisk musste sich verletzt haben. Vielleicht hatte sich eines seiner Opfer gewehrt? Ihn mit einer Mistgabel angegriffen oder mit einer Schaufel am Kopf getroffen?

Wie auch immer, es hatte ihnen nichts genutzt. Doch Samuel würde es nützen. Er erhob sich langsam und wischte das Pulver an seiner Hose ab. Während er die Augen erneut umherwandern ließ, dachte er an den Anblick der beiden Versteinerten.

Nicht, dass ihn ein solches Bild noch schockieren würde. Im Grunde empfand er eine Versteinerung als vergleichsweise angenehmen Anblick. Trotzdem wollte ihm der Ausdruck auf dem Gesicht der Frau nicht aus dem Kopf gehen. Diese tiefe Stirnfalte und die weit geöffneten Lippen mit den nach unten gezogenen Mundwinkeln. Beinahe so, als hätte sie keinen ängstlichen Schrei, sondern vielmehr einen wütenden Fluch ausgestoßen, als sie ins Antlitz des Basilisken geblickt hatte. Der arme Jorn war vollkommen außer sich gewesen. Seine Frau und seine Tochter in diesem Zustand vorzufinden, würde wohl die meisten um den Verstand bringen.

Samuel entdeckte einen zweiten Blutfleck zwischen den Blättern und verbannte den Gedanken an die Familie aus seinem Kopf. Leise setzte er sich in Bewegung und folgte der Spur aus getrockneten Tropfen tiefer in den Wald hinein. Dabei konzentrierte er sich auf die Geräusche, die seine Ohren auffingen. Er kannte den Klang des heißen Atems eines Basilisken. Wenn das Tier ihn bemerkte und sich auf die Lauer legte, würde er ihn hören, bevor es angriff. Doch zunächst nahm er nur das Rauschen des Windes, der die Baumkronen kitzelte, und das Vogelgezwitscher hoch oben in den Zweigen wahr. Nach einer Weile mischte sich das leise Plätschern eines Bachlaufs hinzu.

Als Samuel das Wasser erreichte, hielt er inne. Seine Augen folgten dem sanften Strom, der sich gluckernd durch den Wald schlängelte.

Er entdeckte tiefe Rillen, die zu beiden Seiten den Erdboden durchzogen. An einigen Stellen schien sich das Blut zu sammeln. Er zwang seinen protestierenden Rücken erneut nach unten, um einen besonders auffälligen Fleck genauer zu begutachten. Im Bachlauf daneben fand er eine kleine Kuhle. Der Basilisk hatte offenbar versucht, seine Wunde zu reinigen.

Samuel machte einen großen Schritt über den Bach hinweg und sah sich um. Hier konnte er kein Blut mehr finden, doch dafür schmale Schlieren und Abdrücke von drei gespreizten Zehen, die sich deutlich am Boden abzeichneten. Er runzelte die Stirn.

Es wunderte ihn, wie viele Spuren dieses Tier hinterlassen hatte. Er kannte Basilisken als elegante, umsichtige Wesen. Sie bewegten sich lautlos durch das dichteste Unterholz, und ihre Fährte zu finden, konnte einem Jäger den letzten Nerv rauben. Doch diesen hier hätte selbst einer seiner nutzlosen Schüler mühelos aufspüren können.

Während der Jäger den Spuren weiter folgte, lauschte er noch aufmerksamer in den Wald hinein. Schließlich tauchten vor ihm zwischen den Bäumen einige Felsen auf. Misstrauisch legte er die Hand an sein Schwert. Beinahe rechnete er damit, dass der Basilisk ihn mit Absicht hierhergeführt hatte, vielleicht, um ihn in einen Hinterhalt zu locken. Aber noch schien alles ruhig zu sein.

Er zögerte, hielt die Augen fest auf den breiten Spalt zwischen den Felsen gerichtet und dachte nach. Die kleinen Schrammen an den Steinen und der zarte, kaum merkliche Geruch von Verwesung, den der Wind ab und zu an seine Nase trug, sagten ihm, dass es sich um die Höhle des Basilisken handelte. Wenn die Spuren ihn nicht trogen, war das Tier zu Hause.

Samuel spürte einen kleinen Stich unter seinem linken Knie. Der Muskel, in dem seit Jahren ein Giftstachel steckte, warnte ihn wie üblich, dass er im Kampf nicht allzu lange standhalten würde. Unwirsch rieb der Jäger mit der Hand über sein Bein, zog seine kurze, schmale Klinge hervor und schlich näher an die Felsen heran.

Dicht neben dem Spalt hielt er inne und nahm einen tiefen Atemzug. Dann presste er die Augen zusammen und schlüpfte mit einer einzigen, drehenden Bewegung hindurch. Das Schwert hoch über dem Kopf erhoben, lauschte er in die Höhle hinein. Da war es. Das rasselnde, dunkle Atmen. Ein wohltuendes Gefühl von Ruhe und Gewissheit strömte durch Samuels Körper. Trotz seiner geschlossenen Augen sah er die geweiteten Nüstern beinahe vor sich, den schlanken Kopf mit dem Hühnerkamm und den stachelbesetzten Schweif. Seine Ohren malten ihm innerhalb von Sekunden ein Bild der Höhle, er wusste, von wo das Atmen herrührte, ahnte, dass der Basilisk sich aus einer Nische auf Augenhöhe heraus zu ihm umwandte.

Samuel drehte sich ihm zu und positionierte sein Schwert, doch in diesem Moment ertönte ein lautes Fauchen. »Nein!«, hörte er die krächzende Stimme des Basilisken. Der Schrei hallte von den engen Wänden wieder.

Samuels Schwert sauste durch die Luft, aber es traf ins Leere. Eilig trat er einen Schritt zurück und versuchte, in dem anhaltenden Echo die Orientierung zu behalten. Noch bevor der Ton vollständig versiegen konnte, sprach das Wesen: »Wer bist du?«

Samuel schwieg und bemühte sich, in Bewegung zu bleiben. Warum sollte es einen Basilisken interessieren, wer er war? Das Echo verlor sich und der Jäger hörte den Atem des Tieres dicht an der Wand zu seiner Linken.

Er ließ sein Schwert durch die Luft schnellen. Es traf auf harten Stein.

»Lass uns reden, alter Mann. Ich will dir nichts tun.«

»Ach nein?«, entfuhr es Samuel, während er sich erneut um sich selbst drehte.

»Ich greife keine Menschen an.« Die knatternde Stimme des Basilisken schien von allen Seiten auf Samuel einzuströmen.

Verwirrt umklammerte er sein Schwert. Nie zuvor hatte eines dieser Wesen versucht, sich mit ihm zu unterhalten. War das ein Trick? Nutzte der Basilisk das Echo absichtlich, um ihn abzulenken? Aber warum fiel er dann nicht über ihn her? »Was ist mit dieser Familie?«, rief Samuel und hörte nun den Hall seiner eigenen Stimme. »Das waren auch Menschen. Du hast sie versteinert!«

»Nein«, antwortete der Basilisk und Samuel wusste, dass er sich direkt vor ihm befand. Er hielt das Schwert abwehrend vor sein Gesicht, damit das Wesen ihm nicht zu nahe kam. Noch einmal würde seine Lunge den Kontakt mit dem Atem eines Basilisken sicher nicht überstehen. Doch das Tier schien sich nicht zu bewegen.

»Sieh mich an«, forderte seine krächzende Stimme.

Samuel lachte bitter. »Hältst du mich wirklich für so dumm?«

»Nein, ich halte dich für einen Jäger. Einen, der weiß, dass Basilisken nur durch ihre Augen versteinern können, nicht durch Stacheln oder Klauen, wie manche sagen.«

»Und warum sollte ich dich dann ansehen?«

»Weil ich keine Augen mehr habe.«

Samuel stutzte. »Wieso sollte ich dir das glauben?«

»Wieso sollte ich lügen? Ich hätte dich längst angreifen können.«

Unschlüssig stand Samuel in der Höhle, das Schwert noch immer abwehrend vor seinem Gesicht. Er wusste, dass der Basilisk sich noch immer direkt vor ihm befand, reglos, abwartend. Er dachte an das viele Blut, das ihn hierhergeführt hatte, an die auffälligen Spuren.

Die Spuren eines Blinden?

»Komm zu mir«, forderte er, löste die linke Hand vom Griff seines Schwertes und streckte sie aus. »Ich will es fühlen.«

Der Basilisk zögerte. Dann hörte Samuel, wie die schlanken Hühnerfüße über den Felsboden krochen und im nächsten Moment schmiegte sich schuppige Haut in seine Handfläche.

Der Jäger spürte den heißen Atem und die rissigen, halb geöffneten Lippen. Rasch tastete er über die Nase hinweg, auf deren Rücken die Schuppen in Federn übergingen. Seine Finger glitten nach links und im nächsten Moment spürte er eine tiefe, verkrustete Ausbuchtung. Der Kopf des Basilisken zuckte, doch Samuel packte ihn und ließ seine Finger zur anderen Seite wandern.

Verblüfft öffnete er die Augen. Der Körper des Basilisken wand sich schmerzerfüllt in seinem Griff. Der Jäger ließ ihn los und das Wesen wich vor ihm zurück und schüttelte sich kräftig. Die Schuppen an der unteren Hälfte seines Kopfes schimmerten dabei grün-gelb, während der Kamm auf der mit Federn bedeckten oberen Hälfte wild nach links und rechts schlackerte. Noch immer ungläubig starrte Samuel auf die dunklen Höhlen in seinem Gesicht.

»Wie ist das denn passiert?«

»Hast du die Augen endlich geöffnet?«

»Ja.«

»Dann sieh genau hin.«

© David Patrizi und Ronja Scherz

Samuel legte die Stirn in Falten. Nach wie vor traute er dem Basilisken nicht, doch seine Neugier gewann nun rasch die Oberhand und er ging in die Knie, um die dunklen Wunden näher zu begutachten.

Im Licht, das durch die Felsspalte in die Höhle fiel, sah er die glatten Ränder und die winzigen Rostpartikel, die die frischen Krusten spickten. »Jemand hat dir die Augen herausgeschnitten?«

Der Basilisk nickte. »Ich bin in der Sonne eingeschlafen. Er hat mich überrascht.«

»Warum hat er das getan?«

Das Wesen legte den Kopf schief und ließ seine gespaltene Zunge kurz die Luft schmecken. »Du sagst, eine Familie wurde versteinert?«

»Ja.« Samuel betrachtete das Tier mit scharfem Blick. »Du willst doch nicht etwa sagen, dass er das war?«

»Ich denke schon.«

Der Jäger verschränkte die Arme. Er wusste, dass die Augen eines Basilisken auch ohne den Körper ihre Kraft behielten, solange er noch lebte. Auf dem Schwarzmarkt von Fenrit wurden sie regelmäßig verkauft, je länger die Wirkung bestehen bleiben sollte, desto teurer.

Er hatte diese Händler immer mit Abscheu betrachtet. Wenn ein Wesen schon sterben musste, dann in einem fairen Kampf, schnell und sauber, nicht nach langer Qual als Gefangener.

Samuel fuhr sich mit der Zunge über die Lippen. »Wie lange lebst du schon hier?«

»Viele Jahre.« Das Tier ließ sich auf dem Boden nieder und legte den langen Schweif sorgfältig um seinen Körper.

»Also bist du nicht vor Kurzem aus einem Käfig geflohen?«

»Einem Käfig?«, die knatternde Stimme gab ein Bellen von sich, das Samuel als freudloses Lachen interpretierte. »Du glaubst, meine Augen wurden verkauft? Diese Schnitte sind frisch, kaum einen Tag alt, das hast du selbst gesehen. Ich bin kein Gefangener, ich bin nur alt und langsam, das ist alles.«

Der Jäger zwang seine schmerzende Pupille, sich zu fokussieren.

Er betrachtete die faltige Haut an den Füßen des Wesens, den Schweif mit den abgenutzten, zum Teil bis zum Stumpf abgeknickten Stacheln, den leicht schrumpeligen Kamm auf seiner Stirn. »Wie alt bist du?«

»214.«

Samuel stieß einen leisen Pfiff aus. In seinem langen Leben als Jäger hatte er unzählige gefährliche Wesen aufgespürt und getötet, doch einem solch alten Tier war er noch nie begegnet.

»Du bist aber auch nicht mehr der Jüngste, oder?«, fragte der Basilisk und legte den Kopf schief.

»Nein. Woher weißt du das?«

Erneut ließ das Tier seine Zunge durch die Luft wandern. »Ich kann das Gift in deinem Atem riechen. Das Gift eines Basilisken, tief unten in deinen Lungen, schon seit mindestens 20 Jahren.«

»28.« Samuel warf dem Tier einen langen Blick zu. »Du behauptest also, du hast niemanden versteinert?«

»Früher schon.« Das Wesen ließ ein leises Gurren hören. »Versteinert, vergiftet und getötet. Aber das ist lange her. Weißt du, früher hat der Geschmack von Menschenfleisch mich tagelang in Verzückung versetzt. Heute schmecke ich kaum noch den Unterschied zwischen einem saftigen Halsmuskel und einem verrotteten Käfer.« Er verzog die

Lippen zu einem gequälten Lächeln. »Das Risiko lohnt sich bei weitem nicht.«

»Ich verstehe.«

»Und du? Genießt du es noch immer, Kreaturen aufzuspüren und ihnen den Kopf abzuschlagen, in dem festen Glauben, dass ihr Menschen die Einzigen seid, die das Recht haben, andere Spezies ungestraft zu töten?«

»Das habe ich noch nie geglaubt.« Samuel biss sich auf die Unterlippe, dann lachte er leise. »Was willst du? Dass ich dich verschone? Dich einfach hier lasse, und darauf vertraue, dass du die Wahrheit sagst?«

»Du kannst mich auch mitnehmen, wenn dir das mehr zusagt.«

»Dich mitnehmen?« Samuel runzelte die Stirn. »Wozu?«

»Weißt du, Jäger, ich denke, wir beide könnten uns gegenseitig helfen.«

»Uns helfen?«

»Nun ja, ich hätte gerne meine Augen zurück und du willst wissen, wer diese Familie versteinert hat. Sieht so aus, als hätten wir dasselbe Ziel, oder?«

Der Jäger fuhr sich mit der Hand über den Stoppelbart. »Ich arbeite nicht mit Unbekannten zusammen.«

»Gut, was willst du über mich wissen?« Der Basilisk legte sich flach auf den Boden und ließ seinen Kamm hin und her schwingen.

Samuel lachte erneut. Aus irgendeinem Grund fand er Gefallen an dem alten Tier. Auch, wenn er ihm nicht vertraute, glaubte er allmählich, dass es die Familie wirklich nicht versteinert hatte. Sein Verlangen, mit dieser Nachricht ins Dorf zurückzukehren und dort unter den Menschen nach dem wahren Schuldigen zu suchen, hielt sich jedoch in Grenzen. Also ließ er sich vorsichtig auf dem staubigen Boden nieder, zog einen Trinkbeutel aus der Tasche und sagte: »In Ordnung. Erzähl mir etwas von dir.«

»Was willst du denn hören? Wie meine Mutter mich aus einem Ei hervorzog, das sie aus einem Hühnernest gestohlen hatte? Oder vielleicht von den Wesen, die ich in der Jauchegrube von Umdar kennenlernte, die mich zur Jagd begleiteten und mit ihren zarten Stimmen jedes Opfer besänftigen konnten?«

Samuel schüttelte den Kopf. »Ich wüsste gerne, warum du so redselig bist. Die Basilisken, die ich bisher traf, haben höchstens zwei Worte gesagt.«

Das Tier lächelte. »Auch meine Mutter brachte mir bei, erst zuzubeißen und dann zu sprechen. ›Die Menschen sind gnadenlos‹, sagte sie immer, ›wenn du zögerst, bist du tot‹. Lange Zeit hat diese Methode hervorragend funktioniert. Dann begegnete ich einem kleinen Jungen, dünn und schwächlich. Ein leichtes Opfer.« Das Tier legte eine kurze Pause ein und Samuel war sicher, dass es eine Reaktion erwartete, lauschte, ob er wütend wurde. Er schwieg und nahm einen weiteren Schluck aus seinem Beutel. Also fuhr der Basilisk fort: »Ich verfolgte ihn einen ganzen Tag, wartete, bis er alleine war. Dann schlich ich mich auf einen Baum und ließ mich am Schweif von einem Ast hängen, dicht über seinem Kopf, nur wenige Zentimeter bis zur Kehle. In diesem Moment stolperte er und stürzte. Er fiel mit dem Rücken zu Boden und sah mich. Er sah meine Federn, meine gefletschten Zähne. Ich wollte mich zurückziehen, dachte, er würde schreien und gleich wäre das ganze Dorf hinter mir her. Aber er streckte die Hand in meine Richtung und begann, von seinem Fuß zu erzählen, der ihn einfach nicht lange tragen wollte. Ohne Hilfe könne er nicht aufstehen, erklärte er und reckte mir weiter die

Finger entgegen. Sie waren so zart, so weich, ich hätte sie mit einem Biss alle auf einmal schmecken können. Doch ich zögerte und er schaffte es, nach mir zu greifen, sich festzuhalten und nach oben zu ziehen. Einen Moment lang dachte ich, er würde mich nun töten. Ein Zögern reicht, hatte ich gelernt. Aber er lächelte mich an, bedankte sich und fragte nach meinem Namen. Wir unterhielten uns. Zuerst waren meine Antworten kurz und voller Misstrauen. Trotzdem blieb er fröhlich und erzählte mir von sich und seiner Familie. Er wollte mich wiedersehen. Also trafen wir uns erneut und noch einmal und noch einmal. Zu Beginn nahm ich mir bei jedem Treffen vor, ihn zu töten, beim Abschied über ihn herzufallen. Doch ich tat es nie.«

»Wie lange habt ihr euch getroffen?«

»Ein ganzes Leben. Er fand irgendwann natürlich heraus, was ich war und dass ich andere Menschen tötete. Doch aus irgendeinem Grund fürchtete er mich nie. Von ihm habe ich gelernt, welche Kraft in Worten liegen kann und dass Zögern manchmal auch Leben rettet.«

»Trotzdem hast du weiter gemordet«, meinte der Jäger.

»Du mordest doch auch. Hast du nie Mitleid mit einem deiner Opfer gehabt? Nie eine Ausnahme gemacht?«

Samuel ließ den Trinkbeutel sinken. Er dachte an den Troll, mit dem er im Mondlicht Suppe gegessen hatte und an das kleine Oger-Mädchen, das in seiner Hütte groß geworden war.

»Noch nie mit einem Basilisken«, antwortete er und taxierte das Tier mit durchdringendem Blick. »Na gut«, sagte er dann. »Was weißt du über den Täter?«

»Ich habe seinen Geruch auf der Zunge. Wenn du mich mitnimmst, kann ich ihn aus zehn Metern Entfernung erkennen.«

»Nein. Beschreib ihn mir.«
Der Basilisk zögerte. »Wenn ich dir helfe ...«
»Werde ich dich nicht töten.«
»Und meine Augen?«
»Glaub mir, du hast schon mehr Glück, als du ahnst.«
Die Zunge des Tieres fuhr über seine spröden Lippen. Sein Gesicht zuckte unruhig. Dann knurrte es: »Er hatte einen langen Bart, ich konnte fühlen, wie er meine Federn berührte, als er mich festhielt. Spitze Fingernägel, eine heisere Stimme und ein blumiger Geruch, nach Süßholz und ...«
»Lavendel«, ergänzte Samuel und sprang mit einem Satz auf die Füße. »Das darf doch nicht wahr sein!«
»Du kennst ihn?« Der Basilisk reckte den Kopf und sein Kamm stellte sich kerzengerade auf.
Der Jäger antwortete nicht. An seinen Schläfen pulsierte es. Mit großen Schritten durchquerte er die Höhle und trat zwischen den Felsen hervor.
»Warte!«, rief das Tier ihm fauchend hinterher, doch Samuel tauchte in den Wald ein, ohne sich noch einmal umzudrehen.

»Jorn!«, brüllte er, kaum, dass sein Fuß den Dorfplatz berührte.
Die Tür des Bürgermeisters schwang auf und Jorn trat eilig auf ihn zu. »Mein guter Samuel, Seela sei Dank! Dann ist es vorbei.«
»Oh ja, das ist es allerdings«, knurrte der Jäger und sah Jorn mit finsterem Blick an. »Du hast deine Familie versteinert, nicht wahr?«
Der Bürgermeister schluckte. Samuel konnte sehen, wie seine Haut augenblicklich erblasste und seine Augen über

den Platz hinweg zuckten, hin zu den Dörflern, die vereinzelt vor ihren Häusern standen.

»Ich?«, fragte er mit einem zittrigen Lachen. »Sehe ich für dich aus wie ein Basilisk?«

»Warum hast du es getan? Eifersucht? Wollte Fina dich verlassen?«

Der Bürgermeister blinzelte hektisch. »Nein, Fina würde doch nie ...«

Samuel verlor die Geduld. Er packte Jorn am Kragen und zog ihn zu sich heran. »Ich habe dir geholfen, obwohl ich im Ruhestand bin, wieder und wieder. Du hast mich angefleht, herzukommen, deine Familie zu rächen. Sag mir jetzt die Wahrheit, was ist passiert?«

Jorns Wangen zuckten. Er begann zu schluchzen. »Ich wollte es nicht«, flüsterte er. »Als ich den Basilisk dort liegen sah, erinnerte ich mich an deine Geschichten von den Schwarzmärkten. Davon, wie viel Geld man für solche Augen bekommen kann. Er sah so alt aus, so wehrlos, also habe ich mein Messer gezückt und sie genommen.«

Der Jäger verzog das Gesicht. »Und deine Familie?«

Jorn schluckte. »Ich legte die Augen in ein Holzkästchen. Meine Tochter stahl es aus meiner Tasche. Sie hat es geöffnet. Ich konnte es nicht verhindern, als ich es bemerkte, war es schon zu spät. Fina schrie mich an, sie nahm mir das Kästchen aus der Hand und ... am Ende wurde auch sie zu Stein.«

»Und du dachtest, wenn du mich auf die Sache ansetzt, wird niemand Verdacht schöpfen.«

»Wir brauchen das Geld, Samuel. Die Eintreiber können jeden Tag hier auftauchen.«

Der Jäger stieß ihn von sich und Jorn taumelte rückwärts. Sein Kopf zuckte ruckartig nach links und rechts.

Das halbe Dorf war inzwischen um sie herum versammelt. Mit verschränkten Armen und zusammengezogenen Augenbrauen blickten sie zum Ortsvorsteher.

»Ihr müsst das doch verstehen! Ich habe es für euch getan«, rief er verzweifelt.

Keiner reagierte.

»Ich will meine Bezahlung«, sagte Samuel.

»Aber ich habe dir doch gerade gesagt ...«

»Gib mir die Augen.«

»Was?«

»Gib sie mir!« Die Stimme des Jägers war klar und unmissverständlich.

Jorns Hand fuhr zitternd in seine Robe und zog ein kleines Holzkästchen hervor. »Was hast du damit vor?«

»Ich werde sie dem Basilisk zurückgeben.«

»Du ... du hast ihn nicht getötet?«

»Nein.«

»Aber, das kannst du doch nicht tun. Er ist ein Monster!«

Samuel ließ das Kästchen in seine Tasche gleiten und warf Jorn einen durchdringenden Blick zu. »Ich habe heute nur ein Monster getroffen«, sagte er. »Der Basilisk war es nicht.«

Ronja Scherz, 1991 in Idar-Oberstein geboren, studierte Medieninformatik am Umwelt-Campus Birkenfeld und arbeitet seit ihrem Abschluss in einem Unternehmen in Saarbrücken. Da sie in ihrem Arbeitsalltag rund um die Uhr von Technik umgeben ist, genießt sie es, sich in ihrer Freizeit in Fantasiewelten zu begeben, in denen Technologie keine Rolle spielt.

Aufgewachsen in einem Haus voller Bücher war sie schon als Kind fasziniert von Geschichten und trug in allen Freundschaftsbüchern bei der Frage nach dem Traumberuf »Autorin« ein. Sie begann im Alter von 6 Jahren mit dem Schreiben von Gedichten und Kurzgeschichten und entdeckte einige Jahre später ihre Leidenschaft für die Fantastik, die es einem ermöglicht, fremde Welten zum Leben zu erwecken und sie mit unterschiedlichsten Charakteren zu bereisen.

Jetzt, da sie ihr Studium beendet hat, möchte sie endlich den Schritt wagen, ihre Geschichten mit anderen zu teilen und sich so ihren langjährigen Traum, Schriftstellerin zu werden, erfüllen.

Thaumas' Töchter
᭣ Denise Fiedler ᭥

Ich setzte das Bier an und verzog den Mund. Warum musste der letzte Schluck immer so warm sein? Mit einem Scheppern stellte ich die Flasche zurück in den Kasten und ging zum Kühlschrank, um mir eine weitere zu holen. Isabells Blick, der sich in meinen Nacken bohrte, ignorierte ich geschickt.

Konnte sie sich nicht einfach mit mir freuen? Gerade hatte ich noch von dem Interesse der großen Entwicklerfirmen erzählt und schon zog sie mich runter.

»Ehrlich, Mark! Es war nicht fair, wie du Dennis behandelt hast«, fuhr sie fort.

»Eine Idee ist noch nicht geschützt. Was kann ich denn dafür, wenn er nie etwas aufschreibt?« Außerdem war *Bird Wars* mein Baby! Ich hatte das Team zusammengestellt, mir die Nächte mit der Entwicklung um die Ohren gehauen. Dennis hatte einfach nur den Anstoß gegeben. Sein Gedanke unterschied sich grundlegend von meinem Spiel.

»Du hättest ihn mit ins Boot holen können. Das Spiel hätte sicher davon profitiert.«

»So ein Quatsch! Wir sind Platz Eins bei den Indie-Games, weil *Bird Wars* ist, wie es ist. Dennis hätte nur herumgenörgelt, dass unsere Darstellung der Vögel von der Wirklichkeit abweicht.« Verdammt, er wollte einen Vogel-Guide, ein ornithologisches Programm, das dem User die verschiedenen Lebensweisen aus Sicht der einzelnen Arten zeigte. Ich hatte ein Fantasy-Epos erschaffen! In den Fachberichten nannten sie es ein grafisches Meisterwerk, ein Geheimtipp, der längst keiner mehr war.

»Es war trotzdem nicht fair. Ihr wart beste Freunde.« Isabell zuckte mit den Schultern, ging zur Spüle, leerte den restlichen Tee in den Abfluss und spülte die Tasse aus. Als sie den Kopf senkte, fielen ihr die schulterlangen Haare ins Gesicht. Mit einer beiläufigen Bewegung strich sie die flachsfarbenen Strähnen an einer Seite hinter den Bügel der Brille. Mein Blick wanderte ihren Rücken entlang, hinab zum Hintern. Verdammt, ich hatte keine Lust, zu streiten. Nach wenigen Schritten stand ich hinter Isabell, bettete meinen Kopf auf ihre Schulter und schob die Hände unter das T-Shirt. Bei der Berührung zuckte sie leicht zusammen.

»Lass uns das Thema wechseln«, forderte ich. »Sonst denke ich noch, du stehst auf Dennis.«

Ich musste ihr Gesicht nicht sehen, um zu wissen, dass sie die Augen verdrehte. Dennoch neigte sie leicht den Kopf und ich konnte ihren Hals küssen. »Bleibst du heute Nacht hier?«, fragte ich.

»Du weißt, dass ich morgen früh raus muss.«

»Das ist Folter.« Ich brummte. »Hast du schon mal was von ehelichen Pflichten gehört?«

»Dafür, mein Hase, müssten wir erst einmal verheiratet sein.« Sie drehte sich um, ihr Mund nur wenige Zentimeter von meinem entfernt. »Außerdem küsse ich nicht gerne eine Bierfahne.« Damit drückte sie mir einen Kuss auf die Wange und schälte sich aus der Umarmung.

Knurrend folgte ich ihr ins Wohnzimmer. Der Bildschirm des Flatscreens stach aus der hellen Einrichtung hervor. In der glatten Oberfläche spiegelte sich eine dunklere Version meiner Isabell. Sie nahm die Jacke von der Couch und schlüpfte hinein.

Einen Augenblick lang sah es aus, als streifte sie Flügel über. Ein schwarzer Engel, dachte ich und zog leicht einen Mundwinkel nach oben.

»Denk an die Verabredung mit Yvi morgen.« Die echte Isabell schob sich zwischen mich und ihren dunklen Zwilling. »Hol mich von der U-Bahn ab.«

Scheiße, auf ein Treffen mit ihrer Busenfreundin konnte ich echt verzichten. Als hätte Isabell meine Gedanken gelesen, schob sie ein »*Du wirst es überleben*« hinterher, drückte mir einen weiteren Kuss auf die Wange und ging aus dem Raum. Kurz darauf hörte ich die Wohnungstür zufallen.

Ihre schnellen Abgänge war ich mittlerweile gewohnt, auch wenn ich mir heute Abend etwas mehr gewünscht hätte. Es schien wie ein ungeschriebenes Gesetz: Je länger die Beziehung, umso weniger Sex! Fünf Jahre waren eine lange Zeit. Wie das nach einer Heirat wäre, wollte ich mir gar nicht ausmalen. Da konnte ich wahrscheinlich einem Mönchsorden beitreten.

Ich ließ mich in die Kissen der Couch fallen und trommelte mit den Fingern auf der Seitenlehne.

Mein Blick fiel auf die VR-Brille, die ich auf dem Tisch liegengelassen hatte. Nur, weil Isabell nicht mehr da war, musste ich ja nicht gänzlich auf Sex verzichten.

Ich zog die Cyberhandschuhe über. Sie glichen einem äußeren Skelett. Die einzelnen Glieder schlossen sich um meine Finger. Indem ich mit Ring- und Mittelfinger die beiden Knöpfe an den Handinnenflächen betätigte, prüfte ich den Sitz. Sollte ich noch die Schuhe holen? Damit könnte ich mich besser durch den virtuellen Raum bewegen. Nein, für das was ich vorhatte, würde die Handsteuerung ausreichen. Ich verzog den Mund zu einem Grinsen, tolles Wortspiel!

Nachdem ich die Brille aufgesetzt hatte, stellte ich eine Verbindung her. Der Bildschirm leuchtete blau, die einzelnen Menüs bauten sich auf. Wo war dieses Programm? Ich wischte die Icons beiseite. Da! Versteckt im Ordner mit den *Backups*, damit Isabell es nicht zufällig fand. Sie würde ausflippen, wenn sie wüsste, dass ich einen Account in den *Redlights* hatte.

Die Pornoindustrie hatte den virtuellen Markt direkt für sich entdeckt. Mit den *Redlights* hatten sie einen Bereich geschaffen, in dem keine Wünsche offenblieben.

Ich tippte mein Passwort ein. Das Menü verschwand und ich stand auf einer Straße. Links und rechts drangen die Bässe aus den Clubs und in Schaufenstern räkelten sich Frauen. Das Kopfsteinpflaster leuchtete in den Farben der Werbetafeln auf. Männer und Frauen standen in Grüppchen zusammen oder liefen an mir vorbei. Alle nicht real. Einige stachen hervor, eine kleine Abänderung in ihrer Farbtiefe, die darauf hinwies, dass auch mit ihnen ein virtuelles Erlebnis möglich war. Indem ich einen Knopf an meinem Handschuh drückte, steuerte ich die Straße entlang, direkt auf die Fenster zu. Eine Rothaarige lockte mich mit ihrem Zeigefinger heran. Sie presste ihre üppigen Brüste gegen die Scheibe und eine Projektion im Glas zeigte einen Einblick in das, was mich mit ihr erwartete. Ich hob eine Hand, um zu bestätigen, da hörte ich ein kräftiges Flügelschlagen aus einer kleinen Gasse. Das war neu. In einigen Berichten hatte ich gelesen, dass die *Redlights*-Entwickler ab und an ein Gimmick versteckten.

Ich navigierte auf die Gasse zu, blieb davor stehen, kniff die Augen zusammen und versuchte, etwas zu erkennen. Im Halbschatten machte ich die Konturen eines Müllcontainers aus, dahinter war es dunkel. Da war das Geräusch wieder! Als ich den Bereich zwischen den Häusern betrat, verstummte alles. Nur noch Rauschen in den Kopfhörern. Ich drehte mich um. Die Straße hatte an Tiefe verloren. Wie ein zweidimensionales Bild hing sie zwischen den Gebäuden. Hier hätten sich die Grafiker ruhig etwas mehr Mühe geben können.

Ein Rascheln hinter mir, wie ein Vogel, der sein Gefieder schüttelte. Ein ziemlich großer Vogel.

Ich lief an dem Container vorbei. Er wirkte wie ein Abziehbild. Je weiter ich mich bewegte, desto mehr schien sich die Dunkelheit zu verdichten. Die Illusion der Gasse wich dem Eindruck, in einem weiten Raum zu schweben. Seltsam, wie wenig es brauchte, um die menschlichen Urängste zu wecken. Ein Kribbeln in meinem Nacken. Das Gefühl, beobachtet zu werden. Meine Hände waren kalt, ich fröstelte. Entschieden schüttelte ich den Kopf, es konnte unmöglich kälter geworden sein. Ich saß noch immer auf der Couch, spürte die Brille in meinem Gesicht. Dennoch vibrierte in mir ein stiller Alarm, aktivierte den Fluchtimpuls, und mein Herz antwortete, indem es das Blut schneller durch die Adern trieb.

Reiß dich zusammen, das hier ist ein Pornoprogramm und kein Zombie-Shooter! Selbst bei Letzterem kannte ich keine Angst, regte mich höchstens über Wackler in der Grafik auf.

Ich stockte. Natürlich! Wahrscheinlich ein Fehler. Ein Bug, der sich eingeschlichen hatte. Scheiße, hoffentlich kein Virus! Obwohl ich mir nicht vorstellen konnte, dass etwas meine Firewall durchbrach ... Mit dem Ringfinger tastete ich nach dem Knopf zum Beenden, da sah ich ein rötliches Schimmern. Ich kniff die Augen zusammen. Da hinten war Licht! Meine Neugier kämpfte gegen das erneut aufkeimende Unbehagen an. Unsinn! Ich presste die Kiefer aufeinander und zwang meine Finger auf die Steuerung.

Das Licht entpuppte sich als beleuchteter Schriftzug über einer alten Holztür. Obwohl mich noch einige Meter davon trennten, konnte ich ihn deutlich lesen. *The Abyss.* Hoffentlich war es den Weg durch die Dunkelheit wert.

Über mir schlugen Flügel. Ich zuckte zusammen. Ein Vogel landete. Er wandte mir den Rücken zu und war so groß, dass er mit seinem Körper die Schrift über der Tür bedeckte. Angeleuchtet von dem roten Licht wirkte es, als brannte das schwarze Gefieder. Er hatte den Kopf zwischen die Schulterblätter gezogen, dennoch erkannte ich einen kahlen Schädel, aus dem vereinzelte dünne Strähnen wuchsen.

Flieh!

Der Gedanke war absurd, das hier war nicht real. Aber alles in mir schrie, dass es doch so war. Ich spürte weder Couch noch Brille, dafür eine Kälte, die sich in meine Glieder fraß – und eine Gewissheit: Dieses Ding vor mir war böse. Ich war in Gefahr! Meine Beine schienen festgefroren und auch die Hände waren wie erstarrt. Gleich einem Reh, das die Scheinwerfer auf sich zurasen sah.

Der gewaltige Vogelkörper erzitterte. Das Wesen kicherte. Ein Laut, der in mir die Bilder von Folter und Qual hervorrief. Es hob den Kopf, drehte ihn auf eine bizarre Weise und starrte mich über den eigenen Rücken an.

Es war nicht das Gesicht eines Vogels, ich blickte in das einer Frau. In den grauen basedow'schen Augen lag ein

Ausdruck von purem Hass. Sie verzog die schwarzen Lippen und entblößte eine Reihe spitzer Zähne.

Plötzlich leuchtete der Bildschirm blau auf. Wie ein Dolch stach die Helligkeit in mein Hirn. Ich schrie und riss die Brille vom Kopf, schleuderte sie fort, um mir die Handballen gegen die brennenden Augen zu drücken. Aus den Kopfhörern kam leise das Signal eines eingehenden Anrufs.

»Fuck!« Ich blinzelte, bis der Schmerz nachließ. Mein Blick fiel auf den Flatscreen. Ich schreckte hoch, rutschte von der Couch, starrte auf den Bereich dahinter, dann wieder zurück zum Fernseher. Nichts! Aber ich hatte es gesehen, mein Spiegelbild und das der Vogelfrau.

Die U-Bahn fuhr die nächste Haltestelle an.

Mit kreisenden Bewegungen massierten meine Finger die Schläfen, doch der Schmerz wollte nicht vergehen. Seit dem Morgen begleitete er mich und schien hinter der Stirn festzusitzen. Die halbe Nacht hatte ich wachgelegen und nach Erklärungen für mein Erlebnis gesucht. Das Schlafzimmerfenster stand offen. Wahrscheinlich daher die unerklärliche Kälte. Die VR-Brille hatte ich geschrottet, deshalb suchte ich mit dem Smartphone nach Neuankündigungen unter dem Titel *The Abyss* – das Ganze konnte nur eine Werbeaktion sein – aber ich fand nichts. Schleierhaft auch die Panikattacke, ich hatte Todesangst gehabt. Die drei Bier am Abend waren kaum der Grund gewesen, normalerweise fühlte ich mich danach nicht einmal angetrunken. Außerdem hatte ich zuvor gut gegessen. Eine allergische Reaktion? Die Spiegelung im Fernseher konnte nur eine Halluzination gewesen sein, eine, die mich noch durch meine Träume gejagt hatte.

Aber nichts davon erklärte, warum das Fenster heute Morgen wieder offenstand, obwohl ich sicher war, es in der Nacht geschlossen zu haben. Ebenso wenig dieses beklemmende Gefühl, das mir den Brustkorb zuzog.

Etwas raschelte hinter mir. Ich fuhr im Sitz herum. Ein älterer Mann sah mich mit hochgezogenen Brauen über den Rand seiner Zeitung aus an. Ohne ein Wort wandte ich mich wieder ab, wischte mit der Hand über mein Gesicht. Was war nur los mit mir?

Wer hätte gedacht, dass wir uns, dank *Bird Wars*, mal eigene Büroräume leisten konnten? Seit wir die kostenpflichtigen Items eingeführt hatten, waren die Einnahmen gestiegen. Leider interessierte sich nun auch das Finanzamt für uns. Ich hatte das Gefühl, mehr Zeit mit dem Papierkram zu verbringen, anstatt mit der Entwicklung des Games. Sogar das neue Bonuslevel musste ohne mich auskommen.

Mittlerweile drehten sich die Zahlen schon vor meinen Augen. Ich nahm meine Tasse mit dem *Bird Wars* Logo und stellte mich an eines der mannshohen Fenster. Unsere Räume befanden sich im fünften Stockwerk eines Altbaus, mit gutem Blick auf die neueren Bürokomplexe, die bis in den Himmel zu ragen schienen. Ich mochte die Höhe, doch bisher reichte unser Budget nicht aus, um uns dort einzumieten. Das würde sich ändern, sobald die Verhandlungen mit den großen Entwicklerfirmen abgeschlossen waren. Bald würde man *Bird Wars* auf jeder Plattform spielen können. Bis es so weit war, konnte ich wenigstens die Skyline aus meiner Wohnung in der zwölften Etage genießen.

Ein Klopfen riss mich aus den Gedanken. David wartete keine Aufforderung ab und stiefelte herein. In seinem

Vollbart hingen ein paar Krümel, vermutlich Chips. Nicht zum ersten Mal dachte ich, dass er wie der Inbegriff eines Nerd-Klischees aussah. Aber ich hatte auch den Eindruck, dass er diesen Status genoss.

»Wir sind mit dem Bonuslevel durch«, platzte er direkt los. »Benni hatte sich nochmal die Grafik vorgenommen, aber jetzt scheint alles zu funktionieren.«

Ich nickte. »Wann können wir die neuen Rüstungsitems hochladen?«

»Bereits passiert. Sie sind aber noch nicht freigegeben. Wir sollten die Rückmeldung unserer Beta-Spieler abwarten. Bis dahin kannst du aber schon reinschnüffeln. Für deinen Account habe ich alles freigeschaltet. Du siehst scheiße aus, ein bisschen Ablenkung tut dir sicher gut.«

»Ich bin nur etwas übermüdet – die ganzen Zahlen ...« Mit dem Kopf deutete ich Richtung Rechner. Ich hatte keine Lust auf seine dummen Sprüche, wenn ich ihm von meiner Begegnung mit der Vogelfrau erzählte. Horrorspiele waren seine zweite Leidenschaft.

»Deshalb brauchst du eine Auszeit.« Er hielt mir eine VR-Brille hin. »Jetzt wird gezockt.«

Nachdem David gegangen war, drehte ich die Brille in der Hand. Mein Magen krampfte bei dem Gedanken, in die virtuelle Welt einzutauchen. In einem Zug leerte ich die Tasse.

So ein Unsinn!

Ich schob den Drehstuhl in die Zimmermitte, schlüpfte in die Handschuhe und Cybershoes, setzte die VR-Brille auf und loggte mich in *Bird Wars* ein.

Der Einspieler begann, die bekannten Klänge des Tracks hinterließen ein Kribbeln in meiner Brust. Die Investition, diesen von einem echten Orchester einspielen zu lassen, hatte sich gelohnt. Im Menü stattete ich meinen kleinen Wanderfalken mit den neuen Rüstungsitems aus, dann startete ich das Spiel.

Ich stand auf einem Felsvorsprung. Unter mir breitete sich die Landschaft aus. Eine Welt ohne Anleitung, die es zu entdecken galt, in der überall versteckte Abenteuer warteten. Neben der Hauptstory hatten wir mittlerweile mehr als hundert zusätzliche Quests integriert. Ich machte einen Schritt auf der Stelle, mein Falke bewegte sich vorwärts. Als ich die Arme hob, breitete er die Schwingen aus – Absprung!

Spiralförmig gewann ich an Höhe, dann ging es im Gleitflug über das Tal. Es dauerte nicht lange und meine Anspannung ließ nach. Mit der virtuellen Welt war alles in Ordnung. Jetzt zählte nur das Gefühl zu fliegen.

Ich steuerte auf einen See zu. Kleine silberne Punkte glitzerten unter der Wasseroberfläche. Mit angezogenen Armen ließ ich mich fallen, mein Magen zog sich zusammen, wie in der Achterbahn. Dann riss ich die Arme hoch und ließ den Falken die Krallen ausfahren. Im Inventar erschien das Symbol eines Fisches. Sehr gut! Dank der neuen Ausrüstung konnte ich fünf zusätzliche Portionen tragen. Wenn die Gegner im Bonuslevel wirklich so stark waren, wie David behauptete, würde ich diese gebrauchen können. Ich wiederholte meine Jagd, bis die Anzeige komplett gefüllt war. Nun ging es weiter Richtung Osten, auf das Gebirge zu.

Die Spieler würden eine Weile suchen, bis sie die Quest fanden, aber dann belohnte sie ein spektakulärer Anblick. Es sah aus, als hätte der Berg sein gewaltiges Maul aufgerissen. Ich steuerte in den Schlund hinein. Stalagmiten und Stalaktiten, teilweise zu Säulen verschmolzen, versperrten den Weg. Im Zickzack wich ich den Hindernissen aus, streifte eines, trudelte, fing im letzten Moment den Sturz ab. Das war knapp!

Plötzlich wurde ich nach oben gerissen. Ein riesiger Vogel hatte mich gepackt und hackte mit dem Schnabel auf mich ein. Ich nutzte meine Flügel als Waffe. Das Vieh ließ einfach nicht locker! Endlich konnte ich mich befreien. Mit einem der Fische füllte ich die Energieanzeige, der Vogel hatte sie fast auf Null gebracht. Ich flog um eine Säule herum und suchte den Gegner. Da! Scheiße, David, was habt ihr euch da ausgedacht? Der Vogel sah aus wie ein Geier, allerdings schien das Gefieder halb verwest. Durch ein Loch in der Brust sah ich das Skelett. Er hatte mich ebenfalls entdeckt und griff an. Immer wieder wich ich den Attacken aus, dann packte er zu und schleuderte mich in einen Knochenhaufen.

Weitere dieser untoten Vögel tauchten auf. Jagten mich durch das Höhlensystem. Schweißtropfen perlten mir an der Stirn hinab. Ich brauchte mein ganzes Inventar auf. Es waren einfach zu viele! Ich flog höher, brachte Abstand zwischen mich und die Gegner. Es musste irgendwo einen Ausweg geben. Dort in der Höhlenwand – eine Spalte! Zu schmal für die Geier, aber vielleicht breit genug für einen kleinen Falken. Ich würde sie genau treffen müssen, wenn ich nicht von der Wand abprallen wollte. Die Arme an den Körper gepresst stürzte ich darauf zu, hielt die Luft an und landete zwischen den Felsen. Die Geier folgten, aber wie erhofft, erreichten mich ihre Krallen nicht.

Ich lehnte mich im Stuhl zurück und atmete tief durch. Diese Vögel hatten es echt in sich. Die Spieler würden es lieben, aber wenn es keine Chance gab den Schwarm zu besiegen, könnte es sie auch frustrieren. Ohne zusätzliche

Verpflegung war ich da draußen aufgeschmissen. Die Energieanzeige leuchtete bereits rot. Ich sah mich um. Die Spalte entpuppte sich als Durchgang. Hatte David mir während der Planung davon erzählt? Ich zuckte mit den Schultern. Ab hier ging es zu Fuß weiter. Mit den Cybershoes trat ich auf der Stelle, in *Bird Wars* bewegte ich mich durch den Gang.

Die Dunkelheit verdichtete sich. Mein Nacken kribbelte. Irgendetwas kam mir seltsam vertraut vor. Das Abfallen der Temperatur, das Gefühl drohender Gefahr. Meine Atmung beschleunigte, ich hyperventilierte fast. Vor mir erschien eine Leuchtschrift. *The Abyss*. Darunter eine alte Holztür. Ich wollte schreien, aber brachte keinen Ton hervor. Die Beine erstarrt. Über mir das Schlagen von Flügeln. Ein Schatten, der die Schrift überdeckte. Das Lachen der Vogelfrau. Sie verzog die schwarzen Lippen und entblößte eine Reihe spitzer Zähne. Sie kam näher!

Noch bevor die Starre meinen Oberkörper erreichte, taumelte ich nach vorne. Das Gefühl, das Gleichgewicht zu verlieren, brachte meine Arme zum Rudern. Die linke Hand stieß gegen etwas, ich packte zu und spürte eine glatte, kalte Oberfläche. Das hier war alles nicht real! Mit der anderen Hand riss ich die Brille herunter und schrie.

Ich stand in dem geöffneten Fenster, hielt mich mit einer Hand am Rahmen fest. Unter mir fuhren Autos. Schnell kletterte ich vom Sims runter. Wie kam ich da rauf? Der Drehstuhl stand noch immer mittig im Raum.

Meine Beine zitterten, ich brauchte einen Moment, bis ich mich wieder einigermaßen im Griff hatte. Ich rief David, aber er antwortete nicht. Die Büroräume waren leer. Mein Blick fiel auf die Uhr.

Scheiße, schon so spät?

Ich hatte höchstens eine Stunde gespielt, aber der Zeiger deutete an, dass mehr als drei Stunden vergangen sein müssten. David und die anderen waren wahrscheinlich schon nach Hause gegangen. Oh verdammt, Isabell! Ich hatte versprochen, sie abzuholen.

Unterwegs zog ich mein Handy aus der Tasche, es gab da noch etwas, dass ich herausfinden musste. Ich durchsuchte die Kontakte, fand Dennis' Nummer und wählte sie. Es dauerte, doch dann hörte ich die vertraute Stimme.
»Hey, Arschloch! Ich habe keine Ideen mehr, die du klauen könntest.«
»Ich habe nicht ...« Scheiße, ich hatte keinen Nerv für so einen Mist! »Dennis, ich brauche deine Hilfe. Lass uns für einen Moment vergessen, was du glaubst, was ich getan hätte ...«
»Was ich glaube?« Dennis stieß hörbar die Luft aus. »Du weißt ganz genau, dass es meine Idee war! Ich habe dir an dem Abend davon erzählt.«
»Du hast mir eine Idee erzählt und nur, weil sich eine Komponente überschneidet, heißt es noch lange nicht, dass ich sie geklaut habe!« Dass wir nach zwei Jahren immer noch die gleiche Diskussion führen würden! »Dennis, hör zu! Ich brauche wirklich deine Hilfe!«
Schweigen am anderen Ende, aber Dennis' Atem verriet, dass er noch nicht aufgelegt hatte.
»Du hörst dich scheiße an«, sagte er schließlich.
»Ich fühl mich auch nicht besonders. Wahrscheinlich überarbeitet.« Irgendwie tat es gut, seine Stimme zu hören.
»Also gut, schieß los.«
Innerlich jubelte ich, anscheinend gab es da doch noch einen Funken Freundschaft zwischen uns. »Es geht um ein

Vogelwesen. Ein Vogel mit dem Kopf einer Frau. Hast du schon mal von so etwas gehört?«

»Klingt nach einer Harpyie.«

»Was soll das sein?«

»Die Harpyien sind aus der griechischen Mythologie. Wenn ich mich richtig erinnere, gibt es zwei. Es sind die Töchter des Meerestitanen Thaumas und sollen unverwundbar sein. Warte einen Moment...« Ich hörte, wie er etwas auf einer Tastatur tippte. »Im Mittelalter waren sie ein Symbol für das Böse und die Habsucht. Hey, das erinnert mich an jemanden!«

»Ja, schon gut«, erwiderte ich und verdrehte die Augen. »Was steht da noch?«

»Nicht mehr viel. In Dantes Inferno quälen die Harpyien die Selbstmörder. Aber warum willst du das wissen? Ist das für dein Spiel?«

»So in der Art. Danke, du hast mir weitergeholfen.« Hatte er das wirklich? In meinem Kopf schwirrten mehr Fragen als vorher. Aber irgendetwas musste ich sagen. »Dennis, vielleicht können wir uns demnächst mal auf ein Bier treffen?«

»Ich werde in meinem Terminkalender nachsehen.«

Als ich das Gespräch beendete, spürte ich einen Kloß im Hals. Dennis' Stimme. Am liebsten hätte ich ihm von meinem Gefühl, den Verstand zu verlieren erzählt. Ich schüttelte den Kopf, das war doch alles Unsinn! Außerdem war jetzt keine Zeit für so einen Quatsch. Ich sah Isabell schon von Weitem. Ungeduldig tippte sie mit den Fingern auf ihren Oberarmen.

Die Bar, in der Isabells Freundin Yvi uns treffen wollte, lag in einem umgebauten Weinkeller.

Heute spielte eine Live-Band und die Leute drängten bereits am Eingang. Innerlich stöhnte ich auf. Isabell bahnte sich einen Weg durch die Menge. Bis wir Yvi an einem der Stehtische erreichten, schmerzte meine Magengegend bereits von diversen Ellenbogenhieben. Nach einer kurzen Begrüßung war ich bereits abgeschrieben. Yvi konnte mich genauso wenig leiden wie ich sie und beschlagnahmte meine Freundin für sich.

Nachdem ich mir einen kleinen Überblick verschafft hatte, gab ich Isabell ein Zeichen und kämpfte mich zur Theke durch. Hinter dem Tresen stand eine Frau, graue Haare fielen in dünnen Strähnen über ihre Schulter. Das Gesicht wirkte eingefallen und die hakenförmige Nase viel zu groß. Fast wie ein Schnabel.

»Ein Bier und zwei Desperados«, rief ich ihr zu.

»Sie sehen scheiße aus!« Ihre Stimme klang ungewöhnlich kräftig.

Na danke, dachte ich, verkniff mir aber eine passende Bemerkung.

Stattdessen ließ ich meinen Blick über die Köpfe der umstehenden Menschen gleiten. Isabell gestikulierte gerade mit ihren Händen.

»Vielleicht sollten Sie sich nachts nicht in dunklen Gassen rumtreiben?«

Ich fuhr herum. »Was haben Sie gesagt?«

»Ich sagte, ein Bier kann da Wunder wirken.« Mit einem Augenzwinkern stellte sie ein Glas Pils und zwei Flaschen auf den Tresen, wandte sich ab und wühlte in einem Kühlschrank.

Ich schüttelte den Kopf, setzte das Glas an die Lippen und würgte. Etwas schwamm in dem Bier wie grüner Glibber und der Gestank von faulen Eiern schlug mir entgegen.

»Was soll der Scheiß?« Als ich wieder zum Tresen blickte, war die Alte verschwunden. An ihrer Stelle stand ein glattrasierter Barkeeper, der mich fragend ansah.

»Da schwimmt etwas in meinem Bier!«, fauchte ich.

Der Typ reckte den Hals. »Sieht für mich ganz normal aus.«

Ich hielt das Glas höher, damit er es besser sehen konnte und stockte. Die Flüssigkeit war golden und klar. Prüfend roch ich daran. Bier.

Der Barkeeper zeigte mir einen Vogel und drehte sich weg. Ich stellte das Glas auf den Tresen, nahm die zwei Desperados und kämpfte mich zurück zum Tisch durch. Die ganzen Geräusche schienen auf mich einzustürzen und dröhnten in meinem Kopf.

Isabell zog die Augenbrauen hoch. »Geht es dir nicht gut? Du siehst ganz blass aus.«

»Mein Kopf platzt gleich, ich muss hier raus!« Auch wenn es der Wahrheit entsprach, hatte ich es zu oft als Ausrede benutzt und rechnete schon mit Isabells Vortrag. Doch diesmal sah sie mich besorgt durch ihre Brillengläser an.

»Soll ich dich nach Hause bringen?«

Ich zwang mich zu einem Lächeln und schüttelte den Kopf. »Schon gut, das schaffe ich alleine.«

Draußen atmete ich ein paar Mal die kühle Luft ein und aus. Die Schatten der Häuser tauchten die Straße in ein dunkles Zwielicht. Ich rief mir ein Taxi herbei. Der Gedanke an einer Fahrt mit der U-Bahn bereitete mir Gänsehaut.

Die Fahrt nach Hause erschien mir irreal. Zu sehr war ich mit meinen Gedanken beschäftigt. Die Alte aus der Bar und die Vogelfrau hatten dasselbe Gesicht!

Mit dem Aufzug fuhr ich die zwölf Stockwerke nach oben. Es war kalt in der Wohnung. Im Schlafzimmer schloss ich das Fenster. Morgen würde ich dem Hausmeister sagen, dass er die Verriegelung überprüfen sollte.

Ich ging ins Bad, drehte das Heißwasser auf und stellte mich unter die Dusche. Irgendwie musste ich den Kopf freikriegen. Nicht lange und Dampfschwaden zogen durch den Raum, kondensierten an den Wänden und kleine Rinnsale liefen die Fliesen hinab. Ich senkte den Kopf unter den Wasserstrahl. Das ergab alles keinen Sinn! Konnte ich mir das wirklich einbilden? Irgendwo stand mal, dass Tumore eine Auswirkung auf den Verstand haben können. Ich sollte dringend einen Arzt aufsuchen und mich durchchecken lassen.

Mit geschlossenen Augen drehte ich das Wasser ab und tastete nach dem Handtuch. Da war nur das kalte Metall der Haltestange. Ich wollte einen Schritt zur Seite machen – meine Beine reagierten nicht. Sie waren erstarrt! Mein Oberkörper trudelte. Ich verlor das Gleichgewicht, fiel nach vorne und knallte mit dem Gesicht gegen die Wand. Umständlich drückte ich mich ab, stöhnte auf und sah an mir herunter. Eine kalte Hand griff nach meinem Herz. Dort wo meine Füße sein sollten, ragten wurzelartige Gebilde in die Duschwanne. Die Waden und die Oberschenkel schienen auf seltsame Weise verschmolzen. Tiefe Furchen fuhren durch die Haut, wie Baumrinde. Ich schrie. Zog und zerrte an den Beinen, schlug mit den Händen darauf ein, aber nichts geschah. Irgendetwas musste es geben, ich brauchte etwas um die Beine auseinanderzuschneiden! Ich tastete die Wand ab, die Duscharmatur, erwischte den Wasserregler. Ein kalter Strahl traf meinen Rücken. Ich schrie, dann sackte ich zu Boden.

Meine Beine waren wieder normal. Rückwärts kroch ich aus der Dusche in den Flur, sprang auf und stolperte ins Schlafzimmer. Vor dem Bett brach ich zusammen, wimmerte, fuhr immer wieder mit den Händen über die Haut.

Ich bildete mir das nicht ein!

Die Schatten an den Wänden schienen sich zu verdichten. Ich zog die Knie an den Oberkörper und schlang die Arme um die Beine. Ein schrilles Geräusch durchbrach die Stille. Hektisch sah ich mich um, bis ich erkannte, dass es von meinem Smartphone kam. Ich fasste nach meiner Hose auf dem Bett und fischte das Smartphone aus der Tasche.

Isabell!

»Hey, Hase! Ich mach mir Sorgen um dich, deshalb habe ich Yvi nach Hause geschickt und bin jetzt auf dem Weg zu dir.«

»Nein!«, schrie ich ins Telefon. Irgendetwas Schreckliches passierte hier. Die Vogelfrau, diese Harpyie, hatte es auf mich abgesehen, da war ich mir sicher. Bei der Vorstellung, sie könnte Isabell etwas antun, zog sich alles in mir zusammen. Als ich Isabells Stocken bemerkte, zwang ich mich zu einem ruhigeren Ton. »Entschuldige, bitte. Es geht mir besser, aber ich bin einfach müde und möchte ins Bett. Geh nach Hause, ich melde mich morgen früh bei dir.«

»Bist du dir sicher?«

»Ja.«

Sie machte eine kleine Pause. »Also gut. Aber wenn etwas sein sollte, rufst du mich sofort an.«

»Das mache ich.« Innerlich atmete ich auf. »Isabell?«

»Ja?«

»Ich liebe dich.«

»Ich liebe dich auch.«

Mit einem Fingerstreichen über das Display beendete ich den Anruf. Jegliche Selbstbeherrschung fiel von mir ab. Meine Schultern zuckten unkontrolliert, während ich in meine Hände schniefte.

»Was willst du von mir?«, flüsterte ich.

Die Vogelfrau kicherte. Das Fenster sprang auf. Ich fuhr mit dem Kopf herum, suchte das Zimmer ab. Die Schatten an den Wänden formten sich zu Schwingen, flatterten um mich herum. Lachen. Flügelschlagen. Ich presste die Hände gegen die Ohren. Harpyien. Habsucht. Ja, ich hatte Fehler gemacht, aber nicht mehr als andere auch. Selbstmörder.

»Ich bin kein Selbstmörder!«, schrie ich, presste die Kiefer zusammen und fügte hinzu: »Auch nicht, wenn du mich in den Wahnsinn treibst.«

Meine Hand stieß gegen etwas Hartes. Unter dem Bett lag eine meiner Hanteln. Die Finger schlossen sich um den Griff. Ein anderes Gefühl machte sich in meiner Brust breit. Wut. Ich hatte nichts getan!

Ich sprang auf, hob die Hantel über den Kopf und schlug auf die Schatten ein. Immer wieder. Ignorierte das Brennen in meinen Muskeln. Das Flattern wurde hektischer, füllte den ganzen Raum aus. Ein schriller Aufschrei, aus der Wand quoll eine grünliche Substanz. Unverwundbar, von wegen! Grimmig lachte ich auf. Ich konnte siegen! Das Adrenalin pumpte durch meine Adern. Putz fiel von der Wand. Eine grüne Lache breitete sich auf dem Boden aus. Das Flattern erstarb. Noch einmal schlug ich zu, ließ dann die Hand mit der Hantel sinken. Mein Arm zitterte, der Atem ging stoßweise. Ich lachte auf, es klang fremd in dieser Stille. Es war vorbei.

Plötzlich hörte ich Dennis' Stimme in meinem Kopf: »Es gibt zwei Harpyien.« In diesem Moment fiel die Wohnungstür zu.

»Mark.« Die Stimme klang ungewöhnlich kräftig.

Mein Brustkorb zog sich zusammen. Langsam ging ich in die Diele. Das Bild war grotesk. Die Alte aus der Bar starrte mich aus basedow'schen Augen an. Ihr Kopf saß auf einem riesigen Vogelkörper, zuckte hin und her. Sie verzog den Mund zu einem hässlichen Grinsen und machte einen Schritt vorwärts. Das Geräusch, das ihre Krallen dabei auf dem Parkett machten, fuhr eiskalt durch meine Glieder. Meine Finger schlossen sich fester um den Hantelgriff. Ich presste die Kiefer zusammen, atmete tief ein, dann schrie ich sie an, legte all meine Wut hinein, rannte auf die Bestie zu und holte aus. Die Hantel traf sie am Kopf, er flog zur Seite und ich hörte ein Knacken. Der massige Körper sackte zusammen. Ich war wie im Rausch, ließ den Arm runtersausen, wieder und wieder. Das grüne Blut spritzte auf die Wände, in mein Gesicht. Es war mir egal.

Der Flügel zuckte ein letztes Mal. Die Hantel rutschte aus meiner Hand. Prüfend stieß ich den Fuß in ihre Seite. Sie regte sich nicht. Die Angst, die Wut, alles fiel von mir ab. Ein Kichern vibrierte in meiner Brust. Als ich einen Schritt zur Seite machte, trat ich auf etwas. Ich bückte mich und hielt ein dünnes Drahtgestell zwischen den Fingern. Die Gläser waren zerbrochen. Das Blut rauschte in meinen Ohren, ich taumelte rückwärts gegen die Türzarge, den Blick auf den toten Körper gerichtet. Die Haare waren zu einer roten Masse verklebt.

Was hatte ich getan?

Sie trug die Röhrenjeans, die ich so sehr an ihr liebte ...

Irgendwo das Schlagen von Flügeln.

Ein sanfter Wind blies mir ins Gesicht.
Das Schlafzimmerfenster stand offen.
Isabell.

© Denise Fiedler

❧

Denise Fiedler, geb. 1980, ist verheiratet und lebt mit ihrem Mann und ihren zwei Kindern in Dortmund.

Das Erdenken von Geschichten war schon immer Bestandteil ihres Lebens, doch hat sie erst spät angefangen, sich mit dem Handwerk zu beschäftigen. Inspiration für ihre Kurzgeschichten zieht sie aus dem Alltag, nach dem Motto, eine Geschichte hängt an jeder Straßenecke, man muss sie nur pflücken.

Drachenbegegnung
❧ Stefan Junghanns ☙

Die Krawatte, welche um Matthias' Hals hing, saß locker. Ein Blick in den Spiegel verriet ihm das. Während der Arbeit am Laptop musste sich Matthias immer wieder Luft verschafft haben. Er korrigierte den Sitz des Anzugutensils. Der junge Geschäftsreisende im Spiegelbild bewegte sich mit dem Schaukeln des Zuges. Er sah furchtbar aus, übernächtigt. Das konnte er selbstverständlich nicht mit einem gekonnten Griff am Krawattenknoten korrigieren.

Er hielt seine Hände unter den kleinen Wasserhahn der Zugtoilette.

Das Rinnsal füllte seine Hände kaum. Dennoch versuchte Matthias, sein Gesicht damit zu benetzen. Er atmete tief durch. Mit mehreren Papierhandtüchern trocknete er sich schließlich ab und ordnete sein Haar mit den Fingern. Das Ergebnis war kaum besser als zuvor, aber er hatte wenigstens ein gutes Gefühl dabei. Matthias wischte mit dem bereits benutzten Papier die Spritzer auf dem Waschtisch weg und bückte sich, um es wegzuwerfen.

Als er das Papier gegen die dafür vorgesehene Klappe drückte, spürte einen Widerstand. Offenbar war der Behälter bereits voll. Er drückte stärker, um den Papierball dennoch hinein zu pressen.

Plötzlich sprang die Klappe zurück und etwas schnellte seinen Arm hinauf. Erschrocken und mit einem lauten *Bah* machte er einen Satz zurück und stieß dabei gegen die Tür. Mit weit aufgerissenen Augen und den Atem anhaltend suchte er den Waschraum ab. Er hoffte inständig, dass es keine Ratte war.

Von draußen klopfte jemand und fragte, ob alles in Ordnung sei. Matthias gab, die Luft immer noch anhaltend, keine Antwort. Langsam ließ er den Atem zwischen seinen Zähnen entweichen. *Das müssen die Nerven sein.*

Wieder klopfte es. Matthias beeilte sich, seine Kleidung zu ordnen, und bat um einige Augenblicke Geduld. Dann verließ er die Toilette.

Zurück an seinem Platz, im Mittelgang eines Großraumwaggons der zweiten Klasse, betrachtete er seinen Arm und blickte dann in Richtung der Zugtoilette. Der nächste Besucher brauchte nicht lange darin und hatte, soweit er das von seinem Platz beobachten konnte, kein seltsames Erlebnis. Matthias klappte den Laptop wieder auf. Das spiegelnde Display zeigte sein Gesicht. Ein leiser Lacher entfuhr ihn.

»Ja, das müssen die Nerven sein«, sagte er leise zu sich selbst, als er sein Passwort auf der Tastatur eingab.

»Wohin reist du?«, fragte eine kindliche Stimme.

Geistesabwesend, ohne aufzusehen, antwortete er: »Nach Leipzig.«

»Wo ist das?«, fragte das Kind weiter. »Ist das weit weg?«

Matthias blickte von seinem Bildschirm hoch, konnte aber kein Kind entdecken. Verwirrt lehnte er sich von seinem Sitz in den Mittelgang.

Er musterte diesen sowohl in Fahrtrichtung als auch das kurze Stück hinter sich.

Als Matthias sich wieder seinem Laptop widmen wollte, hatte sich dort, ja was eigentlich, breitgemacht.

Er zuckte zusammen, rieb sich die Augen und sah *es* aber immer noch. Das Ding beobachtete ihn genau, als wartete es auf eine Antwort.

Matthias prüfte die Reaktion der Fahrgäste gegenüber. Da diese aber ihren gelangweilten Beschäftigungen nachgingen, nahmen sie wohl von der Gestalt auf seinem Laptop keinerlei Notiz.

Er presste die Lippen aufeinander und entschied sich, einen kahlköpfigen Herrn auf der gegenüberliegenden Sitzreihe anzusprechen: »Entschuldigen Sie bitte, ich war kurz weg. War irgendjemand an meinem Platz?«

Der Mann schaute auf und runzelte die Stirn.

»Nein. Mir ist nichts aufgefallen.«

Matthias bedankte sich für die Auskunft. Die kleine Kreatur starrte noch immer zum ihm hoch. Die Stecknadelkopfgroßen Augen der Kreatur folgten Matthias' Bewegungen und ihr Blick stach auf ihn ein. Als ob gleich etwas Furchtbares passieren würde, sträubten sich die Nackenhaare des *Durchbohrten* und ein kalter Schauer durchfuhr ihn.

Das schlangenähnliche Tier mit seinen viel zu kleinen Flügeln erinnerte Matthias an einen chinesischen Drachen.

»Nun? Ist dieses Leipzig weit weg?«, kam es mit derselben kindlichen Stimme aus dem Maul des Wesens.

Matthias schaute sich erneut um, als könne er seine Anspannung damit abschütteln. Sein Verstand sträubte sich gegen das Gesehene. Sein Herz schlug ihm hart gegen die Brust. Schweißperlen bildeten sich auf seiner Stirn. Waren das alles schon Zeichen eines Burn-Outs, vor dem er von seinen Kollegen bereits gewarnt wurde?

Beginnt sowas mit Wahnvorstellungen?

Einem inneren Impuls nachgebend, die Frage zu beantworten, flüsterte er zwischen den Zähnen hindurch: »Kommt darauf an, von wo.«

Die Augen der kleinen Figur schienen ihn durchbohren zu wollen. »Beijing«, bekam Matthias zur Antwort.

Er runzelte die Stirn und rechnete. »Ziemlich weit. Keine Ahnung. Vielleicht 10.000 Kilometer, wenn dir das was sagt. Zirka ein Viertel einer Weltumrundung. Mehr oder weniger.«

Der Kahlköpfige gegenüber hob den Kopf. »Verzeihung, haben Sie was gesagt?«

Matthias spürte das Blut in den Kopf schießen und kramte hektisch nach seinem Headset. »Entschuldigung, nein. Nur ein Telefonat.«

Schnell setzte er einen Kopfhörer auf sein Ohr, damit andere es sehen konnten. Es musste ja nicht gleich jeder merken, dass er den Verstand verlor.

Der Drache huschte auf den Fensterplatz, lehnte sich mit seinen kleinen Klauen an die Scheibe und schaute kurz hinaus. Ein Gegenzug zog donnernd vorbei. Als dieser passiert war, drehte das Wesen sich zu Matthias um. »Du reist sehr schnell.«

Matthias presste die Lippen aufeinander. Sollte er diese Kreatur fragen, ob sie ein Trugbild war, eine Fantasie oder eine Schöpfung seines überarbeiteten Geistes? Was würde er in diesem Fall wohl zur Antwort bekommen? Er schüttelte abwehrend den Kopf. Nein, er musste anders vorgehen. »Bist du ein Drache?«, fragte er stattdessen.

Der Angesprochene kicherte kurz. »Ist ein Hund ein Hund? Ist ein Mensch ein Mensch? Ist ein Drache ein Drache? Hast du noch nie einen gesehen?«

Trotz des Headsets fühlte Matthias sich in dieser Unterhaltung merkwürdig beobachtet. Er stützte sich mit seinem linken Ellenbogen auf dem Tisch auf und blickte zum Fenster. Damit würde es nicht so merkwürdig aussehen, wenn er zu dem Drachen sprach. Gleichzeitig ärgerte er sich über seine dumme Frage.

»Entschuldige, ich habe noch nie einen gesehen, geschweige denn mit einem gesprochen. Können andere Menschen dich nicht sehen?«

Der Drache rollte seine Kulleraugen. »Natürlich nicht. Es würde doch in null Komma nix ein tapferer Ritter kommen, um gegen mich zu kämpfen. Nicht da, wo ich herkomme, aber hier aus diesen Landen sind mir schreckliche Geschichten bekannt.«

Mit einem unterdrückten Lacher hustete Matthias in seine Faust. Ja, solche Geschichten kannte er auch. Die gingen nie gut für den Drachen aus. Da hatte seine Reisebekanntschaft wohl recht. Sein Ausdruck der Freude schien aber nicht gerade die richtige Reaktion gewesen zu sein. Beleidigt verschränkte das Märchengeschöpf seine winzigen Arme. Matthias schaute ihn entschuldigend an.

»Nimm es mir bitte nicht krumm. Ich kann dich aber beruhigen. Ritter gibt es hier seit fast eintausend Jahren nicht mehr.«

Der Kopf des Wesens wog hin und her. Matthias vermochte nicht genau einzuschätzen, was das zu bedeuten hatte. Er rieb sich mit Daumen und Zeigefinger über das glattrasierte Kinn. Vielleicht würde ein Ablenken von dem Thema hilfreich sein?

»Schau mal, für dich scheint das alles normal zu sein. Für mich ist es das nicht. Aber warum kann ich dich sehen? Warum bist du hier?«

Der kleine Drache umkreiste Matthias Laptop. »Du bist ein Geschichtenerzähler.«

Ungeachtet des plötzlichen Themenwechsels verneinte Matthias. »Nein, ich schreibe Dokumentationen, Anleitungen wie etwas zu tun ist.«

Jetzt war der Drache sichtlich amüsiert. Er tanzte fast.

»Wofür denn das? Wenn etwas zu tun ist, dann tu es, oder lass es.«

Matthias lehnte sich zurück und schüttelte innerlich den Kopf bei dem Gedanken, hier in einem fahrenden Zug zu sitzen und sich mit einem Drachen zu unterhalten. Was für eine bizarre Situation. Wahrscheinlich war er eingenickt und träumte das alles nur.

Der kleine Drache neigte sein Köpfchen zur Seite und schaute Matthias schief an. »Worüber denkst du nach?«

Matthias räusperte sich und erklärte flüsternd: »Ich finde es mehr als nur merkwürdig, mich mit dir zu unterhalten. Vor ein paar Minuten war es für mich eine Tatsache, dass es Drachen gar nicht gibt. Jetzt sitze ich hier und unterhalte mich mit einer Figur wie aus einem Fantasyfilm.«

Der Glatzkopf von gegenüber drehte sich auffällig zu Matthias und beobachtete mit gerunzelter Stirn den Monolog. Offenbar hatte das angebliche Telefonat seine Überzeugungskraft verloren. Matthias sah auf und ihn direkt an. Das veranlasste den Mann kopfschüttelnd, seiner Beschäftigung am Smartphone nachzugehen.

Matthias sprach leise weiter: »Siehst du? Die Leute gucken schon. Warum kannst du nicht einfach wieder verschwinden?«

Der Mund des Drachen verzog sich zu etwas, das Matthias für ein Schmollen hielt. Sofort durchfuhr ihn ein schlechtes Gewissen. »Schau mal, warum können wir das nicht in Ruhe besprechen, bei mir zu Hause?«

Dieser Aussage folgte eine schnelle Erklärung des chinesisch anmutenden Drachens: »Wie erkläre ich es dir? Ich Reise von Reise zu Reise. Komme ich irgendwo an, kann ich nicht mehr weiter.«

Matthias lehnte sich zurück.

»Das macht Sinn«, antwortete er. »Aber warum reist du jetzt nicht einfach weiter? Zu jemand anderem.«

Der Drache drehte sich einmal um sich selbst und zuckte mit den Schultern.

»Nun, ich wurde von meinem letzten Reisebegleiter zu dir geschickt. Du musst eine Aufgabe für mich erledigen, sodass ich weiterreisen kann. Das ist alles.«

Matthias hob erstaunt die Brauen. Diese Aussage kam sehr direkt und bestimmend. Für den Drachen schien es – im Gegensatz zu ihm selbst – klar zu sein.

»Welcher Reisebegleiter? Woher kennt er mich und was soll das für eine Aufgabe sein?« Matthias hatte so laut gesprochen, dass die anderen Fahrgäste erneut zu ihm sahen, auch wenn nur kurz. Er wurde wieder leiser. »Wer bist du überhaupt?«

Der Drache wirkte beleidigt. »Ganz schön viele Fragen für jemanden, der sich selbst noch nicht einmal vorgestellt hat. Falls es dich beruhigt. Mein Name ist Jin.«

Matthias rang um Fassung. Er glaubte nun vielmehr an die Möglichkeit, dass er träumte. Vielleicht war er ja eingeschlafen und lag auf seinem Laptop?

Aber es fühlte sich so real an. Üblicherweise konnte er schlafend nicht aktiv in die Handlung eingreifen. Das war hier anders und er empfand das als höchst befremdlich.

Wenn es aber wirklich ein Traum ist, kann ich ja fragen, was ich will. Ich werde schon noch aufwachen.

»Freut mich Jin, ich bin Matthias. Entschuldige, aber wer genau hat dich denn zu mir geschickt?«

Aus Jins Schweigen und einer unruhigen Bewegung in seinem Schlangenkörper entnahm Matthias, dass er ihm den schwarzen Peter erfolgreich zugespielt hatte. Jin fuchtelte mit seinen Armen in der Luft herum und kratzte sich am Kopf.

Je länger Matthias ihn aber beobachtete, desto mehr drängte sich der Gedanke an ein Tabu-Spiel auf, bei dem die besten Hinweise verboten waren.

War das hier der Fall?

Schließlich begann Jin langsam und immer noch nachdenklich zu sprechen, als ob ein Prüfer neben ihm stehen würde. »Du kennst ihn nicht und er kennt auch dich nicht. Er hat die Aufgabe gelöst, die dir noch bevorsteht.«

Matthias runzelte die Stirn und bemühte sich um eine gewählte Ausdrucksweise. »Was ist eigentlich Inhalt dieser Aufgabe?«

In völligem Kontrast zu seiner bisherigen Ernsthaftigkeit tanzte Jin auf dem Laptop herum. »Das musst du selbst herausfinden«, antwortete er.

Aha, ein Frage-Antwort-Spiel.

Matthias seufzte laut, so etwas hatte er vor Jahren das letzte Mal geübt.

»Hat diese Aufgabe mit deiner Reise zu tun ... ach nein, halt ... natürlich, was sonst? Ich formuliere das anders. Geht es darum, wie du reist?«

Jin freute sich und hüpfte auf dem Tischchen herum. »Du bist klug. Wir kommen schnell voran«, bestätigte er die Vermutung indirekt.

Matthias klopfte nachdenklich mit den Fingern auf der Tischplatte. »Ich soll dich irgendwo hinbringen, aber auf eine ganz bestimmte Weise.«

Mit weit aufgerissenen Augen und einem heftigen Kopfnicken vollführte der Drache einen spiralförmigen Tanz.

»Du bist dicht dran«, ermutigte er ihn. »Mach weiter so. Die Art, wie du Fragen stellst, ist absolut richtig.«

Matthias hingegen fühlte sich gedanklich bereits in einer Sackgasse. Sein Verstand sagte ihm, dass das alles nicht wahr sein konnte, und blockierte seinen Eifer hier voranzukommen.

Matthias betrachtete das aufgeweckte Gesicht seines Gegenübers. Ihm war nach wie vor nicht klar, was er alles damit zu tun haben sollte.

»Was passiert eigentlich, wenn ich die Aufgabe nicht löse?«

Jin neigte erneut seinen Kopf zur Seite und seine Augen weiteten sich. Gerade so, als ob er die Frage nicht richtig verstanden hätte.

Matthias fuhr fort: »Naja, ich meine, was würde dann passieren? Was ist der Zweck deines ... ich sage mal ... Besuchs?«

Matthias dachte über sich und seine Gesellschaft nach. Er war hin- und hergerissen zwischen seinen Gedanken an die Arbeit und den Abgabetermin sowie den Gefühlen, welche sich für den Drachen in ihm breitgemacht hatten. Jin war ihm sympathisch.

Trotz des latenten Glaubens an eine Illusion, mit einem Drachen auf Reisen zu sprechen, wollte er sich diesem Abenteuer hingeben. Sein Verstand gebot diesem Gedankenkreis aber immer wieder Einhalt.

Die Augen des kleinen Drachens hafteten an ihm wie Sekundenkleber, ähnlich einer Katze, welche sprungbereit vor einem Mauseloch lauerte. »Du bist so dicht an der Lösung, oder sollte ich sagen, einer Lösung? So wie du mich weiterreisen lässt, so soll es geschehen. Das ist der einzige Hinweis, den ich dir geben kann.« Dann überraschte Jin mit einer ergänzenden Frage. »Wie weit ist dieses Leipzig von hier noch entfernt? Wann kommen wir dort an?«

Matthias schaute auf die Uhr seines Laptops und rechnete die Zeit aus. »Planmäßig fahren wir in einer Stunde und siebzehn Minuten im Hauptbahnhof ein.«

Der Drache tippte mit seinen Krallen auf die Uhr des Bildschirms. »So viel Zeit hast du noch. Schick mich weiter. Du kannst es.«

Diese plötzliche Aufforderung sich zu beeilen erzeugte in Matthias eine Blockade. Er wollte sich nicht kontrollieren lassen. Er neigte eher dazu, genau das Gegenteil von dem zu tun, als das, was ihm unter zu viel Druck aufgezwungen wurde.

Wenn es aber doch ein Traum ist? Warum sollte ich so einen kleinen Drachen nicht einfach behalten? Vielleicht fliege ich ja einmal nach China ...

»Na, komm schon«, forderte Jin Matthias energisch auf. »Ich muss während der Reise weitergeschickt werden. Hast du mir nicht zugehört?«

Matthias atmete tief ein und durch den Mund wieder aus, sodass er dabei seine Wangen aufblies. »Warum bleibst du nicht einfach bei mir? Einen echten Drachen zu haben wäre mal was richtig Tolles.«

Kaum ausgesprochen, klappte Jins Kinnlade herunter und für einen Moment erstarrte der Drache. »Ich kann aber nicht bei dir bleiben!«

Matthias lehnte sich vergnügt zurück. »Ich glaube, wir nähern uns dem Kern der Sache. Du musst also weiter. So oder so.« Jins Zunge schnellte zwischen seinen Zähnen hin und her. Er schmatzte dabei, als würde er nach Worten ringen. Er hatte wohl eine Information preisgegeben, die er gar nicht mitteilen wollte und wahrscheinlich auch nicht sollte. Warum sagte der Drache ihm nicht einfach, was er zu tun hatte? »Matthias«, begann Jin, »ich vertraue Dir. Du wirst es schaffen.«

Matthias hatte immer noch keinen Plan wie er Jin weiterschicken konnte. Er spielte mit dem Zeigefinger am Ohr. Was war altmodisch genug, das es in China vor Jahrhunderten schon gab?

»Soll ich dich einfach per Post schicken und irgendeine Adresse draufschreiben?«

Diesen Scherz empfand der kleine Drache offenbar als nicht besonders witzig. Er stemmte die Ärmchen in den Schlangenleib und verengte die Augen. Wie eine Diva drehte Jin seinen Kopf zur Seite. »So funktioniert das nicht. Geh in dich und überlege, was du Besonderes kannst.«

Matthias schaute aus dem Fenster. Der Zug schlängelte sich gerade durch ein Flusstal. Immer wieder neigte sich der Waggon, damit die Fahrgäste möglichst nichts von der rasanten Fahrt durch die Kurven merkten.

Matthias war schon oft mit dem ICE gefahren und hatte selten auf diese Details geachtet. Er dachte gerade darüber nach, wie abgestumpft er durch die ewig langweiligen Protokolle und Dokumentationen war. Als Kind hatte er diese sogenannten Erwachsenensachen langweilig gefunden. Jetzt war er selbst auch zu einer Art Langweiler geworden. Ein vernünftiger Satz müsste ihm mal wieder einfallen. So wie früher als Kind. Etwas Frisches, etwas Neues. Heraus aus den strengen Regularien der Anwälte und Ingenieure.

Über den Funken eines Einfalls startete Matthias die Textverarbeitung an seinem Laptop. Das Programm erwartete ihn mit einem blinkenden Cursor.

Matthias schrieb einen Satz, den er flüsternd vorlas. »Von Drachen und ihren Reisen.«

Jin war sichtlich aufgeregt, denn er schlängelte sich um den Bildschirm, als wäre es ein Schatz.

Für Matthias war es eine indirekte Bestätigung, den richten Ansatz gefunden zu haben. Er wünschte es sich jedenfalls für Jin. Matthias versuchte, all seine Kreativität und Fantasie in die folgenden Zeilen zu legen und schrieb los. *Es war einmal...* nein, klang das doof. Er nahm den Text wieder weg. Er sollte mit etwas Besserem beginnen. Wieder glitten seine geübten Finger über die Tastatur. *Hast du jemals einen Drachen gesehen?* Er betrachtete sein Werk und lächelte zufrieden. Schon besser.

Innerhalb der nächsten Minuten schrieb Matthias einen Text von einer halben A4-Seite und freute sich über das Ergebnis. Ein Literat würde vermutlich darüber lachen, aber das war ihm gerade herzlich egal.

Jin schien ebenfalls erfreut, doch seine kleine Drachenstirn blieb nicht faltenfrei.

»Ist das nur da drin, hinter der Fensterscheibe?«

Matthias schaute Jin mit ähnlich gerunzelter Stirn an und rätselte, was er wohl meinte. »Ja, na klar. Geschrieben, gespeichert und hochgeladen in die Cloud. Fertig.«

Der kleine Drache schaute hinter den Monitor und versuchte dann, das Plastik an dessen Nahtstelle auseinander zu ziehen.

Matthias sah vor seinem geistigen Auge bereits das Ende seines Laptops. »Hey, hey, hey. Was machst du da?«

»Wo ist das Blatt?«, fragte Jin. »Ist es hinter der Scheibe?«

Matthias holte tief Luft, als er begriff, dass er einer Regel folgen musste, welche nicht aus dem Computerzeitalter stammte. »Meinst du, du brauchst das ausgedruckt?« Auf das verständnislose Gesicht seines Mitreisenden hin, korrigierte Matthias die Aussage: »Ich meine, brauchst du das auf Papier oder so?«

Jin kicherte kurz. »Natürlich, worauf denn sonst ... oder willst du es in Stein meißeln?«

Matthias war in dieser digitalen Welt aufgewachsen und vergaß ab und an, dass es Dinge gab, die ausgedruckt besser waren. Einen Text oder ein Bild wirklich in der Hand zu halten, das war für ihn nicht mehr selbstverständlich. Seine Handschrift ließ deshalb auch zu wünschen übrig. Jedoch war dies die einzige Möglichkeit, den Text noch jetzt und hier zu Papier zu bringen.

Er kramte in seiner Tasche nach einem Kugelschreiber und einem Blatt Papier, als die Stimme des Zugchefs aus den Bordlautsprechern drang: »Meine Damen und Herren, liebe Reisende. Wir erreichen in Kürze Leipzig Hauptbahnhof. Sie haben planmäßig Anschluss an folgende Verbindungen ...«

Matthias wurde nervös und suchte dementsprechend hektisch. Das karierte Blatt eines Notizblockes musste genügen und Matthias begann, so schnell wie möglich, den Text vom Bildschirm auf das Papier zu bringen.

Er bemühte sich dabei, deutlich und vor allem lesbar zu schreiben.

Der Zug hatte das Stadtgebiet mit seinen Langsamfahrstellen bereits erreicht. In den finalen Minuten beendete Matthias die Schreibarbeit mit dem letzten Punkt. »Fertig.« Er legte den Stift zur Seite. »Und was passiert jetzt?«

Jin war noch da.

»Irgendetwas stimmt nicht«, gab der kleine Drache mit geweiteten Augen zu verstehen.

Matthias rollte das Blatt Papier ein und reichte es Jin.

Dieser schüttelte den Kopf. »Nein, immer noch nicht.«

Der Drache rollte das Blatt aus und tapste darauf herum. »Hast du es anders gemacht als auf deinem Schreibfenster?«

Matthias nahm das Blatt wieder an sich und prüfte das Papier, als wäre es giftig. Er zog die Nase kraus und schüttelte immer wieder seinen Kopf. In Gedanken ging er jeden Arbeitsschritt noch einmal durch. Jin konnte alles beobachten und anfassen. Daran lag es offenbar nicht, dass Jin nicht abreiste. Langsam wurde die Zeit knapp und Matthias nervös. Er überflog leise murmelnd erneut die Geschichte. Dabei kam ihm eine Idee, warum es nicht funktionieren wollte. »Hier, schau selbst.« Matthias zeigte auf einige Wörter auf Bildschirm und Papier. Beim Vorlesen machte er beim letzten Wort absichtlich einen Fehler, in dem er *vorlas*, was er nicht geschrieben hatte. Jin nickte trotzdem eifrig. Das blieb Matthias nicht verborgen. Er wiederholte das in anderen Zeilen.

Jetzt wurde Matthias klar, wo das Problem lag.

Jin kennt die Geschichte ja gar nicht! Vielleicht kann er nicht lesen? Eine Demütigung des Drachen wollte er ihm ersparen. Irgendwie hatte er den kleinen Kerl derart in sein Herz geschlossen, dass für einen winzigen Moment noch einmal der Gedanke aufkeimte, ihn zu behalten. Er zögerte.

Sollte er ihn wirklich wegschicken? Ihm kam ein Spruch in den Sinn, den sein Vater ihm einmal gesagt hatte: ›Reisende sollst du nicht aufhalten.‹ *So sei es*, dachte er. »Bist du reisebereit?«, fragte er.

Jin nickte heftig und schien voller Reisefieber zu sein.

»Nun gut«, fuhr Matthias fort und las laut vor, »hast du jemals einen Drachen gesehen?« Andere Fahrgäste drängten sich an seinem Platz entlang in Richtung Ausgang, obwohl der Zug noch fuhr. Ihre verächtlichen Blicke nahm er nur am Rande wahr. Das war für ihn jetzt nicht wichtig.

Bei jeder Silbe, die Matthias las, glühten die Buchstaben golden auf und verbrannten in einem rötlichen Schein. Begeistert fuhr er fort. Ihm war es egal, was die übrigen Passagiere dachten.

Jin lachte und klatschte wild die kleinen Klauen zusammen.

»Danke mein Freund. Ich werde dich nie vergessen.« Auch der kleine Drache glühte golden auf und zerstreute sich wie ein Funkenstrom in eine Unzahl von Partikeln, die sich alsbald im Raum verloren.

Matthias hoffte, dass der kleine Drache bald eine neue Reisebegleitung finden würde. »Ich werde dich auch nie vergessen Jin!«

Als Jin gänzlich verschwunden war, flackerte das Licht im Zug und Matthias war wieder alleine. Zumindest so, wie man in einem fahrenden Zug voller Passagiere sein konnte. Er war recht laut beim Vorlesen geworden, doch die irritierten oder vielleicht sogar genervten Blicke der übrigen Reisenden kümmerten ihn nicht. Entspannt streckte er seine Beine aus und dehnte sich. Als wäre eine Last von ihm abgefallen, durchströmte ihn neue Energie. Nicht einmal, als der Wagen bereits in die Bahnhofshalle einfuhr, ließ Matthias sich aus der Ruhe bringen. Fast schon beschwingt griff er Laptop und Reisetasche. Seine innere Balance wiedergefunden, hoffte Matthias, dass sein kleiner Freund glücklich war.

»Gute Reise, Jin.«

Stefan Junghanns, 1979 in Leipzig geboren, lebt dort auch heute mit seiner Familie. Er schreibt seit 1998 Kurzgeschichten im Bereich Sci-Fi, Fantasy und Abenteuer.

Nach Versuchen in Internetforen gelang seine Erstveröffentlichung 2015 mit der Geschichte »Wie der Fluch in das Gold kam« in der Anthologie »Goldfluch«. Weitere Veröffentlichungen folgten. Zur Leipziger Buchmesse 2019 erschienen gleich drei Kurzgeschichten des Autors in unterschiedlichen Verlagen.

Seine Figuren stoßen oft auf scheinbar unüberwindbare Schwierigkeiten, welche mit Einfallsreichtum oder Hilfe von außen überwunden werden müssen. Stets versucht der Autor dabei, bekannten Szenarien neue Aspekte abzugewinnen.

Lisandes Gunst
◈ Tea Loewe ◈

Aus Weisheit wächst Ordnung.
Aus Ordnung wächst Sicherheit.
Möge Lisande dich in ihre Arme schließen.

Azhar rannte in vollem Lauf auf den Rand des Bannkreises zu, der sich in der Ferne um Praans Tempel zog.

Seine Hufe klapperten über den felsigen Boden.

»Bleib stehen! Du rennst in dein Verderben!«, donnerte die Stimme des Halbgottes über Azhars Kopf hinweg. Sie hallte von den umliegenden Felsen wider, als wolle sie ihn von allen Seiten einfangen.

Panisch blickte Azhar über seine Schulter. Praans Rauchgestalt materialisierte sich vor dem Felsentempel.

Azhar warf seinen gehörnten Kopf wieder nach vorn und stolperte im selben Moment über eine Kante. Bäuchlings landete er auf dem Boden. Sein Kinn schürfte über den schroffen Stein, doch er rappelte sich sofort wieder auf.

»Lisande wird dich niemals aufnehmen!«

Praans Worte fuhren wie ein Stich in Azhar hinein. Seine Schritte erlahmten. Er griff nach der Kette unter seinem Hemd und zwang sich zum Weiterlaufen.

Wind fegte wie von Halbgotteshand um Azhar herum, wirbelte den Staub vom Boden auf und nahm ihm die Sicht. Blind stolperte er vorwärts und prallte gegen eine Wand. Die Magie des Bannkreises stach in seiner Haut und ließ ihn zurücktaumeln.

»Kein Wesen aus Fleisch und Blut kann diesen Kreis durchdringen«, höhnte Praan.

Ohne sich nach seinem Herrn umzusehen, nahm Azhar erneut Anlauf. Er stemmte die Hufe in den Boden und katapultierte sich in die Höhe. Sein Herz pumpte schneller. Er beschwor seine innere Kraft herauf, spürte, wie die Veränderung seine Haut entlang zog, bis er ganz von Stein umfangen war. Im letzten Moment richtete er den Kopf in die Höhe und stieß mit den Hörnern durch das Energiefeld hindurch. Ein Prickeln zog über die versteinerte Haut. Kurz darauf war es ruhig.

Er fiel.

Panik stieg in ihm auf. Er musste sich zurückverwandeln. Nur wollte sein Herzschlag in all der Aufregung kaum langsamer werden. Erst kurz vor dem Boden gewann Azhar die Oberhand. Seine Steinhaut zog sich zurück und wich dem ursprünglichen Aussehen. In allerletzter Sekunde fing er sich mit den kräftigen Oberschenkeln auf dem Boden ab. Einige Male rollte er um die eigene Achse, bis er zum Liegen kam. Jeder Muskel in seinem Körper ächzte. Keuchend richtete er den Rumpf auf und suchte Praan.

Der Halbgott verharrte noch immer vor dem Tempel. Würde er den Bannkreis verlassen, fiele dieser in sich zusammen. Seine Augen inmitten des Qualmes wirkten blutunterlaufen. »Bleib hier! Du kennst Lisande nicht.«

»Das werde ich ändern.« Azhar riss die Kette von seinem Hals und hielt sie vor sich. »Lisande, hole mich zu dir!«, schrie er aus voller Kehle.

Der Ring, der an der Kette hing, begann zu leuchten. Immer intensiver, bis der Schein ihn vollends umhüllte. Alles um ihn herum färbte sich violett und zog Azhar davon.

❦

Gemurmel drang an seine Ohren, als er wieder zu sich kam. Benommen blinzelte er, doch sein Sichtfeld blieb verschwommen.

»Wer bist du und was machst du hier?«, sprach eine Stimme direkt über ihm mit schneidendem Ton. Wer auch immer dort stand, roch seltsam würzig und gleichzeitig nach süßlichem Holz.

»Ich bin Azhar und suche Schutz.« Unsicher blinzelte er noch einmal. Er fühlte sich wie nach einem Sturz von einem Felsvorsprung fünf Satyrlängen den Hang hinab. Seine Hufe schmerzten und sein Kopf dröhnte.

Endlich gelang es ihm, etwas zu erkennen. Eine Lanze zielte auf seine Brust. Getragen wurde sie von einem Soldaten in ledernem Harnisch, der sich über ihm aufgebaut hatte.

»Woher hast du diesen Ring?« Die Stimme des Fremden wurde fordernder.

»Das geht dich nichts an. Hauptmann Ypallíon sagte mir, Lisande gewähre Denjenigen Zuflucht, die vor Praans Jähzorn und Willkür fliehen.«

»Seid ihr Satyrn nicht zu treu, um solch einen Schritt zu wagen?« Skepsis lag im Ton des Soldaten. Er beugte sich zu Azhar hinunter und packte ihn mit einem raschen Griff an seinen Hörnern.

Azhar wand sich schnaufend hin und her. »Wo ist Ypallíon?«

»So schwach?«, höhnte der Fremde und drückte Azhars Kopf auf den sandigen Boden. »Was will ein Grünschnabel wie du hier bei uns? Du hast keine Kraft, und deine Hörner messen kaum mehr als fünfzehn Zentimeter.«

»Goar, was machst du da?« Eine neue Stimme kam näher. Nur Augenblicke später löste sich der Griff und ein bekanntes Gesicht ging vor Azhar in die Knie. »Mein Freund, wie geht es dir?«

»Ypallíon?«

»Ja. Erkennst du mich wieder? Unser Treffen war nur kurz und doch so innig. Wie freue ich mich, dich wiederzusehen.« Der Hauptmann streckte Azhar eine Hand entgegen und half ihm auf.

»Ich mich auch.« Azhar klopfte sich den Dreck von seiner Kleidung. »Meine Flucht hättest du mal sehen sollen!«

»Ich bin sicher, Praan war nicht begeistert.«

»Ganz und gar nicht.« Azhar grinste. Erleichterung machte sich in ihm breit – und Stolz. »Jetzt bin ich ja hier.«

»Das bist du. Wenngleich ich mich für den wenig herzlichen Empfang entschuldigen muss.« Der Hauptmann warf einen missbilligenden Blick auf seinen Gefolgsmann. »Goar, das ist Azhar, der erste Satyr, der Lisandes Reihen verstärken wird. Azhar, das ist Goar, einer meiner fähigsten Männer und meine rechte Hand. Verzeih ihm sein Misstrauen.«

Der mürrische Blick des Soldaten verharrte auf ihm. »Ich behalte dich im Auge, Neuling.«

»Das musst du nicht«, warf Ypallíon ein, ehe Azhar selbst reagieren konnte.

Ohne ein weiteres Wort schulterte Goar seine Lanze und marschierte davon.

»Danke.« Azhar kratzte sich verlegen an der Stirn. Er stand auf einem umzäunten Platz, an dessen blickdichter Umrandung Holz- und Metallkonstruktionen standen. »Wo bin ich hier?«

»Du bist in Kratheon – Lisandes Kuppelstadt.« Ypallíon zeigte zum Himmel hinauf.

Als Azhar seiner Geste folgte, verschlug es ihm die Sprache. Hoch über ihm, wo sonst die Wolken zogen, überspannte eine riesige Kuppel den Himmel und hielt Blitze und tosende Stürme außerhalb.

Er spürte, wie sein Magen flau wurde. »Praan führt wahrhaftig Krieg gegen Lisande.«

»Nun schau nicht drein wie ein Hasenfuß.« Ypallíon lachte. »Wir sind hier sicher. Du wirst dich an den Anblick gewöhnen.«

Azhar beobachtete, wie die Blitze von der Kuppel verschlungen wurden, als verhöhne sie die verzweifelten Versuche der Naturgewalten, ins Innere einzudringen. »Weißt du, weshalb Praan Lisande so hasst?«

Ypallíon musterte ihn mit einem Blick, bei dem sich seine Nackenhaare aufstellten. »Das weiß ich nicht, aber danach fragen wir auch nicht. Lisande ist unsere Gebieterin. Sie schenkt uns das Leben und die Zukunft. Wir vertrauen ihrer Weisheit, denn: ...« Er breitete seine Arme aus und strahlte Azhar an. »... Aus Weisheit wächst Ordnung. Aus Ordnung wächst Sicherheit. Möge Lisande uns in ihre Arme schließen.«

Ypallíons Haltung verunsicherte Azhar. »Diese Worte hast du bereits bei unserem letzten Treffen verwendet. Was bedeuten sie?«

»Sie bedeuten alles. Sie offenbaren unsere Treue, unsere Hingabe und unseren unerschütterlichen Glauben an unsere Gebieterin. Du bist hierhergekommen, weil Praan dir keine Liebe mehr geschenkt hat. In Lisande wirst du sie finden. Deshalb huldigen wir ihr.«

Azhar schluckte.

Nicht eine Sekunde lang hatte er während seiner Flucht damit gehadert, sich von Praan abzuwenden. Doch nun meldeten sich Zweifel. Würde er Lisande überhaupt gerecht werden? Wäre er eine Hilfe? Wollte er das alles überhaupt?

Ypallíon griff ihn am Arm. »Du bist verunsichert, mein Freund. Das ist normal. Komm mit mir. Ich werde dir alles zeigen.«

Azhar folgte dem Hauptmann aus dem umrandeten Gelände durch ein hohes Tor hinaus. Überrascht blieb er stehen.

Das Gelände, das sie eben verlassen hatten, lag auf einer Anhöhe. Dicht gedrängt reihten sich die Häuser Kratheons vor ihm auf. Die Stadt war so riesig, dass Azhar nicht einmal das Ende am Horizont ausmachen konnte.

Über allem lag die Kuppel. Etwas Vergleichbares kannte er aus der Halbwelt nicht. Auch die Bauwerke der Menschenwelt und die Tempel der Götterwelt konnten es nicht mit dieser Konstruktion aufnehmen. Als sei es Magie, flimmerte die Kuppel einem energetischen Feld gleich über ihren Köpfen. Zu seiner Linken erhob sich ein weiterer Hügel, auf dem ein Tempel thronte, der es mit der Akropolis aufnehmen konnte. Sein Dach zierten Fahnen, die an ihren höchsten Punkten den schützenden Mantel über der Stadt beinahe berührten.

»Beeindruckend, nicht wahr?« Freudestrahlend drehte Ypallíon sich zu ihm um.

»Ja. Keine der Welten, die ich bislang besucht habe, hatte so etwas zu bieten.« Azhars Hörner vibrierten, so wie sie es immer taten, wenn die Euphorie ihn ergriff. Eine blöde Jung-Satyrn-Angewohnheit, die er hasste, aber nicht unterbinden konnte.

»Die Kuppel entspringt Lisandes Weisheit. Aus Weisheit wächst Ordnung. Und aus Ordnung ...«

»... wächst Sicherheit«, beendete Azhar den Satz rasch, bevor der Hauptmann ihn zu einer neuen Predigt ausbauen konnte.

Ypallíon nickte. »Möge Lisande uns in ihre Arme schließen.« Er schien diesen Spruch immer und überall anbringen zu können, als sei er ein Lebensmotto.

Azhar folgte dem Hauptmann den Weg hinab in die Straßen der Stadt. Dabei stemmten sich seine Hufe gegen das Gefälle. Schmerzhaft erinnerten ihn die Muskeln der Oberschenkel an die Flucht.

Als sie die ersten Gassen erreichten, kamen ihnen andere Kratheoner entgegen.

Azhar vermisste seinen Umhang, den er nicht hatte mitnehmen können. Er mochte es nicht, wenn die Leute ihn anstarrten. Wann bekam man schon einmal einen Satyr zu sehen?

Er senkte den Blick und hielt sich dicht hinter Ypallíon. Als er nach einer Weile aufsah, schnaubte er überrascht.

Keiner der Vorbeilaufenden würdigte ihn eines Blickes. Es schien, als hingen sie alle ihren Gedanken nach. Wie seelisch taub zog ein jeder einem eigenen Ziel entgegen.

Azhar holte zu Ypallíon auf. »Was ist mit den Menschen los?«

»Wieso? Weil keiner dich angafft?« Der Hauptmann klopfte ihm auf die Schultern. »Wir nehmen hier jeden, wie er ist. In den Gassen Kratheons wird nicht infrage gestellt, wie oder wo jemand geboren wurde. Ein jeder geht seiner eigenen Aufgabe nach und hält somit die Ordnung.« Ypallíon zwinkerte. »Denn aus Ordnung wächst Sicherheit und die haben wir nötig.«

Azhar nickte und war froh, dass der Kratheoner seine Leitsätze diesmal nur angedeutet hatte.

Vier Gassen weiter entdeckte er ein Tavernenschild. Zu seiner Freude schritt sein Begleiter zielsicher darauf zu.

»Dies ist das beste Gasthaus Kratheons. Ich kenne den Wirt und werde dir ein Zimmer auf Zeit organisieren. Das erste Abendessen läuft auch auf mich.« Der Soldat winkte ihn mit sich. »Komm rein.«

In dem vollen Gastraum hing der Geruch von Speisen in der Luft und verführte Azhars Nase wie eine Dirne ihren Freier. Überall auf den Tischen standen Krüge mit süßem Met. Besteck kratzte über Teller und der Geruch des Essens ließ Azhars Magen knurren. In einer Ecke des Schankraumes entdeckte er eine Feuergnomin, die ihre Speisen in der eigenen glühenden Hand röstete, bevor sie diese in ihren Mund schob.

Endlich ein anderes nichtmenschliches Geschöpf! Azhar hätte am liebsten laut aufgejauchzt. Doch er bemerkte den kritischen Blick, den Ypallíon der Fremden zuwarf. Also hielt er sich sicherheitshalber bedeckt. Er wollte den Hauptmann nicht gleich am ersten Tag gegen sich aufbringen. Das einzig Gruselige, das die Feuergnomin zu bieten hatte, war eine Narbe, die sich von ihrer Lippe über die feuergeröteten Wangen bis hinauf zur Schläfe zog. Vielleicht noch die Tatsache, dass sie nicht eine Sekunde von ihrem Essen aufsah. Ebenso wie alle anderen Anwesenden.

Ein Schauer kroch Azhars Rücken hinunter.

Am Tresen angekommen warf ihm der Wirt einen grimmigen Blick zu, bevor er sich an den Hauptmann wandte. »Willkommen im *Steinernen Heim*. Wen hast du da mitgebracht?«

»Einen Freund«, antwortete Ypallíon und schien den Wirt mit seinem Blick beschwören zu wollen. »Seine Zeche geht auf mich. Wir wollen doch, dass er sich wohlfühlt, Oikodes.«

Die Miene des Wirts änderte sich augenblicklich. Er lächelte zuvorkommend, kramte hinter der Theke herum und zog einen Schlüssel hervor. »Deine Bleibe während der nächsten Zeit.«

»Danke.« Azhar zögerte, nahm dann aber den Schlüssel entgegen. Er wusste überhaupt nicht einzuschätzen, was die Leute von ihm hielten. Ob sie ihm das Fell vom Körper ziehen würden, sobald Ypallíon nicht mehr zugegen war, oder ob sie ihre Skepsis mit der Zeit von allein ablegten. In jedem Fall war er seinem Begleiter dankbar.

Ypallíon schlug mit der Hand auf den Tresen. »Oikodes, schenk eine Runde Olivenschnaps an alle aus!«

Der Wirt nickte und begann, Tonbecher zu füllen, während der Hauptmann Azhar zu einem der Tische zog. Kurz darauf wurde eine Fuhre Schnäpse vor Azhar abgestellt. Mit einem Zwinkern reichte Ypallíon ihm einen davon.

Misstrauisch beäugte er das Gebräu. Er nahm den Becher in die Höhe und roch daran. Der Duft erinnerte ihn an seine erste Begegnung mit Goar. Wenn er das Gefäß hin- und herbewegte, schwappte die grün-goldene Flüssigkeit zäh umher. Mutig setzte er den Tonbecher an und leerte ihn in einem Zug. Der Schnaps schmeckte süßlich, mit einer dezenten Bitternote im Nachgang. Azhar spürte, wie das Gebräu in seinem Magen ein Feuer zu entfachen schien.

Dafür erntete er von Ypallíon, der schon den dritten Becher in der Hand hielt, einen freundschaftlichen Schlag auf die Schulter.

Die Atmosphäre im Raum lockerte sich auf. Erstmals seit Betreten der Taverne hoben die Menschen ihre Köpfe und stießen miteinander an. Erfreut blickte Azhar sich um, weil auch ihm einige der Anwesenden zuprosteten. Wann hatte er das letzte Mal in einer gemütlichen Runde gesessen? Unter Praan in den letzten Jahren jedenfalls nicht. Dort hatte es nur Schläge gehagelt, wann immer ihm ein Fehler beim Harfenspiel unterlaufen war. Azhar rieb sich über die Narbe auf seiner Schulter, während Ypallíon ihm einen weiteren Olivenschnaps vor die Nase stellte.

Drei Tonbecher später zog die Wirkung des Trunks immer stärker durch Azhars Adern. Es war ihm, als löse sich ein Knoten. Seine Hörner vibrierten freudig.

»Möge Lisande uns in ihre Arme schließen!«, rief Ypallíon so laut, dass es ihm in den Ohren dröhnte.

Speisen wurden vor ihn gestellt. Brot mit eingebackenen schwarzen Früchten und dazu ein Aufstrich in gold-grünem Ton. Es duftete ähnlich dem Schnaps und schmeckte auch ebenso ungewohnt.

Azhars Magen hing in den Kniekehlen, also griff er gierig zu. Es war ein Festmahl im Vergleich zu den kargen Happen, die Praan ihm zugestanden hatte.

Jemand am Nachbartisch hob seinen Schnaps in die Höhe und brüllte: »Ein Hoch auf Lisande! Nieder mit Praan!« Mehr und mehr Männer stimmten ein. Sie hämmerten mit ihren Messern auf die Tische, andere klatschten in die Hände.

Auch Azhar verfiel dem Rufen. Der Olivenschnaps schien die Unsicherheit in die hintersten Regionen seines Kopfes zu verbannen. Dafür erfüllte ihn die Sicherheit wieder, den richtigen Schritt gegangen zu sein.

Mit benebeltem Geist und bleiernen Knochen verließ Azhar am nächsten Morgen die Taverne. Vor ihm lief Ypallíon so forschen Schrittes, dass er kaum mithalten konnte. Der Hauptmann schien heute die Ungeduld in Person zu sein. Azhar musste mehrmals laut und offensichtlich erschöpft schnauben, bis der Kratheoner endlich sein Schritttempo verlangsamte.

Azhar konnte gar nicht sagen, weshalb er sich so müde fühlte. Vielleicht hatte er zu viel gegessen oder zu wenig erholsamen Schlaf gefunden. Mühsam trottete er dem Hauptmann hinterher.

Hoch über ihm hing die Energiekuppel und hielt alles Übel der Außenwelt fern. Wolkenfelder verdunkelten den Tag und Hagel drosch gegen das Schutzschild. Wie ein Fels in der Brandung trotzte die Stadt den Naturgewalten.

Ypallíon hatte seinen Blick anscheinend bemerkt und ließ ihn nun endlich aufholen. »Praan zerlegt die Welt in seiner Wut.«

Azhar schluckte. »Ich habe lange nicht geglaubt, dass er dazu fähig ist.«

»In seinem Tempel hast du davon vermutlich kaum etwas mitbekommen.« Ypallíon legte einen Arm um Azhars Schulter.

»Wieso begleitest du mich eigentlich persönlich?«, fragte er den Kratheoner, als sie nebeneinander weiterliefen.

»Weil das Kampftraining mir obliegt. Und genau da möchten wir dich einsetzen.«

Azhar war sich nicht sicher, ob er in seinem Gemütszustand zum Kämpfen in der Lage wäre, aber er fühlte sich geschmeichelt.

Während sie weiterliefen, betrachtete er die Umgebung. Ihm war am Vortag gar nicht aufgefallen, wie sehr hier alles mit Stein zugepflastert war. Es erzeugte eine Atmosphäre, der er sich verbunden fühlte. Alles wirkte geordnet und rein. Stein war sein Element. Fließend gingen die Straßen in Hauswände über.

Sie passierten einen Eingang, dessen Vordach von hohen Säulen gestützt wurde. Flankiert waren diese von zwei Waldnymphen, deren Mimik so natürlich wirkte, dass Azhar interessiert stehenblieb.

»Den Künstler würde ich gern einmal kennenlernen«, murmelte er und fuhr die Konturen der Statuen mit den Fingern nach.

»Das lässt sich sicherlich einrichten. Doch viel wichtiger ist das Zeichen, das Lisande damit setzt. Es ist eine Huldigung an die Natur, findest du nicht?«

Der intensive Blick aus Ypallíons Augen verunsicherte Azhar, dessen Geist aus den nebeligen Tiefen langsam wieder aufstieg.

»Doch ..., schon«, entgegnete er und ließ sich von dem Soldaten weiterziehen. Allerdings wollten die versteinerten Gesichter seine Gedankenbahnen nicht mehr verlassen.

Erstaunt verlangsamte er den Schritt, als er den Platz erkannte, auf dem er am Vortag so plötzlich in Kratheon angekommen war. Er beeilte sich, wieder zu Ypallíon aufzuschließen. »Du hast mir noch gar nicht erklärt, wie dieser Ring funktioniert, den du mir geschenkt hast.«

Ypallíon schmunzelte. »Er erzeugt beim Aufsagen bestimmter Worte eine Art Portal.«

»Also führt er auch an andere Plätze?«

»Sicher.« Ypallíon beschleunigte seinen Schritt und schwang mit den Händen lautstark das hölzerne Tor auf.

»Was muss ich ...« Weiter kam Azhar nicht mehr. Mit vor Staunen geöffnetem Mund betrat er den Platz, der einen Tag zuvor bis auf den mürrischen Goar leer gewesen war.

»Willkommen auf unserem Trainingsgrund.« Ypallíon breitete die Arme aus und winkte ihn näher heran.

Azhar kam der Aufforderung nach und sah sich neugierig um.

Hier standen sich Männer gegenüber, deren Muskeln in der Mittagssonne vom Schweiß glänzten. Scharfe Waffen prallten in Trainingskämpfen aufeinander. Andere übten entlang der Umrandung an Geräten und stemmten Gewichte oder dehnten ihre Muskeln.

Eine bekannte Gestalt kam ihnen entgegen. »Was will er hier?«

»Goar«, Ypallíon hob beschwichtigend die Hände. »Mein Freund wird mit uns trainieren.«

»Na hoffentlich macht er keinen Ärger. Darauf habe ich keinen Bock!«

Niemand reagierte auf den, in Azhars Augen irrsinnig dämlichen, Spruch. Alle hielten den Blick auf ihre Aufgabe gerichtet. Ordnung hatte definitiv Vorteile.

Ypallíon funkelte seinen Soldaten an. »Als meine rechte Hand stehen dir Freiheiten zu, aber nicht ausnahmslos. Sieh zu, dass du weitertrainierst!« Nachdem der Griesgram gegangen war, wandte sich der Hauptmann an Azhar und musterte ihn von Horn bis Huf. »Was hast du bisher für Waffen geführt?«

Waffen? Azhar schüttelte energisch den Kopf. »Höchstens eine Schöpfkelle.«

Ypallíon lachte laut auf. »Du hast Humor. Versuchen wir es mit der Kopis.« Der Hauptmann drückte ihm ein Kurzschwert in die Hand, das er ungelenk von links nach rechts drehte. »Du hattest wirklich noch nie eine Waffe in der Hand, oder?«

Azhar schüttelte beschämt den Kopf, sagte aber keinen Ton. Er spürte, wie die umstehenden Männer ihre Trainingsintensität verringerten, um ihn beobachten zu können. Die Röte stieg ihm in die Wangen.

»Gräm dich nicht. Ich zeige dir, wie es geht.« Ypallíon schien sich wirklich durch nichts aus der Bahn werfen zu lassen. Wie bewundernswert!

Azhar folgte ihm zu einem freien Fleck. Dort ließ er sich zeigen, wie er die Kopis zu halten und zu führen hatte. Mit jedem Übungsschlag stieg mehr Selbstbewusstsein in ihm auf. Er spürte, wie das Training ihn stärkte, ihm das Gefühl gab, etwas Besonderes zu sein. Etwas, das er bei Praan nie erlebt hatte.

Am späten Nachmittag hing ihm das verschwitzte Fell an den Beinen. Dreck überzog seine Haut und juckte erbärmlich. Dafür ruhten anerkennende Blicke auf ihm. Nur Goar hatte die Arme vor der Brust verschränkt.

Azhar ignorierte ihn. Mit Genugtuung und stolzgeschwellter Brust lief er neben Ypallíon zurück zum *Steinernen Heim,* wo bereits Speisen und Getränke auf ihn warteten.

Während sie sich setzten, suchte er die Reihen nach der Feuergnomin ab, jedoch erfolglos. Dafür sammelte sich beim Geruch des Abendmahls das Wasser in seinem Mund. Er gönnte sich einen der Schnäpse und griff nach einem herzhaften, noch dampfenden Küchlein. »Was ist das?«

»Olivenpastetchen.« Ypallíons Augen bildeten Lachfältchen und er schob sich ein Küchlein zwischen die Zähne.

Azhar tat es ihm gleich und lachte überrascht auf. »Das ist das Beste, das ich je gegessen habe.« Aber nicht nur das. Auch die Olivencreme und das Olivenbrot waren ein Genuss. Ihm schien, als schmeckten die süßlich-bitteren Früchte heute viel besser.

Wenig später lehnte Azhar sich mit vollem Bauch zurück. »Lisande weiß, was gute Speisen sind.«

»Wie wahr.« Ypallíon hob sein Glas in die Höhe. »Aus Weisheit wächst Ordnung!«

»Aus Ordnung wächst Sicherheit«, ergänzte ein Chor Angetrunkener wie auf Kommando. »Auf Lisande!«

Azhar blickte durch den Schankraum. Hatte er nicht vorhin jemanden gesucht? Wer war das noch? Die Erinnerung entglitt ihm. Dafür sah er, wie die Männer den abendlichen Rausch genossen. Ein weiterer Olivenschnaps landete vor seiner Nase. Er aß, trank und scherzte, bis ihm am Ende des Abends Ypallíon die Treppe hinauf in sein Zimmer helfen musste.

※

Azhar warf sich zu Boden, rollte ab und kam wieder auf die Beine.

Mit erhobenem Schwert kam ihm ein Kratheoner entgegen, das Gesicht zu einer wütenden Grimasse verzogen.

Azhar stemmte die Hufe in den Boden und stieß sich ab. Im letzten Moment senkte er den Kopf.

Das Schwert des Gegners tuschierte seine Hörner und er rammte den Schädel in den Brustkorb des Angreifers. Als dieser ächzend zu Boden ging, setzte er nach und trat mit seinem Huf zum Zeichen des Sieges auf dessen Brustkorb.

Entsetzt stellte er fest, dass Praan dort lag.

Sein Blick schien um Gnade zu flehen, doch bevor Azhar auch nur einen Herzschlag lang nachdenken konnte, stand Ypallíon bereits neben ihm und holte zum Siegestreffer über Praan aus.

Der Getroffene blickte Azhar in die Augen. Anschuldigung lag darin und eine Warnung. Nur konnte Azhar sie nicht greifen, denn Ypallíon brach in ein Gelächter aus, das sich direkt in sein Herz bohrte.

❧

Mit dem Schrecken in den Gliedern wachte Azhar auf. Schweiß stand trotz der Kühle des Zimmers auf seiner Stirn. Schon begann der Traum zu verblassen, und ihm blieben nur vage Schemen in Erinnerung. Einzig das Gefühl, Schuld auf sich geladen zu haben, hallte nach.

Er setzte sich auf, rieb die Schläfen und beschloss, aufzustehen, obwohl sich der Tag noch nicht einmal ankündigte. Er verließ die Taverne und schlenderte durch die Straßen Kratheons. Alles wirkte verlassen, als gäbe es ein ungeschriebenes Gesetz, dass ein jeder bis zum Sonnenaufgang zu schlafen habe. Nicht einmal außerhalb der Kuppel schien es Bewegung zu geben, bis auf den Regen, der in Bächen am Energieschild in Richtung Boden rann.

Azhar kam sich plötzlich fremd vor zwischen den Häuserschluchten. Ziellos irrte er umher, beäugte die Architektur und ließ sich von seinen Instinkten treiben.

Er erreichte einen Platz, der gänzlich umsäumt war von Bäumen. Jedoch war nicht einer von ihnen echt.

Sie alle bestanden aus Stein, genauso wie der nachempfundene Bach, der sich als Relief zwischen ihnen hindurchschlängelte.

Am fernen Ende sah er eine Statue von gedrungener Gestalt, die den Zugang zu einem Prunkbau säumte.

Mit den Fingern strich Azhar die Konturen der Steinbäume nach. Bilder von Wald und Wiesen drängten sich in seinen Kopf, gefolgt vom Gesang der Vögel, die ihn grüßten und seinen Weg begleiteten. Ein Leben, das viele Jahre zurücklag, in einer Zeit vor dem Wandel.

»Was machst du hier?«, fragte jemand. Azhar schrak zusammen und blickte über seine Schulter. Auf der anderen Seite des Platzes stand Ypallíon und musterte ihn aus schmalen Augen. Azhar verspürte nicht die geringste Lust, sich vor dem Kratheoner zu rechtfertigen.

»Ich hatte einen schlechten Traum und wollte mir die Beine vertreten. Ist das verboten?« Sein ureigenes Misstrauen war seit dem Traum wiedererwacht und schien nun gegen seinen Zugehörigkeitswunsch zu kämpfen.

»Nein, natürlich nicht«, hob der Soldat einen versöhnlichen Tonfall an. »Was beschäftigt dich? Möchtest du darüber reden?«

Azhar überlegte einen Moment, dann gab er nach. »Wieso gibt es eigentlich keine natürlichen Bachläufe in Kratheon? Du sagtest damals, ich würde mich hier wie zu Hause fühlen. Doch mir fehlt das Rauschen des Wassers.«

Ypallíon trat näher, nunmehr einen warmherzigen Ausdruck im Gesicht. »Wasser macht den Stein porös. Es könnte diese wunderbare Stadt vernichten. Und nichts ist Lisande wichtiger, als unsere Sicherheit.«

Irgendetwas hielt Azhar davon ab, zu antworten. Schweigend stand er dem Kratheoner gegenüber, der ein paar Oliven aus seiner Tasche holte und ihm hinhielt.

»Hier, mein Freund. Iss etwas. Das wird deinen Geist stärken.«

Azhar rührte sich nicht. »Woher bekommt ihr das Obst und Gemüse, das ihr serviert, wenn doch in Kratheon kein Grün wächst?«

»Lisande schenkt es uns in all ihrer Weisheit – insbesondere die Oliven. Sie sind ihre Gabe an uns, weil wir ihr huldigen.« Ypallíon schritt auf ihn zu, die Hand mit den Oliven noch immer ausgestreckt. »Aus Weisheit wächst Ordnung. Aus Ordnung wächst Sicherheit. Möge Lisande dich in ihre Arme schließen.«

Azhar blieb stumm und steif. Er hatte den Eindruck, eine Schlinge lege sich um seinen Brustkorb.

Der Hauptmann kam immer näher. Bei jedem Schritt schliffen die Sohlen seiner Sandalen über den gepflasterten Boden. »Möchtest du den rituellen Gruß gar nicht erwidern?«

In seinem Gesicht fand Azhar Aufrichtigkeit. Trotzdem war ihm unwohl dabei, nur konnte er nicht benennen, weshalb.

Der Kratheoner ließ nicht nach. »Ist es nicht eine Frage des Anstandes, den Gruß zu erwidern?«

Azhar schüttelte den Kopf. »Wie kann ich etwas aus Anstand erwidern, dass ich doch mit dem Herzen fühlen sollte? Das ist alles noch so neu hier – völlig anders als mein bisheriges Leben. Ich bin verwirrt und brauche mehr Zeit.«

Ypallíon blieb stehen und hob die Augenbrauen. »Wieso wankst du, mein Freund? Du riskierst eine großartige Chance.«

»Bitte versteh mich nicht falsch, Ypallíon, aber ich bin noch nicht sicher, ob ich in Kratheon bleiben möchte.«

»Soso.«

Mit Entsetzen beobachtete Azhar, wie sich die Gesichtszüge seines Gegenübers langsam veränderten.

Die buschigen Augenbrauen verschwanden und wichen zarten Linien, das Braun der Pupillen wandelte sich zu Blau, die stoppeligen Wangen wurden weich und eben.

Aus der Soldatenkluft, die Ypallíon getragen hatte, wurden Seidengewänder und ein goldener Umhang. Langes blondes Haar hing über den Schultern der Frau, die nun vor ihm stand.

»Erkennst du mich?«, sprach eine weibliche Stimme mit der Süße von Honig und der Anmut eines Harfenspiels.

Azhars Gedanken rasten. Sein Verstand wollte nicht fassen, was hier geschah. Dafür registrierte sein Bewusstsein die Nebelschwaden, die den Platz einzuhüllen begannen. Sie zogen im Kreis, als treibe eine unsichtbare Kraft sie an.

»Ich bin es.« Die Frau blieb vor ihm stehen. »Die, der du dich versprechen wolltest, als du hierher kamst.«

»Lisande«, hauchte er. Noch immer konnte sein Verstand die Realität nicht greifen.

Die Halbgöttin lächelte ihn an, als wolle sie ein Feuer in seinem Herzen entfachen. Doch es war nur ihr Mund, der Grübchen bildete. Die Augen blieben kalt wie Eis. »Ich dulde nur Anhänger, die mir voll und ganz ergeben sind.«

Azhar fühlte sich gefangen, als presse ihm jemand die Luft aus dem Leib und lähme seine Glieder.

Er schrie und riss den Kopf zur Seite, um Lisandes Blick zu entfliehen.

Es half. Sein Geist klärte sich und sein Körper gehorchte ihm wieder.

Sofort rannte er los. Er sprintete über den Platz den Nebelschwaden entgegen.

Ein Blitz schlug neben ihm ein. »Du hast dich mir versprochen in dem Moment, als du Kratheon betratst. Glaube nicht, dass ich dich ziehen lasse.«

Einen Haken schlagend setzte Azhar die Flucht fort. Es war ein Szenario, das er kannte. Nur floh er diesmal vor dem anderen Lager.

Wenige Schrittlängen weiter zerbarst einer der Steinbäume unter dem nächsten Blitzeinschlag. Kurz darauf füllte Schmerz seinen Rücken aus und brachte ihn bäuchlings zu Fall.

Mit Abschürfungen an Armen, Beinen und im Gesicht rappelte er sich auf und rannte weiter. Steinbrocken flogen ihm um die Ohren. Einer streifte seine Wange, ein anderer schlug in seinen Oberschenkel ein.

Azhar humpelte dem Nebel entgegen. Plötzlich blieb er stecken, als halte ihn ein Sog im Inneren des Strudels. Er kam dem Rand nicht mehr näher, egal, wie sehr er sich gegen die Kraft stemmte.

Hinter sich hörte er Lisande lachen. Es klang, als läuteten hundert Glocken ihren Triumph.

Resigniert gab er auf und wandte sich um. Dabei fiel sein Blick auf die Statue, die er schon zuvor aus der Ferne gesehen hatte. Der Schock durchfuhr ihn stärker als jeder von Lisandes Blitzen.

»Erkennst du sie?«, rief sie über den Platz zu ihm. Ihr Lachen schallte noch immer vom umliegenden Stein wider.

Bilder fluteten durch Azhars Kopf. Es war die Feuergnomin, deren linke Gesichtshälfte durch eine lange Narbe verunstaltet war.

Wieso nur hatte er sich blenden lassen? Wieso nur war er unvorsichtig und hörig geworden.

Er wandte sich der Göttin zu. »Was hast du ihr angetan? Sie wollte dir genauso dienen wie ich.«

»Ihr Herz war schwach und verdiente meine Liebe nicht. Die Feuerkraft mochte hilfreich sein, aber sie war nicht zu bändigen. Feuer unterliegt keiner Ordnung und bringt daher bestenfalls Unsicherheit. Das konnte ich nicht zulassen.« Ihr Tonfall veränderte sich. »Doch aus dir hätte etwas werden können. Ich hatte solche Hoffnung. Leider schlägt die Wirkung der Oliven nicht an, wie bei fast allen Naturwesen. Es ist eine Schande mit euch.«

Azhar ballte die Fäuste. »Glaube nicht, dass ich mich einfach so geschlagen gebe.« Er rannte auf sie zu und beschwor gleichzeitig seine Kraft herauf.

Lisande lachte laut. »Du Narr. Gegen mich hast du keine Chance.«

Azhar holte aus und schlug mit der Faust nach der Halbgöttin. Doch er spürte nur den Lufthauch, mit dem sie sich in Sicherheit brachte.

Einen Herzschlag später schob sich ein funkelnder Schild vor Azhars Gesicht. Inmitten des runden Stahls prangte eine Strähne des berüchtigten Medusenhauptes.

Augenblicklich konnte Azhar sich nicht mehr rühren. Trocken und rissig zog der Stein über seinen Körper und nahm ihn gefangen. Wie aus der Ferne hörte er das überlegene Lachen Lisandes.

Ihre Schritte näherten sich, er spürte ihre Hand auf seinem Arm. »Du fragst dich sicher, wie das passieren konnte? Die Medusensträhne war ein Geschenk meiner göttlichen Mutter Athene. Niemand liebt den Schutz und die Sicherheit so sehr wie sie – außer mir vielleicht. Und nun habe ich mit dir eine weitere Statue für die Straßen Kratheons.«

In diesem Moment griff Azhars Hand nach dem Schild, entriss es Lisandes Händen und hielt es vor ihr Gesicht.

Mit einem überraschten Schrei auf den Lippen und aufgerissenen Augen zog sich Stein über ihren Körper.

Azhar unterdessen nahm seine gewohnte Form wieder an und baute sich vor ihr auf. »Du kannst mich nicht zu Stein verwandeln, denn Stein ist bereits mein Element.« Er hob Lisandes Schild in die Höhe und schlug ihn, so hart er konnte, auf den Boden. Die Medusensträhne zersplitterte in hunderte Einzelteile – und mit ihr die Kuppel hoch über Azhar. Als bestünde sie aus Sand, wehte sie im Wind davon. Sofort pfiff eine kräftige Böe nach Kratheon herein. Wie ein Wirbelsturm kam sie auf Azhar zu. Im letzten Moment drehte sie ab, wurde kleiner und brachte Praan hervor.

»Du hast Lisandes Irrsinn beendet«, sprach er, »und auch den Meinen. Ich habe die Menschen verurteilt, dabei waren sie nicht Herr ihrer Sinne.«

Azhars Atem ging schnell und flach. »Glaube aber nicht, dass ich dir einfach so verzeihen kann. Das Leben unter dir glich in den letzten Jahren einer Qual.«

Praans Gestalt wurde dunkler, wirbelte wilder, als sei er wütend über die Worte.

»Was?«, schrie Azhar und ballte die Hände zu Fäusten. Der Zorn, der in ihm loderte, gab ihm den nötigen Mut, sich gegen seinen einstigen Herrn zu stellen. »Willst du es leugnen? Glaubst du, ich habe Lisande für dich aufgehalten? Ihr beide sagtet, die Natur sei euch wichtig. Doch was ist aus all dem Grün dieser Welt geworden?«

Als Wirbelsturm fegte Praan über den zentralen Platz Kratheons, ungestüm und rau. Er schrie, dann ließ der Wind nach, bis nur noch eine graue Nebelsäule übrigblieb.

»Ich habe der Natur einen Tempel geschaffen.«

»Und alles darum zerstört!« Azhars Herz hämmerte gegen seine Brust. »Nirgendwo waren wir Naturwesen heimischer als hier bei dir in der Halbwelt. Doch nach

Lisandes Aufstieg hast du uns eingesperrt. Du bist nicht besser als sie!«

Bei diesen Worten schien in Praan etwas zu zerbrechen. Er jaulte auf, als pfeife Wind durch Fensterritzen. »Du hast recht, junger Satyr.«

»Ihr habt geglaubt, die Natur ließe sich kontrollieren.« Azhar atmete tief ein und aus. »Doch kein Bannkreis wird sie jemals einsperren und keine Halbgöttin sie zu steinerner Ordnung zwingen können, ohne dass die Natur darunter leidet. Wir müssen mit ihr im Einklang sein, denn ohne sie werden wir nicht überleben. Keiner von uns – egal ob Halbgott, Naturwesen oder Mensch.

Azhar beobachtete, wie sich Praan zu einer Regenwolke verformte, die ihre Trauer gen Erde zu schicken schien. Seine blutunterlaufenen Augen wandelten sich in ein tiefes Blau. Kurz darauf löste er sich auf und flog als Brise davon.

Augenblicklich stieg die Sonne – erstmals seit Jahren – gut sichtbar über den Horizont und färbte den Himmel in ein morgendliches Rot.

Azhar blickte sich um. Wie auch immer die Zukunft dieser Stadt aussah, er wollte es nicht erleben. Er war nun frei. Mit vibrierenden Hörnern verließ er Kratheon, noch bevor die ersten Menschen aus ihren Häusern traten.

༄༅

Tea Loewe wurde 1985 in der Buch- und Messestadt Leipzig geboren. Schon in ihrer Kindheit blühte ihr Kopf voll Fantasie – egal ob Schule, Projekte oder Freizeit: Kreativität gehörte stets dazu. Mit einem Austauschjahr in den USA erweiterte sie ihre sprachlichen Fähigkeiten. Nach dem Abitur studierte sie Psychologie an der Universität Leipzig und arbeitet im suchttherapeutischen Bereich. Ihre Schriftstellerkarriere kam 2017 ins Rollen. Seither veröffentlicht sie Kurzgeschichten in Anthologien oder Online. »Das Geheimnis von Talmi'il« ist ihr ist ihr Debütroman, aber keinesfalls der letzte aus ihrer Feder.

Der Schrat
❧ Günter Gerstbrein ❧

Die grellen Lichter der Großstadt überstrahlten das Funkeln der Sterne.

Zumindest vermutete Alice, dass es hinter dem Kaleidoskop aus Straßenlaternen, Leuchtreklamen und hell erleuchteten Hochhäusern noch Sterne gab, denn zu sehen waren sie nicht. Einzig der Mond durchdrang mit seinem milchigen Schein die Lichtkuppel, die sich Nacht für Nacht über der Stadt wölbte.

In melancholischen Momenten fragte sie sich manchmal, wie es wäre, wenn die Sterne eines Tages einfach so erloschen.

Würden die Menschen überhaupt Notiz davon nehmen?

Oder würden sie weiterhin unter der Kuppel aus künstlichem Licht umherhasten, ohne Ziel und ohne Sinn?

Während der langen und hellen Tage des Sommers blieben solche Gedanken meist aus. Doch an endlosen dunklen Winterabenden kamen sie wie von selbst zu ihr.

So auch an jenem kalten Abend, als sie auf die Straßenbahn wartete, umgeben von gesichtslosen Menschen. Sie saß unter dem Plexiglasdach der Haltestelle auf der kalten Bank. Auf der anderen Straßenseite flimmerte aufdringlich eine Reklame, die sie geflissentlich ignorierte, während sie ihren Gedanken nachhing.

Dann bemerkte sie den Mann.

Mit missmutiger Miene bahnte er sich seinen Weg an den Wartenden vorbei zur Bank. Inmitten dieser Schar austauschbarer Gestalten erregte sein Gesicht ihre Aufmerksamkeit. Tiefe Falten durchzogen es. Die Nase erinnerte an eine Kartoffel, und unter dem Rand einer Wollmütze ragten struppige graue Haarsträhnen hervor. Er war klein, noch kleiner als sie selbst.

Beim zweiten Hinsehen fielen ihr seine Schuhe auf.

Solche Schuhe hatte auch sie getragen, bis sie sich dazu entschloss, zu ihrer nicht allzu beeindruckenden Körpergröße zu stehen. Es waren Plateauschuhe, doch selbst deren dicke Sohlen vermochten nicht zu verhindern, dass den Mann alles und jeder überragte.

Kurz vor Alice hielt er inne und würdigte sie nur eines ebenso kurzen wie finsteren Blickes. Dann schlurfte er zur Seite, um sich am äußersten Rand der Bank niederzulassen, als wolle er einen möglichst großen Abstand zu ihr schaffen. Obwohl sich dieser Mann so abweisend gab, faszinierte er sie. Vielleicht lag es daran, dass er trotz der Unfreundlichkeit, die er zur Schau stellte, merkwürdig verloren wirkte.

Quietschend fuhr die Straßenbahn ein.

Der Mann sprang auf die Beine und machte ein paar Schritte, musste dann jedoch innehalten. Die anderen Wartenden drängten sich zum Eingang des Wagens. Mit verächtlichem Gesichtsausdruck erduldete er, dass er beiseite und nach hinten geschoben wurde.

Gleichzeitig fasziniert und angewidert beobachtete Alice die Rücksichtslosigkeit der Menschen.

Endlich schaffte der kleine Mann es, ebenfalls in den Wagen der Straßenbahn zu gelangen. Dabei fiel ihm ein winziger Gegenstand aus der Tasche und kullerte in ihre Richtung.

Sie erkannte, dass das Geschehen sie zu sehr in seinen Bann geschlagen hatte. Sie sprang auf und eilte zu dem Wagen.

Als sie ihn erreichte, hielt sie jedoch noch einen kurzen Moment inne.

Obwohl der Signalton bereits das bevorstehende Schließen der Türen ankündigte, bückte sie sich, um den Gegenstand aufzuheben, den der kleine Mann verloren hatte. Im letzten Moment sprang sie ins Innere und schaffte es nur um Haaresbreite, nicht von den Türen getroffen zu werden, die zischend zusammenfuhren. Ruckelnd setzte sich die Straßenbahn in Bewegung. Alice kämpfte um ihr Gleichgewicht und klammerte sich mit der freien Hand an eine der Stangen. Jetzt erst betrachtete sie das Ding, das sie aufgehoben hatte. Es war eine Kastanie. Auf den ersten Blick unterschied sie sich nicht von jenen, die im Herbst die Wiesen der Parks übersäten. Doch als Alice sie vor ihren Augen hin und her drehte, schimmerte sie mal silbrig, mal fast golden.

Sie sah auf und entdeckte den kleinen Mann, der mit verschränkten Armen an einem Fenster saß. Mit unverändert missmutigem Gesichtsausdruck starrte er hinaus. Sie ging zu ihm und nahm neben ihm Platz. Er zeigte keine Reaktion.

»Entschuldigen Sie«, sagte sie freundlich. Erst jetzt wandte er sich ihr zu. Sein Stirnrunzeln ließ die Wollmütze tiefer in Richtung der Augen wandern.

Ein unbehagliches Gefühl machte sich in ihr breit. Sie wartete einen Augenblick, um ihm die Gelegenheit zu geben, etwas zu sagen. Der kleine Mann musterte sie jedoch nur schweigend. Schließlich hielt sie die Kastanie hoch. »Sie haben das hier verloren.«

Nun weiteten sich seine Augen. Der Missmut in seinem Gesicht wich einen Moment lang einem Ausdruck unendlichen Schreckens, ehe sich seine Miene wieder verfinsterte. Immer noch schwieg er und starrte sie an. Ihr fiel auf, dass er kein einziges Mal blinzelte.

Ihr Unwohlsein wandelte sich allmählich in Furcht. Alles in ihr schrie danach, einfach aufzuspringen und wegzulaufen, doch sie widerstand dem Impuls. Sie hielt die Kastanie in die Höhe, als wäre sie ein Schutzschild.

»Ich wollte es Ihnen zurückgeben«, brachte sie schließlich hervor. Ihre Stimme klang brüchig, fast schon schrill.

Beobachteten sie die anderen Fahrgäste? Hörten sie mit an, wie sie dem kleinen Mann nahezu panisch versicherte, ihm nur die Kastanie zurückgeben zu wollen? Doch die Menschen waren zu sehr mit sich selbst beschäftigt. Keiner würdigte sie auch nur eines Blickes.

Endlich kam Bewegung in den kleinen Mann. Er zog die Kastanie aus ihren plötzlich kraftlosen Fingern und steckte sie in eine Tasche. »Danke!« Er sprach das Wort nicht nur, er spie es ihr förmlich entgegen. Seine Stimme war heiser und kratzig.

Sie wollte etwas antworten, doch in diesem Moment verlangsamte die Straßenbahn ihre Fahrt. Der Mann wedelte mit einer Hand vor ihrem Gesicht herum, als wolle er eine Fliege verscheuchen. »Ich muss da raus.«

Sie rutschte zur Seite, und er schob sich an ihr vorbei. Während er den Halteknopf drückte, murmelte er etwas Unverständliches vor sich hin.

Dann kam die Straßenbahn zum Stillstand, die Türen glitten auf, und der Mann verschwand in der Dunkelheit.

Technische Störung
Wartezeit: 15 Minuten

In spöttisch flackernden gelben Buchstaben prangten die Worte auf der elektronischen Anzeigetafel. Alice saß auf ihrem gewohnten Platz unter dem Plexiglasdach, ihren Mantel zum Schutz vor der eisigen Abendluft fest um sich gewickelt. Sie ließ ihren Blick über die Wartenden schweifen. Die meisten nahmen die Verzögerung stoisch hin, doch einigen stand der wachsende Unmut ins Gesicht geschrieben. Neben ihr saß ein älterer Mann mit einer ledernen Aktentasche auf dem Schoß. Er fixierte die Tafel, als könne er die Wartezeit mit der Kraft seiner Gedanken verkürzen. Die Buchstaben blinkten, dann veränderte sich die Anzeige.

Technische Störung
Wartezeit: 25 Minuten

»Das kann doch nicht wahr sein«, fauchte der Mann.
Alice nahm die Verzögerung hin und fuhr damit fort, die Leute zu beobachten.
Sie fand es eigenartig. Wenn alles funktionierte, verwandelten sich die Menschen in eine gesichtslose Masse ohne Eigenschaften. Doch nun, im Angesicht der gnadenlosen Anzeigetafel fanden sie ihre Individualität wieder.
Erneut flackerten die Buchstaben.

Technische Störung
Wartezeit: 30 Minuten

»Mir reicht es!« Der Mann sprang auf die Füße und stürmte davon. Als hätte er einen Bann gebrochen, kam nun auch Bewegung in die übrigen Wartenden. Einige folgten seinem Beispiel und versuchten ihr Glück ebenfalls zu Fuß. Die Haltestelle leerte sich.

Einen Augenblick lang spielte Alice mit dem Gedanken, sich ihnen anzuschließen. Innerlich bereitete sie sich bereits auf einen längeren Marsch durch die abendliche Stadt vor, als ihr Blick auf einen kleinen Laden in der Nähe fiel. In der Auslage stapelten sich Bücher zu Themen wie Naturheilkunde, Esoterik und Hexerei. Es gab kleine Schmuckstücke und Glücksbringer und sogar einige Päckchen mit Kräutern. Obwohl sie fast jeden Tag an diesem Laden vorbeikam, hatte sie ihn noch nie betreten.

Abermals flackerte die Anzeigetafel.

Technische Störung
Wartezeit: 35 Minuten

Wann, wenn nicht jetzt? Es bestand ja nun wirklich nicht die Gefahr, eine Straßenbahn zu verpassen. Sie gab sich einen Ruck.

Walburgas Allerlei stand in verblichenen Buchstaben über dem Eingang. Gleich hinter der Glastür saß eine Frau alleine an einem Tisch und studierte Karten, die in einer komplizierten Anordnung vor ihr aufgereiht lagen. Ein zweiter Stuhl war wohl für Kunden bestimmt, die sich ihr Schicksal weissagen lassen wollten. Im Moment konnte Alice jedoch keine weitere Person im Inneren des Ladens ausmachen.

Sie öffnete die Tür und trat ein. Die Frau sah auf. Ihr Gesicht wirkte jung und glatt, fast jugendlich, doch die Augen bildeten dazu einen scharfen Kontrast. In ihnen lag eine Tiefe, die nicht zur jungen Erscheinung passte.

Sie schob die Karten zu einem Stapel zusammen. »Guten Abend, Liebes«, grüßte sie freundlich.

Von Fremden ›Liebes‹ genannt zu werden, gehörte nicht zu den Dingen, die Alice sonderlich schätzte. Trotzdem ließ sie sich nichts anmerken und erwiderte den Gruß.

»Kann ich dir helfen?«, fuhr die Frau fort.

Alice schüttelte den Kopf. »Danke, aber ich wollte mich nur umsehen.«

»Gerne.« Die Frau machte eine einladende Handbewegung. »Tu dir keinen Zwang an. Vielleicht findest du etwas, das dir gefällt. Und wenn du willst ...« Sie hob in einer vielsagenden Geste die Karten.

»Heute nicht«, wehrte Alice lächelnd ab.

Die Frau nickte. »Falls du es dir anders überlegst, musst du es mir nur sagen.« Damit widmete sie sich wieder dem Stapel in ihrer Hand.

Einen Augenblick lang beobachtete Alice fasziniert die raschen Bewegungen, mit denen sie die Karten in einem neuen Muster auslegte, dann wandte sie sich ab. Im Gegensatz zum Tisch der Frau, der von einer Stehlampe angestrahlt wurde, war der Rest des Ladens in schummriges Licht getaucht. Die Regalreihen wirkten wie Schluchten, die sich im Halbdunkel verloren. Sporadisch von der Decke hängende Lampen spendeten gerade genug Helligkeit, um die verschiedenen Artikel erkennen zu können.

Langsam wanderte Alice die Reihen entlang, betrachtete hier ein Schmuckstück, roch dort an einem Glas mit Kräutern. Sie fragte sich, wie groß der Laden wohl sein mochte. Von außen hatte er so winzig gewirkt, doch die Regale vor ihr schienen sich kilometerweit nach hinten zu erstrecken.

Unsinn, sagte sie sich. *Da sind nur ein paar Meter, dann stehe ich vor einer Wand.*

Und doch blieb das Gefühl, sie könnte sich verirren, wenn sie nur ein Stück weit tiefer in den Laden hinein gehen würde.

Sie zog ein Buch über die Heilkraft der Edelsteine aus einem Regal.

Hildegard von Bingen, las sie auf dem Einband. Sie schlug es auf, um ein wenig darin zu blättern.

Die Eingangstür flog auf. Begleitet vom Bimmeln des Glöckchens, das über ihr hing, wehte ein kalter Windhauch herein. Alice sah auf und erkannte den seltsamen kleinen Mann, dem sie die Kastanie zurückgegeben hatte. Vorsichtig zog sie sich ein Stück weit in das Dämmerlicht des Ladens zurück.

Ohne auf eine Aufforderung zu warten, sprang der Mann in den leeren Stuhl gegenüber der Verkäuferin. Die Füße mit den Plateauschuhen baumelten einen Fingerbreit über dem Boden. »Hallo Walburga«, sagte er.

»Ich grüße dich«, erwiderte die Frau.

»Und, wirst du mir helfen?«

Die Frau – Walburga – seufzte. »Willst du es denn wirklich nicht auf sich beruhen lassen?«

»Auf sich beruhen lassen? Ha!« Der kleine Mann schlug mit der flachen Hand auf den Tisch, zog sie jedoch im nächsten Moment mit einem verlegenen Gesichtsausdruck wieder zurück. »Entschuldige, Walburga. Nein, ich werde es nicht auf sich beruhen lassen. Das war mein Lieblingsbaum. Und er hat ihn getötet.«

»Es war seine Aufgabe«, erwiderte sie. »Und Bäume wurden schon immer gefällt. Das Alte macht dem Neuen Platz.«

»Gefällt, sagst du? Zerstückelt hat er ihn. Zuerst waren die Äste dran, einer nach dem anderen. Ich kann jetzt noch die Kettensäge hören. Und dann der Stamm. Stück für Stück abgeschnitten, bis nur mehr der Stumpf übrig war. Und sogar den hat er samt Wurzeln herausgerissen. Er brauchte nur eine Kette und seinen verfluchten Traktor, und zack! Wo eben noch mein Baum stand, war nur mehr ein Loch im Boden.«

»Aber er wollte dir nichts zuleide tun«, sagte Walburga.

»Es ist mir egal, ob er es wollte oder nicht. Er *hat* mir etwas zuleide getan.« Er schnaubte. »Und willst du wissen, was sie dort gemacht haben? Dort, wo mein Baum stand? Pflastersteine haben sie verlegt. Verdammte Steine.« Er beugte sich vor. »Ich sage, dass jemand dafür bezahlen muss. Und das wird er sein, mitsamt seinem verfluchten Traktor.«

Walburgas Gesicht wirkte traurig. »Ich bitte dich, lass doch ab von diesem Vorhaben. Dein Hass zerfrisst dich noch.«

»Mein Hass ist alles, was mir noch bleibt. Nicht jeder von uns kann sich so gut arrangieren wie du.« Er machte eine ausladende Geste. »Obwohl ich sagen muss, dass du dich mit diesem Laden selbst erniedrigst. Wenn du wolltest, könntest du es ihnen ordentlich zeigen.«

Sie nickte. »Das könnte ich. Und was dann?«

»Was dann?« Er verzog verächtlich den Mund. »Genugtuung.«

»Ein schwaches Gefühl, das schnell vergeht. Du könntest auch weggehen. Es gibt noch viele Orte, an denen du glücklich werden kannst.«

»Aber mein Platz ist hier. Ich war schon hier, ehe das erste Haus stand. Und ich werde auch noch hier sein, wenn der letzte von diesen Betonklötzen zu Staub zerfallen ist.«

»Das wirst du sein: der Herr über den Staub.«

»Erspare mir deinen Sarkasmus, Walburga. Hilfst du mir nun?«

Sie seufzte. »Du kennst die Regeln.«

»Klar«, sagte er mit einem Anflug von Widerwillen in der Stimme. »Es gibt nichts umsonst.« Er griff in die Tasche und schob etwas über den Tisch. Alice konnte von ihrer Position keinen genauen Blick darauf erhaschen, doch sie glaubte, ein Funkeln gesehen zu haben. Etwa ein Geldstück?

Walburga griff danach und steckte es weg. »Also gut.« Sie sammelte die Karten ein und mischte sie. Dann schob sie dem kleinen Mann den Stapel hin. »Heb ab«, forderte sie ihn auf. Er tat es.

Mit raschen Bewegungen verteilte sie einige Karten auf dem Tisch und musterte sie. »Der Gremlin kann dir helfen«, sagte sie. »Du findest ihn morgen Nacht.« Sie sah auf. »Ich bitte dich noch einmal, lass ab. Du würdest einem Unschuldigen schaden.«

Der kleine Mann schüttelte den Kopf. »Unter ihnen gibt es keine Unschuldigen.«

Auf diese Worte hin hatte Alice den Eindruck, die Frau würde einen raschen Blick in ihre Richtung werfen. Sie duckte sich noch tiefer in die Schatten.

»Wo findet ich den Gremlin?«, fragte der kleine Mann.

Walburga nannte ihm eine Adresse, die Alice kannte. Soweit sie wusste, riss man dort gerade ein Haus ab. Sie dachte an die Worte der Frau: Auch dort machte das Alte dem Neuen Platz.

»Und dort wird er sein?«, vergewisserte sich der kleine Mann.

»Morgen Abend«, sagte Walburga.

Er sprang vom Stuhl. »Danke.«

»Denk noch einmal darüber nach«, sagte sie. Ein fast flehender Tonfall lag in ihrer Stimme. Er würdigte sie jedoch keines Blickes mehr, sondern stürmte aus dem Laden.

Einige Augenblicke lang starrte Walburga nachdenklich auf ihren Kartenstapel, dann sagte sie: »Du kannst wieder hervorkommen.«

Alice folgte der Aufforderung und trat an den Tisch. Das Buch über die Edelsteine hielt sie immer noch in Händen.

»Willst du das kaufen?«, fragte die Frau.

»Wie?« Alice blickte verwirrt auf den Einband, dann legte sie das Buch auf den Tisch. »Äh, nein. Danke.«

Walburga lächelte sie freundlich an. »Lass dir von dem alten Burschen keine Angst einjagen. Er tut nur so.« Sie hielt einen Augenblick inne, dann fügte sie leise hinzu: »Meistens.«

»Das gerade eben hörte sich ziemlich beängstigend an«, sagte Alice.

»Ja, heute war es schlimmer als sonst. Aber im Grunde seines Herzens ist er ein guter Kerl. Er wird schon zur Besinnung kommen.«

»Wer ist er?«, fragte Alice. Doch eigentlich wollte sie eine andere Frage stellen, die sie jedoch nicht über die Lippen brachte: *Was ist er?*

»Er ist ein Schrat.« Walburga sagte es in einem beiläufigen Tonfall, als wäre es das Normalste auf der ganzen Welt.

»Ein Schrat«, wiederholte Alice verdutzt. »So wie in *Waldschrat?*«

Walburga lachte ein glockenhelles Lachen. »Wenn du damit eine von den Figuren aus euren modernen Fantasy-Geschichten meinst, dann liegst du daneben.« Sie hob die Augenbrauen und zwinkerte ihr zu. »Oder vielleicht auch nicht. Vermutlich würdet ihr ihn am ehesten noch als Naturgeist bezeichnen.«

»Sie sagen mir also, ein Naturgeist streift durch die Stadt und fährt mit der Straßenbahn?«

»Bevor sich die Stadt ausbreitete, gab es hier Gewässer, Wälder und Wiesen.« Walburgas Fröhlichkeit verschwand unvermittelt. »Es war seine Heimat, und er wachte darüber.« Sie seufzte. »In gewisser Weise wacht er immer noch darüber. Zu sehen, was daraus geworden ist, bricht ihm das Herz. Es bricht allen das Herz.«

»Allen? Es gibt noch mehr wie ihn? Schrate?«

Walburga wies auf den leeren Stuhl. »Bitte setz dich.«

Alice folgte der Aufforderung.

»Ja es gibt mehr wie ihn«, sagte die Frau. Während sie sprach, mischte sie die Karten. Dann zog sie eine und legte sie auf den Tisch. »Sieh sie dir an.«

Alice beugte sich vor und musterte das Motiv. Es zeigte sechs Kelche, die wie Glockenblumen aus einem Stiel in der Mitte hervorsprossen.

»Die Sechs der Kelche«, fuhr Walburga fort. »Sie steht für Erinnerung.« Ihre Stimme war tief und sanft, fast einschläfernd. »Erinnerung an Schönheit und Unschuld. An eine Zeit, die lange vorbei ist.«

Einen Augenblick lang glaubte Alice hinter dem Motiv der Kelche die Darstellung von Wiesen und Wäldern zu erkennen. Eine endlose Landschaft, durch die ein Schrat ungehindert streifen konnte. Als sie blinzelte, verschwand das Bild wieder. Zurück blieben nur die sechs Kelche. Sie hob den Blick.

Walburga zog eine weitere Karte und legte sie ebenfalls auf den Tisch. Diese zeigte einen Mann mit einem Stock, an dessen Ende ein Bündel baumelte. Tänzerisch balancierte er am Rand eines Abgrunds, der ihn jedoch nicht weiter zu bekümmern schien.

Alice erkannte das Motiv. »Der Narr«, sagte sie.

»Richtig«, antwortete Walburga. Fast liebevoll betrachtete sie die Karte. »Ein Symbol für Unschuld und Unwissenheit. Dafür, wie die Menschen einst waren, als sie sich ums Lagerfeuer versammelten und Geschichten erzählten, mit denen sie die Welt erklären wollten.«

Der Anblick des Narren zog Alice in seinen Bann. Sowohl Unbekümmertheit als auch Leichtsinn sprachen aus seinem Gesicht. Ob dieser Jüngling jemals genug Aufmerksamkeit aufbringen konnte, einer ganzen Erzählung zu lauschen? Ob er sein Bündel beiseite legte, sich ans Feuer setzte und einfach nur still dort verharrte? Sich eine Geschichte über Wesen anhörte, die den Menschen halfen, sie aber auch ebenso oft neckten? Und während er da am Feuer saß, zeichnete das Licht der flackernden Flammen warme Muster auf sein Gesicht.

Sie zuckte zusammen. War das soeben nur in ihrer Vorstellung passiert, oder hatte sich die Darstellung tatsächlich für einen Augenblick verändert? Hatte der Narr wirklich an einem Feuer Platz genommen?

Nein, das konnte nicht sein. Die Karte vor ihr zeigte das gleiche Bild wie zuvor: den leichtsinnigen Jüngling, der mit seinem Bündel am Abgrund balancierte.

Ihr Blick begegnete jenem von Walburga. Die Frau sah sie aus tiefen, unergründlichen Augen an. »Ist dir nicht gut?«, fragte sie. »Möchtest du ein Glas Wasser?« Sie hielt die nächste Karte zwischen Daumen und Zeigefinger, schickte sich nun jedoch an, sie zurück in den Stapel zu schieben. »Wenn du willst, kann ich auch aufhören.«

»Nein«, beeilte sich Alice zu sagen. »Bitte nicht.«

Einen quälend langen Moment zögerte die Frau, dann legte sie die Karte zu den beiden anderen. Sie zeigte ein düsteres Bild: einen Turm ohne Tür, dafür mit einigen Fenstern, aus denen Flammen hervorschlugen. In die Spitze schlug ein Blitz ein und ließ Trümmerstücke die Mauern hinab regnen.

»Der Turm.« Trauer sprach aus Walburgas Stimme. »Er kann für Befreiung stehen, aber auch für Zerstörung und Erschütterung. Die Menschen haben sich von ihren alten Gewohnheiten befreit, aber gleichzeitig einen neuen Kerker geschaffen.«

Die Karte schien zu flimmern und zu vibrieren. Zwischen zwei Lidschlägen glaubte Alice, statt des groben Mauerwerks eine Fassade aus Glas und Metall zu sehen.

Die Trauer in Walburgas Stimme wandelte sich zu einer Anklage. »Ihr habt Siedlungen und Städte gebaut, Straßen und Eisenbahnlinien angelegt, Bäche und Flüsse aufgestaut und Fabriken errichtet. Sogar die Luft habt ihr erobert.«

Am Fuße des Turmes schienen kleine Gestalten zu kauern und vor den herabstürzenden Trümmern Schutz zu suchen. Alice glaubte Gesichter wie jenes des kleinen Mannes – des Schrats – zu erkennen.

»Manche schafften es, sich dieser neuen Welt anzupassen.« Die Trauer kehrte in Walburgas Stimme zurück.

Alice musste sich räuspern, ehe sie sprechen konnte. »Indem sie Buchhandlungen eröffneten?«

Die Mundwinkel der Frau zuckten nach oben, dennoch kündete ihr Blick immer noch von unendlichem Kummer. »Zum Beispiel. Aber nicht allen fällt es so leicht. Vielen wurde alles genommen.«

Schuldgefühle kochten in Alice hoch. Nein, keine Schuld, vielmehr ein Gefühl von Verantwortung. »Aber die Menschen haben doch keine Ahnung.«

»Haben sie nicht?«, fragte Walburga. »Jene, die am Lagerfeuer saßen, wussten ganz genau, wo sie ihre Hütten errichten durften und wo nicht. Aber das Wissen wurde zu Glauben, und der Glaube verblasste, wurde zum Aberglauben und schließlich zur Ignoranz. Und Wesen wie der Schrat verloren das, was sie einst ihre Heimat nannten.«

Die Worte lasteten schwer auf Alice. Sie starrte die drei Karten vor ihr auf dem Tisch an. »Warum erzählen Sie mir das?«, fragte sie schließlich.

Allmählich erreichte das Lächeln auf Walburgas Lippen auch wieder ihre Augen. »Weil ich fühle, dass du es verstehst. Und weil ich denke, dass du zu ihm durchdringen kannst, wo ich es nicht schaffe.«

»Durchdringen? Zum Schrat?« Wie selbstverständlich dachte Alice von ihm schon nicht mehr als dem kleinen Mann.

Walburga nickte. »Du hast gehört, wo er morgen Abend hingeht?«

»Ja. Aber habe ich das richtig verstanden? Er will mit einem Gremlin sprechen?« Sie erinnerte sich an einen Film, den sie vor langer Zeit gesehen hatte. Darin ging es um flauschige Plüschwesen, die sich in kleine, grüne Ungeheuer mit Segelohren verwandelten, wenn sie nach Mitternacht gefüttert wurden.

Die Frau schien ihre Gedanken zu erahnen, denn sie machte ein Gesicht, als hätte sie in eine Zitrone gebissen und verdrehte die Augen. »Lass dich von Hollywood nicht ins Bockshorn jagen, Liebes«, sagte sie. »Gremlins sind kleine Plagegeister, die von euren Maschinen so begeistert sind, dass sie sich manchmal sogar häuslich in ihnen einrichten. Sie sind wahre Virtuosen darin, sie zu manipulieren. Meistens treiben sie nur harmlosen Schabernack, aber ich fürchte, dem Schrat steht der Sinn nach anderem.« Mit langsamen Bewegungen sammelte sie die drei Karten ein und legte sie oben auf den Stapel. »Wenn er den Gremlin überzeugt, ihm zu helfen«, fügte sie hinzu, »dann wird ein Unschuldiger zu Schaden kommen.«

Ein Unschuldiger. Wovon hatte der Schrat gesprochen? Von einem Mann mit einer Kettensäge und einem Traktor. Alice schüttelte den Kopf. »Nur wegen eines Baumes?«, fragte sie ungläubig.

»Es war eben nicht nur ein Baum«, sagte Walburga. Sie presste kurz die Lippen aufeinander, ehe sie mit eindringlicher Stimme fortfuhr: »Es war einer *seiner* Bäume. Er stand in einem Park und musste wohl einem neuen Weg weichen.«

Sie schwieg einen Augenblick, schloss die Augen und strich sich über das Gesicht. »Im Laufe der Zeit hat er so viele Bäume verloren. Dieser eine war wohl der berühmte Tropfen, der das Fass überlaufen ließ. Und jetzt will er Rache an dem Mann nehmen, der ihn gefällt hat.«

»Indem er – was macht? Dafür sorgt, dass seine Maschinen verrückt spielen?«

»Sabotage nennt man das wohl«, sagte Walburga. »Und ich fürchte, dass harmloser Schabernack nicht reichen wird. Wenn der Schrat es schafft, den Gremlin zu überzeugen, sein Schlimmstes zu geben, dann wird Blut fließen.«

Obwohl sie diese Erklärung bereits geahnt hatte, trafen die Worte Alice wie ein Hammerschlag. »Warum erzählen Sie mir das?«, fragte sie tonlos.

»Tief im Inneren ist er ein guter Kerl. Im Moment ist er

verblendet, aber ich erinnere mich daran, wie er früher war. Er liebte seine Bäume und die Blumen, die auf seinen Wiesen wuchsen. Du musst ihm helfen, wieder sein altes Ich zu finden.«

»Wieso ich? Sie könnten das viel besser. Sie wissen mehr, Sie gehören ...« Alice unterbrach sich selbst, brachte die Worte trotz allem, was sie in den letzten Minuten gehört hatte, nicht über die Lippen.

»Ja, ich gehöre dazu«, sprach Walburga es aus. »Ich gehöre zu einer Welt, in der es Schrate und Gremlins und andere Wesen gibt. Und eben deswegen kann ich es nicht tun. Es muss ein Mensch sein, der ihn davon überzeugt, von seinem Vorhaben abzulassen.«

✥

Es war dunkel, als Alice die Adresse erreichte. Sie erinnerte sich an das Gebäude, das hier gestanden hatte, ein hässlicher, grauer Klotz. An seiner Stelle türmte sich nun nur mehr ein Haufen Schutt. Daneben warteten ein Bagger und ein Lastwagen auf den nächsten Tag, um diese letzten Reste abzutransportieren. Ein mobiler Gitterzaun, der lediglich in Betonblöcke am Boden gesteckt wurde, umgab das Gelände.

Aus der Entfernung erkannte sie bereits die kleine Gestalt des Schrats. Er stand auf der anderen Seite des Areals neben dem Bagger und schien sich mit jemandem außerhalb ihres Blickfeldes zu unterhalten.

Sie hielt inne und kontrollierte noch einmal das Stoffsäckchen, das sie mit sich trug. Zum Glück war es heute wärmer als an den vergangenen Abenden, denn allzu große Kälte würde dem Inhalt schaden. Trotzdem vergewisserte sie sich noch einmal, dass alles in Ordnung war. Dann ließ sie ihren Blick den Zaun entlang gleiten. Einige Schritte von ihr entfernt war einer der Betonklötze ein Stück verschoben, so dass sich eine Lücke im Zaun bildete. Ob der Schrat diesen Weg genommen hatte?

Ein Weg auf das Gelände stand ihr also offen. Aber wie sollte es danach weitergehen? Sie beschloss, den Trümmerhaufen zu umrunden, um auf die andere Seite des Baggers zu gelangen. Dort konnte sie sich neben den gewaltigen Rädern der Maschine im Schatten verbergen und unbemerkt dem Gespräch lauschen. Von dieser Position aus, so hoffte sie, würde sie auch einen Blick auf den Gesprächspartner des Schrats erhaschen.

Und dann? Erneut tastete sie nach dem Inhalt des Stoffbeutels.

Eins nach dem anderen. Erst einmal wollte sie ihre Neugier befriedigen und hören, was die beiden besprachen.

Sie vergewisserte sich, dass der Schrat immer noch in die Unterhaltung vertieft war, dann schlüpfte sie durch die Lücke im Zaun. Unbemerkt erreichte sie die Stelle, an der sie sich verbergen wollte.

»Das ist aber nicht lustig«, sagte eine unbekannte Stimme. Das musste der Gremlin sein.

Alice riskierte einen raschen Blick am Rad des Baggers vorbei. Anders als die Gremlins in jenem Film, den sie einst gesehen hatte, balancierte jedoch kein schuppiges grünes Ungeheuer auf der Oberkante der Baggerschaufel. Stattdessen sah sie ein kleines pausbäckiges Männchen mit einem roten Haarschopf, das ihr kaum bis zum Bauchnabel reichen würde, stünde es neben ihr. Übergroße Segelohren wackelten bei jeder Kopfbewegung, und eine lange, spitze Nase deutete wie ein Wegweiser dorthin, wohin der

Gremlin gerade seinen Blick richtete. Die Hände wirkten, verglichen mit dem Rest des Körpers viel zu groß und die Finger viel zu lang. Seine Kleidung, die direkt aus einem Puppenladen zu stammen schien, bestand aus einer Latzhose und einem karierten Hemd.

Neben der Baggerschaufel stand der Schrat und stierte den Gremlin finster an.

Alice ging wieder in Deckung.

»Es soll auch nicht lustig sein«, sagte der Schrat.

»Ich mag es aber lustig«, antwortete der Gremlin. »Erst gestern habe ich ...« Es folgte eine Beschreibung technischer Einzelheiten des Baggers. Alice verstand kein Wort davon. »Als der Fahrer dann Gas gab«, beendete der Gremlin seinen Bericht, »war überall nur mehr schwarzer Rauch und alle sind durcheinandergelaufen. Das war lustig.«

»Es soll aber nicht lustig sein!« Der Schrat schrie nun fast.

»Psst.« Der Gremlin verfiel in ein übertriebenes Flüstern. »Du weckst noch die Nachbarn.«

»Es soll nicht lustig sein«, wiederholte der Schrat, nun mit leiser Stimme. »Ich will, dass er leidet. Ich will ihn tot sehen. Kannst du dafür sorgen?«

»Hmmm«, sagte der Gremlin nachdenklich. »Ich könnte Folgendes machen.« Wieder folgte eine Beschreibung von Manipulationen, diesmal an einem Traktor. Erneut verstand Alice kaum ein Wort, doch es bestand kein Zweifel daran, dass es um das Fahrzeug des Mannes ging, der den Baum des Schrats gefällt hatte. »Und dann«, schloss er, »geht das Ding in Flammen auf.«

»Flammen, das klingt gut.« Die Stimme des Schrats klang heiserer als je zuvor. »Was willst du dafür haben?«

»Ich weiß nicht«, sagte der Gremlin. Und dann erklang seine Stimme ganz nah neben Alices Ohr. »Was denkst du denn, was ich verlangen soll?«

Mit einem erstickten Schrei machte sie einen Satz zur Seite. Der Gremlin saß plötzlich oben auf dem Rad des Baggers und ließ die Beine über den Rand baumeln. Er musterte sie mit interessiertem Blick.

»Normalerweise könnt ihr uns nicht sehen«, stellte er fest, dann wandte er sich an den Schrat. »Das wird jetzt bestimmt interessant.«

Der Schrat kam langsam auf sie zu. »Du«, krächzte er. »Was willst du?«

»Es tut mir leid«, sagte sie leise.

»Leid? Was tut dir leid? Dass du uns belauschst?« Er stand nun direkt vor ihr. Obwohl sie die Größere war, fühlte sie sich in diesem Augenblick klein und wehrlos.

»Das mit deinem Baum«, brachte sie mühsam heraus. Ihre Stimme klang dünn. »Das ist es, was mir leidtut. Er hat dir viel bedeutet, nicht wahr?«

Als der Schrat ihren Blick erwiderte, erkannte sie den grenzenlosen Kummer, den er hinter seiner Fassade aus Missmut verbarg. »Es werden immer weniger«, sagte er. »Überall wird betoniert und asphaltiert. Ihr verwandelt blühende Wiesen in Straßen und Autobahnen.«

»Aber wir pflanzen auch neue Bäume. Bäume, die dich brauchen.«

Sie griff in ihre Stofftasche und zog einen Topf mit einem kleinen Bäumchen hervor, dem schönsten, das sie hatte finden können. Sie hielt ihn dem Schrat entgegen.

Er zögerte lange Zeit.

»Jetzt nimm ihn schon«, meldete sich der Gremlin zu Wort.

Mit einer langsamen Bewegung ergriff der Schrat den Topf. Er drehte ihn hin und her und betrachtete das Bäumchen von allen Seiten. Dabei zeigte sein Gesicht keinerlei Missmut, keinen Kummer, Hass oder Zorn. Und erschien da nicht sogar ein kleines, schwaches Lächeln auf seinen Lippen?

»Noch ist nichts Schlimmes passiert.« Die Stimme des Gremlins klang wie aus weiter Ferne. Alice sah zum Rad des Baggers, sah ihn jedoch nicht mehr.

»Und es muss auch nichts Schlimmes passieren.« Diese letzten Worte verklangen wie ein Flüstern im Wind.

Sie wandte sich wieder dem Schrat zu. Dessen Lächeln wuchs ein Stück in die Breite. Er sah zu ihr auf, und sie erkannte Dankbarkeit in seinen Augen.

Ihr war klar, dass diese Geste alte Verletzungen nicht von heute auf morgen heilen würde. Alter Groll und alter Kummer gerieten deswegen nicht in Vergessenheit, doch all das lag in der Vergangenheit. Was zählte, war die Zukunft, die sie noch gestalten konnten.

Die grellen Lichter der Großstadt mochten zwar das Funkeln der Sterne überstrahlen. Aber sie waren dort, und sie leuchteten für alle.

Günter Gerstbrein wurde 1977 in Niederösterreich geboren. Schon während der Kindheit faszinierten ihn fantastische Geschichten. Obwohl ihm das Schreiben und Erzählen immer wichtig war, schlug er eine technische Laufbahn ein. Nach dem Abschluss des Studiums der technischen Mathematik an der TU Wien war er vierzehn Jahre als Softwareentwickler tätig. Inzwischen arbeitet er als freier Texter.

Den Perchten auf der Spur
❦ Florian Krenn ❦

Mit einem deutlich vernehmbaren Klicken rastete der Aufnahmeknopf des Diktiergerätes ein.

»Reportage ‚Auf der Suche nach den Perchten und dem Krampus', dritter Januar, Besuch bei Domenika Perthaler in Hinteralmstoder.« Werner Derendt, Journalist bei der Wiener Zeitung für Historisches, sprach laut und deutlich in das Mikrofon auf der Oberseite des Gerätes. Dann platzierte er es zwischen sich und seiner Gastgeberin auf dem schweren, grob gezimmerten Holztisch der heimelig wirkenden, rustikalen Bauernstube.

»Frau Perthaler, vorneweg danke, dass Sie sich Zeit für mich und meine Recherchen nehmen, die mich quer durch die Alpen bis hierher nach Hinteralmstoder geführt haben.«

Die alte Frau, die ihm gegenüber auf der Bank saß, erwiderte schüchtern sein Lächeln und entblößte dabei ihre letzten verbliebenen Zähne. Sie schien ihn zu mustern, ihn einzuschätzen. »Gern. Ich hab nicht viel Besuch und freu mich, wenn jemand zum Plaudern kommt.« Ihre Stimme klang so krächzend wie die einer Krähe. »Was wissen Sie denn schon alles?«

Werner schmunzelte. Die Gegenfrage kam überraschend. Die meisten Interviewpartner – vor allem die alten – neigten dazu, bereitwillig ihr Wissen herauszusprudeln und endeten erst, wenn sie wirklich alles preisgegeben hatten. Zumeist mehr, als man wissen wollte, und nicht immer zum Thema.

»Nun, so manches. Ich habe schon viel gehört und gelesen, von alten heidnischen Bräuchen wie der wilden Jagd bis hin zur Christianisierung der alten Feiertage. Von den guten Schön- und bösen Schirchperchten, von der Austreibung des Winters und des alten Jahres. Die Parallelen zum Knecht Ruprecht, dem Begleiter des Nikolaus, und zur Frau Welt, also der Frau Percht. Vom Krampus, dem Brauchtum und seiner Vermischung mit dem Perchtentum. Vom vorchristlichen Dämon bis zur Sagengestalt. Das meiste davon ist Altbekanntes.«

Die Alte nickte gedankenverloren, während sie an ihrer altväterischen Blumenschürze herumnestelte.

»Da haben Sie schon viel gehört«, stellte sie fest. »Wo waren Sie überall?«

»Tirol, Schweiz, Bayern, Salzburg, Steiermark, Kärnten. Also hauptsächlich in den Alpen und im Vorland. Und jetzt, mit dem Besuch bei Ihnen, bin ich wieder ins Hochgebirge zurückgekehrt.«

»Das sind Sie, als einer der wenigen. Wir kriegen ja nur selten Besuch hier. Zum Glück verschonen uns die Touristen.« Sie trommelte mit den dürren Fingern auf die massive Tischplatte. »Die Frage ist: Was glauben Sie, hier in einem abgelegenen kleinen Bergdorf zu finden, das Sie auf Ihrer Reise noch nicht gefunden haben?«

Werner zog überrascht eine Augenbraue hoch. Eine interessante Gastgeberin. Trotz ihres Alters – schätzungsweise um die achtzig bis neunzig Jahre – war sie rüstig und geistig topfit. Ihr Verstand funktionierte ausgezeichnet und sie zog genau die richtigen Schlüsse.

»Sie kommen schnell zur Sache, das muss man Ihnen lassen.« Werner nickte anerkennend. »Meine Nachforschungen brachten, wie bereits erwähnt, nicht viel Neues zutage, bis ich mit einem alten Mann in Tirol gesprochen hatte. Seine Erzählungen brachten mich auf eine neue Theorie.«

»Die wäre?«

»Nun, sie ist sehr abstrakt und gewagt. Verrückt, möchte man meinen. Sie verstehen bestimmt, wenn ich sie Ihnen so roh zusammengereimt noch nicht auftischen möchte.«

Die alte Frau erhob sich überraschend schwungvoll und strich sorgfältig ihre Schürze glatt.

»Apropos auftischen – ich habe Ihnen noch nichts zu trinken angeboten. Ich bin eine schlechte Gastgeberin. Was darf ich Ihnen bringen? Tee, Kaffee oder lieber ein Schnapserl?«

»Bitte, machen Sie sich keine Umstände.«

Energisch stampfte Frau Perthaler mit dem Fuß, der in einem abgelaufenen Bauernstiefel steckte, auf. »Unsinn, also, was möchten Sie?«

»Tee bitte.«

Frau Perthaler zog nun ihrerseits erstaunt die Augenbrauen hoch. »Ich hätte wetten können, dass Sie Kaffee trinken. Von den Leuten aus der Stadt, vor allem Zeitungsleuten, erwartet man das.«

Sie ging zu einem Schrank, dessen Korpus mit Schnitzereien geschmückt war. Echte alte Handwerksarbeit, für die Sammler wohl einen guten Preis bezahlen würden. Daraus holte sie einen Teekessel hervor, den sie mit Wasser aus einem Topf füllte, der bereits auf dem mit Holzscheiten gefeuerten Ofen stand.

»Pfefferminze?«

»Gern.«

»Während ich den Tee herrichte, könnten Sie mir von Ihrer Theorie berichten.« Sie schenkte ihm ein freches Lächeln.

»Eigentlich soll man das nicht«, erklärte Werner ausweichend. »Interviewpartner neigen dazu, das zu erzählen, was der Interviewer hören will. Ich möchte Sie nicht beeinflussen. Und die Theorie ist auch sehr ... abstrus.«

Die alte Frau blickte ihn enttäuscht an.

»Kommen's schon, so viel Neues hör ich hier oben nicht«, bat sie. »Und weitererzählen kann ich es keinem. Die paar, die nach mir sehen, glauben mir eh nichts mehr, mich halten hier alle für verrückt.« Sie vollführte eine kreisende Handbewegung vor ihrer Stirn. »Und wer weiß, ob ich Ihnen überhaupt etwas erzählen kann, das Ihnen weiterhilft.«

Werner räusperte sich verlegen. Besser, er gab etwas von seiner Theorie preis, bevor es sich seine Gastgeberin anders überlegte und sich ihrerseits in Schweigen hüllte.

»Also, der Mann, von dem ich Ihnen erzählt habe ... er meinte, schon einmal einen Krampus gesehen zu haben.«

Die Alte lachte kopfschüttelnd ihr weitgehend zahnloses Lächeln, während sie mit Blumenmotiven verzierte Teetassen aus der Kredenz holte und Teebeutel hineinhängte.

»Das hat jeder, der schon mal auf einem Perchtenlauf war.« Sie zuckte mit den Schultern. »Viele haben Kostüme und Masken zu Hause, und manche treiben damit Schindluder.«

Werner fixierte seine Gastgeberin mit aufmerksamem Blick. »Er meinte aber keinen verkleideten, sondern einen echten und äußerst lebendigen Krampus – und zwar hier in der Gegend.«

Für einen Augenblick gerieten die Bewegungen der Alten ins Stocken, als sie das heiße Wasser über die Beutel in den Tassen goss.

Bingo! Werner lehnte sich zufrieden zurück. Frau Perthaler hatte eine deutliche Reaktion gezeigt. Das hieß, sie verschwieg etwas.

Wieder gefasst, mit einem schwer zu deutenden Lächeln auf den Lippen, trat sie an den Tisch und stellte eine der Tassen vor Werner, richtete das bestickte Sitzkissen und setzte sie sich mit der zweiten Tasse in der Hand auf ihren Platz. »Das klingt ja wie ein Märchen.«

»Zugegeben.« Werner zuckte mit den Schultern. »Aber ist es wirklich eines? Fast alle Sagen haben einen wahren Kern.«

Frau Perthaler nickte zustimmend und bedeutungsvoll. »Da haben Sie recht.« Sie nahm vorsichtig einen Schluck von dem heißen Gebräu. »Wie kann der Mann sich sicher sein, dass es ein echter Krampus – oder was auch immer – gewesen ist? Gab es Beweise? Sie sehen mir nicht so aus, als ob Sie jedes Hirngespinst einfach so glauben.« Über ihre Teetasse hinweg warf sie ihm einen belustigten Blick zu.

Werner erwiderte diesen gelassen und umfasste die Tasse mit beiden Händen. »Der Mann erzählte mir, er hätte den Krampus hier in der Gegend zwischen Großvenediger und Großglockner gesehen. In den Raunächten, als er durch den Wald hinter Hinteralmstoder wanderte, um Verwandte im nächsten Tal zu besuchen. Das Wesen hatte ihn damals nicht bemerkt, es war zu sehr mit einem erlegten Hasen beschäftigt gewesen, den es roh auffraß.« Werner machte eine Pause und sah seine Gastgeberin vielsagend an. »Ein Kostüm kann man anziehen, aber man kann mit einer Maske keinen Hasen zerreißen und hinunterschlingen.«

»Und wie erklären Sie sich dann, dass es keine Begegnungen gibt?« Die Alte runzelte die Stirn. »Wie können solche Wesen unentdeckt bleiben?«

Werner hob mit beiden Händen die Tasse zum Mund und pustete vorsichtig über das heiße Getränk. »Das ist einer der größten Schwachpunkte der Theorie, zugegeben. Aber vielleicht ist es ja öfters gesehen worden, aber niemand spricht – warum auch immer – darüber? Oder sie verstecken sich sehr geschickt, schließlich sind sie der Sage nach nur in den Raunächten aktiv. Vielleicht sind sie mittlerweile sogar ausgestorben.« Werner ließ die Worte wirken, bevor er nachsetzte: »Wer, wenn nicht Sie als älteste Einwohnerin dieser abgelegenen Siedlung, könnte etwas darüber wissen? Die Tatsache, dass Sie mich nicht auslachen, lässt mich zumindest hoffen, dass ich nicht falsch liege.«

Wieder schenkte ihm die Alte ein breites, fast zahnloses Grinsen. »Ausgestorben. Nein, ausgestorben sind sie nicht.«

Fast hätte Werner den Tee verschüttet. Mit zitternden Händen stellte er die Tasse langsam und vorsichtig wieder zurück auf den Tisch. »Das heißt ... Sie wissen etwas über diese Wesen?«

Sie nahm einen großen Schluck und nickte langsam. »Ja, ich weiß etwas. Es gibt das, was Sie suchen. Die Frage ist nur, ob Sie Ihre Neugier wirklich befriedigen wollen ...«

»Bitte – Sie müssen mir erzählen, was Sie wissen!« Werner gestikulierte so aufgeregt mit den Händen, dass er gegen die Tasse schlug und diese umwarf. Heißer Tee lief über den Tisch, die Tasse blieb jedoch glücklicherweise heil. Rasch erhob er sich und wischte den Tee mit einem Geschirrtuch auf, das über dem Sessel neben ihm hing. »Entschuldigen Sie bitte vielmals mein Missgeschick.«

»Ich mach das schon, lassen's nur«, winkte die Alte ab und nahm ihm das Tuch aus der Hand. Danach ging sie mit der Tasse zum Ofen zurück.

»Danke, für mich keinen Tee mehr«, lehnte er höflich ab.

»Glauben Sie mir, für das, was ich Ihnen jetzt erzähle, werden Sie einen brauchen. Einen speziellen Tee, eine eigene Kräutermischung. Das beruhigt die Nerven.« Ohne eine Antwort abzuwarten, begann die Alte in der Küche herumzuhantieren. »Um die Geheimnisse der Alpen zu verstehen, muss man von den Geheimnissen der Alpen kosten.«

»Dann gerne«, willigte Werner ein. Hauptsächlich, um seine Gastgeberin nicht zu kränken und so zu riskieren, dass sie es sich anders überlegte und ihr Wissen doch für sich behielt.

Aus einer Holzschatulle warf die Alte allerhand Kräuter in das Wasser und rieb ein wenig von einer dunkelbraunen Wurzel, die sie aus einer Lade holte, ab. Während das Wasser aufkochte und ein herber Geruch sich im Raum ausbreitete, holte sie aus der Kredenz zwei Schnapsgläser und eine durchsichtige Glasflasche mit einer rötlichen Flüssigkeit. »Zirbenschnaps, selbstgemacht«, bemerkte sie nicht ohne Stolz. »Die Zirben und die Krampusse haben viel gemeinsam. Sie können sehr alt werden, sie erblühen nur selten und sie gehören seit jeher zu den Bergen wie Schnee, Wald und Felsen.«

»Ich verstehe nicht ...«

»Eben!«, rief die Alte und prostete ihm zu, woraufhin sie beide ihre Gläser leerten. »Um diese Wesen zu verstehen, müssen Sie die Berge verstehen.« Sie tippte sich mit dem Finger auf die Stirn. »Der Schnaps und mein Tee helfen Ihnen dabei.«

Geräuschvoll atmete Werner alkoholgeschwängerte Luft aus. Der Zirbenschnaps schmeckte süßlich und sehr harzig. »Ausgezeichnet!«

»Ich wusste, Sie würden ihn mögen.« Die Gastgeberin widmete sich wieder dem Tee. Bedächtig goss sie das Gebräu durch ein Sieb in eine Tasse, die sie ihrem Gast servierte.

Vorsichtig nippte Werner daran. Die bräunliche Flüssigkeit schmeckte bitter und erdig. Sofort erfüllte wohlige Wärme seinen Körper – was aber auch am Schnaps liegen konnte, den Frau Perthaler schon wieder nachschenkte.

»Krampusse sind selten. Wild zwar, aber scheu. Sie zeigen sich fast nie – und wenn, nur in den Raunächten zwischen Weihnachten und den Heiligen Drei Königen, wie Sie bereits erwähnten.«

Werner fächerte sich mit der Hand Luft zu, um die Hitzewallungen, die durch seinen Körper wogten, zu beruhigen. »Wie kommt es, dass es so wenig Begegnungen gibt, wo die Alpen doch mittlerweile so erschlossen sind?«

Das Gesicht seiner Gastgeberin nahm fast wehmütige Züge an. »Das stimmt. Überall machen sich Touristen und Geschäftsleute breit. Menschen, die mit dem alten Glauben, den Sitten und Bräuchen nichts anfangen können. Sie drängen die Perchten in die entlegensten Orte zurück, in denen sie sich versteckt halten müssen. Und doch sind sie da.«

»Haben Sie je einen gesehen?«

»Aber natürlich. Man erkennt sie, wenn man weiß, wo man hinsehen muss.«

Werner trank einen weiteren Schluck des sonderbaren Tees, um seine Aufregung zu zügeln. Die Wärme in der Stube ließ sein Gesicht prickeln. »Wie sehen sie aus?«

»Groß, etwa einen Kopf größer als Menschen, schwarz-braun, zottelig mit Hörnern. Ein Gesicht wie ein Mischwesen aus Mensch, Bär und Wolf. Starke Pranken mit Klauen. Furchterregend.«

»Tragen sie auch Glocken, Ketten und Ruten?«

Die Alte knallte ihr Glas auf den Tisch und fixierte ihr Gegenüber. Auf der runzligen Stirn zeichneten sich noch mehr Falten als zuvor ab – eine Tatsache, die Werner nicht für möglich gehalten hätte.

»Bitte, machen Sie sich nicht lächerlich! Warum sollten sie sich Kuhglocken umhängen, wenn sie verborgen bleiben wollen? Auch Ketten und Ruten gibt es keine, das sind alles moderne Erfindungen, um Kindern Angst einzujagen. Die Kuhglocken läuten nur dann, wenn sie Vieh reißen.«

Fassungslos blickte Werner sie an. »Die Wesen töten Rinder?« Aufgeregt nippte er am Tee.

Frau Perthaler nestelte wieder an ihrer Schürze herum. *Ganz schön große Hände für eine Frau*, bemerkte Werner. Vermutlich kam das von der harten Arbeit auf den Almen. Hier wurde noch körperlich gearbeitet.

»Ja, Ziegen, Schafe und selten mal ein Rind. Meist Wild, das zieht nicht so viel Aufmerksamkeit auf sich. Überbleiben tut nicht viel, das gefunden werden könnte.« Frau Perthaler zuckte mit den Schultern. »Nur selten wagen sie sich an einen verunglückten Wanderer, Bergsteiger oder Skifahrer, der von einer Lawine verschüttet wurde oder in eine Gletscherspalte gefallen ist.«

Beinahe hätte Werner den Tee, von dem er gerade trank, wieder ausgespuckt. »Bitte was? Sie fressen Menschen?«

Die Alte grinste belustigt und zwinkerte ihm zu. »Manchmal ...«

Dem Journalisten liefen kalte Schauer über den Rücken. Die Geschichte klang – leider – viel zu abstrakt, um wahr zu sein, aber zumindest konnte man eine gute, reißerische Story daraus machen, die zwar nicht ernst genommen werden, sich aber gut verkaufen würde. Und das war schon mehr, als er vor seiner Fahrt nach Hinteralmstoder zu hoffen gewagt hatte. Die Erzählung ängstigte ihn zwar nicht, dafür aber die Augen der alten Vettel – besser gesagt das Funkeln in ihnen. Was mochte sie Zeit ihres Lebens alles gesehen haben?

»Woher kommen die Krampusse?«

»Die waren schon immer hier.« Die Alte schenkte sich einen Zirbenschnaps nach, bevor sie fortfuhr. »Ihr Gebiet reicht vom Untersberg im Norden, der Schweiz und Südtirol bis in die Ausläufer der Alpen in der Steiermark rund um den Hochwechsel. Sie bevorzugen magische, zerklüftete Berge mit Höhlen, so wie eben den Untersberg, den Ötscher oder die Hohen Tauern.« Ihr Blick wurde wehmütig. »Aber die Menschen veränderten alles, als sie hier ankamen. Das alte Volk der Alpen und die ersten Neuankömmlinge – sie vermischten sich und so entstanden die Perchten, wie wir sie heute kennen. Echte Krampusse gibt es nur noch äußerst selten.«

»Sie meinen, die Menschen und die Krampusse haben sich ... aufeinander eingelassen?«

Die Alte nickte. »Sie zeugten gemeinsame Nachfahren. Nach und nach verwässerte sich so das Blut der alten Spezies, aber ihr Erbe blieb bestehen.«

Werner nippte nachdenklich am Tee. Das klang alles erstunken und erlogen. Es wirkte einfach nicht richtig, so wie der zarte Flaum, der Frau Perthalers Oberlippe bedeckte und ihm bis jetzt noch nicht aufgefallen war. *Nicht sehr damenhaft, aber in diesem Alter allein am Berg vermutlich auch egal.* Ein Damenbart stellte hier, fernab jeglicher medizinischen Infrastruktur, wohl das kleinste Problem dar.

»Was meinen Sie damit genau?« Langsam fiel es ihm schwer, dem Gespräch zu folgen. Er sollte weniger trinken – ein Anfängerfehler, der ihm sonst nicht unterlief. Aber hätte sich seine Gastgeberin ihm sonst geöffnet? Zumindest hatte er das Diktiergerät, das sich für ihn erinnern würde.

»Die Kinder und Kindeskinder der Krampusse tragen das wilde Erbe noch in sich. Die meiste Zeit im Jahr können sie es kontrollieren, aber in den Raunächten bricht es aus ihnen heraus. Die alte Magie ist an diesen Tagen zu stark. Manche begeben sich dann auf die *Wilde Jagd.*« Sie lächelte verschlagen und zwinkerte ihm verschwörerisch zu.

Mit einem Zug leerte Werner sein Schnapsglas und beschloss zugleich, keinen Alkohol mehr zu trinken. Bildete er sich das ein, oder hatte seine Gastgeberin deutlich mehr Zähne im Mund als zu Beginn ihres Gespräches? Seine verschobene Wahrnehmung war ein untrügliches Zeichen, dass der Alkohol Wirkung zeigte. Ihm war schon ganz schwindlig. Alkoholisiert wäre die halbstündige Autofahrt in seine Pension viel zu gefährlich. Stattdessen ließ er sich Tee nachgießen.

»Wie ... sehen die Perchten aus?«

Da war es wieder, das Lächeln. *Wie kann eine alte Frau nur so spitze Zähne haben?* Werners Kopf pochte, und er rieb sich die schmerzende Schläfe. *Für die Heimfahrt werfe ich mir ein Aspirin ein.*

»Nun, ganz normal ... so wie Menschen ... bis sie sich verwandeln.«

»Sie meinen, Perchten sind Gestaltenwandler – so wie ein Werwolf?«, mutmaßte Werner und begutachtete fasziniert die Hände seiner Gastgeberin. Nicht nur, dass sie überraschend viel Körperbehaarung besaß, die gelben, krallenartigen Fingernägel komplettierten den ungepflegten Eindruck. Mobile Pflegehilfe gab es hier oben vermutlich nicht. Ein Jammer, dass sich niemand um die alte Frau kümmerte.

»So könnte man es sagen.« Die Alte schien sichtlich amüsiert.

»Woher wissen Sie so viel über Krampusse und Perchten?«, lallte Werner und knöpfte sich das Hemd etwas auf. Schweißperlen standen auf seiner Stirn. Der Ofen spuckte eine unglaubliche Hitze aus.

»Was denken Sie?« Verheißungsvoll leckte sich sein Gegenüber die gelben Reißzähne. Die gespaltene Zunge war Werner bis dato nicht aufgefallen. Andererseits passte sie ausgezeichnet zu den gewundenen Hörnern.

Etwas bahnte sich langsam einen Weg durch seinen getrübten Verstand: Eine Erkenntnis – eine wichtige sogar! Die Erkenntnis, dass seine Gastgeberin Hörner, ein zotteliges Fell, lange Krallen und scharfe Reißzähne besaß und einen Gestank verströmte, der an eine Mischung aus Moschus und nassem Hund erinnerte.

Der Tee ... es musste der Tee sein, der die Halluzinationen verursachte. Hatte ihm Frau Perthaler Drogen hineingemischt, die seinen Geist durch den Nebel seines Verstandes irren ließen?

»Ist etwas nicht in Ordnung?«, erkundigte sich das Wesen, das einmal eine alte Frau gewesen war, mit gutturaler

Stimme und einer Grimasse, die im besten Fall als hämisches Grinsen definiert werden konnte. Speichel tropfte von den Fängen und zog lange Fäden.

Der ansteigende Adrenalinspiegel brachte einen Moment der Klarheit in Werners Kopf. Mit einem Schlag wurde er sich der Situation bewusst. In Panik sprang er auf und flüchtete, so schnell es sein Zustand zuließ, in Richtung der Tür und stürzte hinaus ins Freie.

Ein eisiger Hauch empfing ihn und die Luft brannte in der Lunge, doch die klirrende Kälte brachte etwas Klarheit in seinen verwirrten Geist.

»Was ist los mit Ihnen?«, rief ihm die Stimme hinterher. »Geht es Ihnen nicht gut? Sie haben Ihren Tee nicht ausgetrunken. Außerdem haben Sie Ihre Jacke und Ihr Diktiergerät vergessen.«

Scheiß drauf! In Todesangst lief Werner durch den Schnee zu seinem Wagen und betete zu allen Göttern, die ihm gerade einfielen und hoffentlich auch zuhörten, dass er den Autoschlüssel in die Hosentasche und nicht in die Jacke gesteckt hatte. Erleichterung und Zuversicht durchfluteten ihn, als sich seine Hand um das Objekt der Begierde schloss. Noch im Laufen entriegelte er mit dem Funkschlüssel seinen schwarzen Mercedes, schwang sich hinein und knallte die Tür zu. Der vertraute Geruch nach Leder gab zumindest die Illusion von Sicherheit. Mit zittrigen Fingern versuchte er den Schlüssel in den Anlasser zu stecken, was erst quälende Sekunden später gelang. *Komm schon, spring an, verdammt!* Der Schlüssel drehte sich im Schloss und der Motor sprang brummend an. Ein schneller Blick in den Rückspiegel – die Tür stand noch offen, aber von der Alten oder der Percht oder was auch immer das gewesen war, sah er nichts mehr.

Plötzlich erschien eine dunkle, zottelige Gestalt in der Pforte. Mit großen Schritten näherte sie sich dem Auto.

Panisch trat Werner das Gaspedal, so fest er nur konnte. Mit durchdrehenden Reifen setzte sich der Wagen in Bewegung. Bergab, die verschneite Straße entlang in den Wald hinein. Dichtes Schneetreiben hüllte die Serpentinen in ein allumfassendes Weiß. Immer wieder schlingerte der Wagen in Kurven. Mit zunehmender Distanz zum Haus der Alten beruhigte sich Werners Puls und damit auch sein Fahrstil. Es grenzte fast an ein Wunder, dass er es so weit ohne Unfall geschafft hatte. Mit der Anspannung wich auch seine Benommenheit. *Habe ich mir das alles eingebildet?* Ein kalter Schauer lief über seinen Rücken und seine Wangen begannen zu glühen. *Was wird sich Frau Perthaler denken? Wie peinlich ... aber – es war so real.*

Plötzlich huschte ein schwarzer Schemen vor dem Auto über die Straße. Vor Schreck trat Werner auf die Bremse. Das Antiblockiersystem des Autos arbeitete spürbar unter den extremen Bedingungen. Der Mercedes verlangsamte seine Geschwindigkeit auf der Schneefahrbahn nur geringfügig. Ein abgebrochener Ast lag vor ihm auf der Straße. »Scheiße!«, fluchte Werner. »Das wird knapp.« Mit einer kurzen Lenkbewegung versuchte er auszuweichen, wodurch der Wagen zu schlingern begann. Rasch lenkte Werner gegen, aber das Heck brach aus. Verzweifelt versuchte Werner die Kontrolle über das Fahrzeug wiederzuerlangen. Vergeblich. Das Auto rutschte von der Straße und stürzte über die Böschung in den Wald hinunter. Der Wagen überschlug sich mehrmals, Scheiben zerbarsten, und das Metall kreischte mit dem Fahrer im Einklang. Schlussendlich blieb der Mercedes zwischen ein paar Bäumen hängen.

Schmerzen durchfluteten Werners Körper. Warmes Blut lief aus seiner Nase und tränkte den weißen Kragen seines Hemdes. Kraftlos schnallte er sich ab. Kalte Winterluft wehte durch die zersplitterten Scheiben herein und verbreitete einen Geruch nach Benzin und Motoröl. *Schnell raus hier.* Verzweifelt riss er an der verbogenen Tür, die sich keinen Millimeter bewegte. Stattdessen flammte ein heißer Schmerz in seiner linken Schulter auf. Verbissen kämpfte Werner gegen eine Ohnmacht an.

Ein knirschendes Geräusch erklang draußen im Wald. Schritte näherten sich durch den verharschten Schnee.

»Hilfe!«, stammelte Werner benommen. »Ich bin hier!« Schlapp sank er im Sitz zusammen, darauf bedacht, seine lädierte Schulter zu schützen. Der Schmerz trieb ihn weiter in die Dunkelheit der Bewusstlosigkeit. Ein knarrendes Geräusch erklang, als die Autotür aufgezogen wurde. Der Gestank nach Moschus und nassem Hund erfüllte die Luft, als eine zottelige Hand nach ihm griff.

Manchmal – nur manchmal – fressen sie auch Menschen.

© Florian Krenn/NickyPE/Pixabay

Florian Krenn, Jahrgang 1980, lebt in Niederösterreich am Rande der Wachau und ist Vater von drei Kindern. Das Verfassen von Texten ist für ihn ein willkommener Ausgleich zu seiner Arbeit mit Zahlen.

Seit jeher begeistern ihn Fantasy und Horror quer durch Literatur, Film, Spiele, Musik und Comics.

Die Idee zu Schreiben begleitete ihn seit seiner Jugend, auch wenn die Umsetzung weitere Jahre benötigte.

Mittlerweile wurden mehrere seiner Kurzgeschichten veröffentlicht, die von Horror über Science-Fiction bis hin zu Kindergeschichten breit gefächert sind.

Wer eine Jungfrau schändet
୬ Angela Hoptich ୭

Die Dunkelheit kroch kalt in Theos Knochen. Es war der Zeitumstellung geschuldet, dass sich bereits am frühen Abend der Nachthimmel auf die Stadt herabsenkte.

Er schauderte und zog seinen Schal enger.

Wie hatte er sich nur von Aria zu diesem Treffpunkt überreden lassen können? Bei dem Gedanken an einen Abendspaziergang in der Nekropole der Verdammten stellten sich ihm die Nackenhaare auf. Nicht gerade das, was er sich für ein Date gewünscht hatte.

Sein Hinterkopf kribbelte. Wurde er beobachtet? Zwischen den Bäumen und Büschen entlang der Friedhofsmauer führten die Schatten ein Eigenleben.

»Buh!«

Das Herz blieb ihm beinahe stehen.

Seine Freundin trat hinter einem Baum hervor und lachte. »Du solltest dein Gesicht sehen. Mann, bist du schreckhaft. Was ist los? Hast du etwa Muffensausen?« Ihre vollen Lippen kräuselten sich und selbst im Finsteren konnte Theo das spöttische Funkeln in ihren blauen Augen erkennen. Sie legte ihren Arm um ihn. »Keine Angst. Minos und ich beschützen dich.« Auf ihren Pfiff schoss der schwarze Mischlingshund wie ein Dämon aus dem Gebüsch hervor. Seine Zunge hing ihm aus dem Maul und er hatte die Lefzen zu einem hämischen Grinsen verzogen.

»Let's go.« Sie drückte das Eisengitter unter dem steinernen Torbogen auf. Der Hund rannte voraus. »Minos jagt gerne fette Stadtkaninchen. Bis jetzt hat er zwar noch keines erwischt, aber er gibt nicht auf.«

Sie folgten dem beleuchteten Hauptweg. Aria ergriff Theos klamme Hand. Ihre fühlte sich gut an, warm und stark. Das mochte er an ihr. Ihre Energie, die sich auf alles und jeden übertrug. Und er mochte ihre langen, braunen Locken, die sich wie Seide anfühlten und nach Blumen dufteten. Leider trug sie sie meist im Pferdeschwanz gebunden.

Nach wenigen Metern bogen sie rechts in einen schmalen Seitenweg. Es roch nach feuchter Erde, Wald und Tod. Der Schein der Gaslaternen reichte einige Schritte in den Kiespfad hinein, dann verebbte er in der Dunkelheit. Auch der Mond führte einen aussichtslosen Kampf gegen die finstere Übermacht. Ein kleines Gräberfeld schlummerte zwischen hohen Bäumen, die eine schwere Schattendecke über die Liegestätten warfen. Vereinzelt flackerte ein Grablicht auf – ein geisterhaftes Blinzeln, das ihm Gänsehaut die Arme hinauftrieb. Er sah sich um. Niemand störte um diese Zeit die ewig Ruhenden. Sie waren allein: Aria, Theo und tausende Tote.

Seine Freundin zog ihn zu einer in Büsche gebettete Bank. Ein Rascheln im Unterholz hinter ihnen ließ seinen Atem stocken, doch es war nur der Hund, der nach den Kaninchen suchte. Theo wäre lieber weitergegangen – am liebsten nach Hause, weit weg von diesem unheimlichen Ort. Aber Aria hatte anderes im Sinn. Kaum hatte er sich gesetzt, schwang sie sich rittlings auf seinen Schoß und drückte ihre Lippen auf seine. Sie waren weich und süß und fordernd. Ihre Zunge schlüpfte in seinen Mund und lenkte ihn von der schaurigen Umgebung ab. Er schloss die Augen und ließ sich mitreißen – mit allen Sinnen. Seine Hände glitten unter ihren Pulli.

Mit jeder Faser genoss er die glatte Haut ihres Körpers. Genoss ihren frischen Geruch. Ihre erkundungsfreudige Zunge. Ihren süßlich-minzigen Kaugummi-Geschmack. Doch sein Hörsinn drängte sich in den Vordergrund und eine ganze Geräuschpalette strömte auf ihn ein: Ein Käuzchen gurrte. Holz knarzte auf Holz. Zirpen, Knacksen, Blätterrascheln, Steineknirschen, ein dumpfer Schlag. Etwas Weiches strich an seinem Bein entlang. Er zuckte zusammen.

»Au, du hast mich auf die Zunge gebissen«, zischte Aria ihn an. »Sei kein Weichei. Hier ist niemand, wir sind ganz allein.« Sie begann an seinem Ohr zu knabbern und flüsterte: »Das war doch der Sinn der Sache.« Ihre Hand schlüpfte in seinen Schoß, wo sich seine Erregung deutlich abzeichnete.

Der Hund begann zu knurren.

»Guten Abend.«

Ein großer Mann stand vor ihnen. Nichts als ein dunkler Umriss, der sich kaum von der düsteren Umgebung abhob. Seine Stimme war zwar angenehm tief, dennoch rief sie in Theo Unbehagen hervor. Sein Herz klopfte im Hals.

Auch Minos schien den Fremden nicht zu mögen. Wie eine Ein-Hund-Phalanx baute er sich vor ihren Füßen auf. In seiner Kehle rumpelte ein bedrohliches Grollen.

Aria dagegen schien weniger beunruhigt als genervt.

»Können wir Ihnen irgendwie helfen?«

»Entschuldigen Sie bitte die Störung. Ich bin auf der Suche nach einem bestimmten Grab. Sie haben nicht zufällig eine Taschenlampe dabei?« Der Störenfried beugte sich ein wenig zu ihnen herab. Dabei sog er tief Luft ein – so, als würde er an ihnen schnuppern. Ein Streifen fahlen Mondlichts, der sich durch das Blätterdickicht gekämpft hatte, fiel auf sein Gesicht. Seine Augen, tiefe, schwarze Löcher, reflektierten den silbernen Schein. Er roch merkwürdig. Rauchig. Irgendwie chemisch.

»Ein Feuerzeug hätte ich. Geht das?«, antwortete Aria. Sie kramte in ihrer Hosentasche und hielt dem Fremden den kleinen Plastikflammenwerfer entgegen. Der Hund schnappte nach der ausgestreckten Hand des unheimlichen Typen.

»Minos!«, brüllte Aria.

Mit einem Hieb auf die Schnauze wehrte der Mann den pflichtbewussten Wachhund ab. Bevor Minos zu einem zweiten Angriff übergehen konnte, starrte der Hüne ihn nieder. Mit nur einem scharfen Blick bewies er dem Tier seine Dominanz. Etwas, das Theo niemals beherrschen würde. Winselnd zog der Hund den Schwanz ein und huschte durch das Gebüsch davon.

»Das tut mir leid«, sagten der Mann und Aria zugleich.

Sie kicherte, doch der Fremde meinte nur: »Ich werde Ihnen helfen.« Sofort nahm er die Suche auf.

Aria sprang auf, bevor Theo sie zurückhalten konnte. »Warte«, rief er ihr nach.

Sie drehte sich zu ihm um und ergriff seinen Arm. »Jetzt komm schon! Minos hat einen Heidenschreck bekommen. Der versteckt sich und kommt bestimmt bis morgen nicht mehr zum Vorschein, wenn wir ihn nicht finden.« Mit einem Ruck zog sie Theo von der Bank hoch.

»Aber der Typ«, flüsterte er und schaute in die Dunkelheit, in die der Fremde verschwunden war, »ich glaube, der ist nicht ganz koscher.«

»Ach was.« Sie rannte dem Mann hinterher, der den Hund verfolgte. Es blieb Theo nichts anderes übrig, als sich ihr anzuschließen. Es fiel ihm schwer, sie nicht aus den Augen zu verlieren. Aria lief schnell. Er schaffte es gerade so, ihr auf den Fersen zu bleiben. Sein Orientierungssinn verlor sich im Dickicht der Nebenpfade, die wie Irrwege im Kreis herumzuführen schienen. Er hatte keine Ahnung, wo genau sie sich befanden, und musste sich ganz auf seine Freundin verlassen. Jeder Baum, jeder Grabstein, jede Wasserstelle sah in der Dunkelheit gleich aus.

Schließlich blieb Aria stehen. »Wo ist er nur hin?«, fragte sie mehr sich selbst als Theo.

»Wahrscheinlich ist er einfach nach Hause gelaufen«, antwortete er und wünschte sich, seine Freundin würde nur einmal auf ihn hören. »Minos kennt doch den Weg, oder nicht?«

»Doch nicht Minos, du Dummkopf. Der Typ. Wo ist der Typ hin? Eben war er noch zwei Schritte vor mir und hinter dem nächsten Busch – weg.« Sie schüttelte den Kopf. »Wie in Luft aufgelöst.«

»Ach was, er ist im Schatten zwischen den Bäumen abgetaucht. Ist doch auch egal. Ich finde, wir sollten heimgehen.« Theo versuchte, etwas Bekanntes auszumachen. Der Hauptweg und das Tor konnten doch nicht allzu weit entfernt sein.

Da zerriss ein Jaulen die Stille.

»Es kommt von dort hinten.« Aria lief los, ehe Theo das Geräusch orten konnte. Er rannte ihr nach. Vor einem Mausoleum blieb sie stehen. Das kleine Steinhäuschen hatte einen Flachgiebel und zwei kannelierte Säulchen links und rechts der schmiedeeisernen Tür. Auf dem Sturz war ein Name in Versalien eingemeißelt: Asterios.

Die Tür stand einen Spalt offen und der warme Schein einer flackernden Flamme ließ die Schatten tanzen.

Eine griechische Familiengruft, dachte Theo.

Der Gedanke an blanke Gebeine bescherte ihm Gänsehaut. Gedämpftes Jaulen erklang aus dem Inneren der Ruhestätte. Aria drückte die Tür auf. Zwei Öllämpchen aus Keramik standen auf dem Boden. Die alten Fresken an den Wänden, abgeblättert und verblichen, wirkten lebendig im Tanz der Flämmchen: Menschen, die einen Reigen um einen Stier aufführten, eingerahmt von antiken Bandornamenten und in erstaunlich filigraner Ausarbeitung.

»Was ist das?«, fragte er. »Es sieht nicht aus wie eine Grabstätte. Eher wie ein ... Tempel.« Er drehte sich zu seiner Freundin um und sah sie durch ein rechteckiges Loch im Boden verschwinden, aus dem nun erneut Hundeheulen erklang. Eine schmale Treppe, deren Ende nicht auszumachen war, führte hinunter.

»Verdammt, Aria, komm da raus! Es ist stockfinster da drin. Wir haben nicht einmal eine Taschenlampe dabei. Was, wenn die Gruft einstürzt?« Theo packte ihren Pferdeschwanz, bevor sie ganz von dem gähnenden Loch verschlungen wurde.

Sie fasste seine Hand und zog ihn mit sich. »Sei kein Feigling. Minos braucht Hilfe. Ich glaube, er ist verletzt.«

Geistesgegenwärtig griff er sich die beiden Öllampen und folgte ihr ins Ungewisse.

Die Treppe führte in einen bodenlosen Abgrund. So schien es, denn das schwache Licht der beiden Lämpchen reichte nur eine Schrittlänge weit.

Es roch muffig und – mit Sicherheit ein Produkt seiner lebhaften Fantasie – nach altem Tod. Die Luft war staubig und eiskalt.

Aria ging voraus und leuchtete mit einer der Lampen den Weg aus. Mit der stockdüsteren Leere im Rücken fühlte Theo sich unbehaglich. Schauer perlten wie Regentropfen an ihm hinab. War dieses Mädchen verrückt, hier hinunter zu steigen? Und war er eigentlich nicht noch verrückter, ihr blindlings zu folgen?

Nach ein paar Minuten blieb seine Freundin so unvermittelt stehen, dass er auf sie prallte. Am Fuße der Treppe verlangte eine Weggabelung nach Entscheidung.

»Minos! Wo bist du?«, rief sie laut, doch die Finsternis schien ihre Worte zu verschlucken. Mit angehaltenem Atem lauschten sie in die Stille, die wie ein monströses Tier in der Gruft lag. Ganz weit entfernt hörten sie gedämpft ein Hundejaulen. Das konnte von überall kommen.

»Links oder rechts?«, flüsterte sie. Ihre Stimme klang nicht mehr ganz so mutig wie auf den ersten Stufen, das jedenfalls bildete Theo sich ein. Da es unmöglich zu erkennen war, von wo Minos' Laute kamen, schlug er zaghaft vor:

»Zurück nach oben?«

Sie drehte sich zu ihm um und er sah die Entschlossenheit in ihren Augen. Diesen Blick kannte er gut. Jetzt war sie nicht mehr aufzuhalten. Mit eben dieser Beharrlichkeit hatte sie ihn angesehen, als sie ihn um ihr erstes Date gebeten hatte.

Er zuckte mit den Schultern. »Okay, okay. Rechts also, würde ich sagen. Aber wir sollten uns einen Hinweis hinterlassen, wohin wir abgebogen sind.«

»Ha! Wer sind wir, Hänsel und Gretel? Ich habe keine Brotkrumen dabei«, erwiderte sie bissig. »Du solltest wirklich weniger fernsehen. Die Realität ist nicht halb so bösartig wie die Filme, die du guckst. – Was glaubst du, wie weit der Gang noch führen wird? Ich sage dir: Nach der nächsten Ecke ist Schluss.«

Theo beleuchtete die roh behauene Steinwand.

Bis in die Hölle, dachte er, behielt das aber für sich. Er kramte in seinen Taschen und fand nichts Hilfreiches. Nicht einmal ein paar Münzen.

Doch halt! Der Schal. Aria hatte das ellenlange Ding für ihn gestrickt. Möglicherweise konnte er ein paar Fäden abreißen.

Tatsächlich kam Theo sich sehr schlau vor, als er den Schal am unteren Ende auftrennte und den Faden an einer Unebenheit an der Mauer befestigte. Er folgte Aria, die – natürlich – links abgebogen war, und riffelte dabei den Strickschal weiter auf.

Der schmale Gang fiel leicht nach unten ab und die Luft legte sich schwer auf die Lunge. Das Atmen wurde anstrengender. Ein paar Minuten später verzweigte sich der Weg erneut und wieder hielt sich seine Freundin links. Hier unten herrschte Totenstille. Das Jaulen und Heulen des Hundes war verstummt. Allein ihre Schritte und ihre schweren Atemzüge hallten von den hohen Wänden wider. Kleine Nischen waren hier und da in den Fels gemeißelt, leer, bis auf den Staub. Plötzlich stieß Aria einen spitzen Schrei aus, der in endlosen Echos durch die Gänge widerhallte. Stumm zeigte sie in eine Nische auf Kniehöhe. Darin lagen, fahl im Licht der Öllampe schimmernd, Knochen in verschiedenen Größen. Viele Knochen. Eindeutig von Tieren. Die Schädel ließen auf Ratten, aber auch Katzen, Kaninchen oder Hunde schließen.

»Wir sollten jetzt wirklich umkehren«, drängte Theo.

»Und was ist mit Minos?« Aria deutete auf die Knochen.

»Siehst du das hier? Das sind Hundeskelette. Die armen

Tiere sind hier unten, wie auch immer, umgekommen. Ich kann doch meinen Liebling nicht diesem Schicksal überlassen!« Sie packte seine Hand und zog ihn weiter. Dieses Mal ließ sie ihn nicht mehr los.

Eine gefühlte Ewigkeit lang lief er willenlos hinter ihr durch das unterirdische Labyrinth.

Das Heulen hörten sie noch einige Male, doch sobald sie ihm näher zu kommen schienen, blieb der Hund still und verschwunden. Stattdessen stießen sie auf weitere Skelette. Sie lagen nicht nur in den Nischen, sondern auch auf dem Boden im Dreck der Jahrhunderte, ja vielleicht sogar Jahrtausende. Einige hatten erschreckend menschliche Dimensionen.

Theo berührte einen Knochen, der augenblicklich unter seinen Fingern zu Staub zerfiel. Ekelschauer liefen ihm über den Rücken, als ihm bewusst wurde, was er mit der staubigen Luft einatmete. Je weiter sie in das Labyrinth vordrangen, desto stärker mischte sich scharfer Brandgeruch in den Hauch des Todes.

Aria blieb stehen. »Schsch, hör mal. Da winselt etwas, oder?«

Sie beide hielten den Atem an. Ein leises Fiepen klang nahebei, nicht weiter als um die nächste Ecke entfernt. Aria wollte losstürzen, doch Theo hielt sie fest. »Warte. Was, wenn hier unten etwas anderes als dein Hund herumläuft? Kam es dir nicht komisch vor, dass Minos weiter hineingelaufen ist, statt auf dich zu warten? Er ist doch ein schlaues Kerlchen.«

In diesem Moment begann das Licht der Öllampe in Arias Hand zu flackern und das Flämmchen wurde kleiner. »Das Öl ist fast alle. Wir müssen Minos finden – und zwar jetzt!«

Sie stapfte los und verschwand um die Ecke. Theo hörte einen gedämpften Aufschrei und dann nur noch Stille. Eiseskälte breitete sich in ihm aus. Er begann am ganzen Leib zu zittern. Seine Füße schienen festgewachsen und sein Hals zugeschnürt.

Verdammt, Aria braucht Hilfe, schalt er sich selbst.

Er nahm sich zusammen, schob sich an der Wand entlang zu der Ecke, hinter der seine Freundin verschwunden war, und riskierte einen Blick. Der Kerl, der sie auf dem Friedhof angesprochen hatte, starrte ihn an. Im Klammergriff seiner Gewichtheberarme hielt er Aria, eine Hand auf ihren Mund gepresst. Der Typ schien riesenhaft gegenüber dem Mädchen – viel größer und muskulöser als zuvor. Der dunkle Mantel war verschwunden. Jetzt trug er nur ein blaues, ärmelloses Shirt, das ihm bis zu den Oberschenkeln fiel und in der Taille gegürtet war. Es setzte seine Muskelpakete dramatisch in Szene. Seine Haut glänzte golden im Licht der Flämmchen. Das Gesicht mit den weit auseinander stehenden Augen wirkte wie ein Wechselbild. Theo blinzelte einige Male, denn seitlich aus dem Kopf des Mannes schienen gewaltige Hörner zu wachsen. Auch der Kiefer und die Nase wirkten länger, die Zähne, die er jetzt fletschte, irgendwie animalisch. Und doch war es nur eine Illusion, denn wenn er sich auf einen Punkt konzentrierte, sah er nur einen dunkel gelockten Mann. War es seine Fantasie, die absurde Spielchen mit ihm trieb?

Er schluckte schwer an dem Kloß in seinem Hals. »Wer ... was bist du? Ein Dämon?« Er räusperte sich und verlangte mit etwas mehr Chuzpe, als er sich selbst zutraute: »Lass sie los. Sofort!«

Aria schüttelte den Kopf und rollte die Augen. Er verstand nicht, was sie meinte. Sollte er Hilfe holen? Dafür war es zu spät. Der Weg zurück würde ihn eine halbe Ewigkeit kosten – oder noch länger, wenn er sich im Gewirr der Gänge verlief.

»Asterios«, brummte das Wesen. Es stank wie die Hölle, schwefelig und nach verbranntem Fleisch. Mit der Pranke strich es über Arias Haar und lachte auf.

»Ha! Dämon – ja, wenn du so willst. Mich haben sie schon alles genannt: kranker Unmensch, abartige Missgeburt, Perverser, Sohn einer Verrückten. Monster. Such dir was aus.« Er schüttelte das gehörnte Haupt. »Gefangener der Zivilisation trifft es für mich eher. Und das seit Jahrtausenden.« Er lachte wieder, die Bitterkeit darin klang nach. Für einen kurzen Moment sah sein Gesicht ganz menschlich aus. Gequält. Doch dann übernahm wieder der Dämon. »Es kamen Krieger, die mich töten sollten. Sogenannte Helden. Pah! Nichtsnutzige Angeber. Einem nach dem anderen hab ich gezeigt, wo die Axt hängt.« Ein Grollen rollte in seiner Kehle und Rauch stob aus seinen Nasenlöchern. »Alles Schwächlinge! Man schickte mir, um mich zu besänftigen, jedes neunte Jahr sieben Jungfrauen – allesamt willig und schön. Die waren vielleicht lecker. Und so gehaltvoll.« Geifer rann ihm aus dem Mundwinkel. »Ach ja, die guten, alten Zeiten.« Er seufzte theatralisch. Dann straffte sich sein Körper und seine Stimme schwoll bedrohlich an. »Heute wehrt sich die Welt mit Stahlbeton, Elektrizität – und Emanzipation. Jungfrauen bekomme ich schon lange nicht mehr. Chaos und Verwüstung sind relativ geworden. Das reine Überleben kostet mich bereits meine ganze Kraft. Kraft, die mir fehlt, weil ich keine Jungfrauen mehr bekomme. – Ihr seht die Ironie? Ein Teufelskreis.« Der Dämon warf den Kopf in den Nacken und stieß ein höllisches Brüllen aus.

»Eine Jungfrau zu finden – eine, die sich freiwillig hingibt – ist praktisch unmöglich geworden. Heutzutage opfert sich keiner mehr für das Gemeinwohl. Ich muss mich der Suggestion bedienen. Oder von Ungeziefer und Haustieren leben.«

Er leckte sich die breiten Lippen. Der gruselige Dämonenkopf überlagerte nun deutlich das menschliche Gesicht.

»Doch heute ist mein Glückstag. Eine Jungfrau ist mir ins Netz gegangen.« Er lachte rumpelnd.

Aria starrte Theo verschwörerisch an und versuchte, ihm mit ihren Augen etwas zu sagen. Wieder deutete sie ein Kopfschütteln an, und wieder verstand er sie nicht.

»Was ... was passiert mit den Jungfrauen? Was machst du mit ihnen?«, fragte er, während er fieberhaft überlegte, was er nun tun sollte.

»Nun, ich lade sie zum Tee ein und wir halten einen kleinen Nachmittagsplausch.« Der Dämon blähte sich zu übermenschlicher Größe auf. Das riesige Maul klappte auf und präsentierte einen Reißwolf an Zähnen. »Was wohl, du Idiot? Ich verschlinge sie natürlich zum Abendessen!«, brüllte er, nur Zentimeter von Theos Gesicht entfernt.

Ein Sprühregen übelriechender Spucke landete auf Theos Wange. Angewidert trat er einen Schritt zurück. Es war eine ausweglose Situation. So oder so würde er seine Freundin an das Monster verlieren.

»Was, wenn Aria keine Jungfrau mehr wäre?«

Der Dämon grinste Theo listig an.

»Was, wenn ich das bereits wüsste?« Er fuhr seine lange, rote Zunge heraus und leckte über das Gesicht des Mädchens. Sie wand sich in Widerwillen, zappelte und riss an Asterios' Armen, aber er hatte sie fest im Griff.

Ihre Gegenwehr führte nur dazu, dass der Dämon noch fester zupackte. Aria lief rot an. Sie bekam keine Luft mehr.

»Lass sie frei!«, rief Theo panisch. »Was nützt sie dir, wenn sie keine Jungfrau ist?«

»Nun, sie nützt mir als – wie sagt man doch so schön – Druckmittel.« Dabei drückte er das zappelnde Bündel ein wenig fester. Mit einem schwachen Zischen entwich das letzte bisschen Atem aus ihren Lungen. Das Grinsen des Dämons wurde breiter. Sein Maul schien um den halben Kopf zu reichen und die spitzen Zähne glänzten.

»Ich schlage dir einen Handel vor, mein Junge. Du gibst dich mir freiwillig hin und ich lasse deine Freundin laufen.«

Arias Augen traten hervor. Theo konnte nicht sagen, ob aus Atemnot oder Verwunderung. Ja, er war Jungfrau. Und zwar nicht im Sternzeichen. Es hatte sich bisher keine Gelegenheit ergeben. Peinlich nur, dass das jetzt und hier zu so einer großen Sache aufgebauscht wurde.

»Zehn, neun, acht, ...«, zählte der Dämon ungeduldig. Arias Gesichtsfarbe wechselte zu dunkelrot.

»He! Du erwürgst sie. Lass sie sofort los!« Inzwischen zitterte Theo am ganzen Leib, was absolut keine Hilfe in dieser Situation war. Tränen stiegen auf und der Kloß in seinem Hals würgte ihn beinahe so sehr wie der Dämon seine Freundin. »Wenn sie stirbt, war's das mit unserem Handel«, spie er Asterios entgegen.

Das Monster ließ das nach Atem ringende Mädchen tatsächlich für einen Moment los, nur, um sie sich dann über die Schulter zu werfen. »... sieben, sechs, ...«

»Sei still, ich kann mich nicht konzentrieren!« Theos Gedanken rasten. Wäre ich doch – verdammt noch mal! – zuhause geblieben, zeterte er innerlich. Was sollte er tun?

Auf den Tausch eingehen? Das wäre sein Todesurteil. Aber genauso wenig konnte er seine Freundin diesem Untier überlassen. Obwohl sie sich das Dilemma mit ihrer ständigen Neugier und ihrem Übermut selbst eingebrockt hatte. Trotzdem: Er konnte Aria nicht im Stich lassen.

»... eins, null.« Der Dämon mit dem Mädchen auf der Schulter wandte sich zum Gehen.

»Warte! Ich mach's.« Rief es und bereute es sogleich.

Asterios drehte sich zu ihm um und schmunzelte hocherfreut. Aria ließ er auf den Boden fallen. Sobald ihr Mund frei war, kreischte sie:

»Spinnst du? Was soll das?« Unklar blieb, ob sie den Dämon oder ihren Freund meinte.

»Nimm die Beine in die Hand und lauf!«, schrie Theo ihr zu.

Sie packte seinen Arm und versuchte, ihn mit sich zu ziehen. Doch Asterios hatte ihn bereits im Griff.

»Lauf, Aria, hol Hilfe!«

Sofort verschwand sie in der Dunkelheit. Der Dämon packte ihn sich unter den Arm und lief tiefer in die Unterwelt hinein. Er wechselte dabei so oft die Richtung, dass Theo es aufgab, sich den Weg zu merken. Es war aussichtslos.

Es gab kein Zurück.

Der abschüssige Gang öffnete sich bald zu einer großen Halle. Eine riesige Feuerschale verströmte Hitze, die Theo bis ins Mark brannte. Nicht Kohle loderte in der bodenlosen Schüssel, sondern Lava, die direkt aus dem Schlund der Hölle zu kommen schien. Es stank nach beißendem Rauch und Verfall. Auf einer Empore herrschte ein Thron über den Raum, der von seltsam verzierten Säulen gestützt wurde. Lange Oberschenkelknochen bildeten den Schaft, während Basis und Kapitell kunstvoll aus Schädeln arrangiert worden waren. Gebein-Intarsien zierten auch den Thron und den altarähnlichen Tisch, der zwischen Feuer und Empore stand. Darauf lag eine goldglänzende Doppelaxt.

Asterios ließ Theo neben den Tisch fallen und warf sich in den Thronsessel. Die Illusion der menschlichen Gestalt war inzwischen gänzlich verschwunden. Sein riesiger Kopf mit dem Gehörn glich einem Stier mit Haifischmaul, die Hände den Pranken einer Raubkatze, sein Körper einem Riesen auf Steroiden.

Ein leises Winseln lenkte Theo von dem schauerlichen Anblick ab. Unter dem Tisch neben ihm saß – klein und erbärmlich – Minos, in Eisen gekettet. Seine traurigen Hundeaugen blickten ihn schuldbewusst an. Er robbte zu dem Hund hinüber und nahm ihn in den Arm. Seine Kehle war wie zugeschnürt. Der schwefelige Rauch biss in den Augen, das zumindest redete er sich ein. Tränen kullerten nun über seine Wangen und der einzige Freund, der ihm geblieben war, leckte sie weg.

Die Hitze war unerträglich. Er riss an seiner Jacke und dem Schal ... der Schal! Von dem ellenlangen Ungetüm waren nur noch wenige Zentimeter übrig. Der wollene Faden hatte sich entlang des Weges abgewickelt und war, wie durch ein Wunder, nicht gerissen. Ein Hoffnungsschimmer flackerte am Horizont auf.

Asterios machte sich daran, die Doppelaxt zu schleifen. Das Geräusch zerrte an den Nerven und machte es Theo schwer, sich auf einen Fluchtplan zu konzentrieren. Minos' Winseln half auch nicht dabei. Bevor Theo zu einem Ergebnis kam, griff der Dämon nach ihm und warf ihn auf den Altar.

Der Schänder pfiff leise eine Melodie. Sein Gesicht strahlte voller Vorfreude und Begehren. Speichel floss ihm aus den Mundwinkeln, als er begann, seinem Opfer die Kleidung Stück für Stück vom Leib zu schälen.

»Ein kleines Häppchen vorab wird mir den Appetit nicht verderben«, murmelte er und leckte sich über die Lippen.

Er nahm Theos nackten Arm, drehte und wendete ihn, ließ seine Zunge darüber gleiten.

»*Wer eine Jungfrau schändet, stirbt üblen Todes*«, zitierte dieser lakonisch.

»Ach, keine Angst, mein Leckerchen, ich werde dich nicht schänden.« Asterios tätschelte seine Wange. »Ich werde dich in kleine Stücke würfeln, um lange, lange etwas von dir zu haben. Jungfrauen-Amuse-Gueule, sozusagen. – Oh, was freu ich mich darauf!« Er leckte abermals über den Arm und versenkte dann ohne Vorwarnung seine Hauer hinein.

Theo schrie.

Blut schoss hervor.

Minos bellte wie wahnsinnig.

Asterios riss ein kleines Stück Fleisch aus dem Oberarm und kaute genießerisch darauf herum. Theo konnte nicht aufhören zu schreien. Solch höllische Schmerzen hatte er noch nie erlebt! Der Hund unter dem Tisch lief Amok. Er zerrte an der Kette und bellte sich die Kehle aus dem Hals. Asterios sah gelassen auf die beiden Schreihälse hinab und kaute weiter. Seine Zunge schnellte heraus und leckte das tropfende Blut auf. Dabei sah er geradezu glücklich aus.

Im nächsten Moment allerdings änderte sich das gewaltig. Minos riss sich los und sprang den Dämon an, biss sich in seinem Bein fest. Asterios brüllte. Schwarzes Sekret sickerte aus der Wunde. Der Hund schleckte es auf.

Unter Schmerzen rollte Theo sich vom Altar und kroch darunter. Der Arm blutete stark und er hielt die Wunde zu. Er sah zu dem knurrenden Minos hinüber und traute seinen Augen kaum: Der kleine Hund blähte sich auf wie ein Ochsenfrosch!

Größer und größer wurde er, breiter und muskulöser. Wolfartiger.

Links und rechts vom Hals wuchsen ihm zwei zusätzliche Köpfe, alle drei mit mehreren Reihen rasiermesserscharfer Reißzähne in den Mäulern, die nach dem Dämon schnappten. Der überraschte Asterios verlor das Gleichgewicht und fiel auf den Rücken. Sofort war der Hund über ihm.

»Ein Zerberus!«, keuchte der Dämon entsetzt. Er versuchte auszuweichen, doch Minos ließ nicht von ihm ab und fügte ihm mehrere Bisse zu. Die Wunden schlossen sich schnell, doch mit jedem Tropfen schwarzen Dämonenblutes wuchs der Hund ein weiteres Stück. Asterios fuhr die säbelartigen Klauen aus und hieb auf den dreiköpfigen Höllenhund ein. Die beiden stürzten übereinander her wie ein Rudel hungriger Wölfe über einen Kadaver. Das Brüllen und Heulen echote durch die Halle. Keiner gewann die Oberhand, keiner war unterlegen. Blut und Speichel regneten auf Theo herab, der wie erstarrt hinter dem Altar hockte.

Plötzlich sah er im Augenwinkel eine Bewegung. Aria robbte auf ihn zu.

»Was machst du hier? Du solltest längst Hilfe holen. Wieso bist du zurückgekommen?«, zischte er sie an.

»Ich konnte dich doch nicht den ganzen Spaß allein haben lassen«, spöttelte sie mit bemühtem Galgenhumor, während sie ein Stück von seiner Kleidung aufhob, Streifen abriss und seine Wunde verband. »Mann, hast du ein

Glück, dass der Muskel nicht verletzt ist. Das Loch ist ganz schön groß.« Sie wickelte den Stoff enger.

Theo biss die Zähne zusammen. »Wie hast du mich gefunden?«

Aria zeigte auf den riffeligen Wollfaden, der sich mit dem Rest des Schals auf dem Boden kringelte.

»Lass uns verschwinden. Jetzt.« Sie wollte ihn hinter sich her ziehen, doch Asterios, der den Zerberus eben mit einem kräftigen Tritt von sich weg geschleudert hatte, packte Theo am Bein.

»Nichts da. Du gehörst mir.«

»Nein!« Mit aller Gewalt trat Theo nach Asterios, während Aria dem Gehörnten ihre Fäuste ins Gesicht hämmerte und Höllenhund Minos sich in seinen Rücken verbiss. Der Dämon ließ nicht ab. Er war zu stark. Unbesiegbar. Er richtete sich auf und schüttelte seine Gegner ab wie lästiges Ungeziefer. Erneut warf er Theo im hohen Bogen auf den Altar.

»Schluss mit lustig!«, brüllte Asterios und langte nach der Doppelaxt, die am Tisch lehnte.

Theo war schneller. Er packte die schwere Waffe mit beiden Händen und stand auf – wenn auch ein wenig wackelig. Der Schmerz vernebelte ihm die Sicht, aber er schluckte ihn hinunter und festigte seinen Griff. Er nahm Schwung mit einer Drehung um die eigene Achse und donnerte die Axt dem Dämon in den Hals. Eine Fontäne pechschwarzen Blutes schoss heraus. Asterios sank in die Knie. Mit einem verblüfften, letzten Blick auf sein widerspenstiges Opfer kippte er nach vorne um. Der Aufprall trieb die scharfe Klinge noch weiter in den Hals. Der Kopf löste sich vom Körper und kullerte mit einem makabren Augenrollen unter den Altar.

Erschöpft sanken Theo und Aria neben dem besiegten Dämon zu Boden.

Minos zerrte den toten Körper zur Feuerschale und versenkte ihn in der flüssigen Glut. Wachsam beobachteten seine sechs Augen, wie der letzte Rest des geköpften Dämons verschwand. Und je weiter dieser zurück in die Hölle sank, desto mehr schrumpfte der Zerberus, bis er schließlich zu Minos' alter Form zurückgekehrt war. Der kleine Hund sprang auf Arias Schoß und leckte sich die letzten Kampfspuren aus dem Fell.

»Ich denke, wir sollten jetzt wirklich gehen«, meinte Theo, zittrig vom Nachklang des Adrenalinrauschs.

»Und zwar schnell«, stimmte seine Freundin ihm zu und rieb ein paar Blutspritzer von seiner nackten Brust. Mit einem anzüglichen Grinsen zog sie ihn an sich. »Komm her, mein Held.« Sie drückte ihm einen Kuss auf die Lippen. „Lass uns schleunigst etwas tun, damit dir so etwas nie wieder passiert.«

Angela Hoptich erblickte am Niederrhein das Licht der Welt, wurde nach Bayern verschleppt, flüchtete nach Hessen und ließ sich schließlich am Nabel der Welt, in Köln, nieder. Ihr Herz schlägt für den magischen Realismus und alle Arten der Phantastik. Veröffentlicht hat sie gut zwei Hände voll Geschichten in Anthologien, für Erwachsene und Kinder. Dem Hauch Magie im Alltag ist sie weiterhin auf der Spur.

Wer mehr wissen möchte, folgt ihr gerne auf FB, Instagram oder Twitter oder schaut auf der Homepage vorbei: www.angelahoptich.de

Gaias Rache
❧ Jeannine Molitor ❦

Elaine joggte am Strand entlang. Die Wellen kämpften sich immer wieder bis knapp vor ihre Schuhe, um sich dann wieder geräuschvoll zurückzuziehen. Weiße Schaumkronen bestückten das blaue Nass. Das Mädchen sog den salzigen Duft ein. Sie genoss das Rauschen des Meeres und liebte das Gefühl des Sandes unter ihren Füßen.

Obwohl die Sonne hell strahlte und eine angenehme Wärme verbreitete, konnte sie nur ein paar Leute am Strand erblicken. Und doch beschlich sie immer wieder das Gefühl, beobachtet zu werden. Sie spürte Blicke im Rücken, die sie nicht zuzuordnen wusste. Jedes Mal, wenn sie sich umwandte um nachzusehen, erblickte sie nichts als Sand, Felsen und ein paar wenige Menschen, die ihr jedoch keine Aufmerksamkeit schenkten.

Frustriert stieß sie die Luft aus und lief weiter. Sie spürte ihr Gesicht vor Anstrengung glühen und ihre Beine brennen, doch sie biss die Zähne zusammen und lief weiter. Keuchend kam sie vor ihrem Haus zum Stehen und beugte sich nach vorne. Ihre Hände legte sie auf ihre Oberschenkel und atmete einige Male tief durch. Anschließend machte Elaine noch einige Dehnübungen, bevor sie ins Haus hinein ging.

Ihre Eltern waren über das Wochenende verreist und so hatte sie, seit Langem einmal wieder, das gesamte Haus für sich alleine. Elaine zog den Haustürschlüssel aus der Tasche ihrer Sportjacke hervor und schloss die massive Holztür auf.

Normalerweise tat ihr das Laufen immer gut. Es blies ihr Tag für Tag den Kopf frei und half ihr dabei, ihre kreisenden Gedanken in den Griff zu bekommen. Doch heute nicht. Sie fühlte sich nicht befreit, sondern nur unendlich ausgelaugt. Bereits den ganzen Tag schon trug Elaine das Gefühl mit sich herum, dass etwas nicht richtig lief. Doch benennen konnte sie es nicht.

Als sie schließlich im oberen Stockwerk des Hauses ankam, ging sie geradewegs unter die Dusche und legte sich anschließend erfrischt auf ihr Bett. Sie schnappte sich ihre Kopfhörer, steckte sie in ihr Handy ein und lauschte der Musik.

Elaine konnte kaum noch die Augen offenhalten. Ihr Kiefer schmerzte bereits von dem ständigen Gähnen und ihre Arme schienen von unsichtbaren Gewichten nach unten gezogen zu werden. Eine der widerspenstigen braunen Locken fiel ihr ins Gesicht, doch sie war viel zu ausgelaugt, um sie sich aus dem Gesicht zu streifen.

Müde schloss sie ihre Augen und ließ sich von der Musik mitnehmen, von der Melodie einfach in ferne Welten tragen. Elaine spürte, wie ein helles Licht auf ihre geschlossenen Augenlider fiel und sie blendete. Müde blinzelte sie in die letzten Sonnenstrahlen des Tages, die sich noch einmal durch die Wolkendecke kämpften, um sich dann in einem wunderschönen Sonnenuntergang bis zum nächsten Morgen zu verabschieden.

Sie schloss die Augen wieder und lauschte der neuen Melodie, die nun einsetzte. Ein lautes Krachen riss sie aus ihrem tranceähnlichen Zustand. Erschrocken setzte sie sich auf und sah ruckartig hin und her. Ein starker Wind riss am offenen Fenster und schleuderte es immer wieder gegen die Wand.

Komisch ... Ich bin mir sicher, dass ich das Fenster geschlossen habe, bevor ich losgegangen bin.

Sie stand auf, nahm ihre Kopfhörer ab und ging auf das Fenster zu, um es zu schließen. Unvermittelt quoll dichter, schwarzer Nebel durch das offene Fenster. Die Hand noch nach dem Fenstergriff ausgestreckt, taumelte sie mit weit aufgerissenen Augen zurück und stieß einen Schrei aus. Einen Schritt weiter zurückweichend, stolperte sie und fiel zu Boden. Die Schwärze vereinnahmte in rasender Geschwindigkeit das gesamte Zimmer. Ein eiskalter Schauer lief über Elaines Rücken und eine unbändige Angst ergriff Besitz von ihrem Körper. Der Nebel verdichtete sich vor ihr und kam auf sie zu. Sie robbte rückwärts über den Boden, wollte nur weg. Keine Chance.

Schlagartig brach eine Gestalt aus der Schwärze hervor. Unverkennbar eine Frau. Ihr Gesicht war wunderschön, obwohl eine erhabene Strenge von ihr aus ging. Rotbraune Locken, die ihr bis auf die Schultern fielen, vollendeten die Schönheit ihrer Erscheinung. Die Frau reckte ihr Kinn nach vorne und stemmte die Hände auf ihre ausladenden Hüften. Ihre Haltung strotzte nur so vor Stolz. Sie blieb direkt vor Elaine stehen, die völlig eingeschüchtert regungslos verharrte. Zunächst schien es, als würde die Frau teilnahmslos auf sie hinabsehen, doch dann wandelte sich ihre Miene zu einer wütenden Fratze. Die Augen traten weit hervor, ihr Körper spannte sich an. Ein weiterer, kurz anhaltender Wind kam auf und ließ die rotbraunen Locken der Frau wie Schlangen um ihren Kopf wirbeln. Elaine machte sich so klein wie möglich. Tränen der Angst brannten in ihren Augen, doch sie hielt sie zurück. Sie wusste, dass es ein Fehler sein würde, ihre Furcht zu zeigen.

»Steh auf!« Die Stimme der Unbekannten durchschnitt rasiermesserscharf die aufgekommene Stille. Der schwarze Nebel hüllte ihren Körper ein.

Elaine konnte sich nicht rühren. Die Panik lähmte sie und hielt sie an Ort und Stelle.

Die Frau ließ ihren Blick wütend durch den Raum schweifen, bis er an einer kleinen Zimmerpflanze hängenblieb. Ein gefährliches Lächeln trat auf ihr Gesicht. Mit einem Fingerzeig ihrerseits wuchs die Pflanze innerhalb weniger Sekunden zu einer gigantischen Größe heran. Ein weiteres Fingerschnippen der stolzen Frau und die Blätter und Ranken schossen gefährlich schnell hervor, legten sich wie Ketten um Elaines schlanken Körper und richteten sie auf. Schmerzhaft schnitten die grünen Fesseln in ihre Haut und die Umschlingung nahm ihr den Atem. Vor Schock und Luftmangel unfähig, einen Laut von sich zu geben, stand sie direkt vor der Fremden.

»Schon viel besser!«, lachte die Frau auf und dieses Lachen ging Elaine durch Mark und Bein. Es war kalt und freudlos und es klang laut in ihrem Kopf nach. So, als hätte die Unbekannte es absichtlich verstärkt. Die Frau ging mit ruhigen Schritten um Elaine herum und bedachte sie wortlos mit gebieterischen und hoheitsvollen Blicken. Der dunkle Rauch folgte ihr lautlos und legte sich um sie, wie ein schwarzer Mantel. Elaine fröstelte bei ihrem Anblick. Ein eiskalter Schauer lief über ihren Rücken und ihre Hände waren schweißnass.

Schließlich kam die Fremde wieder vor Elaine zum Stehen und trat so nahe auf sie zu, dass ihre Nasenspitze sie fast berührte. Ein Geruch von Erde und Blumen umwallte sie, weckte Erinnerungen an eine Wiese im Frühling. Elaine schloss die Augen. Ganz egal, was diese Verrückte von ihr wollte, es war nichts Gutes. Die grünen Fesseln lagen so fest um ihren Körper, dass jeder Befreiungsversuch wie ein schlechter Witz wirkte. *Das ist nicht wahr*, schoss es Elaine durch den Kopf. *Es ist nur ein Traum. Nichts weiter, als ein völlig abgedrehter Traum. Es gibt keine Gestalten aus Rauch und wild wuchernde Pflanzen.*

»Du hast keine Ahnung, wieso ich hier bin, nicht wahr?« Elaine riss angsterfüllt die Augen auf und versuchte, Abstand zwischen sie zu bekommen. Erfolglos. Die rothaarige Frau legte den Kopf schief und bedachte ihre Gefangene mit einem Blick, den Elaine nicht einzuordnen wusste. »Tatsächlich. Du hast keine Ahnung.«

Endlich löste sich Elaines Zunge von ihrem ausgetrockneten Gaumen. »Wer zum Teufel sind Sie?« brachte sie mutiger hervor, als sie sich in dieser Situation fühlte.

Die Frau beugte sich vor, bis ihr Mund so nah wie möglich an Elaines Ohr war. »Ich bin Gaia«, zischte sie, und in ihrem Tonfall schwang eine unterschwellige Drohung mit. »Die Mutter der Erde. Die Mutter der gesamten Menschheit. Ich wurde aus dem Chaos geboren und habe die Erde mit all ihren wunderbaren Facetten erschaffen!«

Elaine unterdrückte ein hysterisches Lachen, das sich ihre Kehle emporkämpfte. Offenbar war diese Frau tatsächlich eine Verrückte. »Und was soll das hier werden, oh große Gaia?« Wo der Spott in diesem Moment auf einmal herkam, wusste sie selbst nicht. Doch eines wusste sie ganz genau: Es war ein Riesenfehler.

Sofort wandte Gaia sich Elaine wieder zu, das Gesicht zu einer furchteinflößenden Grimasse verzerrt. Die Schlingen der Pflanze zogen sich enger um Elaines Körper zusammen, nahmen ihr noch mehr Luft und pressten ihre Arme schmerzhaft an den Körper. »Du wagst es, mich, Mutter Erde höchstselbst, zu verspotten?« Ihr Schrei hallte in Elaines Kopf nach und entfachte in diesem unbändigen Schmerz. Elaine keuchte laut auf und krümmte sich. Ihr Kopf fühlte sich an, als würde er jeden Moment platzen. »Stopp, bitte!«, wimmerte sie. Das Flehen schien Gaia zu gefallen. Wohlwollend leckte sie sich über die Lippen und entblößte dabei eine Reihe spitzer Zähne. Ihre Augen glänzten vor freudiger Erregung und starrten das vollkommen wehrlose Mädchen an. Es dauerte unendlich lange, bis sich die Schlingen ein wenig lösten und der Schmerz in ihrem Kopf verhallte, als wäre er nie dagewesen.

»Ihr Menschen sollt leiden!«, stellte Gaia mit einer ungeheuren Wut in der Stimme fest.

»Was? Wieso? Ich habe dir nichts getan, ich kenne dich nicht einmal.«

»Schweig still! Ihr alle habt mir das Schlimmste angetan. Ihr zerstört die Erde. Ihr nehmt alles Leben. Ihr Menschen seid eine Schande für mich.«

Elaine verstand nur Bahnhof. Doch immer mehr verdichtete sich in ihr die Gewissheit, dass diese Frau nicht einfach nur verrückt war. Es steckte mehr dahinter. Aber selbst wenn, wieso ausgerechnet sie?

»Du dummes Menschlein!«, stieß Gaia mit vor Verachtung triefender Stimme hervor. »Ihr Menschen zerstört meine gesamte Schöpfung. Der Müll im Wasser bringt die Tiere des Meeres um. Ihr holzt meine Wälder ab und nehmt den Kreaturen meiner Schöpfung ihren Lebensraum. Ihr Menschen breitet euch aus wie ein Geschwür. Schon lange lebt ihr nicht mehr im Gleichgewicht mit der

Natur. Ihr zerstört die gesamte Erde, mein Meisterwerk. Und eines Tages werdet ihr euch selbst dadurch zerstören und alles mit in den Abgrund reißen.« Gaias Stimme wurde immer lauter, bis es schlussendlich in einem lauten Kreischen endete.

»Wieso sagst du mir das alles? Was soll ich denn tun?« Elaines Stimme bebte. Scheinbar genussvoll beugte sich Gaia vor und sog tief den Geruch der Angst ein. »Allem Anschein nach hast du die erlesene Gabe, mich sehen und mit mir kommunizieren zu können. Uns Göttern ist es nur alle einhundert Jahre erlaubt, auf die Erde zurückzukehren. Ein ganzes Jahrhundert habe ich Ausschau nach jemandem wie dir gehalten, um meine Botschaft zu verkünden. Und jetzt ist es endlich soweit. Ihr Menschen sollt meine Wut zu spüren bekommen.«

Tränen liefen über Elaines Wange. Sie konnte sie nicht mehr zurückhalten.

»Ich schaue nicht mehr weiter dabei zu, wie ihr mein Werk zerstört«, fuhr Gaia mit gefährlich ruhiger Stimme fort. In ihren Augen glitzerte der Wahn der Vorstellung, wie sie es den Menschen heimzahlen würde. Ein schreckliches Lächeln legte sich auf ihre Lippen. »Ihr werdet es bereuen. Ihr werdet den Zorn der Erde, meine Wut, zu spüren bekommen. Ihr werdet angekrochen kommen und um Vergebung winseln. Doch dann wird es zu spät sein.« Kaum hatte sie ihren Satz beendet, war sie wie vom Erdboden verschwunden und der Nebel mit ihr. Die Schlingen der Pflanze lösten sich plötzlich von Elaines Körper und sie schlug hart auf dem Gestell ihres Bettes auf.

Elaine schreckte auf. Sie lag auf dem Boden und sah sich panisch in ihrem Zimmer um. Das Fenster war geschlossen. Die Zimmerpflanze sah völlig normal aus und stand an ihrem Platz. Es sah alles aus wie immer.

Was für ein verrückter Traum! Sie schüttelte ihren Kopf und lachte laut auf. *Es war alles nur ein Traum. Ein Albtraum, der sich verdammt realistisch angefühlt hatte.* Langsam stand sie auf und schnappte sich frische Klamotten aus dem Kleiderschrank. Ihr Pyjama war klatschnass geschwitzt.

Auf dem Weg ins Badezimmer ließ sie ihre Hand über die kühlen weißen Fliesen des Flurs wandern. Es war alles wie immer. Völlig normal. Keine absonderliche Schreckensgestalt lauerte hinter einer Ecke. Am Waschbecken spritzte sie sich kaltes Wasser ins Gesicht, um richtig wach zu werden. Ein Blick in den Spiegel zeigte ihr gerötete und geschwollene Augen. Kein Wunder nach solch einer Nacht. Unter der heißen Dusche erwachten langsam ihre Lebensgeister wieder. Sie öffnete ihre Augen und griff nach dem Shampoo, um sich den Schweiß vom Körper zu schrubben.

Als ihr Blick über ihren Körper glitt, ließ sie die Tube vor Schreck fallen. »Verdammte Scheiße!«, stieß sie laut hervor. Überall auf ihrem Körper waren rote Striemen, die durch den Kontakt mit dem Wasser langsam aber sicher anfingen, wie Feuer zu brennen. Die Erkenntnis durchzuckte sie wie ein Blitz. Es war kein Traum. Gaia war hier gewesen. So schnell sie konnte, stellte sie die Dusche aus, zog sich frische Klamotten über und rannte, immer zwei Stufen auf einmal nehmend, die Treppe herunter.

Die Nachrichten! Schlitternd kam sie vor dem Wohnzimmertisch zum Stehen und griff ungelenk nach der Fernbedienung.

Sofort erfasste Elaine eine Welle von Bildern. Vulkanausbrüche. Feuer. Erdbeben. Tornados. Wilde Tiere, die Menschen attackierten. Riesige Flutwellen, die alles unter sich begruben. Eine unsichtbare Hand legte sich um Elaines Kehle und drückte zu. Ihr Atem kam nur noch stoßweise und ihr wurde schwarz vor Augen. Röchelnd sank sie auf die Knie.

Eine Stimme erhob sich in ihrem Kopf: »*Ihr habt es so gewollt. Ihr habt es nicht anders verdient. Hättet ihr euch so um die Erde gekümmert, wie ich es euch aufgetragen habe, würde das alles nicht passieren. Spürt meine Rache!*« Sie kannte diese Stimme. Gaia.

Als die Stimme verklang, löste sich der Kloß in Elaines Hals und sie schnappte, wie eine Ertrinkende, nach Luft. Gierig sog sie den Sauerstoff ein und füllte mit ihm ihre Lungen, bis diese nicht mehr rebellierten. »Das ... das kann nicht sein«, stammelte sie mit rauer Stimme. Doch die Bilder, die immer weiter vor ihren Augen abliefen, bewiesen ihr das Gegenteil. Elaine vergrub die Hände in ihren Haaren und atmete ein paar Mal tief durch. »Was sollen wir tun?« schrie sie. Hoffnung wallte in ihr auf, dass die Stimme noch einmal zu ihr sprechen würde und gleichzeitig legte sich eine eisige Angst um ihren Körper.

Im Fernsehen vor ihr sah sie, wie das Nachrichtenstudio anfing zu Beben. Lampen stürzten von der Decke. Das Bild verwackelte und der Nachrichtensprecher verschanzte sich unter dem Pult. Der Boden unter ihr begann zu vibrieren und Elaine krabbelte instinktiv unter den Tisch.

Das Erdbeben hielt nur kurz an. Sie stürmte zur Tür, riss sie auf und ihr Gesicht verlor jegliche Farbe.

Chaos. Egal, wohin sie ihren Blick auch richtete, war Chaos. Menschen rannten mit gehetzten Gesichtern und panikerfüllten Augen durch die Straßen. Kinder schrien nach ihren Eltern und weinten jämmerlich. Trümmer lagen überall. Elaine schlug sich die Hand vor den Mund. »Mum. Dad«, stieß sie mit erstickter Stimme hervor. Sofort manifestierten sich Bilder vor ihrem inneren Auge, wie ihre Eltern schwer verletzt waren. Davon, wie Blut über ihre Gesichter lief. Ein ungeheures Entsetzen machte sich in ihr breit. Das war nicht das Fernsehen. Es war die harte Realität. Jegliche Kraft verlierend sank sie auf den Boden und begrub das Gesicht in ihren Händen. Wie gelähmt saß sie da und weinte. Tränen liefen über ihre Wangen und benetzten ihre Lippen mit einem salzigen Geschmack.

Es krachte neben ihr. Zuerst leise, dann immer lauter. Elaine war vor Schock gefangen. Das Entsetzen lähmte sie. Sie konnte sich nicht bewegen. Ein Schreien drang gedämpft an ihre Ohren. Jemand packte sie am Arm und zog sie kräftig hoch. Elaines Beine funktionierten wie von selbst. Ein noch lauteres Krachen als das vorangegangene riss sie nun vollständig aus ihrer Starre. Ein unbändiger Überlebenswille erwachte in ihr.

»Lauf! Schnell!« schrie ihr eine tiefe männliche Stimme über den Lärm hinweg zu.

Ihre Beine gehorchten sofort und Elaine ließ sich von dem blondhaarigen Jungen wegziehen, dessen bleiche Hand sich wie ein Schraubstock um ihren Arm gelegt hatte. Ihr Elternhaus stürzte im selben Moment ein. Die Erschütterung riss die beiden von den Beinen. Splitter ritzten Elaines Gesicht auf. Sie spürte, wie das Blut über ihre Wange lief. Instinktiv riss sie schnell die Arme nach oben, um ihr Gesicht vor weiteren Trümmerstücken zu schützen.

Mühsam rappelte sie sich auf. Im Bruchteil einer Sekunde lag sie abermals auf dem Boden. Die Erde bebte. Sie bäumte sich auf, als wollte sie alles Lebende unter sich begraben. Geräusche drangen an Elaines Ohren und setzten sich fest. Schreie. Laute, hoffnungslose Schreie.

Elaine blickte sich um. Der junge Mann, der sie gerettet hatte, lag neben ihr, umgeben von Trümmern. Schnell beugte sie sich herunter zu ihm. Er war bewusstlos und sein von Staub bedeckter, blonder Haarschopf hing ihm ins Gesicht. Blut lief an seiner Wange herunter.

Elaine zerrte einen großen Gesteinsbrocken von ihm und schürfte sich dabei die Hände auf. Sie ignorierte den Schmerz, griff sachte nach einem Arm und einem Bein und drehte ihn langsam und vorsichtig in die stabile Seitenlage. Ein lautes Keuchen entfuhr ihr. Die Augen des jungen Mannes blickten starr geradeaus, doch sehen konnten sie nicht mehr.

Elaine wandte sich ab. Ihre Hände zitterten und sie kämpfte mit der aufkommenden Übelkeit. Sie hielt das alles nicht aus. Die Schreie, die Toten und das Chaos. Ihre Beine verselbstständigten sich. So schnell sie konnten, trugen sie sie so weit wie möglich weg vom Geschehen.

Ein weiteres heftiges Beben warf sie ohne Vorwarnung zu Boden. Weitere Bruchstücke kamen auf sie zugeflogen. Abermals riss sie schützend die Arme über den Kopf. Sie spürte das Brechen der Knochen in ihrem Arm und ein schmerzerfülltes Keuchen entfloh ihrem Mund.

Elaine biss die Zähne so fest zusammen, dass ihr Kiefer knackte. »Bitte hör auf«, wimmerte sie. »Lass uns sprechen. Ich flehe dich an!« Elaine blickte hinter sich, als sie eine, ihr inzwischen bekannte, Präsenz wahrnahm. Schwarzer Nebel kam auf und waberte in ihre Richtung. Rotbraune Haare traten daraus hervor. Der Lärm brach ab. Die Hilfeschreie und das Chaos erreichten Elaine nicht mehr. Es war, als hätte jemand einfach die Pausetaste gedrückt.

Gaia kam vor ihr zum Stehen. »Sprich, Menschenmädchen.« Ihre Stimme klang fordernd und zynisch.

Ein kalter Schauer lief über Elaines Rücken. »All das muss aufhören«, zischte sie zwischen zusammengebissenen Zähnen hervor. »Wir Menschen haben unseren Denkzettel erhalten. Gib uns Zeit, uns zu ändern. Wir haben deine Botschaft verstanden und werden alles dafür tun, um uns zu bessern. Ich flehe dich an, gib uns noch diese eine Chance.«

Gaias kalter Blick lag auf Elaine, die noch immer zusammengekrümmt auf dem von Trümmern übersäten Boden saß. »Einhundert Jahre gebe ich euch Menschen. Einhundert Jahre, in denen ihr beweisen müsst, dass ihr euch ändern und im Einklang mit der Natur, meinem Geschenk, leben könnt. Wird euch das nicht gelingen, werde ich ein weiteres Mal zuschlagen, doch dann entkommt ihr mir nicht. Nutzt diese Chance, denn meine Rache an euch Menschen wird sonst endgültig sein. Es liegt nun an dir, meine Botschaft an die Menschheit zu verkünden. Seid gewarnt.«

Gaia hob die Hand und die ohrenbetäubende Geräuschkulisse setzte wieder ein. Elaine beobachtete, wie die Frau im Nebel verschwand.

❧❦

Jeannine Molitor wurde 1998 in Mutlangen geboren. Ihre Mutter ist für sie schon immer ein großes Vorbild gewesen, wodurch sie sehr früh ihre Liebe zu Büchern entdeckte. Bereits im Grundschulalter schrieb sie ihre ersten fantastischen Kurzgeschichten über einen fliegenden Schulranzen, kleine Waldtrolle und Meerjungfrauen. Derzeit lebt sie in einem kleinen Ort im Landkreis Heilbronn und absolviert im Jahr 2020 ihr Abitur.

Älter als der Wald
ᛋ Ronja Hollstein ᛋ

Jaromir schlug die Tür zum Wohnraum seines kleinen Hauses wütend hinter sich zu. Wasser tropfte von seinem schweren grauen Wollumhang und bildete um ihn auf den Holzdielen einen Kreis aus kieselsteingroßen Pfützen. Seine frisch angetraute Frau Dejana saß mit Strickzeug im Schein zweier Öllampen am warmen Ofen und schaute verwundert auf; dabei rutschte ihr dicker roter Flechtzopf von ihrer Schulter.

»Schon wieder«, brummte Jaromir und löste die Fibel, die seinen Umhang zusammenhielt.

Dejanas Augen wurden groß. »Noch eins?«

»Zwei. Es wurden zwei Lämmer gerissen. Wenn das so weitergeht, stehen wir am Ende des Sommers ohne Herde da.« Jaromir seufzte und zog den grauen Wollumhang von seinen Schultern, um ihn an einen Haken an der Wand neben den seiner Frau zu hängen. Direkt beim Ofen, damit er bis zum nächsten Morgen wieder trocken war. Neben dem Kleidungsstück hingen in einer Halterung eine Armbrust und ein Köcher mit Bolzen. »Ich verstehe das nicht.

Als mein Vater noch lebte, haben wir nicht ein einziges Schaf an die Wölfe verloren...«

Dejana legte ihr Strickzeug beiseite, stand auf und ging zu ihrem Mann. Ein Hauch von Rosenduft stieg ihm in die Nase, als sie Jaromir liebevoll umarmte.

»Dann verstärken wir den Zaun und kaufen noch einen Hund. Es wird schon gut gehen«, flüsterte sie sanft und strich Jaromir über den Rücken.

Und wieder einmal fragte der Schäfer sich, was diese Frau eigentlich bei ihm wollte. Das Häuschen auf der Lichtung im Wald war alles, was er besaß. Dejana war geduldig, klug, freundlich und konnte hart arbeiten, und darüber hinaus liebte er ihr flammend rotes Haar. Jaromir konnte sich noch gut an ihre erste Begegnung am Dorfbrunnen erinnern.

»Vielleicht ziehen die Wölfe bald weit...« Wie um sie zu verspotten, unterbrach ein langgezogenes Heulen Dejanas Versuch, ihrem Mann Trost zu spenden. Kurz darauf stimmte ein zweites Tier ein – lauter und näher.

»Diese Mistviecher«, knurrend ließ Jaromir seine Frau los und griff nach Umhang, Armbrust und Köcher an der Wand. Mit geübten Handgriffen spannte er die Waffe und legte den Bolzen ein.

»Jaromir, warte!«

Doch Jaromir hörte nicht; er ließ die Tür offenstehen und lief hinaus in den Regen. Dejana beobachtete mit aufgerissenen Augen, wie er in dem verwaschenen Grau aus Dämmerung und Regen verschwand. Wieder heulten die Wölfe, noch näher als vorher. Nur der grollende Donner konnte sie übertönen.

Ohne zu überlegen rannte Dejana ihrem Mann hinterher, barfuß und nur in ihrem dünnen Leinenkleid.

Der prasselnde Regen schlug ihr ins Gesicht, es blitzte und nur einen Atemzug später rollte der Donner heran. Durch das Tosen des Sturms hörte sie, wie die Schafe im Unterstand auf der Weide ängstlich blökten. Das Zentrum des Gewitters war ganz nah.

Vor dem Haus entdeckte Dejana eine verschwommene Gestalt, die am Weidezaun entlang Richtung Wald eilte.

Hinter ihr kreuzte ein Schatten ihren Weg, groß und zottelig. »Jaromir!« Dejana schrie gegen den Sturm an, doch ihr Mann hörte sie nicht. Kopflos lief sie weiter; ihre Füße platschten auf dem regengetränkten Grund und Dreck spritzte an ihre nackten Beine. Als es über ihr krachend donnerte, zuckte sie zusammen und kniff die Augen zu.

Im nächsten Augenblick hatte sie Jaromir aus den Augen verloren.

Dejana sah sich um; dann lief sie weiter, getrieben von der Angst, ihren Mann gar nicht mehr wieder zu sehen.

Als sie nur noch einen Steinwurf vom Wald entfernt war, erhellte eine Kaskade von Blitzen die Lichtung. Angestrengt suchte sie den Waldrand ab, in der Hoffnung, Jaromir zu entdecken. Aus dem Dunkel zwischen den Bäumen trat etwas hervor. Groß und behäbig. Dejana wich einen Schritt zurück. Das war nicht ihr Mann. Es war nicht einmal ein Mensch.

Eine Kreatur, beinahe so hoch wie die Bäume selbst, mit Haut wie Rinde und Fingern wie Zweigen versperrte ihr den Weg, die astgleichen Arme ausgebreitet. Wie ein grüner Bart hing Moos auf ihre Brust. Ein Lendenschurz und eine Gugel mit einer großen Kapuze verhüllten nur einen Teil ihres Körpers. Auf dem Kopf trug das Wesen den Schädel eines Elches, gekrönt von einem imposanten Geweih, in dem drei Krähen saßen und mit den Flügeln schlugen. Grelle Blitze tauchten die Gestalt in groteske Schatten.

Dejana strauchelte und blieb wie angewurzelt stehen; mit aufgerissenen Augen starrte sie die Kreatur an. Das Blut gefror ihr in den Adern.

Der Waldmann, Borovoi, der die Kinder stiehlt, oder Leszy, der Geist des Waldes.

Neben ihm tauchten zwei Wölfe auf, groß und zottelig; mit gebleckten Fängen kamen sie näher. Dejana spürte das Knurren mehr in ihrer Brust, als dass sie es hörte. Dann versank die Lichtung in Dunkelheit und ohrenbetäubender Donner brach über sie herein.

Eine Krähe schrie und Dejana spürte einen Luftzug wie von einem Flügel in ihrem Gesicht; das löste ihre Schockstarre. Sie wirbelte herum und rannte zurück zum Haus. Nichts in der Welt konnte Jaromir noch helfen.

Als Dejana ihr Heim erreichte, schlug sie die Tür hinter sich zu und legte den Riegel vor. Mit weichen Knien und klopfendem Herzen ging sie zum kleinen Altar an der Wand und zündete mit zitternden Fingern eine Kerze und Räucherwerk an, um die Götter um Gnade zu bitten.

Die Sonnenstrahlen, die durch das Fenster brachen, weckten Dejana am nächsten Morgen. Sie lag zusammengerollt wie eine Katze auf dem Sessel in der Wohnstube und musste mehrmals blinzeln, bis sich ihre Augen an das Licht gewöhnt hatten.

Verwirrt sah sie sich um, dann entdeckte sie ihr nasses Kleid, das sie einfach auf den Boden geworfen haben musste. Die Erinnerung an den gestrigen Abend kam zurück und traf sie wie ein Schlag. Mit flauem Magen stellte sie fest, dass Jaromirs Umhang nicht an seinem Haken hing, ebenso wenig wie die Armbrust. Langsam stand sie auf und nur mit Unterhemd bekleidet ging sie zur Tür, hinaus auf die Lichtung.

Nur das feuchte Gras und einige abgebrochene Äste zeugten vom Sturm der letzten Nacht. Die Blumen vor dem Haus reckten unschuldig ihre Köpfe zur Sonne, Schmetterlinge und Hummeln umschwirrten den Lavendel. Als Dejana um das Haus ging, sah sie die Schafe friedlich auf der Weide grasen. Die beiden Hütehunde dösten im Schatten. Stirnrunzelnd hob sie den Finger und zählte. Zwei Lämmer fehlten, aber von den Kadavern fand sich keine Spur. Ebenso wie von Jaromir.

Schaudernd richtete Dejana ihren Blick zum Waldrand, dorthin, wo sie den riesigen Leszy gesehen hatte.

»Oh Jaromir ... wie hast du die Götter nur so gegen dich aufgebracht?«, murmelte sie zu sich selbst und schluckte. Sie kannte die alten Geschichten über den Waldgeist, der Wanderer in die Irre lockte und Kinder stahl. Aus eigener Kraft würde ihr Mann nicht zu ihr zurückkehren.

Entschlossen ging Dejana zum Haus zurück, hinauf in die Schlafkammer unterm Dach, wo vor dem weichen Bett ihre kunstvoll geschnitzte Aussteuertruhe stand. Das kostbare Möbelstück hatte schon ihrer Mutter gehört und deren Mutter davor, es beinhaltete alle Besitztümer ihrer Familie. Dejana hielt einen Atemzug inne und musterte die Schnitzereien, dann kniete sie sich nieder und öffnete den schweren Deckel. Nacheinander holte sie Decken, Tücher und Laken heraus, bis auf dem Boden schließlich zwei Lederbündel zum Vorschein kamen.

Dejana atmete tief durch, pustete sich eine Haarsträhne aus dem Gesicht und hob vorsichtig das längere der Bündel aus der Truhe und wickelte es aus. Zum Vorschein kam ein

Holzbogen mit einem lederumwickelten Griffstück. »Ich habe dir nicht geglaubt, dass der Tag kommt, an dem ich meine Familie hiermit beschützen muss, Mutter«, seufzte Dejana und strich mit den Fingerspitzen über das Holz. »Aber du hattest Recht.« Entschlossen griff sie nach dem zweiten Bündel, das einen Hüftköcher mit Pfeilen und zwei Jagdmessern enthielt.

Wenig später verließ Dejana das Haus. Sie trug eine Hose ihres Mannes und eines seiner Hemden unter ihrem dunkelvioletten wollenen Umhang. An ihrem Gürtel hingen an jeder Seite eine Scheide mit den großen Jagdmessern sowie der Köcher mit fünfzehn Pfeilen, befiedert mit grauen Gänsefedern. Den Bogen hatte sie gespannt und über die linke Schulter gehängt. Über der rechten trug sie eine lederne Umhängetasche mit einigen Vorräten, Verbänden, Heilkräutern und Tinkturen.

Als Dejana den Wald erreichte, machte sie noch einmal Halt. Ihr lief ein kalter Schauer den Rücken hinunter. Hier hatte der Leszy gestanden. Auf einem Baum in der Nähe saß eine Krähe und krächzte.

»Sag deinem Herrn, dass ich ihn holen komme!«, rief Dejana dem Vogel zu. Ein letztes Mal schaute sie über die Schulter zurück, dann machte Dejana einen entschlossenen Schritt über die Grenze des Waldes, um sich ihren Mann zurück zu holen.

Im vom Regen aufgequollenen Waldboden zeichneten sich Jaromirs Fußabdrücke deutlich ab.

Sie folgte den Spuren bis zu einer Lichtung, auf der ein großer, umgestürzter Baum lag. Kleine weiße Blüten bildeten ein Meer aus Blumen und die Waldbienen sammelten eifrig Nektar.

Nur von Jaromir war nichts zu sehen, beinahe, als wäre er mit den Sturmwolken davongeflogen. Enttäuscht ließ Dejana die Schultern hängen und schaute sich um. Sie umrundete die Lichtung, um am Waldrand irgendeine Spur zu entdecken, doch sie fand nichts.

»Und jetzt, Leszy? Wo hast du dich versteckt?«, rief sie laut in den Wald hinein und schnaubte. Jaromir konnte doch nicht einfach so verschwinden!

Plötzlich hörte sie hinter sich das Knacken kleiner Zweige und ein Rascheln. Blitzschnell wirbelte Dejana herum – doch da war nur ein Fuchs. Das Tier erstarrte, als es Dejana sah.

»Schade, dass du nicht reden kannst. Oder kannst du mir sagen, ob du meinen Mann gesehen hast?«, fragte sie mit einem halbherzigen Lächeln.

Der Fuchs setzte sich hin, legte den Kopf schief und musterte sie aus seinen sanften braunen Augen. Dejana stutzte. Normalerweise kannte sie Füchse nur als scheue, dämmerungsaktive Gänsediebe.

Als der Fuchs nichts Anderes tat, als seinen Kopf von links nach rechts zu kippen, zuckte Dejana mit den Schultern und wollte weitergehen; doch auf einmal stand das Tier auf, reckte seine Schnauze in den Wind und begann zu schnuppern.

Dejana zog die Augenbrauen hoch. Der Fuchs hielt weiter seinen Kopf gereckt, machte erst ein paar Schritte in die eine, dann in die andere Richtung, und sprintete schließlich über die Lichtung und verschwand im Wald.

Dejana konnte nicht anders und lachte auf. Kopfschüttelnd drehte sie sich um und wollte zu der Stelle zurückgehen, an der sie Jaromirs Spuren zuletzt gesehen hatte. Doch dann hörte sie wieder ein Rascheln.

Der Fuchs sprang ihr aus einem Busch vor die Füße und schaute ihr direkt in die Augen. Im Maul hielt er etwas, das wie ein abgebrochener Armbrustbolzen aussah.

Jaromir.

Dejana schluckte und runzelte die Stirn. »Was bist du, ein Spürfuchs?«

Langsam, aber sicher, begann sie, an ihrem Verstand zu zweifeln. In diesem Moment hörte sie ein Flügelschlagen und das empörte Krächzen zweier Krähen. Eine landete auf einem Baum, die andere stieß im Sturzflug auf den Fuchs herab. Der ließ den Bolzen fallen und fauchte.

»Heda! Verschwinde!«, brüllte Dejana und riss die Arme in die Höhe.

Der Fuchs legte die Ohren an und zog die Lefzen hoch. Der große schwarze Vogel drehte ab.

Argwöhnisch beobachtete Dejana, wie die angriffslustige Krähe neben ihrer Artgenossin auf dem Ast landete.

Nun wusste Dejana, was sie tun musste. »Na gut, Fuchs. Dann geh voran.«

Das Tier mit den freundlichen Augen führte sie tiefer in den Wald. Es trabte ein Stück voraus, drehte sich um und wartete, bis Dejana aufgeschlossen hatte. Dann lief es weiter, sprang flink über Äste, Steine und Baumstümpfe. Manchmal kam es ein Stück zurück, als wolle es sichergehen, dass Dejana ihm noch folgte, nur um seinen Weg fortzusetzen, sobald sie ihm zunickte. Und mit jedem Schritt entfernte sich Dejana weiter von der Lichtung, auf der sie mit Jaromir lebte, weiter von dem Teil des Waldes, den sie kannte. Das Gelände begann anzusteigen, sie gingen also in Richtung des Gebirges. Immer wieder hörte Dejana das Rascheln von Federn und das Schlagen von

Flügeln. Offenbar verhielt sich nicht nur der Fuchs unüblich, sondern auch die Krähen, die sie zu verfolgen schienen.

Nach einiger Zeit kamen sie auf einen Weg, der gerade breit genug war, dass zwei Menschen bequem nebeneinander gehen konnten. Der Fuchs lief abseits im hohen Gras, und Dejana genoss den festgetretenen Boden unter ihren Füßen.

Plötzlich hielt der Fuchs inne und schnupperte, dann legte er die Ohren an, duckte sich und fiepte leise. Erschrocken griff Dejana nach einem ihrer Jagdmesser und sah sich um, doch sie konnte nichts entdecken. Langsam ging sie weiter, den Griff ihrer Klinge fest umklammert.

»Heda, junge Frau!«, rief eine tiefe, männliche Stimme wie aus dem Nichts. Dejana zuckte zusammen, das Herz schlug ihr bis zum Hals. Und dann sah sie, etwa einen Steinwurf voraus, einen Mann auf einem umgeschlagenen Baumstumpf sitzen. Allem Anschein nach ein Holzfäller. Seine breiten Schultern und muskulösen Oberarme, über die der tannengrüne Stoff seines Hemdes schon spannte, zeugten von jahre-, wenn nicht jahrzehntelanger harter Arbeit. Und neben ihm lehnte eine schwere, große Axt, auf deren Klinge sich die Sonne spiegelte.

Auf Dejanas Blick hin hob er die Hand und winkte zum Gruß. Neben sich hörte sie ein Rascheln. Als sie den Kopf drehte, sah sie den buschigen roten Schwanz des Fuchses im Unterholz verschwinden.

Einen Moment überlegte Dejana, es dem Fuchs gleichzutun, doch dann entschied sie, mit dem Mann zu reden und ging weiter auf ihn zu. »Heda, junge Frau«, wiederholte der, als sie ihn erreichte. Auf seinen Knien lag ein

Holzbrett mit einem kleinen, angeschnittenen Laib Brot, einem Stück geräucherten Schinken und etwas Käse. »Was führt dich so tief in diesen Wald?«

»Hej, Waldesmann.« Dejana grüßte ihn mit einem Nicken. »Ich suche meinen Mann. Hast du ihn gesehen?« Sie musterte den Holzfäller. Seine Haut war sonnengebräunt und wettergegerbt, mit Furchen, Falten und Narben übersät. Graue Strähnen durchzogen sein kinnlanges, nussbraunes Haar und den langen Bart, und die freundlichen Augen schimmerten in einem leuchtenden Moosgrün.

»Nein, mein Kind, hier kommt sonst niemand vorbei. Außer einem Hasen oder Reh«, antwortete er, »Und auch du solltest nicht hier sein. Dieser Wald ist alt, und in alten Wäldern ist es gefährlich.«

Dejana nickte. »Ja, ich weiß. Ich bin den Wölfen begegnet. Aber ich habe keine Angst.« Sie schlug ihren Umhang zur Seite und legte ihre Hand auf den Köcher an ihrer Hüfte.

»Es gibt ältere Wesen als Wölfe. Böswilligere. Geh heim, Mädchen.« Wie um seine Worte zu bekräftigen, landeten auf dem Baum hinter dem Fremden zwei Krähen und krächzten.

Dejana zog die Stirn kraus. »Danke für deinen Rat, aber ich kann schon auf mich achtgeben.« Und ein *Mädchen*, fügte sie in Gedanken hinzu, bin ich schon lange nicht mehr.

»Dann lass mich dich ein Stück begleiten, ich wollte sowieso hinabsteigen.« Der Mann griff nach einem Tuch, wohl um die Reste seiner Brotzeit einzuschlagen.

In diesem Augenblick sprang der Fuchs aus dem Gebüsch und bellte den Mann an. Die Krähen schlugen aufgeregt mit den Flügeln und für einen kurzen Moment, fast wie ein Flackern, änderte sich das Aussehen des Mannes. Seine Haut sah plötzlich aus wie Rinde und sein langer Bart schimmerte grünlich, wie aus Moos.

Mit weit aufgerissenen Augen stolperte Dejana einige Schritte zurück. Bevor er etwas sagen konnte, drehte sie sich um und rannte in den Wald.

»Hej, Mädchen! Wo willst du denn hin?«, rief er ihr nach. »Der Wald ist gefährlich, komm zurück!«

Doch Dejana rannte weiter, so schnell sie konnte. Als sie sah, dass der Fuchs an ihrer Seite lief, überließ sie ihm die Führung und folgte ihm tiefer in den Wald.

Erst als der Fuchs langsamer wurde, gönnte sich Dejana einen Moment zum Verschnaufen. Schwer atmend lehnte sie sich gegen einen Baum und zog einen Wasserschlauch aus ihrer Tasche. Nachdem sie ihren Durst gestillt hatte, goss sie einen Schluck Wasser in ihre Handfläche und hielt sie dem Fuchs hin. Zögerlich kam das Tier näher, beschnupperte sie und schleckte schließlich das Wasser aus ihrer Hand.

»Du bist der merkwürdigste Fuchs, dem ich je begegnet bin«, stellte Dejana fest und schüttelte den Kopf.

Das ungleiche Paar zog weiter durch den Wald. Immer wieder blieb der Fuchs stehen, schnupperte an einem Baum, verschwand für einige Momente im Unterholz, nur um wieder aufzutauchen und Dejana auffordernd anzusehen.

Als die Dämmerung hereinbrach, führte er sie auf eine Lichtung, an deren Rand ein großer Eichenbaum stand, dessen ausladende Äste Schutz vor der Witterung boten. In der Nähe sprudelte ein Bächlein, an dem sie ihren Wasserschlauch auffüllen konnte.

»Da hast du uns wohl ein Nachtlager gesucht«, murmelte Dejana und schaute sich um. Ihr war ganz und gar nicht wohl dabei, unter offenem Himmel in diesem Wald zu übernachten. Doch die Hoffnung, Jaromir zu finden, wog schwerer.

Jaromir, ihr geliebter Schäfer mit dem weichen, aschbraunen Haar und den sanften Augen. Jaromir, der seine Tiere über alles liebte und keiner Fliege etwas zuleide tat. Was hatte den Leszy nur gegen ihre kleine Familie aufgebracht? Ein düsterer Schatten legte sich auf Dejanas Seele.

Gedankenverloren trug sie einige trockene Zweige zusammen, befreite den Boden von Laub und grub eine kleine Kuhle für das Feuer. Um wilde Tiere abzuhalten, sagte sich Dejana. Doch in Wahrheit hatte sie Angst vor der Dunkelheit, und dem, was auch immer in ihr leben mochte.

Bevor die ersten Sterne leuchteten, zogen Wolken auf und verhüllten den Himmel. Dejana fröstelte und zog ihren Umhang fest um ihren Körper. Der Fuchs hatte sich neben ihr zusammengerollt und schnaufte leise. Bogen und Köcher lehnten auf ihrer anderen Seite am Baum.

Es war noch nicht Mitternacht, als sie die Wölfe hörte. Ein langgezogenes Heulen in der Ferne, in das nach und nach mehrere Tiere einstimmten. Zu weit entfernt, um auszumachen, wie viele es waren, aber immer noch zu nah, um beruhigt einschlafen zu können. Dejana griff nach einem ihrer Messer, zog es aus der Scheide und hielt es fest in der Hand.

Auch der Fuchs hob den Kopf und spitzte die Ohren.

Beim zweiten Mal war das Heulen näher. Dejana rutschte unruhig hin und her, starrte in die Dunkelheit und horchte in den Wald. Als sie das Krächzen einer Krähe hörte, wusste sie, dass die Wölfe auf dem Weg zu ihr waren.

»Halt dich bereit, Fuchs«, flüsterte sie ihrem Begleiter zu. Mit jedem Rascheln, das sie hörte, schlug ihr Herz schneller und ihr Magen krampfte sich zusammen.

Dejana starrte ins Unterholz, das Messer fest umklammert. Im Wald herrschte plötzlich Totenstille. In der Kuhle vor ihr glomm nur mehr rötliche Glut und immer wieder verdunkelten Wolken den Mond. Dann knackten Zweige, Blätter raschelten und ein aufgeschreckter Kauz flatterte aus der Krone der Eiche in die Nacht.

Der erste Wolf schritt auf der gegenüberliegenden Seite der Lichtung zwischen den Bäumen hindurch. Ein riesiges Tier, größer als ein Kalb, und der anschwellende Wind trug sein tiefes, kehliges Knurren zu Dejana und dem Fuchs. Neben ihm traten zwei weitere, kaum kleinere Wölfe aus der Dunkelheit ins Mondlicht, mit gebleckten Fängen stimmten sie in sein Knurren ein.

Langsam stand Dejana auf, schob das Messer in die Scheide am Gürtel und griff nach Bogen und Köcher. Der Fuchs legte die Ohren an, stellte sich mit einem keckernden Knurren vor die junge Frau und machte einige Schritte auf die Lichtung. Dejana nockte einen Pfeil auf die Sehne des Bogens und straffte ihre Schultern.

Bei dem schwachen Licht hatte sie keine große Hoffnung, einen guten Treffer zu landen, aber einen direkten Kampf mit den drei riesigen Bestien würde sie kaum überleben.

Wie aus dem Nichts schoss ein großer schwarzer Vogel mit einem Kreischen auf sie herab und versuchte, seine Krallen in ihr Gesicht zu schlagen. Dejana schrie auf, ließ den Pfeil fallen und schlug mit dem Bogen nach der Krähe. Als ihr Begleiter bellend an ihr hochsprang, um den Vogel zu vertreiben, schoss hinter ihnen ein vierter Wolf aus dem

Wald, verbiss sich in dem Fuchs und zog ihn von Dejana weg.

Als wäre dies das Angriffssignal, preschten auch die drei anderen Wölfe auf Dejana zu. Die Krähe brachte sich schimpfend mit einigen Flügelschlägen in Sicherheit.

Mit zitternden Händen zog Dejana einen neuen Pfeil aus dem Köcher und schoss ihn blindlings auf die Wölfe.

Das Geschoss verschwand in der Dunkelheit. Ihre Knie bebten und jede Faser ihres Körpers schrie sie an, weit wegzulaufen, doch sie konnte den Fuchs nicht einfach zurücklassen.

Tränen schossen ihr in die Augen, als der Mond durch die Wolken brach und sie sah, dass es drei der Wölfe auf ihren treuen Begleiter abgesehen hatten. Der vierte baute sich zwischen ihr und den Kämpfenden auf und knurrte sie an. Wie schon am vorherigen Abend spürte sie das Vibrieren des Knurrens in ihrem Brustkorb. Ihr zweiter Pfeil landete zwischen den Pfoten des Wolfes, das Tier wich zurück. Leise fluchend machte sie einen Schritt auf den Wolf zu, den nächsten Pfeil auf der Sehne. Schon als sie den Bogen spannte, wusste sie, dass er sein Ziel dieses Mal finden würde. Sie atmete aus und ließ die Sehne los.

Der Wolf jaulte auf, als sich die Pfeilspitze in seine Flanke bohrte. Das würde ihn nicht töten, aber Dejana fasste Hoffnung, als das Tier sich, noch immer knurrend, weiter zurückzog.

Das spitze Schreien des Fuchses holte sie aus ihrer Euphorie. Der Fuchs war nicht einmal halb so groß wie die Wölfe und obwohl er flink und verbissen kämpfte, musste er unterliegen. Entschlossen, ihn nicht aufzugeben, ließ Dejana den Bogen fallen. Die Angst, den Fuchs zu treffen, war zu groß, also blieb ihr nur eine Wahl: sie rannte auf das Knäuel aus Fell und Zähnen zu. Im Laufen zog sie das Messer und warf sich zwischen die Wölfe, blind um sich stechend. Die klebrige Nässe auf ihren Händen und der metallische Geruch von Blut zeigten ihr, dass die Klinge ihr Ziel gefunden hatte. Dejana schrie triumphierend auf, kurz bevor ein brennender Schmerz durch ihren linken Arm schoss. Ein Wolf hatte sich mit seinem mahlenden Kiefer in ihren Oberarm verbissen. Mit zusammengebissenen Zähnen hieb sie mit dem Jagdmesser um sich, doch die Wölfe wichen aus. Durch einen Schleier aus Blut und Tränen vor ihren Augen erkannte Dejana, dass die Bestien für einen Moment von dem Fuchs abließen. Ohne nachzudenken warf sie sich über das Tier und zog das wimmernde Fellbündel unter ihren Umhang dicht an ihren Körper. Dann hielt sie die Luft an und kniff die Augen zu, darauf wartend, dass die Wölfe des Leszy über sie herfielen.

Nichts dergleichen geschah. Noch einmal spürte sie durch den Umhang die Krallen der Krähe in ihrem Rücken, doch dann ließen die Diener des Waldgeistes von ihr ab. Als Dejana die Augen öffnete, sah sie, wie sich die Wölfe, noch immer knurrend, rückwärtsgehend in den Wald zurückzogen.

Dejana wusste nicht, wie lange sie nach Luft ringend unter ihrem Umhang auf der Lichtung kauerte, den Fuchs an sich gepresst. Heiße Tränen liefen ihr über die Wangen und ihr Oberarm pochte vor Schmerz. Erst als ihr rasendes Herz sich beruhigte und sie wieder tiefer durchatmen konnte, richtete sie sich auf. Vorsichtig streife sie den Umhang von ihrem vor Schmerz pulsierenden Arm. Erleichtert stellte sie fest, dass der dicke Wollstoff sie vor Schlimmerem bewahrt hatte und die Fänge des Wolfes nur sehr oberflächlich in ihre Haut gedrungen waren. Das Blut auf den punktförmigen Wunden gerann bereits, und ihr größtes Problem würde ein gehöriger Bluterguss sein.

Den Fuchs hingegen hatte es übel erwischt, sein Fell war zerrupft und er blutete aus zahlreichen Wunden. Mit bebenden Händen hob sie das Tier auf und trug es zu dem Bach, um die Verletzungen zu säubern. Vorsichtig, beinahe zärtlich, bettete sie den Fuchs auf ihrem Umhang. Sie riss einen Fetzen Stoff von ihrem Hemd, tränkte ihn in dem Bächlein und begann, das Blut von dem Fuchs zu waschen. Der Anblick des wimmernden, blutenden Fuchses brach ihr das Herz.

Mit den wenigen Heilkräutern und einer Tinktur aus ihrer Tasche bemühte sich Dejana, die Wunden des Fuchses so gut es ging zu versorgen. Anschließend deckte sie das Tier mit einer Ecke ihres Umhangs zu, legte sich neben ihm auf das Gras und strich sanft über seinen Kopf.

»Durchhalten, kleiner Freund«, flüsterte sie und schluckte schwer. »Wenn du das überstehst und wir Jaromir finden, kriegst du jeden Monat die fetteste Gans, die ich auftreiben kann. Ich passe heute Nacht auf dich auf.«

Irgendwann fiel Dejana in einen traumlosen Dämmerschlaf, und als sie aufwachte, schien die Mondsichel aus einem sternenklaren Himmel auf sie herab. Dejana drehte sich um, um nach dem Fuchs zu sehen, doch anstelle des Tieres lag ein junger Mann neben ihr, eingewickelt in ihren Umhang.

Erschrocken setzte Dejana sich auf und schlug die Hand vor den Mund. So viel sie sehen konnte, war der Fremde nackt, und zu ihrem Erstaunen entdeckte sie Bisswunden auf seinem Körper, an den gleichen Stellen, an denen sie zuvor den Fuchs verbunden hatte.

Bei genauerem Hinsehen entdeckte sie auch die Bandagen, die nur noch lose an seinen Gliedern hingen.

»Das ist also dein Geheimnis«, wisperte Dejana und musterte den Mann.

Langes, dunkelbraunes Haar umrahmte ein schönes, sanftes Gesicht mit ebenmäßiger Haut, hohen Wangenknochen und gleichmäßigen Lippen. Sein Gesicht zuckte hin und wieder im Schlaf. Mehrere Narben auf seinem Körper zeugten von früheren Kämpfen und von seinem rechten Arm rankte sich die Tätowierung eines Birkenzweiges bis auf seine Brust. Vorsichtig strich Dejana dem Mann eine Haarsträhne aus dem Gesicht, zog aber die Hand zurück, als sie seine Ohren sah. Wie die des Fuchses liefen sie spitz zu. Er stammte offensichtlich vom Volk der Alben.

Als die ersten Sonnenstrahlen über die Baumwipfel kletterten, schreckte Dejana aus dem Schlaf hoch. Sofort warf sie den Kopf herum, um nach dem Alben zu sehen – doch neben ihr lag nur der Fuchs. Ihre heftige Bewegung weckte das Tier, und bei dem Versuch aufzustehen, knurrte es vor Schmerzen. Dejana runzelte die Stirn und ließ ihren Blick über seine Verletzungen und die spitzen Ohren gleiten.

Nachdem sie ihr karges Frühstück mit dem Fuchs geteilt hatte, lief dieser immer wieder hinkend in den Wald, nur um gleich darauf zurückzukommen und Dejana aus großen Augen anzusehen.

»Du willst wirklich weiter?« Dejana zog die Stirn kraus. Auffordernd stupste er sie mit der Schnauze an.

»Wie du meinst ...« Seufzend packte sie ihre Sachen, schulterte den Bogen und folgte ihrem Begleiter in den Wald.

Die Verletzungen des Fuchses verringerten ihr Tempo deutlich, doch anders als am Vortag musste ihr Führer den Weg nicht suchen. Er lief zielstrebig geradeaus, so als würde er genau wissen, wo sie Jaromir finden würden. Erst nach einer Weile fiel Dejana auf, dass die Vögel verstummt waren und der Himmel sich verdunkelte. Gewitterwolken zogen auf.

Schließlich lichtete sich der Wald und gab den Blick auf eine Hochebene frei. Auf einer Wiese direkt am Waldrand erhob sich ein Hügel, bedeckt von im Wind wiegenden Gras. Auf dessen Krone stand ein Kreis aus Steinen, jeder von ihnen doppelt so groß wie ein Mensch. Tiefe Furchen in der Oberfläche bildeten große Zeichen und Symbole, eines auf jedem Stein. Ein Heiligtum der alten Götter. Ohne groß nachzudenken rannte sie los, an dem Fuchs vorbei, den Hügel hinauf. Oben angekommen sah Dejana sich mit offenem Mund und großen Augen um. Einige der Steine waren alt und verwittert, von Moos und Flechten bewachsen, andere schienen jünger zu sein. Sie entdeckte Jaromir auf der gegenüberliegenden Seite des Steinkreises zusammengesunken gegen einen der Steine gelehnt.

»Jaromir!«

Augenblicklich ließ Dejana Bogen und Tasche fallen und rannte zu ihm. Als sie ihren Mann beinahe erreicht hatte, traten Gestalten zwischen den Steinen hervor. Die größte von ihnen stellte sich direkt neben ihren Mann. Dejana stolperte, stoppte und starrte die Fremden an.

In jeder Lücke zwischen zwei Steinen stand ein Krieger. Jeder einzelne trug eine bronzefarbene Rüstung, verziert mit Blättern und Blütenmustern. An den Seiten der Helme waren Flügel angebracht, und von den Lanzen wehten Wimpel in Lindgrün und Gelb. Dejana erkannte Männer und Frauen, manche hielten Lanzen, andere lange Schwerter in beiden Händen. Nur der Krieger neben Jaromir trug keinen Helm und auch keine Waffe. Lange, weißblonde Haare fielen dem Mann auf die Brust, und seine Augen waren so blau wie Kornblumen. Um sein Haupt wand sich eine Krone aus silbernen Birkenzweigen, in denen Perlen wie Tautropfen glitzerten. Dejana konnte sich nicht entsinnen, jemals einen schöneren Mann gesehen zu haben, und er erinnerte sie an ... den Fuchsalben.

»Willkommen, meine Liebe«, sprach der Gekrönte mit einer klaren, melodisch klingenden Stimme, die Dejana tief in ihrem Innersten berührte. »Schön, dass du zu uns gekommen bist.«

»Wer bist du?«, fragte Dejana heiser.

Der Mann lächelte, winkte ab.

»Ich habe viele Namen«, sagte er sanft und legte den Kopf leicht schief.

»Ihr ... ihr seid Alben!«

»Wir nennen uns selbst die Sìde.«

»Dann ...«, Dejanas Stimme stockte, »bist du ... der König aus der Erlen.«

»Ja, so nennt man mich. Und ich habe lange auf dich gewartet.«

Dejana sah aus dem Augenwinkel, wie der Fuchs sich hinkend einen Weg zwischen den Kriegern hindurch bahnte. Auf halbem Weg zwischen ihr und dem König der Sìde blieb er stehen und knickte mit den Vorderbeinen ein, als würde er sich verneigen.

»Und mein treuer Wächter Latharn hat dich zu mir gebracht.« Mit einer Hand deutete der König dem Fuchs aufzustehen und zeichnete mit zwei Fingern ein Symbol in die Luft. Augenblicklich begann das Tier, sich zu verwandeln ... in den Alben, den Dejana in der Nacht gesehen hatte. Einer der Krieger ging zu ihm und hüllte den ehemaligen Fuchs in seinen Umhang. Ohne ein Wort zu sagen, stellte sich Latharn mit gesenktem Blick an die Seite seines Königs.

»Aber was willst du von mir?«, Dejana schrie beinahe. Ihr Blick flog zwischen dem König und Jaromir hin und her, der noch immer bewusstlos vor dem Stein saß. »Und was hast du mit meinem Mann zu schaffen?«

Das Lächeln verschwand aus dem Gesicht des Königs.

»Vor mehr als zweihundert Jahren wandelte ich in einer Mittsommernacht zwischen den Menschen. Ich fand Gefallen an einer jungen Frau, etwa in deinem Alter. Ich gefiel ihr ebenso und in dieser Nacht nahm sie mich in ihr Bett. Sie empfing ein Kind von mir und so brachte ich sie in mein Reich. Zu meinem Bedauern wollte sie nicht bei mir bleiben, sondern zurück zu den Ihren. Unter der Bedingung, mir das Kind zu überlassen, sobald es geboren war, ließ ich sie gehen.« Während er redete, ging der König der Síde auf Dejana zu. Erst eine Armlänge vor ihr blieb er stehen. »Sie hielt sich nicht an diese Abmachung. Irgendwie schaffte sie es, ihre Tochter vor mir zu verbergen. Und ihre Enkeltochter. Und jedes. Weitere. Kind.« Die Stimme des Königs wandelte sich zu einem bedrohlichen Knurren. Er griff nach ihrem Umhang und krallte sich in den Stoff. »Du bist ihre letzte Nachfahrin. Du wurdest mir vor mehr als zweihundert Jahren versprochen.«

Dejana schluckte und warf einen kurzen Blick auf die zusammengesunkene Gestalt an den Steinen. »Dann lass Jaromir gehen.«

Der König hob die Augenbrauen. »Du willst bleiben?«

»Wenn du Jaromir gehen lässt.«

Der König lachte, und es klang wie helle Glocken. Das Geräusch erfüllte den Wind und ließ die Steine schwingen. Krächzend flogen Krähen von den Steinen auf.

»Ihr törichten Menschen und die Liebe.«

»Und du befiehlst dem Leszy, Jaromir und seine Schafe in Frieden zu lassen!«

Das Lachen des Königs gefror.

Am Himmel zogen sich schwarze Wolken zusammen und der Wind frischte auf.

»König Oberon, er ist hier!«, brüllte eine Kriegerin plötzlich und gestikulierte in Richtung Waldrand. Augenblicklich verließen die Alben ihre Plätze und formierten sich schützend um ihren König. Mit großen Augen drehte Dejana sich um und folgte den Blicken der Alben. Währenddessen kam Jaromir zu sich und unbemerkt von allen half Latharn dem Schäfer auf die Beine.

Über dem Wald ballten sich die Wolken wie zu einem schwarzen Wirbel zusammen, ein dunkles Grollen rollte über den Steinkreis hinweg. Dann kam der Leszy. Er schien beinahe aus dem Wald herauszuwachsen. Zuerst brach das knochenbleiche Geweih durch die Baumwipfel, begleitet von tosendem Wind und krachenden Ästen. Krähen saßen auf dem Gehörn und schlugen mit den Flügeln. Ihr Krächzen verlor sich im Sturm. Fast gemächlich, aber unbeirrt vorwärtsstreibend, näherte der Leszy sich dem Waldrand. Als er endlich aus der Dunkelheit des Unterholzes trat, hielt Dejana den Atem an. Ihre Hände krallten sich in den Saum ihres Umhangs.

Der Waldgeist in seiner wahren Gestalt. Er war hoch wie die Bäume, die knorrigen braunen Hände an den Enden der astgleichen Arme zu Fäusten geballt und das Gesicht unter einer Kapuze verborgen, gekrönt von einem Elchschädel. Flankiert von den großen, struppigen Wölfen erreichte er den Steinkreis mit wenigen, langen Schritten. Er überragte die Steine noch um Haupteslänge.

»Was willst du? Sie gehört mir!«, brüllte Oberon, sein schönes Gesicht zu einer wütenden Fratze verzogen. Der Leszy antwortete nicht, doch die Wölfe schritten langsam mit gebleckten Fängen und angelegten Ohren auf die Alben zu. Die Krieger rückten zusammen, Schulter an Schulter, mit erhobenen Schwertern und ausgestreckten Lanzen, um ihren König zu verteidigen. Nur einen Steinwurf entfernt blieben die Wölfe knurrend stehen. Oberon ignorierte die Bestien, machte einen Schritt auf den Leszy zu.

»Du bekommst sie nicht!«

Ich dulde deine Spiele nicht mehr, Side. Die Familie des Schäfers steht unter meinem Schutz. Sie sind Kinder meines Waldes.

Die Stimme des Leszy war lautlos, und durchdrang doch alles. Dejana hörte sie in ihrem Kopf, die Steine vibrierten mit jedem Wort.

»Sie ist von meinem Blut, nicht von dem des Schäfers!«

Die Augen des Königs glichen dem Himmel über ihnen. Dunkel und brodelnd.

Sie nicht. Aber das Kind in ihrem Leib.

Dejanas Herz machte einen Sprung. Welches Kind? Ihr Blick flog zu Jaromir, doch der stand nur kraftlos und mit hängenden Schultern neben Latharn und starrte apathisch auf den Boden, als stünde die Welt um ihn herum still. Was hatte Oberon ihm angetan?

In diesem Moment sah sie, wie einer der großen Wölfe mit gebleckten Zähnen zu ihrem Mann trottete. Der Alb flüsterte Jaromir etwas zu, drückte die Schulter des Schäfers und schob ihn mit sanfter Gewalt auf den Wolf zu.

Etwas blitzte auf in Jaromirs Augen, sein Rücken straffte sich und er stolperte einige Schritte vorwärts. Mit zitternden Händen krallte sich der Schäfer in das Fell des Tieres, das er vor zwei Tagen noch töten wollte.

Oberon schrie auf wie ein verwundetes Tier, dann zog er sein Schwert.

»Wenn du sie willst, dann hol sie dir!«

Der Leszy breitete die Arme aus und wie aus dem Nichts tauchte ein ganzer Schwarm Krähen hinter ihm auf, der um ihn herumwallte wie eine schwarze Wolke.

Du hast keine Macht in meinem Wald. Gib sie frei.

»Niemals!« Oberon hob sein Schwert und seine Krieger taten es ihm gleich. Die Wimpel an ihren Lanzen flatterten im Wind. In der Ferne donnerte es und die ersten, dicken Regentropfen fielen auf die Albenkrieger.

Dejana spürte, wie sie jemand von hinten an den Schultern packte. Es war Latharn. »Gestern Nacht wärst du für mich gestorben. Das werde ich dir nicht vergessen«, flüsterte der Alb ihr ins Ohr. »Wenn ich es dir sage, dann läufst du zu deinem Mann. Und schau nicht zurück.«

Sie sah zu dem Stein, an dem Jaromir auf dem Rücken des riesigen Wolfes saß. »Aber ...«

»Kein ›Aber‹.«

Du willst kämpfen, Oberon? So sei es.

Langsam senkte der Leszy die Arme. Einen markerschütternden Schrei ausstoßend, stürzte der König der Sìde vorwärts, gefolgt von seinen Kriegern. Mit einem Krachen schlug ein Blitz in einen der Steine. Die Krähen schwangen sich in die Luft und die Wölfe preschten auf die Alben zu.

»Lauf! Lauf!«, schrie Latharn, stieß Dejana in Richtung ihres Mannes und zog in der Bewegung ihre Messer aus den Scheiden. Und Dejana lief.

Nur in einen Umhang gehüllt und mit zwei einfachen Jagdmessern bewaffnet stellte Latharn sich zwischen sie und seinen König.

Ronja Hollstein, lebt zusammen mit ihrem Lebensgefährten im Rheinland und arbeitet hauptberuflich in einem molekularbiologischen Labor.

Als Kontrast zu diesem fakten-basierten Beruf verbringt sie ihre Freizeit, wenn nicht beim Bogenschießen im Wald, mit dem Ersinnen von fantastischen Abenteuern an der Seite von Elfen, Zwergen und uralten Göttern. Schon als Kind hat sie sich am liebsten Geschichten ausgedacht, und der einzig logische Beweggrund in die Schule zu gehen war für sie das Schreiben zu lernen.

Bisher hat sie die zahlreichen Geschichten und Gedichte meist für sich behalten, aber es ist an der Zeit die von ihr geschaffenen Charaktere und deren Geschichten mit der Welt teilen.

Die Wüste, das Tier, die Nacht und die Stimme
᭢ Andreas Müller ᭣

I.

Tanguy de Raaf stand mit seiner Frau Dorothea und deren Zofe Maja neben den Gepäckstücken auf dem Bahnsteig. Hinter ihnen zischte die Dampflokomotive, dann stießen ihre Pleuelstangen vor und zurück und der Zug verließ von einer schwarzen Rauchfahne begleitet den Stanherner Bahnhof. Fast ein Jahr lang waren de Raaf und seine Frau auf Vortragsreise gewesen. Ihr Haushälter Oskar trat aus dem Bahnhofsgebäude, begrüßte sie innig und machte sich sogleich daran, das Gepäck auf die Kutsche zu verfrachten. Tanguy schloss die Augen und atmete tief ein. Man konnte die See vom Bahnhof aus nicht sehen, aber riechen, und sie roch zu dieser frühen Morgenstunde außerordentlich gut.

Plötzlich räusperte sich jemand neben ihm und sagte: »Herr de Raaf, der Doktor schickt mich. Er möchte Sie sprechen. Es ist dringend.«

Mit noch immer geschlossenen Augen antwortete de Raaf: »Sie sind Simon, richtig? Was gibt es denn so Wichtiges, dass mich Herr Doktor Adams zu dieser Zeit am Bahnhof abholen lässt?«

»Das möchte er Ihnen persönlich mitteilen.«

»Nun denn, ich bin in einer Minute bei Ihnen.«

Tanguy unterwies seine Frau über das Gesuch des Doktors und ließ sie schweren Herzens mit den Bediensteten allein nach Hause fahren. Eigentlich hatten Sie vorgehabt, nach einem kleinen Frühstück noch ein paar Stunden gemeinsam im Bett zu verbringen. Das dieses Vorhaben nun vereitelt wurde, legte einen leichten Schatten auf de Raafs Gemüt. Er hatte Zelkan Adams zwar über den Zeitpunkt seiner Ankunft per Telegramm informiert, aber ein Treffen war erst für den Abend vorgesehen gewesen.

Doch was sollte er tun? Adams war ein guter Freund aus alten Tagen, also stieg er auf Simons Kutsche.

Der Einspänner klapperte über die Pflastersteingassen, während die Stadt allmählich zum Leben erwachte: Fensterläden öffneten sich, die Lebensmittelhändler stellten ihre Körbe an den Straßenrand und in den Hofeinfahrten beluden Männer mit Lederhandschuhen Fuhrwerke mit schweren Kisten.

Doch de Raaf hatte den Eindruck, dass etwas Unheilvolles in der Luft lag. Die Menschen schienen alle ein wenig bekümmert zu sein und Simon hatte schon auf dem Bahnhof einen verdrießlichen Eindruck gemacht. De Raaf vermutete einen Zusammenhang zwischen der trüben Disponiertheit der Leute und Dr. Adams' Anliegen.

Wenige Minuten später fuhr der Einspänner durch das große gusseiserne Tor der St. Vincentius Nervenheilanstalt. Seltsamerweise gingen dort bereits zu dieser frühen Stunde einige Patienten unter der Aufsicht der Pfleger im Park spazieren. Sowohl die Pfleger als auch die Patienten wirkten äußerst angespannt.

Im Foyer nahm Simon de Raaf seinen Zylinder und seinen Umhang ab und geleitete ihn in den ersten Stock zum Arbeitszimmer des Doktors. Simon klopfte dreimal an die

Tür, an der ein Schild mit der Aufschrift *Direktor* angebracht war und als Antwort erhielt er ein schwaches »Herein«.

Zelkan Adams saß mit ineinander gefalteten Händen an seinem Schreibtisch. Durch die Glasfront hinter ihm konnte man die gesamte Parkanlage überblicken. Schwarze Wolken hingen nun am Himmel und es klatschen bereits erste dicke Tropfen gegen die Scheibe. Unten auf dem Rasen brachten die Pfleger die Patienten ins Haus. Zelkan erhob sich, ging auf seinen Freund zu und umarmte ihn. Er sagte: »Ich bin froh, dass du gekommen bist. Wie war deine Vortragsreise?«

»Gut, aber ich werde dir ein anderes Mal darüber berichten, denn ich habe den Eindruck, dass du etwas auf dem Herzen hast, das keinen Aufschub duldet. Raus damit!«

Zelkan seufzte. Er nahm seine viel zu kleine Brille ab und deutete damit auf eine dünne Akte, die auf seinem Schreibtisch lag. »Anne Kron, eine meiner Patientinnen. Sie ist gestern Nacht geflohen und seitdem spurlos verschwunden. Aber sie ist nicht die Einzige: In dieser Stadt verschwinden seit nunmehr zwei Wochen ständig Menschen. Sie ...«

In diesem Moment polterte Kommissar Paal Dahme mit zwei uniformierten Kollegen ins Zimmer und übernahm das Wort: »Nicht nur Menschen, sondern auch Hunde. Und Leichen, auch die verschwinden. Nicht einmal die Ruhe der Toten bleibt mehr ungestört in diesen Tagen.«

Paal Dahmes Kopf war fast so rot wie seine Haare. Er schlug sich mit der flachen Hand auf seinen imposanten Bauch, holte eine Zigarre aus seiner Westentasche hervor, steckte sie sogleich an und warf das Zündholz treffsicher in den kunstvoll verzierten Messingaschenbecher auf Dr. Adams Schreibtisch. Paal Dahme war gläubiger Katholik, dem die Umtriebe des bekennenden Okkultisten de Raaf nicht geheuer waren. Tanguy war ein führendes Mitglied des *Hermetischen Orden der Vier Siegel*. Der Kommissar schaute ihn an und fragte: »Und was machen Sie hier, wenn ich fragen darf?«

Ehe Tanguy antworten konnte, trat Dr. Adams einen Schritt vor. »Ich habe mir erlaubt, meinen alten Freund zu informieren, Herr Kommissar.«

Dahme blies eine dicke Rauchwolke über seinen Bauch, verzog einige Male die Lippen und richtete schließlich seinen Blick wieder auf den Hausherrn: »Nun gut, Herr Doktor, was haben Sie für uns?«

Dr. Adams strich über seinen Ziegenbart und räusperte sich. »Anne Kron wurde vor gut zwei Wochen hier eingeliefert, nachdem sie ihren Sohn Samuel verloren hatte beziehungsweise bevor er aus unerklärlichen Gründen verschwand, wie so viele andere in den letzten Wochen.« Der Doktor machte eine Pause und sah den Kommissar vorwurfsvoll an.

»Frau Kron, die zuvor keinerlei psychische Auffälligkeiten gezeigt hatte, sprach in einem fort von einem großen Hund, der ihren Sohn *fortgenommen* habe. Ihre hysterischen Zustände nahmen immer extremere Formen an: Sie schlief nicht mehr, schrie fast ununterbrochen und versuchte schließlich, in die Häuser wildfremder Leute einzudringen, um nach ihrem Sohn zu suchen. Diese Umstände machten eine Zwangseinweisung in unser Haus unumgänglich. Wir versorgten sie mit der Situation angemessenen Sedativa. Gestern Nacht meinte sie wieder, die Stimme ihres Sohnes zu hören und versuchte, nach draußen zu gelangen. Obwohl zwei Pfleger ihr Bestes gaben, sie daran zu hindern, gelang ihr das auch. Einem der beiden Männer biss sie in den Unterarm. Sie war regelrecht in Rage geraten und nicht mehr zu bändigen gewesen. Eine sich sogleich anschließende Suchaktion blieb ohne Erfolg. Seither ist die Frau verschwunden.«

»Glauben Sie nicht auch, Herr Doktor Adams, dass ihre Sicherheitsvorkehrungen etwas zu lasch sind«, meinte Dahme unvermittelt. »Sie sind der Direktor hier im Haus und müssten als solcher doch eigentlich in der Lage sein, Vorkehrungen zu treffen, die eine solche Flucht ausschließen.«

Die Bedingungen für die Insassen des St.-Vincentius waren in der Tat äußerst liberal. Das war Dr. Adams' Verdienst. Gegen große Widerstände hatte er seine Reputation, die er in Fachkreisen auf dem recht jungen Gebiet der Psychotherapie besaß, geltend gemacht, um diese Klinik aufzubauen, in der man den *Entrückten* eine humane Behandlung zukommen ließ. Jetzt sah er sein Lebenswerk bedroht, zumal im vorangegangenen Jahr ein Patient geflohen war und anschließend drei Passanten verletzt hatte, wenn auch nicht ernsthaft.

De Raaf hielt es für richtig, an dieser Stelle so dezent wie möglich zu intervenieren, sprich: von dem Vorfall abzulenken. »Meine Herren, ich fürchte, mir fehlt das notwendige Vorwissen. Was geschieht hier in Stanhern? Würden Sie mich bitte aufklären?«

Zelkan warf seinem Freund einen dankbaren Blick zu.

Dahme legte seine Hände an das Revers seines Jacketts. »Wie bereits gesagt: Seit etwas mehr als zwei Wochen verschwinden ständig spurlos Menschen, Hunde und Leichen. Die Gräber sind aufgewühlt und die Leichen sind weg, einfach verschwunden. Keine Knochen, nichts. Wir haben an den Gräbern die Spuren eines großen Hundes gefunden. Doch welcher Hund gräbt Leichen aus und schleppt sie fort? Es gibt jedoch Augenzeugen, die berichten, ein wolfsähnliches Tier gesehen zu haben. Auch das, was Dr. Adams über die Frau gesagt hat, ich meine, dass mit den Stimmen, gibt mir zu denken. Schließlich hatte auch die Prostituierte Helga Soms ihren *Kolleginnen* gegenüber geäußert, den Freier Herr ...« – der Kommissar stockte und hüstelte verlegen, bevor er fortfuhr – »vor dem Haus ihren Namen rufen gehört zu haben. Doch wie unsere Ermittlungen ergaben, befand sich dieser zu Helgas Verschwinden nachweislich an einem anderen Ort.«

Dr. Adams saß wieder mit ineinander gefalteten Händen hinter seinem Schreibtisch und ergänzte: »Angefangen hat alles mit der *Valperga,* einem Schiff, das mit Kaffee beladen unsern Hafen erreichte. Die Seemänner waren völlig verstört. Kein Wunder, denn vier Matrosen waren auf der Überfahrt spurlos verschwunden. Das Schiff kam aus Sahrun.«

Sahrun: Der Name brachte in de Raaf eine Saite zum Klingen. Ein vormaliges Mitglied des Ordens, ein gewisser Diek Stegson, war mehrfach dort gewesen. Von seiner letzten Expedition im Jahre 1902 war er nicht wieder zurückgekehrt. Seit mehr als drei Jahren galt er nun als verschollen. Stegson war ein exzentrischer, versponnener Charakter, der, nachdem er wiederholt die Presse mit verunglimpfenden Informationen über den Orden versorgt hatte, aus der Vereinigung ausgeschlossen worden war. Ihm war ganz einfach allzu oft die Phantasie durchgegangen. Er wurde belächelt und verspottet, dennoch hörte man ihm gerne zu, denn erzählen, das konnte er. Stegson hatte in einer seiner Reden über eine bestialische Hyäne gesprochen, die mit Intelligenz ausgestattet sei. In Sahrun wollte er dieses Tier gesehen haben, dieses Zwitterwesen aus Wolfshund und Hyäne. Aber in welcher Mythologie gab es sie nicht, die Legende vom Wolfsmann, vom Werwolf, vom zottligen Schneemenschen und so fort. De Raaf war Okkultist, aber alles andere als ein Spinner. Er hatte während seiner Vortragsreise über Autosuggestion gesprochen und den Leuten erklärt, dass jeder Gedanke in uns bestrebt ist, Wirklichkeit zu werden, gute Gedanken, sowohl als auch schlechte. Kurz: sein Feld war die Imagination, nicht aber die Superstition. Dennoch würde er einen Blick auf Stegsons Nachlass werfen, der sich in seiner Bibliothek befand.

Aber vorher war noch etwas anderes zu tun. Er wandte sich Dahme zu und sagte: »Herr Kommissar, würden Sie mir gestatten die Polizeiprotokolle, die bezüglich dieser Vorkommnisse angelegt wurden, einzusehen.«

Die Tatsache, dass Dahme ihm dies ohne zynische Kommentare zusicherte, konnte nur bedeuten, dass sein Posten am seidenen Fanden hing. Paal Dahme stand offensichtlich mit dem Rücken zur Wand.

Der Kommissar nahm de Raaf in seinem Automobil mit, einem großen feuerroten Wagen mit zwei goldenen Scheinwerfern, in dem er stolz wie ein König thronte. Die beiden uniformierten Polizisten saßen auf der Rückbank und de Raaf vorne neben Dahme. Ein zweifelhaftes Vergnügen. Der Kommissar war offensichtlich noch nicht mit dem Fahrzeug vertraut, fuhr aber sehr waghalsig und gelegentlich mussten sich die Leute auf der Straße durch einen Sprung zur Seite in Sicherheit bringen.

Im Eingang des Polizeipräsidiums drängelten sich Reporter und überhäuften die Beamten hinter dem Empfangstisch mit Fragen, auf die diese keine Antworten wussten. Dahme nahm de Raaf am Ärmel und zog ihn in ein Seitenzimmer. »Dieser Raum steht Ihnen zur Verfügung. Setzen Sie sich an den Schreibtisch. Meine Sekretärin wird Ihnen die Unterlagen bringen«, sagte der Kommissar und zog sich zurück.

Die Sekretärin brachte nicht nur die Unterlagen, sondern auch eine Kanne Kaffee.

De Raaf bedankte sich bei der Frau und öffnete das schwarze Leinenband, das die Akten zusammenhielt. Im Großen und Ganzen hatten Dahme und Zelkan Adams die Geschehnisse der letzten Zeit ja schon recht anschaulich zusammengefasst, doch zwei Details fielen ihm ins Auge: Da war zum einen der stadtbekannte Säufer Ludwig, der angab, bereits zweimal eine Begegnung mit dem *Wolfshund* gehabt zu haben. Auch er hatte vorher die Stimme seines Saufkumpanen gehört, obwohl dieser – wie sich im Nachhinein herausstellte – sich zur genannten Zeit an einem anderen Ort aufgehalten hatte. Dann war da noch dieser Seemann: Nasil Ceesad. Er hatte auf der Fahrt der *Valperga* seinen Bruder verloren. Die beiden waren die einzigen aus Sahrun stammenden Matrosen an Bord des Schiffes gewesen. Unter dem Protokoll hatte Dahme vermerkt: Weiß vielleicht mehr, als er sagt.

Als Tanguy nach Hause kam, drückte ihn Dorothea an sich und küsste ihn. Er schilderte ihr seine Erkenntnisse in knappen Sätzen.

»Glaubst du wirklich, dass du in Stegsons Unterlagen etwas Nützliches findest?«, fragte Dorothea und kniff dabei das rechte Auge zu.

»Keine Ahnung, aber es muss etwas geschehen. Der arme Herr Dahme befindet sich in einer unschönen Situation, wenn ich mir diesen Euphemismus erlauben darf.«

Dorothea fragte, ob sie ihm bei seiner Recherche helfen könne, doch er lehnte ab. Er hatte mit einem Mal das Gefühl, dass es besser sei, Dorothea aus der Sache herauszuhalten.

De Raaf begab sich in die Bibliothek und kramte Stegsons Unterlagen hervor. Neben dessen Notizen befanden sich unter den Sachen auch sehr kunstvoll illustrierte Schriftrollen aus Tierhaut. Diese Aufzeichnungen waren offensichtlich sehr alt, aber man hätte meinen können, sie seien von einem dieser modernen expressionistischen Maler illustriert worden. Das an verschiedenen Stellen abgebildete Tier ähnelte in der Tat einer Hyäne.

Die Texte waren in der Landessprache Sarat verfasst. In Stegsons Nachlass befand sich zwar ein von ihm selbst handschriftlich angelegtes Wörterbuch, doch die Übersetzung damit vorzunehmen, erwies sich als äußerst mühselig und zeitaufwendig. Nach einer Stunde legte er die Schriften beiseite und beschloss, noch am selben Abend im Hafen nach Nasil Ceesad zu suchen.

II.

Es war bereits dunkel, als Tanguy de Raaf durch die engen Gassen lief, die hinunter zum Hafen führten. Es nieselte und auf dem nassen Kopfsteinpflaster spiegelte sich das gelbe Licht der Gaslaternen. Die Gassen waren nahezu menschenleer. Ein ungewöhnliches Bild: Normalerweise herrschte gerade um diese Uhrzeit in diesem Teil der Stadt hektische Betriebsamkeit.

Doch die Geschehnisse der letzten Wochen hatten wohl dazu geführt, dass die Leute mit Anbruch der Dunkelheit die Straßen mieden. Selbst in den Kneipen saßen nur ein paar hartgesottene Zecher. Ob das für den *Anker* unten im Hafen auch zutraf, fragte sich de Raaf. Der *Anker* war immer der erste Ort, den man aufsuchte, wenn man einen Seemann aufspüren wollte. In der Bar herrschte immer Betrieb. Es gab flotte Musik und hübsche Mädchen und das war es, wonach es den Matrosen nach langer Zeit ohne festen Boden unter den Füßen dürstete.

Plötzlich hatte de Raaf den Eindruck, dass ihm jemand folgte. Als er sich umdrehte, sah er einen Mann, der jedoch in Selbstgespräche vertieft alsbald in eine Seitengasse abbog. Dennoch wurde er das Gefühl nicht los, dass jemand oder etwas in der Nähe lauerte. Es war nun sehr still. Nur wenige Fenster der aneinandergereihten Fachwerkhäuser waren beleuchtet.

Dann sah er das Tier. Es kam aus der Gasse, in die der Mann vor kaum einer Minute abgebogen war. Offensichtlich hatte sich das Tier vor dem Mann versteckt, ansonsten hätte er mit Sicherheit Alarm geschlagen, denn dieses Wesen war wahrlich furchterregend. Es kam langsam auf de Raaf zu und blieb in einem Abstand von etwa fünf Metern vor ihm stehen. Stegson hatte recht gehabt: Es handelte sich tatsächlich um ein Tier, das man am ehesten als eine Kreuzung zwischen Hyäne und Wolfshund beschreiben konnte. Die Ohren waren jedoch größer als die einer Hyäne, das Fell war aschgrau, und die Augen dunkelrot mit gelblichen, ungeraden Streifen darin. Insgesamt wirkte das Tier mit seinem massigen Körperbau eher schwerfällig.

Es schaute de Raaf mit diesen unglaublichen Augen an. In seinem Blick lag eine gewisse Trägheit, so als studiere es ihn aus einer Notwendigkeit heraus, eher lustlos. Schließlich schmälerten sich die Pupillen und die gelben Linien legten sich enger aneinander. In der Manteltasche hielt de Raaf seinen LeMat-Revolver im Griff. Aber wäre er in der Lage zu schießen, wenn ihn das Biest anfiele? Ein Instinkt sagte ihm, dass dieses Tier in seinen Bewegungsabläufen nicht so schwerfällig sein würde, wie es in diesem Moment den Anschein machte. Es öffnete sein Maul und zeigte anstatt einzelner Zähne zwei knochige Kämme. Das Vieh schnaubte kurz und verzog dabei die Schnauze.

De Raaf entschloss sich, es mit Hypnose zu versuchen. Er hatte mehrfach hypnotherapeutische Techniken bei Adams' Patienten angewendet und dabei beachtliche Erfolge erzielt. Im Zuge seiner Forschungen war es ihm auch gelungen, Tiere in einen Erstarrungszustand zu versetzen. Doch de Raaf musste schnell erkennen, dass seine Bemühungen fruchtlos blieben. Das Tier zeigte nicht die geringsten Anzeichen, auf die Hypnose zu reagieren. Im Gegenteil: Es presste die Lippen aufeinander, was tatsächlich den Eindruck erweckte, als würde es sich über den überflüssigen Kraftakt des Okkultisten lustig machen. Es blinzelte kurz, ging ein paar Schritte rückwärts und verschwand dann im gemächlichen Schritt in der Gasse, aus der es gekommen war.

De Raaf schob seinen Zylinder in den Nacken und wischte sich den Schweiß von der Stirn. Anschließend beträufelte er sein Taschentuch mit Sandelholz und legte es über seine Nase. Eine Tür öffnete sich und eine Frau trat heraus. Sie hatte eine Waschschüssel in der Hand und schüttete nun die Seifenlauge in die Wasserrinne. De Raaf war ungeheuer dankbar, in diesem Moment nicht mehr allein auf der Straße zu sein. Die Frau deutete sein Lächeln vermutlich anders, als es gemeint war: Sie lächelte zwar zurück, verzog dann aber das Gesicht und nickte in Richtung Hauseingang, aus dem das heisere, asthmatische Husten eines Mannes schallte. Als sich die Tür des Hauses schloss, setzte de Raaf seinen Weg zum Hafen fort.

Im Hafenbecken lagen die flachbodigen, mit Seitenschwertern versehenen Frachtschiffe. Auf den Kais stapelten sich leere Holzkisten, die man früh am Morgen wieder an Bord bringen würde. Das Meer war an diesem Abend ungewöhnlich ruhig und der Mond färbte die Wasseroberfläche violett. De Raaf schloss für einen Moment die Augen und inhalierte den Geruch der See, so wie er es am frühen Morgen am Bahnhof getan hatte.

Erst jetzt war er in der Lage, sich mit letztendlicher Konsequenz zu vergegenwärtigen, was er soeben erlebt hatte. Sollte er Paal Dahme informieren? Doch was würde das bewirken? Es würde eine laute Suchaktion mit zahlreichen Polizisten geben. Dass man dem Tier mit einer solchen Maßnahme habhaft werden könnte, war nicht nur fraglich, sondern völlig illusorisch.

De Raaf ging den Kai entlang in Richtung *Anker,* doch er fand Nasil, bevor er die Schenke erreicht hatte. Vor der Fischauktionshalle, die man vor zwei Jahren neu errichtet hatte, saß mutterseelenallein ein Mann mit dunkler Hautfarbe auf einem Fass und rauchte seine Pfeife. Es hätte irgendjemand sein können und doch war sich de Raaf sicher, dass es sich bei diesem Mann um Nasil Ceesad handelte. Er begrüßte den Mann in seiner Muttersprache – er hatte sich mit Stegsons Wörterbuch darauf vorbereitet. Nasil lächelte und antwortete: »Mein lieber Herr de Raaf, ich glaube, es ist besser, wenn wir uns in Ihrer Sprache unterhalten.«

»Woher wissen Sie, wer ich bin?«

»Ich lese die Zeitung, wenn ich an Land bin. Und über Sie wird dort häufig berichtet. *Warum es wichtig ist, das Unterbewusstsein zu beeinflussen* etc. Es wundert mich, dass Sie sich erst so spät dieses Falles annehmen. Schließlich haben Sie in der Vergangenheit der Polizei so manches Mal unter die Arme gegriffen.«

De Raaf holte die Schriftrollen aus der Ledertasche, die über seiner Schulter hing. »Diese Schriftstücke hier sind in Sarat verfasst. Wie Sie ja bereits bemerkt haben, bin ich dieser Sprache nicht mächtig. Könnten Sie diese Texte übersetzen?«

»Das sind die Dokumente die Stegson aus Sahrun mitgebracht hat, vermute ich«, antwortete der Seemann.

»Sie sind wirklich erstaunlich gut informiert.«

»Stegson hat in meiner Heimat ... – nun, wie soll ich es ausdrücken, sagen wir, einen bleibenden Eindruck hinterlassen.«

»Ich weiß, dass Stegson kein angenehmer Mensch war. Aber diese Schriftstücke hier berichten von einer Legende, von einem Tier. Und ich habe Grund zur Annahme, dass es sich hierbei nicht um reinen Aberglauben handelt.«

»Kommen Sie mit!«, rief Ceesad und sprang auf.

De Raaf folgte dem Seemann durch die dunkle Halle. Nasil öffnete eine Seitentür und die beiden schritten über einen Hof, in dem Säcke und Holzkisten lagerten.

Schließlich kamen sie an einen Schuppen, in dem sich der Mann aus Sahrun ein schlichtes, aber geschmackvolles Quartier eingerichtet hatte.

De Raaf gab dem Seemann die Schriftstücke und der rollte sie auf einem runden Tisch aus. Dann studierte er die Texte unter dem flackernden Licht einer Öllampe, während de Raaf ihm über die Schulter blickte und die Illustrationen betrachtete.

Es bestand kein Zweifel: Der Mann, der diese Zeichnungen angefertigt hatte, musste dem Tier zuvor begegnet sein.

Vermutlich hatte er angesichts seines Entsetzens über diese Begegnung gar keine andere Wahl gehabt, als seinen Eindruck von dem Wesen in abstrakter Form festzuhalten.

Nach einer halben Stunde lockerte Nasil seine Schultern und berichtete de Raaf, was er gelesen hatte: »Bis auf ein paar Einzelheiten sind die Informationen, die hier aufgezeichnet sind, nichts Neues für mich. Es deckt sich mit dem, was die Alten in unseren Dörfern erzählen. Das Tier wird als Crocotta bezeichnet. Der Crocotta frisst Menschen und Hunde. Von seinen Opfern fehlt anschließend jede Spur. Hat er einmal ein Opfer auserkoren, lässt er es nicht mehr aus den Augen, und zwar solange, bis er es reißen kann. Es heißt, er würde sie mitsamt ihrer Knochen fressen. Manchmal gräbt er auch Leichen aus und verspeist sie. Er ist das einzige Wesen auf diesem Planeten, das keinen Schlaf braucht, sagt die Legende. Der Crocotta ist immer aktiv; er ist immer wach; er schläft niemals. Es heißt, er belausche die Menschen und ahme dann ihre Stimmen nach, um seine Opfer anzulocken. Sein Rückgrat ist steif, er muss also immer seinen gesamten Körper drehen, wenn es nach hinten oder zur Seite schauen will. Wunden, die man diesem Tier zufügt, heilen sehr rasch. Ein Stich in den Nacken kann den Crocotta jedoch töten.«

»Was halten Sie davon, Ceesad?«, wollte de Raaf wissen.

»Wie Sie wissen, ist mein Bruder auf der Fahrt von Sahrun nach Stanhern an Bord der *Valperga* ›verschwunden‹. Er war nicht der erste, sondern der dritte Matrose, den es erwischte. Er hatte panische Angst. Nachts verbarrikadierte er die Tür seiner Kajüte. Es gibt für mich nur eine Erklärung: Das Tier hat ihn herausgelockt, und zwar mit meiner Stimme. Das dachte ich schon, bevor ich diese Unterlagen hier gesehen habe. Wie ich bereits gesagt hatte: Ich kenne die Legende und bin froh, endlich mit jemandem darüber sprechen zu können, ohne als Geisteskranker abgestempelt zu werden. Hier in Stanhern berichteten mehrere Augenzeugen, ein wolfsähnliches Tier gesehen zu haben. Für mich sind das zu viele Übereinstimmungen, um das hier«, er deutete auf die Schriftrollen, »als bloßen Aberglauben abzutun.«

»Ich habe das Tier gesehen«, sagte de Raaf.

Ceesad riss die Augen auf und rief: »Wann?«

»Gerade eben, als ich auf dem Weg zu Ihnen war. Das Tier stand einfach nur da und schaute mich an. Dann verschwand es in die Richtung, aus der es gekommen war. Warum hat es mich nicht angefallen? Was hat das zu bedeuten?«

Ceesad dachte angestrengt nach, lief auf und ab und drückte dabei immer wieder seine Fingerspitzen gegeneinander. Schließlich sagte er: »Womöglich spürt es ihre Kraft und will sich mit Ihnen messen.«

»Werden Sie mir helfen, das Tier zu fangen und zu töten?«

Ohne auch nur einen Augenblick zu zögern, nickte Ceesad.

»Ich werde Kommissar Paal Dahme bitten, dass er uns mit seinen Männern zur Seite steht. Im Normalfall würde ich keinen Schilling darauf geben, dass er das tut. Aber er ist in Not, vielleicht kommt uns das zugute.«

Sie gingen noch in derselben Nacht an die Arbeit.

De Raaf hatte einen Plan, der von Nasil an verschiedenen Stellen ergänzt wurde. Ludwig, der Säufer, wäre beinahe Opfer des Crocotta geworden, dann aber war eine Horde grölender Studenten die Straße entlang marschiert gekommen und das Tier hatte die Flucht ergriffen. Was den Crocotta beim zweiten Mal davon abgehalten hatte, sich über ihn herzumachen, hatte der ständig alkoholisierte Mann nicht zu Protokoll geben können.

Hat er einmal ein Opfer auserkoren, lässt er es nicht mehr aus den Augen, und zwar solange, bis er es reißen kann.

Ludwig sollte als Lockvogel dienen. De Raaf wusste, dass der Mann für eine entsprechende Vergütung dazu bereit wäre.

Die beiden verstauten Packhaken, die am Hafen zum Verladen von Stoffballen verwendet wurden, in eine Kiste und brachten sie zu einem Schmied, mit dem Nasil hin und wieder ein Gläschen Rum trank.

Dann begaben sie sich in die *Grüne Laterne,* wo sie – wie erwartet – Ludwig antrafen. Nach einer kleinen Unterredung mit ihm warfen die beiden Dahme aus dem Bett und unterrichteten ihn über ihren Plan.

Als de Raaf sein Haus betrat, dämmerte es bereits. Dorothea schlief tief und fest. Er legte sich neben sie und hatte einen seltsamen Traum. Bilder aus Sahrun – ein Land, in dem er noch nie gewesen war – spukten durch seinen Geist: die Wüste, die Salzwasserquellen, deren heißes Wasser Schwefel und Minerale an die Oberfläche spülte, bizarre Landschaften, Vulkane, unwirklich anmutende Schauspiele aus Feuerglut, die in die Schwärze der Nacht hineingeworfen wurden.

Und Dorothea, immer wieder tauchte seine Frau auf. Dorothea auf einem Kamel sitzend, als sie sich einer Salzkarawane angeschlossen hatten. Sie schaute nach hinten, lächelte ihm zu. Irgendwann war alles dunkel, nur noch ihre Stimme war zu hören. Ganz alltägliche Sätze zunächst, dann ihre Meinung zur Magie der Nomaden und schließlich Liebesschwüre, innige Liebesschwüre.

III.

Der Brunnenweg war eine unbefestigte, leicht abschüssige Sackgasse und befand sich in unmittelbarer Nähe des Wirtshauses *Grüne Laterne*, Ludwigs Stammkneipe.

Bis vor wenigen Jahren hatte man in der Halle, auf die diese Gasse zuführte, noch Bierfässer gelagert. Doch dann war die Brauerei bankrottgegangen. Nun war der Brunnenweg ziemlich verkommen und die Leute legten dort Sachen ab, die sie nicht mehr gebrauchen konnten: alte, aus dem Leim gegangene Tische und Stühle, Karren mit gebrochenen Rädern, ramponierte Kisten. De Raaf hatte die Gasse für die Falle auserkoren, nachdem ihm Nasil von einer in Sahrun üblichen Jagdmethode berichtet hatte. In den unbefestigten Grund wurden mehrere Schlingen gelegt, die an schwere Fangsteine gebunden waren, welche man zwischen dem Gerümpel platziert hatte. In eine der ausgelegten Schlingen würde der Crocotta mit Sicherheit treten und es standen Männer bereit, die das jeweils andere Ende der Seile in den Händen hielten und diese Männer würden die entsprechende Schlinge zuziehen, sodass der Crocotta das Gewicht des Steines mit sich tragen müsste. Dann wäre es möglich, das Tier mit einem Stich in den Nacken zu töten. Um diesen Stich auszuführen, hatte man die Packhaken geradegebogen und geschliffen. Die Tatsache, dass es seit dem Nachmittag in einem fort regnete und der Erdboden aufgeweicht war, spielte den Männern insofern in die Hände, als dass es das Auslegen der Fallen erheblich erleichterte: Man konnte die Seile einfach ins Erdreich drücken. Strich man dann ein wenig Matsch darüber, waren sie sogleich unsichtbar.

Ludwig lag als Köder in der Mitte des Weges. Für ihn war die Witterung freilich weniger angenehm, aber de Raaf hatte ihm einen Lohn versprochen, der ihn diese Unbequemlichkeit protestlos auf sich nehmen ließ. Außerdem war es für ihn nichts Ungewöhnliches, in einer Gasse zu liegen. Seine Physis verließ ihn nach seinen Besuchen im Gasthaus mit einer gewissen Regelmäßigkeit. De Raaf und Ceesad gingen davon aus, dass der Crocotta es mit Ludwig ähnlich halten würde, wie mit seinen anderen Opfern: Er würde wiederkommen, bis er ihn reißen könne.

Außer den Männern an den Seilen hielten sich mit Haken und Schusswaffen ausgestattete Matrosen und Polizisten in den beiden Seitengebäuden versteckt. De Raaf, Ceesad und Dahme befanden sich in der ehemaligen Lagerhalle und spähten hin und wieder durch die kleinen Fenster.

Über eine Stunde lang geschah nichts. Dahme sah de Raaf bereits misstrauisch an. Wenn das hier schiefginge, dann hätte er es sich bei seinen Vorgesetzten endgültig verscherzt. Hatte er doch einem Okkultisten Glauben geschenkt, der vorgab, einen Crocotta gesehen zu haben. Dahme sprach seine Gedanken nicht aus, aber de Raaf wusste, was im Kopf des Kommissars vor sich ging. Natürlich konnte auch er nicht wissen, ob das Tier erscheinen würde, aber im Augenblick hielt er es für die einzige Möglichkeit, der Bestie habhaft zu werden.

Und das Tier kam tatsächlich. Es ging allerdings nicht auf Ludwig zu. Es blieb am obersten Punkt stehen, dort, wo die Brunnengasse auf die Straße mündete. Dahme legte seine Hand auf seine Melone und sagte: »Allmächtiger!«

»Pass auf, mein liebster Tanguy, sonst frisst dich der böse Wolf!«, rief das Tier mit Dorotheas Stimme. Es waren exakt die gleichen Worte, die Dorothea Tanguy zum Abschied mit auf den Weg gegeben hatte.

»Mein Gott, Dorothea!«, schrie Tanguy und stürmte aus der Lagerhalle. Das Tier hatte auf ihn gewartet. Erst als er ganz dicht an ihm dran war, rannte es los. Zwei Schüsse trafen den Crocotta in die Seite. Dann stellten die Männer das Schießen ein, um nicht de Raaf in Gefahr zu bringen, der dem Tier hinterherhastete. Die wenigen Menschen auf der Straße eilten schreiend in ihre Häuser. Das Tier war tatsächlich wesentlich schneller, als es sein massiger Körperbau vermuten ließ. Doch es wartete immer wieder auf seinen Verfolger und de Raaf wurde schnell klar, wohin sich das Tier bewegte: zu seinem Haus.

De Raaf rannte fast eine halbe Stunde, ohne das Tempo zu drosseln. Kurz vor seinem Besitz hielt er inne, um Luft zu holen. Dann schwankte er auf den Eingang zu.

»Dorothea!«, schrie de Raaf.

Keine Antwort. Niemand meldete sich. Es war Dienstag und an diesem Tag hatten die Hausangestellten frei. Aber Dorothea, wo war Dorothea?

De Raaf gewann allmählich wieder die Kontrolle über sich und hörte auf damit, nach seiner Frau zu rufen. Mit dem Haken in der Hand ging er langsam und so leise wie möglich von Zimmer zu Zimmer. Das Ticken der Standuhren, die Dorothea so sehr liebte, klang in den Räumlichkeiten des großen Hauses unnatürlich laut. Er schaute hoch zur Empore. Dort war nichts zu sehen. Auf Zehenspitzen ging er die Treppen hinauf. Als er die dritte Stufe erreicht hatte, fiel ihn das Tier an. De Raaf verlor den Halt und der Crocotta biss ihm ins Knie. Das Geräusch der splitternden Knochen war noch unerträglicher als der Schmerz. Doch de Raaf hielt noch immer seinen Haken in der Hand und machte nun Gebrauch von seinem Werkzeug. Er richtete sich auf und rammte die fein geschliffene Metallspitze in den Nacken des Tieres. Das Biest bäumte sich auf, ließ sich wieder herabfallen und biss de Raaf in die Schulter. Von draußen waren Ceesads und Dahmes Stimme zu hören. Sie riefen seinen Namen. Die Stimmen der Männer verzerrten sich, ehe sie endgültig verschwanden.

IV.

Die Zofe Maja saß an seinem Bett, als de Raaf für einen Augenblick zu sich kam. Er fieberte und war nicht in der Lage zu sprechen. Sekunden später verlor er wieder das Bewusstsein.

In seinen Träumen aber sah er die Wüste noch deutlicher als beim letzten Mal. Eine bizarre Landschaft aus gelben und orangen Steinen.

Ausgetrocknete Salzseen.

Ein Streit mit Nomaden.

Noch im Traum begriff de Raaf, dass er die Welt durch Diek Stegsons Augen sah. Vermutlich erlebt er dessen letzte Eindrücke, ehe Stegson auf dieser drei Jahre zurückliegenden Expedition verschollen ging. Als sich die Nacht über die Wüste legte, war niemand mehr da. Panisch irrte er zwischen schroffen Gesteinsbrocken umher.

Schweißgebadet erwachte de Raaf und wusste sogleich, dass er sich nicht allein im Zimmer befand.

»Meine Heimat ist sehr schön, Herr de Raaf. Eine magische Welt voller Wunder.«

Tanguy hob den Kopf an, so gut es eben ging. Das Tier stand im Türrahmen. Wieder sprach es mit Dorotheas Stimme. »Maja, ist, nun ja ... gerade unpässlich. Schau, mein Liebster, was du mir angetan hast!«

Das Tier trippelte seitwärts, bis es sich um hundertachtzig Grad gedreht hatte.

Es hatte tatsächlich ein steifes Rückgrat, wie es in den Schriftstücken, die Stegson mitgebracht hatte, beschrieben war. Nun konnte Tanguy den verletzten Nacken sehen. Eine tiefe Wunde klaffte im aschgrauen Fell der Bestie und verströmte einen ekelerregenden Geruch.

»Ich werde nach Norden gehen, in die Wälder, in die Berge. Nach diesen Strapazen muss ich mich ausruhen. Komm mich besuchen! Du weißt doch, dass ich nicht ohne dich sein kann.«

Nach dieser Rede verließ das Tier den Raum. De Raaf ließ seinen Kopf ins Kissen sinken.

Draußen auf dem Dielenboden klackerten die sich ganz allmählich entfernenden Schritte des Crocottas.

De Raaf riss den Mund auf. Er wollte schreien, brachte aber nur ein Röcheln hervor.

Andreas Müller, geboren 1968 in Heinsberg, verbrachte seine Kindheit und Jugend in Maulbronn. Bis 1987 arbeitete er als Forstwirt, danach studierte er an der PH Karlsruhe. Nach seinem Referendariat in Berlin und der Lehramtsprüfung 2003 arbeitete er selbstständig als Antiquar. Seit Aug. 2015 ist er Grundschullehrer.

Hades AG
୨୦ Michael Knabe ୧୬

»Der Höllenhund hat mal wieder angerufen.« Maren lehnt sich im Chefsessel vor und wirbelt den Kugelschreiber zwischen Zeige- und Mittelfinger hin und her.

Hermes versucht, über den Tisch hinweg ihren Stift zu fixieren.

Vergeblich; vor seinen Augen verschwimmt das Firmenlogo mit dem dreiköpfigen Hund zu einem transparenten Wirbel.

Hermes löst den Blick von ihrer Hand und beobachtet sie. Wenn Maren den Besitzer ihres Startups Höllenhund nennt, dann hat sie immer noch keines der Sagenbücher gelesen, die er ihr auf den Schreibtisch gelegt hat. Das ist, als ob man an die Börse geht, ohne zu wissen, was Dividende bedeutet. Und so jemand macht Geschäfte mit den Göttern! Aber Maren ist nicht gut im Zuhören, sondern füllt lieber das Flipchart in ihrem Büro mit neuen Geschäftsideen für die Hades AG. Göttersagen hält sie vermutlich für Very Old Economy, obwohl sie es kaum schafft, das Whiteboard hier im Besprechungsraum zu bedienen.

Ein monströser Felsen rumpelt an dem Panoramafenster vorbei, das hinter Marens Rücken die Wand ersetzt, und lässt das ganze Gebäude erbeben. Dahinter erstreckt sich eine apokalyptische Landschaft aus Asche und graphitschwarzen Klippen, die in einen formlos grauen Himmel ragen. Sisyphos rennt schreiend und in zerfetzten Kleidern dem Felsen hinterher, doch keiner der drei anderen am Tisch wirft auch nur einen Blick auf das Spektakel. Hermes muss ihnen zugestehen, dass sie sich erstaunlich schnell an die neue Situation gewöhnt haben.

Seit Onkel Hades ihnen seinen Laden mitsamt den Milliardenschulden überschrieben hat, wird das Totenreich von einem Dortmunder Bürogebäude aus verwaltet.

Vorn die Spiegelglasfassade mit dem dreiköpfigen Logo, hinten Feuerflüsse, Schattenseelen, Sisyphos. Und dazwischen Maren mit ihrem Team. Sekretariat, Buchhaltung, Telefonmarketing, alles hat sie outgesourct. Nicht ein Festangestellter zu viel soll die Bilanz der neuen AG trüben. Sogar die Software des Totenreichs läuft auf dem Server eines Internetgiganten im Ausland, und trotzdem rauscht das Anlagekapital der Hades AG schneller in den Keller als Sisyphos' Felsen. Kein Wunder, dass die Schatten unter Marens Augen wachsen.

Die Ahnungslose! Sie kann sich gewiss nicht vorstellen, wie es ist, sich eines Tages auf der anderen Seite wiederzufinden. Stattdessen bekommt sie vermutlich Herzflattern, wenn sie die Nummer der Olympos A.E. auf dem Display sieht und dem Besitzer der Hades AG berichten muss, dass er nur noch fünf Wochen von der Pleite entfernt ist. Ein Anruf der Peacock Financial Services, von der die Milliarden stammen, treibt ihr mehr Schweißperlen auf die Stirn als der Gedanke an ihre Sterblichkeit – und das, obwohl sie vom Schreibtisch aus in die Hölle blicken kann. Auch die anderen im Besprechungsraum scheinen blind für alles jenseits der nächsten Quartalsbilanz: Dörte konsultiert mal wieder ihr Smartphone, Tom scrollt in aller Seelenruhe durch die Anzeige seines MacBook. Beinahe könnten sie einem leidtun, wenn sie nicht so blind und gierig ins Verderben liefen.

»Dein sogenannter Höllenhund ist ein echter Zahlenjunkie«, wirft Tom in die Runde. »Immer genau dann, wenn wir die nächsten zehn Prozent Kapital verbrannt haben, kommt der Anruf. Bist du dir sicher, dass du nicht mit einem Bot telefonierst?«

Marens Stift hält inne, aber nur einen Moment, bevor er das Wirbeln wieder aufnimmt. »Es ist nicht sein Kapital.«

Tom verdreht die Augen. »Ist ja gut, er leiht es sich. Gerade deshalb macht er dir doch Feuer unter dem Hintern.«

»Dann sollten wir langsam dafür sorgen, dass er keinen Grund mehr dafür hat. Im Moment liegen wir bei dreißig Prozent Restkapital und die Kurve fällt fast so steil wie am Tag eins.«

»Update: Achtundzwanzig Komma ungerade.« Tom grinst, als ob er es geradezu genießt, Maren zu demütigen. »Aber mach dir mal nicht zu viele Sorgen. Es war von Anfang an klar, dass er bei der nächsten Finanzierungsrunde nachschießen muss. So professionell wird er doch sein, oder? Facebook hat am Anfang auch erst mal Milliarden verbrannt.«

»Facebook ist nicht pleite gegangen.« Marens Stimme klingt auf einmal gepresst.

Hermes hat sich unwillkürlich aufgesetzt. Verständlich, dass Maren die Insolvenz fürchtet. Aber Tom rechnet bereits mit einer zweiten Finanzierungsrunde? Da wird Hermes' Vater ein wenig aufpassen müssen.

Letztlich ist es völlig egal, wie viel Kohle ein kanadischer Hedgefonds im Hades verbrennt, bevor die ganze Sache den Bach hinuntergeht. Der Plan steht. Hauptsache, Dörte wird vorher mit der Mobilfunk-Infrastruktur fertig.

Sisyphos erscheint wieder vor dem Panoramafenster, dieses Mal von unten. Mit gekrümmtem Rücken rollt er seinen Felsbrocken den Hang hinauf. Schweiß tränkt die Fetzen, die seinen Körper verhüllen, und der hasserfüllte Blick, den er in den Konferenzraum wirft, lässt Hermes immer noch schaudern. Dabei sollte der Kerl mittlerweile wissen, wie man einen Felsen wälzt! Er hatte Jahrtausende, um die richtige Technik herauszufinden.

Maren übergeht Toms Einwand. »Dörte, wie läuft die Netzanbindung?«

Ohne den Blick vom Smartphone zu heben, referiert Dörte: »Wir sind mit den Sendemasten elf Prozent weiter als geplant. In Elysion und Asphodelos haben wir mittlerweile neunundsiebzig Prozent Versorgung in der Fläche. G4-Standard. Alles andere ist für den Moment noch zu teuer.«

»Tartaros?«

Marens knappe Fragen sollen wohl verdeutlichen, wer hier die Fäden in der Hand hält. Dörte lässt sich nicht beeindrucken: »Bisher nichts außer Störungen in der Signalübertragung. Wir kommen weder mit Funk noch mit Kabel stabil durch und die Sendemasten korrodieren extrem schnell. Dabei haben wir dort die meisten Kundenanfragen, oder, Hermes?«

Hermes setzt sich auf. Wenn er seine Rolle glaubhaft spielen soll, muss er absolut motiviert und überzeugt wirken. »Bei meiner letzten Befragung waren über neunzig Prozent an einem Vertrag interessiert. Neunzig Prozent! Ist ja auch kein Wunder, dass selbst der gute Sisyphos zwischendurch mal eine Runde surfen will.«

»Dafür sehen die übrigen Domänen alt aus.« Tom blickt von seinen Tabellen auf. »Asphodelos: Zwanzig Prozent

Interessierte, knapp halb so viele Abschlüsse. Elysion: Weniger als vier Prozent Verträge, sogar von denen, die noch lebende Verwandte draußen haben. Was ist da los, Hermes? Liegen deine Pleite-Griechen jetzt schon im Hades herum?«

In solchen Momenten würde Hermes ihn am liebsten direkt in den Tartaros kicken.

Keine Ahnung von den Nöten der ganz normalen Menschen, kein Respekt vor Dingen, die Jahrtausende überdauert haben – ganz anders als das von den Entrepreneuren vergötterte Business-Modell, das ihnen in ein paar Wochen um die Ohren fliegen wird.

Hermes beeilt sich, die übliche Show abzuliefern: Schlechtes Gewissen wird zu Beschämung und dann zu Ärger. »Ich habe es euch von Anfang an gesagt, Leute. E-ly-si-um: ewiges Wohlbefinden. Die sind seit Jahrtausenden wie auf Drogen. Wozu sollen sie noch telefonieren? Um zu hören, wie EU und Hochfinanz ihrer alten Heimat den Hahn zudrehen? Oder wie viele Steine ihrer guten alten Akropolis inzwischen zerbröselt sind? Die haben einfach kein Interesse mehr an irgendwas. Flatrate auf Glückseligkeit, kostenlos. Da können wir nichts machen.« Unter Toms prüfendem Blick duckt er sich ein wenig, um die Hackordnung zu bestätigen. Immerhin gibt er hier das Omega-Tier.

Dabei müssten die doch eigentlich froh sein, ihn im Boot zu haben. Ohne seinen Vater Thias Olympos hätten sie niemals einen Fuß in die Hölle bekommen. Der hat mit der Olympos A.E. seine Finger überall drin: Rohstoffe, Reedereien, Immobilien, Telekom, Unterwelt, jetzt auch im restlichen Europa und in Russland. Thias Olympos kennt absolut jeden und jede in Athen und Brüssel, vor allem jede.

Er war schon immer groß im Anbahnen zwielichtiger Geschäfte – bisschen Schmieren hier, bisschen Anbaggern dort. Aber das hier war sogar für ihn eine Nummer zu groß. Um die Hölle zu kaufen, brauchst du richtig Geld, selbst wenn die Hölle pleite ist.

Wieder rumpelt der Stein vorbei. Auftritt Sisyphos, rennend und schreiend.

»Was machen wir eigentlich mit dem da?«, fragt Hermes mit einem Wink zum Panoramafenster.

Die Falten um Marens Mund vertiefen sich. »Wollen wir eigentlich so schnell wie möglich loswerden. Der macht hier seit Jahrtausenden Fitnesstraining, ohne dafür auch nur einen Cent zu bezahlen. Kein Wunder, dass Hades pleite gegangen ist, wenn er für eine Einmalzahlung solche Leistungen anbietet. Den hätten sie längst aus dem Vorstand abwählen müssen.«

Vorstand. Innerlich schüttelt Hermes den Kopf. Hades hat den ganzen Laden da drüben erfunden!

»Kann man den Vertrag nicht einfach kündigen?«, hakt Tom nach. »Geänderte Bedingungen, neue Rechtslage, EU-Rechtsprechung – es muss doch irgendwo einen Haken in den Bedingungen geben, mit dem wir ihn loswerden!«

»Wäre schön«, stimmt Hermes ihm zu. »Sonst haben wir irgendwann die Verbraucherzentrale am Hals, wegen unrechtmäßiger Kundenbindung. Aber das war damals ein mündlicher Vertrag. Keine bekannten Klauseln, keine Unregelmäßigkeiten – habe ich alles geprüft. Den können nur die Götter selbst befreien.«

Maren kneift die Augen zusammen, doch Dörte winkt ab: »Ich glaube kaum, dass deutsche Arbeitsgerichte für den Hades zuständig sind. Die gucken nur bis zur Rente, keinen Zentimeter weiter.«

»Dann schlagen wir eben anders Kapital daraus«, unterbricht Maren und kritzelt schon wieder auf ihrem Block herum. »Lokale Attraktion, Sightseeing – Dörte, kannst du mal eine Bilderserie von Sisyphos auf Webpic.com zeigen? Dann stehen morgen tausend Blogger Schlange für ein Selfie mit dem Kerl.« Wie zur Antwort quält sich Sisyphos wieder einmal nach oben. Ein kurzer Blick auf die Uhr zeigt: Er ist tatsächlich schneller geworden. Vielleicht hat er in den letzten fünfhundert Jahren doch mal an seiner Technik gefeilt.

Hermes konzentriert sich wieder auf die Sitzung und schüttelt den Kopf. »Bei allem Respekt, so läuft das da drüben nicht. Hast du den Cerberus vergessen, den echten? Wenn du an dem vorbeigehst, bist du tot, Punkt. Es gibt keinen Rückweg. Das ist absolut One-Way. Wenn du so ein Angebot machst, haben wir übernächste Woche tausend tote Blogger im Keller.«

Draußen rumpelt schon wieder der Felsen vorbei, einen vor Wut schreienden Sisyphos im Gefolge. Dieses Mal hat er seinen Stein wohl schon auf halber Strecke verloren.

Maren reagiert unbeeindruckt. »So bekämen wir immerhin neue Kunden da drüben. Zahlende, wohlgemerkt. Ohne Flatrate würden die nirgendwohin gehen.«

Verblüfft starrt Hermes seine Chefin an, die keine Miene verzieht. Ist Maren etwa eine Psychopathin oder einfach nur verzweifelt? Der letzte Sterbliche, der ihm gegenüber so etwas äußerte, stand auf der Akropolis und trug eine Hakenkreuzbinde am Ärmel.

Hermes muss das mit seinem Vater besprechen. Sie haben ja beide selbst keine ganz reine Weste, was Geschäfte mit Sterblichen angeht, aber das hier ginge zu weit. Er ruft sich die anderen Momente ins Gedächtnis, um Maren nicht augenblicklich hinüber in den Tartaros zu befördern: Ihr mädchenhaftes Lachen, als sie zum ersten Mal die Räume hier betrat. Die kleinen Gesten, vor allem am Anfang: Einladung zum Edelgriechen, einfach so, oder wie sie Hermes nach dem Befinden der Familie Olympos gefragt hat.

Nein, sie ist keine Psychopathin, sie steht nur unter Druck.

Alles ist gut.

Zum Glück schaltet sich Tom ein: »So ein Coup ist einfach zu riskant. Sicher brauchen wir Multiplikatoren. Aber um die Bilanzen zu sanieren, lasst uns erst mal nutzen, was wir schon haben.«

»Und das wäre?«, wirft Maren ein.

»Preiserhöhungen, was sonst?« Tom tippt auf seinem Laptop herum. »Wir haben mittlerweile die Charon AG ausgegliedert, sind aber in Besitz von einhundert Prozent des Stammkapitals. Gewinnabführungsvertrag steht. Als nächsten Schritt heben wir die Transportgebühren an.«

Hermes horcht auf. Preiserhöhungen liegen auf der Hand. Warum hat Hades eigentlich nie an dieser Schraube gedreht? Die Götter sind doch auch sonst nicht gerade bescheiden.

Tom klingt ganz hektisch: »Ich habe das Schreiben an unsere Kunden schon fertig: Sehr geehrte Fahrgäste der Charon AG, in den letzten dreitausend Jahren konnten wir mit hohem Aufwand und persönlichem Einsatz unsere Preise für Sie stabil halten. Aber drastisch wachsende Personal- und Kraftstoffkosten ...«

»Moment«, unterbricht Maren. »Wir nutzen hier ein historisches Schiff, keinen Dieselkahn. Und willst du Charon wirklich mehr bezahlen? Der wirkte doch bisher ganz zufrieden mit seiner Aufgabe.«

»Natürlich nicht, aber die Leute fahren auf so etwas ab. Also weiter: ... zwingen uns zu einer Preisanpassung für unsere Services, bla, bla, bla. Klingt doch gut, oder?«

»Und an welche Erhöhung denkst du?«, fragt Hermes vorsichtig nach.

»Na, mindestens eine Verdreifachung! Immerhin gibt es jetzt W-LAN an Bord, für ein Abschieds-Selfie. Und die nächste Preisrunde machen wir im Folgejahr.«

Nächster Anlauf Sisyphos. Seine Wut scheint ihm heute Kraft zu geben, denn der Stein rollt beinahe wie von selbst nach oben. In all den Jahren hat er eine tiefe Rinne in den Berg gefräst. Vielleicht sollte man ihm demnächst mal einen neuen Hang zur Verfügung stellen. Hermes macht sich eine Notiz.

»Wie viel machen die Preisanpassungen in der Bilanz aus?« Marens unbeteiligt klingende Stimme vertreibt die Atmosphäre von Aufbruch und Hoffnung, die einen Augenblick durch den Raum geweht ist. Offenbar hat Tom vergessen, dass er ihr die Tabelle schon vor der Sitzung zugemailt hat.

Er duckt sich etwas. »Noch nicht genug.«

»Nicht genug? Es ist ein Tropfen auf dem heißen Stein, das ist es. Bei dem Preissprung drohen wir die Kunden zu vergraulen. Stell dir vor, niemand stirbt mehr! Dann sind wir hier pleite, und zwar auf der Stelle.«

»Was schlägst du vor?« Tom klingt verunsichert.

»Verdopple die Preise, das ist nach so einer Zeit wohl angemessen. Und mach dir ein paar Gedanken über kostenpflichtige Bonusprogramme. Begrüßungscocktail auf dem Oberdeck, Einzelkabine, Bordführung mit dem Kapitän, so was. Hauptsache, viel Chichi. Für so etwas zahlen die Leute freiwillig.«

Tom verzieht unwillig das Gesicht. »Wofür bin ich hier noch mal zuständig? Zahlen. Richtig? Das kann Hermes machen. Der schiebt doch mit Human Resources ohnehin eine ruhige Kugel.«
Alle sehen Hermes an.
»Okay. Ich mache es.«
»Und bitte zügig«, fügt Maren hinzu. »Bis morgen früh will ich ein Konzept auf dem Tisch haben.«

Ω

Hermes sitzt auf dem Gipfel des Olymp und wartet auf die Kopfschmerzen, die sich nach seinen Reisen mittlerweile so zuverlässig einstellen wie Hunger oder Durst. Er hat längst gelernt, Radarortung, Militärpatrouillen und Verkehrsflugzeugen aus dem Weg zu gehen, aber nach Äonen steckst du die zweitausend Kilometer einfach nicht mehr ganz so gut weg. Auch nicht mit Flügelschuhen.

Es gibt keine Klingel, natürlich nicht. Der Herr der Götter weiß, wann jemand vor seiner Haustür steht. Kurze Zeit darauf öffnet sich die Tür zum richtigen Olymp in der leeren Luft und einen Atemzug später ist Hermes bei seinem Vater.

Der Herrscher des Himmels gibt sich draußen gern weltmännisch. Mit maßgeschneidertem Dreiteiler, Stirnglatze und teurem Brillengestell kann Thias Olympos in jeder Executive Class mitfliegen. Hier im Olymp der Götter zeigt er sich textilfrei wie früher und der Vollbart ließe jeden Schweizer Sennhirten vor Neid erblassen. Gegen seinen Willen muss Hermes grinsen. Von Zeit zu Zeit sieht er den Alten gern, auch wenn das Bündel Blitze in Zeus' Hand doch etwas … antik wirkt.

Wenigstens ist Vater nicht mehr dauernd als Stier oder Schwan unterwegs und Hermes muss auch nicht allzu oft den Mephistopheles in einem windigen Geschäft geben.

»Was gibt es?«

»Ich freu mich auch, dich zu sehen, Abba. Wo ist Hera?«

»Nicht da.«

»Nicht da?«

»Seit zweiundsiebzig Jahren.«

»Oh.«

Zeus runzelt die Stirn und eine Rauchfahne steigt von den Blitzen in seiner Hand auf. Es ist also wieder einmal soweit.

Vermutlich hat Zeus sich um 1945 herum eine neue Geliebte angeschafft und Hera ist dahintergekommen. Es gibt nichts Neues unter dem Sonnenwagen.

Normalerweise kriegt sich Hermes' Stiefmutter nach dreißig, vierzig Jahren und ein paar toten Stiefkindern allmählich wieder ein, doch dieses Mal scheint es etwas ernster zu sein.

»Was willst du?«, wiederholt Zeus unwirsch und wischt das Thema mit einer Handbewegung zur Seite.

Wenn er sich in den letzten fünfhundert Jahren verändert hat, dann ist nichts davon zu spüren. Ungeduldig, egozentrisch, ehebrecherisch, rachsüchtig – Papa ist ganz der Alte.

Und trotzdem kann Hermes es nie ganz lassen, ihn zu reizen. Vielleicht muss er sich nur versichern, dass eigentlich alles noch wie früher ist, trotz Motorisierung, Internet und Atomraketen. Seinetwegen können Maren und ihre Clique ihre Sendemasten einfach verrotten lassen. Was kann jemals so interessant sein, dass man dafür Milliarden in der Hölle verbuddelt?

»Nichts«, grummelt Zeus. »Aber für die Eintagsfliege ist jede einzelne Stunde unendlich wichtig.«

»Du sollst nicht immer meine Gedanken lesen!«

»Dann denk leiser.«

Wieder einmal benutzt Zeus den Trick, die Worte durch den Donner seiner Handblitze formen zu lassen. Drunten in Griechenland werden sie jetzt zu der schwarzgrauen Wolke emporblicken, sich vor dem nächsten Hagelschauer ducken und fluchen, dass es nicht einfach regnen kann wie früher.

»Wie geht es Sisyphos?«, will der Göttervater wissen.

»Der alte Steinlupfer? Beinahe unverändert. Von seinem Schalk ist allerdings nur noch nackter Hass übrig. Du solltest mal sehen, wie er mich durchs Panzerglas anstiert.«

»Den Hass hatte er früher schon. Dass er es geschafft hat, als gewitzter Betrüger durchzugehen, war sein letzter Trick. Manchmal vermisse ich seine Streiche. Und das Rumpeln des verfluchten Steins hört man bis hier oben. Neulich hat er mich mitten in der Nacht aus dem Schlaf gerissen. Aber was soll man tun? Er ist ja bereits im Tartaros. – Was macht die Firma?« Seine Stimme klingt auf einmal schärfer und Hermes richtet sich unwillkürlich auf. Hier oben ist der Alte der Chef, da mögen die Menschen noch so innig zu ihren neuen Göttern aus Bytes und Draht beten.

Hermes fasst die aktuellen Entwicklungen in der Hades AG zusammen, auch den fehlenden Funkverkehr im Orkus und Toms Hinweis auf die nächste Finanzierungsrunde.

Zeus winkt ab. »Sollen sie ruhig nachfinanzieren! Irgendwann ist auch der größte Hedgefonds pleite. Dann gehen wir in Konkurs und ich kaufe den Rest zu einem Spottpreis auf.«

Danach bleibt es still. Zeus kaut auf einer Bartsträhne herum und das Blitzbündel sättigt die Himmelsluft mit einem Geruch nach schmurgelnder Pfeife und Ozon.

»Es muss klappen«, erklärt er schließlich und der Ozongeruch wird stärker. »Wir dürfen die göttlichen Gefilde auf keinen Fall den Menschen überlassen. Sie profanieren alles. Alles! Wenn wir nicht aufpassen, verpachten sie den Orkus an eine Minengesellschaft und verkaufen die Schürfrechte für Graphit.«

Hermes staunt. »Das geht?«

»Was glaubst du denn, warum ich das Gelände zurückkaufen will? Dieser ganze Unsinn mit Daten ist doch lächerlich. Mit Rohstoffen machst du längerfristig mehr Umsatz. Ohne seltene Erden kein Handy. Ohne Handy keine Netzwerke. Oder? Bergbau, ganz klassisch.« Eine elektrische Entladung zwischen den Blitzen taucht die Umgebung kurz in gleißendes Licht.

Hermes verbeißt sich den Hinweis, dass sein Vater gerade selbst plant, was er noch vor wenigen Augenblicken den Menschen vorgeworfen hat.

Zeus richtet sich auf. »Geh zurück, mein Sohn. Und sorge dafür, dass diese lächerliche AG schneller bankrottgeht, als ihre Besitzer das Wort ›Content-Plattform‹ schreiben können.«

»Das klappt aber nur, wenn alles scheitert, was Maren so plant, besonders die zweite Finanzierungsrunde. Du glaubst nicht, wie viel Geld die Menschen seit dem letzten Crash geschaffen haben. Mehr als es Dinge gibt, die sie damit kaufen können. Diese Investoren schießen unglaubliche Beträge zu.«

»Das habe ich bereits gemerkt. Schon vergessen? Olympos A.E.« Zeus zwinkert ihm zu und wirkt auf einmal ganz vergnügt. »Sollen sie nur! Auch dein alter Göttervater hat noch ein paar Eisen im Feuer. Ach ja, sorge mal dafür, dass Sisyphos woanders herumkegelt.«

Hermes will schon gehen, da räuspert sich Zeus noch einmal. »Sag mal, diese Maren ... wie ist die denn so?«

Hermes verdreht die Augen zum Himmel und verabschiedet sich grußlos.

Ω

»Hast du ein Konzept für die Charon AG fertig?«

Maren schlägt etwas zu hastig die Seite ihres Blocks zu, auf der sie gerade herumgekritzelt hat. Ansonsten ist ihr riesiger schwarzer Schreibtisch beinahe leer. Der Monitor zeigt einen Bildschirmschoner mit Motiven aus dem klassischen Athen, davor liegen PC-Tastatur, Designermaus und ein paar Stifte, das war's.

Wortlos legt ihr Hermes einen Stapel Farbausdrucke hin. Maren muss man nicht mit Präsentationen auf dem Beamer beeindrucken, sondern mit Material, das sie anfassen, studieren und dann zu ihrem eigenen Entwurf umbenennen kann.

Er hat kein Konzept geschrieben, sondern in Wort und Bild einen Wunschtraum gezeichnet: Verstorbene in eleganten schwarzen Roben, die auf dem Oberdeck der neuen Fähre Champagner schlürfen. Eine der Gestalten macht ein Selfie mit dem Smartphone, eine andere tippt auf ihren Laptop. Darunter ein paar Tabellen mit den Einnahmen der projektierten Sterbeversicherung, die man benötigt, um das Oberdeck der MS Charon benutzen zu dürfen, und einige grobe Ideenskizzen zur Auswertung und kommerziellen Nutzung der anfallenden Daten.

Wer so eine Versicherung kauft, macht auch sonst im Leben gern mal ein paar Scheine locker.

»Ganz nett«, murmelt Maren und blättert durch das Journal. Hermes wartet kurz, dann schleicht er aus dem Büro. Maren ist offenbar nicht ganz bei sich. Die Götter mögen wissen, womit sie heute schwanger geht. Vielleicht hat ja der Vertreter des Hedgefonds wieder angerufen.

Zeus' Auftrag im Hinterkopf, wartet er, bis Sisyphos' Felsen wieder einmal den Hang hinabkollert. Dann kontaktiert er Tom per Bildtelefon oder wie sie das hier gerade nennen. Die Erschütterungen aus dem Tartaros lassen Bildstörungen über den Monitor laufen.

»Tom, wir müssen etwas unternehmen. Wenn der Alte da drüben weiter so mit seinem Felsen herumschmeißt, beschädigt er die Fundamente unter uns. Ich habe keine Ahnung, was passiert, wenn der Büroblock über die Grenze stürzt oder wenn Sisyphos uns das Fenster einwirft. Wenn wir Pech haben, sind wir dann drüben. One-Way.«

Der abwehrende Ausdruck in Toms Gesicht macht echter Sorge Platz. So sind sie, die Menschen: Erst wenn es ihnen selbst an die Wäsche geht, reagieren sie. Gut, Zeus ist auch nicht besser. »Was schlägst du vor?«

»Dass er sich mal woanders austobt. Das Gerumpel ist ja nicht mehr zu ertragen. Soll ich ihn ein paar Hänge weiterschicken?«

»Wenn Maren nichts dagegen hat, gerne. Mir geht der Lärm schon lange auf den Sack.«

Hermes nickt zufrieden.

Ein kurzer Anruf bei der Chefin, doch da ist belegt. Sie wird schon nichts dagegen haben. Hermes malt griechische Buchstaben auf ein großes Blatt. Im Versammlungsraum wartet er, bis Sisyphos herangeschnauft kommt, und hält das Blatt gegen die Panoramascheibe. Sisyphos stutzt, kneift die Augen zusammen und liest. Liest noch einmal. Der Stein entgleitet ihm und donnert zu Tal; er achtet nicht darauf. Mit fragendem Blick deutet er auf sich selbst und auf einen weit entfernten Hang. Hermes nickt eifrig und erklärt in Zeichensprache, dass Sisyphos bitte seinen Felsen mitnehmen soll.

Der scheint sein Glück kaum fassen zu können. Ohne sich noch einmal umzusehen, rennt er nach unten aus dem Bild und lässt Hermes mit einem diffusen Gefühl der Gefahr zurück. Warum freut Sisyphos sich so?

Die Schlepperei geht doch weiter, sobald er den neuen Hang erreicht hat.

Fernes Wetterleuchten lässt die Schattenrisse der schwarzen Klippen vor dem Horizont hervortreten. Wetterleuchten im Tartaros? Das hat es noch nie gegeben. Allmählich schälen sich Blitze aus dem formlosen Grau und beleuchten den Schutt mit einem gleißenden Feuerwerk, das Hermes nur zu gut kennt. Wie kann Zeus den Tartaros betreten?

In den Verträgen mit seinen Brüdern hatte er sich auf den Himmel beschränkt – und jetzt das?

Die Verträge. Jetzt durchzuckt es Hermes selbst wie ein Blitz. Damals, nachdem sie Kronos in den Tartaros gesperrt hatten, teilten die drei Götterbrüder die Welt unter sich auf. Der Himmel ging an Zeus, das Meer an Poseidon und die Unterwelt an Hades. Die Verträge wurden durch göttlichen Handschlag besiegelt – aber was genau haben die drei außer der Aufteilung der Welt noch vereinbart? Welche Knebelparagraphen hat der gewitzte Zeus schon damals klammheimlich installiert, um seine Brüder zu übervorteilen?

»Na, Vorkaufsrecht natürlich.«

Hermes fährt herum. Hinter ihm steht Thias Olympos, sein göttlicher Vater in Menschengestalt. Der Dreiteiler spannt ein wenig über dem Bauch und die Stirnglatze reicht mittlerweile bis zum Nackenwirbel. Aber er lächelt so selbstzufrieden, als hätte er gerade das Geschäft seines Lebens gemacht. Was vermutlich stimmt.

»Hades wusste, dass die Hades AG mir gehört, und war froh, an einen Gott zu verkaufen.« Sein Lächeln wird breiter. »Ich brauche nur jemanden, der vorher die Schulden übernimmt und an meiner Stelle pleitegeht. Ein Hedgefonds kam da wie gerufen. Jetzt warte ich einfach ab, bis eure AG und euer Geldgeber pleite sind, und kaufe den Laden zum Spottpreis auf.«

Unglaublich. Zeus hat spekuliert wie an der Börse. Und jetzt macht er Kasse.

»Was sollte dann die Sisyphos-Geschichte?«

Zeus zuckt mit den Schultern. »Ich wollte den Kerl schon lange loswerden. Durch deine Anweisung ist sein Vertrag erloschen, er kann ins Elysion wechseln – und endlich herrscht Ruhe in meiner neuen Domäne.«

»Wenn du dich da mal nicht getäuscht hast, alter Mann.« Marens Stimme lässt beide herumfahren. Mit noch strengerem Blick als sonst kommt sie aus ihrem Büro stolziert. Noch während sie zu Hermes und Zeus tritt, zerfließen ihre Züge wie erhitztes Wachs und ein nur zu bekanntes Gesicht tritt darunter hervor. Kühne Nase, unbewegte Lippen und Augen wie Lasercutter.

Zeus ist bleich geworden.

»Hera?«

»Ganz offensichtlich. Verwundert? Nachdem du dich in Brüssel durch sämtliche Praktikantinnenbetten geschlafen hast, war mir klar, dass du jetzt wieder irgendein schmieriges Geschäft versuchen würdest. In deiner Selbstsucht bist du berechenbar geworden.« Obwohl Hera in Menschengestalt kleiner ist als ihr Ehegatte, gelingt es ihr, auf ihn herabzusehen, und sie übergeht Hermes, als wäre er ein Staubkorn. Gerade jetzt ist ihm das gar nicht unrecht. Wenn die hohen Götter streiten, gehst du am besten auf Tauchstation, das hat man ja schon in Troja gesehen.

Zeus hebt entschuldigend die Arme. »Das war doch nur eine Praktikantin. Nichts Ernstes. Es tut mir …«

Sie unterbricht ihn mit einer abrupten Handbewegung. »Und bei wem hat die arme Frau wohl die Zigarren für deine schändlichen Spielchen gekauft?« In ihrer Wut scheint Hera zu wachsen. »Ich war übrigens auch die schicke Barkeeperin in der Lounge, die du am liebsten noch auf dem Tresen genommen hättest. Ich war die Assistentin des EU-Hochkommissars, der du nach zwei Minuten den Hintern getätschelt hast. Ich war das arme Zimmermädchen, das nicht einmal seine Schürze ausziehen durfte! Wenigstens bist du so einmal deinen ehelichen Pflichten nachgekommen.« Kurzer Seitenblick auf Hermes: »Dich hat er sicher auch schon nach Marens Privatnummer gefragt.«

Hermes duckt sich und schweigt.

»Ist ja gut«, brummelt Zeus. Von irgendwoher stinkt es nach altem Pfeifenrauch und Ozon. »Ich entschuldige mich, ja? Du dagegen hast mich in deinem Misstrauen die ganze Zeit ausgeforscht. Aber du kannst machen, was du willst, meine neue Eroberung nimmst du mir nicht mehr weg. Das Totenreich gehört bald mir allein!«

»Schon wieder täuschst du dich.« Aus Heras Gesicht spricht noch nicht einmal etwas wie Triumph. Sie bleibt kühl und sachlich, eine Maren in göttlicher Gestalt.

»An wen hat Hades verkauft?«, fährt Zeus hoch. »An die Hades AG. Und wem gehört die Firma? Mir!«

»Und wem schuldet sie mehr, als sie jemals bezahlen kann? Einem kanadischen Hedgefonds mit Namen ...«

Hermes schlägt sich unwillkürlich mit der flachen Hand auf die Stirn. Peacock Financial Services, natürlich!

Der Pfau ist Heras zweites Herrschaftszeichen neben dem Granatapfel.

Sie wirft ihm einen knappen Blick zu.

»Pomegranate Financial hätte doch recht lächerlich geklungen.« Mit einem zuckersüßen Lächeln wendet sie sich an ihren Ehegatten: »Das Totenreich gehört noch lange nicht dir. In siebzehn Geschäftstagen brauchst du eine neue Finanzierungsrunde.«

»Nur zu!« Zeus hat sich wieder gefasst und streicht mit einer routinierten Handbewegung die Falten aus dem Sakko. »Wir werden sehen, wie weit dein sogenanntes Kapital noch reicht. Die Hades AG hier verbrennt es schneller, als man es drucken könnte.«

Heras Lächeln wird noch eine Spur süßer. »Kein Problem, mein treuer Göttergatte. Immerhin vertrete ich Stand jetzt neunundvierzig Komma zwei Prozent des Stammkapitals der Olympos A.E. Das sollte reichen, um den Laden hier noch eine Weile zu finanzieren. Vielleicht verkaufe ich einfach an Shiva.«

»Das wagst du nicht!« Zeus murmelt in seinen Bart, der plötzlich wieder durch die Wangen sprießt. »Neunund... Das kann nicht sein.«

»Du warst sehr beschäftigt in Brüssel. Und hast noch ein weiteres Problem.« Sie weist mit einer lässigen Gebärde auf das graue Land hinter der Panoramascheibe. »Auf deine Anweisung hat Hermes gerade Sisyphos' Vertrag gekündigt.

Das schmälert den Wert des Hades und stellt somit ein geschäftsschädigendes Verhalten dar, für das mir eine Entschädigung zusteht.« Sie wartet seinen Einwand nicht ab. »Du bist mir etwas schuldig, mein Göttergatte. Ich schlage vor, du überschreibst mir noch zwei, drei Prozent an der Olympos A.E., was meinst du?«

Zeus ist dunkelrot angelaufen. Wenn Hera sich jetzt nicht bremst, gibt es ein ausgewachsenes Gewitter mitten im Gebäude mit unabsehbaren Folgen für das Panoramafenster. Sie scheint das zu spüren und lenkt ein, so wie immer, wenn er wirklich wütend wird.

»Also gut. Behalte deine Firmenanteile! Dafür bezahlst du sämtliche Schulden von Peacock und ich bekomme das Totenreich mit allem, was drinnen ist.«

»Und was willst du damit anfangen?«

»Das lass mal meine Sorge sein. Zuerst bekommt Hades einen schönen Direktorenposten und Sisyphos geht ins Controlling. Und wenn du ganz lieb bist, darfst du auch ein wenig nach Graphit baggern.«

Der verschmurgelte Geruch wird stärker. Zeus grummelt. »Du verlangst Milliarden von mir!«

»Die du meiner Firma abluchsen wolltest, vergiss das nicht. Sieh es einfach als kleine Wiedergutmachung für deine Abenteuer in Brüssel. Also: Abgemacht?«

Das Donnern draußen vor dem Fenster soll wohl eine Zustimmung sein.

❦

Michael Knabe, 1971 in Lübeck geboren, wohnte u.a. in der Schweiz, dem Allgäu, Oberbayern und Schottland. Schon mit dreizehn Jahren trieb er sich in seinen phantastischen Welten herum. Seit 2001 lebt, arbeitet und schreibt er in und um Freiburg.

2019 erschien beim Hybrid-Verlag sein Fantasy-Roman »Shevon«, der Beginn der mehrbändigen Saga um den Flüchtling Shevon.

Die Rückkehr der Walküre
 Diana Spitzer

Ich kann nicht sagen, wann es begann. Meine Pflegeltern sagten, dass ich schon als Kind anders war als andere Kinder. Ich war in mich zurückgezogen, erzählte von toten Menschen, die ich sehen konnte und sang immer wieder Lieder, die keiner zu verstehen vermochte.

Doch mit der Zeit rückte all dies in den Hintergrund.

Die ersten Fälle sind in dieser Nacht harmlos. Schnittverletzungen, Beulen und Verbrennungen. Nach getaner Arbeit habe ich etwas Zeit, mich mit den Kollegen über die bevorstehende Weihnachtsfeier zu unterhalten.

»Meint ihr, dass alle Assistenzärzte da sein werden?«, erkundigt sich Eveline bei einer Tasse Kaffee bei mir und Markus.

»Ich gehe davon aus. Wieso, denkst du dabei an jemand Bestimmten?«, hakt Markus nach.

Zu einer Antwort kommt es aber nicht mehr, denn der Voralarm piepst los und kündigt an, dass gleich mehrere Opfer eines Autounfalls reinkommen. Ich bereite in Windeseile die Behandlungszimmer vor und sehe kurz ins Wartezimmer.

Gott sei Dank sitzt dort momentan keiner.

Ich begleite einen unserer Ärzte zur Einfahrt und warte auf den ersten Krankenwagen. Als dieser anhält, sehe ich schon, dass es hier um Leben und Tod geht. Einer der Sanitäter ist dabei, eine Herzmassage durchzuführen, während der Notarzt etwas spritzt. Der Arzt an meiner Seite steigt sofort in den Wagen und löst den erschöpften Sanitäter ab. Ich lasse mir eine kurze Übergabe vom Sanitäter geben und die Ärzte tauschen sich auch aus.

Ein leichter Herzschlag des Patienten setzt ein und es wird beschlossen, ihn in den Schockraum zu bringen. Noch auf dem Weg dahin beginnt das Herz wieder auszusetzen und noch bevor wir im Raum sind, steht es still.

Sofort beginne ich mit der Wiederbelebung und eine weitere Schwester kommt hinzu und begleitet uns in den Schockraum. Dann beginnt die normale Routine. Ich pumpe weiter, während der Arzt Medikamente spritzt. Meine Kollegin schließt alle Geräte an, hängt die Infusion auf und übernimmt die Beatmung.

Trotz unserer Bemühungen verstirbt der Patient nach zehn Minuten und uns bleibt nicht einmal Zeit, kurz zu verschnaufen. Der nächste Patient wartet, während einen Raum weiter ein weiterer um sein Leben kämpft.

Ich helfe gerade einen Verband anzulegen und den Patienten fürs Röntgen vorzubereiten, als es im Nebenraum kurz grell aufblitzt und eine mir völlig unbekannte Person erscheint.

Wie aus dem Nichts aufgetaucht, bewegt er sich zu dem Leichnam des gerade Verstorbenen hin. Mehrmals sehe ich ins Zimmer hinüber, um ganz sicher zu gehen, dass ich mich nicht versehen habe. Ein Blick zu meinem Patienten vor mir zeigt, dass ich die Einzige bin, die mitbekommt, was im Zimmer nebenan passiert. Ich lege meine Hand auf den Arm des Verletzten auf der Liege und bitte ihn kurz zu warten. Mit allem Mut, den ich aufbringen kann, betrete ich den Raum und spreche die Person vor mir an.

»Entschuldigen Sie. Sie können hier nicht rein. Das sind Behandlungszimmer und Unbefugte haben hier keinen Zutritt.«

Ich versuche mich in möglichst fester Stimme. Trotzdem zittert sie leicht, ebenso wie meine Hände, und ich frage mich in Gedanken, warum ich nicht noch jemanden dazu geholt habe.

Die Person dreht sich zu mir um und sieht mich verwundert an. »Reden Sie etwa mit mir?«

»Mit wem denn sonst. Sehen Sie hier noch eine andere Person?« Skeptisch betrachte ich mein Gegenüber genauer. Er hat sonnengebleichtes braunes Haar, dunkelbraune Augen und einen gut trainierten Körper. Seine Kleidung ist modern, aber nicht auffallend. Was heißt, er trägt eine Jeans, Hemd und darüber eine Jeansjacke.

Ich will ihm gerade nochmals sagen, dass er das Zimmer verlassen soll, als neben ihm der Patient, den wir gerade verloren haben, auftaucht. Als würde Nebel aus der Luft kondensieren. Seine Erscheinung ist milchig und scheint leicht zu flimmern. Er sieht mich direkt an. Mein Herz hämmert gegen meine Brust, für einen kurzen Moment scheint der Boden unter mir zu Wackelpudding zu werden und meine Hände zittern noch stärker.

»Bringen Sie mich jetzt nach Walhalla?« Seine Stimme klingt leise, fast kraftlos.

Ich sehe den Toten an, dann den Mann neben ihm. Ich kneife die Augen zusammen und fahre mir mit der Hand über das Gesicht. Eine Hand berührt mich sanft und ich sehe den Mann an, der so plötzlich aufgetaucht ist.

Er mustert mich nachdenklich. »Sie können ihn auch sehen?«

Abwesend mache ich einen Schritt zurück und sehe zwischen den beiden Männern hin und her. »Das ist kein Traum, nicht wahr?«

»Nein, ist es nicht«, antwortet der Braunhaarige, »und eigentlich dürften Sie das hier gar nicht wahrnehmen.« Er scheint genauso verwirrt wie ich zu sein. Sein Blick geht zwischen mir und dem Mann hin und her und scheint dann ins Leere zu sehen.

»Ich muss herausfinden, warum Sie ihn sehen können«, höre ich leise von ihm. »Nur für uns Götterkinder ist es möglich und ich wüsste nicht, dass wir uns schon einmal in Walhalla begegnet wären.«

»Walhalla, Götterkinder«, kommt es leise und fragend über meine Lippen und ich zweifle immer mehr an meinem Verstand.

Er bemerkt meine Verwirrung und sieht mich mitleidig an. »Ich verspreche Ihnen, dass ich es Ihnen mitteilen werde, wenn ich etwas herausfinden sollte. Jetzt muss ich aber erst einmal ihn begleiten.« Er zeigt auf den verstorbenen Patienten und ein grelles Aufblitzen lässt mich blinzeln. Als ich wieder klar sehen kann, sind er und der Geist des Patienten verschwunden.

Ich starre auf den Punkt, wo sie gestanden haben. Immer noch zitternd und wie gelähmt stehe ich am gleichen Fleck, als mich der Oberarzt von hinten anspricht.

»Schwester Emely. Geht es Ihnen nicht gut? Ihr Patient wartet auf Sie und für den Verstorbenen hier können Sie nichts mehr tun.«

Ich drehe mich zu ihm und erkenne sofort, dass er nichts von dem, was gerade passiert ist, mitbekommen hat. Er mustert mich mit einem nachdenklichen Blick. Mein Blick geht noch einmal zu dem Punkt, wo gerade noch der Mann und der verstorbene Patient gestanden haben, und wende mich dann wieder zum Arzt um. »Entschuldigen Sie. Ich dachte, ich hätte etwas gesehen.«

Ich husche an ihm mit gesenktem Kopf vorbei, als er mich am Arm festhält.

»Emely, geht es Ihnen nicht gut?«

»Doch. Doch. Ich habe mich anscheinend geirrt. Vielleicht liegt es auch einfach nur daran, dass diese Nacht so viel los ist und ich etwas müde bin.«

»Sie sind sehr blass und Ihre Hände zittern. Sind Sie sicher, dass es Ihnen gut geht? Soll ich Sie kurz untersuchen? Vielleicht brüten Sie etwas aus«, sagt er ruhig und betrachtet mich eingehend.

»Nein, danke. Ich bin nur etwas müde und habe mir eingebildet, dass dort etwas wäre. Mein Geist spielt mir heute Streiche. War eine anstrengende Schicht.« Ich versuche, überzeugend auszusehen, aber mehr als ein schiefes Lächeln bekomme ich nicht hin. Trotzdem gibt er sich zufrieden.

Auf dem Weg zurück zu meinem Patienten denke ich an die beiden Gestalten. Bin ich wirklich übernächtigt? So schlimm, dass ich sogar schon halluziniere?

Der Rest der Schicht verläuft ruhig und morgens bin ich froh, nach Hause zu können.

Ich gehe direkt unter die Dusche und kuschel mich in mein Bett. Im Traum erscheinen wieder dieser Mann und auch der Patient vor meinen Augen. Nass geschwitzt werde ich wach und fühle mich trotz mehrerer Stunden Schlaf nicht erholt. Immer wieder geistert mir eine Aussage des Verstorbenen im Kopf herum.

Bringen Sie mich jetzt nach Walhalla?
Irgendetwas in meinem Kopf erinnert sich, ich kann es aber nicht greifen.

Am Schreibtisch schalte ich meinen Laptop an und hole mir in der Küche einen Kaffee. Meine Mitbewohner sind alle auf der Arbeit und kommen erst gegen späten Nachmittag zurück. Das heißt, ich habe Zeit, um mich etwas schlau zu machen.

Nach zwei Stunden bin ich noch verwirrter als zu Beginn meiner Suche. Ich weiß jetzt, dass Walhalla in der germanischen Mythologie die Halle der Götter ist und dort die ehrenvoll Gefallenen hingebracht werden. Anfangen kann ich damit wenig. Es ist ein alter Glaube und ich glaube eigentlich nur an das, was ich auch anfassen oder sehen kann. Ein solcher Mythos ist nichts dergleichen.

Da meine Mitbewohner bald kommen müssten, beginne ich das Essen vorzubereiten, den Tisch zu decken und mich für meine letzte Nachtschicht vor Weihnachten fertig machen. An den Feiertagen habe ich frei und werde bei meinen Eltern sein. Es wird ein ruhiges und entspanntes Fest, ohne meine Tante, die mir unter die Nase reibt, dass ihre ach so tolle Tochter jetzt studiert und schon seit drei Jahren mit ihrem Freund zusammen ist. Ich bin glücklich mit meinem Leben, meinem Beruf und meinem Single-Dasein.

Meine Gedanken schweifen wieder zurück zu letzter Nacht und dem fremden Mann. Ein leichtes Kribbeln entsteht in meinem Bauch. Sein Gesicht erscheint vor mir ganz deutlich. Seine braunen Augen schienen in meine Seele zu blicken. Dazu diese vollen Lippen und der Dreitagebart.

Ich schüttle den Kopf und schimpfe leise mit mir selbst. »Du spinnst doch. Da erscheint aus dem Nichts ein Mann, erzählt dir etwas von Walhalla und Götterkinder und dir fällt nichts Besseres ein, als an seine Lippen zu denken.«

»Seit wann sprichst du mit dir selbst, Emely? Bekommt dir der Nachtdienst nicht mehr?«

Erschrocken drehe ich mich um und sehe in das besorgte Gesicht von Dennis, einem meiner Mitbewohner.

»Alles gut«, nuschle ich und winke ab. »Ich habe nur wenig geschlafen und hatte auch noch einen bescheuerten Traum. Zum Glück ist das heute meine letzte Nacht.«

»Ich muss mir also keine Sorgen machen, dass ich dich in die Klapse einweisen muss?« Er verzieht sein Gesicht zu einem breiten Grinsen.

»Spinner, natürlich nicht.« Ich stoße ihm meinen Ellenbogen gespielt in die Seite und er lacht.

Gemeinsam machen wir uns daran, das Essen für alle fertig zu bekommen und setzen uns an den Tisch.

Maria erscheint wie immer als letzte, völlig gehetzt und gestresst. Erst mit dem Essen scheint bei ihr Ruhe einzukehren.

»Na, dein Chef mal wieder, oder geht dir der Kerl von letzter Nacht nicht aus dem Kopf?«, hakt Dennis bei ihr nach und grinst Maria ebenso frech an wie vorher mich.

Mein Kopf geht sofort hoch. »Du hattest hier einen Kerl zu Besuch? Du kennst doch unsere Regeln. Keine Besuche über Nacht. Mir reicht es schon, dass mir der letzte Kerl, der bei dir war, morgens nackt in die Arme gerannt ist.«

»Nee, da mach dir mal keine Sorgen. War ein Kollege von der Arbeit und er erzählte die ganze Zeit nur davon, wie weit er noch in der Firma aufsteigen will.« Sie verzieht gequält das Gesicht. »Total von sich selbst überzeugt. Da hat eine Frau keinen Platz und so großartig sah er auch wieder nicht aus.«

»Vielleicht solltest du mal mit mir auf die Piste gehen und dich nicht nur auf der Arbeit umsehen. Du findest dann vielleicht deinen Mister Right«, gibt Dennis zum Besten.

Super, jetzt geht es los. Maria teilt Dennis mit, dass sie nicht wie er ist und ständig jemand Neues braucht und Dennis zählt die Vorzüge auf, wie frei und ungezwungen es ist. Ich verkrümle mich in mein Zimmer, um noch etwas Ruhe zu bekommen bevor ich zum Dienst muss.

Zwei Stunde später sitze ich in der Bahn zum Krankenhaus und hoffe, dass die Nacht heute schnell vorüber geht und mir dieser Mann nicht nochmals begegnet.

Meine Wünsche wurden anscheinend erhört, denn die ganze Nacht erscheint er nicht und der Dienst geht auch schnell rum.

Wieder zu Hause esse ich eine Kleinigkeit, dusche und gehe ins Bett.

Wirre Bilder ziehen in meinem Kopf dahin. Von Kriegsfeldern, Leichen und Geistern. Frauen laufen über das Feld und singen, und die Gefallenen folgen ihnen. Dann ist er wieder da. Der Mann, der mir nicht aus dem Kopf will.

Schweißgebadet erwache ich. Das Display meines Weckers zeigt, dass ich kaum zwei Stunden geschlafen habe. Ich setze mich auf und sehe mich in meinem Zimmer um, um wieder in die Realität zurückzufinden. In der Ecke steht er. Sein Blick ruht auf mir. Keine Reaktion ist auf seinem Gesicht zu erkennen. Erschrocken kommt ein Schrei über meine Lippen und mit wenigen schnellen Schritten ist er an meinem Bett. Ich weiche zur anderen Seite aus, aber seine Hand ist schneller und packt meine.

»Ruhig, ich will Ihnen nichts tun. Ich hatte doch gesagt, dass ich wiederkomme.«

»Ja … das … hatten Sie «, stammle ich und versuche, meine Hand von seiner zu lösen. Er lässt sie sofort los. Ich atme durch, kneife die Augen zu, öffne sie wieder. Der Mann ist immer noch da. »Ja, das sagten Sie«, fahre ich mit etwas festerer Stimme fort. »Aber doch nicht in meinem Schlafzimmer und nicht, wenn ich schlafe.«

»Sie haben nicht geschlafen, Sie haben geträumt, und es schien kein besonders schöner Traum gewesen zu sein«, stellt er mit einem besorgten Blick fest.

»Das geht Sie überhaupt nichts an und wenn ich geträumt habe, dann habe ich auch geschlafen.«

»Verzeihung. Ich wollte Sie nicht beleidigen oder herablassend behandeln, falls Sie sich so fühlen sollten.«

»Ich fühle mich gestört, Sie stehen hier in meinem Schlafzimmer. Wie sind Sie hier überhaupt reingekommen?«

Er sieht sich kurz um und schaut dann wieder zu mir. »So, wie ich immer erscheine. Ich stelle mir die Person oder den Ort vor und erscheine dann dort. Vielleicht sollte ich mich Ihnen einmal vorstellen. Mein Name ist Ansgar. Ich bin einer der Söhne des Thors, Sohn des Odins. Gott in Walhalla.«

Er macht eine leichte Verbeugung und ich bin kurz davor, das Telefon zu nehmen und die Polizei oder gleich einen Rettungswagen zu bestellen, damit er in das Irrenhaus zurückkommt, wo er ausgebrochen ist. Seinem Blick ist anzusehen, dass er meine Gedanken errät, und er redet direkt weiter. »Hab keine Angst, Finja. Ich bin hier, um dich nach Hause zu bringen.«

»Nach Hause?«

»Ja, nach Walhalla. Du bist eine der verloren geglaubten Walküren und somit direkter Abkömmling von Freya.«

Jetzt ist es offiziell: Er ist verrückt. »Und wie kommen Sie darauf?« Meine Stimme trieft vor Sarkasmus.

Der Mann, der sich als Ansgar vorgestellt hat, lässt sich davon nicht beeindrucken. »Da du die Toten sehen kannst, die Gefallenen im Krieg, kannst du nur eine Walküre sein und es leben außer Freya selbst keine Walküren mehr in Walhalla. Sie wird sich freuen, dich zu sehen und auch alle anderen. Es bedeutet, dass man uns nicht vergessen hat und noch Menschen an uns glauben, zumindest an unsere Vorfahren.« Seine Augen beginnen beim letzten Satz zu leuchten.

Ich weiß nicht, was ich sagen soll. Einerseits ist es eine beängstigende Situation, aber ich fürchte mich nicht. Es liegt etwas in seinem Blick, in seiner Stimme, das mich beruhigt, ohne dass ich sagen kann, was es ist. Mein Blick ruht einige Sekunden auf ihm, bis ich mich wieder gefangen habe.

»Ganz ehrlich. Es gibt Einrichtungen, die Ihnen helfen können. Ich begleite Sie auch gerne bis dorthin. Ich heiße übrigens Emely und nicht Finja.«

»Einrichtungen? Sie glauben, ich sei verrückt?«

»So würde ich es nicht ausdrücken, aber ja. Es gibt kein Walhalla oder Odin. Das ist ein Mythos, ein alter germanischer Glaube, nichts weiter.«

Er lächelt milde und wirkt weder gekränkt, noch verärgert oder verwirrt. »So, und wie verrückt sind Sie dann? Sie sehen mich einfach in einem Zimmer erscheinen. Sie sehen Tote. Sie singen Lieder leise vor sich hin, die es in der heutigen Zeit nicht mehr gibt. Haben Sie sich noch nie gefragt, woher Sie diese Melodien und Texte kennen?«

Das sitzt. Er hat völlig recht mit seiner Aussage. Ich kann Tote sehen. Bekomme mit, wie er erscheint und wieder verschwindet und die Lieder, die ich leise vor mir her singe, sind keinem bekannt. Nicht mal ich weiß wirklich, woher ich sie kenne.

»Ich …« Ich weiß nicht, was ich ihm darauf antworten soll. Aber das brauche ich auch nicht. Mit einem Mal ist er verschwunden und mir wird schwindlig. Die Luft vor mir scheint zu verschwimmen. Die Farben verlaufen ineinander und dann ist es kurz dunkel um mich, bevor alles wieder in Farben vor mir erscheint.

Aber ich bin nicht in meinem Bett oder in meinem Zimmer, geschweige denn in meiner Wohnung.

Nein, ich befinde mich mitten auf einer Autobahn und vor mir mehrere ineinander verkeilte Fahrzeuge. Eine Handvoll Menschen steht davor, andere versuchen, Verletzte aus den Autos zu befreien. Neben den Fahrzeugen erscheinen immer mehr flirrende Gestalten. Ich bin verwirrt und versuche mich zu orientieren. Beim Drehen und Umsehen bemerke ich, dass meine Bewegungsfreiheit eingeschränkt ist und ich sehe an mir herunter.

Ich trage nicht meinen Schlafanzug, sondern ein langes weißes Gewand. Eine lederne Korsage schützt meinen Oberkörper. Um meine Arme winden sich Armreife aus Schlangensymbolen.

Jetzt weiß ich, dass ich träume. Solch ein Kleid habe ich noch nie besessen. Mutig geworden dadurch, dass ich glaube zu träumen, sehe ich mich weiter um. Zu meiner Rechten sitzt ein Falke auf einem Auto und betrachtet mich. Ich sehe ihm tief in seine Augen und meine, Bilder von dem Ende des Unfallortes zu sehen, was nicht möglich sein kann, da der Vogel direkt mir gegenübersitzt.

Angezogen von den Bildern und dem Vogel gehe ich näher zu ihm und strecke meine Hand nach ihm aus. Freudig lässt er sich von mir berühren und streckt mir seinen Hals entgegen. Meine Hand gleitet sanft über sein Gefieder und eine sofortige Zusammengehörigkeit entsteht zwischen uns. Es ist, als wären wir immer zusammen gewesen, und dann fällt es mir ein. Schon als ich klein war, habe ich ihn gesehen. Er saß in den Bäumen im Garten meiner Eltern. Er flog über den Schulhof und immer wieder schien er mich zu rufen. Nur langsam komme ich wieder aus meinen Erinnerungen ins Hier zurück. Ich lasse langsam von ihm ab und sehe wieder zu den Fahrzeugen.

Die Geistergestalten scheinen auf etwas zu warten. Nicht weit von ihnen entfernt kann ich Ansgar erkennen. Er spricht mit den Gestalten und sie sammeln sich. Wie aus einem inneren Zwang heraus beginne ich zu singen und alle Gestalten und auch Ansgar sehen zu mir. Auf seinem Gesicht breitet sich ein Lächeln aus und er kommt langsam auf mich zu. »Sing weiter, Finja. Es ist deine Bestimmung.«

Ich nehme ihn nur am Rande noch wahr. Vor mir scheint sich eine andere Welt aufzutun, die mich ruft. Die mir ein Zuhause, ein Dazugehören bietet. Langsam schreite ich in diese Welt hinein, gefolgt von gut der Hälfte der Geistergestalten, und finde mich in einer riesigen Halle wieder.

Gesichter, von Menschen, die ich bis jetzt nie gesehen habe, wenden sich mir zu und in ihren Augen erkenne ich Verwunderung und Erstaunen. Ich sehe, dass sich ihrer Münder bewegen und ein Gemurmel wird an mein Ohr herangetragen, aber was es bedeutet, kommt mir nicht mehr in den Sinn. Es wird Nacht vor meinen Augen und ein Schleier des Vergessens legt sich über mich.

Ich bin angekommen und nur Odin weiß, wie mein Leben weiter verlaufen wird.

Diana Spitzer, geboren 18.11.1977, Ehefrau und Mutter von 3 Kindern, Krankenschwester seit 19 Jahren. Seit 2019 leite ich einen ambulanten Pflegedienst. Zum Schreiben bin ich durch meinen Mann Micha gekommen, der mir riet, meine Fantasien zu Papier zu bringen.

Armer schwarzer Kater
〜 Manuel Otto Bendrin 〜

»Wo bist du?«

Die Frauenstimme klang gedämpft durch die schwere Holztür. Suchend und anklagend hallten die Worte durch das alte Bauerngebäude. Leises Miauen, Schritte, Fauchen und Pfotengetrappel ...

Der Bussekater kauerte sich tiefer in den Schatten des Betts. Seine Ohren legten sich angespannt nach hinten und nur mit Mühe konnte er ein leises Grollen zurückhalten. Seine Schnurrhaare bebten, während die riesigen Pupillen die letzte Barriere zwischen ihm und ihr fixierten.

Wie konnte dieses Weib es wagen, ihn einzusperren! Ihn, das schönste, das edelste und magischste aller Katzenwesen! Er war ein Kinderschreck. Welch Schmach!

Er saß fest. Gefangen von einer Sterblichen, um ihre kranken Wünsche zu befriedigen.

Die Schritte verstummten. Der bluthundgroße Kater spannte sich an. Seine Nüstern bebten, als ihm der verhasste Geruch in die Nase stieg. Langsam bewegte sich die Klinke nach unten.

Ein schwacher Lichtstrahl fiel in den Raum und verbreitete sich langsam. Eine Gestalt schob sich herein und der Kater machte sich sprungbereit. Er würde dieser Hölle entkommen, heute – jetzt! Sie würde für das büßen, was sie ihm wenige Stunden zuvor angetan hatte.

Ein Schrei zerriss die Nacht – hoch und panisch. Der Hund eines fernen Hofs beantwortete ihn mit einem langgezogenen Jaulen.

Der Junge, der den Schrei ausgestoßen hatte, landete unsanft auf dem Hintern und starrte die riesige pechschwarze Katze an, die vor ihm thronte. Sie hatte die Ohren angelegt, die scharfen Zähne gebleckt und das Fell aufgestellt.

Der Stock in der Hand des Buben zitterte. Mit Genugtuung musterten die reflektierenden Pupillen des Bussekaters das Kind vor sich. Kinder fürchteten ihn, Großeltern warnten vor ihm und Eltern nutzten seinen Ruf, um ihre frechen Bälger zu erziehen.

Blut sickerte aus zwei tiefen Schnitten im Unterarm des Jungen und tropfte zu Boden. Der Kater leckte sich über die Lefzen und trat einen Schritt näher. Das Kind schrie erneut auf, kam auf die Beine und rannte brüllend davon.

So war es recht. Es sollte die Angst verkünden, damit diese nervenden Bälger *seine* Zeit nicht weiter störten. Die Nacht war seine Geliebte, sein Element. Und er duldete keine lärmenden Kinder darin.

Apropos ...

Sein massiger Kopf wandte sich dem Mädchen zu, das wie versteinert auf der anderen Straßenseite stand. Törichtes Ding. Es hätte einfach in das Bauernhaus hinter sich rennen sollen, als es noch konnte. Nun war es zu spät.

Ein tiefes Grollen entwich der Kehle des Katers. Noch immer reagierte das Mädchen nicht. Sie würde es bereuen ihm, dem Gefürchteten, dem gefährlichsten aller Jäger über den Weg gelaufen zu sein.

Er spannte den muskulösen Körper an und endlich taumelte sein Opfer einige hastige Schritte rückwärts.

Zwecklos! Der Kater schnellte vor und überwand die Straße mit einem einzigen Satz. Er landete einen halben Meter vor ihr und -

Ein Sirren. Als seine Pfoten den Boden berührten, spannte sich ein Seil im Gras und eine Schlinge umschlang seine Vordertatzen. Verblüfft fauchte er. Dann riss es den Kater von den Beinen und das Seil zog ihn unbarmherzig in Richtung des Hofs.

Was geschah hier?

Wer erdreistete sich, ihm eine Falle zu stellen?

Das Gegengewicht schlug dumpf auf den Boden und die Seilfahrt über den harten Untergrund endete abrupt. Der Kater zog und zerrte, um seine Pfoten zu befreien. Eine ältere Frau stürzte sich mit einer Pferdedecke auf ihn.

Die Welt wurde dunkel.

So sehr er auch tobte, kratzte und biss, die Decke schlang sich unerbittlich um seinen Leib. Langsam zerrte man ihn davon.

Das konnte nicht sein!

Wie konnte das ihm, dem gefürchteten Kinderschreck, passieren?

»Audrey!« Das Mädchen! »Lass das! Das ist der Bussekater! Den darfst du nicht einfangen!«

»Fang nicht wieder damit an, dummes Gör!«, antwortete die Ältere mit kratziger Stimme. »Jetzt hilf mir schon!«

Weitere Hände packten an und zogen das zappelnde Bündel langsam in Richtung des Bauernhauses.

Das leere Zimmer lag in Trümmern. Die Pferdedecke war ebenso zerfetzt wie der Putz an den Wänden. Die Dielen bestanden nur noch aus Splittern. Einzig die schwere Holztür hielt der Wut des Katers stand. Doch durch die unförmigen Löcher, die seine Krallen darin hinterlassen hatten, blitzte eine Metallplatte, welche diese *Person* dahinter verkantet hatte, und gab keinen Millimeter nach.

Der Bussekater spürte das erste Mal in seinem Leben eine Frustration, die sich in den Eingeweiden zusammenballte und in einem Akt sinnloser Gewalt hinaus wollte. Aber all die Zerstörung hatte ihm keinen Frieden verschafft.

Sie stand vor der Tür und lauschte. Er nahm sie mit jeder Faser seines Seins wahr. Wie eine Statue verharrte der Kater inmitten des Raums und fixierte die Tür mit seinen grünen Augen, während er sich in den schönsten Rottönen ausmalte, seine mehrere Zentimeter langen Krallen in ihr Fleisch zu graben und an ihren Knochen zu wetzen.

Ein schweres Scharren erklang, als Audrey die Metallplatte beiseiteschob. Deutlich sah der Bussekater ihr Gesicht durch die Löcher im Holz. Das Alter der Frau war schwer zu schätzen: Ihr Gesicht blass, beinahe grau und eingefallen, aber fast frei von Falten.

Eine kräftige rote Mähne wogte lockig um den dürren Leib, als sie eintrat.

Der Bussekater spannte sich an und sprang in dem Moment, als sie ihre grauen, glanzlosen Augen auf ihn richtete. Sie zuckte nicht einmal. Seine Krallen blitzten wie Stahl im Licht der Kerze. Frust wich heißer Vorfreude.

Die Welt explodierte.

Der Kater schrie erschrocken auf, als seine Krallen das schlichte braune Kleid berührten und darin gestickte Runen aufflammten. Sengender Schmerz durchfuhr ihn. Es schleuderte ihn zurück. Vor seinen Augen gleißte ein überirdisches Licht. Dumpf prallte sein mächtiger Leib auf den Boden. Für eine kleine Ewigkeit schrumpfte die Welt des

Bussekaters auf einen Funken inmitten tanzender Sterne zusammen. Was war geschehen?

»Armer schwarzer Kater ...«

Die Worte drangen wie durch einen Schleier an ihn heran. Mit wem sprach die Frau? Er spürte Finger in seinem Fell. *Menschliche* Finger! In *seinem* Fell! Wie konnte dieses Weib es wagen, ihn, den Unantastbaren, anzufassen?

Mit einem Grollen sprang er auf und schüttelte das mächtige Haupt, um den Nebel zu vertreiben. Neben ihm hockte Audrey und – kraulte ihn wie eine gewöhnliche Katze!

Das war zu viel.

Er entwand sich der Berührung und stieß ein hasserfülltes Knurren aus, während er zur Tür sprang. Schmach brannte in seinem Magen und sträubte sein Fell. Wie gerne würde er sie zerfleischen und ihr Blut auflecken! Aber dieses Weib, diese *Hexe,* trug ein Kleid voller Schutzrunen, die sie vor Wesen wie ihm bewahrten! So blieb ihm nur die Schande der Flucht. Weg von hier! Und nie wieder zurückkehren.

Ein Schrei der Verzweiflung folgte ihm durch die offene Tür. Der Kater fand sich in einem unmöblierten, dunklen Flur wieder, aus dessen Schatten ihm viele glühende Augen entgegen starrten.

Was war hier los?

Egal! Er hörte Schritte hinter sich. Seine Pranken hämmerten auf den Dielenboden, an mehreren offenen Türen vorbei, einem verheißungsvollen Geruch folgend. Vor ihm stoben zwei Katzen fauchend davon. Er beachtete sie nicht. Ein Hauch von Frischluft wehte ihm in die Nase.

Der Kater warf sich gegen die Tür, unter der die Luft hereinwehte. Krachend gab sie nach und er landete in einer

Küche voller heruntergekommener Möbel und einer verrußten Kochstelle auf Steinfliesen. Überall standen Schüsseln herum.

Der Ausgang war offen. Süße Freiheit!

»Warte! Bleib hier!«, rief Audrey.

Sonst noch Wünsche? Er spie ihr seine Wut entgegen und rannte los. Freiheit! Danach würde er sich zurückziehen und überlegen, wie er sich rächen konnte. Er würde ...

Das Glühen warnte ihn zu spät. Der Bussekater begriff die Gefahr in dem Moment, als er gegen die unsichtbare Mauer prallte. Mit einem Zischen schleuderte sie das Tier in den Raum zurück. Seine Krallen hinterließen tiefe Furchen im Holzboden. *Nein!*

Verzweiflung schwemmte eine aufkeimende Panik davon. Seine Augen fixierten die schwach glimmenden Runen an Wänden und Türsturz. Er saß in der Falle! Wo war er hier hinein geraten?

»Hast du Hunger?«, fragte Audrey.

Unwillkürlich sträubte sich das Fell des Katzenwesens. Diese Sorge in ihrer Stimme. Es spottete der Situation, es spottete seiner Existenz! Langsam wandte er sich um und betrachtete sie. Verarschte diese Frau ihn oder war sie einfach nur dumm? Glaubte sie tatsächlich, er blieb freiwillig hier?

Ein dumpfes Grollen ließ seinen Brustkorb vibrieren. Jeden Schritt, den sie auf ihn zumachte, wich er zurück. Schließlich ging sie in die Hocke und streckte ihm die Hand lockend entgegen, wobei sie Kussgeräusche machte.

Augenblicklich verstummte der Bussekater. Ernsthaft? Rasende Wut breitete sich in seinem Bauch aus, fraß sich durch seine Leib . Ein Zittern durchlief ihn, so schnell und heftig, dass es ihn zur Bewegungslosigkeit verdammte.

Zum ersten Mal in seiner langen Existenz empfand er absolute Ohnmacht. Wenn er sie nur angreifen könnte. Wenn diese verdammten Runen nicht wären, die ihn in diesem Haus einsperrten! Wenn ... Nie zuvor hatte er in ›wenn‹ gedacht.

Diese Schande! Wie nur konnte er entkommen?

»Audrey.« Die Stimme des Mädchens! »Wolltest du nicht die Ziegen versorgen?«

»Minou.« Ärger huschte über das Gesicht der Hexe. »Du störst!«

»Außerdem«, fuhr das Mädchen unbeirrt fort, »ist die Kuh völlig außer sich, seit du das Vieh da angeschleppt hast. Wenn das so weitergeht, gibt sie die nächsten Tage nur saure Milch. Und du weißt, dass ich sie nicht beruhigen kann.«

Die Frau stand mit einem Ruck auf und wandte sich ihrer Tochter zu. Diese erwiderte den eiskalten Blick der Mutter mit ähnlicher Ungerührtheit.

»Du nutzloses Gör!«, schnauzte die Alte. »Du taugst zu rein gar nichts! Ersäufen hätte ich dich sollen.«

»Hast du aber nicht. Also mach mich nicht für deine Fehler verantwortlich.«

Die beiden starrten einander einige Augenblicke an, ehe Audrey herumfuhr und aus dem Haus stapfte. Sie warf die Küchentür mit einem lauten Knall ins Schloss, der eine weitere Katze unter dem Schrank aufscheuchte. Fauchend verschwand diese im Haus.

Der Bussekater sah das rothaarige Mädchen an.

Es war ebenso mager wie seine Mutter, das braune, verschlissene Kleid war viel zu groß. Es hatte fahle Haut und grüne Augen voller Feuer. Für eine etwa Neunjährige wirkte sie sehr abgebrüht – sie passte eigentlich perfekt in sein Beuteschema. Aber er war ihr nie zuvor begegnet. Wie ungewöhnlich ...

»Und du bist ein Vollidiot!«, schnauzte Minou ihn plötzlich an.

Der Kater fuhr zusammen. Was?

Sie stemmte die Fäuste in ihre schmalen Hüften und strafte ihn mit ihren Blicken.

»Warum bist du nicht rausgelaufen? Ich hab extra für dich die Tür offen gelassen! Jetzt wird Audrey mich für nichts windelweich prügeln! Schönen Dank aber auch.«

»Sonst geht es dir gut, ja?«

Minou stieß einen spitzen Schrei aus und schlug die Hände vor den Mund. Mit geweiteten Augen starrte sie den Kater an.

»Du hast gesprochen!«, stellte sie entsetzt fest.

»Natürlich«, kam die patzige Antwort. *»Du weißt doch, wer ich bin. Wieso wundert es dich also?«*

Langsam sanken ihre Hände herab und sie legte den Kopf nachdenklich zur Seite.

»Du ... sprichst in ... meinem Kopf«, sagte sie leise. »Aber ... wie ... warum bist du nicht einfach geflohen?«

Der Bussekater warf einen Blick zur Tür, deren Runen wieder erloschen waren.

Dann drehte er sich um und ging langsam zu dem Mädchen. Er umrundete sie, wobei sein Schwanz ihren Hals umschmeichelte. Unwillkürlich versteifte sie sich. Angst glänzte in ihren Augen. Ja, sie wusste, wer er war und was man über ihn erzählte.

Schließlich blieb das Tier neben ihr stehen und betrachtete erst sie, dann die Tür. Sollte er mit dem Mädchen reden? Er ließ sich sonst nicht auf Menschen ein, aber dieses Kind war seine einzige Option, hier herauszukommen.

»*Der Zauber in diesem Haus bannt mich*«, antwortete er schließlich. »*Ich kann es nicht verlassen.*«

»Was? Aber Audrey hat doch nur Sprüche angebracht, die böse Geister draußen halten sollen.«

»*Dieser Zauber hält nichts draußen – nur drinnen.*«

»Das ...«, sagte das Mädchen tonlos und schüttelte den Kopf. »Das erklärt dann natürlich einiges ... Und da wundern wir uns, warum ihre Austreibungen nie funktionieren.«

»*Warum willst du mir helfen?*«, wechselte der Bussekater das Thema. Die Probleme der Menschen interessierten ihn nicht.

»Na ja. Du bist der Bussekater und keine zu groß geratene Katze aus einem fernen Land, wie Audrey behauptet. Wer weiß, was du mit mir anstellst, wenn du sauer wirst. Ich will nicht als Freudenmädchen in irgendeiner Gosse enden.«

»*Du bist klüger, als du scheinst.*« Als ob er dafür schlecht gelaunt sein müsste. Aber es war weiser, seine einzige Verbündete nicht zu vergraulen. Ein so vorsichtiges und intelligentes Wesen wie er würde keinen solch dilettantischen Fehler begehen. »*Wie willst du mir helfen?*«, fragte er schließlich.

»Ich weiß noch nicht.«

»*Na wunderbar!*«

»Ach, sei still!«, schimpfte Minou. »Du hast doch auch keinen Plan! Warum hast du sie nicht einfach überwältigt?«

Der Bussekater neigte den Kopf und warf ihr einen langen Blick zu, ehe er sich abwandte. »*Ihr Kleid wehrt mich ab.*«

»Dann hat sie ja mal was richtig gemacht«, schnaubte Minou. »Kommt ja selten genug vor. Audrey wird bald zurückkommen. Komm mit mir unters Dach – sie traut sich nicht ins Gebälk. Dort können wir in Ruhe reden und schauen, wie wir dich hier rauskriegen.«

Das Mädchen führte den Bussekater durch den dunklen Flur und über eine Stiege bis zu einer wackeligen Leiter. Ihre nackten Füße machten keine Geräusche. Auf dem Weg dorthin passierten sie viele Katzen, die sich mit gesträubtem Fell vor dem gefürchteten Kinderschreck versteckten.

»Wie viele Katzen leben hier?«

»Zu viele ... Ich mein, ich mag die Katzen wirklich, aber es fällt Audrey noch nicht einmal auf, wenn eine fehlt. Die Arbeit bleibt meistens an mir hängen.«

»Krank.«

Er folgte ihr über die alte Leiter ins Gebälk, das nur ein Stroh- und Lehmgemisch von der Etage darunter abtrennte. Einzig die schweren Holzbalken boten sicheren Tritt.

Minou balancierte einige Schritte von der Leiter weg und setzte sich auf einen Balken. Der Kater gesellte sich zu ihr und ließ den Blick schweifen.

»Könntest du vielleicht durch das Dach entkommen?«, fragte Minou nachdenklich. »Wenn wir ein paar Latten lockern und die Schindeln beiseiteschieben ...«

Der Kater hob den Blick zur Dachschräge.

»Ich denke nicht, dass du das schaffst, Kind. Nicht ohne dass sie es merkt und dazwischen geht.«

»Ich heiße Minou«, beschwerte sie sich. »Und nicht Kind! Das bin ich schon lange nicht mehr!«

»Solange du mich verstehst, bist du ein Kind.«

Sie verzog schmollend das Gesicht.

»Hast du eigentlich auch einen Namen?«

»Nein. Namen sind eine Erfindung der Menschen. Für mich sind das nur leere Worte.«

»Stimmt es eigentlich?« Sie hielt kurz inne, als müsste sie allen Mut zusammen nehmen. »Ich meine, was sie sagen? Wenn du ein Kind dreimal mit dem Schwanz berührst, verfällt es deiner bösen Natur und ist zu einem elendigen Dasein und Tod in der Gosse verdammt?«

Der Kater hob die Lefzen wie zu einem stummen Lachen. Diesen Teil am Dasein als Kinderschreck liebte er.

»*Zu diesem Leben verdammen sie sich selbst. Ich helfe nur nach*«, antwortete er amüsiert. »*Ich vermag Wesenszüge von Kindern zu verstärken – aber die Veranlagung tragen diese frechen Bälger schon in sich. Die meisten verkommen auch ohne mein Zutun. Ich beschleunige ihren Abstieg nur. Aber wenn du es genau nehmen willst: ja.*«

»Aber ... warum tust du das?«

»*Warum nicht? Menschen sind rücksichtslose Wesen. Wenn man ihre Brut nicht früh zurechtstutzt, werden sie noch schlimmer.*«

»Das ist gemein.«

»*Und das von einem Hexenkind*«, hielt der Kater sarkastisch dagegen.

»Schön wär's«, murmelte Minou frustriert. »Meine Mutter ist zwar eine Hexe, aber du hast doch selbst erlebt, wie viele Fehler sie macht. Ich mein, ein Schutzzauber, der Geister *ein*- statt aussperrt?«

»*Das ist keine Absicht? Ihre Zauber sind stark.*«

»Wen sollte sie einsperren wollen? An deine Existenz glaubt sie nicht. Und Geister oder Dämonen will sie ja selbst nicht hier haben.«

»*Hmmm ... So so ...*«, brummte er verstehend.

Sie sah ihn fragend an, doch er sprach nicht weiter. Sein Schwanz peitschte von einer Seite zur anderen. Minou hob den Blick zur Decke und seufzte mehrmals nachdenklich.

Plötzlich kam ihr eine Idee. »Du bist doch auch ein Zauberer, sagen sie. Kannst du ihre Magie nicht unschädlich machen?«

»*So funktioniert das nicht*«, widersprach der Kater. »*Meine Macht beschränkt sich auf Kinder; sie sind noch empfänglich dafür. Erwachsene Menschen sind immun dagegen. Deine Mutter kann mich nicht einmal hören.*«

»Oh ...«, machte das Mädchen. Es zog die Knie an, umschlang diese mit den Armen und bettete das Kinn darauf. Sein Blick wanderte ins Leere.

Der Bussekater setzte sich hin und putzte seine Vorderpfoten, während er nachdachte. Die Nacht war bereits zur Hälfte um. Er verspürte keine Lust, bei Tageslicht unterwegs zu sein. Die Menschen neigten dazu, ihn mit wilden Raubtieren zu verwechseln und Jagd auf ihn zu machen.

»*Ihr zwei habt kein gutes Verhältnis, nicht wahr?*«

»Sie ist kein schlechter Mensch«, stellte Minou eilig klar. »Mein Vater hat sie wegen mir sitzen lassen. Er ist bei seiner Frau geblieben und Audrey ist jetzt die Mutter eines Bastards. Dass sie eine Hexe ist, macht es nicht leichter.«

»*Ihr Menschen seid seltsam. Es wundert mich, dass du sie in Schutz nimmst ...*«

Minou sah ihn verwirrt an.

»Sie ist meine Mutter ...«

»*Ob sie das auch so sieht ...*« Der Kater wandte sich ab und ging zwei Schritte, ehe er über die Schulter zur ihr zurückblickte. »*Es gibt nur den einen Weg. Du musst den Zauber an der Tür brechen.*«

Sie schluckte schwer.

»Aber ... ich weiß doch kaum was über Zaubersprüche. Nichts von dem, was Audrey mir beigebracht hat, funktioniert.«

»*Du hast keine andere Wahl. Es dürfte reichen, wenn du die Runen in der Tür zerkratzt.*«

Minou erbleichte und rutschte ein wenig zurück.

»Wenn ich das mache, bringt sie mich um!«, stieß sie hervor. »Audrey kontrolliert jeden Tag ihre Runen! Sie würde es schon bei Tagesanbruch merken!«

Der Bussekater legte den Kopf zur Seite. Sein Instinkt hatte ihn also nicht getäuscht. Egal, was das Mädchen ihm erzählte, ihre Reaktion sprach die kalte Wahrheit aus. Und diese missfiel ihm.

Es war an der Zeit, die schweren Geschütze aufzufahren.

»*Minou, du hast die Wahl: Du hilfst mir zu entkommen oder ich werde meine Macht nutzen. Du weißt selbst, dass deine Mutter dich nicht töten kann, ohne am Galgen zu enden. Wie wahrscheinlich ist das also? Ich hingegen werde dich erst seelisch zerstören, ehe du irgendwann eingehst wie eine vergiftete Ratte.*«

Er hätte es nicht für möglich gehalten, doch das Mädchen verlor noch mehr Farbe. Halt, nein, ihre Nase nahm einen ungesunden Grünton an. Panik schüttelte sie.

»*Natürlich könnte ich auch sie töten*«, fügte er beiläufig hinzu. Mit Genugtuung beobachtete er das Wechselbad der Gefühle, in das er Minou damit stürzte. Zuerst glomm ein Funke Hoffnung auf, dann Begreifen, gefolgt von Entsetzen, das in niederschmetternden Schuldgefühlen endete. Menschen! So in ihrer ›Moral‹ gefangen. Das war die Strafe dafür, dass sie ihrer Mutter bei der Falle geholfen hatte!

»*Aber ich bezweifle, dass man dir glauben würde, wenn du die Tat abstreitest. Erwachsene sehen nur das, was sie sehen wollen ...*«

Unwillkürlich schluchzte Minou auf. Tränen stürzten ihre Wangen hinab und sie barg das Gesicht in ihren Händen.

Süße Verzweiflung, wie gut sie doch roch.

Der Bussekater stieß ein zufriedenes Brummen aus und trat an das Mädchen heran. Sein zuckender Schwanz strich ihr dabei über beide Schultern.

Sofort versteifte Minou sich und starrte ihn aus geröteten Augen an. Sie verstand die Drohung. Hastig wischte sie sich die Wangen ab.

»Ich will nicht, dass du sie tötest«, sagte sie. »Ich helfe dir. Welche Runen muss ich kaputt machen?«

»*Woher soll ich das wissen?*«, entgegnete der Kater süffisant. »*Ihr seid die Hexen. Das ist euer Metier. Ich bin nur eine Katze. Können Katzen seit Neuestem lesen?*«

Sie zog die Augenbrauen verärgert zusammen, erwiderte jedoch nichts. Ihre unsinnige Hoffnung, in dem Kater einen Freund oder einen weichen Kern finden zu können, hatte sie wohl aufgegeben.

Der Bussekater leckte unbeeindruckt seine Vordertatze ab.

»Also muss ich so viele wie möglich am Türrahmen zerstören?«

»*Wenn du nicht weißt, welche davon den Bann ausmachen, wird das die einfachste Lösung sein, ja.*«

»Gut. Aber du musst Audrey solang ablenken! Wenn sie mich dabei erwischt, ist es für uns beide aus.«

Der Kater hielt inne und warf ihr einen missmutigen Blick zu. Ging es denn nicht ohne diesen Teil? Sein Schwanz peitschte von einer Seite zur anderen, während er die Optionen abwog.

Nein, so kam er am schnellsten hier heraus, also würde er dieses Opfer bringen müssen. Auch wenn es bedeutete, dass er, der Einzigartige, der Wunderbare, der Stolzeste der Stolzen, sich erniedrigen musste.

»Also gut. Ich werde sie beschäftigen.«
»Du wirst ihr nicht weh tun!«
»Was immer du willst«, spottete er.

Die Hexe Audrey sah den schwarzen Kater tadelnd an. »Da bist du ja!«, rief sie aus. »Ich hab mir Sorgen um dich gemacht. Wo warst du denn?«

Der Bussekater legte die Ohren an und wich einen Schritt vor der Frau zurück. Er musste vorsichtig sein.

Sie nahm ein großes Stück Schweinebauch vom Küchentisch und hielt ihn dem Kater entgegen.

»Hast du Hunger?«, fragte Audrey.

Der Bussekater stieß ein drohendes Knurren aus und drehte sich um. Langsam ging er davon. Sie würde ihm folgen, das wusste er. Eine kleine, rote Katze sprang plötzlich unter einem Regal hervor und hüpfte mit Buckel und gesträubtem Fell vor ihm her.

Der Kinderschreck legte den Kopf schief. Er hasste Bälger – egal welcher Gattung! Mit einem beiläufigen Schlag seiner Tatze wischte er die Halbwüchsige weg. Diese klatschte gegen die Wand, kam sofort wieder auf die Beine und drohte erneut.

»Du liebe Güte!« Audrey tauchte so plötzlich hinter dem Bussekater auf, dass dieser einen entsetzten Satz nach vorne machte. »Rouge! Sei nicht immer so frech!«

Die Hexe ergriff den kleinen Racker und presste ihn fest an ihre Brust, um ihn zu liebkosen. So sehr das Tier sich auch wehrte, ihr Griff war eisern. Sie drückte ihm einen Kuss auf den Kopf und setzte die kleine Katze in einen Nebenraum. So sah es also aus, wenn die Frau jemanden liebte. Der Bussekater sah sich in seiner Ahnung bestätigt. Das würde sie noch bereuen …

Hinter Audrey schlüpfte Minou in die Küche. Gut. Der Schwanz des Katers peitschte von einer Seite zur anderen. Wie lange würde das Kind wohl brauchen?

Wieder wich der Bussekater zurück. Audrey folgte ihm, wobei sie Lockgeräusche machte, als wäre er eine abgerichtete Hauskatze. Dafür würde er sie noch leiden lassen!

Seine langsame Flucht endete in einer Stube. Als er den Raum betrat, begrüßte ihn eine Katze fauchend und mit gesträubtem Fell. Sie stürzte davon und verschwand auf einem Schrank.

Der Kater zog sich hinter einen Sessel zurück.

Eine Armeslänge entfernt setzte Audrey sich in den Schneidersitz und betrachtete ihn nachdenklich. Etwas war aus ihrem Blick gewichen; etwas, das er nicht benennen konnte.

»Armer schwarzer Kater. Dir passiert nichts.« Sie legte den Kopf schief und dachte einen Moment nach. »Ich frage mich schon die ganze Zeit, ob du eigentlich einsam bist. Bist du der Einzige deiner Art?«

Das Katzenwesen stellte ungläubig die Ohren auf.

Was sollte das?

Wollte sie jetzt den Schulterschluss, nachdem sie ihn so hinterhältig gefangen hatte?

»Ich kenne das Gefühl ... Einsam zu sein, meine ich.« Ihre Stimme zitterte leicht. »Du weißt, wie Menschen ticken. Wie Männer ticken.«

Aha. Daher wehte der Wind! Also hatte er wie immer Recht behalten.

»Ihnen geht es nur um den Spaß, nie um die Verantwortung. Rücksichtslos und egoistisch. Aber wem erzähle ich das? Und dann lassen sie dich mit den Konsequenzen allein.«

Ob Minou das eigentlich ahnte? Elende Neugier! Sie veranlasste ihn tatsächlich, sich über Menschen Gedanken zu machen!

Plötzlich spürte er eine Bewegung. Bevor er reagieren konnte, fiel Audrey ihm um den Hals, krallte ihre Finger in seinen Nacken und barg das Gesicht in seinem Fell.

»Katzen sind nicht so«, flüsterte sie gedämpft. »Sie verlassen dich nicht. Sie nutzen dich nicht aus. Deswegen weiß ich, dass du das auch nicht tust, nicht wahr?«

Die Frage unterbrach seine Mordgedanken und ließ ihn kurz innehalten. Hätte es ihn eigentlich wundern sollen? Sicher nicht – das wäre ein Armutszeugnis an seinen Verstand gewesen. Hinterhältige, bösartige Hexe!

Audrey ließ los und betrachtete ihn aufmerksam. Beinahe wirkte sie wie ein vernünftiger Mensch.

»Ich weiß, wer du bist. Was du bist.«

Alles andere hätte ihn inzwischen wirklich gewundert.

»Du wirst mir helfen, nicht wahr? Du wirst mir diesen Klotz am Bein abnehmen?«

Zugegeben, Minou war ein abgebrühtes Gör, aber zugleich hatte er noch nie ein so braves Kind erlebt, das dermaßen selbstzerstörerisch versuchte, es seiner Mutter Recht zu machen. Wenn er sich in einem Punkt getäuscht hatte, dann darin, sie als Beute zu betrachten. Minou war nicht das Problem. War nicht *sein* Problem.

»Dieses dumme Gör. Auf ein Podest heben die Leute sie. Das brave Kind der verdorbenen Hexe. Immer lieb, immer nett. Ganz der Vater!« Audrey spuckte auf den Boden. »Von Gott geliebt – nicht so wie die Mutter, die Hure, die ihn verführt hat! Nach all den Jahren! Ich kann es nicht mehr hören! Ich wollte dieses Kind nie! Ohne sie wäre alles noch wie früher ...«

Warum entledigte sie sich ihrer dann nicht einfach? Menschen gaben doch ständig ihre Kinder weg.

»Und ich werde sie einfach nicht los! Wenn ich sie rausschmeiße, nimmt jeder im Dorf sie mit offenen Armen auf. Und mich werden sie mit Schimpf und Schande verjagen!«

Sie zog die Augenbrauen zusammen und heftete ihren Blick fest auf ihn. Entschlossenheit und eine Spur Wahnsinn lagen darin.

»Aber du ... du wirst mir helfen, nicht wahr? Du brauchst dieses Gör doch nur drei Mal zu berühren und dann erledigt sich das Problem von allein. Sie wird zu einem Herumtreiber und ihren Heiligenschein verlieren. Dann kann ich sie endlich los werden, ohne dass es mir an den Kragen geht!«

Der Kater legte die Ohren an. Ob das Mädchen inzwischen den Zauber gebrochen hatte? So langsam ging ihm die Frau ernsthaft auf die Nerven. Ihre Geschichte interessierte ihn nicht; kein Argument eines Menschen konnte sein Herz genug erweichen, dass es diese Schmach des Gefangenseins wettmachen konnte.

»Du verstehst mich doch«, flüsterte Audrey leicht unsicher. »Nicht wahr? Du wirst dieses Unrecht beenden? Du wirst mir helfen.«

Es war an der Zeit, das Spiel zu beenden. Bevor diese Hexe auf die Idee kam, er würde auf ihren Wahnsinn eingehen.

Ohne Vorwarnung sprang er über den Sessel. Audrey warf sich nach vorne. Ihre Hände griffen ins Leere und aufheulend fiel sie zu Boden. Dort verharrte sie auf allen Vieren.

»Warte!«, schrie sie verzweifelt. »Bleib hier! Du bist doch alles, was mir noch bleibt!«

Und darum hielt er sich normalerweise von erwachsenen Menschen fern!

Allesamt dem Wahnsinn verfallen: einer schlimmer als der andere!

Als er in der Küchentür ankam, fuhr das Mädchen zu ihm herum, die Augen riesengroß vor Angst.

»Minou?«

»Ich bin noch nicht fertig! Ein paar Minuten noch!«

»Beeil dich!«, drängte er und rannte weiter.

Hinter ihm erschollen Schritte. Energisch. Wütend. Er hatte das Monster in der Hexe geweckt! Da vertrug jemand wahrlich keine Zurückweisung.

Der schwarze Kater hetzte weiter. Auf den Dachboden? Nein, dort saß er in der Falle. Er rannte in die obere Etage und den Flur entlang. Durch eine offenstehende Tür. Es war eine Schlafstube mit Bett, Tisch und Stuhl. Der Kater schob die Holztür ins Schloss und duckte sich in den Schatten des massiven Bettes.

Er hörte sie kommen und duckte sich tiefer in den Schatten. Audrey öffnete und schloss Tür für Tür. Bis sie vor dieser stand.

Die Klinke sank langsam und das Holz bewegte sich nach innen. Licht fiel herein und zeichnete Audreys Gestalt gegen den Hintergrund ab.

Er machte sich sprungbereit. Wie viel Zeit mochte vergangen sein? Genug? Egal!

»Bist du hier?«

Sein Schwanz zuckte und bewegte das Laken am anderen Ende des Bettes. Audrey öffnete die Tür ganz und trat näher heran. Der Bussekater schätzte die Entfernung ab. Noch ein Schritt ...

Dann stürzte er vor.

Audrey stieß einen Schrei aus und stürzte sich auf ihn. Im letzten Moment sprang er zur Seite und entging ihren Händen. Sie landete der Länge nach auf dem Boden und er setzte über sie hinweg. Audreys Finger umschlossen seinen Schwanz. Haare rissen aus. Doch er war frei!

Er lief hinaus. Sie rappelte sich auf und rannte ihm hinterher. Als er die Treppe erreichte, blieb er unvermittelt stehen. Audrey, von seinem Manöver überrumpelt, versuchte zu stoppen, doch der Kater warf sich gegen ihre Schienbeine. Kreischend stürzte die Frau nach vorne.

Ungerührt beobachtete der Kater, wie die Hexe die steile Treppe hinunterfiel und unten bewegungslos liegen blieb. Zufrieden mit dem Ergebnis stolzierte er die Stiege hinab und an der Frau vorbei.

Minou rannte auf ihn zu. Kreidebleich starrte sie auf ihre Mutter.

»Ist sie ...?«

»Sie lebt noch. Ist der Zauber gebrochen?«

Mechanisch nickte das Mädchen. Es konnte den Blick kaum von Audrey lassen, als es dem Tier in die Küche folgte. Misstrauisch näherte der Bussekater sich der Tür. Kein verräterisches Leuchten.

Doch er wagte erst, sich zu entspannen, als er außerhalb des Hauses stand. Der erste Silberstreifen erhellte den Horizont. Er sprang einige Meter weiter, ehe er sich noch einmal umdrehte.

Minou verharrte verunsichert hinter ihm und rieb sich den Oberarm. Ihr Blick flackerte umher. »Du bist frei ...«, sagte sie, nicht ohne Neid in der Stimme.

Der Kater kehrte zu ihr zurück und ging ihr einmal um die Beine. Sein Schwanz tanzte dabei gefährlich nahe vor ihren Augen. *»Du erwartest jetzt hoffentlich keinen Dank* *von mir?«*, fragte er lauernd. *»Ich sehe das als Wiedergutmachung, dass du mich in die Falle gelockt hast.«*

Sie seufzte leise und wischte sich über die Augen. »Ich weiß. Es tut mir leid.«

»Du weißt, warum sie das getan hat?«

Langsam nickte Minou und schürzte die Lippen. Sie wagte kaum, ihn anzusehen. »Wirst du mich verfluchen?«

»Wieso sollte ich?«

»Danke«, flüsterte sie erstickt.

»Wofür? Glaubst du, ich täte das aus Mitleid? Mir ist egal, was mit dir geschieht, Kind. Ich kann es nur nicht leiden, ausgenutzt zu werden.«

Minou wischte sich erneut über die Wangen. Ihre Lippen bebten, als sie sich wegdrehte.

»Eines nicht fernen Tages wirst du in die Nacht gehen. Vielleicht auf eigenen Beinen, vielleicht mit den Beinen voran. Vielleicht als freier Mensch, vielleicht in Ketten gelegt. Du solltest eines bedenken, kleine Katze: Die Welt ist voll von Monstern. Sie gehen auf zwei Beinen, haben Hände und nennen sich die Krone der Schöpfung. Wenn es soweit ist, dann erinnere dich: Die Monster fürchten die Dunkelheit.«

Ihre Augen weiteten sich und ein Hoffnungsschimmer glomm auf. »Danke!«, flüsterte sie erstickt. Sie hob die Hände und zögerte. »Darf ... darf ich?«

Er starrte sie einen Moment lang düster an, ehe er schnaufte. *»Einmal! Und wehe, du erzählst irgendjemandem davon!«*

Minou strahlte ihn an, fiel auf die Knie und umarmte den Kater fest. Einige Sekunden ließ er es sich gefallen, ehe er sich befreite und schweigend in die schwindende Nacht lief.

© by Manuel Otto Bendrin

Manuel Otto Bendrin wurde 1984 in Baden-Württemberg geboren und wuchs im ländlichen Niedersachsen auf. Aktuell lebt und arbeitet der gelernte Einzelhandelskaufmann mitsamt Ehefrau und zwei Katzen in der Kaiserstadt Aachen.

Geschichten begleiten ihn schon sein Leben lang, egal ob beim Lesen oder selbst erfundene, so war es nur eine Frage der Zeit, dass er mit dem Schreiben anfing. Seit 2006 hat er mehrere Gedichte im Rahmen der Gedichtewettbewerbe der »Bibliothek Deutschsprachiger Gedichte« veröffentlicht. Es folgten mehrere Kurzgeschichten in verschiedenen Verlagen, in den Genres Fantasy, Phantastik, Science Fiction und Horror. Neben dem Schreiben hilft er anderen Autoren als Lektor.

Derzeit arbeitet Manuel Otto Bendrin an der Veröffentlichung seines ersten Fantasyromans. Weitere Roman- und Novellenprojekte sind bereits in Arbeit.

Lost Soul
❦ Eska Anders ❦

Unnatürliche Stille. Als schluckte der Wald sämtliche Geräusche. Ein weit entfernter Vogel zwitscherte leise. Und selbst das klang gedämpft. Die wenigen Sonnenstrahlen, die es durch die dichten Tannen bis zum Boden schafften, wirkten wie Leuchtfeuer.

»Alberich?« Cam stapfte müde durch die trockenen Tannennadeln. »Alberich!« Nichts als das Geräusch des Waldbodens unter ihren Füßen. »Wenn ich diese grenzdebile Bodenlenkrakete erwische ...«, knurrte sie, als es einige Meter vor ihr im Unterholz knackte.

Cam steuerte darauf zu und blieb abrupt stehen. Unter all den Seltsamkeiten, die sich ihr in ihrem Leben gezeigt hatten, stellte das Ding die Krönung dar. Es wollte ihr wohl vorgaukeln, ein Mann zu sein. Haarig, glitzernd, hatte es nur wenig Ähnlichkeit mit einem Menschen. Stirnrunzelnd legte Cam den Kopf schief. Die dunkelglitzernde Aura des Wesens waberte auf sie zu, hüllte sie ein.

»Na, verlaufen?«, fragte das Ding mit angenehmer Baritonstimme.

Cam blinzelte die Illusion weg, ihre Hand fuhr unbewusst in ihre Jackentasche und umschloss das Plastikröhrchen, als sie begriff, was da auf seinen Pferdebeinen in ihre Richtung stakste. Pferdebeine. Ihre Hand fasste fester zu, die Pillen im Röhrchen klapperten leise.

»Ich kann dir helfen«, säuselte das Ding weiter, »du müsstest nur ein bisschen ...«

»Ich habe Tabletten dagegen!«

»Wogegen?« Irritiert runzelte das Wesen die Stirn.

»Dich! So was!« Sie hielt das Röhrchen wie einen Schutzschild hoch und fuchtelte damit in seine Richtung. »Und ich hab sie genommen! Trotzdem bist du da! Und das heißt ...« Sie brach ab, als etwas am Rande ihres Gesichtsfeldes in die Höhe flatterte. Cam erstarrte, bewegte nur die Augen zur Seite. »Sie ist wieder da!«, flüsterte sie angespannt. »Das ist deine Schuld!« Sie fuhr hektisch mit dem Röhrchen durch die Luft und fauchte: »Ja was, glotz' nicht so! Du siehst die wütende Hummel doch auch!«

Seiner Sache nicht mehr so sicher, betrachtete das Wesen die Frau vor sich und das Geschöpf neben ihr. »Das ist keine Hummel, das ist eine Fee«, erklärte er argwöhnisch.

»Ja klar, eine Fee! Und du bist was? Der Teufel?«

»Was? Nein, warum sollte ich der Teufel sein?«

»Na, du hast 'nen Pferdefuß! Und einen Schwanz und ... sind das Hörner?« Cam musterte ihn mit zusammengekniffenen Augen. »O Mann! Das sind doch keine Hörner, die sehen aus wie fette Pickel!« Sie lachte spöttisch und machte einen Schritt auf die Kreatur zu. Das Wesen straffte sich, verdunkelte die Aura und umschloss Cam damit.

»Funktioniert nicht«, stellte die Sumpffee zu Cams Linken resigniert fest.

»Danke Pit, ist mir auch schon aufgefallen.« Cam ließ die Schultern sinken und steckte das Tablettenröhrchen zurück in die Tasche. »Okay, pass auf, das hier muss nicht so laufen«, wandte sie sich an die Gestalt. »Du bist ein Faun, richtig? Ich weiß, was ihr Typen mit Menschen macht und da hab ich jetzt echt keinen Bock drauf. Also entweder ...«

Zum Diskutieren fehlte dem hungrigen Waldgott das Gemüt. Er sprang vor, griff nach seiner Beute und noch während Cam auswich, erschien etwas Großes, Dunkles hinter ihm. Wie eine Fliege im Maul einer Kröte verschwand der Faun in Cerberus' glühendem Schlund.

»Alberich!«, rief Cam vorwurfsvoll. »Das war nur ein Aushilfsgott, mit dem wäre ich schon fertig geworden!« Der lastwagengroße Hund senkte den Kopf. Den lodernden Blick gen Boden gerichtet, schob er sacht die Nase vor. Resigniert ließ Cam ihre Finger durch das ölig glänzende, schwarze Fell fahren. »Ich weiß, du willst mich nur beschützen, aber jetzt haben die eine neue Spur. Lass uns hier verduften!«

Pit flatterte neben Cam her und ließ sich dann theatralisch auf ihre Schulter sinken. »Entweder macht uns dieses cerebrale Hohlmantelgeschoss in Form eines Corgis das Leben schwer oder er in Reinform.«

»Sei still! Es ist nicht seine Schuld.«

»Doch«, beharrte Pit, »er musste nicht die erstbeste Hülle nehmen, die ihm übern Weg lief. Statt des schielenden Corgis hätte er sich lieber einen Schäferhund aussuchen sollen!«

»Du warst nicht dabei. Und hey, du hättest nicht mitkommen müssen.« Cam wischte die Fee von der Schulter und schritt zügig hinter Alberich her, der nun wieder in Form eines kleinen Hundes durchs Gehölz sprang.

»Na sicher«, klang Pits Stimme an ihr Ohr. »Zwanzig Jahre ertrage ich dich und zur Belohnung darf ich nicht einmal zusehen, wie du in dein Verderben rennst?«

Cam sah ihn missmutig an, dann fokussierte sich ihr Blick hinter ihm.

»Wie viele?«, fragte er besorgt.

»Viele. Der muss hier schon lange gemordet haben.« Seufzend suchte Cam Alberichs Blick, der wenige Meter vor ihr wartete. Pit drehte sich um und schwirrte in Richtung der Geister davon.

»Lass«, rief Cam ihn zurück. »Wenn sie merken, dass der Faun tot ist, werden sie verschwinden.«

»Wie du meinst. Wo ist der Köter?«

»Aaahhh.« Sich die Schläfen massierend suchte Cam die Umgebung ab. »Der macht mich bekloppt.«

»Aber er kann ja nichts dafür«, frotzelte Pit unter den Tannen weiter vorne.

»Nein, kann er nicht!«

Cerberus steckte in diesem Corgi, weil er in seiner eigenen Gestalt hier nicht überleben konnte. Ohne die Hülle spürten die Seraphim den Höllenwächter sofort auf. Für sie spielte es keine Rolle, wer sich warum in der Welt der Menschen aufhielt. Sobald er nicht in die göttlichen Normen passte, durfte er dort nicht sein. Zu allem Überfluss hielt die niedliche Hülle Cerberus' Macht nicht dauerhaft stand, was immer wieder zu komplizierten Zwischenfällen führte.

Pit schnaubte abfällig und erhob sich sirrend in die Luft. »Komm, er ist dort lang!«

Die Hände in den Taschen und mit gesenktem Blick folgte Cam dem gleichbleibenden Geräusch winziger Flügel.

»Was?«, fragte der nach einer Weile gereizt.

»Nichts!« Seit sie die Grenze zur Mischwelt überschritten hatten, spürte Cam jegliche vorhandene Magie als stechenden Schmerz in ihrem Kopf. Weit konnte nicht es mehr sein. Es stimmte, sie folgte Alberich ganz widerstandslos in ihr Verderben. Nichts wissend über das, was ihr bevorstand. Angetrieben von der fixen Idee, ihm zu helfen. Irgendwo in der Nähe kläffte der Corgi. »Wir sind hier!«, rief Cam. Im nächsten Moment preschte der Hund durchs Gehölz.

»Wofür hast du diese Pommestüten am Kopf? Du hörst ja eh nichts!« Pit flog einmal um das Tier herum und ließ sich dann auf dessen Kopf nieder. Alberich schüttelte ihn ab und blickte hechelnd zu Cam auf. Seine Zunge hing seitlich aus dem Maul. Bei dem Silberblick konnte man nie sicher sein, ob er einen wirklich ansah.

»Na is' doch wahr! Ich hab' echt keinen Nerv, dich ständig suchen zu müssen. Außerdem brauchen wir was zu essen. Willst du was fangen?«

»Faun?«, klang es in ihrem Kopf.

»Ja, großartig! Du hast Faun gegessen, wir aber nicht. Wir wollen auch keinen Faun essen. Schon gar keinen ausgekotzten.«

Alberich schüttelte sich ausgiebig. »Da. Wirtschaft.« Und schon wieder flitzte der Corgi vorneweg. Cam folgte ihm bis zu einer Landstraße, die fremd und unwirklich in der Andersartigkeit der Mischwelt wirkte. »Wie ein Schnitt durch die Dimensionen«, murmelte Cam.

»Ist es auch.« Pit saß wieder auf ihrer Schulter. »Die Straße bringt Reale Welt durch die Mischwelt. Wie eine Brücke.«

Cam hatte nichts dagegen, ein wenig in ihrer Realität zu bleiben und ihrem Kopf Erholung zu gönnen. Sie folgten der Straße bis zu dem Parkplatz eines Wirtshauses. Cam warf einen Blick auf die teuren SUVs der Sonntagsausflügler und griff seufzend in ihre Tasche. Ein bisschen Kleingeld kam zum Vorschein. »Pit, hast du genug Magie, um es so aussehen zu lassen, als könnten wir bezahlen?«

»Nee, warte hier!« Pit schwirrte ab und Alberich ließ sich auf Cams Stiefel fallen. Sie beugte sich zu ihm hinunter. Egal, was in ihm steckte; der Corgi mochte es, wenn man seine Ohren kraulte. Kurz darauf fielen zwei Geldscheine neben ihr zu Boden.

»Wem hast du das geklaut?«

»Ist doch egal!«, blökte Pit patzig.

Cam steckte die Scheine ein und fuhr sich mit den Fingern durch die strähnigen Haare. »Bin ich einigermaßen sauber?«

Kopfschüttelnd deutete Pit auf ihre Wange. Alberich sprang ihr aufgeregt um die Beine. »Ich mach! Ich mach!«

»Nein!« Angewidert schob Cam ihn mit dem Fuß weg. »Auf gar keinen Fall.«

»Du stellst dich auch an.« Pit schwirrte zu ihrem Gesicht und rieb an ihrer Wange.

Sie steuerten auf die gut besuchte Terrasse zu. Familien mit Kindern, einige Motorradfahrer und zwei weitere Hunde befanden sich unter den Gästen. »Alberich, bleib bloß hier!« Der Hund klebte förmlich an Cams Beinen, während sie durch die Reihen besetzter Tische gingen. Nachdem sie einen freien Platz gefunden hatten, sprang er auf die Bank neben Cam. Pit ließ sich auf Cams Unterarm sinken. Cam stellte die Speisekarte auf und musterte die anderen Gäste über den Rand der Karte hinweg. Es schienen nur Menschen zu sein. Was die wohl sagen würden, wenn sie wüssten, was sie in Wahrheit umgab? Keine leichte, nordische Vegetation, sondern tiefster Wald mit grausigen Kreaturen darin. Das schelmische Lächeln erstarb, als ihr Blick auf das Paar am Nebentisch fiel, welches versehentlich aus der Vogue gefallen sein musste. Die passten hier noch weniger hin als der Höllenhund und die

Fee. Der Mann hatte dichtes, schwarzes Haar, feine Gesichtszüge, lila Augen – und er glitzerte. Nicht so intensiv wie der Faun, doch eindeutig genug.

»Scheiße!«, fluchte Cam in die Karte.

Pit folgte ihrem Blick. »Benimm dich einfach unauffällig!«

Cam schnaubte. So etwas hatte noch nie zu ihren Talenten gehört. In ihrer Umgebung passierten ständig seltsame Dinge. Dinge, die nur sie sah. Seien es die toten Mädchen in der Villa oder einfach irgendwelche Wesen, die alles dafür taten, unter den Menschen nicht aufzufallen. Cam entgingen sie nicht. Leider glaubte ihr niemand. Erst recht nicht ihre Eltern. Die ließen lieber das Kleinkind von den teuersten Psychiatern untersuchen. Sie wurde ruhiggestellt, therapiert. Doch die Sache mit den toten Mädchen hatte sich als der berühmte letzte Tropfen erwiesen. Ihre Behauptung, die vermissten Mädchen aus den Nachrichten lägen auf dem Dachboden im Haus des Geschäftsfreundes ihrer Eltern, brachte das Fass zum überlaufen. Der gute Ruf ihres Vaters durfte nicht unter diesen Fantasien leiden. Kurzerhand hatte man sie in ein teures, auf Diskretion bedachtes Sanatorium abgeschoben.

Cam betrachtete das Plastikröhrchen neben ihrem Glas. »Wenn du die regelmäßig nimmst, bist du bald ganz normal.« Eigentlich war sie ja normal. Sie sah nur mehr als andere. Und hatte eine launische Fee zum Freund. Ach ja, Cerberus besetzte ihren zu Therapiezwecken angeschafften Hund. Aber sonst hielt Cam sich für ganz normal. Vor fünf Jahren hatte man sie in das Nobelsanatorium von Dr. Svensson verlegt. Weit draußen, am Trondheimfjord. Neue Therapieansätze, sanfte Methoden. Der Flyer wirkte brillant. Richtig vielversprechend. Bis auf den Ort hatte sich jedoch nichts geändert. Und dann, vor sechs Monaten, stellten die Therapeuten fest, dass Cam bereit für einen neuen Abschnitt war. Sie bekam einen Hund, der ihr helfen sollte, emotionale Bindungen aufzubauen.

Im Tierheim gab es großartige Hunde. Wunderschöne, stolze Tiere. Dennoch blieb Cam bei dem schielenden Corgi hängen.

»Schling nicht so widerlich!«, mahnte sie Alberich, der sich just über die Portion Kjøttkaker hermachte. Ihr Blick blieb wieder an dem Röhrchen hängen. Camil Parker stand in schwarzen Lettern darauf geschrieben. Oh, was hasste sie diesen Namen! Wie oft hatte sie sich dieselben blöden Sprüche deswegen angehört? Sie vergrub das Gesicht in den Handflächen und schloss die Augen. Nicht einfach nur müde; erschöpft. Nur gut, dass es nicht mehr weit sein konnte. Um sie herum wurde es leiser. Als Cam aufsah, fand sie die Tische in ihrer Nähe, an denen die Familien gesessen hatten, leer vor. Unvermittelt sah der Hund neben ihr auf und starrte die elegante Frau vom Nebentisch an. Sie stand vor ihrem Begleiter und wirkte ratlos. »Hast du mal gehört, dass Falter Geräusche machen?«, fragte sie ihn eben. »Im Waschraum hängt einer in einem riesigen Spinnennetz und sirrt irgendwie.«

Seufzend ließ Cam den Kopf hängen. »Schon wieder!« Sie hievte sich schwerfällig hoch und schob dem Hund noch etwas zu Essen hin. »Bleib schön hier!«, sagte sie, tätschelte Alberichs Kopf und stapfte genervt auf das Haus zu. Das Licht ging an, als sie die Tür aufstieß. Einfache Toilettenräume mit blassblauen Fliesen und grellem Neonlicht empfingen sie. In der Ecke beim Fenster hing ein großes Spinnennetz. Mittendrin ein wütender Pit. »Echt jetzt?«

»Und wenn ...«

»Nein!«, unterbrach sie ihn schroff. »Und wenn, und wenn, und wenn! Nichts und wenn! Die erkennt dich nicht mal und ernsthaft, gegen die sehe ich aus wie ein Junkie. Die ...«

»Nein«, giftete Pit zurück, »du siehst nicht aus wie ein Junkie, du bist ein verdammter Junkie!«

Cam riss Pit unsanft aus dem Netz und hielt ihn unter fließendes Wasser. In diesem Moment betrat die Frau erneut den Raum und schnappte entsetzt nach Luft. »Was machst du denn? Du bringst das Tier ja um!«

»Leider nicht!«, brummte Cam, riss ein paar Papiertücher aus dem Spender, wickelte die zeternde Fee darin ein und schob das Bündel unsanft in ihre Tasche.

Vor der Tür ließ sie ihren Blick durch den Biergarten schweifen. Die meisten Gäste waren gegangen, nur noch eine Gruppe Biker lärmte im vorderen Bereich fröhlich herum. Der Glitzertyp, dessen Freundin noch im Waschraum stand, saß mürrisch dreinblickend an seinem Tisch. Eine Kellnerin räumte Geschirr ab. Auf Cams Platz schoss Alberichs Kopf in die Höhe. Seine Radarschüsselohren richteten sich auf den Waldrand.

»Scheiße!«, fluchte Cam. »Ich wusste es!«

»Beeil dich!«, forderte Pit aus ihrer Jackentasche.

So ruhig wie möglich ging Cam zum Tisch zurück. Aus den Augenwinkeln bemerkte sie, dass Biker und Kellnerin wie eingefroren wirkten. Das passierte mit normalen Sterblichen immer, sobald die Sittenpolizei der Anderswelt auftauchte. Sie mussten verdammt nah sein. Zwischen den Bäumen konnte Cam die grellglitzernden Auren von zwei Seraphim erkennen. Der mürrische Mann am Nebentisch sah sich alarmiert um.

Kaum trafen sich die Blicke der Seraphim mit seinem, stürzten sie sich auf ihn. Er wich geschickt aus. Trotzdem bekamen sie ihn zu fassen. Seine Freundin tauchte wie aus dem Nichts auf, hatte plötzlich einen Speer in der einen und einen langen Dolch in der anderen Hand. Verbissen kämpfte sie ihren Begleiter frei.

»Geht uns nichts an!«, schrie Pit gedämpft durch den Stoff. Cam klemmte sich den Hund unter den Arm und flüchtete in den Wald. Über die Schulter sah sie zurück. Der Mann lag mittlerweile gebannt auf dem Boden, nur die Frau kämpfte noch.

»Das ist unsere Schuld«, murmelte Cam. Unentschlossen blieb sie stehen und sah zurück. Sie machte einen weiteren Schritt vom Geschehen weg, als die Frau aufschrie.

»Das ist Wahnsinn! Lass es, dummes Weib!«, brüllte Pit Cam an.

»Wahnsinn? Genau mein Ding!« Cam setzte Alberich auf den Boden, zog den Reißverschluss der Jackentasche zu und ignorierte die zeternde Fee darin, während sie zurückrannte. Die Seraphim achteten nicht auf die Sterbliche. Zumal sie noch mit einer wehrhaften Unsterblichen kämpften. Cam zog die sternenförmige Klinge aus der Umhängetasche und rammte sie in den Rücken des ersten Seraphs. Er verglühte innerhalb von Sekunden. Der Zweite sah überrascht auf, sodass die Frau ihren Speer direkt unter sein Kinn stoßen konnte. Er sackte zusammen.

»Los, weg hier!«, brüllte Cam und machte kehrt. Die Fremden folgten ihr. Alberich sprintete los, führte sie zurück in die Mischwelt.

Irgendwann bliebt Cam erschöpft stehen. Keuchend lehnte sie an einem Felsen und sah die Fremden an. »Tut mir leid«, presste sie heraus.

»Es tut dir leid?« Die Frau musterte sie skeptisch. »Was wollen Seraphim von dir?«

»Von mir nichts.«

»Woher hast du das Messer?«, fragte der Mann. Ihn schien der Sprint kein bisschen angestrengt zu haben, während Cam liebend gerne ihre Lunge ausgespuckt hätte.

»Hat Alberich hochgewürgt, nachdem er letztens einen verschluckt hatte«, antwortete sie. Wie zur Bestätigung setzte Alberich sich auf ihren Fuß und starrte den Mann an.

»Alberich?«, frage er skeptisch.

»Ja, Alberich.« Cam wies mit einem Nicken auf den Hund.

»Er hat was verschluckt? Einen Seraph? DER Hund?«

»Ja, also nicht der Corgi; sein Mitbewohner. Hör auf, ihn anzuglitzern!«, warnte Cam, als der Mann die Hand nach dem Hund ausstreckte. »Er mag das nicht und er hat heute schon einen Faun verschluckt. Noch was Großes verträgt er nicht.« Der Mann hielt inne, tauschte einen Blick mit seiner Begleiterin. »Entschuldige uns kurz.« Die Beiden entfernten sich einige Meter.

Schulterzuckend wandte Cam sich ab. »Scheiße! Pit! Jeden beschissenen Tag? Echt jetzt?« Sie zog das nasse Bündel aus ihrer Tasche und fischte die Fee aus den Papierresten. »Irgendwann komm ich zu spät und dann bist du Spinnenfutter, du dämliche, fette Hummel!«

»Mistkuh!«, fauchte Pit zurück und schlug gegen ihre Finger. Dabei flatterten seine durchscheinenden, Libellenflügel schwerfällig.

Cam warf ihn hoch und sah gleichgültig zu, wie er fiel. Alberich sprang hilfsbereit herbei und fing das nasse Wesen in seinem flauschigen Fell auf.

»Entschuldige, wir haben wohl falsch angefangen.« Der Mann stand plötzlich hinter ihnen. »Mein Name ist Aeden und das ist meine Begleiterin Mehtap. Wir danken dir für deine Hilfe.«

»Was bist du?« Cam hielt sich nicht mit Höflichkeiten auf.

Der Mann stutzte kurz, dann folgte sein Blick Pit, der hinter Cam hochflog und ihn fixierte.

»Er ist ein Gott«, erklärte Pit gereizt, schwirrte in Richtung des Mannes und umrundete ihn. »Mischling. Olympier und ... und was? Sumerer? Römer? Arse? Ach du Scheiße!« Lachend kam er zurück. »Mensch! Ihr seid ja noch mehr am Arsch als wir!«

»Genug jetzt!« Aeden machte eine Handbewegung in Pits Richtung und kassierte dafür ein tiefes Grollen von Alberich. »Ja, die Fee vermutet richtig. Und Mehtap gehört zu den Amazonen.«

»Amazonen!« Cam lachte überdreht. »Eine Amazone? Und ein Gott. Ja, is' klar! Wo sind wir hier? In einem billigen DC/Marvel-Crossover? Und du«, sie zeigte auf Mehtap, »beschützt ihn? Ich hätte schwören können, es wäre anders herum.«

»Normalerweise wäre es so«, entgegnete Mehtap ruhig, ohne Pit aus den Augen zu lassen. »Aeden bräuchte eigentlich keinen Schutz.«

»Aber er ist ein Mischling und wird gejagt, ja, ganz offensichtlich«, unterbrach Cam sie barsch. »Wir sind in einer ähnlich beschissenen Lage, falls es dir nicht aufgefallen ist.«

Mehtap zog sich zurück, während Aeden beschwichtigend die Hände hob und einen neuen Versuch startete. »Was macht ihr hier?«

»Ich gehe mit meinem Hund Gassi, dachte, das sieht man«, fauchte Cam gereizt. Sie ballte die Fäuste und atmete mit geschlossenen Augen tief ein. Dinge nur zu sehen, war eine Sache. Sie zu erleben, eine andere. Ihre Hand fuhr unwillkürlich in die Tasche und schloss sich um das Röhrchen. Langsam wandte sie sich den Fremden zu, atmete ein, aus, öffnete die Augen. »Ich bin hier, um die Welt zu retten. Freundlicherweise stellte mir das Universum einen schizophrenen Corgi und 'ne fette Hummel zur Seite.«

Alberich legte hechelnd den Kopf in den Nacken und ließ die lange Zunge seitlich baumeln. Pit zog wütend an Cams Haaren. »Nenn mich nicht so!«

»Das ist gemein! Warum nennst du ihn so? Feen sind reine Geschöpfe, voller Anmut und Edel...«

Cams zynisches Lachen unterbrach Mehtap brutal. »Edel? Anmutig und rein? Hast du schon mal eine Fee gesehen? Ernsthaft, Prinzessin Diana, diese Ausgeburt eines stinkenden Moortümpels hat rein gar nichts mit deiner Beschreibung gemein! Er ist das absolut Schlimmste, was einem Kind passieren kann!« Sie fischte Pit aus der Luft und hielt ihn Mehtap hin. »Feen sehen aus wie Schmetterlinge, der hier hat allenfalls was von einer Libelle. Und zu fett ist er auch!« Sie ließ ihn los. Pit fiel ein paar Zentimeter. Mehtap streckte instinktiv die Hand aus. Jeder andere Vertreter seiner Art hätte sich auffangen lassen. Nicht Pit. Der fauchte und fand sich in Cams Hand wieder.

»Bist du irre?«, fragte Cam. »Der beißt! Feen sind nicht nett und niedlich.«

»Und was ist mit dem Hund?«, fragte Aeden ruhig.

»Der beißt auch. Und manchmal frisst er Götter. Aber er verträgt sie nicht.« Sie fixierte ihr Gegenüber. »Als Olympier solltest du ihn erkennen können.«

»Cerberus? Du hast ihn gefunden?« Mit großen Augen blickte Aeden zu dem Hund herab.

»Ja, im Tierheim. Alberich sollte Bestandteil einer Therapie sein. Laut der Therapeuten im Sanatorium sollte er mir helfen, mich in der realen Welt zurecht zu finden.« Seufzend drehte sie sich um. »Die Wahrheit konnte ja keiner ahnen.« Ihr Unterarm brannte. Irritiert sah sie an sich herab: ihre Hand hielt das Röhrchen noch immer verkrampft fest. Das Loslassen schmerzte beinahe noch mehr. »Was habt ihr jetzt vor?«, wandte Aeden sich an Alberich, der schenkte ihm nur ein hechelndes Lächeln und wuselte davon.

Cam unterdrückte ein Lachen. »Er wird dir nicht antworten. Die Corgiform ist kaum geeignet für Göttliche. Ist wie 'ne Allergie, die sich in strunzdummem Verhalten äußert.«

Die Sonne brach sich in Aedens Aura. Cam blinzelte und wich einen Schritt zurück. »Uh, glitzer' doch nicht so unangenehm«, maulte sie. »Er ist hier nicht sicher. Und nein, ich habe keine Ahnung, was ich machen muss. Doch ich bin fest entschlossen, die Tore zu öffnen und Alberich nach Hause zu bringen.«

»Du willst die Höllentore öffnen?« Mehtaps Stimme überschlug sich hysterisch. »Bist du von Sinnen?«

Fassungslos starrten Cam und Pit sie an, auch Alberich kam zurück.

»Kurze Gegenfrage: Welcher Teil von Irrenhaus macht dir Verständnisprobleme?« Pit sirrte nah an Mehtaps Gesicht. »Cam ist nicht verrückt, aber die Welt hält sie dafür. Und warum? Weil ihr sie im Stich gelassen habt, Amazone! Es ist eure Aufgabe, euch um Rissgeborene zu kümmern, damit so etwas nicht passiert.«

Mehtap wich unwillkürlich zurück. »Es gab seit über hundert Jahren keine Risse im Schleier«, verteidigte sie sich schwach.

Cams Hand wanderte erneut in die Tasche. Sie wollte nicht Thema sein. Warum fing Pit jetzt damit an? In den letzten zwanzig Jahren hatte das Kind mit den ungewöhnlichen Eigenschaften niemanden interessiert. Nicht, dass es unbemerkt geblieben wäre. Ganz im Gegenteil.

Mit gesenktem Kopf lief Cam stur hinter Alberich her.

»Natürlich gab es die«, hörte sie Aeden widersprechen. »Es wurden nur offiziell keine Kinder in ihnen geboren. An Cam ist irgendwas anders. Selbst die Anwesenheit der Seraphim hatte keine Auswirkung auf sie.«

»Cam ist so zentral im Riss geboren, dass ihre Seele auf der anderen Seite war«, erklärte Pit. Er sah zu seiner Freundin, die einige Meter vor ihnen lief und bemerkte seinen Fehler. »Scheiße«, murmelt er und holte auf. Pit berührte Cams Wange und lenkte ihre Aufmerksamkeit auf sich. Unter größter Anstrengung schaffte sie es, das Röhrchen loszulassen.

»Du warst in einem Sanatorium? Weil du Dinge siehst?«

Ohne Mehtap anzusehen, nickte Cam stumm.

»Pit, warum hast du nicht Abstand gehalten, wenn deine Anwesenheit ihr Probleme macht?«, fragte Mehtap leise.

»Nicht meine Anwesenheit macht ihr Probleme. Die anderen sind es.«

Seufzend nickte Cam. »Sie haben mich von einem Sanatorium ins nächste geschickt. Und überall wurde es schlimmer. Ahnst du, wie viele Menschen in diesen Einrichtungen sterben? Die meisten sind noch lange nach ihrem Tod dort.« Cam blickte lange zu Alberich hinab, dann nickte sie. »Themenwechsel. Alberich wurde ausgesperrt, als die Seraphim die Tore schlossen. Er kann hier nicht überleben und der Corgi wird kaum ewig halten. Jedesmal, wenn er sich verwandelt, kommen mehr Seraphim, um ihn zu holen. Wir bringen das jetzt in Ordnung.« Entschlossen drehte Cam sich um und folgte Alberich bergab.

Aeden schloss wortlos auf. Er kannte sich nur zu gut mit den Sittenwächtern der anderen Welt aus. Sie wachten über alle Vergehen und räumten den Dreck weg. Dreck, wie ihn, ausgeschlossene Dämonen und auch Cam.

»Kommt nicht alles Böse heraus, wenn ihr die Höllentore öffnet?«, warf Mehtap ein.

»Raus?« Cam starrte sie an. »Du meinst, es kommt was heraus?«

Hilfesuchend sah Mehtap zu Aeden, der fragend eine Braue hob.

Alberich knurrte leise.

»Er sagt«, übersetzte Cam, »ihr seht offensichtlich zu viel fern. Die Unterwelt, die ihr da grad Hölle nennt, ist kein Ort, um Dämonen aufzubewahren. Das ›Böse‹ kommt nicht von dort, es geht dort hin. Die Lebenden produzieren es. Mit ihrem Neid, der Missgunst, Gier. Sucht euch was aus. Es bleibt hier oben, weil die Tore geschlossen sind. Alberichs Aufgabe wäre es, das Schlechte durchzulassen und es zu verschließen. Seit er das nicht mehr kann, verdunkelt sich unsere Welt zusehends. Sie bringt Dinge hervor ... Dinge, die uns nicht guttun.«

Da Cam kein Wort mehr sagte, lief die Gruppe schweigend weiter.

»Warum folgt ihr uns eigentlich?« Pit schwirrte vor Mehtaps Gesicht herum. Diese wich kurz zurück, als wäre sie in ein Spinnennetz gelaufen.

»Aeden denkt, ihr bräuchtet unsere Hilfe.«

»Hm«, machte Pit. »Alberich denkt das auch.«
»Wie lange bist du schon bei ihr?«
»Sie war vier, als sie mich fing ...«
»Oh und deshalb musst du bei ihr bleiben?«
»Hä? Nein, Unsinn! Ich blieb bei ihr, weil sie ... Hilfe brauchte.« Die letzten Worte klangen niedergeschlagen. »Erst fand ich es nur faszinierend. Hatte noch nie einen Menschen getroffen, der nicht nur Ungeziefer in mir sieht. Dann habe ich ziemlich schnell bemerkt, wie die Geister ihr zusetzen. Hab sie beschützt. Geister sind keine Schwierigkeit für Feenzauber. Später waren es nicht mehr nur die, sondern andere Wesen. Getarnt als Pfleger. Letzte Woche hat Alberich zwei gefressen, deshalb mussten wir abhauen.«

»Was hatten die getan?«

Aeden warf Mehtap einen warnenden Blick zu.

»Was sie so tun«, murmelte Pit.

»Ist das zu fassen?«, wandte sich Mehtap an Aeden. Der biss die Zähne aufeinander.

»Was?«, fragte er zu ruhig, »dass eure Wächter einen derart tiefgreifenden Riss nicht bemerkt haben? Dass euretwegen dieses Mädchen so aufwachsen musste und ihre einzige Bindung zu einer pöbelnden Sumpffee und dem Hohen Herrn Cerberus besteht? Dass sie abgeschoben, betäubt und vergessen wurde und trotzdem nicht aufgibt? Wenn der Herr Cerberus seine Tarnung riskiert, um ihr zu helfen, was denkst du, ist dann passiert? Brauchst du Einzelheiten?«

Beschämt sah Mehtap zu Boden. Wesen sollten zusammenhalten! Aber sie waren zum Teil in ihrer Gier nach Macht brutaler als die Menschen unter sich. Aeden tat niemandem etwas, trotzdem durfte er nach den Regeln nicht existieren. Andere Wesen quälten Menschen, mordeten und lebten ganz unbehelligt von den Seraphim.

»Glaubst du das?«, wandte sie sich nach einer Weile wieder an Aeden. »Das mit den Höllentoren, meine ich. Dass nichts herauskommt.«

»Weiß nicht«, gab er zu. »Herr Cerberus ist kein Gott im eigentlichen Sinne, jedoch ein sehr altes, mächtiges Wesen. Er hat diese Zeit nicht überdauert, um die Welt zu unterjochen. Ich glaube, er rief mich.«

»Du wurdest gerufen?«, hakte Mehtap nach. »Die ganze Zeit machst du so ein Geheimnis darum. Sagst, du willst nur mal raus. Warum? Ich kann meine Arbeit nicht machen, wenn du nicht ehrlich bist.«

Aeden senkte den Blick, antwortete aber nicht.

»Warum glitzerst du für sie?«

Irritiert sah Aeden zu Mehtap, dann schlich sich ein schiefes Lächeln auf sein Gesicht. »Sie meint meine Aura. Offenbar weilte ihre Seele zum Zeitpunkt ihrer Geburt im Jenseits, deshalb ist die Grenze für Cam nicht existent. Sie sieht nicht nur durch alle Illusionen, die wir verwenden, um uns vor den Sterblichen zu verbergen, sie erkennt unsere wahre Natur, unsere Mächte. So, wie wir Göttlichen uns sehen.«

»Warum bemerke ich die Aura nicht?«

»Das weiß ich nicht. Du hast auch die Fee nicht erkannt, als sie im Spinnennetz hing. Die sterbliche Welt hat ihre Grenzen. Und für dich gelten diese wohl.« Cam zog seine Aufmerksamkeit auf sich, als sie sich alarmiert umsah. Der Corgi stand mit aufgerichtetem Nackenfell vor ihr. Auch Mehtap hielt ihre Waffen bereit. Und genau deshalb brauchte Aeden sie: Weil sie Gefahr wahrnahm, bevor sie da war!

»Es kommen neue Seraphim«, zischte Cam panisch. »Mehr. Aber wir haben keine Zeit.« Sie sah gehetzt von Aeden zu Mehtap. »Wenn wir jetzt versagen, wird es womöglich zu spät sein.« Der hysterische Ton der eigenen Stimme brannte in ihren Ohren. Sie musste weiter!

»Von wo kommen sie?«, fragte Aeden. Er konnte immer noch nichts wahrnehmen. Verdammte Menschlichkeit! Störend, wie eine Sonnenbrille in der Nacht.

»Von dort«, flüsterte Mehtap. »Und da. Sie haben uns beinahe eingeschlossen.«

Alberich knurrte. Cam nickte, wandte sich dann an die anderen. »Sie wissen, was wir vorhaben.« Nach diesen Worten rannte sie wie vom Teufel verfolgt den Hügel hinauf. Pit hinterher. Alberich fixierte Aeden. Der zögerte nicht lange und folgte Cam. »Ich muss es tun!«, rief er Mehtap zu. Seufzend nahm auch sie die Verfolgung auf.

Oben angekommen, blieb Cam stehen. Sie sah die Seraphim zwischen den Bäumen hervorbrechen. Jetzt sah auch Aeden, was auf sie zukam. »Ich werde sie aufhalten«, versprach er. »So lange ich kann!«

»Ich ebenfalls!« Mehtap nahm die Waffen hoch und nickte Cam zu. »Auf dass wir das Richtige tun!«

Als Alberich sich verwandelte, hielten die Seraphim kurz inne.

»Danke«, flüsterte Cam und wandte sich ab.

Da vorne lag ihr Ziel. Sie konnte es nicht sehen, jedoch spürte sie es. Dort, inmitten dieser geradezu kitschigen Postkartenidylle, befand sich das Tor zur Unterwelt. Sie sah Cerberus an. Warum hatte ihr diese Gestalt eigentlich nie Angst gemacht? »Sieht echt kitschig aus. Ich hatte Rauch und Glut erwartet. Schwefeldämpfe oder so ... aber zwitschernde Vögel und Sonnenschein?«

Cerberus baute sich zu seiner vollen Größe auf. Cam musste jetzt aufsehen, um in seine Augen zu blicken. Er wies mit der Schnauze in Richtung Tal. Cam nickte und sah zu Pit neben sich. »Pit?«

»Ich bleibe bei dir. Versprochen!«

»Wir wissen nicht, was geschehen wird ...«

»Das wussten wir nie und dennoch sind wir jetzt hier.«

»Stehen wir das durch.«

»Bis zum letzten Atemzug!«

»Ich hab' dich lieb, Pit.« Cam lächelte mit Tränen in den Augen. Bevor er antworten konnte, sprintete sie los. Dicht hinter sich hörte sie das Sirren von Pits kleinen Flügeln. Niemals würde er sie im Stich lassen. Hatte er nie getan.

Cam lief schneller als je zuvor. So entschlossen wie nie. Ihre Beine bewegten sich von selbst. Ihre Lunge brannte, doch ihr Herz war frei. Frei von Zweifeln, von Angst. Ein Lächeln zog sich über ihr Gesicht. Neben sich spürte sie ihren Freund Alberich. Groß und schwarz. Er geleitete sie auf den richtigen Weg. Die Welt flog an ihr vorbei. Da! Vor ihr flimmerte die Grenze, der Eingang, das Tor ohne Wiederkehr! Freiheit durchströmte ihren Körper. Sie spürte, wie sich das Fleisch auflöste, stieg aus ihrer Hülle wie aus einem alten Anzug, und plötzlich fühle sich alles ganz leicht an. Sie war leicht.

Cerberus stand neben ihr in der großen Halle der Läuterung. Sieben gewaltige Köpfe, mit flammenden Augen und glühenden Mäulern. Und jedes Augenpaar bedachte sie mit sanftem Blick. »Danke!«

»Du muss dich nicht bedanken«, flüsterte Cam. Jedes Wort in dieser unfassbar großen Halle schien zu laut. »Ich dachte, das Ignis purgatorius sei anders ... So, wie man sich die Hölle eben vorstellt.«

»Qualm und Glut?«

Cam nickte. Sie sah sich um, dann zurück. Im Sonnenlicht draußen in der Oberwelt entdeckte sie Pit vor der Grenze. Fassungslos sirrte er vor dem für ihn unsichtbaren Tor hin und her.

»Es tut mir leid, Pit!« Cam hob die Hand, aber sie konnte ihn nicht mehr erreichen. Nie wieder. Sie hatte das Opfer erbracht, welches die Tore öffnete. Freiwillig. Cerberus berührte Cam vorsichtig. Sie wischte sich entschlossen die Tränen aus den Augen. »Und jetzt?«

»Und jetzt?«, wiederholte Cerberus sanft. »Und jetzt kannst du wählen.«

»Darf ich bei dir bleiben?«

»Wie du wünschst.«

Aedens Macht durchströmte ihn wie Feuer. Er warf Seraphim zurück, verbannte sie aus der Mischwelt oder tötete sie mit Leichtigkeit. Mit jedem Schlag verlor seine Menschlichkeit an Kraft. Immer heller leuchtete seine Aura, bis sie reinste Göttlichkeit widerspiegelte. Cerberus' Lohn hatte ihn befreit! Niemand konnte ihm jetzt noch das Recht zu leben absprechen. Fest entschlossen wirbelte er herum, ließ keinen durch. Cerberus konnte sich auf ihn verlassen!

Die plötzliche Stille irritierte ihn. Kein Vogelgesang, kein Geräusch, nicht mal der Wind ließ sich vernehmen. Auch Mehtap blickte sich verunsichert um. Keine Spur von den Seraphim mehr. Einen Wimpernschlag später nahm die Welt wieder ihren gewohnten Lauf.

»Es ist vorbei, oder?«, fragte Mehtap leise. Aeden nickte stumm. Er suchte nach Cam, Pit oder Cerberus.

Mehtap stupste ihn an. »Dort!« Sie wies ins Tal. Aeden sah nichts. »Pit«, sagte Mehtap. »Er ist da unten.«

Von Entsetzen erfüllt schwebte Pit vor der unsichtbaren Barriere auf und ab. »Ich wollte doch bei ihr bleiben, bis zum letzten Atemzug«, flüsterte er.

»Das warst du!« Aeden wies auf einen Haufen feiner Asche am Rande des Übergangs. »Cam ist gegangen. Wohin auch immer ihr Weg sie geführt hat.«

Pit landete vor der Asche. Hektisch wischte er sich die Tränen aus den Augen. Die Leere in seinem Inneren blähte sich wie ein Ballon. Drückte die Luft aus seinen Lungen. Wie oft hatten sie sich gezankt? Beschimpft. Aber das hatte er nie gewollt. Allein, zurückgelassen und einsam stand er da. Seine einzige Freundin, fort. Für immer.

Aedens Aura schlug Funken, als er die Hand auf die Barriere legte. »Für uns wird sich dieses Tor erst nach unserem Tod öffnen.« Er wandte sich ab. »Es wird Zeit für mich, das Erbe meiner Mutter Alekto anzutreten.«

Mehtap sah unentschlossen zwischen Pit und Aeden hin und her. Die Fee stand regungslos da, in den Händen die Asche seiner Freundin.

»Kommst du, Pit?«, fragte Aeden. »Wir haben uns um gewisse Pfleger zu kümmern.«

❦

Eska Anders wurde 1977 in Bochum geboren. Den Bundeswehrstationen des Vaters folgend, wuchs sie in verschiedenen Städten zwischen Bayern und Nordrheinwestfalen auf. Bücher waren von klein auf ihre Leidenschaft, ihr Bücherregal der größte Schatz. Von Tolkiens Herrn der Ringe inspiriert, machte sie ihre ersten Gehversuche im Bereich Fantasy, wo sie sich bis heute heimisch fühlt. Erste Veröffentlichungen erfolgten im Jahr 2015. Sie lebt mit ihrem Mann, den zwei Kindern, sowie dem Familienhund im mittleren Ruhrgebiet.

Die Perle des Long
৯ Manuela Wunderlich ৵

Mit einem unsanften Stoß wurde Shixin Liu in das unscheinbare grau-grüne Zelt vor ihm gestoßen.

Er bedachte seinen chinesischen Landsmann mit einem unverständlichen Blick. Schließlich wäre er selbst weitergegangen, auch ohne körperliche Aufforderung. Fragen zu stellen war vergebens, denn er erhielt keine Antworten, seitdem er unter militärischer Eskorte aus Hong Kong abgeführt worden war. Statt den Menschen in der Stadt nach dem schrecklichen Tsunami beim Wiederaufbau zu helfen, stand er jetzt am Fuße des Kunlun Gebirges in einem Zelt des Militärs, voll mit fremden Menschen. Im Inneren war es stickig, die abgestandene Luft hinterließ einen schalen Geschmack auf der Zunge. Ein kurzer Blick und er zählte auf Anhieb zehn Personen. Das Herz blieb ihm kurz stehen, als er den neuen Kaiser sah, der sich über eine Karte auf dem Tisch beugte und ihn mit einem kurzen Nicken begrüßte.

»Shixin Liu. Es freut mich, Euch kennen zu lernen.« Ein buddhistischer Mönch, jung, kaum älter als er selbst, kam auf Shixin zu. Er strahlte breit und freundlich über beide Wangen. Er war ein herzlicher Mensch, das konnte Shixin sofort sehen. Der Mönch verbeugte sich vor ihm und Shixin tat es dem alten Brauch gleich. »Mein Name ist Jue Shi Shen.«

Fragend zog Shixin beide Augenbrauen nach oben. Freundlichkeiten auszutauschen war zwar höflich, ließ ihn aber weiter im Dunkeln tappen. Aber bis zu diesem Moment hielt es scheinbar niemand für notwendig, ihn aufzuklären. »Es freut mich, Euch kennen zu lernen, Jue Shi Shen. Aber warum bin ich hier? Ich werde in Hong Kong gebraucht. Es werden noch immer Menschen vermisst und Seuchen drohen sich auszubreiten.«

Der junge Mann vor ihm griente breit, was zu Shixins Verwirrung nur noch mehr beitrug. Dennoch war es nahezu unmöglich, dem Lächeln des Mönches zu widerstehen und Shixin spürte, wie sich seine Mundwinkel zu einem freundlichen Lächeln verzogen. »Alle Menschen brauchen Euch, Shixin Liu. Euch und Euer Talent. Aber zuerst stelle ich Euch allen vor.« Er trat beiseite und machte wieder den Blick frei auf die anderen Anwesenden, die ihn gebannt anstarrten. Shixin fühlte sich unwohl und ihm brach kalter Schweiß aus, während sein Puls in die Höhe schnellte und versuchte, sein Herz zum Aussetzen zu bringen.

»Eure Majestät, der Kaiser von China.«

Shixin nickte in die Richtung, verbeugte sich tief, wagte aber nicht aufzublicken.

»Das ist Shi Yong Xin, der Oberste unseres Ordens.«

Er blickte auf und sah in die blinden Augen eines sehr alten, gebrechlichen Mönches. Er stützte sich auf einen knorrigen Gehstock, der aus einem Ast geschnitzt worden sein musste, der vermutlich genauso so alt war, wie der Mönch selbst.

»Dr. Regina Wilson aus England. Sie ist Archäologin. Und Professor Pierre Monac, Biologe aus Frankreich.«

Eine große Frau mit roten Locken und vielen Sommersprossen in einem engen Overall nickte ihm zu. Daneben stand ein zierlicher, dürrer Mann ohne Haare und mit Hornbrille, der nervös immer wieder das rechte Glas polierte.

Jue Shi Shen grinste und zeigte seine strahlend weißen Zähne. Dann wandte er sich den Herren in Uniform zu. »Und diese beiden Männer sind General Burkins aus den USA und Major Lorenne aus Belgien, als Sprachrohr der Vereinten Nationen.«

Der General nahm seine dünne Brille von den Hamsterbacken und prüfte Shixin mit strengem Blick. »Sie haben noch keine Ahnung, warum Sie hier sind?«

Der Angesprochene schüttelte heftig den Kopf. Sein Englisch war gut genug, um die strengen Worte zu verstehen. Der General nickte, setzte seine Brille auf und blickte auf die Karte vor sich.

»Sie sind doch Shixin Liu? Der Shixin Liu, der die tiefsten Höhlen der Welt besser kennt als ich meine Scheune in Kentucky.«

Er nickte, aber sein Blick wurde dunkler. Er war seit über zehn Jahren in keine Höhle mehr hinabgestiegen. Nicht, seitdem die Dürre gekommen war und alles Leben auf der Erde verändert hatte.

»Gut, Sie werden unser Guide sein. Sie führen uns in diese Höhle!« Den Befehlston unterstrich der Amerikaner, indem er mit seiner Hand auf den Tisch schlug und seinen Finger auf einen bestimmten Punkt richtete.

Shixin erkannte die Höhle sofort, eine der tiefsten und schwierigsten überhaupt. »Warum?«, hörte er sich leise fragen.

Plötzlich drängte sich jemand in sein Blickfeld. Der Kaiser von China fixierte ihn. Sein Blick ließ erahnen, dass er sich über die Unterhaltung wenig freute. »Können Sie uns in die Höhle führen?« Seine Stimme zitterte und Shixin blickte erschrocken zu Boden.

Er hatte als Guide gearbeitet, aber die Vorbereitungen für einen Abstieg in eine Höhle waren umfangreich. Einen Berg hinaufzusteigen, glich einem Kinderspiel im Vergleich zu einem Abstieg in ihn hinein. Die Gefahren, die in dieser Höhle jedoch warteten, schreckten selbst erfahrene Männer. »Wen soll ich hineinführen?«

Der Kaiser gab einen Laut des Unmutes von sich. »Uns alle«, sagte der junge Mönch und lächelte freundlich.

»Alle?«, wiederholte Shixin und zeigte auf den alten blinden Mann, der neben dem Tisch saß. Dieser nickte knapp. Der Guide schüttelte den Kopf und hob abwehrend die Hände. »Auf keinen Fall! Ich führe keine Gruppe von Menschen in eine Höhle, die noch nie einen Abstieg mitgemacht haben und auch keine alten, blinden Männer.«

Er wich langsam zum Ausgang des Zeltes zurück. Doch die strenge Stimme des Generals ließ ihn innehalten.

»Doch, das werden Sie. Es spielt keine Rolle, ob wir alle lebend dort wieder herauskommen. Aber Sie führen uns hinein und vielleicht, so Gott will, auch alle wieder heraus.«

Shixin spürte, wie es ihm eiskalt den Rücken hinunterlief. Man rechnete bereits mit Verlusten, noch bevor sie auch nur in der Nähe der Höhle waren. Worum ging es hier?

»Wir sollten ihm erzählen, warum es für uns alle so wichtig ist, in diese Höhle zu gelangen«, sagte die Frau mit den roten Haaren.

»Es ist für ihn nicht von Belang, warum wir in diese Höhle möchten.« Major Lorenne wandte den Blick nicht von Shixin ab, als er den Vorschlag der Archäologin abtat.

»Ich führe niemanden in die Höhle. Selbst wenn Sie mir eine Waffe an die Schläfe halten und mir drohen, abzudrücken. Ich tu es nicht.« Er stockte, sah nervös zwischen dem Kaiser und dem General hin und her. »In dieser Höhle lauert etwas. Etwas Altes.«

»Was haben Sie da unten gesehen, Liu?«, wollte der amerikanische General mit leiser und dennoch fordernder Stimme wissen. Shixin blickte zu Boden und versuchte, das Gefühl zu beschreiben, das ihn ein jedes Mal beschlichen hatte, wenn er in diese Schwärze abgestiegen war. »Die Höhle müsste eigentlich eiskalt sein. Auch das Wasser, das sich in einigen Teilen in Seen gesammelt hat, dürfte nicht mehr als einige Grade über Null haben. Aber es ist fast fünfundzwanzig Grad warm. Und es gibt keine bekannten unterirdischen heißen Quellen im Kunlun Gebirge. In den kleinen Seen zu baden, war für die Touristen immer ein Selfie wert. Ich aber hatte immer das Gefühl, in diesen Höhlen verfolgt oder beobachtet zu werden. Mir haben sich schon am Eingang sämtliche Haare am Körper aufgestellt, mir wurde immer eiskalt und ich begann zu schwitzen. Doch am meisten gestört hat mich das Brummen. Es konnte nicht jeder hören, nur wenige. Eigentlich nur die Einheimischen, und die bekommt man für kein Geld der Welt in diese Abgründe.«

»Das mussten wir auch feststellen. Erst einer der Bewohner des Dorfes am Fuße des Gebirges sagte uns Ihren Namen. Und nun sind Sie hier.«

»Sie verstehen das nicht. Es fühlt sich an, als wäre da drin etwas. Etwas Uraltes. Etwas sehr Gefährliches. Es schleicht da drin umher und nie hat es einer gesehen. Ich hatte noch nie Angst vor Höhlen. Noch nie vor der Dunkelheit. Aber in dieser Höhle ist die Dunkelheit dein Feind.

Was auch immer dort drin lebt, will nicht gefunden werden.« Shixin schauderte selbst bei seinen Worten.

Die Menschen im Zelt blickten ihn teilweise ratlos, unverständlich oder mitfühlend an. Aber niemand sah so aus, als würde es etwas ändern.

Die Stimme des Kaisers zitterte vor Wut, als er leise und mit Bedacht sagte, »Egal, was Sie uns erzählen, Sie werden uns dort rein führen.«

Shixin blickte in das verärgerte Gesicht des Kaisers und er versuchte noch einmal, den Anwesenden seine Angst zu verdeutlichen. »Ich habe dort drin etwas gefühlt. Es war ganz dicht bei mir. Es hat mich berührt. Ich weiß, dass dort etwas ist. Und Sie wissen es auch.«

»Long.«

Shixin drehte sich zum alten Mönch um, zog die Stirn kraus und riss die Augen auf. »Long?«, fragte er, als wüsste er nicht, was damit gemeint sei.

Daher half der Kaiser nach, der sich an einem kleinen Tisch etwas Wein in ein großes Glas einschenkte. »Long. Der goldene Drache. Der bekannteste Glücksbringer Chinas.«

Shixins ungläubiger Blick ließ den Major aus Belgien zu einem kleinen Monitor an der Zeltwand gehen. Er winkte ihn zu sich. »Kommen Sie her, Liu. Sehen Sie es sich an. Vielleicht erkennen Sie es wieder, Ihr Gefühl.«

Er trat mit zittrigen Beinen auf den großgewachsenen Europäer zu, der ihn an der Schulter nahm und vor den schwarzen Bildschirm schob.

»Sehen Sie es sich an.«

Er sah hin. Doch mehr als Schwärze konnte er auf dem Bildschirm nicht erkennen. »Ich sehe aber nichts«, hörte er sich leise sagen.

»Haben Sie etwas Geduld. Sie haben es ja auch nicht beim ersten Mal in der Höhle berührt.«

»*Es* hat *mich* berührt«, flüsterte er, den Major korrigierend. Shixin schloss kurz die Augen, atmete tief ein und wieder aus. Eigentlich war klar, dass er in einer Höhle nichts sehen konnte. Kein Tageslicht drang hinein. Aber dennoch öffnete er seine Augen und konzentrierte sich auf den verpixelten Bildschirm. Er glaubte, er würde ewig auf den schwarzen, grisseligen Monitor starren, doch dann ... Shixin traute seinen Augen nicht. Hatte er gerade glitzernde Schuppen durchs Bild huschen sehen? »Wieso sollte es der Drache Long sein? Das ist ein Hirngespinst. Es ist eine Fantasiegeschichte der Menschen. Eine Gutenachtgeschichte, die man kleinen Kindern erzählt.«

Er konnte sich nicht erklären, wie all diese gebildeten Menschen, die in diesem Raum versammelt waren, glauben konnten, dass man auf diesen Videoaufnahmen die Schuppen eines Drachens sehen konnte.

»Was wisst Ihr über den Drachen Long?«, fragte die Archäologin Wilson leise.

Shixin überlegte. »Vermutlich das, was alle Chinesen wissen. Er ist unser Drache des Glücks. Er segnet Ernten, er lebt im Himmel und spielt dort mit seiner Perle.«

»Sie haben etwas vergessen«, hörte er den Kaiser sagen. »Er bringt Regen oder auch Unwetter, wenn er verärgert wird.«

Shixin nickte zustimmend.

»Was ist mit den Dürren und das totale Ausbleiben von Regen?«

Er drehte sich um und blickte in das gutgelaunte Gesicht des jungen Mönches. Sah um sich. Alle schienen auf eine Antwort von ihm zu warten.

»Dafür ist der Mensch selbst verantwortlich. Nennt sich Klimawandel. Unsere Großeltern erlebten den Beginn und wir sind mitten drin in diesem selbst gemachten Albtraum.« Noch während er sprach, sah er, wie beide Mönche den Kopf schüttelten. Der Alte mit gesenktem Haupt und geschlossenen Augen. Der Junge lächelnd und mit weit geöffnetem Blick, bevor er sagte, »Wenn dem so wäre, gäbe es Extreme. Auf der einen Seite zu viel Wasser, mit Überflutungen und Chaos. Und auf der anderen Seite Trockenheit, Dürren und Missernten. Zwei Seiten, die doch zusammen im Einklang sind. Ying und Yang. Doch es gibt keinen Einklang mehr. Es gibt nur noch Chaos.«

»Und dafür machen Sie jetzt Long verantwortlich?« Shixin legte die Stirn in Falten und sah die Mönche skeptisch und dennoch belustigt an »Hat sich die Menschheit mal wieder eine Ausrede einfallen lassen, selbst den Arsch nicht hoch zu bekommen?«

Er bereute sofort, den fröhlichen Mönch so angefahren zu haben, doch dieser lächelte nur und nickte schwach.

»Und weil ich ihn vor zehn Jahren herbeigerufen habe, um mir einen Wunsch erfüllen zu lassen«, erhob sich plötzlich die leise Stimme des Kaisers über die einsetzende Stille hinweg. »Und dann habe ich ihn bestohlen.«

»Was?«, hörte Shixin sich sagen und schüttelte heftiger den Kopf.

»Er erfüllte mir den Wunsch, Kaiser von China zu sein. Im Gegenzug wollte er eines Tages einen Gefallen von mir einfordern. In einem unbeobachteten Moment nahm ich ihm etwas weg. Und ab dem Tag, als ich Kaiser wurde, fiel kein Tropfen Wasser mehr auf den Erdboden.«

Shixin überlegte. Seit dem Jahr der Ernennung des Kaisers hatte es nicht mehr geregnet, das stimmte. Aber das konnte auch ein Zufall sein. Bedächtig formulierte er seine nächste Frage. »Und was haben Eure Hoheit dem Drachen Long entwendet?«

Als er sich das sagen hörte, biss er sich auf die Zunge, so sehr musste er sich beherrschen, nicht zu lachen. Sie sprachen hier über so absurde Dinge, als gäbe es sie wirklich.

Shixin sah den Kaiser jemanden heranwinken. Ein livrierter Diener, der anscheinend mit dem Hintergrund des Zeltes verschmolzen gewesen war, kam mit einem roten Kissen in den Armen angelaufen. Darauf lag eine goldene Schatulle. Der Diener stoppte vor ihm und hielt ihm das Kissen entgegen. Shixin war sich unsicher, aber dennoch nahm er die kleine Schachtel in die Hand und blickte zum Kaiser. Dieser hob nur sein Glas und leerte es in einem Zug. Er öffnete die Schatulle und zum Vorschein kam eine glänzende, makellose Perle.

»Man sagt, schluckt man diese Perle, wird man zu einem Drachen.«

Shixin blickte zum Kaiser, der mit gesenktem Haupt in sein Weinglas blickte. »Warum rufen Sie ihn nicht einfach wieder herbei und geben ihm die Perle zurück?«

»Das versuche ich seit über fünf Jahren. Aber er erhört mich nicht. Egal, wie oft ich ihn anflehe und mich entschuldige. Es ist meine Schuld, dass die Menschen verhungern.«

Er hörte die Traurigkeit, aber auch die Wut in der Stimme des Regenten.

»Wir müssen Long die Perle bringen«, fuhr dieser fort. »Und ihn bitten, den Regen zurückzuholen.«

Shixin Liu blickte auf die glitzernde Perle in der goldenen Schatulle. Sie schimmerte nicht nur. Sie schien vor Energie zu sprühen.

Der junge Mönch trat einen Schritt an ihn heran. »Und dafür benötigen wir den fähigsten Mann, den wir für das Klettern in Höhlen kennen. Euch.« Der Mann strahlte förmlich und Shixin konnte sich ein leicht verächtliches Schnauben nicht verkneifen.

Nur wenige Zeit später setzte sie ein Helikopter auf einem Plateau oberhalb des Höhleneingangs ab. Shixin erteilte in einem Schnelldurchlauf die nötigsten Informationen zur Absicherung. Den blinden Mönch band er fest an sich und überprüfte die Sicherungen mehrfach.
»Wäre es nicht besser, wenn Ihr hier bleiben würdet?«, versuchte er kläglich, den alten Mönch zu überzeugen, an der Oberfläche zu warten.
Doch der weiße Blick des Alten sagte ihm, dass er nicht bleiben würde.
»Gut. Sie halten sich an meiner Schulter fest. Wir werden als erste gehen. Danach folgt Jue Shi Shen. Dahinter Wilson, Monac, Burkins. Das Schlusslicht bilden der Kaiser und Lorenne. Wir entfernen uns nicht voneinander. Wir bleiben in der Reichweite unserer Lampen. Wenn jemand verloren geht, werden wir nicht wild rufen. Das führt nur zu unnötigen Echos. Das Licht ist unsere einzige Verbindung. Wir werden in regelmäßigen Abständen durchzählen. Sind dann alle soweit?«
Er wartete nicht auf ein Nicken oder Bejahen der Anwesenden. Er legte den Arm des Mönchs auf seine Schulter und betrachtete vor sich den riesigen Schlund der Höhle. Er wollte dort nicht hinein. Alles in ihm schrie *lauf davon*. Doch eine warme Hand auf seinem Arm ließ ihn sich umschauen. Der junge Mönch sah ihn hoffnungsvoll und mit Zuversicht in den Augen an. Aufmunternd nickte er ihm

zu. Und tatsächlich, in Shixin gab es einen Ruck und er setzte sich langsam in Bewegung.

Die ersten Meter waren nicht schwierig. Es drang noch sehr viel Sonnenlicht in die Höhle. Sie hakten sich an den Führungsstangen ein, die vor unzähligen Jahren bis zur ersten Plattform in den Stein geschlagen worden waren. Sie kamen zügiger voran, als Shixin es sich vorgestellt hätte und er versuchte, seine gesamte Aufmerksamkeit zwischen dem sicheren Abstieg und der Achtsamkeit gegenüber dem Mönch aufzuteilen und das stetig wachsende Gefühl der Angst und des aufkommenden Fluchtwunsches zu ignorieren. Dieses Mal gab es kein »Aaah« und kein »Ohhh« von den Besuchern der Höhle, als sie den ersten warmen See passierten. Mit zwei Leuchtstäben, die er in das Wasser warf und die gemächlich zum Grund sanken, brachte er das Gewässer zum Glühen. Sie hatten bereits das dritte Mal durchgezählt, als sie an einem der schwierigeren Abstiege ankamen. Da die Grundbeleuchtung nicht bis hierher existierte, konnte er diese absolute Finsternis nur mit seiner Stirnlampe und einigen weiteren Leuchtstäben durchdringen. Und auch wenn er diese Gesteine schon hunderte Male betreten hatte, so fühlte es sich für ihn wie das erste Mal an. Furcht stieg ihm die Kehle hinauf. Er konnte es nicht mehr ignorieren.

»Halt«, hörte er den alten Mönch hinter sich flüstern.

Shixin rief ein kurzes »Stopp«, und der Trupp kam zum Stillstand.

»Was habt Ihr, alter Mann?« Shixin hatte das Zittern in seinem Körper längst bemerkt, aber dass auch seine Stimme nervös vibrierte, bemerkte er erst jetzt.

»Ich kann das Brummen hören, von dem Ihr gesprochen habt. Es ist der Atem des Long. Er ist hier.«

Shixin gelang es nicht, sich über diese Nachricht zu freuen.

»Ich kann es ebenfalls hören und spüren.« Der junge Mönch klang regelrecht ehrfürchtig vor dem, was vor ihnen lag.

»Ich spüre es auch«, sagte der Kaiser.

»Egal, was hier gespürt wird, sehen wir zu, dass wir ihn finden«, durchbrach Shixin seine eigene Erstarrung. »Wir müssen mit dem Drachen sprechen. Also weiter!« Er setzte schwerfällig einen Fuß vor den anderen.

Es verging über eine weitere Stunde, als sie die letzte Abstiegsplattform für Amateurhöhlenforscher erreichten. Bis zu diesem Punkt hatte er immer die Touristen geführt, die geglaubt hatten, dann bis in die Untiefen vorgedrungen zu sein, dabei ging ab hier der Spaß erst richtig los. Aber Freude oder Spaß empfand Shixin nicht. Seine Nervosität ließ ihn fahrig und unsicher werden. Jedes Geräusch, selbst der Atem der Männer hinter ihm, ließ seinen Puls ansteigen und sein Herz rasen.

»Hier sollten wir ausruhen«, sagte der alte Mönch, als sie die Plattform erreicht hatten.

Shixin tat diese Information kund und erntete geteilte Freude darüber.

»Nur eine kurze Pause«, bat der Greis schwer atmend.

Das ließ sogar den Kaiser verstummen, der sich entschuldigend an das Geländer zurückzog, von wo aus man einen atemberaubenden Blick auf einen für diese Tiefe ungewöhnlich großen See erhielt.

Die Leuchtstäbe sanken immer tiefer in das Wasser hinab, das unweit davon versuchte, mit Schwärze die Oberhand zurück zu erhalten. Shixin beobachtete den Kaiser und zählte, nur wenige Meter neben ihm, die verbliebene

Anzahl an Leuchtstäben durch. Er hoffte, das Geländer war fest verankert, denn der Kaiser lehnte sich schwer dagegen. Als er erneut aufschaute, erschrak er kurz, denn Jue Shi Shen hatte sich zu seiner Hoheit gesellt. Es irritierte ihn aber mehr, dass er seine Stirnlampe irgendwo abgelegt haben musste. Zu gegebener Zeit würde er eine Ansprache über Ordnung halten. »Ist es nicht wunderschön?«, hörte er Jue fragen.

Irgendetwas an dem Mönch störte ihn.

Doch der Kaiser schien nicht an einer Unterhaltung interessiert und starrte weiter in den schwarzen Schlund der Höhle.

»Findet Ihr nicht?«

Der Regent Chinas gab nur ein unwilliges Schnaufen von sich. Der junge Mann neben ihm lächelte, aber nicht erfreut, sondern zynisch.

Als Shixin dieses Lächeln sah, begann sein Herz zu rasen und er glaubte, eine drohende Gefahr wahrzunehmen, doch in dem Moment ergriff jemand seinen Arm und reichte ihm eine weitere Leuchtfackel.

»Die haben wir in einer der Kisten gefunden«, sagte Jue Shi Shen. Shixin starrte ungläubig vom Mönch auf die Stirnlampe an seinem Kopf. Sie waren nur mit einem Jue Shi Shen in die Höhlen gegangen. Doch wenn das neben ihm der junge Mönch war, wer war dann der Mann neben dem Kaiser? Er schnellte in die Höhe und hörte die Gestalt sagen: »Das ist das Problem mit euch Menschen. Ihr seht alles und doch nicht das, auf das es ankommt. Ihr denkt, alles gehöre euch, nur weil es sich auf diesem Planeten befindet. Niemals seid ihr dankbar für die Luft, die ihr atmen könnt. Oder für das Leben selbst. Für alles muss es eine Steigerung geben. Mehr, mehr, mehr.«

Shixin zitterte. Er war außer Stande, etwas zu sagen. Er wollte schreien. Den Kaiser warnen. Doch er sah nur, wie dieser ungläubig den Fremden in dem fahlen Licht, das die Fackeln und seine Stirnlampe ausstrahlten, versuchte zu ergründen. Er erkannte den Moment, als dem Kaiser klar wurde, mit wem er sprach. Der Regent blickte zurück zur Gruppe und erhaschte den ängstlichen Blick des Guides.

»Long!«

»Kaiser!«, antworte er schlicht und ruhig.

Der Kaiser warf sich zu Boden und verneigte sich tief.

»Die Perle. Verzeiht mir, dass ich sie Euch gestohlen habe. Nehmt sie bitte zurück. Zusammen mit meinem Wunsch, aber bringt bitte den Regen wieder auf die Erde. Unschuldige Menschen leiden, weil ich so gierig war.«

Das Blut gefror ihm in den Adern, als der Drache sich umsah und sein Blick an ihm hängen blieb.

»Long!«, hörte er es mehrfach von seinen Weggefährten ehrfürchtig flüstern.

»Ich habe mir die Perle längst zurückgeholt, noch in der Nacht, als Ihr sie mir gestohlen hattet. Zurück ließ ich dir eine Perle aus Wolkenglas. Wunderschön, aber absolut wertlos. Dennoch. Im Gegensatz zu euch Menschen halte ich meine Versprechen. Ihr bleibt Kaiser von China. Und nie wieder soll es Regen geben auf dieser Welt, bis der letzte Mensch ausgehaucht hat.«

Der Kaiser starrte fassungslos in das kalte, harte Gesicht des falschen Jue Shi Shen. Shixin wusste, dass ihr Ersuch nach Gnade hoffnungslos war.

»Long! Wir könnten Ihnen vieles bieten«, versuchte nun General Burkins, die Situation zu retten.

Das schallende Gelächter des Drachen in Menschengestalt hallte dumpf und hasserfüllt von den Wänden wider.

»Die Menschen glauben, alles erkaufen zu können. Doch damit ist jetzt Schluss. Ich habe beschlossen, dass es keine tausendste Chance mehr für die Menschen geben wird.«

»Aber, großer Drache Long«, versuchte es der echte Jue Shi Shen leise.

Doch es schien genug, denn der falsche Mönch öffnete den Mund und entließ ein ohrenbetäubendes Brüllen, das an einen Löwen oder einen Bären erinnerte. Mit dem Brüllen wuchs er deckenhoch an, bevor er in Millionen und Abermillionen kleine Lichtpunkte explodierte. Diese kreisten flirrend und surrend um die Bittsteller. Stachen, piksten und kratzten, bevor sie sich zu einer Kugel sammelten und in den See abtauchten. Sofort herrschte Schwärze und Stille. Das Licht der Leuchtfackeln war erloschen. Nur die Stirnlampen kämpften gegen die Dunkelheit an.

»Geht es allen gut?« rief Shixin und versuchte, in dem Wirrwarr aus flackernden Lampen etwas zu erkennen.

»Monac ist tot«, hörten sie Lorenne sagen und in seiner Stimme lag eine Mischung aus Panik und Trauer.

»Wo sind Burkins und der Alte?«, fragte Wilson mit piepsiger Stimme und wich an die Felswand zurück.

»Ich weiß es nicht, aber wir sollten von hier verschwinden. Jetzt!« Shixin packte Jue am Arm und zog ihn mit sich. Der Mönch wehrte sich heftig.

Mit einem Mal erhellte sich der Raum.

Shixin konnte das erste Mal die Höhle in all ihrer Pracht sehen. So hell, als wenn sie nur wenige Meter vom Eingang entfernt wären. Doch die trügerische Schönheit fand ein Ende, als plötzlich etwas aus dem Wasser stieß. Eine gigantische Gestalt. Weiß-golden schimmernde Schuppen an einem langen, sehr langen schlanken Körper erhoben sich bis an die Decke. Der Kopf war unproportional groß und breit, mit spitzen roten Ohren, an denen schimmernde Perlen hingen. Die Wangen glühten ebenso rot und unterstrichen die kalte weiße Blässe und die wütend starrenden blauen Augen. Shixin hörte das Brummen aus dem aufgerissenen Maul. Doch dieses Mal so intensiv, dass er beinahe ohnmächtig wurde von der Vibration in seinem Kopf. Auch die anderen hielten sich die Köpfe, um den Schmerz zu vertreiben.

»Keine Gnade. Keine Frist. Keine nächste Chance. Ihr Menschen seid unfähig. Ihr seid außer Stande, mit der Natur zu leben. Ihr seid wider die Natur. Kein Regen wird mehr niederfallen. Die Welt wird neu erblühen, wenn ihr nicht mehr seid.«

Der Drache stieß zu Boden und packte Wilson, die kreischend in die Tiefen der Höhle geschleudert wurde. Dann packte er Lorenne und stieß mit ihm unter Wasser.

Der Kaiser sah die Chance und packte Shixin am Arm. »Los! Wir müssen hier raus.«

Shixin, der den jungen Mönch nicht losgelassen hatte, zerrte nun zusammen mit dem Kaiser Jue hinter sich her, welcher in seiner Panik unablässig schrie und kreischte. Sie erklommen so gut und so schnell es ging die Plateaus. Als sie nahe am Eingang bereits wieder das Tageslicht sehen konnten, begann Jue erneut zu schreien. Der Kaiser und Shixin drehten sich um. Das riesige Maul von Long schoss aus der dunklen Tiefe hervor, packte den Mönch und zerrte ihn zurück in die Dunkelheit. Den anderen beiden blieb keine Zeit. Sie rannten die letzten Meter ins Tageslicht, als hinter ihnen ein Grollen ertönte. Der Berg schien zu vibrieren und zu wackeln. Beben lösten kleinere Gesteinsbrocken und sie suchten Schutz an der Felswand. Neben ihnen stürzte der gesamte Höhleneingang zusammen, wurde zu einem klaffenden Loch, einer Wunde im Berg und Long brach sich einen Weg ins Freie. Shixin blinzelte gegen den Staub und die Sonne an, als er dem Drachen Long nachschaute, wie sein riesiger schlangenartiger Körper in den Himmel emporflog.

Augenblicke später war er unter lautem Grollen und Kreischen über der Wolkendecke verschwunden. Vorsichtig lösten sich beide von der Felswand.

»Wir hatten nie eine Chance«, flüsterte der Kaiser und ließ den Kopf sinken. Er brach auf dem Plateau weinend zusammen, während Shixin noch versuchte zu fassen, was soeben passiert war.

☯
Zweihundert Jahre später.
Am ausgetrockneten Fluss Jangtsekiang

»Lin. Lauf nicht so weit weg.«

Die kleine Lin rannte kichernd durch das staubige Flussbett eines einst so reißenden Stroms.

Ihre Mutter rief ihr lachend nach und ließ die kleine Lin gewähren. Sie sammelte Steine, Gebeine von Fischen und anderes aus vergangenen Zeiten in ihrem kleinen Eimer. So vergingen ihre Tage. Sie sammelten und tauschten. Für Wasser und etwas Nahrung. Die kleine Lin kannte Wasser in großen Ansammlungen nur aus Erzählungen. Heute war ihre Ration wieder nur eine nasse Zunge gewesen. Und sie war glücklich, auch wenn sie jetzt langsamer in dem Flussbett umherging, da die Sonne über ihrem großen Hut auf sie niederbrannte. Sie wusste, dass sie dann unnötig zu schwitzen begann und durstig wurde. Lin schob den breiten, löchrigen Leinensack vor ihrem Körper beiseite, der als Schutzschild vor der Sonne diente. Sie wollte sich gerade nach einem kleinen schwarzen Gegenstand bücken, als sie aus den Augenwinkeln etwas blitzen sah. Ihre Aufmerksamkeit galt mit einem Mal nur noch dem kleinen funkelnden Ding vor sich im Flussbett. Wie magisch wurde sie davon angezogen. Es war winzig. Schneeweiß und wunderschön. Sie hob es hoch und betrachtete das seltsame, runde Ding in ihrer Hand, in der sich die Wolken zu spiegeln schienen. Gerade, als sie es zu den anderen Sachen in ihrem Eimer legen wollte, hörte sie eine freundliche Stimme hinter sich.

»Oh wie schön. Du hast meine Perle gefunden. Ich habe sie schon überall gesucht.«

Die kleine Lin drehte sich um und blickte verwirrt in die freundlichen Augen eines Mannes mit seltsamer Kleidung. Sie erinnerte sich, dass ihre Mutter ihr einst ein Bild von buddhistischen Mönchen gezeigt hatte und dieser Mann hier sah genauso aus wie auf dem Bild. Er trug keinen Kopfschutz so wie sie. Und er war sauber. Sehr sauber. Auch seine Kleidung war nirgends von Staub bedeckt. Lin streckte die Hand nach den schönen Stoffen aus und der Mönch ließ sie gewähren.

Er hockte sich lächelnd vor sie und blickte das schmutzige kleine Mädchen an.

»Wie ist dein Name, du kleines Ding.«

»Lin«, flüsterte sie und befühlte fasziniert den Stoff. Er roch auch ganz sauber und nicht staubig.

»Pass auf, kleine Lin. Du gibst mir meine Perle zurück. Und ich erfülle dir dafür einen Wunsch. Egal welchen.«

Lin blickte auf. »Was soll ich mir denn wünschen?«

Der Mönch lächelte und blickte sich um. »Was braucht ihr denn am dringendsten?«

Das Mädchen bekam große Augen und streckte sich zu ihrer vollen Größe. »Ein Glas Wasser, nur für meine Mutter.«

Das Kind strahlte vor Aufregung und Freude. Der Mönch nickte und lächelte immer noch.

»Wie wäre es, wenn du dir so viel Wasser wünschen würdest, dass ihr nie wieder leiden müsstet.«

»Ja«, flüsterte Lin begeistert und gab dem Mönch die Perle.

»Weißt du, was eine Flut ist, kleine Lin?«

Sie überlegte und runzelte die Stirn. Das Mädchen blickte in ihren Eimer und schüttelte langsam den Kopf.

»So viel Wasser, dass sie die Erde endlich von euch allen reinigt. Ich hätte nicht für möglich gehalten, wie zäh ihr im Überleben seid.«

Lin blinzelte verwirrt. Das klang nicht nett. Sie schaute auf und wollte nachfragen, was er damit gemeint hatte. Doch der Mönch war fort. Sie drehte sich nach allen Seiten um und runzelte die Stirn. Sie sah, wie die Menschen plötzlich voll Panik aus dem Flussbett flohen. Sie hörte ihre Mutter, die verzweifelt ihren Namen kreischte. Lin verstand nicht, was hier passierte. Es wurde merklich kühler und irgendwie klamm an ihrer Kleidung. Die Erde zu ihren Füßen färbte sich dunkler und kleine Steine bewegten sich scheinbar allein vorwärts.

Dann hörte sie ein Rauschen. Ein Brüllen. Sie blickte auf und starrte auf ein Flussbett, das sich mit einer lauten und tosenden Lawine aus Schlamm, Stein und vor allem Wasser durch das Tal wälzte. Noch bevor sie realisieren konnte, was da geschah, rissen die Massen sie mit sich.

Manuela Wunderlich, geboren 1980, lebt sie mit Mann und den beiden Kindern in Zwickau. Durch die regelmäßige Teilnahme an Wettbewerben für Kurzgeschichten, aber auch Romanen konnte sie bereits Teil von zwei Anthologien werden, unter anderem vom 2018 initiierten Kurzgeschichtenwettbewerb des Hybrid Verlages – Mensch 2.0, wo sie mit »Ich, Cy.« den dritten Platz belegte.
2018 erschien ebenso ihr Debutroman »Just be mine!«.

Ein ganz normaler Tag
୨୦ Christina Willemse ୧୨

Lautes Gebrüll, gefolgt von einem langanhaltenden Rumpeln, riss Junigon aus ihrem Schlaf. Genervt stöhnte sie auf.

Das ist jetzt nicht sein Ernst, oder?, dachte sie gereizt. *Dieses verfluchte Drachenvieh hat jetzt nicht wieder irgendetwas zum Einsturz gebracht.*

Müde stand sie auf. Streckte sich einen Moment lang und griff dann nach ihrer Kleidung. Sie schlief immer nackt, das schonte ihre Sachen. Wenn sie sich nachts hin und her verwandelte, zerriss sie diese sonst regelmäßig.

»Wo ist meine Hose?«, grummelte sie.

Kaum angezogen, band sie sich ihr langes, lilafarbenes Haar zu einem Zopf zusammen und griff dann nach einem Stück Schokolade. Sie wollte nicht unbewaffnet in den Kampf ziehen.

Ein erneutes Gebrüll und das Klirren von Geschirr ließ sie leise aufknurren und ihr innerer Drache wollte hervorbrechen. Doch sie atmete tief durch und drängte ihn wieder zurück. Wenn sie jetzt in ihrer halben Drachengestalt nach draußen ginge, wäre das Chaos vorprogrammiert. Ihr eigener Drache hatte ein ähnliches Temperament wie das störrische Vieh in ihrer Höhle. Ihre Einhornhälfte zog es zum Glück immer vor, ruhig und besonnen zu bleiben. Das sorgte für etwas mehr Gleichgewicht. Ein Mischwesen zu sein war nicht immer leicht. Schon gar nicht eines mit zwei so gegensätzlichen Temperamenten.

Einhörner und Drachen waren nicht unbedingt die besten Freunde. Wie es ihre Eltern schafften, eine glückliche und zufriedene Verbindung zu führen, war ihr völlig schleierhaft. Unwillkürlich musste sie grinsen. Es wirkte schon etwas witzig, wenn ihre Mutter vor ihrem riesigen Vater stand und sich mit ihm stritt. Naja, Streiten konnte man das eigentlich nicht nennen. Ihre Mutter sagte ihrem Vater nur klipp und klar an, was Sache war. Unbeeindruckt davon, wie laut und heftig er dabei tobte.

Mit einem Knall flog ihre Tür auf und riss sie aus ihren Gedanken. Hereingeflogen kam ein kleiner leuchtender Ball und eine zarte Stimme drängte: »Junigon, komm schnell, dieses Ungeheuer flippt schon wieder aus.«

»Ich weiß, es ist ja auch nicht zu überhören«, antwortete Junigon trocken. »Was ist es diesmal, Runa?«

Der leuchtende Ball, eigentlich eine Lichtfee, hüpfte in der Luft auf und ab. »Ich bin mir nicht ganz sicher, aber ich glaube, es ist wieder wegen Lara.«

Junigon stieß einen tiefen Seufzer aus. »Nicht schon wieder. Diese zwei bringen mich noch irgendwann ins Grab.« Wenn es nicht nur Ash war, der da tobte, sondern Lara auch noch, dann brauchte sie mehr als nur Schokolade. Lara mochte keine, dafür liebte sie Lakritz.

Sie sah sich suchend in ihrer Kammer um. Hier herrschte grundsätzlich ein geordnetes Chaos. Ihre Drachenhälfte wollte alles horten, was schön aussah, und ihre Einhornhälfte liebte es, bunte Bilder zu malen. Dementsprechend lagen überall Blätter, Leinwände und Pinsel zwischen Gold, Schmuckstücken und anderen wertvollen Gegenständen herum. Aus den Augenwinkeln registrierte sie ein Glitzern und sie drehte ihren Kopf in dessen Richtung. *Ah, da ist die Dose doch.* Sie ging hinüber und nahm eine Handvoll Lakritzschnecken heraus. Dann atmete sie noch einmal tief durch und verließ entschlossenen Schrittes ihre Kammer. Eine kurze Handbewegung deaktivierte den magischen Schutz.

»Meinst du, es wird irgendwann einmal besser mit den beiden?«, fragte Runa.

Junigon zuckte mit den Schultern. »Wenn nicht, drehe ich beiden irgendwann den Hals um.« In ihrem Inneren schlossen ihre beiden Hälften gerade Wetten ab, wer diesmal gewinnen würde. *Nicht witzig, ihr zwei*, dachte sie grimmig. Doch sie erntete nur Gelächter. Selten, dass diese zwei sich mal einig waren. *Wenn ihr euch nicht benehmt, werde ich alle Bilder verbrennen und anfangen, meine Kammer zu entrümpeln*, drohte sie ihren inneren Wesen. Empörte Antworten und Flüche folgten dieser Aussage und Junigon grinste diebisch. Diese Drohung funktionierte fast immer.

Das Gebrüll und Geschrei der beiden Drachenwesen wurde immer lauter, je näher Junigon der großen Halle kam. Als sie die letzte Biegung hinter sich brachte, sah sie gerade noch, wie Ash feuerspeiend am Eingang vorbeiflog. Dicht gefolgt von der wasserspeienden Lara.

»Oh nein, kein Feuer in meinen Höhlen«, zischte Junigon und beschleunigte ihre Schritte. Erst vor einigen Wochen hatte Ash in einem seiner Wutausbrüche ihre halbe Einrichtung abgefackelt. Kaum angekommen, brüllte sie mit ihrer Drachenhälfte: »Stop!«

Doch das ließ die beiden Welpen nur kurz innehalten. Dann setzten sie ihren Streit fort. Junigon hörte Sätze wie »Sie wird nie deine Gefährtin, sie hatte gestern ein Date« –

»Sie gehört mir!« – »Du bist noch ein Baby, was soll sie mit dir? Dir einen Schnuller geben?« – »Ich töte jeden, der sie mir wegnehmen will.«

»Ach, das Thema schon wieder«, murmelte Junigon. Dann ging sie weiter in die Höhle und legte das Stück Schokolade und die Lakritze auf die große Steinplatte, welche sie als Tisch nutzte. Ein paar magische Worte und ein blauschimmerndes Netz legte sich darüber. Zufrieden drehte sie sich um und gestattete es ihrer Drachenhälfte, sich zu zeigen. Schuppen bildeten sich auf ihrer Haut und ihre Hände wurden zu Klauen. Hitze durchfloss ihren Körper und sie spürte, wie sich ein Feuerball in ihren Tatzen bilden wollte. Hastig unterdrückte sie dies und sah sich stattdessen nach den zwei Plagegeistern um. Die flogen im Zick-Zack weiter durch die große Wohnhöhle. Ash verfolgte Feuer speiend Lara, die ihn fortführend mit abfälligen Worten provozierte. Noch bemerkte keiner der beiden, was auf dem Tisch stand. Doch das würde sich gleich ändern.

Scheinbar entspannt sagte Junigon mit ihrer Drachenstimme: »Oh, Schokolade, lecker. Ach, und da ist ja auch noch Lakritz. Super, ich habe eh Hunger.« Schlagartig verstummte der Lärm. Die zwei Drachenwesen blieben abrupt in der Luft stehen und flatterten auf der Stelle. Junigon griff lässig durch das magische Netz und nahm ein kleines Stückchen Schokolade. Genüsslich seufzend schob sie sich dieses in den Mund und verzog verzückt das Gesicht. Ok, sie gab es zu, auch sie liebte das Zeug.

»Schokolade?«, hörte sie Ash hoffnungsvoll fragen.

»Lakritz?«, fragte Lara fast gleichzeitig.

Junigon ignorierte die zwei und griff erneut in das Netz. Flügelrauschen sagte ihr, dass Ash und Lara näherkamen. *Klappt jedes Mal*, dachte sie verschmitzt.

»Das ist meine Schokolade«, hörte sie Ash sagen.

»Pah! Gar nix ist deins. Aber das Lakritz gehört in jedem Fall mir«, antwortete Lara verächtlich.

»Gar nicht wahr! Das ist alles meins, genauso wie Junigon mir gehört«, fauchte Ash wütend.

Bevor die zwei sich wieder gegenseitig hochschaukeln konnten, drehte Junigon sich zu ihnen um. Mit unbewegtem Gesicht sah sie die beiden an. Dann ließ sie demonstrativ ihren Blick schweifen. Ash und Lara hatten ein wahres Chaos verursacht. Einige ihrer Möbel lagen zerbrochen auf dem Boden, eine Wand lag in Trümmern und in einer Ecke schwelte noch das, was mal ein Wandteppich gewesen war, vor sich hin. Federn schwebten in der Luft. Anscheinend hatten sie auch einige der Sitzkissen zerstört. Mit hochgezogenen Augenbrauen blickte sie wieder auf Ash und Lara. Mit einer ihrer Klauen tippte sie dabei vorwurfsvoll auf die Steinplatte.

Unbehaglich wichen die zwei ihrem Blick aus. Ash kratze sich verlegen mit einer Kralle hinterm Ohr. Der kleine Drache war ausgesprochen hübsch mit seinen blau schimmernden Schuppen und den leicht markanten Gesichtszügen. Junigon wusste, dass aus ihm mal ein großer, wunderschöner Drache werden würde. Er würde reihenweise die Herzen der Drachendamen brechen. Aber auch Lara war eine sehr anziehende Drachendame. Auch sie würde später dem einen oder anderen männlichen Drachen den Kopf verdrehen.

Aber im Moment beeindruckte Junigon die Schönheit der beiden Drachenwelplinge nicht. Noch waren sie nicht erwachsen und standen unter ihrem Kommando. Es war ihre Aufgabe, die beiden auszubilden und zu erziehen. Ein Welpling, der nicht von klein auf lernte, seine Fähigkeiten zu kontrollieren, konnte auf Dauer sehr gefährlich werden. Deswegen gab es Erzieherinnen wie sie.

Als keiner der beiden ein Wort sagte, sondern sie weiterhin unbehaglich ihren Blicken auswichen, grollte sie leise: »Also?«

Schweigen.

Junigon kniff ihre Augen zusammen. »Keine Antwort? Interessant. Vorhin konntet ihr gar nicht aufhören zu reden. Ach ja, und ihr konntet gar nicht aufhören, *meine* Wohnhöhle zu zerstören.«

»Es ... es ist nicht so, wie es aussieht«, versuchte sich Ash zu verteidigen.

Junigon zog die Augenbrauen hoch. »Ist es nicht? Dann erkläre mir doch mal, wieso *du* feuerspeiend durch meine Wohnhöhle geflogen bist ...«

»Lara ist schuld.« Trotzig streckte Ash eine Kralle in Laras Richtung aus.

Diese fauchte empört auf. »Gar nicht wahr. Ich habe gar nix gemacht.«

»Woohooll, du hast gesagt, dass Junigon mich nicht liebt«, sagte Ash weinerlich.

»Weil es wahr ist. Sie hatte ein Date gestern und kam erst heute Morgen zurück.« Triumphierend sah Lara zu Junigon herüber.

»Mit wem hatte sie das Date?«, fauchte Ash aufgebracht. »Ich werde ihn töten. Junigon gehört mir!«

»Also ob ich dir das verraten würde. Du bist eh noch ein Baby und verstehst nichts von der Liebe«, kam es spöttisch von Lara.

Ash knurrte laut und wollte einen Feuerstrahl ausstoßen, da packte Junigon die zwei und zog sie dicht vor ihr Gesicht.

»Schluss jetzt!«, zischte sie bedrohlich. »Lara, wie kommst du darauf, dass ich ein Date hatte? Und Ash, ich gehöre niemanden. Ich bin kein Gegenstand, den man besitzen kann.«

»Doch, du gehörst mir. Du bist meine Gefährtin«, kam es stur von dem Welpling. Daraufhin knurrte Junigon so laut, dass der Boden vibrierte und sie ließ ihre Drachenhälfte für einen Moment deutlicher hervortreten. »Treib es nicht zu weit, Ash. Du weißt, dass ich mir sonst eine ganz besondere Strafe für dich ausdenken werde.«

Der Nachwuchsdrache zuckte bei ihrem Knurren erschrocken zusammen. Unterwürfig legte er den Kopf zur Seite und präsentierte ihr seine verletzliche Kehle. Ein deutliches Zeichen der Anerkennung ihrer Überlegenheit.

Lara kicherte schadenfroh vor sich hin. Das ließ Junigon zu ihr sehen und wütend fletschte sie ihre Zähne. »Und du? Kannst es mal wieder nicht lassen, Ash zu provozieren? Dabei bist du wesentlich älter als er und solltest es besser wissen, oder?«

Anstatt sich wie Ash zu unterwerfen, reckte Lara ihr Kinn und sah Junigon herausfordernd in die Augen. »Ich habe ihm nur die Wahrheit gesagt.«

Junigon starrte ihr in die Augen und ließ dann ihrer Drachenhälfte freien Lauf. Ihr Drache war es, der dies jetzt mit Lara klären musste. Sie spürte, wie sie größer wurde, sich ihre Haut und Muskeln dehnten. Ihre Sicht veränderte sich und auf ihrem Rücken wuchsen zwei Flügel. Sie würde sich nicht komplett in einen Drachen verwandeln, aber das war auch gar nicht nötig.

Nun locker zwei Meter größer, beugte sich Junigon über Lara, welche sie immer noch in einer Klaue hielt. Sie öffnete ihr Maul und schnappte nach der kleinen Welpline.

Erschrocken zuckte Lara zusammen, starrte sie aber weiterhin trotzig an.

Nun gut, sie will es nicht anders, dachte Junigon grimmig. Wieder öffnete sie ihr Maul und schnappte nach Laras Kehle. Ihre scharfen Zähne ritzen dabei mit voller Absicht darüber und ließen Blut hervortreten. »Nenn mir einen Grund, nur einen einzigen, warum ich dich nicht verbannen sollte?«, grollte Junigon mit ihrer rauen Drachenstimme. Laras Drachenkörper fing an zu zittern und endlich beugte sie ihren Kopf und zeigte ebenfalls ihre verletzliche Kehle. »Ihr wollt große Drachenkrieger werden?«, knurrte Junigon wütend. »Wollt die Verteidiger unsere Welt werden? Dass ich nicht lache. Euch fehlt es an so vielem, dass ich gar nicht weiß, wo ich anfangen soll. Euer größter Mangel ist Disziplin und Selbstbeherrschung.«

Keiner der beiden wagte es, sich zu rühren oder gar zu antworten. Ihr Urinstink zwang sie dazu, in ihrer unterwürfigen Haltung zu verharren. Es war ein starkes Stück, sich einem ranghöheren Drachen so zu widersetzen, wie es Lara versucht hatte. Auch Ashs besitzergreifendes Verhalten war unmöglich. Immerhin zählte Junigon über 200 Jahre mehr als er und kein Drachenweibchen, egal ob nur zur Hälfte oder nicht, mochte es, wenn man sie als Besitz ansah.

»Ihr zwei werdet jetzt Folgendes tun. Ihr werdet das angerichtete Chaos wieder beseitigen. Ihr werdet jedes einzelne Möbelstück reparieren, die Wand wieder aufbauen und hier sauber machen.« Drohend sah Junigon die zwei weiter an. Genau darauf achtend, ob sie auch nur einen Hauch von Widerstand sah. »Danach werdet ihr, jeder für sich in seiner Kammer, einen Aufsatz darüber schreiben, warum ihr hier seid und was ihr hier erreichen wollt. Und natürlich auch, wie ihr das erreichen wollt.« Kurz hielt sie inne, beobachtete die beiden scharf. »Der Aufsatz muss zehn Seiten lang und in Schönschrift geschrieben sein.«

Für einen Moment noch blieb Junigon in ihrer Drachenform, dann verwandelte sie sich langsam zurück in ihre menschliche Gestalt. Die zwei Welplinge machten nicht den Fehler, sich jetzt schon wieder zu bewegen. Das sorgte für ein zufriedenes Nicken von Junigon. Ein leises Lächeln stahl sich auf ihr Gesicht. »Gut. Schön, dass wir das geklärt haben. Wer von euch will jetzt ein Stück Schokolade oder Lakritz?«

Das ließ die zwei ruckartig die Köpfe heben. Gierig schauten sie auf die Leckereien auf dem Tisch. Ash war der erste, der seiner Gier nachgab und zu der Schokolade flitzte. Er setzte sich davor auf den Tisch und schaute mit schiefgelegtem Kopf auf das magische Netz.

Auch Lara flog heran und beäugte es aus der Luft heraus. Keiner der beiden Drachen war so dumm, seine Tatze nach den Süßigkeiten auszustrecken. Ein Umstand, den Junigon zufrieden zur Kenntnis nahm.

»Ähem ... Junigon ... du hast das Netz noch nicht aufgelöst«, sagte Ash verwirrt.

»Ach, habe ich das nicht?«, fragte Junigon gespielt überrascht. »Nun, das ist jetzt etwas peinlich, aber ich habe den Zauber dafür vergessen.«

Mit großen Augen sahen die zwei Welplinge sie nun an. Junigon machte ein übertrieben unglückliches Gesicht. »Ja, ich werde alt. Wenn ihr also etwas von den Süßigkeiten haben wollt, dann müsst ihr selbst da ran kommen.«

Ihre Drachen- und Einhornhälften waren einen Moment auch verdutzt, dann begriffen sie es. Ihr Drachenanteil lachte sich schlapp, das Einhorn schüttelte nur mitleidig den Kopf. Ihm taten die zwei Welpen leid. Ihrem Drachen nicht, er war immer noch empört über das aufmüpfige Verhalten der beiden jungen Dinger.

Als keiner der Welpen etwas tat, seufze Junigon leise. »Anstatt euch ständig zu streiten, hättet ihr mal besser eure Hausaufgaben gemacht.« Lässig griff Junigon durch das magische Netz und schnappte sich ein Stückchen Schokolade. Ashs Blick folgte ihr wie gebannt. »Nun, dann werdet ihr sie eben jetzt machen.« Junigon summte leise einen hellen Ton und aus einem magischen Netz wurden zwei, jeweils eines um die Schokolade und eines um die Lakritze gelegt. »So, wer den Zauber aufgelöst bekommt, kommt an seine Süßigkeit heran. Viel Spaß.« Kurz grinste sie die beiden bedröppelt schauenden Welplinge an und drehte sich dann um. Im Weggehen sagte sie noch: »Ach ja, und vergesst nicht das Aufräumen und den Aufsatz. All das will ich bis heute Abend erledigt haben.« Ein kollektives Aufstöhnen folgten ihren Worten und leise lachend trat Junigon nach draußen.

Es war früher Nachmittag und endlich einmal wieder herrschte gutes Wetter. Von hier oben am Berghang hatte sie eine fantastische Aussicht über die Landschaft. Sie wohnte außerhalb der Städte, so wie die meisten Drachenwesen. Ihr Einhorn bevorzugte eigentlich ein Waldgebiet, aber Junigon nutzte aus pragmatischen Gründen die Höhle. Höhlen gaben mehr Privatsphäre und waren stabiler. Damit ihr Einhorn nicht ganz außen vor gelassen wurde, lag die Höhle dicht an einem mit Tannen und Eichen bewachsenen Hang.

Ein lautes Aufquieken ließ sie wissen, dass einer ihrer beiden Schützlinge versuchte, das Netz aufzulösen. Erfolglos, wie sie an dem Laut erkannte.

Ihr Drache lachte schadenfroh und ihr Einhorn grummelte besorgt. »Ruhig, es ist zwar schmerzhaft, aber nicht so stark, dass sie sich ernsthaft verletzten können«, murmelte Junigon ihrem Einhorn zu. Das beruhigte es ein wenig, ließ aber ihren Drachen enttäuscht schnauben. Wieder erklang ein Quieken, gefolgt von einem Lachen. Es hörte sich stark nach Ash an, der da lachte. Kopfschütteln verdrehte Junigon die Augen. Die zwei Drachen waren wirklich nicht einfach. Doch bis jetzt hatte sie noch jeden in die richtige Spur gebracht.

»Hey! Junigon! Huhu!«, erklang da von oben ein Ruf. Sie erkannte sofort, wer sich ihr da näherte. Ein breites Lächeln tauchte auf ihrem ernsten Gesicht auf. Ihr *Date* von gestern Abend kam zu ihr.

Oh oh, wenn das Ash wüsste, dachte sie lächelnd.

»Hallo, du Schönste aller Schönen unter den Mischwesen«, grüßte Soro, während er landete. Er war kein besonders großer oder machtvoller Drache. Mit seinen grauen Schuppen wirkte er eher unscheinbar. Aber das hielt ihn nicht davon ab zu flirten, was das Zeug hielt. Egal mit wem und wann. Erstaunlicherweise war er damit sogar sehr oft erfolgreich.

»Hallo Soro, schön dich wiederzusehen«, begrüßte Junigon ihn.

»Oh, die Freude ist ganz meinerseits. Ich dachte, nach gestern Nacht sollte ich noch mal nach meiner Schönheit schauen.« Charmant lächelte er sie an und in einem Funkenregen verwandelte er sich in seine Menschengestalt. Ein Schnippen mit seinen Fingern und er trug eine eng sitzende Lederhose.

Junigon lachte auf und schüttelte den Kopf. »Nach letzter Nacht?«

»Ja, immerhin sind wir uns da ganz ... nah gekommen.« Soros Augen glitzerten schelmisch und er wackelte mit seinen Augenbrauen.

Wieder lachte sie auf. »Ah ja, soweit ich das weiß, habe ich dir deinen klapprigen Hintern gerettet.«

Gespielt getroffen legte Soro seine Hand auf die Brust. »Du verletzt mich zutiefst, grausame Schönheit.«

Schmunzelnd sagte Junigon: »Ja? Hm, soweit ich mich erinnere, warst du so schlau und hast dich mit einem Stacheldrachen angelegt.«

»So kann man das jetzt nicht sagen.«

»Ach so, du hattest also nicht das Problem, dass dein ganzer Körper voller Stachelpfeilen war? Die ich dir ziehen und dich danach heilen musste? Meintest du das mit ›nahe kommen‹?« Mit schiefgelegtem Kopf sah Junigon den Drachen an.

»Hmm, dein Blut hat besser geschmeckt als jeder Wein auf der ganzen Welt«, säuselte Soro mit halb geschlossenen Augen.

»Pft, Charmeur. Aber jetzt mal im Ernst, was führt dich zu mir? Hast du noch Beschwerden?«, fragte Junigon und musterte ihn leicht besorgt.

Soro grinste breit. »Ja, ich habe noch Beschwerden. Weiter unten, zwischen meinen Beinen. Du darfst gerne mal nachsehen.«

Genervt und doch belustigt verdrehte Junigon die Augen. »Ich denke, für solche *Beschwerden* bin ich nicht zuständig.«

»Aber ich bin mir sicher, dass du sie schnell lindern könntest.« Wieder wackelte Soro anzüglich mit den Augenbrauen.

Da erklang wieder ein Quieken aus der Höhle.

Verdutzt schaute Soro zum Eingang. »Was war das denn?«

»Ach, nichts, nur eines meiner Kinder«, winkte Junigon ab.

Ruckartig drehte Soro seinen Kopf zu ihr. »Deine *was?*«, fragte er entsetzt.

Scheinbar verwundert sagte sie: »Na, eines meiner Kinder. Sie sollen ein magisches Netz auflösen. Wie du hörst, klappt es noch nicht so gut.«

Soro trat langsam Schritt für Schritt zurück und sah sich dabei panisch um. »Und ... wo ist der Vater der Kinder?«

Fast hätte Junigon laut losgelacht, doch sie beherrschte sich. »Der ist auch in der Höhle und passt auf, dass sie keinen Mist anstellen.«

Soro wurde erschreckend blass. »Ich ... ich wusste nicht, dass du schon gebunden bist und ... dass du sogar Kinder hast ...«, stotterte er.

Junigon zuckte mit den Schultern. »Wie auch, wir haben uns ja gestern erst zum ersten Mal getroffen und da hatte ich was anderes im Kopf, als meinen Verbindungsstatus.«

Soro nickte nur schwach, immer noch blass und panisch Richtung Höhleneingang guckend.

»Möchtest du meinen Mann mal kennen lernen?«, fragte Junigon unschuldig. »Er ist einer der großen Wächter unserer Erde. Einer der schwarzen Drachen.«

»Oh Gott, ich glaube, mir wird schlecht«, murmelte Soro. »Äh, nein danke. Mir fällt gerade ein, ich habe noch – einen Termin – äh – was vergessen – also, ich muss los.« Kaum zu Ende gesprochen, verwandelte er sich in seine Drachenform und schwang sich in die Luft.

Erst als sie ihn am Horizont nicht mehr sah, konnte sie endlich das Lachen herauslassen, was die ganze Zeit in ihrer Kehle saß. Sie lachte so sehr, dass ihr der Bauch weh tat und ihr Tränen über das Gesicht liefen. Er war aber auch selbst schuld. Er hatte sich die Verletzungen gestern Nacht nicht ohne Grund eingehandelt. Was flirtete er auch mit dem Weibchen des Stacheldrachens vor dessen Augen?

Jubelschreie aus der Höhle ließen ihren Lachanfall verebben und zufrieden sah sie zum Eingang. Sie hatten es also geschafft. Anscheinend beide gleichzeitig. Sehr schön, sie sollte öfter solche Aufgaben für die beiden entwickeln. Das schien ihnen leichter zu fallen als nur stumpfer Unterricht. »Oh Gott, dann werde ich aber viel Schokolade und Lakritz brauchen«, überlegte sie und fuhr sich mit der Hand einmal über das Gesicht.

Wird interessant, dem Hauptmann zu erklären, dass er mir Gold für den Kauf der Süßigkeiten geben soll.

»Junigon! Junigon! Ich habe es geschafft«, schallte Ashs Stimme aus der Höhle, während er hektisch herangeflogen kam. In der Tatze hielt er immer noch ein Stück Schokolade, welches schon schmolz. Um sein Maul herum verteilten sich braune Flecken.

Ash war so aufgeregt, dass er verspätet seinen Flug abbremste und mit einem *Hmpf* gegen Junigon prallte. Diese taumelte einen Schritt nach hinten und hielt den kleinen Drachen fest. Ein Blick auf ihre Bluse zeigte ihr, dass sie nun auch mit Schokolade beschmiert war. Leicht tadelnd sah sie den Welpling an. Der steckte sich schnell das Stück Schokolade hinein und murmelte mit vollem Mund: »Tschuldigung.«

»Was mach ich nur mit dir, hm?«, fragte Junigon und strich ihm dann aber liebevoll über den Kopf. Ash schnurrte leise und drückte sich dichter in ihre Hand. Einen Moment noch kraulte sie ihn hinter dem Ohr, doch dann hob sie ihn ein Stück von sich weg und sah ihn an. »Das habt ihr sehr gut gemacht mit dem Lösen des Zaubers. Aber wo ist Lara?«

Ash schleckte sich erst in Ruhe seine Tatzen und das Maul sauber, bevor er mit einem Grinsen antwortete: »Die kühlt sich gerade ihre verbrannten Tatzen.«

Junigon zog die Augenbrauen hoch. »Ah ja, und du? Hast du keine Verbrennungen?«

Jetzt plusterte sich Ash stolz auf. »Natürlich nicht, ich habe mich nur einmal kurz verbrannt, aber das ist nichts Schlimmes. Bin ja kein Mädchen.« Verächtlich schnaubte er kurz. »Ich wusste sehr schnell, wie ich den Zauber lösen kann, aber ich habe gewartet, bis auch Lara soweit es konnte. Ich fand es zu lustig ihr zuzusehen, wie sie es immer wieder versuchte.« Nun kicherte er leise.

»Tz, was bist du doch für ein fieser, kleiner Drache«, sagte Junigon, musste aber auch leise kichern. Es tat Lara ganz gut, wenn nicht sie es war, die jemanden auslachte. Viel zu oft ärgerte sie Ash, somit gönnte Junigon dem kleinen Kerl seine Rache. »So, jetzt müsst ihr zwei aber noch den Rest der Aufgaben erledigen«, sagte sie dann. Ash verzog kurz das Gesicht und stöhnte gequält auf. »Müssen wir das wirklich? Du kannst das doch viel schneller als wir.«

»Habe ich das Chaos verursacht oder ihr? Ach, und wer hat nochmal, gegen die Regeln, in *meiner* Wohnhöhle Feuer gespien?«

Betreten ließ Ash den Kopf hängen. »Naaa guuut.« Er schlug mit seinen Flügeln und flatterte zurück in die Höhle. Junigon sah ihm noch kurz hinterher und setzte sich dann hin. Sie lehnte sich mit dem Rücken gegen die Felswand und ließ ihre beiden Wesenshälften hervorkommen.

Beide liebten es, in der Sonne zu baden und gerade ihr Einhorn musste dringend Kraft tanken, nach der Heilung letzte Nacht.

Erleichterung durchfuhr beide ihrer Hälften, als sie diese frei ließ. Innerhalb weniger Momente befand sie sich auf vier Beinen. Zufrieden prustete sie kurz durch ihre Nüstern und schüttelte sich leicht. Dabei raschelten ihre lilafarbenen Schuppen leise. Sie wusste, wie sie jetzt aussah. Sie hatte den Körper eines Einhorns, aber Schuppen anstatt Fell. Ihr Schweif war ein Drachenschwanz und ihre Flügel waren die eines Drachens und nicht die eines Pegasus. Ihr beiden Hälften waren so glücklich frei zu sein, dass Junigon nicht widerstehen konnte, kurz in die Luft flog und dort einige Bocksprünge machte. Dabei wieherte sie fröhlich mit ihrer dunklen Drachenstimme. Danach riss sie sich aber wieder zusammen und landete auf dem Felsplateau vor der Höhle. Dort legte sie sich, die Beine von sich gestreckt, in die Sonne. Ihr Drache schnurrte leise und ihr Einhorn wackelte immer wieder zufrieden mit den Ohren. Junigon selbst genoss einfach nur den Frieden und die Freiheit.

Sie musste doch eingeschlafen sein, denn als sie die Augen wieder aufschlug, stand die Sonne schon tief am Himmel. Leises Schnarchen und das Aufsteigen kleiner Rauchsäulen ließ sie zur Seite schauen. Ihr zwei Schützlinge lagen dicht an sie gekuschelt und schliefen friedlich. Liebe überflutete ihr Herz und mit warmem Blick sah sie auf die beiden Chaoten. Nun gut, dann würde sie noch eine Weile liegen bleiben und sie weiterschlafen lassen. Sie war sich sicher, dass sie, sobald die beiden erwachten, wieder keinen friedlichen Moment haben würde. So legte sie ihren Kopf auf den warmen Felsboden, genoss die letzten Sonnenstrahlen und dachte: *Im Grunde war es ein ganz normaler Tag. Ein bisschen Feuer, ein bisschen Streit und Chaos, ein bisschen Lakritze, Schokolade und Magie. Also, alles ganz normal.*

༺❀༻

Christina Willemse, Jahrgang 1981, lebt mit ihrem Ehemann und ihrem Hund in der Nähe von Köln. Sie ist auf dem Pferdehof ihrer Eltern aufgewachsen und liebt seit ihrer Kindheit die sanften Riesen. Schon als Teenager begann sie damit, kurze Gedichte und Texte zu schreiben. Ihre Fantasie kennt keine Grenzen, weshalb sie mit Fantasybüchern ihre Leser gern in fremde Welten entführen möchte. Neben Romanen schreibt die Autorin auch Kinderbücher.

Hybrid Verlag ...

für Weltenwanderer und Zeilentänzer

ENDLICH(ER) URLAUB (Anthologie)

Eine Zugfahrt nach Paris gegen Liebeskummer, ein Gerät, das einen in andere Welten befördert, Aliens auf einer Science-Fiction-Convetion oder der Versuch, aus einem verödeten Städtchen eine Touristenattraktion zu machen. Ob witzig, tragisch, gruselig oder einfach nur obskur: 21 Autoren laden mit ebenso vielen Geschichten zu einer Reise in verschiedene Welten, zu einem Urlaub der besonderen Art ein.

ISBN: 978-3-946-82009-3

VOLLKOMMENHEIT (Anthologie)

Wie wird der Mensch der Zukunft aussehen?
Werden wir uns selbst überflügeln oder stehen wir vor einer evolutionären Sackgasse?
21 Autoren stellen in dieser Anthologie ihre spannenden, actionreichen und nachdenklich machenden Zukunftsentwürfe vor.
Das Abenteuer Mensch 2.0 könnte faszinierender nicht sein.

ISBN: 978-3-946-82047-5

Werde Teil des Hybrid Verlags

Lerne Verlagsmitarbeiter,
Autoren sowie andere Leser kennen!

www.hybridverlag.de